Melissa Foster

Herzen in Versuchung

DIE AUTORIN

Mit mehr als zehn Millionen verkauften Büchern ist Melissa Foster eine preisgekrönte *New-York-Times-*, *Wall-Street-Journal-* und *USA-Today-*Bestsellerautorin. Ihre Bücher werden vom *USA-Today-Bücherblog*, vom *Hagerstown Magazine*, von *The Patriot* und vielen anderen Printmedien empfohlen. Melissas Bücher sind als Taschenbuch, digital oder als Hörbuch bei den meisten Online-Buchhandlungen erhältlich.

Besuchen Sie Melissa auf ihrer Website oder chatten Sie mit ihr auf Social Media. Sie diskutiert gern mit Buchclubs und Lesegruppen über ihre Romane und freut sich über Einladungen. Melissas Bücher sind bei den meisten Online-Buchhändlern als Taschenbuch und E-Book erhältlich.

www.MelissaFoster.com

Melissa Foster

Herzen in Versuchung

Die Steeles auf Silver Island

LOVE IN BLOOM – HERZEN IM AUFBRUCH

Aus dem Amerikanischen von Janet König

Die Originalausgabe erschien erstmals 2020 unter dem Titel
»Tempted by Love« bei World Literary Press, MD, USA.

Deutsche Erstveröffentlichung
2025 bei World Literary Press, MD, USA
© 2020 der Originalausgabe: Melissa Foster
© 2025 der deutschsprachigen Ausgabe: Melissa Foster
MELISSA FOSTER® ist eine eingetragene Marke.
Alle Rechte vorbehalten.
Lektorat: Judith Zimmer, Hamburg
Umschlaggestaltung: Elizabeth Mackey Designs
Cover-Foto: Wander Aguiar Photography

Vorwort

Jack »Jock« Steele stand die ganze Welt offen, bis er einen niederschmetternden Verlust erlitt, der ihn für immer veränderte. Mir war sofort klar, dass er eine Frau braucht, die stark und mitfühlend ist, und Daphne Zablonski passt perfekt zu ihm. Aber mir war auch klar, dass er ebenso ihre Tochter Hadley brauchte, um seinen Weg zurück in das Leben zu finden, das er leben will, und in die Zukunft, die er verdient. Allerdings war mir zunächst nicht bewusst, wie sehr Daphne und Hadley wiederum ihn brauchen. *Herzen in Versuchung* ist eine fesselnde, gefühlvolle Geschichte über einen Mann, der alles verloren hat und ein schmerzhaftes Geheimnis mit sich herumträgt, über eine geschiedene, alleinerziehende Mutter, die alles zu verlieren hat, und über ein kleines Mädchen, das beiden hilft, ihre Verletzungen zu überwinden. Ich hoffe, diese Geschichte wird Ihnen so sehr gefallen wie mir. Jedes Buch der Reihe kann für sich oder als Teil der Serie gelesen werden, also stürzen Sie sich gleich hinein in dieses hochemotionale Abenteuer.

Fans meiner »Love in Bloom – Herzen im Aufbruch«-Serien kennen Jock und Daphne bereits aus der Reihe *Bayside Summers*, und auch in *A Little Bit Wicked*, dem ersten Band der Reihe *Die Wickeds: Dark Knights von Bayside* kann man beiden begegnen.

Wer über Neuerscheinungen und exklusive Angebote auf dem Laufenden bleiben möchte, tritt am besten meinem Fanclub auf Facebook bei und abonniert meinen Newsletter:
www.MelissaFoster.com/Newsletter_German
www.Facebook.com/groups/MelissaFosterFans

Die Reihe »Love in Bloom – Herzen im Aufbruch«

Die Steeles sind nur eine der vielen Serien-Familien aus der weitverzweigten Sammlung von Liebesromanen »Love in Bloom – Herzen im Aufbruch«. Jedes Buch kann für sich oder als Teil der jeweiligen Serie gelesen werden. Sie werden allen Figuren in späteren Geschichten immer wieder begegnen, sodass Sie keine Verlobung, Hochzeit oder Geburt verpassen. Eine vollständige Liste aller Serientitel sowie eine Vorschau auf kommende Veröffentlichungen finden Sie am Ende dieses Buches und unter:

www.MelissaFoster.com/Herzen-im-Aufbruch

Besuchen Sie auch Melissas Seite mit »Reader Goodies«! Dort gibt es – zum Teil auf Deutsch, zumeist aber in englischer Sprache – Serienübersichten, Checklisten, Stammbäume und vieles mehr zum Download:

www.MelissaFoster.com/Checklisten_und_Stammbaume

Eins

Daphne Zablonski war spät dran, wieder einmal. Seit ihre Tochter Hadley vor fast drei Jahren auf die Welt gekommen war, hinkte sie der Zeit ständig hinterher. Zum Glück waren ihre Freunde, mit denen sie und Hadley sich zum Frühstück trafen, sehr verständnisvoll, ebenso wie ihre Chefs Drake und Rick Savage und Dean Masters, die Eigentümer des Bayside Resorts, in dem sie als Bürokauffrau arbeitete. Zum Frühstück musste sie nur nach nebenan gehen, was wunderbar war, doch zunächst musste sie überhaupt erst einmal zur Tür hinauskommen. Sie wurde einfach das Gefühl nicht los, dass sie etwas vergaß. *Hadleys Rucksack, den Vogel, Mittagessen, Snacks, Wasserflasche ...?*

Sie schaute zu ihrer honigblonden Tochter, die neben dem Couchtisch auf dem Boden saß und mit ihrem Lieblingsstofftier spielte, einem Vogel, den sie von Deans Bruder Jett bekommen hatte. Jett war einer der wenigen Menschen, denen ihre kleine Tochter ein Lächeln schenkte. Mit diesem bezaubernden Lächeln ging Hadley sehr sparsam um, als hätte sie nur einen begrenzten Vorrat davon, was Daphne manchmal traurig machte und oft Sorgen bereitete. Hadleys neuester Schwarm, für den sie einen schier endlosen Vorrat zu haben schien, war

Jack »Jock« Steele, der höchstwahrscheinlich umwerfendste – und auch geheimnisvollste – Mann, den Daphne je gesehen hatte. Wenn Hadley nicht in der Nähe war, benahm sich Jock wie ein faszinierender Gentleman, der weitaus mehr über Benimmregeln wusste, als Daphne wohl je lernen würde. Doch all das schwand, sobald er ihre kleine Tochter erblickte. Während Hadley ihre Milchzähne geopfert hätte, um von Jock auf den Arm genommen zu werden, verkrampfte er sich jedes Mal, wenn sie nur in seine Nähe kam.

Willkommen in meinem Leben.

Das Leben als alleinerziehende Mutter war schon schwer genug. Sich mit einem emotional nicht verfügbaren heißen Typen abgeben zu müssen, nur weil ihre Tochter einen Narren an ihm gefressen hatte, machte es nur noch komplizierter.

»Los?« Hadley sah Daphne mit ihren blauen Augen ernst an. »Baby sehen?«

Rick und seine Frau Desiree hatten vor Kurzem einen Sohn bekommen, Aaron, und Hadley hatte sich Hals über Kopf in ihn verknallt.

»Noch nicht, meine Süße. Mommy überlegt gerade noch, was sie vergessen hat.« *Und überzeugt sich davon, dass die Luft rein ist.*

Sie und Hadley wohnten über dem Büro des Resorts, in dem Jock für die nächsten Monate ein Ferienhaus gemietet hatte, und Hadley stürmte immer gleich auf den großen, gut aussehenden verkrampften Kerl zu, sobald sie ihn sah. Daphne musste also ganz genau planen, wann sie die Wohnung verließ, damit sie den Anblick dieses umwerfenden Mannes nicht ertragen musste, der so aussah, als würde er am liebsten die Flucht ergreifen, wenn ihre niedliche Tochter in der Nähe war.

Sie eilte zum Fenster, um ihrer morgendlichen Spähmission

nachzukommen. Während Jock abends nur selten herauskam, war die Lage morgens eine ganz andere. Manchmal saß er mit seinem Laptop draußen und schrieb vermutlich, aber mitunter drehte er auch eine Joggingrunde mit ihren Chefs. Daphne wusste nicht viel über Jocks aktuelles Leben, doch sie wusste, dass er von Silver Island kam, einer Insel südlich von Cape Cod nahe Martha's Vineyard, dass er noch am College einen Bestseller geschrieben hatte und sich dann ein Jahrzehnt um Harvey Fine, einen älter werdenden Philanthropen, gekümmert hatte. Harvey war der Großonkel von Daphnes Freundin Tegan gewesen. Im vergangenen Sommer war er gestorben und laut Tegan hatte Jock der Verlust sehr mitgenommen. Er war auf Reisen gegangen und vor wenigen Monaten zurückgekehrt, um Tegan bei der Führung des Amphitheaters ihres verstorbenen Onkels zu unterstützen.

Daphne spähte an den Cottages neben dem Freizeitzentrum vorbei und genoss einen Moment lang den herrlichen Blick auf die Cape Cod Bay – in der Hoffnung, es würde ihren rasenden Puls beruhigen. Doch wie immer seit Jocks Einzug schlug ihr blödes Herz gleich wieder schneller, als sie zum Cottage Nummer 3 schaute. Sie kam sich vor wie eine Stalkerin, weil sie registrierte, dass kein Licht brannte und sich im Vorgarten nichts regte. Wenn Jock an diesem Morgen joggen wollte, würde er sich mit Rick oder Dean treffen. Daphne sah zur Frühstückspension *Summerhouse Inn* auf dem Nachbargrundstück hinüber, in der Rick und Desiree lebten, dann zu Deans Cottage und atmete schließlich erleichtert auf. Die Luft war rein.

Hadley stand auf und tapste in ihren knallgelben Shorts und dem süßen weißen T-Shirt mit unzähligen rosa Schleifen darauf Richtung Tür. »Los?«

»Ja!« Daphne eilte zum Eingang, hängte sich ihre Handtasche und Hadleys Rucksack über die Schulter und öffnete die Tür. Als Hadley barfüßig hinausmarschierte, stöhnte Daphne auf, denn ihr wurde klar, was sie vergessen hatte. »Warte, Hadley. Wir haben deine Schuhe vergessen.«

»Nicht warten!« Hadley setzte sich auf die oberste Stufe.

»Hadley!«, ermahnte Daphne sie mit ihrem bestmöglichen warnenden Tonfall, der Hadley genervt seufzen ließ. Daphne holte rasch die Sandalen aus dem Flur.

Es ärgerte sie, dass es am Morgen immer so hektisch zuging. Anscheinend war es egal, wie früh sie aufstanden, denn am Ende waren sie trotzdem immer spät dran. Mittlerweile hatte sie jedoch ein paar Zeit sparende Tricks auf Lager. Zum Beispiel legte sie Hadleys Rucksack nun ins Auto, *bevor* sie sich mit ihren Freundinnen zum Frühstück traf, damit sie mit ihrer miesepetrigen Maus nicht wieder hoch in ihre Wohnung stapfen musste, was sie weitere zehn Minuten kosten konnte. Und noch länger, wenn ihre seit Kurzem windelfreie Prinzessin noch einmal für kleine Mädchen wollte, denn Hadley bestand darauf, sich komplett auszuziehen, wenn sie auf die Toilette musste. Aber Familie und Freunde waren Daphne wichtig, und sie gönnte Hadley lieber den Spaß eines kurzen Frühstücks mit Freunden, die ihre Tochter ebenso wertschätzten wie Daphne, und erlaubte ihr, ein paar Minuten mit Aaron zu schmusen, anstatt sie einfach in die Kita zu schicken, als wäre das das Wichtigste am ganzen Tag.

»Jetzt, Mommy?«, fragte Hadley, als Daphne die Tür schloss.

»Ja, geh nur.« Hadley rutschte auf dem Hintern die Treppe hinunter und begleitete ihre Aktion mit einem trällernden *Rabummrabummrabumm*.

Daphne folgte ihr und öffnete die Tür, die zu den Büros des Resorts führte. Von Daphnes Balkon vor ihrem Schlafzimmer führte ebenfalls eine Treppe hinunter, doch die Stufen waren für Hadley zu steil, daher benutzten sie fast immer den Büroeingang.

Sie schob Hadley vor sich her. »Auf geht's, Kleines. Wir sind spät dran.« Sie eilten an ihrem Schreibtisch vorbei und Daphne schloss den Vordereingang auf. Eine Woge trockener Hitze kam ihnen entgegen und versprach einen weiteren heißen Sommertag.

Hadley huschte hinaus und drehte sich auf den Bauch, um die letzten Stufen hinunterzurutschen.

»Warte auf mich«, sagte Daphne und schloss die Bürotür wieder ab.

»*Snell!*« Hadley stand auf dem Rasen auf und hüpfte von einem Fuß auf den anderen. »Pieks! Pieks! Pieks!«

»Setz dich auf die Stufe, dann ziehen wir dir deine Sandalen an.«

»Ich will!« Hadley ließ sich auf den Rasen fallen. »Beine pieks!« Sie wackelte von einer Pobacke auf die andere.

»Setz dich auf die Treppe, mein Schatz.«

Hadley schüttelte den Kopf, presste die Lippen aufeinander und zog die Stirn in Falten.

»Wie du willst.« Daphne gab ihr die Sandalen. Eine Mutter musste nicht zu jedem Kampf antreten und pieksiges Gras an den Beinen ihrer Tochter gehörte auf keinen Fall dazu.

Der Verwaltung des Resorts gegenüber auf der anderen Seite des Kiesweges lagen die Tennisplätze und der Pool, die den ganzen Sommer über gut besucht waren und in ein oder zwei Stunden zum Leben erwachen würden. Daphne parkte immer direkt vor dem Büro, damit sie sich keine Sorgen darum machen musste, dass Hadley vor ein Auto rennen könnte. Sie hatte das Gefühl, die Sekunden vergingen wie Minuten, als sie das Auto aufschloss, um ihre Handtasche unter den Sitz zu schieben. Durch das Fenster an der Fahrerseite sah sie ihren eigenen kleinen paradiesischen Platz: zwei Holzstühle und ein kleiner Tisch unter dem Schutz eines großen Baums, wo sie jeden Abend saß und las. Die Vorfreude erfasste sie. Ihre Tage waren so hektisch, dass Daphne sich nach diesem schlichten, ruhigen Platz sehnte, der ganz ihr gehörte, sobald Hadley im Bett war.

»Okay, kleines Fräulein, fertig?« Sie drehte sich herum und entdeckte Hadleys Stofftier auf dem Boden, während ihre Tochter gerade über den Rasen auf Jock zuflitzte. Er kam mit Rick und Jett aus seinem Cottage – alle drei mit freiem Oberkörper. Daphnes Herz raste und Schweißperlen traten auf ihre Stirn, als Jock herüberblickte – und erstarrte. *Nein. Nein. Nein!*

Daphne hob Hadleys Plüschtier auf und hoffte, sie damit abzulenken, als sie ihr hinterherrannte. »Hadley! Komm zurück! Ich hab deinen Vogel!«

Jocks Blick huschte an Hadley vorbei zu Daphne. *Schau weg. Bitte schau weg!* Sie wusste nicht, ob sie hoffte, dass er woanders hinsah, oder ob sie es zu sich selbst sagte, aber sie schaffte es nicht, die Verbindung zu unterbrechen. Und so schaute er weiter unverwandt zu ihr, sodass sie zu einem einzigen kribbeligen, aufgeregten Häufchen Elend wurde. Sie hatte schon immer frauliche Kurven gehabt und trug noch fast sieben Kilo als Überbleibsel aus der Schwangerschaft mit sich herum. Ihre Brüste fühlten sich wie Wasserballons an, ihre Oberschenkel rieben aneinander und ihr Bauch schwabbelte bei jedem Schritt. Sie hatte das Gefühl, sich in Zeitlupe zu bewegen, während sein Blick an ihrem Körper hinunterglitt und sich wie ein Feuerpfad in sie brannte.

»Dock! Dock!«, rief Hadley und rannte noch schneller.

Die flehenden Rufe ihrer Tochter brachten sie zurück in die Realität, und als Rick auf die Kleine zuging und sie auf den Arm nahm, war Daphne sich sicher, dass Jock sogar ein paar Schritte zurückwich. *Oh Mann!* Sie musste verrückt sein, ihre Gedanken an einen Mann zu verschwenden, der ihre Tochter nicht einmal ansehen konnte.

Hadley drückte sich von Ricks Brust ab, und Tränen liefen ihr über das Gesicht, während sie die Arme nach Jock ausstreckte. »Dock! Mein Dock!«

»Ich bin ja da.« Rick rieb Hadley über den Rücken und versuchte, sie zu beruhigen. Er war so lieb zu ihr wie zu seinem kleinen Baby.

»Tut mir leid«, keuchte Daphne schweißgebadet und wollte ihm ihre Tochter abnehmen.

»Schon gut, ich hab sie. Hol erst mal Luft«, sagte Rick.

Jock sah Daphne entschuldigend an. »Tut mir leid, Daph.«

»Komm, gib Hadley mir«, schlug Jett vor. »Sie hat Onkel Jett ganz doll lieb.« Jett war früher – in Vor-Jock-Zeiten – Hadleys Schwarm gewesen.

Als Rick versuchte, sie an Jett zu übergeben, schrie Hadley: »Dock!«

Daphne tat es im Herzen weh, als sie Jocks zuckende Kiefermuskeln sah. Genau das hatte sie vermeiden wollen.

»Tut mir leid, Hadley«, sagte Jock mit reuevollem Blick. »Jungs, wir sehen uns unten am Wasser.« Er ging auf den Weg zu, der die Dünen hinunterführte.

»Dock! *Warten!*«, rief Hadley mit ausgestreckten Armen.

Daphne hätte Jock am liebsten geschüttelt und mal so richtig die Meinung gesagt, aber Hadley brauchte sie jetzt. Also zog sie die Mama-Klauen ein und wandte sich ihrer Tochter zu. »Komm her, mein Schatz. Tut mir leid, Jungs«, sagte sie und versuchte, den mitleidigen Blick von Rick zu ignorieren.

»Nimm's nicht persönlich, Daphne«, riet ihr Rick. »Jock bleibt auch bei Aaron auf Distanz.«

»Ach ja? Das ist mies. Was für ein Freund benimmt sich denn so?« Sie strich Hadley über den Rücken. »Alles ist gut, meine Süße. Lass uns bei Desiree etwas Leckeres frühstücken.«

»Dock ...«, jammerte Hadley und vergrub ihr Gesicht in Daphnes Halsbeuge.

Daphne streichelte sie weiter. »Scht, alles ist gut, mein Schatz. Halt deinen Vogel gut fest.« Sie gab Hadley ihr Plüschtier, das sie dann ganz fest an ihre Brust drückte.

»Daph«, sagte Jett behutsam. »Jock ist ein guter Kerl. Er fühlt sich einfach nur unwohl in der Gegenwart von kleinen Kindern.«

Jett war immer gut zu Hadley gewesen, hatte ihr Geschenke mitgebracht und sie mit Aufmerksamkeit überschüttet. Daphne vertraute auf sein Urteil, aber andererseits hatten er und Jock sich in den letzten Monaten angefreundet, und manchmal hatten Freundschaften es so an sich, dass man die Defizite des anderen nicht sah.

»Tja, das hier ist meine kleine Tochter, und sie ist verletzt und ziemlich verwirrt.« Daphne strich die tränennassen Haare von Hadleys Wange und flüsterte: »Er muss sie ja nicht mögen, aber das gerade war ...« Sie schüttelte den Kopf und hielt lieber den Mund, bevor etwas zu Heftiges aus ihr herausplatzte.

»Das verstehe ich«, sagte Jett, als sie sich dem Summer House zuwandte. »Aber du kannst niemanden verurteilen, wenn du nie in seiner Lage warst. Ich dachte, ich hätte einiges erlebt, aber das ist nichts im Vergleich zu dem, was er durchgemacht hat.«

Seine Worte ließen sie innehalten. Jett sprach von sich aus nie über die eingestürzten Brücken, die ihn viele Jahre lang von seiner Familie ferngehalten hatten und die erst vor Kurzem wieder aufgebaut worden waren. Sie sah ihn an und hoffte, er würde mehr erzählen, doch er zuckte nur mit den Schultern. »Mehr kann ich dazu nicht sagen.«

»Hunga, Mommy«, jammerte Hadley leise.

Daphne schaute zu Rick, von dem sie sich eine Erklärung erhoffte.

»Ich habe keine Ahnung, was mit ihm los ist«, sagte Rick. »Aber ich weiß, dass Jock weder ein fieser Kerl noch ein Kinderhasser ist.«

Sie wusste nicht, was sie darauf antworten sollte, daher sagte sie nur: »Das behalte ich im Hinterkopf.« Sie küsste Hadley auf die Stirn. »Sag Rick und Jett Tschüss.«

»Tüss«, gab sie knapp von sich.

»Bis bald, meine Süße«, sagte Jett.

Rick grinste. »Hey, Hadley, iss nicht alle Schoko-Croissants von Desiree auf. Lass mir einen übrig.«

Hadley sah Rick mit ernstem Blick an, und sein Versuch, die Stimmung etwas aufzuhellen, war vergeblich. »Okay«, sagte sie nur.

Als Daphne mit Hadley auf dem Arm über den Rasen lief, ging ihr Jetts Bemerkung durch den Kopf. Eine kühle Brise wehte über die Dünen, und als sie ihr Gesicht in den Wind hielt, entdeckte sie Jock, der unten am Wasser auf und ab ging. Ein ungutes Gefühl machte sich in ihr breit.

Durch Tegan war er Teil ihrer Freundesgruppe geworden. Oft ging Daphne nicht mit ihren Freunden aus, aber wenn sie es tat und Jock dabei war, verhielt er sich niemandem – außer Hadley – gegenüber abweisend, und deshalb befürchtete Daphne, dass er ihre Tochter einfach nicht mochte. Aber nach den Bemerkungen von Jett und Rick fragte sie sich, ob vielleicht mehr dahintersteckte.

»Dock!« Hadley zeigte auf Jock.

Daphne schalt sich insgeheim, dass sie nicht weiter weg von den Dünen gegangen war, wo Hadley ihn nicht mehr sehen konnte.

»*Dett.*« Jetzt waren auch die anderen beiden Männer am Strand angekommen und Hadley winkte in ihre Richtung. »*Wick!*«

Erleichtert, dass der Anblick von Jock Hadley nicht wieder zum Weinen gebracht hatte, versuchte sie sich von Jocks Verhalten nicht weiter herunterziehen zu lassen, und so erklärte sie ihrer Tochter mit ihrem besten Fröhliche-Mama-Tonfall: »Die drei joggen eine Runde, und wir beide gehen jetzt zu Aaron zum Frühstück.«

»Mein Baby!« Hadley wand sich aus Daphnes Armen und rannte in Richtung des weißen Zauns, der den Garten des alten Hauses im viktorianischen Stil umgab. Das Summer House Inn und die Cottages auf dem hübschen Grundstück gehörten Desiree und ihrer Halbschwester Violet, die vergangene Woche mit ihrem Mann zu einer Auslandsreise aufgebrochen war.

Deans Frau Emery kam mit Aaron auf dem Arm aus der Küche, und Cosmos, Desirees zotteliger Hund, flitzte an ihr vorbei auf Hadley zu, die erfreut aufkreischte. Hadley hockte sich auf den Boden und steckte die Hand durch den Zaun. Cosmos leckte ihre Finger, und als Hadley ihre Wange an den Zaun hielt, leckte er sie auch dort. Ein wunderbares Lächeln breitete sich auf den Pausbäckchen ihrer Tochter aus und gleichzeitig kicherte sie drauf los. Das war Musik in Daphnes Ohren.

»Sollen wir nicht zu ihm hineingehen?« Daphne machte das Tor auf und Hadley tapste in den Garten.

»Guten Morgen, Mädels«, rief Emery, als Hadley an ihr vorbei hinter Cosmos herrannte. Emery gab im Summer House Yogakurse. Sie war im fünften Monat schwanger, was ihr gerade erst anzusehen war, und sah in ihrer Yogahose, dem gelben Tanktop und mit den zu einem Pferdeschwanz gebundenen, langen hellbraunen Haaren unglaublich heiß aus. »Warum sieht die Mama an diesem herrlichen Morgen so aus, als würde sie am liebsten jemandem killen?«

»Frag lieber nicht«, antwortete Daphne und begrüßte Aaron liebevoll. »Guten Morgen, kleiner Mann. Hadley hat sich so darauf gefreut, ihn zu sehen, und jetzt sieh sie dir an, wie sie hinter Cosmos herjagt.« Wenn es doch nur genauso einfach wäre, sich selbst von einem gewissen Bewohner des Resorts abzulenken. Cosmos und Hadley sausten rund um den Tisch herum, bis Daphne sagte: »Hadley, bitte spiel mit Cosmos etwas weiter weg vom Tisch.«

Hadley rannte zum Zaun am Ende des Gartens, wohin Cosmos ihr fröhlich springend folgte. Die anderen Frauen kamen mit dem Frühstück aus dem Haus und ihre freundliche Begrüßung nahm Daphne etwas von ihrer Anspannung.

»Ich wünschte, ich hätte morgens so viel Energie«, sagte Desiree, als sie einen Teller mit Croissants und Obst auf den Tisch stellte. Das geblümte Stillshirt, die hellbraunen Shorts und die blonden Haare, die ihr in lockeren Wellen über die Schultern fielen, betonten ihre Schönheit.

Chloe stellte einen Teller mit Speck und Eiern auf den Tisch. »Ich habe so viel Energie am Morgen. Aber Justin und ich geben unser Bestes, um sie aufzubrauchen.«

Die anderen Frauen lachten.

Chloe war eine große schlanke Blondine. Sie leitete eine Einrichtung für betreutes Wohnen, und vor Kurzem hatte sie eine beängstigende Situation erlebt, als ihr Chef sie sexuell belästigt hatte. Für sie und ihren Verlobten Justin Wicked, Künstler und Mitglied des Dark Knights Motorradclubs, war es eine entsetzliche Episode gewesen. Zum Glück lag das jetzt hinter ihnen, und Daphne war froh, dass das Leben ihrer Freunde endlich wieder in normale Bahnen zurückfand.

»Klingt so, als würde es bei dir und Justin so laufen wie bei mir und Dean.« Emery strich Aaron mit der Nase über die Wange. »Schwangerschaftshormone sind doch einfach toll!«

Tegan stellte eine Kanne Kaffee und eine Karaffe mit Orangensaft auf dem Tisch ab. »Bei Schwangerschaftshormonen kann ich nicht mitreden, aber trotzdem komme ich mir vor wie das Duracell-Häschen.«

Daphne freute sich für ihre Freundinnen, aber jetzt, wo sie alle einen Partner gefunden hatten, nahm sie selbst ihr fehlendes Liebesleben noch viel bewusster wahr. Während sie das Frühstück für Hadley auf einen Teller füllte und Obst für sie schnitt, sagte sie: »Amüsiert euch nur, ich decke mich in der Zwischenzeit mit einem Vorrat an Duracell ein. Mein batteriebetriebener Freund hat mir seit meiner Scheidung als Einziger solche Freuden beschert. Nach drei Jahren fester Beziehung sind wir fast bereit, vor den Altar zu treten.« Sie schaute zu Hadley, denn sie sollte sie zum Essen rufen, aber Hadley bekam in letzter Zeit *alles* mit, also ließ sie sie noch ein paar Minuten spielen und füllte sich selbst etwas auf einen Teller.

»Diese Phasen kennen wir alle«, sagte Emery.

»Mhm«, stimmte Chloe zu. »Na ja, vielleicht keine drei

Jahre, aber doch ziemlich lang.«

»Deine Zeit kommt schon noch«, sagte Desiree und schenkte allen Kaffee ein.

Emery reichte Aaron an Desiree weiter und nahm sich Obst vom Teller. »Du bist eine kluge, wunderschöne Mama, Daphne. Der richtige Mann wartet wahrscheinlich schon hinter der nächsten Straßenecke.«

Daphne biss in ein Stück Speck. »Doppelpacks sind nicht gerade im Trend, und ich habe gar keine Zeit, einen Typen kennenzulernen, geschweige denn einen zu daten.«

»Was ist mit Everett?«, fragte Desiree. Everett Adler war Musiklehrer an der Highschool im Ort und übernahm an den Wochenenden die Arbeit im Büro des Bayside Resorts. »Ihr beide habt viele Gemeinsamkeiten. Er ist geschieden und hat einen Sohn, und ihr beide arbeitet im Bayside.«

»Ich hatte schon vergessen, dass er geschieden ist«, sagte Emery. »Er ist wirklich süß und sein Kleiner ist entzückend.«

»Everett ist ein toller Mann, aber zwischen uns ist nichts. Er löst bei mir kein Kribbeln aus.« Das Problem war, dass niemand ihr so ein Kribbeln bescherte wie Jock, was schlichtweg lächerlich war. Abgesehen davon war sie normalerweise zu nervös, um ein Wort herauszubringen, wenn sie ohne Hadley in seiner Nähe war.

»Ich bin doch sicher nicht die Einzige, der aufgefallen ist, wie Jock dich ansieht.« Tegan steckte sich ein Stück Schoko-Croissant in den Mund.

Daphne nahm einen Schluck von ihrem Saft. »Ja, so wie man eben eine chaotische Mutter ansieht, die ihr Kleinkind nicht im Griff hat.«

»Eher wie ein Kerl, der dich gern vernaschen würde«, meinte Chloe grinsend.

Daphne sah sie verwundert an.

»Was? Zwischen euch knistert es doch gewaltig«, sagte Chloe. »Der checkt dich ständig ab.«

Manchmal – wie heute Morgen – sah er sie an, aber bestimmt sah er dann nicht viel mehr als eine Frau, die nicht mit ihrer Tochter zurechtkam. Zwar hatte es diese seltenen Momente gegeben, in denen sich ihre Blicke kurz getroffen hatten und sie das Gefühl gehabt hatte, vielleicht einen Hauch Interesse zu bemerken. Doch das war immer nur passiert, wenn Hadley nicht bei ihr gewesen war, und damit war auch schnell klar, dass er nur so geschaut hatte, um sicher zu sein, dass Hadley nicht auftauchte. Wenn Hadley nicht wäre, würde er sie wahrscheinlich überhaupt nicht bemerken. Aber das war ohnehin egal. Sie wollte keinen Mann, der ihre Tochter nicht wollte. Diese schmerzhafte Erfahrung hatte sie schon zur Genüge mit Hadleys Vater durchgemacht.

»Wenn er nicht so eine Angst vor Hadley hätte, würde er mich gar nicht wahrnehmen.«

»Wie kommst du darauf?«, fragte Emery. »Sieh dich doch an. Du hast tolle Kurven und bist wunderschön.«

Daphne winkte ab und fasste sich an ihre Speckröllchen am Bauch. »Die hier rufen nicht gerade so eine unwiderstehliche Lust hervor, wie ihr sie mit euren Männern genießt.«

»Ach, komm!« Emery winkte ab. »Dean findet das Muttersein sexy, und zwar jede Phase davon.«

»Dean würde Frauen mit drei Beinen sexy finden, wenn du dreibeinig wärst«, scherzte Daphne. Die Partner ihrer Freundinnen waren wahnsinnig in ihre Frauen verliebt, und Daphne wollte das auch für sich. Doch sie brauchte mehr. Sie wollte jemanden, der alles an ihr abgöttisch liebte, und dazu gehörte auch ihre Tochter.

»Erinnerst du dich noch daran, als wir Tegan vor ein paar Monaten mit ihrem Amphitheater geholfen haben und Jock Frühstück gemacht hat?«, fragte Chloe. Damals waren Jett und Tegan erst seit ein paar Wochen zusammen gewesen, und Jett war noch nicht zurück nach Cape Cod gezogen. Er war ständig gependelt und Tegan hatte ihn schrecklich vermisst. Sie hatte auch versucht, neue Programme für das Amphitheater auf die Beine zu stellen. Chloe hatte alle zusammengetrommelt, und alle hatten sich einen Tag freigenommen, um Tegan bei ihrer Arbeit zu helfen und sie davon abzulenken, wie sehr sie Jett vermisste.

»Klar«, sagte Daphne. »Unsere Fernbeziehung-Schadensbegrenzungsmission werde ich nie vergessen.«

»Dann wirst du dich auch daran erinnern, dass Jock einen Teller mit gebratenem Speck auf den Tisch gestellt hat und du gesagt hast, dass du lieber verzichtest, weil es sich direkt auf deine Hüften setzt«, fuhr Chloe fort.

Tegan sah sie mit großen Augen an. »Das weiß ich auch noch. Jock hat sie mit so einem lüsternen Blick angestarrt und gesagt, dass sie sich mit ihrer Figur darum keine Sorgen machen müsste.«

»Weil bei einem Körper wie meinem ein oder zwei Pfund auch keinen Unterschied mehr machen?« Daphne seufzte. »Hört zu, ich bin euch für eure Unterstützung ja dankbar, aber ich weiß auch, dass ich nicht jedermanns Geschmack bin, und das ist in Ordnung. Ich habe ein gebärfreudiges Becken, eine breite Taille, dicke Oberschenkel und schwabbelnde Oberarme, aber ich mag mich! Und ich esse zu gerne, als dass ich darauf verzichten würde. Schon gar nicht für einen Mann.«

»Genau das sagen wir ja auch!«, bestätigte Chloe. »Du bist wunderschön, so wie du bist, und die Männer checken dich definitiv ab. Einschließlich Jock. Auf der Hochzeit von Gavin und Harper hat er dich die ganze Zeit angegafft. Sogar Justin hat das bemerkt.«

»Ach, kommt schon! Die Einzige, die Jocks Interesse auf dieser Hochzeit geweckt hat, war diese blonde Fotografin Tara. Wisst ihr noch, wie die ihn umarmt hat?« Daphne würde es nie vergessen, denn sie war ein wenig eifersüchtig gewesen.

»Hat sie nicht gesagt, sie wären alte Freunde?«, fragte Emery.

Daphne verdrehte nur die Augen. »Als ob alte Freunde nie miteinander schlafen würden.«

»Ich glaube, du liegst falsch. Ich habe noch nie erlebt, dass Jock irgendjemanden so ansieht wie dich«, bekräftigte Chloe. »Der Mann erkennt das richtig Gute, wenn es vor ihm steht.«

»Dann sollten wir uns darauf einigen, dass wir uns in dem Punkt nicht einig sind. Aber es würde auch keine Rolle spielen, wenn es so wäre. Der Kerl hat mich heute Morgen wieder total genervt«, gab Daphne zu. »Hadley ist auf ihn zugerannt, wie sie es immer macht, und er ist förmlich erstarrt. Ihr wisst ja, wie er sich ihr gegenüber verhält – und streitet das bloß nicht ab! Wenn ich mit Hadley unterwegs bin, versuche ich immer, ihm aus dem Weg zu gehen, aber ich könnte schwören, dass sie wie magisch von diesem großen, nervigen Kerl angezogen wird. Doch der hat im wahrsten Sinne des Wortes die Flucht ergriffen, während Hadley nach ihm geschrien hat. Es war herzzerreißend. Wisst ihr noch, als ich ihn letztes Jahr auf Gavins Geburtstag kennengelernt habe? Da habe ich gesagt, er muss etwas sehr Besonderes sein, weil Hadley ihn an dem Abend so spontan ins Herz geschlossen hat. Jock meinte, ihr sechster Sinn für Männer wäre *defekt*, und dem kann ich jetzt nur zustimmen. Meine arme Tochter hat den schlimmsten sechsten Sinn für Männer überhaupt.« *Und da ich ihn heiß finde, habe ich eindeutig das gleiche Problem.* »Ich muss ihr irgendwie helfen, damit sie nicht ihr Leben lang Männern hinterherläuft, die nicht verfügbar sind. Ich weiß nicht, ob es daher kommt, dass mein Ex in unserem Leben keine Rolle spielt, oder weil ich irgendetwas falsch mache.«

»Hadleys Radar ist nicht defekt. Im Gegenteil. Sie vergöttert Jett, und er ist der beste Mann, den ich kenne«, sagte Tegan. »Weißt du noch, als wir deine Wohnung gestrichen haben, und ich euch erzählt habe, dass Jett und ich vielleicht zusammenkommen? Alle anderen meinten, er würde sich nie auf etwas Festes einlassen, aber du, Daphne, hast zu mir gesagt, dass du hinter seiner distanzierten Art, die er immer an den Tag gelegt hat, einen tollen Mann gesehen hast. Du meintest, du könntest es gut verstehen, dass ich mich in ihn verliebt habe. Du hattest recht, und ich denke, auch Hadley liegt mit ihrem Sinn für Männer goldrichtig. Ich kenne Jock schon sehr lange und hinter seiner distanzierten Art gegenüber Kindern verbirgt sich auch ein toller Mann.«

»Außerdem bist du eine wunderbare Mutter, Daphne«, sagte Desiree und fing an, Aaron zu stillen. »Zweifel gefälligst niemals daran! Du machst nichts falsch, nur weil Hadley zu Jock läuft. Er hält sich auch von Aaron fern. Er meinte mal, er fühlt sich in Gegenwart von Babys nicht so wohl, und so ungewöhnlich finde ich das gar nicht. Nicht jeder kann gut mit Kindern umgehen.«

»Ich weiß, und ich verstehe auch, dass nicht alle etwas für Kinder übrighaben. Aber es ist nicht einfach, zuzusehen, wie meine Kleine um seine Aufmerksamkeit bettelt und ständig ihr kleines Herz gebrochen wird. Jett hat heute Morgen etwas gesagt, das mich glauben lässt, dass mehr hinter Jocks Verhalten steckt als nur die Tatsache, dass er Kinder nicht mag.« Daphne biss in ihr Croissant und sah Tegan an. »Weißt du, ob es da irgendetwas gibt?«

Alle sahen Tegan an. »Es stimmt nicht, dass er Kinder nicht mag.« Sie senkte den Blick und schob das Essen auf ihrem Teller herum.

»Jetzt sag schon«, forderte Emery sie auf.

Tegan zog die Brauen zusammen. »Okay, ja, es steckt mehr dahinter. Aber es steht mir nicht zu, das zu erzählen. Er hat es mir auch erst erzählt, nachdem ich ihn schon ein paar Jahre kannte.«

»Deine Loyalität in allen Ehren, aber *Daphne* ist unsere Freundin«, sagte Chloe entschieden.

»Ich weiß. Es tut mir leid, Daph, aber ich kann ihn nicht hintergehen«, sagte Tegan. »Was ich euch verraten kann, ist, dass ich glaube, ihm macht Harveys Tod noch immer sehr zu schaffen, und das ist ja verständlich. Stellt euch mal vor, ihr kümmert euch euer ganzes Erwachsenenleben lang rund um die Uhr um jemanden, und dann ist derjenige plötzlich nicht mehr da und ihr seid allein.«

»Das ist ein Jahr her«, sagte Daphne behutsam. »Ich habe noch keinen geliebten Menschen verloren, doch dir scheint es gut zu gehen, und du warst schließlich mit ihm verwandt.«

»Mir geht es gut, aber ich habe auch nicht jahrelang mit meinem Großonkel zusammengelebt. Ihr müsst das verstehen: Jock hat sein ganzes Leben hinter sich gelassen, als er zu Harvey gezogen ist. Seine ganze Welt drehte sich nur um meinen Onkel und dessen schlechte Gesundheit und trotz ihres Altersunterschieds waren sie beste Freunde. Jock fängt von Neuem an. Er war ein herausragender Schriftsteller, hat jedoch seit über einem Jahrzehnt nichts mehr geschrieben. Ich hatte gehofft, dass die ganze Reiserei ihm helfen würde, seine Muse zu finden und durch die Arbeit über seinen Kummer hinwegzukommen. Allerdings glaube ich, das war nicht der Fall, denn er hat mir die ganze Zeit mit dem Theater geholfen, was ja wundervoll ist, aber es sagt mir auch, dass er kein Wort zu Papier bringt.«

»Das ist das andere, was ich mich frage. Als dein Onkel das Theater geleitet hat, war es ausschließlich auf Kinder ausgerichtet. Du hast gesagt, dass Harvey fast zu jeder Aufführung gegangen ist, und Jock musste ihn begleiten, oder?«, fragte Daphne.

»Ich weiß, worauf du hinauswillst«, sagte Tegan. »Du willst wissen, wie Jock all die Kinder um sich herum ertragen konnte, ohne zu erstarren oder abzuhauen. Genau das habe ich ihn auch vor ein paar Wochen gefragt, und er hat gesagt, die Kinder seien wegen der Aufführung und wegen Harvey dagewesen. Sie haben nie versucht, Kontakt zu Jock aufzunehmen. Er meinte, er hätte sich unsichtbar gefühlt. Und ich weiß aus erster Hand, dass er eine Mauer errichtet hat. Während der Aufführungen war er immer sehr distanziert, und er hat deutlich gemacht, dass er für Harvey dort war und nichts seine Aufmerksamkeit von ihm ablenken konnte. Ihr könnt mir glauben: Viele alleinerziehende Mütter haben versucht, etwas daran zu ändern. Das habe ich selbst erlebt, wenn ich dort war, und ich habe ihn deswegen immer aufgezogen. Harvey auch. Doch es war, als hätte Jock Scheuklappen angehabt. Es tut mir leid, dass ihm der Umgang mit kleinen Kindern so schwerfällt, und ich kann mir vorstellen, wie es wehtun muss, ihn so auf Hadley reagieren zu sehen, aber er ist ein guter Kerl, und er ist es wert, dass man Geduld mit ihm hat.«

»Zwischen uns ist nichts. Ich war nur neugierig, aber danke, dass du uns das erzählt hast.« Daphne sah, dass Hadley zu

Aaron und Desiree hinübertapste. Sie ging schnell um den Tisch herum. »Ich muss Had die Hände waschen, bevor sie Aaron mit all den Hundekeimen anfasst.«

Sie nahm ihre Tochter auf den Arm und ging mit ihr hinein. Als sie mit sauberen Händen wieder herauskamen, ging Hadley ohne Umweg zu Desiree und streichelte Aaron über den Kopf, während Desiree ihn weiter stillte. »Hab mein Baby lieb.«

»Aaron hat dich auch lieb, meine Süße«, sagte Desiree. Ihre Liebe für Hadley war ebenso offensichtlich wie die zu ihrem eigenen Sohn.

»Kuss?«, fragte Hadley.

»Sie ist so entzückend«, sagte Chloe leise.

Desiree nickte. »Ja, du darfst ihm einen Kuss geben.«

Hadley küsste Aaron auf den Kopf und Daphne schmolz dahin. Hadleys überschwängliche Begeisterung für das Baby war schmerzhaft und schön zugleich. Daphne hatte sich immer eine große Familie gewünscht. Aber so wie ihr Leben verlief, würde es noch sehr lange keine Geschwister für Hadley geben – wenn überhaupt jemals.

»Aaron essen?«

»Ja, genau. Möchtest du auch etwas frühstücken?«, fragte Desiree.

Hadley verzog das Gesicht und schüttelte heftig den Kopf. »Ich goßes Mächen.«

»Sie glaubt, dass du sie stillen willst.« Daphne klopfte auf den Stuhl neben sich. »Du bist ein großes Mädchen und Mommy hat dein Frühstück hier. Wir müssen ziemlich schnell essen, damit du in die Schule kannst.«

Daphne hatte Horrorgeschichten über Kinder gehört, die weinten, wenn sie in die Vorschule kamen. Daher hatte sie frühzeitig beschlossen, schon die Kita als *Schule* zu bezeichnen, und hoffte, dass Hadley nicht eines dieser weinenden Kinder sein würde, wenn sie in der nächsten Woche das erste Mal in die Vorschule ging.

»Wenn Aaron älter ist, werde ich es dir nachmachen und auch von der Schule reden«, sagte Desiree, als Hadley auf den Stuhl neben Daphne kletterte.

»Hoffen wir, dass es funktioniert«, erwiderte Daphne.

Sie unterhielten sich beim Essen, und Daphne versuchte, dem Gespräch zu folgen, doch ihre Gedanken wanderten immer wieder zu Jocks wiederholt abweisendem Verhalten gegenüber ihrer Tochter und Tegans Wissen über das, was dahintersteckte.

»Halloho?« Chloe wedelte vor Daphne mit der Hand herum.

»Tschuldigung. War wohl gerade woanders mit meinen Gedanken.« Sie blinzelte ein paar Mal, um den Kopf freizubekommen, und schaute dann zu Hadley, die gerade Blaubeeren verschlang.

»Wir treffen uns alle Freitagabend zu einem Lagerfeuer am Strand. Hast du Zeit?«, fragte Chloe.

»Da muss ich doch gerade mal in meinen vollen privaten Kalender schauen.« Daphne lachte. »Ach nein, ich hab ja gar keinen. Natürlich haben Hadley und ich Zeit.«

»Gut.« Chloe trank ihren Saft aus. »Ich hab mich auch gefragt, ob du irgendeine Idee hast, wo wir das nächste Treffen des Buchclubs abhalten sollten.«

Daphne und Chloe leiteten einen Online-Buchclub für Liebesromane mit Mitgliedern aus der ganzen Welt. Auch wenn die meisten Unterhaltungen im Forum stattfanden, so wurde doch jeden Monat ein Mitglied zufällig ausgewählt, um das Buch des nächsten Monats und den Ort des Treffens auszusuchen. Mitglieder, denen es nicht möglich war zu kommen, konnten per Videochat teilnehmen. Daphne, Chloe, Tegan und eine Handvoll anderer Mitglieder vom Cape kamen dafür immer zu ihren eigenen monatlichen Treffen zusammen und chatteten online mit dem Rest der Gruppe. In diesem Monat hatte eine Teilnehmerin aus Nebraska das Buch *His Surrender* von Jaclyn Osborn und einen Ort in ihrer Nähe ausgesucht.

»Wie wär's am Nauset Light Beach?«, schlug Daphne vor. Für die Abende von Daphnes monatlichen Buchclubtreffen war Hadley immer fest bei ihren Großeltern eingeplant, und obwohl sie alle paar Wochen dort übernachtete, freuten sich Daphnes Eltern immer über mehr Zeit mit ihrer Enkelin.

Chloe nickte. »Klingt gut. Was meinst du, Tegan?«

»Ja, perfekt. Ich habe das Buch von diesem Monat gerade angefangen.« Tegans Augen funkelten aufgeregt. »Habt ihr es schon gelesen?«

»Puh, das nennt man dann wohl gleich in medias res gehen. Dieser sexy Chef ...« Chloe schaute kurz zu Hadley. »... dürfte bei mir jederzeit zum *Pflaumenpflücken* vorbeischauen.«

»Ich mag Pflaumen«, sagte Hadley mit vollem Mund.

Daphne musste ein Lachen unterdrücken, während sie Hadley den Mund abwischte. »Das hast du von mir.« Aber im Gegensatz zu ihrer Tochter lächelte Daphne oft. Sie hatte mit ihrem Ex-Mann genug durchgemacht, um sich darüber bewusst zu sein, wie wertvoll schöne Momente und enge Freunde waren, und um dankbar dafür zu sein.

Desiree legte Aaron auf ihrem Schoß ab, um den Still-BH zu schließen. »Ich kann diese Bücher gar nicht lesen, ohne hochrot anzulaufen.«

»Was glaubst du denn, warum ich sie in meinem Sessel verstecke und sie nur lese, wenn es draußen dunkel ist und niemand mein Gesicht sieht?«, sagte Daphne. Als sie und Chloe den Buchclub gegründet hatten, wollten sie alle Arten von Liebesromanen lesen. Daphne hatte nie etwas Erotisches gelesen, bis ein Mitglied einen erotischen Liebesroman ausgewählt hatte. Sie hatte etwas Zeit gebraucht, bis sie sich mit der expliziten Sexualität in diesen Romanen wohlgefühlt hatte, aber schon bald war es ihr leichtgefallen, sich in ihrer Fantasie in eine der Heldinnen hineinzuversetzen. Jetzt wurden in ihrem Buchclub nur noch erotische Liebesromane gelesen und sie konnte gar nicht genug davon bekommen.

»Wir wissen doch alle, warum du diese Bücher liest. Um dich für den *Freund* in Fahrt zu bringen, mit dem du seit drei Jahren zusammen bist«, sagte Emery mit einem Augenzwinkern.

Da war etwas dran. Ihr Leben wurde so von ihrer Arbeit und ihrer Zeit mit Hadley eingenommen, dass sie sich nicht daran erinnern konnte, wann ein lebendiger Mann ihr das letzte Mal das Gefühl gegeben hatte, begehrenswert zu sein. Nicht dass sie jemals so mutig wäre, derart offen, leidenschaftlich und unanständig mit einem realen Mann umzugehen wie die Heldinnen in ihren Büchern, aber die fiktionalen Partner wussten immer, was man sagen und tun musste, damit die Frau sich geborgen fühlte und sich fallen lassen konnte. Damit sie sich auch fallen lassen wollte.

»Ich weiß nicht, wie ihr das mit all den Teilnehmerinnen hinbekommt«, sagte Desiree und holte Daphne so wieder zurück ins Gespräch.

»Daphne ist wirklich ein Profi darin, den Überblick über die Leute und darüber, was sie brauchen, zu behalten«, sagte Chloe. »Wir teilen uns die Beantwortung der Posts im Forum, aber Daphne kümmert sich um den Löwenanteil, wenn es darum geht, jeden Monat die Online-Umfrage zu organisieren, die persönlichen Treffen und Skype-Meetings zu koordinieren und auch dafür zu sorgen, das Forum sowohl für die neuen als auch für die bisherigen Teilnehmerinnen frisch und interessant zu gestalten. Sie erstaunt mich immer wieder.«

»Du machst genauso viel, Chloe, außerdem gibt es eben einfach für mich nichts Schöneres, als Treffen zu planen und mir Ideen für die Diskussionen auszudenken.«

Bevor sie die Stelle im Bayside Resort angenommen hatte, hatte Daphne in größeren Resorts gearbeitet und dort Veranstaltungen organisiert, und das fehlte ihr ungemein. Sie hatte gedacht, der Buchclub würde dieses Verlangen stillen, aber so sehr es ihr auch gefiel, so sehr fehlte ihr doch die richtige Eventplanung. Hadley wurde älter, und so hatte sie mehr Zeit, über ihre – ihre und Hadleys – Zukunft nachzudenken und auch darüber, was sie für sie beide wollte. Wie zum Beispiel ein eigenes kleines Häuschen irgendwo, wo andere Kinder lebten, mit denen Hadley spielen konnte, und wo es einen Job gab, in dem sie neue, aufregende Aufgaben übernehmen konnte, auf die sie sich freute. Als Daphne die Stelle im Resort angenommen hatte, hatten ihre Chefs schon seit ein oder zwei Jahren Events anbieten wollen, doch das war nun auch schon zwei Jahre her und sie wartete noch immer darauf. Ihre Mutter hatte sie ermutigt, mit ihnen über die Ideen für Veranstaltungen im Resort zu reden, die sie aufgeschrieben und in der Schublade verstaut hatte. Vielleicht war es an der Zeit, mal die Lage zu sondieren. Welche bessere Möglichkeit konnte es geben, als die Frauen ihrer Chefs zu fragen?

»Darf ich euch mal nach eurer Meinung fragen?«

»Na klar«, antwortete Emery.

»Seit Desirees und Ricks Hochzeit hier im Summer House und Harpers und Gavins Hochzeit auf Silver Island fehlt mir die Eventplanung total. Ich überlege, ob ich die Jungs fragen soll, was sie davon halten, Hochzeiten und andere Veranstaltungen im Resort anzubieten. Ständig bekommen wir solche Anfragen. Erst diese Woche habe ich zwei Leuten abgesagt. Glaubt ihr, sie wären offen für diese Idee?«

»Du hast doch schon so viel zu tun«, sagte Chloe.

Daphne zuckte mit den Schultern. »Ich weiß, aber ich liebe es, so was zu organisieren. Das macht mir Spaß.«

Chloe schüttelte den Kopf. »Ich sag's dir nur ungern, aber Serena meinte, dass Drake neben dem Resort und seinen Musik-Läden kaum noch Zeit für irgendetwas bleibt. Ich bezweifle, dass er den Kopf für etwas anderes hat.« Drakes Frau Serena war Chloes jüngere Schwester. Neben seiner Teilhaberschaft am Bayside Resort war Drake noch Eigentümer einer Kette von Musik-Läden an der Ostküste. Er und Serena waren die nächsten Wochen fort, um ein neues Geschäft in einem anderen Bundesstaat zu eröffnen.

»Und mit Aaron wünsche ich mir, dass Rick weniger arbeitet und nicht mehr«, sagte Desiree. »Tut mir leid, Daphne.«

»Das geht mir mit Dean ebenso«, stimmte Emery ihr zu. »Er teilt sich seine Zeit schon zwischen dem Resort und seiner Arbeit als Landschaftsarchitekt auf. Ich glaube, den Jungs gefällt der geringe Aufwand, den sie für das Resort aufbringen müssen. So funktioniert es für sie, und sie haben hart dafür gearbeitet, es an diesen Punkt zu bringen. *Du* hast hart dafür gearbeitet. Vielleicht kannst du kleinere Veranstaltungen für die Mieter anbieten? So etwas wie Spiele-Abende?«

»Hm, vielleicht«, sagte Daphne entmutigt. »Wir sollten lieber los, sonst bin ich wieder zu spät bei der Arbeit. Iss auf, Hadley.«

Hadley schob den Finger in ihr Croissant. Als sie ihn wieder herauszog, war er von Schokolade überzogen. »Wick mag das?«

Sie leckte die Schokolade ab.

Emery unterdrückte ihr Lachen. »Oje, du wirst alle Hände voll mit ihr zu tun haben, wenn sie im Teenageralter ist.«

»Das kannst du laut sagen.« Daphne hoffte, dass Hadley, wenn sie erwachsen wurde, weniger unsicher im Hinblick auf Sex und ihren Körper war als sie und dabei ausreichend Selbstrespekt entwickelte, um ihn von anderen einzufordern. Sie hatte keine Ahnung, wie sie ihr das beibringen sollte, aber sie hatte einen Ausflug in die Bibliothek geplant, denn es konnte nicht schaden, sich etwas zu informieren. Sie wischte Hadley die Hände ab. »Bist du bereit für die Schule?«

Hadley nickte, kletterte vom Stuhl und sagte: »Mein Baby Tüss sagen.«

Daphne sah ihr zu, wie sie um den Tisch tippelte, Aaron einen Kuss auf den Kopf gab und ihm sagte, dass sie ihn liebhatte. Die Frauen waren hin und weg von ihr. Hadley war vielleicht kein Kind, das viel lächelte, aber sie war liebevoll, umsichtig und freundlich. Vielleicht sollte es Daphne nicht stören, dass Jock nie lang genug in ihrer Gegenwart verweilte, um diese Dinge an ihr zu würdigen, doch das tat es. Ebenso wie sie es störte, dass genau der Mann, von dem sie sich fernhalten sollte, der einzige Mann war, der ihren Körper in Brand setzte.

Zwei

Noch ein Tag für die Tonne.

Wie viele Tage waren es insgesamt? Dreihundertfünfundsechzig qualvolle Tage und ebenso viele unerträgliche Nächte jedes Jahr? Seit zehn Jahren?

Nein, nicht zehn. Die Zeit, die Jock mit Harvey verbracht hatte, war alles andere als verschwendet gewesen.

Er versuchte, sich auf den schweren Boxsack zu konzentrieren, den er gerade vermöbelte, während er die Geräusche in der Boxhalle und die Selbstverachtung ausblendete, die seine Gedanken durchdrang, doch der Morgen lief schon den ganzen verdammten Tag lang immer wieder wie ein schlechter Film vor seinem inneren Auge ab. Er konnte weder Hadleys Schreien noch dem Schmerz und der Wut in Daphnes Blick entkommen. Wie ein Mistkerl hatte er wortlos dagestanden, als dieses entzückende kleine Mädchen auf ihn zugerannt war. Vierzig Minuten drosch er nun schon auf den Boxsack ein, doch noch immer brachte Hadleys Flehen das schwache Geschrei seines Babys zurück und das erdrückende Gefühl in seiner Brust, das er empfunden hatte, als sein Sohn seinen letzten Atemzug gemacht hatte.

Er schlug noch härter auf den Sack ein. Schweiß rann ihm

übers Gesicht und brannte in seinen Augen, während die Erinnerungen an den Autounfall ihn überfluteten. Der Unfall hatte ihm seine Freundin Kayla und ihren gemeinsamen Sohn geraubt. Er hatte einen Keil zwischen ihn und seinen Zwillingsbruder Archer getrieben, der seit der Kindheit Kaylas bester Freund gewesen war, und er hatte Jock in eine Depression gestürzt, die sein sicheres Ende bedeuten würde. Er biss die Zähne noch fester zusammen, schlug schneller, härter zu, ignorierte die Ermüdung seiner Muskeln und den verkrampften Magen auf der Suche nach seinen Grenzen, damit er auch die ignorieren konnte. Er würde auf diesen verdammten Boxsack eindreschen, bis der von der Decke fiel, wenn es sein musste. Er musste doch in der Lage sein, seine schreckliche Vergangenheit hinter sich zu lassen, nun endlich nach vorne zu schauen und dieses süße kleine Mädchen auf den Arm zu nehmen, um sich das entzückende Lächeln ebenso wie den Respekt der schönen Mutter zu verdienen. Daphne konnte ihn wahrscheinlich nicht ausstehen und das war ihr nicht zu verdenken. Aber sie und ihre Tochter waren zwei der Gründe, warum er zurück nach Cape Cod gekommen war und seine fürchterliche Vergangenheit überwinden wollte, anstatt sich irgendwo anders niederzulassen. Egal wie, er würde einen Weg finden – oder dabei verrecken.

Brock »the Beast« Garner trat neben ihn und beobachtete, wie er den Boxsack bearbeitete. Mit seiner Größe von gut eins neunzig und einem Gewicht von über hundert Kilo wurde Brock seinem Spitznamen mehr als gerecht. Er war ein regionaler Boxchampion und Eigentümer von Cape Boxing, dem Club, in dem Jock in den letzten Monaten sein Heil gesucht hatte.

Jock wischte sich mit dem Unterarm über die verschwitzte Stirn. »Hey, Mann, wie geht's?«

»Anscheinend wesentlich besser als dir.« Er zeigte ein freundliches Lächeln, das aus der Bestie einen sanftmütigen Riesen machte. »Hab dich seit einer Weile schon nicht mehr so unter Strom gesehen. Was macht dir so zu schaffen?«

»Ich versuch einfach nur, das Chaos in den Griff zu kriegen.« Jock gehörte nicht zu denen, die ihr Seelenleben vor anderen ausbreiteten. Jett und Tegan wussten, was er durchgemacht hatte, und Harvey hatte er es ebenfalls erzählt, aber darüber hinaus behielt er seinen Kram gut unter Verschluss. Zumindest hatte er es so gehandhabt, bis er Harvey verloren hatte. Jetzt rasselten die Geister seiner Vergangenheit mit den Ketten, versuchten sich aus dem Kerker zu befreien, in dem er sie weggesperrt hatte, und er hatte verdammt noch mal keine Ahnung, wie er sie aufhalten sollte.

»Ärger mit den Frauen?«, fragte Brock.

Schön wär's. Jock hatte seit dem Unfall keine Beziehung mit einer Frau mehr gehabt. Er schluckte und verdrängte die Erinnerung, bevor dieser Mist auch noch wieder an die Oberfläche kam. »Tja, du weißt ja, wie das ist«, sagte er. Gelogen war es nicht. Daphne war eine Frau und sie löste eindeutig Chaos in seinem Kopf aus.

»Kann ich nicht behaupten.« Brock warf einen Blick zu seiner Frau Cree, die vom Boxring herübergeschlendert kam. Auf den ersten Blick schien Cree, die von Kopf bis Fuß, von ihrem Tanktop bis hin zu ihren Kampfstiefeln, schwarz gekleidet war und an deren Armen und Hals sich bunte Tattoos entlangschlängelten, das genaue Gegenteil des adretten Brocks zu sein. Sie hatte eindeutig ihre toughe Seite, doch sie war auch die gutherzige Elfe an der Seite des sanften Riesen Brock.

»Ja, offensichtlich nicht«, sagte Jock, als Cree Brocks Hand ergriff und Brock ihr einen Kuss gab. Er versuchte, den Anflug von Neid zu unterdrücken, der ihn in letzter Zeit immer überkam, wenn er glückliche Paare sah. Dieses neue, unangenehme Gefühl hatte kurz nach seiner ersten Begegnung mit Daphne eingesetzt. Es war nur eine der Veränderungen, die er seit Harveys Tod an sich festgestellt hatte.

Jock war Schriftsteller und häuslicher Betreuer gewesen und beides hatte er herausragend getan. Doch er hatte schon seit über einem Jahrzehnt kein Wort mehr zu Papier gebracht, und auch wenn er sich gern um Harvey gekümmert hatte, so war ihm auch klar geworden, dass darin nicht seine Berufung lag. Das Problem war, dass er nicht mehr weiterwusste. Er hatte keine Ahnung mehr, wer er überhaupt war. Harvey hatte ihm ein Vermögen hinterlassen – unter der Bedingung, dass er ein weiteres Buch veröffentlichte, und Jock wusste, dass das Harveys Art gewesen war, ihn dazu zu bringen, zurück ins *richtige* Leben zu finden. Harvey hatte ihn dazu gedrängt, die Kluft zwischen ihm und seiner Familie zu überwinden, die er nur wenige Male pro Jahr für wenige Stunden sah, mit Leuten in seinem Alter auszugehen und das Leben zu leben, das Jocks Sohn nie hatte leben dürfen. Das Geld scherte Jock wenig. Er hatte gut an seinem Buch verdient und Harvey hatte ihn ansehnlich bezahlt. Da er sehr bescheiden gelebt und genug beiseitegelegt hatte, würde er damit einige Jahre hinkommen. Aber Harvey hatte ihn davor bewahrt, vollkommen abzutauchen. Er war zu seiner Familie geworden, seinem Prank-Partner und engsten Freund, und Jock wollte ihn stolz machen. Ein Jahr lang hatte er versucht, wieder zu schreiben. Nur wusste er weder, wie er seine Muse, noch wie er den Weg zurück zu seiner Familie finden sollte, geschweige denn jemals wieder eine Beziehung mit einer Frau eingehen.

»Hey, Jock, siehst du die hübsche Frau da mit den langen

hellbraunen Haaren am Boxring?« Cree zeigte auf eine große durchtrainierte Frau in Leggings, die so tat, als würde sie sie nicht im Spiegel beobachten, während sie aus ihrer Wasserflasche trank. »Sie hat gerade hier mit dem Training angefangen und hat sich nach dir erkundigt. Ich weiß ja, dass du deine Privatsphäre magst, also habe ich ihr nur erzählt, dass du hier schon seit einer Weile trainierst.«

Cree versuchte immer, ihn zu verkuppeln. Er hatte ihr unzählige Male gesagt, dass er nicht auf eine Beziehung aus war, aber das hatte sie bisher nicht aufgehalten, und so hatte er sich Ausweichmanöver einfallen lassen. »Danke, aber ich gehe sowieso gerade.«

»Ich könnte dich ihr vorstellen und ihr unterhaltet euch ein anderes Mal«, schlug sie hoffnungsvoll vor.

Jock schüttelte den Kopf. »Du bist ganz schön hartnäckig.«

»Sie ist der Meinung, dass jeder verliebt sein sollte.« Brock zog Cree an seine Seite. »Und damit hat sie nicht unrecht. Die richtige Frau kann das Chaos in deinem Kopf zur Ruhe bringen.«

»Kein Bedarf, danke.« Jock streckte ihm seine Hände mit den Boxhandschuhen entgegen. »Aber du kannst mir die abnehmen, wenn du unbedingt helfen willst.«

»Das mach ich schon.« Während Cree ihm die Handschuhe auszog, sagte sie: »Du solltest abends mal ins Undercover kommen und Brock und mich singen hören.«

Das Undercover war eine Bar in der Nähe und Jock hatte sowohl Cree als auch Brock dort schon singen hören. Cree hatte eine engelsgleiche Stimme und stand bereits in Verhandlung mit einem Musiklabel, um ihr erstes Album aufzunehmen, während Brock mit zwei anderen Boxern A-Capella-Songs performte.

»Ich überleg's mir.«

»Wenn du mir Bescheid gibst, kann ich ihr sagen, wann du da sein wirst«, sagte sie munter und gab ihm die Handschuhe.

»Ich hätte lieber meine Ruhe, wenn es dir nichts ausmacht«, sagte Jock so beiläufig wie möglich und hoffte, dass sie ihn nicht noch mehr bedrängen würde.

»Lass den Jungen in Ruhe, Baby. Er will nicht mit jeder Frau hier verkuppelt werden.« Brock gab ihr einen Klaps auf den Hintern und sie ging kichernd weiter. »Tut mir leid, Jock.«

»Kein Problem. Bei euch beiden wirkt die Liebe so leicht. Das ist schön.« Jock hatte Kayla wie eine enge Freundin geliebt, und sie hatten Spaß zusammen gehabt, aber die Art von Liebe, die Brock und Cree verband, hatte er noch nie erlebt – diese Art von Liebe, die einen Mann von innen heraus strahlen ließ. Seine Gedanken wanderten zu Daphne, doch er wusste, dass er da nichts zu suchen hatte. Ein so verkorkster Typ wie er war das Letzte, was sie in ihrem Leben brauchte. Er nahm seine Tasche von der Bank und verstaute die Handschuhe darin. »Ich bin weg. Wir sehen uns.«

»Ich hoffe, du findest etwas, das dir dieses Chaos aus deinem Kopf vertreibt.«

»Danke, Mann, das hoffe ich auch.«

Draußen merkte Jock, dass er etwas weniger aufgewühlt war als noch vor seinem Training. Die erfrischende Abendluft kühlte seine schwitzige Haut ab. Als er in seinen Range Rover stieg und Richtung Resort fuhr, wanderten seine Gedanken zurück zu Daphne und Hadley. Rick hatte ihm erzählt, dass Hadley an diesem Morgen nach ein oder zwei Minuten aufgehört hatte zu weinen, aber das linderte nicht den Schmerz, der ihn permanent begleitet hatte, seit er aus der Situation weggelaufen war.

An einem kleinen Laden hielt er an, um sich ein Sportgetränk zu kaufen, und als er an einem Stand mit Rosen vorbeiging, an dem er zuvor wahrscheinlich schon hunderte Male vorbeigekommen war, hielt er inne und überlegte, ob er Daphne einen Strauß als Entschuldigung kaufen sollte. Er hatte keine Ahnung, ob sie Rosen überhaupt mochte, aber mochten nicht alle Frauen Rosen? Doch Rosen bedeuteten so viel mehr als eine Entschuldigung. Harveys raue Stimme erklang leise in seinem Kopf. *Den Weg zum Herzen einer Frau findet man, wenn man weiß, was sie am liebsten mag.*

Jock und Daphne waren sich auf so vielen Veranstaltungen und Treffen mit Freunden begegnet, dass er drei Dinge benennen konnte, die sie liebte, und Hadley stand ganz oben auf dieser Liste. Die beiden anderen waren Speck und Muffins – jegliche Art von Muffins, soweit er es beurteilen konnte. Wenn Daphne Muffins sah, leuchteten ihre Augen, so wie sie bei anderen Frauen beim Anblick von Diamanten leuchteten. Und dann hatte sie diese nervöse Angewohnheit, dass sie immer einen kleinen Schritt vom Tisch zurücktrat und sich mit ihren wunderschönen hellblauen Augen kurz umschaute, als wollte sie sichergehen, dass alle anderen ihren Muffin zuerst bekommen hatten. Ihm fielen die anderen Dinge ein, die er an ihr bemerkt hatte, zum Beispiel wie sie manchmal Klatschmagazine las, während Hadley im Garten oder am Strand spielte, und wie sie die dann wegsteckte, sobald jemand vorbeikam, als wollte sie nicht, dass andere wussten, was sie las. Er fragte sich, was für andere heimliche Vorlieben sie noch hatte.

Er konnte ihr ja schlecht ein Pfund Speck bringen, auch wenn er ihr gern beim Essen zusah. Daphne und ihre erotischen Kurven bei allem Möglichen zu beobachten, war *seine* heimliche Vorliebe.

»Entschuldigung«, sagte ein älterer Herr und riss Jock damit zurück in die Realität.

Ihm wurde bewusst, dass er den Gang versperrte. »Tut mir leid.« Er trat zur Seite und machte sich dann auf die Suche nach den Backwaren. Die Auswahl der Muffinsorten war zu groß: Chocolate Chip, Blaubeere und Apfelstreusel. Er nahm jeweils eine Schachtel und schnappte sich noch ein paar andere Dinge, die sie vielleicht mochte – in der Hoffnung, dass diese Geste den Schmerz linderte, den er ausgelöst hatte. Als er dann noch sein Getränk holte, war er zu der Überzeugung gelangt, dass die Entschuldigungsgeschenke die gewünschte Wirkung haben könnten.

Während er zum Resort fuhr, wurde sein Schuldgefühl mit jeder Meile größer. Heute war nicht das erste Mal gewesen, dass er so auf Hadley reagiert hatte, auch nicht das zehnte, und er wusste, dass es definitiv nicht das letzte Mal gewesen sein würde. Eigentlich hatte er sich immer ziemlich unter Kontrolle, nur eben nicht, wenn es zu dieser Flut von grauenvollen Erinnerungen kam, die mit dem Blick oder der Berührung von Babys oder kleinen Kindern einherging, die bei ihm nach Schutz oder Zuwendung suchten. Er presste die Kiefer aufeinander, schloss die Finger fester um das Lenkrad. Was zum Teufel stimmte nicht mit ihm? Er wusste, wie es sich anfühlte, wenn das eigene Kind litt, und er fand es schrecklich, dass er Hadley und Daphne Kummer bereitet hatte, und das auch noch zum wiederholten Male. Eines war sicher: Er musste diesen Mist in den Griff kriegen oder sich verdammt noch mal von ihnen fernhalten. Sein Blick fiel auf die Tüte mit seinen Einkäufen, während Wut und Frust in ihm rumorten. Das war eine lächerliche Aktion. Als ob Muffins oder Zeitschriften den Schmerz über ihr leidendes Kind lindern könnten! Oder die

Erinnerung an sein bescheuertes, wenn auch instinktives Verhalten auslöschen könnten. Er war ein verdammter Idiot! Mit einem zornigen Laut fegte er die Tüte vom Beifahrersitz, sodass sie gegen das Armaturenbrett prallte und ihr Inhalt sich im Auto verteilte.

Verdammte Muffins.

Muffins waren keine Lösung.

Er war sich nicht sicher, ob es überhaupt eine gab.

Sein Magen zog sich zusammen, als er in das Resort einbog. Das Scheinwerferlicht huschte über Daphne, die mit angezogenen Beinen auf einem Liegestuhl auf der Terrasse vor dem Büro saß. Ihre schönen blonden Haare umrahmten ihr Gesicht, während sie auf den Laptop auf ihrem Schoß schaute und ein Stück Pizza in der Hand hielt. Der vertraute Adrenalinschub, der immer kam, wenn er Daphne sah, versetzte seinen Körper in einen Zustand höchster Aufmerksamkeit.

Er würde nie den Moment vergessen, in dem er sie letzten Sommer auf der Geburtstagsparty ihres gemeinsamen Freundes Gavin das erste Mal gesehen hatte. Die schüchterne Schönheit hatte nicht bemerkt, dass ihm bewusst gewesen war, wie sie immer wieder heimlich zu ihm herübergeschaut hatte und dabei jedes Mal errötet war. Er selbst hatte auch verstohlen ihre süßen Kurven und die unschuldigen Augen beobachtet. Nur einen kurzen Moment lang waren ihre Blicke sich begegnet, doch die unmittelbar sprühenden Funken und das Verlangen hatten ihn umgehauen. Es war eine Ewigkeit her gewesen, dass er irgendeine Art von Begierde verspürt hatte, doch mit einem einfachen Blick und ihren geröteten Wangen hatte Daphne eine Leidenschaft in ihm entfacht, die er so noch nie erlebt hatte. Damals hatte er aus dem Augenwinkel gesehen, wie Rick und sein Bruder Drake vor einem kleinen Mädchen mit feinen Haaren und in einem rosa Kleid knieten und versuchten, ihm ein Lächeln zu entlocken. Er hatte sich gerade Daphne vorstellen wollen, als dieses kleine Mädchen zu ihm herübergetapst war und die Arme um sein Bein geschlungen hatte, um dann mit den gleichen großen blauen Augen zu ihm aufzuschauen wie die, die ihn nur Momente zuvor verzaubert hatten. Tegan war rettend zur Stelle gewesen und hatte die Hand des Mädchens nehmen wollen, doch die Kleine hatte sich nur noch fester an Jock geklammert und sich mit wütendem Gesichtsausdruck von Tegan abgewandt. Dann hatte sie Jock so unfassbar süß angelächelt und all seine verdammten Muskeln waren erstarrt. Daphne war nervös zu ihm gekommen und hatte gesagt, dass er wohl ein besonderer Mann sein musste, wenn er ihre Tochter so spontan für sich einnehmen konnte.

Ihre Tochter. Die Erkenntnis hatte ihn wie ein Faustschlag ins Gesicht getroffen.

Von Nahem war Daphne noch attraktiver. Damals schon hatte er gewusst, dass er richtig in Schwierigkeiten geraten würde, wenn er den Zauber, mit dem sie ihn belegt hatte, nicht sofort brach. Er hatte geglaubt, er wüsste, wie er das hinbekäme, und so hatte er ihr gesagt, dass der sechste Sinn ihrer Tochter wohl *defekt* wäre. Er war direkt gewesen, hatte gedacht, sie würde sofort die Flucht ergreifen, doch stattdessen hatte sie ihn mit dem verlockendsten Lächeln belohnt, das er je gesehen hatte, und genau dieses schüchterne und irgendwie auch verführerische Lächeln tauchte nun nachts ständig vor seinem inneren Auge auf und lockte ihn in die Welt geheimer Lüste, die sie geweckt hatte. Daphne Zablonski war zur ständigen Begleiterin seiner Gedanken geworden, zu dem Menschen, zu dem er sich hingezogen fühlte, wenn sie mit gemeinsamen Freunden unterwegs waren, und an den er in den hunderten

Stunden dazwischen unaufhörlich dachte. Zu der Person, die er gut genug kannte, um sich von ihr fernzuhalten.

Daphne schaute von ihrem Laptop auf, und Jock wurde klar, dass sein Fuß noch immer auf dem Bremspedal verweilte und er sie schon viel zu lang anstarrte. Sie legte schützend die Hände über die Augen und lehnte sich vor, um durch das Scheinwerferlicht zu erkennen, wer da war. Er konnte einfach weiterfahren und sich in seinem Cottage verstecken, aber sie war der letzte Mensch, vor dem er sich verstecken wollte. Wenn es jemals einen Zeitpunkt gab, an dem er seinen Mann stehen und sich den Tatsachen stellen musste, dann war er jetzt gekommen.

Er fuhr in eine Parklücke und stellte den Motor ab.

Daphnes Nerven gerieten in helle Aufregung, als Jock in grauer Jogginghose und schwarzem Tanktop mit einer Flasche in der Hand aus seinem Geländewagen stieg.

Himmel noch mal, wie heiß und muskelbepackt der war!

Viele Frauen mochten Männer in Anzügen, aber Daphne hatte eine Schwäche für Männer in Jogginghosen und Tanktops, und Jock sah wirklich unnormal gut aus. Der Mond schien von hinten auf ihn, warf einen Schatten auf sein Gesicht und ließ seine breiten Schultern und die durchtrainierte Gestalt noch größer erscheinen. In ihrem Bauch tobten Schmetterlinge, als er auf sie zukam. Wieder einmal wünschte sie sich, sie könnte den Blick abwenden, doch sein Anblick hielt sie gefesselt.

Wenige Meter von ihr entfernt hielt er inne und das Licht von der Terrasse offenbarte seine dunklen, sorgenvollen Augen.

Hatte er sie für jemand anderen gehalten? Ein nervöses Prickeln durchfuhr sie, und dann kam ihr der Gedanke, dass er trotz der späten Stunde vielleicht Ausschau nach Hadley hielt. So sehr sie sein Verhalten auch gestört hatte, so hatte sie doch den ganzen Tag darüber nachgedacht, was Tegan gesagt hatte. Es tat ihr leid, dass er Harvey nach all den gemeinsamen Jahren verloren hatte, und was Jett erwähnt hatte – dass man sich ab und zu in die Lage des anderen hineinversetzen sollte –, konnte sie durchaus nachempfinden. Kurz nach ihrer Scheidung, als sie einfach nur noch erschöpft gewesen war und allein mit dem Baby zurechtkommen musste, während sie gleichzeitig auf der Suche nach einem Job war, hatte sie sich immer gewünscht, die Leute könnten mal einige Stunden in ihrem Leben verbringen, damit sie wüssten, wie viel Entschlossenheit und Energie nötig gewesen war, um einfach nur durch den Tag zu kommen. Ganz zu schweigen von dem Gefühl, ihre Tochter auch nur für die Dauer eines Vorstellungsgesprächs allein zu lassen und sich jede einzelne Sekunde um sie zu sorgen. Vielleicht hatte Jock auch ein wenig Nachsicht verdient.

»Du bist in Sicherheit«, sagte sie unbeschwerter, als sie sich fühlte. »Meine Tochter ist oben und schläft tief und fest.« Sie deutete auf das Babyfon neben dem Stuhl.

»Ich hab nicht … Das ist es nicht.« Er kam näher und setzte sich auf den Stuhl neben sie. Er stellte sein Getränk auf dem Rasen ab und knetete nervös die Hände. Die Muskeln an seinem Kiefer zuckten. »Wie ich mich in Gegenwart von Hadley benehme, hat nichts mit ihr zu tun, Daph.«

Einerseits wollte Daphne ihm die Sorge nehmen, die ihm ins Gesicht geschrieben stand, aber als Mutter musste sie mehr wissen. »Wenn es nicht an ihr liegt, woran dann? Denn das kann man ja nur persönlich nehmen.«

Er schaute zu ihr auf. »Das ist es nicht. Ich kann dir gar nicht sagen, wie leid es mir tut, dass ich so auf sie reagiere.«

Die Ehrlichkeit in seiner Stimme besänftigte sie ein wenig, doch es reichte ihr noch nicht. »Warum schreckst du so zurück, sobald du sie siehst? Sie ist doch nur ein kleines Mädchen.«

»Das weiß ich und es ist nicht richtig. Wie gesagt, es liegt nicht an ihr. Es liegt an mir.« Er stützte sich mit den Ellbogen auf den Knien ab und schaute auf seine Hände. »In der Vergangenheit sind einige Dinge passiert, die mir ziemlich zugesetzt haben.« Einen Moment lang sagte er nichts, und der Schmerz, der ihn erfüllte, war förmlich greifbar. Mit bekümmertem Blick sah er wieder zu ihr auf. »Ich dachte, ich hätte das hinter mir gelassen, aber mir wurde wohl erst klar, wie sehr es mir noch zu schaffen macht, nachdem Harvey gestorben war und ich mir nicht mehr Tag und Nacht um ihn Sorgen machen musste.«

Sie wollte ihn fragen, was geschehen war, aber sein Schmerz war so offenkundig, und Daphne wusste, was Trauer war. Sie hatte um ihre gescheiterte Ehe getrauert und für ihre Tochter getrauert, die keinen Vater haben würde, und es hatte lange gedauert, bis sie über all die schmerzvollen Erfahrungen hatte reden können. Zumindest ging Jock ihr dieses Mal nicht aus dem Weg, so wie er es am Morgen und all die anderen Male zuvor getan hatte. Er öffnete sich, und das Wissen um seinen Kummer löste in ihr den Wunsch aus, ihm bei der Suche nach einem Weg heraus aus der Misere zu helfen. Tegan hatte gesagt, dass er nach Antworten suchte. Sie kannte Jocks Frage nicht, aber wenn sie ihm half, fand sie vielleicht auch die Antworten, die sie selbst brauchte.

Noch bevor sie etwas antworten konnte, sagte er: »Tut mir leid, ich hab dich beim Essen gestört.«

»Was?« Sie folgte seinem Blick zu dem halben Stück Pizza, von dem sie gar nicht mehr gewusst hatte, dass sie es in der Hand hielt. Das wiederum erinnerte sie daran, dass sie – während er unfassbar attraktiv neben ihr saß – mit sorglos hochgesteckten Haaren, ohne Make-up und in einem ihrer größten, bequemsten Sweatshirts dahockte. Bei ihrem Glück hatte sie wahrscheinlich auch noch Pizzareste zwischen den Zähnen. *Zumindest bestätigt das sein Bild von mir als absolute Chaos-Mama.* »Ach, nein, das macht nichts. Ich war mit dem Buchclub-Kram beschäftigt und hab mein Essen vollkommen vergessen.« Sie hob das angefangene Stück Pizza hoch. »Ich war fast fertig.«

»Fast fertig?« Er schaute zur Pizzaschachtel. »Aber das ist gerade mal dein erstes Stück.«

»Hab keinen großen Hunger.« Sie hatte einen Bärenhunger, aber das würde sie ihm nicht sagen. Den Laptop stellte sie nun auf dem Tisch ab und versuchte dabei, nicht darüber nachzudenken, was ihm mit Sicherheit durch den Kopf ging – zum Beispiel, dass niemand ihre Kleidergröße mit dem Verspeisen eines einzigen Stückes Pizza erreichte. »Bedien dich, wirklich. Nimm nur und füttere all diese Muskeln«, platzte es aus ihr heraus. *Füttere all diese Muskeln?* Ihre Wangen glühten. Warum nur lud sie ihn auch noch ein, mit ihr zu essen? Diese Verletzbarkeit, die sie an ihm entdeckt hatte, musste ihr Hirn völlig aufgelöst haben.

Er lachte leise. »Du bist so verdammt süß, du solltest mit einem Warnhinweis versehen werden.«

Süß? Warnhinweis? Was sollte das denn bedeuten? *Süß* war eine Beschreibung für Hadley. Aber als *sexy* würde er sie ja auch nicht betiteln. Abgesehen von ihren Freundinnen hatte sie noch nie jemand *sexy* genannt, und die mussten es in ihrer Funktion ja quasi.

»Ich hab einen Vorschlag«, sagte er und nahm sich ein Stück Pizza. »Ich füttere meine Muskeln, wenn du mir versprichst, mehr als nur ein Stück zu essen. Du brauchst die Energie, um hinter deiner Tochter herzujagen.«

»Mhm.« Sie knabberte an ihrem Stück herum, während er seines mit vier Bissen aufaß und sie dabei die ganze Zeit ansah, sodass sie sich noch unsicherer fühlte.

Er öffnete sein Sportgetränk. »Möchtest du?«

»Nein danke, ich hab Limonade.« Sie griff nach ihrem Becher, der auf der anderen Seite von ihrem Stuhl im Gras stand, während er etwas trank. Sogar wie sein Adamsapfel in seinem Hals auf und ab hüpfte, war sexy.

Er aß ein weiteres Stück Pizza und sie nahm den letzten Bissen von ihrem. Wieder trank er etwas und hielt dann den Blick auf sie gerichtet, als er die Flasche abstellte und sich über die Lippen leckte. »Bereit für mehr?«

»Oh ja!« Sie klang atemlos – wie peinlich – und wieder wurde sie rot.

Er schmunzelte und gab ihr kopfschüttelnd ein Stück Pizza. »Vergiss den Warnhinweis. Ein Eisbeutel wäre passender.«

Sie senkte den Blick und spürte die Verletzung tief in sich. »Ist es so schmerzhaft, mit mir zu essen, dass du einen Eisbeutel für deine Augen brauchst, oder so?«

Er zog die Stirn in Falten und senkte die Hand mit dem Pizzastück, in das er gerade hatte beißen wollen. Er lehnte sich zu ihr. »Nein, Daphne«, sagte er todernst. »Um meine *Augen* mache ich mir keine Sorgen.«

Oh mein Gott. Das meinte er doch wohl nicht ernst, oder? Sie schob sich Pizza in den Mund und wurde mit einem unfassbar sexy Grinsen, einem kleinen Kopfschütteln und einem tiefen Lachen belohnt. Schweigend aßen sie weiter. Er beobachtete sie unverhohlen, und sie schaute nervös weg, wurde jedoch immer wieder von ihm angezogen.

Sie überlegte krampfhaft, was sie sagen konnte, um die Spannung zwischen ihnen aufzulösen. Als sie aufgegessen hatte, sagte sie: »Du hast Harvey erwähnt. Tegan hat erzählt, dass du dich lange um ihn gekümmert hast.«

»Etwa ein Jahrzehnt lang, rund um die Uhr. Ich war ziemlich durch den Wind, als wir uns kennengelernt haben, und am Ende standen wir uns so nahe, wie es bei Freunden nur möglich ist.« Er griff nach einem weiteren Stück Pizza und hob fragend die Augenbrauen.

»Nein danke. Ich hatte genug.«

»Ich bin mir nicht sicher, ob ich die Bedeutung von *genug* kenne.«

Der Blick seiner dunklen Augen ruhte weiter auf ihr, während er einen Bissen nahm, fast die Hälfte des Stückes aß und sich über den Mundwinkel leckte. Daphnes schmutzige Fantasie erwachte sofort und spielte all die anderen Dinge durch, die er mit dieser Zunge anstellen konnte. Schnell konzentrierte sie sich auf ihre Limonade und schwor sich, ihm nie wieder beim Essen zuzusehen, um dann nach einem sicheren Thema zu suchen, bei dem ihr ausgehungertes Sexhirn nicht mit irgendwelchen Fantasien aufwartete.

»Du vermisst Harvey sicher sehr.« Sie stellte ihr Glas ab und versuchte, nicht auf Jocks Mund zu schauen. Aber es gefiel ihr, ihn kennenzulernen, und sein schönes Gesicht mit den vollen Lippen gefiel ihr auch, und zwar zu sehr, um ihn nicht anzuschauen.

»Ja, ich vermisse ihn. Er konnte manchmal ganz schön nerven, aber ich habe ihn wirklich sehr gemocht. Es hat ihm Spaß gemacht, mir zuzusetzen.« Er lächelte, als würden Erinnerungen wach werden.

»Inwiefern?«

»Er war ein exzentrischer Schauspieler im Ruhestand und unheimlich gut darin, anderen Leuten einen Streich zu spielen. Alle paar Wochen hat er seinen Tod vorgetäuscht und mich in Panik versetzt.«

»Du meine Güte! Wie gemein«, sagte sie lachend.

»Das war typisch Harvey. Einmal hat er einen Typen engagiert, der sich als Einbrecher ausgeben sollte, und ich hatte natürlich keine Ahnung, also hab ich Harvey beschützt. Der Scherz endete für den anderen Typen nicht besonders gut.« Er schüttelte den Kopf. »Dann hat er in einem Restaurant mal so getan, als hätte er sich verschluckt, und als ich mich hinter ihn gestellt hab, um den Heimlich-Griff anzuwenden, hat er geschrien: ›Hilfe! Der Typ will mich umbringen!‹«

Daphne lachte. »Entschuldige, das war sicher peinlich, aber er scheint ein saukomischer Kerl gewesen zu sein.«

»Er war zum Schießen.«

»Tegan hat erzählt, dass er dir den Spitznamen gegeben hat. Nennt deine Familie dich auch Jock?«

»Nein, für sie bin ich Jack. Als ich anfing, für Harvey zu arbeiten, nannte er mich aus Spaß Jock, wie man eben so durchtrainierte Einfaltspinsel nennt. Da hab ich den Fehler gemacht, ihm zu sagen, dass er mich nie wieder so nennen soll, und von da an hat er mich nicht nur immer Jock genannt, sondern auch allen so vorgestellt.«

»Klingt so, als wäre er ein Spaßvogel der besonderen Art gewesen. Welcher Name ist dir lieber?«

»Eindeutig Jock. Abgesehen davon, dass weniger schlechte Erinnerungen damit verbunden sind, hat Harvey mir mehr beigebracht, als du dir vorstellen kannst. Ich würde ihn gern stolz machen, wieder schreiben ...« Sein Gesichtsausdruck wurde nachdenklich. »Ehrlich gesagt ... Jetzt, wo er nicht mehr da ist, bin ich irgendwie haltlos und versuche, herauszufinden, wer ich ohne ihn überhaupt bin.«

»Das ist sicher nicht einfach. Ich mach mir jetzt schon Gedanken über den Tag, an dem Hadley ans College geht oder sich eine eigene Wohnung nimmt. Deine Situation ist viel schlimmer als die von Eltern, deren Kinder ausgezogen sind.«

»Ja ...«, sagte er leise. »Aber das ist ein schwieriges Thema. Lass uns über dich reden, Daph. Du hast einen Buchclub erwähnt. Ist das derselbe Buchclub, dem auch Tegan angehört?«

»Ja, Chloe und ich leiten ihn.«

Während sie etwas trank, sagte er: »Ich hätte dich nicht für eine Leserin von erotischen Liebesromanen gehalten. Wie erotisch magst du es denn? Rote Zimmer, Peitschen und Ketten?«

Sie verschluckte sich und spuckte die Limonade über seiner Jogginghose aus. »Oh nein! Entschuldige!« Sie schnappte sich ein paar Servietten und fing an, seinen Schoß abzuwischen, lief hochrot an und plapperte idiotisch drauflos, aber sie konnte einfach nicht aufhören. »Es sind ja nur Bücher. Die hab ich nicht geschrieben.« Sie wischte und tupfte, was das Zeug hielt. »Anfangs waren es auch keine erotischen Sachen. Wir haben normale Liebesromane gelesen, aber ...«

Er hielt sie am Handgelenk fest und gab einen kehligen Laut von sich, als er ihre Hand in sichere Entfernung von seinem Schritt brachte.

»Oh mein Gott!« Nun klang sie ebenso beschämt, wie sie sich fühlte. Sie wandte sich ab und verschränkte die Arme vor dem Bauch. »Es tut mir leid. Ich hab nicht versucht ... Ich wollte nicht ... Ich hab nicht bemerkt ...« Sie hielt den Mund, denn jetzt wurde ihr bewusst, dass sie sehr wohl etwas bemerkt hatte. Etwas sehr Beeindruckendes.

»Daphne, es ist in Ordnung.«

Sie schüttelte den Kopf, schloss die Augen und hoffte, dass er gehen würde. Doch sie spürte die Wärme seines Körpers neben sich und kniff die Augen noch fester zu.

Er hatte eine Hand auf ihren unteren Rücken gelegt und sein Atem drang warm an ihr Ohr. »Du bist es gewohnt, Mutter zu sein, und dazu gehört es, Verschüttetes wegzuwischen.«

»Du hältst mich sicher für albern«, sagte sie.

»Hat es sich so angefühlt, als würde ich das denken?«

Ihr stockte der Atem und sie riss die Augen auf. Er beugte sich vor, damit sie ihn ansah, und in seinem Blick lagen Feuer und Belustigung zugleich. »Es ist meine Schuld. Ich wollte nur, dass du rot wirst.«

»Na, dann herzlichen Glückwunsch, Jock«, sagte sie mit einem nervösen Lachen, und entschied sich damit für die Belustigung, da sie mit Feuer noch nie gut zurechtgekommen war. Und wenn es um Jock Steele ging, traute sie sich kein Urteil darüber zu, ob das, was sie als Inferno wahrnahm, vielleicht für jede andere Frau nur eine leicht aufflackernde Flamme war. Sie hatte sich heute Abend schon zur Genüge blamiert.

»Dir ist es gelungen, mich total in Verlegenheit zu bringen.« Sie stopfte die dreckigen Servietten in ihr leeres Glas und fing an, ihre Sachen zusammenzusammeln. »Und um deine Frage zu beantworten: Ich habe keine Vorliebe für Peitschen, Ketten oder sonst irgendetwas. Ich weiß gerade mal so, was man *ohne* jegliches Zubehör anstellt. Ich bin einfach nur eine berufstätige Mutter, die versucht, mit Hilfe von etwas Unterhaltung in

Form von Büchern den Tag zu überstehen. Das ist alles.«

»Daphne«, sagte er und beugte sich wieder vor, damit er in ihr Sichtfeld kam. »Ich habe mich nicht über dich lustig gemacht.«

»Großartig.« *Bring mich nur noch mehr in Verlegenheit.* »Dann ist mein sechster Sinn wohl ebenso defekt wie der meiner Tochter.«

Ein Lächeln schlich sich auf seine Lippen. »Ach, Daphne. Du bist wirklich das perfekte Heilmittel für einen harten Abend.«

»Und wieder eine zweideutige Anspielung, bei der ich nicht weiß, wie ich darauf reagieren soll.« Sie ließ sich in ihren Stuhl sinken.

»Wow, okay.« Er lehnte sich zurück und versuchte, sein Lachen zu unterdrücken. »Das war jetzt aber gar keine zweideutige Anspielung.«

»Nicht? Na, dann beweist es ja nur aufs Neue, dass ich immer ein Stück hinterherhinke. Du scheinst masochistisch veranlagt zu sein. Warum bist du noch hier?«

»Weil wir beide gar nicht so unterschiedlich sind.«

Sie verdrehte die Augen.

»Im Ernst, Daphne. Ich habe mich ein Jahrzehnt lang um einen Mann gekümmert, der mit jedem Jahr kränker wurde. Mein Leben bestand daraus, ihn zu füttern, zu baden, sicherzustellen, dass er alles bekam, was er brauchte, ihn zu unterhalten, ihm Gründe zu geben, zu lächeln, zu lachen, den nächsten Tag zu überstehen. Er war kein Kind, aber ich habe Harvey Fine wie ein Familienmitglied geliebt, und wenn man jemanden liebt, dann macht man alles für ihn. Mein Leben drehte sich einzig und allein um ihn – in etwa so, wie sich deines um Hadley dreht.«

Seine Worte trafen sie mitten ins Herz. »Okay, da ist etwas dran.«

»Mit jemandem zu reden, der mit beiden Beinen fest auf dem Boden steht, der nicht Teil eines Paares oder nur an Nachtclubs und Affären interessiert ist, hat etwas Erfrischendes. Ich mag Tegan und Jett sehr, und auch unsere anderen Freunde hier, aber seien wir ehrlich: Sie leben alle in einer Beziehung und bei ihnen geht es nun darum, neues Leben zu schaffen.«

»Das ist dir aufgefallen?«, sagte sie leise und war überrascht, wie ähnlich seine Gedanken den ihren waren.

»Ja, und mir ist auch aufgefallen, dass du schön, klug und witzig bist. Du bist echt, Daphne, und das macht dich umso mehr zu etwas Besonderem. Ich bin stolz darauf, dich als eine Freundin bezeichnen zu können.«

Eine Freundin. Damit konnte sie etwas würdevoller umgehen … solange ihre überaktive Fantasie und die bedürftigen Hormone nicht außer Kontrolle gerieten. Sie atmete langsam aus, um sich zu beruhigen.

»Besser?«, fragte er.

Sie nickte. »Ja, danke.«

»Gut. Und jetzt erzähl mir von eurem Buchclub, aber ohne anzügliche inhaltliche Details, denn damit würdest du *mich* in Verlegenheit bringen.«

Sie lachte und ergriff dann die Gelegenheit, die er ihr verschaffte, um die Kontrolle zurückzugewinnen, indem sie ihm vom Buchclub, dem Forum und den monatlichen Treffen erzählte. »Da Chloe und ich den Club leiten, teilen wir die organisatorische Arbeit, also die Beantwortung von Fragen und die Planung der Treffen, unter uns auf.«

»Ist der Club dann nicht eher wie eine Arbeit?«

»Nein, es macht dadurch sogar noch mehr Spaß. Ich lerne

die Teilnehmerinnen besser kennen, und wir unterhalten uns dann auch viel über das Leben im Allgemeinen. Eine meiner Lieblingsbeschäftigungen ist es, mir jeden Monat Fragen für die Diskussion über die Bücher im Forum auszudenken. Ich versuche, etwas weiter zu denken und Fragen zu stellen, die über *Würdest du etwas mit diesem Kerl anfangen?* oder *Findest du, die Heldin hat in dieser oder jener Situation richtig reagiert?* hinausgehen. Ich hinterfrage gern, warum die Figuren so handeln, und ich schaue mir Aspekte der Persönlichkeit des Helden oder der Heldin an, um herauszufinden, ob unsere Mitglieder einen Zusammenhang zu dem herstellen können, was sich vor der eigentlichen Handlung abgespielt hat.«

»Pass auf! Worte wie *Vor* und *Spiel* turnen Schriftsteller an.«

Wieder wurde sie rot.

Er lachte. »Tut mir leid.«

»Nein, tut es dir nicht.« Sie wollte ihm einen Klaps auf den Arm verpassen, doch er wich ihr aus.

»Stimmt, du hast recht. Es tut mir nicht leid. Liest du auch andere Genres gern?«

»Ja! Ich liebe Frauenliteratur, Cosy-Krimis, literarische Belletristik. So ziemlich alles, außer vielleicht gruselige Geschichten.«

Seine Mundwinkel zuckten. »Damit bin ich mit meinem Buch wohl aus dem Rennen.«

»Ich wusste, dass du Schriftsteller bist, aber mir war nicht klar, dass du einen Gruselroman geschrieben hast.«

»Ich hab seit Jahren nicht geschrieben, also spielt es keine große Rolle. Hast du schon immer viel gelesen?«

»Ja. Mein Dad ist Fire Chief bei der Feuerwehr in Eastham und meine Mom führt unser Familienunternehmen Putt This, eine Minigolfanlage, auch in Eastham. Bevor wir alt genug waren, um allein zu Hause zu bleiben, gingen wir nach der Schule immer mit meiner Mom zur Minigolfanlage, machten dort unsere Hausaufgaben und blieben bis zum Schluss. Samstags nahm uns unsere Mom immer mit in die Bücherei, und wir liehen uns alle einen Stapel Bücher aus, die wir während der Woche lasen.« Jock sah sie konzentriert an, lauschte jedem Wort, als würde es ihn wirklich interessieren. Vielleicht war es nur die Neugier eines Schriftstellers, aber es war nett, dass er so aufmerksam zu sein schien.

»Du hast *wir* gesagt. Hast du noch Brüder und Schwestern?«

»Ich habe einen Zwillingsbruder, Sean, und eine ältere Schwester, die Renee heißt. Sean ist Feuerwehrmann und Renee führt eine Boutique. Wie sieht's bei dir aus?«

Er nickte. »Ich hab drei Schwestern und zwei Brüder.« Er schwieg kurz, bevor er hinzufügte: »Ich bin auch ein Zwilling.«

»Wirklich? Bruder oder Schwester?«

Eine gewisse Anspannung verhärtete seine Gesichtszüge. »Bruder.«

»Beendet ihr auch immer gegenseitig eure Sätze? Sean und mir passiert das manchmal. Auch wenn wir sonst recht gegensätzlich sind. Er ist laut und extrovertiert, und die ganzen Bücher, die wir in der Bücherei ausgeliehen haben, hat er nie gelesen. Er kann kaum lang genug stillsitzen, um auch nur eine einzige Seite zu lesen.«

Jocks Handy klingelte. »Entschuldige.« Er zog das Telefon aus der Tasche, schaute kurz darauf und drückte den Anruf weg, bevor er es wieder wegsteckte. »Ich sollte wohl lieber mal duschen gehen. Nach dem Boxtraining müffele ich sicher.«

Sie fragte sich, ob der Anruf von einer Frau gekommen war. Wahrscheinlich flirtete er mit vielen Frauen. Vielleicht hatte er für heute Abend noch einen One-Night-Stand in Aussicht. Bei dem Gedanken zog sich ihr Magen unangenehm zusammen.

»Du müffelst definitiv nicht«, sagte sie, als sie beide aufstanden. Er rollte die Schultern nach hinten, sodass er noch breiter wirkte und seine muskulösen Arme besser zu sehen waren. »Wie lang boxt du schon?«

»Ich hab schon als Kind angefangen. Mein Vater hatte es irgendwann satt, dass mein Bruder und ich uns immer anbrüllten, also hat er uns Boxhandschuhe gekauft, uns ein paar Sachen beigebracht und uns loslegen lassen. Ich habe bis zum Ende der Collegezeit geboxt und dann aufgehört, als ... ähm ... als ich mich um Harvey gekümmert hab. Vor ein paar Monaten, als ich zurück nach Cape Cod kam, habe ich wieder angefangen.« Er hob seine leere Flasche auf und schaute zum Tisch. »Soll ich dir helfen, das wegzuräumen?«

»Nein, das mach ich schon.«

»Danke, dass du dein Essen mit mir geteilt und dir Zeit zum Quatschen genommen hast. Hat mir wirklich Spaß gemacht, und es tut mir aufrichtig leid, wie ich mich Hadley gegenüber verhalte. Ich finde es schrecklich, dass ich sie zum Weinen gebracht habe, und werde mein Bestes geben, um solche Situationen besser zu meistern, aber ich kann nichts versprechen.«

Sie war froh, dass er seine Probleme mit Hadley nicht unter den Teppich kehrte. Es gehörte viel Mut dazu, einer Mutter gegenüberzutreten, deren Kind er verletzt hatte, und dafür respektierte sie ihn noch mehr. »Das ist in Ordnung. Zumindest weiß ich, dass es einen Grund dafür gibt, auch wenn du nicht darüber reden willst. Es hilft mir, zu wissen, dass du dir dessen bewusst bist und versuchen willst, mit ihr auszukommen, auch wenn du nichts versprechen kannst. Du solltest vielleicht wissen, dass ich versucht habe, dir mit ihr – soweit es mir irgendwie möglich war – aus dem Weg zu gehen.«

Er nickte und das Bedauern war ihm anzusehen. »Das solltest du nicht, Daph.« Er schaute zu seinem Wagen. »Ich war mal besser in so etwas. Du merkst wahrscheinlich, dass ich nach der langen Zeit in Gesellschaft von Harvey nicht mehr gewohnt bin, Freundschaften zu anderen Frauen als Tegan aufzubauen, und sie ist quasi wie eine Schwester für mich.«

»Davon merke ich gar nichts. Ich weiß überhaupt nicht, wovon du redest«, sagte sie freundlich.

Er zeigte ihr sein charmantes Lächeln und wieder überkam sie dieses verräterische Prickeln am ganzen Körper. *Reg dich ab! Freunde empfinden wegen Freunden nicht so ein Prickeln!*

»Ich, äh ...« Er räusperte sich und trat von einem Fuß auf den anderen. »Ich war mir nicht sicher, wie ich mich für mein Verhalten gegenüber Hadley entschuldigen sollte, also hab ich auf dem Weg zurück vom Boxen ein paar Sachen besorgt, die ich dir als Entschuldigungsgeschenk geben wollte.«

Ihr Herzschlag setzte angesichts dieser aufmerksamen Geste kurz aus. »Entschuldigungsgeschenk? Jetzt hast du mich neugierig gemacht. Du hast nicht wirklich etwas für mich besorgt, oder?«

»Na ja ...« Er schaute noch einmal zu seinem Auto. »Ich bin gleich wieder da.«

Sie sah ihm hinterher. Er sah jetzt, da sie ihn etwas besser kennengelernt hatte, noch mehr zum Anbeißen aus. Auf der Beifahrerseite beugte er sich ins Auto, sodass sie ihn erst wieder sehen konnte, als er mit einer Einkaufstüte im Arm auf sie zukam.

»Jock Steele, das ist verdammt groß, was du da mit dir rumträgst.«

»Psst!« Mit verschmitztem Blick fügte er leise hinzu: »Wir

wollen die anderen Kerle hier doch nicht neidisch machen.«

Ihr gefiel seine lockerere Seite und so flüsterte sie lachend: »Ich erzähl's auch niemandem.«

Sein Lächeln dauerte so lang an, dass sie seine weicheren Gesichtszüge bewundern konnte, doch dann wurde sein Ausdruck wieder ernst. »Du verdienst eine verdammt große Entschuldigung, Daphne.«

»Die du bereits ausgesprochen hast«, erinnerte sie ihn.

»Kann sein, aber mir ist aufgefallen, dass du Muffins magst, und ich dachte, du hättest morgen vielleicht gern welche zum Frühstück.«

»Das ist dir aufgefallen?« Warum tobten gleich schon wieder die Schmetterlinge in ihrem Bauch? »Ich bin süchtig nach Muffins«, gestand sie. »Um ehrlich zu sein, nach allem, was gebacken ist. Doughnuts, Torten und auch die Blaubeer-Käsesahne-Teilchen von der Bäckerei um die Ecke. Ich liebe Süßigkeiten!«

»Tja, und die scheinen dich auch zu mögen, denn sie verschönern all deine schönen Kurven.« Er verschob die Tüte von einem Arm auf den anderen, ohne dabei auch nur eine Sekunde die Augen von ihr zu lassen. »Und dann ist da dieses Erröten, an das ich immer denken muss.«

Freunde. Freunde. Wir sind nur Freunde.

»Ich konnte mich nicht entscheiden, welche Muffins ich dir mitbringen sollte, also habe ich alle drei Sorten gekauft.« Er schaute in die Tüte und runzelte die Stirn. »Sie haben auf dem Weg etwas gelitten, also hoffe ich, dass du nicht nur vollkommen intakte Muffins isst.« Er wirkte verlegen, was ihn noch faszinierender machte – echter, aufrichtiger, so verletzlich wie sie –, und dann nahm er eine eingeknickte Schachtel heraus. »Chocolate Chip.«

»Mmh. Lecker.«

Er schüttelte den Kopf. »Süß«, sagte er leise, packte die Schachtel wieder zurück und holte die anderen heraus. »Blaubeere und Apfelstreusel. Betonung auf Streusel.«

Einige der Muffins waren auseinandergefallen und die durchsichtige Schachtel war voller Krümel.

»Ich glaube, ich mag dich«, sagte sie kichernd. »Apfelstreusel ist meine Lieblingssorte.«

»Das merke ich mir fürs nächste Mal. Mir ist auch aufgefallen, dass du ein Faible für die Regenbogenpresse hast.«

»Schuldig im Sinne der Anklage«, flüsterte sie, als er zwei Zeitschriften aus der Tüte zog. »Die liebe ich. Woher wusstest du das?«

»Ein Gentleman gibt seine Quellen niemals preis.« Er packte die Zeitschriften wieder zurück und brachte dann einen Satz Karten zum Vorschein. »Ich hab gesehen, dass du auf einer Decke Patiencen gelegt hast, während Hadley mit ihren Sachen spielte.«

Ihr Herz schlug schneller. Sie hätte nicht gedacht, dass er sie überhaupt bemerkt hatte, aber er musste sie ziemlich genau beobachtet haben, um so viel von ihren Lieblingsdingen bemerkt zu haben.

»Und dann hab ich hier noch … Weil ich ein Mistkerl bin und Hadley das nicht verdient hat …« Er nahm eine kleine Plüscheule aus der Tüte. »Ich weiß, dass sie immer ihren geliebten Vogel dabeihat, aber sie hatten keine anderen Vögel.«

Ihr stockte der Atem. »Jock.«

»Ich weiß, das ist etwas dürftig, aber …«

»Das ist überhaupt nicht dürftig, es ist unglaublich aufmerksam. Ich kann gar nicht glauben, dass du uns Geschenke gekauft hast und all diese Dinge an mir bemerkt hast. Und die Eule für

Hadley?« Sie legte die Hand auf ihr rasendes Herz. »Sie liebt ihre Stofftiere. Danke. Aber das alles war überhaupt nicht nötig.«

»Es macht mein Verhalten bei Weitem nicht wieder gut, aber ich freue mich, dass es dir gefällt. Soll ich dir die Tüte nach oben tragen? Du hast mit deinen anderen Sachen wahrscheinlich schon die Hände voll.«

»Äh … gern, danke.«

Sie sammelte ihren Kram zusammen und wurde mit jeder Sekunde nervöser. Sie hatte gedacht, seine Entschuldigung hätte offenbart, was für ein Mann er war, aber dann noch die Geschenke? Diese kleine süße Eule, die er für Hadley gekauft hatte? Meine Güte! Was sollte sie von all dem halten? Während er ihr durch das Büro und nach oben zu ihrer Wohnung folgte, spielten die Gedanken in ihrem Kopf verrückt. Was war, wenn er noch hereinkommen wollte? Wollte sie das? Ihre Hände zitterten. *Nein.* Deshalb war er nicht hier, nicht nach allem, was er gesagt hatte, und nicht, nachdem er sich so entschuldigt hatte. Sie waren *Freunde.* Das hatte er absolut deutlich gemacht. Es war wirklich albern, was in ihr vorging.

Als sie auf dem Treppenabsatz ankamen, stand er mit seiner großen Gestalt dicht neben ihr und machte sie noch nervöser. Sie umklammerte ihre Sachen und war sich sicher, dass er ihr wummerndes Herz hören konnte, als er ihr in die Augen schaute. Keiner von ihnen sagte ein Wort, und er beugte sich vor, sodass ihre Lippen nur einen Hauch voneinander entfernt waren. Tausende Gedanken gingen ihr durch den Kopf, während sie den Atem anhielt und sich auf einen Kuss vorbereitete – den sie verdammt noch mal so sehr wollte. Doch er griff an ihr vorbei und öffnete die Tür. Zum zweiten Mal an diesem Abend atmete sie hörbar aus und hatte das Gefühl, sich vollkommen zum Narren gemacht zu haben.

»Ich … äh …« Verlegen eilte sie hinein und legte ihre Sachen auf dem Tisch an der Tür ab. Sie errötete und hoffte, dass er nicht bemerkte, wie sehr sie schwitzte. »Danke noch mal.«

Als sie nach der Tüte griff, die er trug, berührten sich ihre Finger. Er legte seine Hand über ihre und schaute ihr in die Augen. »Ich danke *dir*, Daphne. Es war ein sehr schöner Abend. Gleiche Zeit, gleicher Ort morgen?«

Bat er sie um ein Date? Ein Date unter Freunden? Sie schluckte und versuchte angestrengt, nicht zu viel in seinen hoffnungsvollen Blick hineinzuinterpretieren, in die Berührung seiner Finger oder in die Geschenke. Wem wollte sie etwas vormachen? Sie versuchte, in diesen ganzen verflixten Abend nicht zu viel hineinzuinterpretieren.

»Ich bring meine Dinger mit«, sagte sie nervös.

Er grinste. »Ich mag deine Dinger.«

Seine Reaktion auf ihre Bemerkung brachte sie vollends aus dem Konzept. »Die Muffins«, sagte sie nachdrücklich. »Ich bringe die Muffins mit.«

»Großartig. Bis dann also.«

Er ging ein paar Stufen hinunter, drehte sich dann aber noch einmal um. »Du solltest wahrscheinlich die Bürotür abschließen.«

»Oh, stimmt! Mensch, das mache ich normalerweise immer, wenn ich abends hineingehe.« Sie folgte ihm wieder nach unten und versuchte dabei, nicht seinen Hintern anzustarren, was schlicht und einfach unmöglich war, weil er direkt vor ihr und unverschämt heiß war.

Unten angekommen, gingen sie durch das Büro, und als er sich zu ihr umschaute, ertappte er sie dabei, wie sie seinen Hintern anstarrte. Erschrocken schaute sie zu ihm auf und ihr ganzer Körper stand vor Verlegenheit in Flammen.

»Bis morgen.« Er lachte leise und murmelte im Hinausgehen: »So verdammt süß.«

Daphne schloss hinter ihm ab, lehnte sich gegen die Tür und fragte sich mit schwirrendem Kopf, was zum Henker gerade passiert war. Sie war ebenso verwirrt wie die Heldinnen in einigen der Liebesromane, die sie gern las. Aber das hier war nicht die Geschichte von irgendjemandem. Das hier war ihr Leben, und Jock war ein Mann, der ein so schlechtes Gewissen hatte, weil er ihre Tochter zum Weinen gebracht hatte, dass er ihr eine lila Glitzereule gekauft hatte.

Sie ging hinauf in ihre Wohnung und dachte über das nach, was Jock über sich offenbart hatte – und das, was er nicht gesagt hatte. Als sie die Tüte mit den Geschenken in die Küche trug und den Inhalt auf die Arbeitsplatte entleerte, wurde ihr bewusst, dass er am Ende viel entspannter gewirkt hatte, so als hätte ihr Gespräch ihm eine Last genommen. Dennoch war da dieser gequälte Ausdruck in seinen Augen, wenn er über seine Vergangenheit sprach. Es war offensichtlich, dass Jock eine gute Freundin gebrauchen konnte, und nicht eine sexuell ausgehungerte alleinerziehende Mutter, die überlegte, ob er versuchen würde, sie zu küssen.

Sie brachte die süße Stoffeule in Hadleys Zimmer und setzte sich auf die Bettkante. Sie strich Hadley die Haare aus dem Gesicht und spürte einen inneren Zwiespalt, weil sie Jock gern geküsst hätte, obwohl er ihre Tochter so traurig gemacht hatte. Es war schön gewesen, heute Abend mit ihm zu lachen, mehr von ihm zu erfahren und sogar gelegentlich rot zu werden. Machte sie das zu einer schlechten Mutter? War sie deshalb egoistisch?

Sie betrachtete die runden, unschuldigen Augen und den

spitzen gelben Schnabel der Eule. Hadley würde sie lieben. Das Geschenk war ebenso unerwartet wie Jocks Entschuldigung, seine verletzliche Seite, die sie heute an ihm entdeckt hatte, und sein Flirten.

Wenn ein Gespräch ausreichte, um diese Eigenschaften hervorzubringen, dann fragte sie sich, was für ein großartiger Mann zutage treten würde, wenn er sich jemals von dem befreien könnte, was er sonst noch verbarg.

Drei

Vom Strand her trug der Wind am späten Mittwochnachmittag Stimmen durch die Fenster von Jocks Cottage und wehte seine Notizen vom Tisch. Er hob die Blätter auf und stapelte sie neben seine Notizblöcke, um dann sein Handy obendrauf zu legen, damit nicht wieder alles fortflog. Mit dem Finger auf der Löschtaste sah er zu, wie die Worte zum hundertsten Mal an diesem Tag verschwanden. Seit Stunden hatte er versucht zu schreiben, auch wenn dabei nicht mehr als ein paar unausgegorene Ideen in Form von dahingekritzelten Notizen herausgekommen war. Wenn ihn die krampfhaften Bemühungen, die Finger von Daphne zu lassen, nicht frühzeitig ins Grab brachten, dann würde es mit Sicherheit die weiße Seite schaffen. Als er seinen ersten Roman geschrieben hatte, war er als ungestümer Collegestudent die meiste Zeit auf Partys unterwegs gewesen, und trotzdem waren die Worte aus ihm herausgeströmt. Sich an den Computer zu setzen, war eine Freude gewesen. Die Szenen hatten sich wie ein Film makellos und wirkungsvoll in seinem Kopf abgespielt. Vor dem Unfall war er bei allem, was er sich vorgenommen hatte, übermütig, entschlossen und unaufhaltsam gewesen. Aber diese verheerende Nacht hatte ihn mit Schuldgefühlen und Albträumen zurückgelassen und sowohl sein Leben als auch seine Fantasie zerstört.

Er stand auf und ging in dem kleinen Cottage auf und ab. Die Albträume hatten vor Jahren aufgehört, aber er war es leid, dass er seinen Kopf nicht frei genug bekam, um bis zu den kreativen Winkeln seines Hirns vorzudringen, die ihn durch das College getragen hatten. Sein Vater dachte, er könnte aufgrund einer posttraumatischen Störung nach dem Verlust von Kayla und dem Baby nicht mehr schreiben, seine Mutter glaubte an ein gebrochenes Herz, und er war sich sicher, dass seine Geschwister auch ihre Theorien hatten. Die Theorien seiner Eltern trafen wahrscheinlich zu, zumindest was seine Reaktion auf kleine Kinder betraf, die bei ihm Schutz oder Fürsorge suchten, denn die Anwesenheit von Kindern im Allgemeinen war für ihn in Ordnung, solange sie sich nicht wie Hadley an ihn klammerten oder auf den Arm genommen werden wollten. Er konnte keine kleinen Kinder im Arm halten, ohne seinen eigenen Sohn in seinen Armen sterben zu sehen.

Doch mit der Abwesenheit seiner Muse und dem Chaos in seinem Kopf war mehr verbunden als der erlittene Verlust. Da war noch das Geheimnis, das Kayla ihm in der Nacht ihres Todes anvertraut hatte, dass sie Archer liebte, und Archers wütende Verkündung: *Wegen dir ist sie tot, und du bist für mich auch gestorben.* Seine Brust zog sich zusammen, doch er konnte es sich nicht erlauben, sich jetzt in diese Gedanken zu verstricken. Er musste einen Weg finden, nach vorne zu schauen und seine verdammte Muse zu finden, bevor er gänzlich seinen Verstand verlor.

Eine Nachricht machte sich pingend auf seinem Handy bemerkbar. Er ging an der offenen Terrassentür vorbei und griff nach dem Telefon auf dem Schreibtisch. Jules. Sie hatte angerufen, als er bei Daphne war, und er hatte sie noch nicht zurückgerufen. Nur selten reagierte er nicht gleich auf die Anrufe seiner jüngsten Schwester, aber gestern Abend war er zu sehr damit beschäftigt gewesen, Daphne *nicht* in seine Arme zu reißen und zu küssen, bis sie am ganzen Körper rot wurde. Er war zu verwirrt gewesen, um sich mit Jules' energiegeladener Persönlichkeit abzugeben. Jules war einige Jahre jünger als Jock und sie hatten sich immer schon sehr nah gestanden. Im Alter von drei Jahren war bei ihr ein Nierentumor entdeckt worden, sodass eine Niere hatte entfernt werden müssen. Jock hatte Tag und Nacht an ihrem Bett gesessen, bis sie sich vollkommen erholt hatte. Als er fortgezogen war, um aufs College zu gehen, hatte sie geweint, und von all seinen Geschwistern war sie diejenige, die ihn beständig davon überzeugen wollte, wieder zurück auf die Insel zu ziehen.

Er öffnete die Nachricht und sah, dass sie auch an seine vier anderen Geschwister geschickt worden war. Jules war die Königin der Gruppenchats. Archer beteiligte sich nie daran, was keine Überraschung war, da Jock gelegentlich etwas in die Gruppe schrieb, und selbst das war zu viel der Begegnung für seinen Zwillingsbruder. Auch wenn Jock kein Fan von theatralischem Tratsch war, so liebte er doch seine Geschwister und durch die Gruppennachrichten blieb er auf dem neuesten Stand bei den Dingen, die in seiner Heimat vor sich gingen.

Er las Jules' Nachricht. *Oooh, it's halfway here!* Gefolgt von einer Musiknote und einem Megafon als Emoji.

Jock hatte keine Ahnung, was sie damit sagen wollte. Das Handy pingte drei Mal kurz hintereinander mit den Nachrichten der Geschwister. Sein jüngerer Bruder Levi, der in Harborside lebte, antwortete: *Muss ich mir Sorgen machen?*

Levis Zwillingsschwester Leni schrieb: *Hab ich etwas verpasst?*

Hab nur ich das Gefühl oder klingt es so, als wäre sie betrunken?, fragte ihre Schwester Sutton.

Eine weitere Nachricht von Jules folgte: *Das ist Bon Jovi!*

Abgesehen davon, dass sie die Königin der Gruppenchats war, hielt Jules sich auch für eine Musikliebhaberin. In Wirklichkeit war sie ein Energiebündel, glücklicher als jeder Mensch, den Jock je kennengelernt hatte – abgesehen von seiner Mutter –, und *immer* zitierte sie Liedtexte falsch.

Eine weitere Nachricht von Levi poppte auf: *Es heißt WHOA, it's halfway THERE.*

Sutton, die Redakteurin einer Modezeitschrift gewesen war, bevor sie eine Stelle als Reporterin in einem anderen Bereich derselben Firma angenommen hatte, schrieb: *Woah.*

Du bist ja eine tolle Redakteurin, antwortete Levi. *Ich sag nur eines: Schlag nach bei dictionary.com.*

Jules schickte drei Lach-Emojis gefolgt von *Oooh living on a prayer.* Leni meldete sich: *Worum geht es hier überhaupt? Sitze in einem Meeting.* Leni arbeitete für die PR-Agentur ihrer Cousine Shea. Sie war immer im Stress.

Die Antwort von Jules kam prompt. *Die Party für Grandma Lenore! Wir sind mit den Vorbereitungen zur Hälfte durch.*

Der Geburtstag ihrer Großmutter mütterlicherseits stand Samstag in drei Wochen an. Jock hatte nicht vor, auf dem Fest zu erscheinen, obwohl er und seine Geschwister wie jedes Jahr Lenores Bitte nachgekommen waren, eine Spende an das Krebsforschungszentrum des Windmeyer Institutes zu leisten.

Eine neue Nachricht von Sutton poppte auf. *Ich komme. Brauche unbedingt Abwechslung von den vielen schlechten Modetexten, die ich gerade für Laken lese, weil sie auf einer Konferenz ist.* Sie fügte ein Emoji an, dessen Kopf gerade explodierte. Suttons Kollegin Laken hatte ihren Posten als

Redakteurin übernommen und war noch immer damit beschäftigt, sich einzuarbeiten. Sutton half ihr aus, wann immer es möglich war.

Levi antwortete: *Wenn du doch nur einen guten Autor kennen würdest.* Ein Grübel-Emoji folgte.

Jock gab ein gemurmeltes »Mistkerl« von sich, stellte den Gruppenchat auf lautlos und legte sein Handy weg. Sein Blick wanderte in die Ecke des Raumes, in der die antike Schreibmaschine, die Harvey ihm hinterlassen hatte, auf einem Tisch neben dem Bücherregal stand. Die Schreibmaschine hatte Harveys Frau Adele gehört, und sie wiederum hatte sie von ihrem Vater, einem begnadeten Schriftsteller, geerbt. Alles, was Harvey ihm jemals geschenkt hatte, war entweder ein Spaß gewesen oder hatte ihm auf irgendeine Weise helfen sollen. Zwischentöne hatte es bei Harvey nicht gegeben. Jock hatte einen ganzen Lagerraum voll mit den Dingen, die Harvey ihm im Laufe der Jahre gegeben hatte. Manches davon hatte er seit seinem ersten Jahr mit Harvey, als er jeden einzelnen Tag nur gerade so überstanden hatte, noch nicht einmal angerührt. Vielleicht hatte er ja Glück und diese alte Schreibmaschine trug einen Zauber in sich. Genau das hatte Harvey ihn wahrscheinlich glauben lassen wollen. Das verdammte Teil würde wahrscheinlich auseinanderfallen, sobald er es nur anfasste.

Er wandte sich ab und las stattdessen die Notizen, die er sich zu möglichen Handlungssträngen gemacht hatte. Jede einzelne davon ging er noch einmal durch und versuchte, mehr als nur eine Handvoll Sätze zustande zu bringen, doch sie waren allesamt ziemlich bescheiden. Als sein Telefon klingelte, freute er sich über die Unterbrechung. Jules' Name tauchte auf dem Bildschirm auf. Er nahm das Gespräch an, während er zur Terrassentür hinaus auf das Wasser schaute, auf dem das

Sonnenlicht tanzte. »Hallo, Jules.«

»Ich weiß, dass du unsere Nachrichten gelesen hast. Du warst quasi zu hören, wie ein unheimlicher Lauscher im Dunkeln, oder vielmehr Mitleser im Dunkeln. Du und Archer, ihr beide. Oh mein Gott, Jack! Das solltest du als Titel für dein nächstes Buch nehmen. *Der unheimliche Mitleser.* Das ist ein genialer Titel für einen Horrorroman.«

Er lachte. »Ich werde es in Erwägung ziehen.«

»Absolut, und du solltest auch einen guten Grund dafür haben, warum du mich gestern Abend nicht zurückgerufen hast, zum Beispiel weil du dich gerade mit einer schönen Frau amüsiert hast oder weil du knietief in einem neuen Buch steckst oder so was.«

Er musste lächeln und vermisste sie gleich noch mehr. »Du bist eine Nervensäge.«

»Stimmt, aber du hast mich lieb.«

»Da hast du recht.«

»Und, was von beidem war es?«

»Um ehrlich zu sein, hab ich da gerade mit einer Freundin Pizza gegessen und darüber die Zeit vergessen. Tut mir leid, dass ich nicht zurückgerufen hab.«

»*Eine* Freundin?«

Ihre freudige Neugier war durch das Handy zu spüren, aber er wusste, dass er ihr lieber sofort die Hoffnung nehmen sollte, er könnte in einer neuen Beziehung sein. Vor allem nicht mit einer alleinerziehenden Mutter, egal wie sehr ihm der Abend gestern gefallen hatte. Stattdessen wechselte er lieber das Thema. »Was ist sonst noch so los? Hast du jemanden in deinem Leben?«

»Ja! Hast du es noch nicht gehört? Ein Prinz verweilt gerade auf der Insel und hat mich gebeten, mit ihm zurück in seine

Heimat zu gehen. Ich denke ernsthaft darüber nach, also solltest du zu Grandmas Party kommen und ihn kennenlernen.«

Er schmunzelte. »Wir wissen beide, dass du die Insel niemals verlassen wirst.« Jules und Archer waren die einzigen Geschwister, die auf der Insel geblieben waren. Jules war von dem Leben auf Silver Island so fasziniert, dass sie davon redete, als wäre es das Paradies.

»Manno, du Besserwisser. Ich will dich sehen«, sagte sie bettelnd. »Du fehlst mir.«

»Ich war doch gerade erst für die Hochzeit da.« Gavin und Harper hatten vor wenigen Monaten im Silver House, einem Resort auf der Insel, geheiratet. Jock hatte seine Eltern und Jules vorher angerufen und ihnen mitgeteilt, dass er zur Hochzeit anreisen würde. Er hatte gewusst, dass Jules kommen würde, um ihn bei seinen Eltern zu treffen, und er hatte auch gewusst, dass Archer dann fernbleiben würde. Sein Besuch hatte eine halbe Stunde gedauert, dann war er wieder zurück nach Cape Cod gereist. Es war ein schwieriger Abend gewesen – aus Gründen, die nichts mit der unangenehmen Situation zu Hause zu tun hatten. Daphne und Hadley waren auch auf der Hochzeit gewesen. In einem königsblauen Kleid, das ihre Augen noch blauer wirken ließ, hatte Daphne unglaublich sexy und wunderschön ausgesehen, und Hadley war in ihrem hübschen pinken Kleidchen einfach entzückend gewesen. Daphne mit ihren Freundinnen tanzen zu sehen, war unerträglich gewesen. Er hatte ihr schon einige Male beim Tanzen zugesehen, mit Freunden im Undercover, und immer hatten Männer ihre hinreißenden Kurven begafft. Weil sie ihn kaum anschauen konnte, ohne zu erröten, hatte er die anderen Kerle, die sie auf der Hochzeit bewundernd anstarrten, noch stärker wahrgenommen. Sein Beschützerinstinkt hatte sich gemeldet. Wenn es jemals einen Zeitpunkt gegeben hatte, an dem er eine Frau hatte an sich ziehen und mit ihr tanzen wollen, dann war es Daphne an diesem Abend auf der Hochzeit gewesen. Es war verdammt noch mal zum Haareraufen, dass er wegen seiner Reaktion auf Hadley nicht in ihrer Nähe sein konnte.

»Die Hochzeit ist *Monate* her. Du musst zu Grandmas Geburtstag kommen. Letztes Jahr warst du auch schon nicht da, und sie weint ständig und jammert, wie sehr sie ihren ältesten Enkel vermisst. Es zerbricht einem das Herz.«

»Du bist keine besonders gute Lügnerin.«

Sie seufzte. »Okay, okay! Leni bringt ihre supersüße Freundin Indi mit, und wir wollen, dass du sie kennenlernst.«

»Jules!«, warnte er sie zum zigsten Male, und dann versuchte er erneut, das Thema zu wechseln. »Läuft es gut mit deinem Laden?« Jules hatte einen Geschenkeshop namens Happy End mit einem sehr vielseitigen Angebot.

»Es läuft großartig! Ich habe gerade eine neue Marke Grußkarten namens *Mad Truth* ins Sortiment genommen. Die sind der Hammer und die Designerin wohnt auf dem Cape. Guck mal im Internet nach ihr. Sie heißt Madigan Wicked. Sie ist mit Sicherheit total süß, denn ihre Karten ...«

Draußen bellte ein Hund und Jock hörte Daphne nach Hadley rufen. Während Jules weiter von der Designerin erzählte und von den anstehenden Veranstaltungen, die sie in ihrem Laden plante, ging Jock ans Fenster und schaute hinaus. Cosmos rannte auf dem Rasen neben dem Eingang zum Pool im Kreis herum und Hadley flitzte kichernd hinter ihm her. Daphne hielt sich gekrümmt den Bauch, so als hätte sie zu sehr gelacht oder wäre zu lange gerannt, und ihr Lächeln war strahlender als jede Sonne. Er hatte noch nie eine Frau getroffen, die einem viel größeren Mann so entschlossen gegenübertreten konnte, um sich erbittert für ihr Kind einzusetzen, und die sich dann umdrehte und so empfindsam und verletzlich war wie ein Schmetterling. Wie sie gestern Abend rot geworden war, das überraschte Funkeln in ihren Augen, als er ihr die Geschenke gegeben hatte, und ihr nervöses Lachen, wegen dem sie verlegen den Blick abgewendet hatte – all das hatte etwas tief in seinem Inneren angesprochen, was er nicht so richtig verstand, wogegen er aber auch nicht ankämpfen wollte. Obwohl er wusste, dass er es eigentlich sollte.

»Versprich mir, dass du zu der Party kommst«, sagte Jules und holte ihn mit seinen Gedanken wieder zurück zu ihrem Gespräch.

»Das kann ich nicht, Jules.« Er beobachtete, wie Daphne Hadley hochhob, als sie an ihr vorbeirennen wollte, und sie dann im Kreis herumwirbelte. Die Freude in ihren Gesichtern erfüllte ihn mit Glück.

»Ich werde in dieses Resort da kommen und deinen Hintern hierherschleifen. Und das meine ich ernst.«

»Jules, du weißt doch, wie es ist.« Seine Familie wusste nicht, was Archer im Krankenhaus zu ihm gesagt hatte, aber der Bruch zwischen ihnen hatte alle mitgenommen. Jules hatte es ganz besonders getroffen, weil sie immer wollte, dass alle glücklich waren, und es machte ihm unendlich zu schaffen, dass er ihren Wunsch nicht erfüllen konnte, auch wenn er sein Bestes gab, um den Schaden gering zu halten. Er hatte zu vermeiden versucht, dass seine Familie in dem Streit zwischen Archer und ihm Partei ergreifen musste, aber natürlich war es schwierig, sich auf einem so schmalen Grat zu bewegen. Das war ein weiterer Grund dafür, dass Jock der Insel ferngeblieben war. Archer hatte sich dort sein Leben eingerichtet, und wegen Jock hatte er die Chance verloren, dieses Leben mit Kayla zu verbringen. Sein Bruder sollte sich nicht auch noch mit einer entzweiten Familie abgeben müssen.

»Ihr seid zwei dickköpfige Arschgeigen, das weißt du schon, oder?«, sagte Jules wütend.

Das ließ sich nicht abstreiten. »Tut mir leid, Schwesterherz«, sagte er und beobachtete dabei, wie Daphne und Hadley mit Cosmos spielten. Er konnte ihr Lachen nur ganz schwach hören, und doch waren es wunderschöne Laute. Ob es wohl egoistisch von ihm war, eine Freundschaft zu einer Frau aufzubauen, die so viel Glückseligkeit in ihrem Leben hatte? Er wollte ihr Licht nicht trüben, aber sich darin sonnen wollte er unbedingt.

Er entdeckte eine Gruppe Männer, die aus dem Pool kam und Daphne beäugte. Sofort spannten sich all seine Muskeln an.

»Vom Haken lasse ich dich in dieser Sache auf keinen Fall«, sagte Jules.

»Ich weiß«, stieß er leise hervor, behielt aber die Männer im Auge, die jetzt mit Daphne plauderten. Eifersucht nagte an ihm, als Daphne ihr umwerfendes Lächeln zeigte und alle paar Sekunden auf diese schüchterne Art, die er so liebte, den Blick senkte. Hadley schlang die Arme um Daphnes Beine, bis sie sie hochnahm. Selbst aus der Entfernung konnte er sehen, dass Hadley ein mürrisches Gesicht zog. »Braves Mädchen.«

»Was?«, fragte Jules.

»Nichts, tut mir leid. Ich muss Schluss machen, Jules. Hab dich lieb.« Er beendete das Gespräch und ging zur Tür. Doch als er die Hand auf den Griff legte, brach die Realität wie eine Flutwelle über ihn herein. Er ballte die Fäuste und fluchte. Wenn er diese Tür öffnete, würde Hadley auf ihn zurennen. Damit würde er diesen Kerlen eine deutliche Botschaft senden, aber er wusste verdammt noch mal auch, was als Nächstes passieren würde – und auf keinen Fall wollte er das Hadley und Daphne noch einmal antun.

Daphne nahm Hadleys rosa Lieblingspyjama mit den weißen Vögeln darauf aus der Schublade. »Komm, Had. Ich helfe dir beim Ausziehen.«

»Ich machen!« Hadley schob die Shorts und die Unterhose hinunter, setzte sich auf den Popo und strampelte sich aus der Wäsche.

»Unterhose«, ermahnte Daphne sie.

Hadley zog die Unterhose wieder hoch und schob ihr T-Shirt über ihren Bauch nach oben. Sie mühte sich ab und wand sich, um es auszuziehen. Daphne wollte ihr helfen, doch Hadley drehte sich von ihr weg. »Ich machen!«

Daphne wünschte, sie könnte die Begeisterung ihrer Tochter, Dinge selbst machen zu wollen, in Flaschen abfüllen, damit sie sie ihr in jenen anstrengenden Zeiten verabreichen konnte, wenn sie überhaupt nichts machen wollte. So wie am Abend zuvor, als sie sich geweigert hatte zu baden, weil sie ihre Eule nicht hatte mit in die Badewanne nehmen dürfen.

Mit entschlossen verkniffenem Gesichtsausdruck wand und drehte Hadley sich im Kreis. Daphne konnte ein Lächeln nicht unterdrücken. Sie liebte ihre kleine dickköpfige Tochter so sehr, dass es ihr fast körperlich wehtat. Seit Hadley eine Woche alt gewesen war, hatte es immer nur sie beide gegeben, und selbst in den anstrengendsten Momenten wollte Daphne sich ein Leben ohne ihre Tochter gar nicht erst vorstellen.

»Schatz, lass mich dir helfen, bitte.«

Hadley stieß einen quengelnden Laut aus und schüttelte heftig den Kopf, während sie sich weiter abmühte.

»Had …«

Wieder schüttelte Hadley den Kopf. »*Ich* machen.« Sie zerrte einen Arm so ruckartig aus dem Ärmel, dass es fast trotzig wirkte, und dann zog sie auch den anderen Arm heraus, doch als sie das T-Shirt über den Kopf ziehen wollte, blieb sie stecken. »Mommy, helfen!«

»Das hast du großartig gemacht«, sagte Daphne und nahm ihr das T-Shirt ab. Sie zog ihr das Pyjamaoberteil über den Kopf, und Hadley klemmte die Ellbogen an die Seite, wobei sie die Finger nach oben Richtung Decke streckte, während Daphne die Ärmel bereithielt und sagte: »Bereit?«

Hadley nickte und gemeinsam zählten sie: »Eins, zwei, drei. Abflug!« Hadleys Arme schossen nach oben durch die Ärmel.

Daphne schlang die Arme um Hadley und beide lachten. Sie hatte sich die Raketenarme ausgedacht, als Hadley eine quirlige, kichernde und ständig herumhampelnde Zweijährige gewesen war.

Hadley legte ihre weichen Hände auf Daphnes Wangen. »Hab dich lieb, Mama«, sagte sie und drückte ihre Lippen fest auf Daphnes.

»Ich dich auch, meine Kleine.« Daphne gab ihr einen Kuss auf die Wange und einen Klaps auf den Popo. »Und jetzt ab mit dir zum Zähneputzen.«

Während Daphne die schmutzige Wäsche aufhob, schnappte Hadley sich ihre Stofftiere – die Eule und den Vogel – und sagte: »Ich putzen!« Sie rannte aus dem Schlafzimmer hinaus und über den Flur zum Badezimmer.

Daphne warf die Sachen in den Wäschekorb und ging im

Geiste ihre To-do-Liste für den Abend durch, während sie Hadley über den Flur folgte. *Wäsche, Spülmaschine ausräumen –* sie trat auf eine Puppe – *und Spielsachen aufheben.* Sie musste auch noch mehr von der Leseliste des Buchclubs für diesen Monat lesen, damit sie sich ein paar Fragen für die Diskussion überlegen konnte. *Kein unangenehmer Zeitvertreib.* Ihre Gedanken kreisten auch um Jock, den sie noch sehen würde, worauf sie sich aber nicht zu sehr freuen wollte. Sie wusste, dass es kein Date war, aber trotzdem. Er hatte ihr Entschuldigungsgeschenke gebracht! Das war eine ziemlich besondere Geste, vor allem die Eule, die augenblicklich zu Hadleys Lieblingsstofftier geworden war. Daphne hätte Chloe fast von dem gestrigen Abend erzählt, als diese sie im Laufe des Tages angerufen hatte, doch sie hatte sich entschieden, es für sich zu behalten, denn egal wie sie es auch beschrieb, es klang albern, sich über eine entstehende Freundschaft zu einem Mann so zu freuen. Gleichzeitig gefiel es ihr, etwas Zeit mit ihm allein zu haben, um sich gegenseitig etwas kennenzulernen, ohne dass irgendjemand sie unter Druck setzte, indem man mehr daraus machte, als es eigentlich war. Und das galt auch für sie selbst!

Hadley stand auf Zehenspitzen am Waschbecken und versuchte, mit einer Hand an die Zahnbürste heranzukommen, während sie mit der anderen den Kopf der Eule und den Schwanz des Vogels umklammerte. »*Ich* putzen!«

»Das kannst du auch, aber lass mich erst die Zahncreme daraufmachen.« Während sie das tat, fragte sie: »Welche Geschichte möchtest du heute Abend lesen?« Sie hatte ein schlechtes Gewissen, weil sie hoffte, dass Hadley eine kurze auswählen würde, damit sie Jock nicht verpasste. Auch wenn sie keine Zeit vereinbart hatten, so konnte sie es kaum abwarten, nach draußen zu gehen.

»*Wie lieb dich hab.*«

»*Weißt du eigentlich, wie lieb ich dich hab*«, korrigierte Daphne sie. Sie reichte Hadley die Zahnbürste.

Hadley nahm sie und breitete mit einem Strahlen im Gesicht die Arme aus. »Sooo sehr!«

»Ganz genau.« Sie tippte Hadley auf die Nase. »Und noch viel mehr, wenn du deine Backenzähne genauso gut putzt wie deine Schneidezähne.«

Hadley beobachtete sich im Spiegel, während sie emsig ihre Schneidezähne schrubbte und kurz über ihre Backenzähne strich. Sie spuckte übers Kinn und den Rand des Waschbeckens, um dann Daphne ihre Zähne zu zeigen.

Geistesabwesend wischte Daphne das Waschbecken sauber und nahm Hadley die Zahnbürste ab. »Das hast du toll gemacht. Vielleicht könntest du dich nächstes Mal auf deinen Hocker stellen, wenn du ausspuckst?«

Hadley kicherte.

»Mach auf.«

Hadley öffnete den Mund und ließ Daphne die restlichen Zähne putzen. Daphne füllte Hadleys Paw-Patrol-Becher mit Wasser, und während Hadley sich den Mund ausspülte, hielt Daphne die Zahnbürste unter den Wasserstrahl. Hadley beugte sich über das Waschbecken und ließ das Wasser aus ihrem Mund tröpfeln, anstatt es auszuspucken.

»*Sauba!*« Hadley schaute mit stolzem Blick und mit Zahnpasta bedecktem Kinn zu Daphne auf.

»Perfekt.« Sie wusch Hadleys Gesicht, und nachdem Hadley noch auf die Toilette gegangen war, huschten sie zurück in ihr Zimmer.

Hadley krabbelte ins Bett und kuschelte sich mit ihren Stofftieren an Daphne. Hadley kannte die Geschichte auswendig, und immer, wenn Daphne umblätterte, rief oder zeigte Hadley, wie die nussbraunen Hasen ihre Liebe ausdrückten.

»Sooo sehr!« Hadley breitete die Arme aus. Sie streckte die Zehen aus, als der Hase sich auf seine stellte und rief: »Bis zum Fuss!«, »Fuss und üba Berge!«, »Mond!«, während Daphne ihr vorlas.

Als Daphne die Geschichte zu Ende gelesen hatte, legte sie das Buch auf den Nachttisch und Hadley schmiegte sich mit einem schläfrigen Gähnen an sie. Dies war Daphnes Lieblingsmoment, wenn ihre Tochter von einem quirligen Wirbelwind zu einem kuscheligen Häschen wurde.

»Singen, Mommy. ›Eyes on You‹.«

Daphne sang Hadley das Lied »Eyes on You« von Chase Rice schon seit Langem immer wieder vor. Mit ein paar anderen Worten, die Daphne einfügte, war es wie für sie geschrieben.

Leise sang sie: »Wir waren in North Carolina, haben den weiten blauen Himmel gesehen. Sind die Küste entlanggefahren, nach Brewster, Eastham und Wellfleet. Ich weiß nicht mehr, was wir alles sahen. Hab es wohl immer verpasst, weil ich dich so sehr liebe.« Als sie den Refrain von Chace Rice sang und beschrieb, dass sie immer ein Auge auf Hadley haben würde, egal wohin sie gingen, konnte ihre Tochter dem Schlaf nicht mehr widerstehen. Daphne sang noch ein paar Minuten weiter und stieg dann leise aus dem Bett. Hadley regte sich ein wenig im Schlaf und Daphne gab ihr einen Kuss auf die Stirn. »Gute Nacht, meine Süße«, flüsterte sie. »Mama hat dich lieb.«

Sie stellte das Babyfon an und ließ die Tür einen Spalt breit offen. Sie musste nicht bei Hadley bleiben, bis ihre Tochter einschlief, doch oft tat sie es, einfach weil sie es schön fand. Das war nicht immer so gewesen. Daphne und Hadley hatten sich beide durch die Ferber-Methode hindurchgekämpft, bei der

Hadley gelernt hatte, sich selbst zu beruhigen, und Daphne war es gelungen, sie sich selbst zu überlassen. Aber die Mühe hatte sich ausgezahlt. Hadley war eine großartige Schläferin geworden.

Daphne eilte über den Flur zu ihrem Schlafzimmer, und ihr Herzschlag nahm an Fahrt auf, während sie ihr Sweatshirt auszog und das pfirsichfarbene Tanktop, das sie darunter getragen hatte, anließ. Sie suchte nach einem Pullover, der gut aussehen würde, aber nicht so, als würde sie es zu sehr wollen. Zunächst versuchte sie es mit einem schwarzen Pullover mit Rundhalsausschnitt, aber Schwarz war eigentlich nicht ihre Farbe, also probierte sie einen gelben an. Der war zu knallig. Sie zog mehrere andere Pullover an, doch sie waren alle entweder zu lang, zu kurz, zu eng oder einfach zu *irgendetwas*. Entnervt gab sie auf und zog ihren alten langärmeligen blaugrünen Pullover mit V-Ausschnitt, fadenscheinigen Ellbogen und einem ausgefransten Saum an. Sie hatte ihn schon seit Ewigkeiten und liebte ihn, weil er sich nicht zu eng um ihren Bauch und ihre Brüste legte.

Schnell ging sie noch ins Badezimmer, um sich die Zähne zu putzen und die Haare zu bürsten. Sie konnte sich gar nicht daran erinnern, wann sie das letzte Mal so aufgeregt war, weil sie Zeit mit einem Mann verbringen würde. Allerdings hatte sie auch seit ihrer Scheidung nicht mehr Zeit allein mit einem Mann verbracht. Normalerweise waren immer ihre Freundinnen oder Hadley dabei. Und jemanden wie Jock hatte sie noch nie kennengelernt. Er war wie ein geheimnisvolles Puzzle – ein sündhaft heißes, witziges und den Flirt liebendes Puzzle. Sie hatte das Gefühl, gestern Abend einige seiner Puzzleteile vom Rand und ein paar Teile aus dem Inneren entdeckt zu haben, aber sie musste die Eckstücke finden, um den Rest zu fixieren.

Ihr Magen knurrte, und ihr wurde bewusst, dass sie vergessen hatte, etwas zu Abend zu essen. Wie immer hatte sie Hadley etwas gemacht, aber nicht daran gedacht, sich selbst etwas zuzubereiten. Hatte sie noch Zeit zum Essen, bevor Jock auftauchte? Sie hätte fragen sollen, wann er sich mit ihr treffen wollte, doch ihr Hirn hatte sich da wohl schon zu einem Ausflug in die Stadt der Lüste verabschiedet. Wenn er sie wieder beim Essen überraschte, würde er denken, sie äße ständig. Aah! Machten alle Frauen so etwas durch?

Ich hab eine Geburt überstanden. Da werde ich doch wohl noch einen Abend mit einem Prickeln am ganzen Körper überstehen.

Sie sollte überhaupt nicht darüber nachdenken, zwischen dem Abendessen und einem Gespräch mit einem Mann wählen zu müssen. Spielte doch keine Rolle, wenn er sie wieder beim Essen sah! Das hier war kein Date, egal wie sehr er ihren Körper zum Prickeln brachte.

Tief durchatmend legte sie ihre Bürste beiseite. Es war unwichtig, was sie anhatte oder ob sie aß, wenn er auftauchte. Sie war eine vielbeschäftigte Mutter und das hier war *ihr* Leben.

Mit etwas mehr Mut und etwas weniger Nervosität ließ sie das Badezimmer und ihre Sorgen hinter sich, zog Flipflops an, schnappte sich das Babyfon und ging in die Küche, um sich ein Erdnussbutter-Marmeladen-Brot zu machen. Als sie die Muffins sah, erinnerte sie sich daran, dass sie versprochen hatte, sie mitzubringen. Hadley und sie hatten sich bereits einen Apfelstreusel- und einen Chocolate-Chip-Muffin geteilt.

Neben ihr Sandwich legte sie von jeder Sorte einen Muffin auf ihren Teller und schnitt sie in der Hälfte durch. Nachdem sie noch einmal nach Hadley geschaute hatte, machte sie sich leise mit dem Babyfon, dem Teller, ihrem Buch, einem

Notizblock und einem Stift – für den Fall, dass ihr Fragen für die Buchclub-Diskussion einfielen – auf den Weg nach unten und hoffte, dass Jock noch nicht da war.

Vier

Die Nervosität, von der Daphne eigentlich gedacht hatte, dass sie sie zu Hause gelassen hatte, kehrte mit voller Wucht zurück und hüllte sie ein wie eine zweite Haut, sobald sie aus der Tür trat. Sie ging um das Gebäude herum zur Seite des Hauses und grüßte im Vorbeigehen ein Paar, während die Geräusche der Gäste in der Nähe des Freizeitzentrums durch die kühle Abendluft getragen wurden. Sie war erleichtert, dass Jock noch nicht da war. Doch diese Erleichterung war nur von kurzer Dauer. Was, wenn er schon dagewesen und wieder gegangen war? Was, wenn er entschied, gar nicht zu kommen?

Sie war zu nervös, um ihr Sandwich zu essen, als sie es sich in einem Liegestuhl mit ihrem Buch gemütlich machte und anfing zu lesen. Wenige Sekunden später schaute sie auf die Uhr ihres Handys und fragte sich, wie spät es gewesen war, als er am vergangenen Abend aufgetaucht war. Sie hatte keine Ahnung. Nachdem sie das Handy weggelegt hatte, versuchte sie erneut, zu lesen, doch sie konnte sich nicht konzentrieren. Würde sie zu erwartungsvoll wirken, wenn sie bei seinem Erscheinen schon auf ihn wartete?

Dieses ganze Grübeln war schmerzhaft.

Es war lächerlich. Sie lernten sich gerade erst freundschaftlich kennen. Das war kein Grund, nervös zu sein. Sie wandte ihre Aufmerksamkeit wieder dem Buch zu und las, doch wenig später merkte sie, dass sie denselben Absatz zwei Mal gelesen und immer noch nicht mitbekommen hatte, was sie überhaupt las. Sie beschloss, Chloe eine Nachricht zu schreiben, um sich abzulenken. Aber dann müsste sie Nachrichten hin und her schicken, und sie wollte nicht am Handy hängen, wenn Jock kam, denn er kam ja, um Zeit mit ihr zu verbringen. Dieser Gedanke erinnerte sie wieder an den Anruf, den er gestern Abend bekommen hatte. Ob es wohl eine Einladung zu einem spontanen Stelldichein gewesen war? Sie fragte sich, wie sein Privatleben aussah. Aus eigener Erfahrung wusste sie, wie schwer es mit Hadley an ihrer Seite war, Zeit für sich zu finden. Für Jock musste es genauso gewesen sein, als er sich um Harvey gekümmert hatte. Doch auch wenn sie drei Jahre nicht mehr von einem Mann angefasst worden war, so hatte sie doch ein Kind, um das sie sich gekümmert hatte, und eine Zeit lang war sie auch mit der Trauer über ihre Scheidung beschäftigt gewesen. In Jocks persönlichem Leben war mit Sicherheit mehr los als in ihrem. Das ließ ihre neugierigen Gedanken in mehrere Richtungen wandern …

Als sie das nächste Mal auf das Handy schaute, war eine halbe Stunde vergangen. Vielleicht tauchte er gar nicht mehr auf. Enttäuschung kam in ihr auf, doch die wurde schnell von Verärgerung verscheucht. Das wäre einfach nur unhöflich! Sie hätte zumindest nachsehen können, ob sein Geländewagen vor seinem Cottage stand. Sie legte ihr Buch und das Handy weg und stand auf.

Sie ging um das Gebäude herum und prallte prompt gegen ihn. Er hielt sie an der Taille fest und sie spürte seinen muskulösen Körper. Nicht hart wie bei Bodybuildern, sondern fest und zum Anschmiegen. *Zum Anbeißen. Du meine Güte!* Jetzt dachte sie schon daran, wie es wäre, an ihm zu knabbern, sodass ihre intimsten Stellen in Ekstase gerieten und sie noch stärker errötete.

»Ach, da ist ja die süßeste Blondine weit und breit«, sagte Jock und riss sie aus ihren peinlichen Träumereien. Der Blick seiner dunklen Augen glitt über ihr Gesicht und verharrte gerade lang genug auf ihrem Mund, um das prickelnde Feuer in ihr weiter zu entfachen. »Du versuchst doch nicht etwa, mir zu entwischen, du wunderschöne Frau, oder?«

Wunderschöne Frau? »Äh … Nein, ich wollte nur …«

»Mich suchen?« Seine Hand legte sich etwas fester um ihre Taille.

Sie musste schlucken und versuchte gleichzeitig, seinem Blick standzuhalten, damit sie nicht so nervös wirkte, wie sie sich fühlte, doch sein Blick war so intensiv. Es war, als könnte er durch ihre Fassade hindurch in sie hineinschauen, und sie musste einfach wegsehen.

Er ließ die Hand sinken. »Kein Warnhinweis, kein Eisbeutel. Mensch, Mädchen, du bringst mich noch um.«

Sie prustete los, ohne etwas dagegen tun zu können, und dann ging sie zurück, um sich mit einem idiotischen Grinsen im Gesicht wieder in den Liegestuhl zu setzen. »Dir scheint es ja richtig Spaß zu machen, mich zum Erröten zu bringen.«

»Glaubst du?«, scherzte er. »Wohin wolltest du denn jetzt wirklich gerade?«

Sie war ohnehin schon puterrot, also konnte sie auch gleich die Wahrheit sagen. »Nachsehen, ob dein Wagen vor dem Cottage steht.«

»Also hast du mich tatsächlich gesucht.« Er setzte sich ebenfalls und streckte seine langen, in Jeans steckenden Beine von sich. Mit dem schwarzen langärmeligen Shirt, das sich eng um seine Brust legte, sah er unglaublich gut aus.

Daphne zog die Beine an und legte die Arme darum, um ihr Kribbeln unter Kontrolle zu bekommen. »Ja, aber nicht stalkermäßig oder so. Wir haben uns ja nicht zu einer bestimmten Zeit verabredet, und ich dachte, vielleicht kommst du später oder ...«

»Oder gar nicht?«, fragte er vorsichtig.

»Der Gedanke ist mir *vielleicht* auch gekommen. Du hättest auch in der Boxhalle sein können oder so.«

Er wandte ihr sein Gesicht zu, stützte sich mit den Ellbogen auf den Knien ab und hielt seinen alles sehenden Blick auf sie gerichtet. »Oder so?«

»Keine Ahnung. Du bist ein gut aussehender Kerl. Du könntest auch mit einem Date unterwegs sein.«

Er zog die Augenbrauen zusammen. »Dann wäre ich ein Mistkerl, denn ich habe dich ja gebeten, dich heute Abend hier mit mir zu treffen.«

»Das hast du gesagt, nicht ich«, erwiderte sie locker.

»Ich hoffe, dass ich es nicht bin. Aber um ehrlich zu sein, habe ich darüber nachgedacht, dir abzusagen, allerdings nicht, um dich zu versetzen.«

»Oh ...« Ihre Enttäuschung konnte sie nicht verbergen, doch wie schon kurz zuvor war die Verärgerung nicht weit weg. »Die meisten Männer würden bei so etwas lügen. Warum erzählst du es mir?«

»Ich bin kein guter Lügner. Heute Nachmittag hab ich gesehen, wie diese Typen mit dir geflirtet haben, und da hab ich mich gefragt, ob es unfair von mir wäre, deinen Abend in Beschlag zu nehmen, wenn du mit jemandem ausgehen könntest, der keine Probleme mit kleinen Kindern hat.«

Sie winkte ab, um ihren Schmerz zu verbergen. »Also bist du doch ein guter Lügner. Mit mir hat heute niemand geflirtet.«

»Daph, du musst nichts vor mir verbergen. Ich bin nicht dein eifersüchtiger Freund. Ich hab gesehen, wie du mit Hadley in der Nähe vom Pool gespielt hast, als diese Typen dich abgecheckt und dann mit dir geflirtet haben.«

»Beim Pool?« In Gedanken ging sie den Nachmittag durch. »Ach, du meine Güte, du spinnst ja. Die Typen haben doch nicht mit mir geflirtet. Sie haben sich erkundigt, was man hier in der Gegend so machen kann, was für Clubs es gibt und so. Ich hab ihnen das Undercover empfohlen und erzählt, dass es in Provincetown jede Menge Clubs gibt.« Das Künstlerstädtchen Provincetown lag an der Nordspitze von Cape Cod.

»Und sie haben dich wahrscheinlich gefragt, wo du immer bist, oder?«

Sie dachte an das Gespräch zurück. »Ja, das haben sie tatsächlich. Ich hab gesagt, dass ich gelegentlich im Undercover bin.« *Haben die mit mir geflirtet?*

Er hob eine Augenbraue.

»Ach was, du bist verrückt«, sagte sie.

»Und du bist eine kluge Frau. Kaum zu glauben, dass du die Signale nicht bemerkt hast.«

»Signale?« Sie winkte lachend ab. Diese Typen waren heiß. Nicht annähernd so gut aussehend wie Jock, aber sie konnten sicher leicht ein paar Frauen aufreißen. »Also gut, du Spinner. Zu deiner Information: Alleinerziehende Frauen sind nicht unbedingt begehrte Dates. Warum bist du eigentlich doch gekommen und hast nicht abgesagt? Und nur damit du es weißt ... Es ärgert mich, dass du absagen wolltest, auch wenn es aus Fürsorglichkeit war.«

»Es sollte dich nicht zu sehr ärgern. Ich könnte lügen und

sagen, dass ich mir gedacht habe, es gäbe wegen meiner Reaktionen auf Hadley genügend Argumente gegen mich und dass ich nur gekommen bin, um Pluspunkte zu sammeln.« Er schaute ihr weiterhin unverwandt in die Augen. »Aber die Wahrheit ist, dass ich den Abend gestern wirklich sehr schön fand und einfach nicht fortbleiben konnte.«

»Ach ja«, sagte sie wie beiläufig, doch dann wurde ihr bewusst, was er gesagt hatte und wie er sie anschaute – als würde er es wirklich so meinen –, und ein schockiertes »Ach ja?« folgte.

»Das hat mich auch überrascht.« Ein zaghaftes Lächeln erschien auf seinen Lippen. »Falls du es nicht bemerkt haben solltest, ich bin nicht unbedingt so ein Mann, der sehr persönliche Gespräche sucht. Aber du hast etwas an dir ...«

Ein nervöses Lachen platzte aus ihr heraus. »Meine Dinger! Die magst du anscheinend sehr.«

Er lachte auf, was sie wiederum zum Lachen brachte, sie erröten und dann noch mehr lachen ließ.

»Nie wieder werde ich über irgendwelche Dinger reden! Aber im Ernst, du bist in der Tat ein verrückter Kerl«, sagte sie.

»Ich habe Hadley. Meine Freizeit verbringe ich mit dem Buchclub, Momenten wie diesem und gelegentlich bin ich mit Freunden abends unterwegs. Normalerweise bist du dann auch dabei, du weißt also, dass ich die Geselligkeit von Freunden schätze und nicht darauf aus bin, mit irgendwelchen Typen etwas anzufangen.«

»Du bist vielleicht nicht darauf aus, aber die werfen schon ein Auge auf dich, Daph, das kannst du mir ruhig glauben.«

»Wie auch immer«, sagte sie. »Du hast dich um Harvey gekümmert. Du weißt, wie schwer es ist, sich Zeit für sich selbst zu nehmen, wenn es jemanden gibt, der von einem abhängig ist. Wie hast du in all den Jahren Zeit für ein Privatleben gefunden?

Und erzähl mir nicht, dass es das nicht gab, denn so naiv bin ich nicht.«

»Ich halte dich überhaupt nicht für naiv. Als ich anfing, für Harvey zu arbeiten, war ich ziemlich am Boden, und das hielt auch eine Weile an. Als es besser wurde, habe ich ein paar Frauen kennengelernt, mit denen ich mich gelegentlich getroffen habe. Dann sind Krankenschwestern bei Harvey geblieben, wenn ich losgezogen bin, um diesem Drang nachzugeben, um es mal nett zu formulieren.«

Daphne ermahnte sich, nicht nach der hübschen blonden Fotografin von Gavins und Harpers Hochzeit zu fragen. Aber sie wollte unbedingt wissen, ob sie etwas miteinander angefangen hatten, und konnte die Frage nicht zurückhalten. »Wie zum Beispiel mit Tara?«

Verwirrt hob er die Augenbraue. »Tara?«

»Die Fotografin von Gavins und Harpers Hochzeit? So wie sie geredet hat, scheint ihr euch sehr nahe zu stehen.«

»Mouse?« Er lachte. »Sie ist fast zehn Jahre jünger als ich. Ich kenne Tara schon, seit sie mit Windeln herumgelaufen ist.«

»Tut mir leid, dass ich gefragt hab. Ich wollte nur ...« Sie war auch keine gute Lügnerin, daher sagte sie: »Ich wollte es einfach nur wissen.«

»Schon in Ordnung, Daph. Es gefällt mir, dass du es wissen wolltest.«

In ihrem Kopf wirbelten die Gedanken umher, doch sie brachte die Frage zustande: »Warum hast du sie Mouse genannt?«

»Tara hat sich auf Partys immer in der Vorratskammer versteckt und alle Snacks weggefuttert. Irgendwann hat ihre Schwester angefangen, sie deshalb Mouse zu nennen, und das blieb dann haften. Tara ist ein Schatz. Ich mag sie wie eine

Schwester, aber mehr ist zwischen uns nicht. Wenn es so wirkt, als stünden wir uns nah, dann weil sie die Tante meiner Nichte Joey ist. Mein jüngerer Bruder Levi hat ein Kind mit Taras älterer Schwester Amelia. Joey wird dieses Jahr acht. Amelia wollte nie Mutter werden, also zieht Levi Joey allein groß.«

»Was solche Menschen angeht, kann ich ein wenig mitreden«, sagt Daphne leise. »Ist Levi ein guter Vater?«

»Der beste! Und Joey ist ein tolles Mädchen.«

Sie fummelte an dem Saum ihres Pullovers herum. »Ich weiß, dass du nicht über deine Vergangenheit reden willst, aber reagierst du auf deine Nichte ebenso wie auf Hadley?«

Die Sorge in Daphnes Augen reichte fast, um Jock von der Bemerkung abzulenken, mit der sie angedeutet hatte, dass sie Menschen wie Amelia kannte. Er hätte der Frage ausweichen und stattdessen ihre Bemerkung hinterfragen können, aber Daphne hatte etwas an sich, das ihn dazu brachte, seine Ausweichmanöver bleiben zu lassen. Gestern Abend hatte sie ihn nicht gedrängt, mehr zu erzählen, und jetzt sah sie ihn mit einem besorgten Blick an, nicht mit einem vorwurfsvollen. Dafür war er ihr dankbar und sie hatte eine Antwort verdient.

»Anfangs war es genauso«, gab er zu. »Aber jetzt ist es besser geworden.«

»Das ist gut.«

Er konnte nicht erkennen, ob sie erleichtert war oder ob seine Antwort sie neugieriger gemacht hatte. Er folgte ihrem Blick hin zu dem Essen auf dem Tisch. »Ist das dein Abendessen?«

»Ja, Erdnussbutter und Marmelade. Möchtest du eine Hälf-te?« Sie griff nach einem halben Sandwich.

»Im Ernst, Daph? *Das* ist dein Abendessen?«

»Ja, und mach dich nicht über mich lustig«, sagte sie fest. »Ich habe sehr viel zu tun, und auch wenn es so aussieht, als wäre Essen meine Priorität, ist das nicht der Fall.«

»Warum sollte es so aussehen, als wäre Essen deine Priorität? Ich hab gesehen, wie du Pizza, Erdnussbutter-Marmeladen-Sandwiches und Muffins isst. Das sind kaum die Mahlzeiten einer Feinschmeckerin.«

»Aus anderen offensichtlichen Gründen«, sagte sie und wandte den Blick ab.

»Hey!« Das klang schärfer als beabsichtigt, doch zumindest sah sie ihn nun wieder an. »Das einzig Offensichtliche an dir ist, dass du deine Tochter genug liebst, um deine Bedürfnisse hintanzustellen. Ebenso wie die Tatsache, dass du absolut *umwerfend* bist und noch dazu so nett, mich nicht zur Hölle zu jagen, weil ich so zu Hadley bin.«

»Jock«, sagte sie leise. »Du musst mir nicht solche Dinge sagen.«

»Soll ich lieber lügen?«

Sie verdrehte die Augen und errötete leicht.

»Verdreh du nur die Augen. Alles, was ich dir sagen kann, ist, dass du von dem Moment an, in dem ich dich letzten Sommer auf Gavins Geburtstagsparty gesehen habe, meine *Wonderwall* geworden bist.«

»Ist das irgendetwas Unanständiges?«, fragte sie und hob ein wenig das Kinn.

Er schmunzelte. »Du bist so verdammt süß. Nein, das ist nichts Unanständiges.« Er konnte kaum zugeben, dass sie die einzige Frau war, deren Bild vor seinem geistigen Auge erschien, wenn er nachts im Bett lag, und dass die damit einhergehenden Gedanken eindeutig unanständig waren. »Es gibt mehrere Definitionen für *Wonderwall*, aber für mich ist es die Person, an die ich immerzu denken muss.«

»Also in dem Fall liegt das sicher daran, dass du dich immer fragst, ob du deine Laufschuhe brauchst, wenn du mich mit Hadley siehst. Übrigens hat sie sich sehr über die Eule gefreut. Sie hat sie mit ins Bett genommen. Danke, dass du an sie gedacht hast.«

»Es freut mich, dass sie ihr gefällt. Ich denke oft an sie. Und nur damit du es weißt: Du irrst dich, was die Laufschuhe angeht. Aber ich habe eindeutig eine Schwäche für deine *Dinger.*« Er nahm einen halben Muffin vom Teller und biss hinein, während er sich über ihre geröteten Wangen freute. »Du solltest dich lieber um dein Abendessen kümmern, bevor ich es tue.« Wahrscheinlich würde ihn das, was er gleich sagen würde, direkt in die Hölle befördern, aber Daphnes süße Art glich einem Aphrodisiakum. Er konnte nicht anders, als ihr in die Augen zu schauen und zu sagen: »Ich habe einen unbändigen Appetit. Wenn ich einmal angefangen habe, kann ich die ganze Nacht weitermachen.«

Mit großen Augen und offenem Mund sah sie ihn an. Er grinste und sie schob sich das Sandwich in den Mund. Sie richtete sich etwas auf und zeigte mit dem Finger auf ihn. »Hör auf, solche Dinge zu sagen, nur damit ich rot werde.«

Du kannst denken, was du willst, Baby. Wahrscheinlich ist es auch besser so, denn du machst es mir unmöglich, mich zurückzuhalten. Er aß seinen Muffin auf und griff nach einer weiteren Hälfte.

Zwischen zwei Happen ihres Sandwiches sagte sie: »Du musst sicher viel essen, um diese Muskeln zu erhalten. Wahrscheinlich trainierst du ständig.«

»Um einen klaren Kopf zu bekommen, boxe ich regelmäßig. Ich versuche, wieder zu schreiben, aber die Worte kommen einfach nicht.«

»Tegan hat erwähnt, dass Harvey dir eine große Erbschaft hinterlassen hat, die du erhältst, wenn du wieder ein Buch veröffentlichst.«

»Das stimmt.« *Zwei Millionen Dollar, um genau zu sein.*

»Aber das ist nicht der Grund. Ich habe genug Geld. Schreiben ist mein Beruf. Meine Berufung.«

»Aber du warst auch Pfleger.«

»Ja, aber das war etwas anderes. Ich war wirklich am Boden, als ich Harvey kennengelernt habe. Er hat mir eine Aufgabe gegeben, etwas, auf das ich mich konzentrieren konnte und das mir dabei half, mich aus der Dunkelheit zu reißen, die mich verschlungen hatte. Er hat mich dazu gedrängt, mich um seine geschäftlichen Angelegenheiten zu kümmern, und als es bei ihm gesundheitlich bergab ging, *wollte* ich ihn pflegen. Ich habe gelernt, ihn zu pflegen. Beim Schreiben ist es anders. Es war, als hätte sich das Schreiben mich ausgesucht, nicht andersherum. Und nachdem Harvey nun nicht mehr da ist und die Worte nicht kommen, wenn ich versuche zu schreiben, weiß ich nicht mehr, wer ich bin. Was total bescheuert ist, denn bevor dieser ganze verdammte Mist passiert ist, war ich gar nicht aufzuhalten.«

Er stand auf, ging auf und ab und das Adrenalin rauschte nur so durch ihn hindurch. »In allem war ich richtig gut. Tolle Noten, herausragender Boxer. Ich war ein großspuriges Arschloch, aber es gab nichts, was ich nicht schaffen konnte. Im dritten Jahr am College habe ich ein Theaterstück geschrieben – quasi einfach so aus dem Ärmel geschüttelt –, und auf den Rat eines Professors hin hab ich daraus einen Roman gemacht, der in weniger als einem Monat ausverkauft war und mir ein wahnsinniges Einkommen beschert hat. Es gab keine Grenzen und ich war eine verdammte Rakete. Und was bin ich jetzt? Haltlos? Unsicher? Ich hab keine Ahnung, wer oder was zum Teufel ich jetzt bin, aber auf alle Fälle nicht der Mann, der ich sein sollte, und ich will verdammt noch mal nicht, dass mir dieses Ich den Rest meines Lebens wegnimmt.« Schockiert wurde ihm klar, wie viel er von sich preisgegeben hatte. So lange hatte er all das für sich behalten, dass er das Gefühl hatte, es wäre ihm nun mit einem Schlag vom Leib gerissen worden.

»Was immer auch passiert ist, es muss schrecklich gewesen sein, dass es dir all das genommen hat.« Einen Moment lang schwieg Daphne. »Jock?«

Er schaute zu ihr und mit einem Schlag verstand er. Er hatte ihr klar machen müssen, dass der Mann, den sie vor sich hatte, viel mehr war als das, was sie sah. Was hatte sie nur an sich, dass sie das in ihm auslöste?

Erleichtert, dass er nicht die ganze hässliche Wahrheit ausgespuckt hatte, setzte er sich neben sie. »Dieser nicht aufzuhaltende Kerl, der seine Ziele verfolgte und eroberte, das bin immer noch ich, Daphne. Aber dies ist das erste Mal seit Jahren, dass ich ihn wieder wirklich in mir gespürt habe. Ich war mir nicht einmal mehr sicher, dass es ihn überhaupt noch gab.«

»Was, glaubst du, hat sich geändert? Warum spürst du ihn jetzt?«

»Keine Ahnung«, sagte er, um ein Mindestmaß an Distanz zu bewahren – zumindest bis er sich selbst verstanden hatte. Aber die Art, mit der sie ihn ansah, war intensiver als die einer Frau, die nur eine Antwort erhalten wollte. Sie sah ihn an, als ob er ihr wirklich wichtig war, und ja, er wollte sich mehr davon verdienen, also erzählte er ihr die Wahrheit. »Vielleicht habe ich doch eine Ahnung. Hast du jemals einen Menschen kennengelernt, von dem du wolltest, dass er die beste Seite von dir sieht?«

»Wahrscheinlich, ja.«

»Ich glaube, genau das passiert mir gerade, und dieser Mensch bist du. Du musst diesen Teil in mir dazu inspiriert haben, sich zu befreien, denn all das, was ich gerade gesagt habe, hat auch mich total erschrocken.«

Daphne atmete stockend ein und fummelte weiter am Saum ihres Pullovers herum.

»Es tut mir leid. Ich wollte dich nicht nervös machen. Es ist lange her, dass ich eine Freundin wie dich hatte oder irgendetwas in dieser Art gefühlt habe. Es ist unglaublich, dass ich überhaupt wieder etwas *fühle*. Danke!«

Leise, aber aufmunternd sagte sie: »Gut gemacht, Daphne!« und hob die geballte Faust.

Mann, sie war so süß.

»Es ist lange her, dass ich irgendjemanden zu irgendetwas inspiriert habe«, sagte sie und griff nach ihrer Wasserflasche.

»Und schon wieder nimmst du die Signale nicht wahr.«

Sie trank einen Schluck, mied seinen Blick und stellte dann die Wasserflasche wieder auf den Tisch. »Wenn ich diesen versteckten Teil von dir hervorbringen kann, vielleicht kann ich dir dann ja auch ein paar Ideen für Geschichten entlocken. Du schreibst Krimis, oder?«

»Nicht ganz. Ich schreibe Horrorgeschichten.«

Sie runzelte die Stirn und lehnte sich zurück, als wäre das, was er gesagt hatte, ansteckend. »Horror? Im Ernst?« Sie sprach *Horror* wie einen Fluch aus und *Im Ernst* klang fasziniert. »Ich habe so etwas noch nie gelesen, also erzähl mir davon. Wie sind solche Romane eigentlich?«

»Sie sind so ziemlich das Gegenteil von Liebesromanen. Das Ziel ist, den Leser in Angst und Schrecken zu versetzen.«

»Das dachte ich mir schon. Aber worüber hast du geschrieben? Ich kenne noch nicht einmal den Titel von deinem Buch.«

»Der Roman heißt *Dunkle Lügen*, und die Geschichte beginnt zwanzig Jahre, nachdem eine Gruppe von Collegestudenten eine Frau ermordet hat und ungestraft davongekommen ist. In der ersten Szene halten Schüler einer Highschool eine Seance auf dem Friedhof ab, auf dem diese Frau beerdigt ist, und dabei wecken sie unwissentlich ihren Geist auf. Dieser Geist begibt sich auf einen Rachefeldzug und bringt jeden um, der mit dem Mord zu tun hatte.«

Daphne erschauderte. »Das ist grauenhaft.«

»Das ist der Sinn der Sache.«

»Ich weiß, aber warum willst gerade du dir über so etwas Gedanken machen? Kein Wunder, dass du nicht schreiben kannst. Wenn du etwas so Schlimmes erlebt hast, das dein ganzes Leben verändert hat, dann musst du vielleicht etwas Freudvolleres schreiben.«

»Daph, ich bin kein Liebesromanautor.«

»Ich rede ja auch nicht von Liebesromanen. Könntest du nicht etwas wie einen Gesellschaftsroman schreiben? Oder eben einen etwas weniger gruseligen Krimi?«

Er schüttelte den Kopf. »Das ist nicht so mein Ding.«

»Also gut, dann lass uns überlegen, ob uns etwas Schauriges einfällt.« Sie schnappte sich einen Notizblock, einen Stift und die andere Hälfte ihres Sandwiches. Sie biss ab und sagte: »Du versorgst deine Muskeln mit Futter. Ich mein Hirn.«

Er hätte gern ihr Hirn *und* ihren Körper mit viel mehr versorgt als nur mit einem Sandwich. »Du musst mir dabei nicht helfen. Sicher komme ich irgendwann auf den Trichter.«

»So wie du auf den Trichter gekommen bist, dass dieser andere Teil noch immer in dir schlummert?« Sie schlug den Notizblock auf. »Wie lang hat das gedauert?«

»Daph, es ist lieb von dir, aber ich will nicht deine Zeit vergeuden. Du magst das Genre ja nicht einmal.«

»Aber ich mag dich und ich will dir helfen.« Sie biss noch einmal von ihrem Sandwich ab. »Wie wär's mit einer Geschichte über einen Gasthof, in dem es spukt? Als Inspiration könnte dir Summer House dienen. Und die Gespenster ermorden …« Sie schüttelte den Kopf, legte die Stirn in Falten und sagte: »Vergiss es. Zu realitätsnah.« Sie klopfte mit dem Stift auf den Notizblock und riss dann plötzlich die Augen ganz weit auf. »Ich hab's! Eine Geschichte über einen Stalker. Er kann so richtig unheimlich sein, aber anstatt die Frau umzubringen, verliebt er sich in sie.«

»Das wäre dann ein Liebesroman.«

»Stimmt. Weißt du was? Ich bin darin eine Niete. Aber ich habe eine Idee!« Sie stand auf und legte Notizblock und Stift auf den Tisch. »Ich hab genau das Richtige, um deine Worte sprudeln zu lassen. Bin gleich wieder da.«

Er beobachtete ihre schwingenden Hüften, als sie um die Ecke des Gebäudes herumeilte.

Eine Minute später tauchte sie mit einem Scrabble-Spiel und einem hinreißenden Grinsen wieder auf. »Tadaa!«

»Daphne Zablonski, du bist gerade noch heißer geworden. Bist du ein Scrabble-Fan?«

»Und ob. Wir haben ein paar Spiele im Büro. Spielst du auch?«

»Nein«, sagte er, als sie sich setzte. »Ich *gewinne.*«

»Heute Abend sicher nicht«, erwiderte sie frech.

»Das werden wir ja sehen.« Er rückte den Tisch zwischen sie, und als sie das Spiel aufstellten, sagte er: »Machen wir es doch noch interessanter. Falls ich gewinne, isst du morgen Mittag mit mir.«

»Tut mir leid, aber ich esse am Schreibtisch und arbeite die Mittagspause durch, damit ich Hadley vor fünf Uhr abholen kann.«

Er speicherte diese Information ab und sagte: »In Ordnung. Falls du gewinnst, koche ich morgen Abend für dich.«

»Du meinst, wenn ich gewinne.« Sie schob ihre Buchstabensteine auf der Ablage hin und her. »Und in dem unwahrscheinlichen Fall, dass ich verliere?«

»Musst du das Essen genießen, das ich koche.« Er zog seine Buchstaben. »Und? Was sagst du? Ich bin ein herausragender Koch.«

»Ich sage, ich brauche mehr Freunde wie dich.« Sie schaute zu ihm auf. »Aber im Ernst, solltest du nicht etwas bekommen, wenn du gewinnst?«

»Tue ich doch. Ich darf mit dir zu Abend essen. Kochen für eine Person macht keinen Spaß.«

Sie spielten ein paar Runden und sie legte das Wort *Fluch*. »Wie wär's damit?«, fragte sie aufgeregt. »Fällt dir zu *Fluch* irgendwas ein?«

Ja, mein Leben. »So spontan nicht, aber das war ein toller Film.«

»Hab ich nie gesehen. Ich bin mir sicher, wir finden noch bessere Worte, um etwas Inspiration in deinen Kopf zu bringen.« Als er an der Reihe war, fragte sie: »Warum hast du dich überhaupt für das Genre Horror entschieden?«

»Das ist leicht zu beantworten. Mein Bruder und ich haben uns gegenseitig und auch alle anderen immer gern zu Tode erschreckt. Meine Mom behauptet, wir haben damit schon als ganz kleine Kinder angefangen. So weit zurück erinnere ich mich nicht, aber als wir etwa acht Jahre alt waren, hat uns eine Babysitterin mit ins Kino genommen. Sie hat uns Popcorn und Süßigkeiten gekauft und ist dann in einen anderen Saal gegangen, um sich einen Mädelsfilm anzuschauen. Irgendwann wurde uns langweilig und wir haben uns aus dem Kinderfilm herausgeschlichen und sind in einen Saal gegangen, in dem *Halloween* gezeigt wurde. Das hat uns total Angst eingejagt, aber wir fanden es genial. Leider wussten wir noch nicht, dass nicht alle Filme zur gleichen Zeit endeten. Als wir eine Stunde nach Ende des Kinderfilms aus dem Saal kamen, war die Polizei gerade eingetroffen und unsere Eltern waren auch da. Sie waren außer sich vor Sorge und die Babysitterin hat nur geheult.«

»Deine Mutter muss eine unfassbare Angst gehabt haben.«

»Hatte sie. Aber das Schlimmste ist, dass wir die Platzanweiser gesehen hatten, die jeden Gang mit Taschenlampen abgesucht haben. Wir haben uns versteckt, weil wir dachten, sie würden uns rauswerfen, weil wir ohne Begleitung eines Erwachsenen dort waren. Das macht mir heute noch Schuldgefühle.«

»Ich würde den Verstand verlieren, wenn Hadley verschwinden würde. Ständig mache ich mir Sorgen, dass ihr etwas zustoßen könnte.«

Jock hatte erst am Abend des Unfalls verstanden, wie schrecklich diese Erfahrung in seiner Kindheit für seine Eltern gewesen war. »Wir haben unseren verdienten Hausarrest erhalten. Aber dieser Film hat meine Liebe zu Horrorgeschichten entfacht. Danach haben wir versucht, unsere Streiche immer weiter zu perfektionieren. Wir waren noch klein, also haben wir keine großen Sachen gemacht, trotzdem waren wir kreativ. Wir haben Bettlaken präpariert und unsere jüngeren Schwestern glauben lassen, es wären Geister. Einmal haben wir uns vollkommen mit Ketchup beschmiert und auch etwas davon auf eine Säge unseres Vaters verteilt. Mein Bruder hat sich in den Garten gelegt, als hätte er sich geschnitten, und ich bin ins Haus gerannt und hab geschrien, dass er stirbt.«

»Meine Güte! Ihr habt es echt weit getrieben.«

»Ja. Ich hatte damals keine Ahnung, welche Ängste Eltern durchmachen.«

»Was haben eure Eltern getan?«

»Sie haben über uns gelacht. Es war immerhin nur Ketchup und wir haben ständig so einen Unfug getrieben. Manchmal mehrere Male an einem Nachmittag.« Die Erinnerungen brachten ihn zum Schmunzeln. »Wir waren solche Idioten. Es hat ein paar Jahre gedauert, aber unsere Pranks waren am Ende ziemlich gut. In der Vorratskammer meiner Eltern ist jede Menge Kram für Streiche versteckt, wie zum Beispiel Chili-Extrakt oder Brechwurzelsirup.«

»Ihr seid unmöglich! Habt ihr auch eure Freunde reingelegt?«

»Nur die, die wir mochten. Es war eine Art Aufnahmeritual in unsere Clique.«

»Mit welchem deiner Brüder hast du diese Streiche gespielt?«

Ein vertrauter Schmerz in der Magengrube machte sich bemerkbar. »Mit Archer, meinem Zwillingsbruder.«

»Klingt so, als steht ihr beiden euch sehr nah.«

Nicht mehr. Er sah auf seine Buchstabensteine und legte das Wort *Feind.* »Du bist dran, Blondie«, sagte er und notierte seine Punkte.

»Feind ist ein tolles Wort für eine Horrorgeschichte.« Sie

legte das Wort *Gelb*. »Alle Bösewichte sind Feinde. Wie wär's mit einer Geschichte mit Verbindung zu *Dunkle Lügen*? Könnte die Frau, deren Geist zurückgekehrt ist, nicht in der Geisterwelt einen Feind haben, der wie sie in der realen Welt Rache übt?«

»Ach, guck mal einer an, du kannst dich ja doch für Horrorstorys begeistern. Das ist eine interessante Idee.«

Sie beugte sich über den Tisch und tippte auf den Zettel. »Schreib es auf, damit wir es nicht vergessen. Vielleicht kommen dir später irgendwelche Gedanken dazu.«

»Ich weiß *genau*, womit sich meine Gedanken später beschäftigen werden«, sagte er und hielt ihre Idee fest.

»Wie groß deine Niederlage beim Scrabbel war?«, fragte sie scherzhaft.

Ihre Blicke trafen sich und er sagte: »Klar, träum weiter.« Das süße Lächeln, mit dem er belohnt wurde, hätte ihn fast dazu gebracht, sie über den Tisch an sich zu ziehen und zu küssen.

»Wenn du jedes Mal einen Dollar dafür bekämst, mich erröten zu lassen, dann wärst du ein reicher Mann.«

»Ich bin ein reicher Mann, weil ich dir zusehen darf, wie du rot wirst.«

Sie sah ihn finster an. »Du versuchst nur, mich aus dem Konzept zu bringen, damit du gewinnst, aber das wird nicht funktionieren.« Sie brach ein Stück Muffin ab und aß es. »Du bist dran. Und ich muss dir jetzt mal ein bisschen zusetzen, damit du weißt, wie sich das anfühlt.«

Wenn sie wüsste, wie sehr sie das bereits tat.

Sie stützte sich mit dem Ellbogen auf dem Tisch ab, legte das Kinn auf die Hand und klimperte mit den Wimpern ihrer aufreizenden blauen Augen, mit denen sie ihn entzückend nervös ansah. »Also, du geheimnisvoller Nachbar, erzähl mir etwas, was ich noch nicht über dich weiß.«

Er war ziemlich sicher, dass *Ich will dich nackt in meinen Armen spüren, wie du dich in Ekstase windest, während ich dich so heftig zum Höhepunkt treibe, bis du nicht mehr weißt, wer du bist* nicht das war, was sie zu hören erwartete. Seine Lenden schmerzten bei dem Gedanken. Er versuchte, sich zu räuspern, doch es klang eher nach einem tiefen Brummen.

Sie sah ihn prüfend an, setzte sich mit verführerischem Gesichtsausdruck auf und streckte die Brust heraus. »So ein großer, starker Mann wie du kann mir kein einziges kleines Geheimnis verraten?«

Sie brachte ihn um. »Daphne!«, warnte er und fragte sich, woher diese selbstbewusste Verführerin plötzlich kam.

Die Hitze breitete sich auf ihren Wangen aus, aber in ihren Augen funkelte die Siegesfreude. »Mal sehen, wie lange du das aushältst.« Sie langte über den Tisch und strich mit den Fingern über seine Hand. »Was ist los, Jock? Kannst du nicht mithalten?«

»Verdammt!« Er drehte die Hand um und hielt ihre Finger unter seinen fest. Ihre Blicke versanken ineinander. Ihre Atmung wurde flach, Lust schimmerte in ihren Augen und sie biss sich auf die Unterlippe, als wäre sie in ihrem eigenen Netz der Erregung gefangen. In seiner Fantasie hatte er sich ausgemalt, wie sie aussehen würde, wenn sie erregt wäre, aber sie nun von Begehren erfüllt zu sehen, überstieg seine wildesten Träume.

Sie öffnete den Mund, schloss ihn dann aber schnell wieder. Ihre Hand rutschte unter seiner weg, als sie sich wieder zurücklehnte. »Vergiss es! Ich wette, so ein Typ wie du hält die ganze Nacht durch.«

»Und ob!«, stieß er hervor.

»Ich meinte: *reden!*« Sie schlug die Hände vors Gesicht und gab einen Laut zwischen Lachen und Jaulen von sich. »Reden, Jock! Reden!«

Er musste auch lachen, weil sie so verdammt entzückend war. »Du machst mich fertig, Daphne.«

»Ja, klar. Als hätte sich das alles nicht gerade als Bumerang für mich erwiesen.« Sie spähte zwischen ihren Fingern hindurch. »Waffenstillstand?«

»Mir war nicht klar, dass wir uns im Krieg befanden, aber klar, ja.«

Sie legte eine Hand auf ihre Brust und atmete hörbar aus. »Ich bin solche Spielchen nicht gewohnt.«

»Das macht dich noch anziehender.« Er nahm ihre Wasserflasche, öffnete sie und hielt sie ihr hin. »Trink, bevor du in Flammen aufgehst.«

»Würdest du jetzt bitte mal aufhören?« Sie nahm die Flasche und trank gierig. »Vielleicht schaffe ich es nicht, dich aus dem Konzept zu bringen, aber beim Scrabble kann ich noch immer gewinnen.«

Sie stellte die Flasche ab und er nahm sie. »Darf ich?«

»Nur zu.« Sie sah ihn überrascht an. »Heißt das, es hat ein klein wenig funktioniert?«

So unfassbar süß. »Wenn du zwanzig Zentimeter klein findest, dann ja.«

Sie wurde puterrot und grinste von einem Ohr zum anderen. »Du bist unmöglich, Jock Steele. Und allein deswegen werde ich dir jetzt so richtig einheizen.«

Er hob eine Augenbraue.

»Beim Scrabble!« Sie sah ihn flehend an. »Konzentrier dich aufs Spiel, ja? Du bist echt ein harter Spielpartner.«

Er lachte.

Sie schaute zum Himmel und stöhnte auf. »Bitte, Gott, erlöse mich und mach, dass nichts Zweideutiges mehr aus meinem Mund kommt.«

»Ich hätte da etwas Eindeutiges.«

»Jock!« Sie lachte Tränen. Als sie sie fortwischte, hob sie einen warnenden Finger. »Kein Wort mehr!«

Ergeben hob er die Hände.

Sie spielten ein paar Runden, ohne etwas zu sagen. Die sexuelle Spannung knisterte zwischen ihnen, während sie verstohlen Blicke tauschten und ihr Lachen unterdrückten. Es war der wunderschönste Abend, den Jock je erlebt hatte, und er wollte nicht, dass er je endete.

Daphne legte das Wort *Hunger*. »Hast du in deiner Zeit mit Harvey Kochen gelernt?«

»Nein, schon als Kind. Man konnte nicht bei meiner Mutter aufwachsen und nichts übers Kochen lernen.«

Er legte das Wort *Groß* und nutzte dabei das G aus *Hunger*, woraufhin sie ihn finster ansah. Er zwinkerte ihr zu. »Riesenhunger!«

»Darauf falle ich nicht herein, und ich biete dir auch nicht mehr Muffins an, denn das würde nur dazu führen, dass du mir wieder die Röte ins Gesicht treibst.«

»Du darfst mir deine Dinger nicht vorenthalten!«, flehte er sie an. »Das wäre einfach zu grausam.«

»Okay, okay, nimm meine Muffins, wenn es sein muss, aber ich revanchiere mich nicht mit deinem ... Eclair.« Sie prustete los und beide krümmten sich vor Lachen. »Schluss, Schluss, Schluss!« Sie legte den Arm um ihren Bauch. »Ich muss aufhören. Mir tut vom Lachen alles weh.«

»Oh, Mann, du bist echt der Hammer.«

»Ich freue mich, dass ich zu deiner Unterhaltung beitrage.

Worüber haben wir gerade geredet?«

»Deine Muffins«, antwortete er zaghaft.

Sie hob warnend den Finger. »Nein! Wir haben über deine Mutter geredet. Erzähl mir von ihr. Ist sie eine so schlechte Köchin oder musstet ihr viel für euch selbst sorgen?«

»Sie ist eine phänomenale Köchin und jede Mahlzeit ist ein Fest. Aber sie zieht dich nicht durch das Essen in ihren Bann, sondern durch ihre Persönlichkeit.«

Daphne schaute auf ihre Buchstabensteine. »Was macht die aus?«

»Keine Ahnung. Alles! Meine Mutter ist eine der schönsten Frauen, die ich kenne. Sie ist witzig und liebevoll, und sie ist einfach die beste Mom, die ich mir wünschen könnte. Du solltest mal meinen Vater in ihrer Gegenwart erleben. Sie sind noch so verliebt, immer berührt er sie, küsst sie, als könnte er nie genug von ihr bekommen.«

»Das ist schön. Mein Dad liebt meine Mom, aber er zeigt seine Zuneigung nicht so.«

»Mein Vater würde es wahrscheinlich nicht aushalten, meine Mutter nicht berühren zu können. Sie ist einfach … Man kann gar nicht anders, als sich zu ihr hingezogen zu fühlen, und wenn sie kocht, erzählt sie immer irgendwelche Geschichten. Sie zieht dich quasi mühelos in ihre Welt. Ich erinnere mich daran, wie ich als Jugendlicher im Garten Basketball gespielt hab und ins Haus gegangen bin, um etwas zu trinken oder zu essen, und dann sagte sie – er sprach mit sanfterer Stimme weiter – ›Komm, Jackie, wir machen dir etwas Kleines zu essen.‹ Zwei Stunden später hatte ich dann eine volle Mahlzeit im Bauch, die ich mit ihr zubereitet hatte, und saß fasziniert von einer ihrer Geschichten mit ihr am Tisch.«

»Klingt, als wäre sie ein wundervoller Mensch.« Daphne

legte ihr Wort und fragte dann: »Wie oft siehst du sie?«

»Nicht sehr oft.«

»Warum nicht?«

Er zuckte mit den Schultern und legte seine Buchstaben ab.

Als er nach dem letzten Stein griff, sagte sie: »Komm schon, *Jackie*, so leicht lass ich dich nicht vom Haken.«

»Wie hast du mich gerade genannt?« *Meine Güte, diese Frau* ...

»Du hast mich genau gehört. *Jackie, Jackie, Jackie*«, säuselte sie.

»Das ist eine Kampfansage, junge Dame.«

»Oh, jetzt hab ich aber Angst«, erwiderte sie sarkastisch.

Er stand auf und griff nach ihr. Sie wich aus und stieß dabei das Spielbrett vom Tisch, trotzdem erwischte er sie nach ein paar Schritten, packte sie an der Taille und zog sie mit dem Rücken an seine Brust. Sie lachte wie verrückt, versuchte, sich aus seinem Griff zu befreien, und das fühlte sich so verdammt gut an, dass er sie noch fester an sich zog.

»Hör auf!«, sagte sie lachend. »Du kitzelst mich.«

Mit dem Mund ganz dicht an ihrem Ohr flüsterte er ihr zu: »Du glaubst, du kannst es mit mir aufnehmen, Zablonski?«

»Glaubst du etwa, dass du es mit *mir* aufnehmen kannst, Steele?«, fragte sie herausfordernd zurück.

Während sie lachend miteinander rangen, stieß sie mit dem Hintern nach hinten und drückte gegen sein bestes Stück, sodass er steinhart wurde. »Du spielst mit dem Feuer, meine Schöne.«

»Was ist los? Sind meine heißen Muffins etwa zu viel für dich?«

Sie wand sich und riss sich genau in dem Moment los, als er den Arm wegnehmen wollte, sodass er über ihre Füße stolperte und sie beide zu Boden gingen. Sie landete auf ihm mit den Brüsten in seinem Gesicht. Mit aufgerissenen Augen stützte sie sich mit den Händen ab. »Anscheinend kann ich es sehr wohl mit dir aufnehmen.«

Mit einer raschen Bewegung drehte er sie auf den Rücken, setzte sich rittlings auf sie und hielt ihre Arme neben dem Kopf fest. Sie keuchte und strahlte so sehr, dass sie die abendliche Dunkelheit erhellte. Er wollte sich den Kuss nehmen, nachdem er sich so gesehnt hatte, wollte ihr Licht in sich aufnehmen, bis es die Beklemmungen seiner Vergangenheit verscheucht hatte. Doch er wusste, dass das nicht richtig wäre, also sagte er nur: »Du bist eine gefährliche Frau, Daphne Zablonski.«

»Gefährlich für deine Männlichkeit«, ergänzte sie frech.

»Du hast ja keine Ahnung, wie recht du hast.«

»Ich meinte, für deinen Stolz!«, sagte sie und sah dabei süß, sexy und viel zu verlockend aus.

Er zwang sich, von ihr herunterzugehen, und als er ihr aufhalf, wurde all dieses liebliche Licht absolut dunkel und spannungsgeladen. In ihren Augen funkelte dasselbe Begehren, das in seinem Körper pulsierte. Er musste seine ganze Beherrschung aufbringen, um einen Schritt zurückzutreten, doch die glühende Hitze zwischen ihnen war wie ein Magnet. Er konnte nicht wegschauen, wollte nicht mehr Abstand zwischen sie bringen, und ihr stockender Atem ließ darauf schließen, dass sie ebenso empfand.

»Daphne? Jock?« Emerys Stimme durchbrach ihren Bann.

Daphne stolperte zurück, fummelte an ihrem Pullover herum und die Verlegenheit hinterließ Spuren auf ihren Wangen. »Emery, Dean, hallo. Wir haben gerade gespielt ...«

»Aha«, sagte Emery mit einem zufriedenen Grinsen.

Dean, ein Berg von einem Mann mit riesigen Muskelpaketen und einem Wikingerbart, sah Jock eindringlich an: »*Gespielt?*« Daphnes Chefs waren immer um ihre Sicherheit besorgt.

»Scrabble«, erklärte Jock. »Bei der müsst ihr aufpassen.« Jock hob die Buchstabensteine vom Boden auf. »Sie war mir haushoch überlegen.«

»Ich lese viel. Das hilft«, sagte Daphne, während sie nervös das Spielbrett aufhob und es in die Schachtel legte.

»Da du gern erotische Liebesromane liest, war es sicherlich ein interessantes Spiel«, scherzte Emery.

»Ich lese auch andere Literatur«, sagte Daphne und sammelte hektisch ihre Sachen zusammen.

Jock legte den letzten Buchstabenstein in die Schachtel. »Es ist schon spät. Ich sollte gehen. Daphne, brauchst du Hilfe beim Hineintragen deiner Sachen?«

»Nein danke«, antwortete sie leise, wobei sie ihn nur kurz anschaute und dann den Blick abwandte, doch die Verlegenheit, die Enttäuschung und das eindeutige Interesse in ihren Augen waren ihm nicht entgangen.

»Ach übrigens, kommt ihr am Freitagabend zum Lagerfeuer?«, fragte Dean.

»Ich komme«, sagte Daphne. »Hadley liebt unsere Dates.«

»*Dates?*«, fragte Jock nach.

Daphne schaute ihn fast ein wenig schüchtern an, als hätte sie Angst, zu lang zu schauen. »Mommy-Tochter-Dates. Hadley liebt das, weil sie lange aufbleiben und abends am Strand spielen darf. Normalerweise verausgabt sie sich völlig und schläft am Lagerfeuer auf meinem Schoß ein.«

Warum klang das so schön in den Ohren eines Typen, der es nicht einmal aushielt, wenn ihr Kind sich an seine Beine klammerte?

»Ich kann meine Mommy-Baby-Dates kaum abwarten«, sagte Emery und schmiegte sich an Dean.

»Ich auch nicht, meine Süße.« Dean küsste sie auf die Wange und fragte: »Wie sieht's mit dir aus, Jock? Kommst du auch?«

Er wollte nicht beim Lagerfeuer auftauchen und Daphne und Hadley den Spaß verderben. »Ich verzichte für dieses Mal wohl lieber.« Mit einem Blick zu Daphne sagte er: »Es war ein großartiger Abend. So viel habe ich seit den Zeiten mit Harvey nicht mehr gelacht. Danke für das Spiel und dafür, dass du deine Muffins mit mir geteilt hast.« Wieder durfte er sie heftig erröten sehen. »Bis morgen, alle zusammen.«

Als er nach Hause ging, kam ihm die Zeit bis morgen viel zu lang vor.

Fünf

»Lassen Sie mich mal nachsehen, ob das Cottage in dem Zeitraum frei ist.« Daphne klemmte sich das Telefon zwischen Ohr und Schulter, während sie etwas in ihren Computer eingab. Den ganzen Tag über hatte sie dumme Fehler gemacht, wie zum Beispiel jetzt gerade, als sie zum x-ten Mal ein falsches Datum eingab. Sie kam einfach nicht aus ihrem Jock-Nebel heraus, wie sie diesen neuartigen zerfahrenen Zustand nannte, den sie seit dem gestrigen Abend immer wieder erlebte. Als sie auf dem Rasen gelegen hatten, hätte sie ihn so gerne geküsst, dass sie den Kuss quasi schmecken konnte, und als ob das noch nicht reichte, fragte sie sich unablässig, ob es sein Ernst gewesen war, als er gesagt hatte, er würde für sie kochen. Wahrscheinlich nicht, da sie keine konkreteren Pläne gemacht hatten, aber die Idee hatte ihr gefallen.

»Das Cottage Nummer 9 ist an dem Wochenende nicht verfügbar«, sprach sie in den Hörer. »Aber das Cottage 13 wurde gerade storniert und das hat drei Schlafzimmer. Es ist etwas teurer, hat aber dafür einen Blick aufs Meer. Würden Sie das gern reservieren?«

»Lassen Sie mich das mit meinem Mann klären und dann melde ich mich noch mal«, sagte die Frau. »Aber ich habe noch eine andere Frage. Meine Schwester hat sich gerade verlobt, und ich helfe ihr bei der Suche nach einem Veranstaltungsort am Cape, um eine kleine Hochzeit mit etwa fünfzig Gästen zu feiern. Wie sehen Ihre Kapazitäten im Mai aus?«

Zum hundertsten Mal, seit sie dort ihre Stelle angetreten hatte, versuchte Daphne ihre Enttäuschung zu verbergen, als sie antwortete: »Es tut mir leid. Wir führen keine Hochzeitsfeiern durch, aber ich kann Ihnen die Nummern von Locations hier geben, die das anbieten.«

Daphne gab ihr ein paar Telefonnummern, und nachdem sie das Gespräch beendet hatte, schaute sie auf ihre To-do-Liste. Ganz oben stand der Event-Flyer der nächsten Woche. Eine Firma erstellte monatlich kleine Heftchen, in denen die Veranstaltungen von ganz Cape Cod aufgeführt waren. Als Daphne angefangen hatte, im Resort zu arbeiten, hatte sie für die Gäste individualisierte Flyer erstellt. Alle zwei Wochen machte sie eine Liste nur mit den lokalen Veranstaltungen und Sehenswürdigkeiten, wie zum Beispiel Emerys Yogakurse, die Kunstgalerie im Summer House, Antiquitätenläden, Konzerte am Freitagabend, Filmvorführungen in der Preservation Hall im Stadtzentrum und anderen Veranstaltungen in der Nähe. Als sie die Datei mit dem Flyer der vergangenen Woche öffnete, nagte die Vorstellung, eine kleine Hochzeit zu planen, an ihr. Ihr fehlte die Anspannung, die bei der Arbeit mit aufgeregten Bräuten und Bräutigamen aufkam, die Vorfreude bei der Planung von Musik, Blumen und Dekorationen und der Stolz, der sie erfüllte, wenn sie dafür sorgte, dass ein glückliches Paar überwältigt und verwöhnt wurde und dass ihre Träume nicht nur verwirklicht, sondern noch übertroffen wurden.

Ihr Handy klingelte und der Name ihrer Mutter poppte auf dem Bildschirm auf. Hier ging es heute Morgen wie auf einem

Hauptbahnhof zu.

»Hallo, Mom«, sagte sie und griff gleichzeitig nach ihrem Notizbuch.

»Hallo, mein Schatz. Ich weiß, dass du viel zu tun hast, aber ich wollte kurz wegen Hadleys Geburtstag mit dir sprechen.« Ihre Eltern liebten Hadley abgöttisch, und an dem Wochenende nach ihrem Geburtstag, der erst in ein paar Wochen war, wollten sie ein Mittagessen für sie organisieren. »Dein Vater plant gerade mit den Jungs, dass sie mit dem Feuerwehrauto kommen und …«

»Mom, ich hab Dad schon gesagt, dass er das Feuerwehrauto nicht organisieren muss. Er sollte bis nächstes Jahr oder noch länger warten, bis Hadley alt genug ist, um sich auch an ihre erste Fahrt zu erinnern.« Ihr Vater hatte es zur Tradition gemacht, mit jedem seiner Kinder an ihrem Geburtstag eine Fahrt mit dem Feuerwehrauto samt Blaulicht und Martinshorn durch die Nachbarschaft zu machen. Daphne hatte es für Hadley hinausgeschoben, weil der Lärm ihr als kleines Kind Angst eingejagt hatte, und sie wollte nicht, dass Hadley auch Angst hatte.

»Ich weiß, aber dein Vater träumt seit Hadleys Geburt von diesem Tag. Lass Pop Pop seinen Spaß, Schatz.«

»In Ordnung, aber ich fahre mit. Das kann einem schon Angst machen da oben im Wagen.«

»Das kannst du mit deinem Vater aushandeln. Ich wollte dir noch erzählen, dass Renee und ich gestern Abend einen unfassbar süßen Vogel als Tortenaufsatz besorgt haben, der genauso aussieht wie Hadleys Lieblingsstofftier.«

»Das wird ihr gefallen, aber vielleicht solltet ihr auch eine Eule besorgen. Ein Freund von mir hat ihr neulich eine geschenkt und die ist mittlerweile ihr neues Lieblingstier.«

»Hat sie die von Jett bekommen? Der ist ja so nett.«

»Nicht von Jett, Mom. Sondern von Jock, ein Freund von Jett und Tegan.«

»Hadley hat wirklich Glück, von so vielen Leuten umgeben zu sein, die sie liebhaben. Wenn sie erst einmal gelernt hat, wie groß die Macht des Lächelns einer Frau ist, wirst du alle Hände voll zu tun haben.«

»Ich hab schon jetzt alle Hände voll zu tun.«

»Das weiß ich, Kleines. Wie verlief dein Gespräch mit deinen Chefs über die Möglichkeit, Veranstaltungen anzubieten?«

Daphne hatte vergessen, dass sie ihrer Mutter von ihrer Hoffnung erzählt hatte, diese Woche mit ihnen darüber reden zu können. »Ich hatte noch keine Gelegenheit dazu, aber die Mädels scheinen nicht zu glauben, dass meine Chefs der Idee gegenüber offen sind. Mir ist es ein wenig unangenehm, es anzusprechen. Sie sollen nicht denken, dass ich mich langweile.«

»Aber du langweilst dich, mein Schatz. Du musst dich für deine Interessen einsetzen. Haben sie nicht genau aus dem Grund das Freizeitzentrum renoviert? Um Veranstaltungen abzuhalten?«

»Ja, aber sie haben so viel um die Ohren.« Daphne war ihren Chefs so dankbar für alles, was sie für sie getan hatten, und sie hatte ein schlechtes Gewissen, weil sie noch mehr wollte. Sie waren flexibel mit ihren Arbeitszeiten gewesen, als Hadley krank gewesen war, sie ließen sie mittags durcharbeiten, damit sie Hadley vor fünf Uhr abholen konnte und sie vermieteten ihr die Wohnung über dem Büro zu einem Spottpreis. Es gab viel, für das sie dankbar sein konnte, und das wollte sie nur ungern aufs Spiel setzen.

»Vielleicht brauchen die nur einen kleinen Anstupser. Du bist praktisch eine Goldmine für sie, Kleines. Sie müssen deine

Fähigkeiten nutzen, ansonsten solltest du eine Anstellung bei einer Firma finden, die das kann.«

»Ich denk drüber nach.« Ein anderer Anruf machte sich auf ihrem Handy bemerkbar und Chloes Name erschien auf dem Bildschirm. »Mom, mich ruft jemand an und ich hab jede Menge zu tun. Kann ich dich später zurückrufen?«

»Nicht nötig. Ich wollte mich nur mal melden. Hab dich lieb, Schatz. Wir sehen uns.«

Daphne wechselte zu Chloes Anruf. »Hallo.«

»Wir haben dich beim Frühstück vermisst.«

»Ich weiß, tut mir leid. War ein verrückter Morgen. Hadley hat darauf bestanden, sich drei Mal umzuziehen, nur um sich dann am Ende für das erste Outfit zu entscheiden, und dann haben wir zwanzig Minuten lang nach ihrem Stofftier gesucht, bis wir den Vogel dann in einem Schrank gefunden haben, in dem sie ihm ein Nest aus Socken gemacht hatte.«

»Ach, ich hab die Kleine so lieb«, sagte Chloe. »Ich dachte nur vielleicht, dass du nach deinem Scrabble-Date noch zu müde warst.«

Daphne stöhnte auf. »Ich bring Emery um.«

»Ich fasse es nicht, dass du Zeit allein mit Jock verbringst und mir nichts davon erzählst. Was läuft da? Emery hat gesagt, ihr beide hättet ausgesehen, als wolltet ihr euch die Kleider vom Leib reißen.«

»Das hat sie gesagt?« Daphne lehnte sich zurück, während Panik in ihr aufkam. »Dass Dean und die anderen denken, ich würde mich im Garten ausziehen, ist wirklich das Letzte, was ich gebrauchen kann.«

»Entspann dich, wahrscheinlich würden sie laut klatschen.«

»Nein, würden sie nicht! Und außerdem ist es gar nicht so. Zwischen mir und Jock läuft nichts. Wir sind Freunde.« Eine

Sekunde lang dachte sie darüber nach. »Zumindest glaube ich, dass da nichts ist, aber so sicher bin ich mir nicht. Das ist alles ziemlich verwirrend.«

»Aha, Jock hat dich also ganz durcheinandergebracht.«

»Chloe, hör auf. Das ist nicht witzig. Ich hab keine Ahnung, ob wir nur Freunde sind und ob der Beinahe-Kuss real war oder sich nur in meinem Kopf abgespielt hat. Und es spielt auch überhaupt keine Rolle, weil er nicht in Hadleys Nähe ...«

»Augenblick mal! Ihr hattet einen *Beinahe-Kuss*?«

»Glaube ich«, sagte sie nervös. »Also, ich wollte ihn küssen, und es hat sich echt so angefühlt, als wollte er mich auch küssen. Und als er auf mir drauf lag, hat es sich auch so angefühlt, aber wir haben gelacht und ...«

»Auf dir drauf?! Also gut, jetzt mal langsam. Erzähl mir alles. Mal sehen, ob ich die Jock-Sprache für dich entschlüsseln kann.«

Daphne erzählte ihr von Jocks Entschuldigung und den Geschenken für sie und Hadley, von dem Moment, in dem ihr Herz fast geplatzt war, als er ihr vor zwei Tagen so nah gekommen war, um die Wohnungstür für sie aufzumachen, und von ihrer ausgelassenen Rangelei gestern Abend. »Er will versuchen, sich Hadley gegenüber besser zu verhalten, und, Chloe, er sagt so unfassbar nette Sachen. Er sagt, ich sei *umwerfend* und dass er ständig an mich denkt, aber dann sagt er so etwas wie, es sei lange her, dass er so eine Freundin wie mich gehabt hat. Also *Freunde*, richtig?«

»Vielleicht hat er so etwas wie eine Freundschaft Plus im Sinn?«

»Äh, nein danke. Das könnte ich nicht. Ich muss an meine Tochter denken.«

»Hadley würde nichts davon mitbekommen. Warum denkst

du nicht einfach mal darüber nach? Jett und Tegan hatten eine Freundschaft Plus und jetzt sind sie verlobt.«

»Weil ich nicht Tegan bin.« Obwohl sie allein im Büro war, sprach sie leiser weiter: »Ich kann mich nicht so öffnen und ihm meinen Mom-Body zeigen, wenn es nicht etwas Ernstes ist. Seit meinem Ex war ich kein einziges Mal mit einem Mann zusammen. Ich bin mir sicher, dass ich sowieso alles falsch machen würde.«

»Daphne, dein Körper ist wunderschön, und Sex ist wie Fahrradfahren.«

»Ich bin so oft vom Rad gefallen, dass ich mit Stützrädern gefahren bin, bis ich den Führerschein hatte. Und Jock kommt mir auch nicht so vor wie ein Mann, der etwas für Freundschaft Plus übrighat. Dafür ist er zu authentisch.«

Chloe lachte. »Authentisch?«

»Echt. Ehrlich. Ich sehe es in seinen Augen, und jetzt verstehe ich auch, warum Tegan gesagt hat, er wäre es wert, dass man geduldig mit ihm ist. Wir lachen, wir reden und ...« Sie seufzte. »Ich übertreibe das alles, oder? Ich lese schon so lang Kinderbücher, dass ich wahrscheinlich vergessen hab, wie man Männer liest.«

»Hast du nicht, und außerdem liest du genug Liebesromane, um einen ganzen Buchladen zu füllen. Wenn du mich fragst, dann schleicht ihr beide um das Knistern herum, das wir *alle* zwischen euch sehen. Und was Hadley angeht, hat er doch gesagt, dass er es versuchen will, oder?«

»Vielleicht hast du mit dem Knistern zwischen uns recht, und ja, er hat gesagt, er würde es versuchen. Aber in seiner Vergangenheit gibt es eindeutig etwas, das für seine Reaktion auf Hadley und Aaron verantwortlich ist. Er hat gesagt, es war schrecklich, aber er hat mir nicht erzählt, was genau es ist.«

»Das wird er sicher noch.«

»Vielleicht irgendwann. Wir lernen uns besser kennen, aber ich mag ihn wirklich, Chloe, und das macht mir etwas Angst. Wenn wir alle in der Gruppe zusammen unterwegs sind, dann ist er witzig und charmant, aber er hält im Vergleich zu den Momenten, in denen wir beide allein sind, *so* viel zurück. Weißt du, wie Justin dich anschaut, als wärst du alles, was er sieht?«

»Ich liebe diesen Blick«, sagte Chloe.

»Tja, und genauso sieht Jock mich an, aber auch so, als wüsste er nicht, ob er mich küssen oder vor mir weglaufen sollte.«

Die Tür ging auf und ein junges Paar betrat das Büro. Daphne stand auf und lächelte sie an. »Chloe, ich muss Schluss machen.«

»In Ordnung, wir hören uns bald wieder.«

Sie beendete das Gespräch und sagte: »Hallo, ich bin Daphne. Willkommen im Bayside Resort.«

»Hallo«, sagte der Mann und schaute sie freundlich an. »Wir sind die Wilmots und haben für das Wochenende ein Cottage gemietet.«

»Ja, Kerry und Michael, stimmt's?« Daphne sprach die Gäste immer mit ihrem Namen an, damit sie sich wertgeschätzt fühlten.

»Genau«, sagte Kerry und ergriff die Hand ihres Mannes. »Unsere Freunde, Mark und Ally Galloway, waren letzten Sommer hier und haben uns das Resort empfohlen.«

»Ich erinnere mich noch gut an sie«, sagte Daphne. »Sie haben oft Tennis gespielt und Ally haben die Yogakurse im Summer House nebenan gut gefallen.«

»Sie haben ein gutes Gedächtnis«, sagte Kerry. »Sie hat mir erzählt, dass ich die Yogakurse unbedingt ausprobieren soll.«

»Ich gebe Ihnen einen Plan, nachdem ich Sie registriert und mit den Zugangsberechtigungen für den Pool und dem Parkausweis ausgestattet habe.« Daphne gab ihr die Anmeldeformulare.

Nachdem sie die beiden eingecheckt hatte, erläuterte sie ihnen alle Einrichtungen und wies sie auf die Veranstaltungsflyer und Broschüren hin. Kerry gab sie einen Prospekt zu Emerys Yogakursen, einen Plan des Geländes und die entsprechenden Ausweise. »Sie wohnen im Cottage Nummer sieben. Wenn Sie am Pool vorbeifahren und der Straße nach links folgen, kommen sie an den Cottages drei bis acht vorbei und gelangen in den hinteren Bereich des Resorts. Ihr Cottage ist das zweite auf der rechten Seite. Es ist eines meiner Lieblingshäuser. Sie haben einen Blick aufs Wasser und auf den Garten und die schöne Terrasse, die von einem der Eigentümer, Dean Masters, angelegt wurden. Deans Frau Emery leitet die Yogakurse im Summer House.«

»Das ist ja schön«, sagte Kerry.

»Danke, Daphne, für die vielen Informationen«, sagte Michael.

»Dafür bin ich ja hier. Morgen bin ich ebenfalls hier, und mein Kollege Everett ist am Samstag und Sonntag hier im Büro. Wenn Sie irgendetwas brauchen, zögern Sie nicht zu fragen.«

Sie stellte den Anrufbeantworter ein und begleitete sie hinaus. »Die Yogakurse finden in der Frühstückspension nebenan statt.« Sie zeigte auf das Summer House. »Wenn Sie teilnehmen wollen, können Sie sich hier bei mir anmelden oder drüben am Empfang.« Sie deutete zum Pool. »In dem Umschlag finden Sie auch den elektronischen Schlüssel für das Tor zum Pool und zu den Tennisplätzen. Und das Gebäude dort am Ende der Straße ist das Freizeitzentrum, da können Sie jederzeit die Spiele und die Billardtische nutzen. Wenn Sie ein vollausgestattetes Büro brauchen, dann gibt es dort in dem Gebäude zwei Räume für die Gäste. Wir möchten Sie nur darum bitten, sie hier vorher zu reservieren.«

»Wow! Vielleicht reise ich überhaupt nicht mehr ab«, sagte Kerry. »Vielen Dank!«

»Genießen Sie Ihr Wochenende hier.« Daphne winkte ihnen hinterher, als sie in ihrem Auto davonfuhren. Sie ging die Stufen hinunter, hielt ihr Gesicht in die Sonne und genoss die Wärme. Tage wie diese, an denen der Wind gerade stark genug war, um durch die Fliegengittertür ins Büro zu wehen, liebte sie. Aber draußen in der Sonne zu stehen war noch viel besser. Sie beobachtete, wie die Wilmots vor Jocks Cottage abbogen, und fragte sich, was er wohl gerade tat. Sein Geländewagen stand auf der Auffahrt, und sie hoffte, dass er schrieb.

Als sie sich umdrehte, um wieder hineinzugehen, bemerkte sie etwas entfernt auf der Zufahrt jemanden, der vornüberge-beugt dastand, und so ging sie hin, um zu sehen, ob alles in Ordnung war.

Der Mann drehte sich um, als sie näherkam, und beim Anblick von Jocks attraktivem Gesicht setzte ihr Herzschlag kurz aus. Ihre Blicke trafen sich und die Hitze breitete sich in ihrem Brustkorb aus. Oh ja, die Chemie zwischen ihnen …

»Hallo, Daph.«

»Hallo.« Ihr Blick wanderte an seinem Brustkorb hinab, und als er weiter unten angelangt war, wandelte sich die in ihrem Bauch brodelnde Hitze schlagartig in Panik. Blut tropfte von seinem Knie und dem Schienbein. »Was ist passiert?«

»Fahrerflucht.«

»Du bist von einem Auto angefahren worden?«

»Nein, von einem Fahrradfahrer. Ich war joggen, wollte

einen klaren Kopf bekommen, und er kam einfach zu schnell um die Ecke. Er hat mich nicht gesehen.«

»Du meine Güte! Bist du sonst irgendwo verletzt? War bei dem anderen alles in Ordnung?«

»Dem geht's gut, nur ein paar Kratzer, und mir geht's auch gut, wirklich. Ich konnte mich mit den Händen abstützen. Na ja, fast.«

»Das ist eine Menge Blut, Jock. Vielleicht muss das genäht werden.« Sie nahm seinen Arm und führte ihn Richtung Büro. »Komm mit. Ich säubere die Wunde.«

»Das musst du nicht.«

»Red keinen Unsinn. Ich weiß doch, wie ihr Jungs seid. Ich hab einen Bruder. Ihr glaubt, wenn ihr da Klebeband drumbindet, wird das schon. Glaub mir, das wird es nicht.«

»Hey, sag nichts gegen Klebeband«, scherzte er, als sie das Büro betraten.

Sie deutete auf ihren Bürostuhl. »Setz dich. Ich hole den Verbandskasten.«

Sie eilte in den Lagerraum, in dem der Verbandskasten verstaut war, und ging dann ins Bad, um einen nassen Waschlappen zu holen. Zur Sicherheit nahm sie noch zwei weitere mit und dazu eine Schüssel mit Wasser, um die Wunde zu säubern. Als sie zurückkam, saß Jock mit dem Rücken zu ihrem Schreibtisch, den Kopf an der Rückenlehne und die Augen geschlossen. Es kribbelte in ihren Fingern, so gern hätte sie seine verlockend aussehende Haut berührt. Wie würde es sich wohl anfühlen, wenn sie mit den Fingern über seine Brust glitt? Mit der Zunge über seine Bauchmuskeln? Ein Schauer überkam sie und sie gestattete sich einen Blick etwas tiefer. Seine schwarzen Laufshorts verbargen sein Lust weckendes Geschlecht, das sie gestern Abend an ihrem Hintern gespürt hatte, nur wenig.

Jock öffnete die Augen und langsam breitete sich ein Lächeln auf seinem Gesicht aus, das sie zurück in die Gegenwart holte. Was war denn los mit ihr? Er blutete und sie verlor sich in Fantasien über seinen …

Sie versuchte, diese Gedanken beiseitezuschieben, als sie zu ihm ging und so tat, als hätte er sie *nicht* dabei erwischt, wie sie in seinen Schritt starrte. Vor dem Stuhl kniete sie sich nieder, um seine Wunden zu inspizieren. Am Knie waren Schnitte und Schürfwunden, neben der Kniescheibe ein tiefer Riss und ein weiterer am Schienbein, das auch ziemlich aufgeschürft war. In den Wunden hatten sich Schmutz und Schotter gesammelt. »Oh, Jock«, sagte sie leise, »das tut bestimmt weh.«

»Nee, das sind nur ein paar Kratzer.«

»Da sind Schmutz und kleine Steine drin. Das muss ich alles herausholen.« Sie sah auf und schaute ihm in seine dunklen Augen. »Tut mir leid wegen der Schmerzen, die ich dir jetzt zufügen muss.«

»Es gibt nichts, was ich nicht aushalten kann«, sagte er augenzwinkernd.

»Abgesehen von einem kaum dreijährigen Mädchen, das sich an dein Bein klammert«, scherzte sie und bereute augenblicklich, was sie gesagt hatte.

»Schlag unter die Gürtellinie, meine Schöne.«

»Entschuldige, das war nicht witzig. Ich hab nur versucht, dich von den Wunden abzulenken.«

»Ich war von dem Moment an abgelenkt, als ich dich draußen auf mich zukommen sah.«

Und schon wieder gibst du mir das Gefühl, etwas Besonderes zu sein. »Du hast keine übertragbaren Krankheiten, von denen ich wissen sollte, oder?«

Er schaute ihr in die Augen. »Keine. Ich bin absolut sauber.«

Sie stellte sich vor, wie sie nicht ganz so saubere Sachen mit ihm anstellte, und schon glühte sie wieder.

»Weshalb bist du jetzt rot geworden?«, fragte er.

Sie schaute auf, doch sein unverschämtes Grinsen verriet ihr, dass er ganz genau wusste, was sie dachte, und so prickelte und brannte ihr gesamter Körper. Nun versuchte sie, sich ganz darauf zu konzentrieren, seine Wunden zu säubern, und nicht darauf, wie er sie ansah. Doch es war, als befände sie sich direkt unter einer Wärmelampe. Sie träufelte Wasser über die Schnitte und tupfte sie dann vorsichtig ab, um den Schmutz zu lösen. Nicht einmal der Anblick von Blut konnte die in ihr siedende Lust dämpfen. Er schloss die Augen und legte den Kopf zurück. Sie konnte gar nicht anders, als zu bemerken, dass sich noch etwas anderes *regte*, wenn sie ihn berührte. Mit tiefen Atemzügen versuchte sie sich dazu zu bringen, nicht daran zu denken oder bei jeder Berührung dort hinzuschauen.

Die reinsten Höllenqualen.

Als sie damit fertig war, so viel Schmutz wie möglich zu entfernen, goss sie etwas Alkohol auf die Pinzette und machte sich an die Steinchen, die in den Wunden klebten. »Die gute Nachricht ist, dass keine der Wunden so groß zu sein scheint, dass sie genäht werden müsste. Aber es könnte jetzt wehtun. Ich werde mit der Pinzette die Steinchen herausholen.«

Er biss die Zähne zusammen, atmete zischend ein und brummte jedes Mal, wenn sie einen herauszog.

»Zu heftig?«, fragte sie.

»Nein, mach weiter.«

Sie zog noch ein Steinchen heraus und er stieß »Mann, das war tief!« hervor.

»Ich kann aufhören.«

»Nein, du machst das gut. Mach einfach weiter. Schneller,

wenn möglich.«

»So vielleicht?« Sie versuchte, behutsamer vorzugehen, doch sie musste tief in die Wunde hinein, damit sie mit der Pinzette ein Steinchen zu fassen bekam.

»Heiliger ...«

»Ich dachte, du hältst alles aus«, scherzte sie.

»Konnte ja nicht wissen, dass du so auf mich losgehst.«

»Was ist hier los?« Ricks Stimme dröhnte durch den Raum, als er ins Büro stürmte.

»Rick!« Daphne ging auf die Knie, um über den Schreibtisch sehen zu können, und die Wut in seiner Stimme versetzte sie in Panik. Mit finsterem Blick stand Rick neben Brody Brewer, ihrem Surflehrer, der amüsiert wirkte. »Ich hab nur gerade Jock geholfen«, erklärte sie. »Er hat sich verletzt.«

»Ich möchte mich auch verletzen«, sagte Brody und zuckte vielsagend mit den Augenbrauen.

»Es reicht, Brewer.« Jock drehte sich in dem Stuhl herum, stand auf und sah Brody wütend an.

»Hey, Jock. Daph ist mein Mädchen.« Brody sah Daphne an. »Eines Tages nehme ich sie auf meinem Brett mit, stimmt's, Baby?«

Daphne war angesichts Ricks Wut vollkommen verwirrt, und sie hatte keine Ahnung, woher Jock und Brody sich kannten. Brody war die letzten Wochen gar nicht hier gewesen. »Ihr beide kennt euch?«

»Ja, er kommt aus Harborside. Levi und unsere Cousins leben da«, erklärte Jock. »Rick, es tut mir leid, dass ich Daphne von der Arbeit abgehalten hab. Ich hatte einen Zusammenstoß mit einem Fahrrad.«

»Kein Problem. Bin nur froh, dass du deine Hose anhast.« Rick rieb sich über das Gesicht. »Von da draußen sah es so aus und hörte sich auch so an, als würde hier etwas anderes abgehen.«

Jock schüttelte den Kopf und unterdrückte ein Grinsen.

Es dauerte eine Sekunde, bis Daphne klar wurde, was Rick meinte. »Du dachtest, *das* würde ich machen? *Hier?* Durch die Fliegengittertür könnte uns jeder sehen! Das ist doch … das ist …« *Genau das, woran ich gedacht habe, als ich da gehockt habe.* Himmel noch mal, sie hatte tatsächlich zu viele Liebesromane gelesen.

»Es tut mir leid, Daphne«, sagte Rick. »Aber du musst zugeben, wenn du Jocks nackte Schultern gesehen und gehört hättest, was er gesagt und welche Laute er von sich gegeben hat, dann hättest du dir das Gleiche gedacht.«

»Ich würde *nicht* so etwas denken«, beharrte sie.

Jock legte die Hand auf ihren Arm. »Danke für deine Hilfe. Ich kann das in meinem Cottage fertig machen.«

»Nein, kannst du nicht!«, fuhr sie ihn an und ließ ihren Zorn auf Rick, der auf den Gedanken gekommen war, sie könnte etwas Unanständiges im Büro treiben, an dem Falschen aus. »Setz dich einfach und lass mich das zu Ende bringen.«

Jock schaute zu Rick und der sagte nur: »Ich würde tun, was sie sagt. Das ist ihr Mom-Tonfall.«

Brody schmunzelte.

»Komm, Brody, wir gehen in mein Büro.« Brody folgte ihm. Rick setzte sich mit verschränkten Armen auf die Kante seines Schreibtisches und unterhielt sich mit Brody, doch sein Blick huschte immer wieder zu Daphne und Jock.

Sie hockte sich hin, um die Wunden von Jock zu Ende zu reinigen, und hoffte, dass sie keinen Ärger bekommen würde, während sie gleichzeitig wütend war, dass Rick so etwas von ihr denken konnte.

Jock beugte sich vor und fuhr mit dem Finger über ihr Kinn. »Ich begebe mich vollkommen in deine Hände, Daph.«

Sie schluckte. Er war gefährlich charmant. Dieser verführerische Blick in seinen Augen sollte sicher für rote Wangen und ein Prickeln bei ihr sorgen. Und das tat er auch. Sie bemühte sich, einzig und allein auf seine Beine zu schauen, während er die Fummelei mit der Pinzette mit unterdrücktem Stöhnen begleitete. Rick hatte recht – das waren die Laute, die sie sich in der Dunkelheit der Nacht in ihrem Schlafzimmer aus dem Mund von Jock vorgestellt hatte.

»Nur damit du es weißt«, sagte er leise, »das sind nicht die Geräusche, die ich machen würde, wenn du und ich ...«

Mit einem ruckartigen Blick nach oben brachte sie ihn zum Schweigen und wurde mit einem sündhaft sexy Lächeln belohnt. So grauenhaft sie es auch fand, dass sie immer so schnell errötete, so sehr liebte sie doch ihr Geplänkel. Jock machte es ihr leichter, indem er ihren Missmut mit Witzen und Neckereien vertrieb. Noch nie hatte ein Mann so mit ihr geflirtet, wie er es tat, doch war es nicht nur sein Flirten, das sie so verwirrte. Sie hatte wirklich Spaß mit Jock. Sie konnte sich gehen lassen und ihn ebenso necken, wie er sie neckte. Sie konnte sich sogar auf anzügliche Wortspielereien einlassen, so wie gestern Abend – und sie genoss es.

Als sie fertig war, stand sie auf und sagte: »Gehst du nach Hause, um zu duschen?«

Wieder funkelte es in seinen Augen. »Warum? Machst du auch Hausbesuche?«

»Du bist unmöglich. Sobald du zur Tür hinaus bist, werde ich nach Heilmitteln gegen das Erröten googeln, damit du das nicht mehr mit mir machen kannst.«

»Das ist eine unnötig grausame Strafe. Ich sehe es so gern,

wenn du rot wirst.«

Er sagte das mit einer solchen Aufrichtigkeit, dass sie fast ein schlechtes Gewissen bekam.

»Ich habe nur gefragt, weil ich keine Wundsalbe und Verbände auf deine Wunde zu machen brauche, wenn du sowieso gleich unter die Dusche gehst.«

»Ich werde duschen«, sagte er. »Danke, dass du mich verarztet hast. Bleibt es bei heute Abend?«

»Oh«, sagte sie überrascht, erfreut und nervös zugleich. »Ich dachte, das war nur ein Scherz. Du musst nicht für mich kochen.«

»Will ich aber. Wie wär's, wenn ich um sieben komme?«

Du willst es! Omeingott, du willst es ... Ihre Gefühle gerieten auf der Stelle ins Trudeln. *Das ist ein Date, oder? Ist es ein Date? Ist es falsch, sich darüber zu freuen, wenn du noch keine Gelegenheit hattest, deine Reaktion auf Hadley unter Kontrolle zu bringen? Ich kann nicht anders. Ich freue mich!*

»Daph? Passt sieben Uhr?«

»Tut mir leid, um die Uhrzeit bringe ich Hadley ins Bett.«

Er nickte, zog die Augenbrauen zusammen. Sie fragte sich, ob er das Angebot zurückziehen würde.

»Halb acht?«, fragte er. »Acht? Hast du dann genug Zeit, um sie schlafen zu legen?«

»Klar, alles nach halb acht passt. Was soll ich einkaufen?«

»Überhaupt nichts. Hast du irgendwelche Nahrungsmittelallergien, von denen ich wissen sollte?«

»Nein.«

»Wunderbar, dann ist ja alles klar. Ich freue mich darauf.«

Sie gingen gerade um den Schreibtisch herum, als Brody und Rick aus seinem Büro kamen. »Daphne«, sagte Rick, »wir können für die nächsten drei Wochen von Dienstag bis Freitag

Surfstunden bei Brody buchen.«

»In Ordnung.« *Erinnere mich noch einmal daran, wenn mir gerade nicht so schwindelig ist.*

»Ich geh dann mal und halte nach einem Fahrradfahrer Ausschau, der mich über den Haufen fahren kann«, scherzte Brody. »Bin gleich wieder da, Daphne.«

»Das könnte dir so passen.« Jock schlang einen Arm um Brodys Hals und zerrte ihn zur Tür. »Ich bring mal deinen Müll raus, Rick.«

Daphne war froh, die beiden lachen zu hören, als sie die Stufen hinuntergingen. Sie beendete einen langen Atemzug, den sie unbewusst angehalten hatte, und als sie sich umdrehte, saß Rick mit verschränkten Armen auf der Kante ihres Schreibtisches.

»Es tut mir leid, dass ich Jock geholfen habe, aber ich konnte ihn nicht einfach vor sich hin bluten lassen«, sagte sie.

»Was redest du da? Es macht mir nichts aus, dass du Jock geholfen hast.«

»Und warum siehst du mich dann so an, als würdest du mir gleich eine Standpauke halten?«

»Tue ich das?« Er stand auf und schob die Hände in die Taschen seiner Jeans. »Entschuldige. Ich mache mir nur als dein Freund Sorgen, nicht als dein Chef. Was läuft da zwischen euch?«

»Was meinst du? Wir haben nichts gemacht.«

»Das glaube ich auch nicht. Aber ihr zwei habt sehr vertraut gewirkt, und Desiree hat erzählt, dass Emery und Dean euch beide gestern Abend zusammen gesehen haben. Ich mag Jock. Wir alle mögen ihn. Aber du weißt, wie er mit Hadley ist, und ich will einfach nicht, dass dir wehgetan wird.«

»Oh.« Damit hatte sie nicht gerechnet und ebenso wenig

mit dem Schuldgefühl, das es auslöste. »Danke, dass du dir Sorgen machst, Rick, aber wir sind nur Freunde und wir lernen uns gerade etwas besser kennen. Wir haben über seine Reaktion auf Hadley geredet und er hat sich entschuldigt. Ich glaube, in Jock geht wesentlich mehr vor, als er sich anmerken lässt.«

»Das Gefühl habe ich auch. Ich bin froh, dass er sich entschuldigt hat. Sei einfach nur vorsichtig, in Ordnung?«

»Bin ich immer.«

Rick ging zurück in sein Büro, Daphne schaltete den Anrufbeantworter wieder aus und versuchte, dieses Schuldgefühl zu verdrängen. Sie würde nie etwas tun, das Hadley schaden könnte. Hadley würde schlafen, wenn Jock kam. Sie war so lange vorsichtig gewesen, dass es nun einfach schön war, eine Gelegenheit zu haben, sich ein kleines bisschen gehen zu lassen und eine normale sechsundzwanzig Jahre alte Frau zu sein, die mit einem Mann Zeit verbrachte, zu dem sie sich hingezogen fühlte. War das ein solches Verbrechen?

Sie setzte sich an ihren Schreibtisch, wo sie unvermittelt der Veranstaltungsprospekt anstarrte. Das waren Events, die andere Leute planten. Sie war ihr ganzes Leben über vorsichtig gewesen und sie war es leid. Vorsichtig zu sein, war anstrengend und einengend. Vielleicht waren Rick und die Jungs nicht die einzigen, die einen Anstupser brauchten.

Sie nahm all ihren Mut zusammen und trug ihn wie einen Schutzschild vor sich her, als sie aufstand und in Ricks Büro marschierte. Als er von seinem Computer aufschaute, fragte sie: »Hast du mal eine Minute?«

»Klar. Was gibt's?« Er deutete auf einen Stuhl vor seinem Schreibtisch.

Sie setzte sich. »Wir hatten wieder eine Anfrage bezüglich der Ausrichtung einer Hochzeit – eine kleine, nur fünfzig Gäste.

Ich habe ihnen ein paar Orte empfohlen, aber ich bin jetzt seit zwei Jahren hier, und du weißt, dass ich Erfahrung in der Eventplanung habe. Ich dachte, wir könnten vielleicht mal mit einer kleinen Veranstaltung anfangen und sehen, wie es läuft.«

Rick lehnte sich zurück, nickte und ein Fünkchen Hoffnung kam in ihr auf.

»Ich habe keinen Zweifel daran, dass du Events organisieren kannst. Wir haben alle gesehen, wie großartig du hier alles erledigst. Ich weiß auch, dass wir gesagt haben, dass wir irgendwann einmal Ferienaktionen und so etwas machen wollen, aber mit Aaron, dem Baby, das Dean erwartet, und Drakes boomenden Musikläden bin ich mir nicht sicher, ob jetzt der richtige Zeitpunkt dafür ist.«

Ernüchtert sah sie ihn an, aber sie weigerte sich, schon jetzt die Segel zu streichen. »Ich weiß, wie einen das Leben mit einem Baby beansprucht, und mir ist klar, dass ihr nicht viel Zeit habt. Aber wenn ich alles in die Hand nehme und von Anfang bis Ende alles organisiere? Ihr müsstet nur das Budget abnicken.«

»Daphne, du hast bereits einen Vollzeitjob.«

»Ich weiß, aber …« Fast hätte sie gesagt, sie würde es mit Überstunden schon schaffen, aber das wollte sie nicht, denn damit würde sie Zeit mit Hadley verlieren. Er hatte recht. Sie konnte nicht die Arbeit von zwei erledigen, egal, wie sehr sie es sich wünschte. Eins von beidem bliebe auf der Strecke.

»Du hast recht. Ich wäre nicht in der Lage, es ohne einen Haufen Überstunden zu schaffen, und das kann ich Hadley nicht antun.« Sie stand auf. »Danke, dass du dir die Zeit genommen hast, mit mir darüber zu reden.«

»Tut mir leid, Daphne. Vielleicht können wir es in ein oder zwei Jahren noch einmal überdenken und solche Anfragen annehmen.«

»Klar. Vielleicht bekommt ihr, also du und Desiree und Emery und Dean, aber auch noch mehr Nachwuchs.«

Rick zwinkerte ihr zu. »Wenn es nach mir geht ja.«

»Das hoffe ich für euch. Hätte ich die Möglichkeit gehabt, hätte ich sicher mehr Kinder bekommen.«

Sie verließ sein Büro und stellte ihre eigene Enttäuschung dem Glück ihrer Chefs gegenüber. Sie hatten große Anstrengungen auf sich genommen, um ihre Träume wahr werden zu lassen, und nun waren sie endlich in der Position, sie zu genießen.

Vielleicht war es an der Zeit, dass sie auch an der Verwirklichung ihrer Träume arbeitete.

Sechs

Jock trug am Donnerstagabend die Einkäufe die Treppe hinauf zu Daphnes Wohnung und stellte sich dabei all die Fragen, die er sich schon den ganzen Tag gestellt hatte. War er fair ihr gegenüber? Sie war so offenherzig und großzügig. War er egoistisch? Würde er es jemals schaffen, sein Trauma zu überwinden? Er hatte keine Ahnung, warum Hadley ihn zur Zielscheibe ihrer Zuneigung erkoren hatte, aber jedes Mal, wenn sie sich an sein Bein klammerte, hatte er sie auf den Arm nehmen und sich dem Lächeln, das sie ihm immer wieder schenkte, als würdig erweisen wollen. Er wollte ihr niedliches Kichern hören und sich daran wie an einen Rettungsring klammern. Und wenn sie weinte, wollte er sie halten und trösten, doch er konnte einfach die Erinnerungen nicht überwinden, die diese Laute heraufbeschworen.

Als er den Treppenabsatz erreichte, kannte er die Antworten, und die waren nicht schön. Er wollte so viel mehr als eine heimliche Freundschaft mit Daphne, und er wusste, dass es ihr gegenüber nicht fair war. Doch wie konnte er der einzigen Frau den Rücken kehren, die ihn das erste Mal überhaupt etwas hatte fühlen lassen, seit seine Welt auf den Kopf gestellt worden war? Die einzige Frau, die ihm Lust und Lachen entlockt hatte und für die er ein besserer Mann sein wollte? Die Situation war quälend verfahren, aber er war kein vollkommen egoistischer Mistkerl. Ungeachtet dessen, war er für Daphne empfand, würde er Hadley nicht noch einmal in eine Lage bringen, die in Tränen enden würde, bis er sich in den Griff bekommen hatte. Bis er herausgefunden hatte, wie er seine Dämonen besiegen konnte, würde er sich nur mit Daphne treffen, wenn Hadley nicht in der Nähe war.

Er klopfte und hoffte, dass er nicht so nervös wirkte, wie er sich fühlte. Als sie die Tür öffnete, begegneten sich ihre Blicke mit einer feurigen Hitze und irgendwie auch mit dem hellen Licht eines Sommertages. In diesem Moment wusste er, dass es ihm unmöglich sein würde, ihr den Rücken zu kehren, selbst wenn er es wollte.

»Hallo, meine Schöne.« Am Nachmittag war sie in dem ärmellosen Top mit Paisleymuster und der weißen Caprihose einfach zauberhaft gewesen. Jetzt trug sie eine verwaschene Jeans und ein weißes T-Shirt mit dem rosa Aufdruck OH BABY! und sah noch hinreißender aus.

»Hallo.« Ihr Blick glitt über sein Hemd und die schwarzen Jeans, bevor sie dann an sich hinuntersah. »Ich wusste nicht, dass wir uns schick anziehen. Ich hab mir gedacht, wenn ich mich zu nett anziehe, würde ich so aussehen, als würde ich mehr in diesen Abend hineininterpretieren, als ich sollte, oder als würde ich mir zu angestrengt etwas vornehmen.« Rasch und atemlos platzten die Worte aus ihr heraus. »Entschuldige, aber das sagt gar nichts darüber aus, was ich über das Essen mit dir denke. Nicht, dass ich etwas Großes daraus machen will. Ich wollte nur … Ich fasele herum. Tut mir leid.«

»Ich höre dir gern zu, wenn du herumfaselst. Du könntest einen Kartoffelsack tragen und sähst immer noch umwerfend aus.« Er beugte sich vor und küsste sie auf die Wange, wobei er den blumigen Duft ihres Parfums wahrnahm. »Mmh. Du riechst auch noch gut.«

Sie lächelte. »Heute Abend darfst du mich nicht zum Erröten bringen.«

»Dann sollte ich dir diese hier wahrscheinlich nicht geben.« Er griff in die große Tüte und holte behutsam einen Blumenstrauß hervor.

»Oh, Jock, die sind wunderschön! So viel zum Thema erröten.« Sie hielt den Strauß an ihre Nase. »Das wäre nicht nötig gewesen.«

»Auch wenn mein Verhalten gegenüber Hadley nicht darauf schließen lässt, wurde ich doch zum Gentleman erzogen.«

»Dann erinnere mich bei Gelegenheit daran, mich dafür bei deinen Eltern zu bedanken. Komm rein. Wir stellen sie ins Wasser.«

Sie bedeutete ihm, ihr zu folgen. Er trat ein und bemerkte Hadleys winzige Schuhe und Sandalen, die neben denen von Daphne unter einem Tisch im Flur aufgereiht waren. Auf dem Tisch standen zwei hübsche Kerzen und eine Deko-Schale mit einem Schlüsselbund darin.

Als sie ihn durch das gemütliche Wohnzimmer führte, stellte er sich Daphne und Hadley aneinandergekuschelt inmitten der gelben und beigen Kissen auf der petrolfarbenen Couch vor. Über dem Sofa hing ein großes Gemälde einer Wiese, über die ein kleines Mädchen rannte. Es sah glücklich und friedvoll aus – wie Daphne. Auf dem Couchtisch lag ein Stapel Kinderbücher und in der Ecke des Raumes stand ein blassgelber Sessel unter einer Lampe, offenkundig ein viel genutzter Lieblingsplatz. Er konnte sich vorstellen, wie Daphne dort im Winter saß und las. Kästen mit Stofftieren, Puppen und anderen Spielsachen standen entlang der Wand unter dem Fenster. Proppevolle Körbe mit Spielsachen befanden sich neben dem Sofa und dem Sessel und noch ein weiterer bei der halbhohen Wand, die das Wohnzimmer von der Küche trennte. Auf dem Sims standen Fotos von Hadley und noch ein paar Deko-Kerzen.

Er folgte ihr in die schlichte, saubere Küche mit den weißen Schränken und einem Holztisch für vier Personen, an dem Stühle mit hübschen blauen Kissen standen. An der Wand hingen zwei blaue Topfhandschuhe an einem Haken und auch die Fensterbank war mit Kerzen geschmückt. Ihm fiel auf, dass alle Dochte noch unbenutzt waren. Auf einem Kindertisch lag ein Stapel Malbücher und mehrere von Hadleys gekritzelten Kunstwerken zierten mit bunten Magneten befestigt den Kühlschrank. Alles in Daphnes Wohnung war so warm und herzlich wie die Aura, die sie ausstrahlte.

»Hadley ist eine richtige Künstlerin«, sagte er und bewunderte die Zeichnungen.

»Ich liebe es, wenn sie mir ihre Bilder schenkt. Sie ist immer so stolz darauf.«

»Das kann sie auch sein. Du liebst anscheinend auch Kerzen. Sind die alle nur zur Dekoration?«

»Eigentlich nicht. Meine Großmutter hat abends immer Kerzen angezündet, wenn ich zu Besuch war. Sie meinte, nichts würde sich so beruhigend auf die Seele auswirken wie der Duft von Kerzen. Sie ist vor einigen Jahren gestorben. Ich sage mir immer wieder, dass ich die Kerzen anzünden werde, weil sie so schöne Erinnerungen wachrufen, aber ich will sie nicht anmachen, wenn Hadley in der Nähe ist, und wenn sie im Bett ist, denke ich nicht mehr daran.«

»Also, ich finde sie sehr hübsch.« Er stellte die Einkaufstasche auf die Arbeitsplatte. »Deine gesamte Wohnung ist schön.«

»Danke, uns gefällt es hier.« Daphne zog einen Stuhl vom Tisch an die Arbeitsplatte und stieg darauf.

»Vorsicht.« Er legte die Hand auf ihren Rücken, falls sie das Gleichgewicht verlieren sollte. »Ich kann dir doch holen, was du suchst.«

»Schon gut, ich mach das.« Sie öffnete einen Schrank und nahm eine Vase aus dem obersten Regal.

Als sie hinunterstieg, sagte er: »Du musst aufpassen, wenn du so auf den Stühlen herumkletterst.«

»Dein Ernst?« Sie füllte die Vase mit Wasser. »Alleinerziehende Mütter müssen beweglich und schnell sein. Wir messen, sägen und schrauben, wir klettern auf Bäume, wenn Ballons darin hängen bleiben, und wir würden in die Kanalisation krabbeln, wenn wir müssten.«

Er stellte den Stuhl zurück an den Tisch und genoss es, dass sie sich in seiner Gegenwart so ungezwungen gab. »Du würdest in die Kanalisation krabbeln?«

Während sie die Blumen in die Vase stellte, sagte sie: »Für Hadley? Natürlich. Und einmal ...«

»*Im Bandcamp* ...«

Beide mussten lachen.

»Ich liebe die *American-Pie*-Filme«, rief sie aus. »Bitte sag nicht, dass du heißen Apfelkuchen als Nachtisch mitgebracht hast.«

»Willst du etwa sagen, ich bekomme nicht deine Muffins zum Nachtisch?«

»*Omeingott*«, flüsterte sie und lief hochrot an.

»War nur Spaß, Daph. Ich habe Schoko-Windbeutel mitgebracht.«

»Mmh! Klingt köstlich.«

»Dann hatte ich ja den richtigen Riecher. Noch mal zu

dieser Geschichte im Bandcamp. War da nicht etwas mit einer Oboe?«

Sie gab ihm einen Klaps auf den Arm. »Du bist unmöglich. In dieser Geschichte gibt es kein Bandcamp. Es geht um eine Ziege.«

»Ich bin mir ziemlich sicher, dass das verboten ist«, scherzte er. Er sah ihre geröteten Wangen und ihren missbilligenden Blick und hätte sie am liebsten wieder geküsst. »Tut mir leid, aber der Spruch ist Kult, da konnte ich nicht widerstehen. Erzähl weiter. Ich verspreche, mich zu benehmen.«

»Letztes Jahr war ich mit Hadley in einem Streichelzoo und sie hat ihren Lieblingsaffen, ein Stofftier, mitgenommen. Sie nimmt immer und überall ihre Stofftiere mit. Jedenfalls hab ich ihr nur drei Sekunden den Rücken zugedreht, um Ziegenfutter aus dem Automaten zu holen, und da verfüttert sie ihr Stofftier schon an eine Ziege! Anscheinend fressen Ziegen alles. Aber Hadley braucht immer ihr Stofftier, wenn sie müde wird, das war mir klar, also ...« Sie zuckte mit den Schultern. »Also hab ich mich möglicherweise mit einer Mama-Ziege angelegt, um das Stofftier meiner Tochter zu retten.«

»Wow! Du versorgst blutende Wunden, ohne ohnmächtig zu werden, und legst dich mit Ziegenmamas an? Hinter diesen permanent erröteten Wangen steckt eine toughe Frau.«

»Wenn du einmal ein Kind geboren hast, siehst du die Welt mit anderen Augen.«

Er konnte das Gleiche über den Verlust eines Kindes sagen, aber damit wollte er sich heute Abend nicht beschäftigen. Er schob diese finsteren Gedanken beiseite und konzentrierte sich auf Daphne.

»Ich würde alles für meine Kleine tun.« Sie spähte in die Tüte, die er mitgebracht hatte. »Was haben wir denn da? Ich sehe Wein. Lecker!«

Er nahm die Flasche heraus. »Wo hast du deine Weingläser?«

Sie kräuselte die Nase. »Ich hab keine. Aber ich habe normale.« Sie nahm zwei Gläser aus einem Schrank. »Ansonsten
kann ich dir eine große Bandbreite von Lerntassen anbieten.«

»Dann doch lieber normale Gläser. Das bedeutet dann wohl
auch, dass du keinen Korkenzieher hast?«

»Doch, hab ich. Das war ein Wichtelgeschenk vor ein paar
Jahren.« Sie holte den Korkenzieher aus einer Schublade und
reichte ihn Jock.

Während er die Flasche öffnete und den Wein einschenkte,
sagte er: »Ich hoffe, du magst Fettuccine Alfredo mit Shrimps.«

»Klingt himmlisch.«

Er gab ihr ein Glas und nahm sich das andere. »Auf das
Wichteln und neue Freunde.«

Sie stießen miteinander an, und als sie einen Schluck nahm,
sagte er: »Und auf deine Muffins.«

Sie verschluckte sich und drehte sich noch gerade rechtzeitig
zur Spüle um, bevor sie prustend den Wein ausspuckte.

Lachend reichte er ihr eine Serviette vom Tisch und legte
eine Hand auf ihren Rücken. »Tut mir leid, ich konnte nicht
anders.«

Sie wischte sich über den Mund und ihre rosa Wangen.
»Das passiert dir des Öfteren.«

»Nur in deiner Gegenwart«, gestand er.

»Ich bin mir sicher, dass ich ganz und gar nicht so bin wie
die Frauen, mit denen du für gewöhnlich Zeit verbringst. Und
ich bin eindeutig nicht so eine Art von Freundschaft gewohnt.«

»Ich auch nicht, also warum entspannen wir uns nicht und
genießen unseren Abend.« Er stellte sein Glas ab und rieb sich

die Hände. »Fangen wir an, Blondie. Wo hast du deine Pfannen?«

Sie kochten gemeinsam, denn Daphne erklärte ihm entschieden, dass Mütter nicht besonders gut darin waren, andere die ganze Arbeit machen zu lassen. Es war ein einfaches Gericht, für das die Bandnudeln gekocht, die Zutaten für die Sauce geköchelt und die Shrimps angebraten werden mussten, aber Seite an Seite mit Daphne zu arbeiten, war alles andere als einfach. Sie war so verflucht süß und witzig. Er liebte ihr Lachen, sie war sexy und so ehrlich und authentisch, dass Jock sich nur noch mehr zu ihr hingezogen fühlte, als das Essen fertig war.

Daphne legte an beide Enden des Tisches Platzsets, die er näher aneinanderschob. »Ich weiß, dass es ein kleiner Tisch ist, aber das war trotzdem noch zu weit voneinander entfernt.«

Nachdem sie das Essen angerichtet hatten, fragte er: »Nur eines noch: Hast du ein Feuerzeug oder Streichhölzer?«

»Ja, in der großen Schublade hinter dir.«

»Dann mach du doch das Licht aus und wir bringen diese glücklichen Erinnerungen zurück.« Als er die Kerzen anzündete, funkelten ihre Augen vor Glück. »Wer weiß, vielleicht schaffen wir uns auch ein paar eigene Erinnerungen.«

Er rückte einen Stuhl zurecht, und als sie sich setzte, sagte sie: »Deine Eltern haben dich tatsächlich zu einem Gentleman erzogen. Das riecht alles so lecker. Danke, dass du mir gezeigt hast, wie man es zubereitet. Das hat Spaß gemacht. Ich komme mir vor wie im Restaurant.«

»*Chez Daph?*« Er setzte sich. »Wir geben ein gutes Team ab, und das war das Mindeste, was ich tun konnte. Immerhin hast du mich wahrscheinlich vor einer Klebeband-Infektion bewahrt.«

Sie probierte die Fettuccine und schloss die Augen genuss-voll. »Mmh, das ist köstlich! Nachdem ich deine Wunden gesäubert hatte, fiel mir ein, dass du wahrscheinlich jede Menge Erfahrung im medizinischen Bereich hast, weil du dich um Harvey gekümmert hast.«

»Ein bisschen, aber wir haben seit zwei Tagen über mich geredet. Ich möchte etwas über dich erfahren. Hast du schon immer hier gelebt?«

Sie drehte die Nudeln auf ihre Gabel. »Ich bin hier aufge-wachsen, bin aber weggezogen, als ich geheiratet habe, und nach der Scheidung bin ich zurückgekommen.«

»Dann ist dein Ex nicht von hier?«

»Er kommt aus Wilmington in North Carolina. Als wir uns kennenlernten, war ich achtzehn und habe in einem Resort in Chatham gearbeitet. Da war ich an der Rezeption und habe dem Eventplaner geholfen. Er war zweiundzwanzig und als Praktikant im Management dort. Wegen unserer Arbeit hatten wir viel miteinander zu tun und einige Mitarbeiter haben nach Feierabend immer zusammen Zeit verbracht. Ich hab ihn im Laufe von mehreren Monaten kennengelernt und eines Abends sind wir zusammengekommen.«

»Eine stürmische Romanze also?«, fragte er und aß einen Shrimp.

»Nein, damit kann ich meine schlechten Entscheidungen gar nicht rechtfertigen. Tim und ich haben uns ein paar Monate gedatet, während er in dem Resort gearbeitet hat, und als er zurück nach Hause ging, führten wir eine Fernbeziehung. Nach einem Jahr, in dem wir hin- und hergependelt waren, hat er mir einen Heiratsantrag gemacht. Wir haben standesamtlich geheiratet, und ich bin nach Wilmington gezogen, wo ich in einem Resort in der Veranstaltungsplanung gearbeitet habe, was mir unfassbar viel Spaß gemacht hat.«

»Wolltest du keine große Hochzeit?«, fragte er.

Sie zuckte mit den Schultern. »Ich wollte immer eine hübsche Hochzeit, aber nicht zu aufwendig. Eher klein. Ich hatte Bilder von einem schönen weißen Hochzeitskleid im Kopf, und ich weiß, dass die meisten Frauen im Frühling oder Sommer heiraten wollen, aber ich habe immer von einer Hochzeit im Winter geträumt. Ich liebe den Winter! Alles fühlt sich so frisch und klar an, und die Weihnachtszeit samt Jahreswechsel haben so etwas Festliches. Aber Tim musste wieder arbeiten, und eigentlich weiß ich auch gar nicht, warum wir mit der Hochzeit nicht gewartet haben. Das haben wir wahrscheinlich irgendwie einfach so entschieden und dann sind wir auf dem Standesamt gelandet.« Sie stocherte in ihrem Essen herum. »Zwei Jahre später wurde ich mit Hadley schwanger, nach ihrer Geburt haben wir uns getrennt und ich kam wieder nach Hause. Dann haben wir uns scheiden lassen.«

Ihr beiläufiger Tonfall passte nicht zu dem Schmerz, der in ihren Augen zu sehen war. »Spielt er noch eine Rolle in eurem Leben?«

»Nein. Er wollte keine Kinder haben.«

Er berührte ihre Hand, sodass sie ihn ansah. Er wünschte, er könnte die Traurigkeit in ihrem Blick auslöschen. »Es tut mir leid, dass du all das durchmachen musstest. Als du ihn geheiratet hast, wusstest du nicht, dass er keine Kinder wollte?«

»Nein. Er hat gesagt, dass er *eines Tages* Kinder haben wollte, und ich wollte schon immer eine große Familie. Als ich schwanger wurde, fing er an, mehr zu arbeiten. Ich wusste, dass alles nicht so toll lief, aber ich war mit meiner eigenen Arbeit im Resort beschäftigt, und ich war auch keine von diesen süßen schwangeren Frauen, also dachte ich, er sorgt dafür, dass er viel zu tun hat, damit er nicht gezwungen war ... du weißt schon«, sagte sie leise. »Mir zu nahe zu kommen.«

»Meine Güte, Daphne.« Jocks Kiefermuskeln zuckten. Er wünschte sich, er könnte diesen Mistkerl ausfindig machen und ihn in die Mangel nehmen, weil er ihr so wehgetan hatte. »Er hat dich nicht verdient. Du bist hinreißend, und ich bin sicher, in der Schwangerschaft warst du sogar noch schöner.«

»Danke, aber das war ich nicht. In diesen neun Monaten hätte ich merken müssen, was Sache war, aber das wollte ich wohl nicht. Er war nie daran interessiert, all die schönen Sachen zu machen, die Paare in der Vorbereitung auf ein Baby eben so tun, wie das Kinderzimmer gestalten, sich über mögliche Namen zu unterhalten, Pläne zu schmieden.« Ihr Blick fiel wieder auf ihren Teller. »Aber das ist ja auch eigentlich ganz unwichtig.«

»Das ist überhaupt nicht *unwichtig*.« Er legte seine Hand auf ihre. »Sieh mich an.« Als sie das tat, ging ihm das Herz angesichts der Kraft auf, die er in ihren Augen sah. »*Du* bist wichtig und deine Gefühle sind wichtig, jede Minute und an jedem einzelnen Tag. Immer.« Er hatte nicht gedacht, dass er sich noch schlechter fühlen konnte als wegen seiner Reaktion auf Hadley, aber zu wissen, dass der Vater des Mädchens sich von den beiden abgewandt hatte, setzte ihm noch mehr zu. Er war entschlossener denn je, eine Möglichkeit zu finden, gegen seine Dämonen anzukämpfen.

»Danke«, sagte sie leise. »Das habe ich mittlerweile gelernt. Damals war ich so jung und naiv. Als meine Mom meine Schwester zur Welt gebracht hat, hat mein Vater ihr ein Armband mit einem Anhänger gekauft. Der Anhänger war ein kleines Mädchen mit einem rosa Stein im Bauch. Als dann Sean und ich geboren wurden, fügte er weitere Anhänger hinzu. Der von Sean hatte einen blauen Stein. Sie trägt es immer noch. Ich habe dieses Armband immer geliebt. In meinen Träumen habe ich auch eines für meine eigene Tochter bekommen. Ich habe mir eine große, glückliche Familie ausgemalt, mit Ausflügen in den Park und Drachen steigen lassen am Wochenende. Ich hab von Filmabenden geträumt, an denen wir uns alle aneinander kuscheln und ich das Gefühl habe, wie stressig es im Leben auch ist, am Ende zählt nur diese großartige Familie und ein Mann, der lieber an meiner Seite ist als sonst irgendwo.« Sie hatte einen entrückten Blick in den Augen, aber dann seufzte sie und dieser Blick erlosch. »Aber das sind alles Luftschlösser. Hadley war natürlich nicht geplant. Ich hatte eine Spirale und die hat nicht funktioniert. Hab meine Lektion gelernt. Dennoch habe ich mich über die Schwangerschaft gefreut und an die Ehe geglaubt. Meine Eltern führen eine tolle Ehe, also dachte ich, wenn das Baby erst einmal da ist und ich die Schwangerschaftskilos losgeworden bin, würden wir wieder zueinanderfinden. Babys sollen die Menschen doch zusammenbringen, oder?«

»Du warst nicht naiv, und was du durchgemacht hast, hat nichts mit deinem Gewicht zu tun, Daphne. Ein Mann, der sich von seiner schwangeren Frau abwenden kann, hat keine Frau verdient.«

Ihr Ausdruck wurde nun eher wütend als traurig, und sie zog ihre Hand unter seiner hervor. »Er hat sich von Hadley abgewandt, und das war schlimmer, als sich von mir abzuwenden. An dem Abend, an dem sie zur Welt kam, hat er zu mir gesagt, dass er einen Fehler gemacht hat und doch keine Familie haben wollte. Er hat sie nicht mehr gesehen, seit sie eine Woche alt war. Er wollte nicht einmal, dass sie seinen Namen trägt«, sagte sie scharf. »Das war auch gut so, denn ich war dermaßen verletzt und wütend für Hadley, dass ich das auch gar nicht wollte. Ich habe ihr meinen Mädchennamen gegeben, den ich nach der Scheidung auch wieder angenommen habe.«

»Du warst *für Hadley* verletzt und wütend, aber was ist mit dir selbst? Du hast ihm vertraut. Du hast dein Leben hier aufgegeben, um dort ein neues Leben mit ihm anzufangen, und er hat dir den Teppich unter den Füßen weggezogen. Ich wünschte, ich hätte dich damals schon gekannt, dann hätte ich dir helfen können, das durchzustehen.«

»Du bist so nett«, sagte sie leise.

»Jeder würde dir helfen wollen.«

»Meine Familie war für uns da, als ich zurückkam. Es war nicht leicht, aber wir haben es geschafft.«

»Tut mir leid, das so zu sagen, aber Tim scheint ein Arschloch gewesen zu sein. Das Eheversprechen ist eines der wenigen Dinge im Leben, auf das man sich verlassen können sollte.« Er nahm ihre Hand und strich mit dem Daumen darüber. »Er hätte dich verwöhnen und dir sagen sollen, wie schön du während deiner Schwangerschaft warst, anstatt auf Abstand zu gehen und dir das Gefühl zu geben, mit dem Baby in deinem Bauch, das er mit geschaffen hat, nicht gut genug zu sein.«

»Das klingt für mich nach einem Märchen.«

»Das ist kein Märchen. Das ist *Liebe*, Daph. Wenn du jemanden liebst – ob als Freund oder mehr –, dann kannst du gar nicht anders, als diesen Menschen damit zu überschütten.«

Sie betrachtete ihre vereinten Hände. »Scheint, als sprichst du aus eigener Erfahrung. Hast du jemals geliebt?«

Schuldgefühle wanden sich in ihm wie eine Schlange auf Beutesuche. Er ließ ihre Hand los, trank seinen Wein aus und aß schweigend weiter, während er seine hässliche Vergangenheit verdrängte.

»Ist das als ein Ja zu verstehen?«, fragte sie vorsichtig.

»Nein«, antwortete er und schaute sie an. »Ich habe noch nie geliebt. Ich weiß nur, dass es diese Liebe gibt.« Er hatte sie aus jeder von Harveys Geschichten über seine Frau herausgehört, sie zwischen seinen Eltern gesehen, und er hatte sie in Kaylas Blick gesehen, auch wenn der nicht auf ihn gerichtet gewesen war.

Er wollte Daphne seine ganze Wahrheit erzählen, aber sie schaute ihn so voller Bewunderung an, bar jeglicher Schatten seiner Vergangenheit. Er wollte nicht das Risiko eingehen, dass sie ihn aufgrund der Wahrheit anders sah. Heute Abend wollte er es sich zugestehen, sich in ihrem Licht zu sonnen, die Freundschaft dieser unglaublichen Frau zu genießen, die ihn zum Lachen brachte, ihn fühlen ließ und viel mehr Wünsche an das Leben aufkommen ließ, als er es sich für seine Zukunft vorgestellt hatte. *Nur ein Abend* und dann würde er ihr alles erzählen.

»Ich weiß auch, dass es sie gibt«, sagte sie. »Auch wenn das für uns als Doppelpack nicht unbedingt in den Sternen steht.«

»Du machst dir deswegen oft Sorgen, oder? Über die Tatsache, dass du eine alleinerziehende Mutter bist und wie die Männer dich deswegen sehen?«

Daphne schob die letzten Nudeln auf ihrem Teller herum und hatte das Gefühl, gleich ihr Innerstes zu offenbaren, was angesichts dessen, was sie schon offenbart hatte, eigentlich unsinnig war. Dennoch traf es zu. Was mit Tim geschehen war, lag in der Vergangenheit, und sie hatte sich aus dieser schwierigen Lage befreit, aber Jock hatte ein Thema angesprochen, nach dem sie noch niemand gefragt hatte. Nicht einmal ihre Familie. Mit ihren Freundinnen sprach sie oberflächlich über die Schwierigkeit, als alleinerziehende Mutter Männer zu daten, doch sie hatten sich nie eingehender nach ihren Gefühlen erkundigt. Sie wollte sich ihm gegenüber öffnen.

»Hadley hat alles an mir verändert, größtenteils zum Positiven. Ich weiß, dass der Großteil der Männer nicht auf der Suche nach einer fertigen Familie ist, und es ist auch nicht so, dass ich verzweifelt nach einem Ehemann suche. Auch wenn ich mich gern verlieben würde, so mit allem drum und dran, konzentriere ich mich absolut nicht darauf. Sondern darauf, den Kopf über Wasser zu halten und mich um meine Tochter zu kümmern. Meine Großmutter hat einmal gesagt, dass Alleinstehende in ihren Zwanzigern die Stars der Show sind, junge Familien sind das, was diese Stars anstreben, und Eltern mit bereits ausgezogenen Kindern sind unsichtbar. Ich glaube, sie hätte noch eine Kategorie für alleinerziehende Mütter gebraucht. Wir sind auch ziemlich unsichtbar. Alleinerziehende Väter sind dagegen der Traum jeder jungen Frau, denn wenn ein Mann sein Kind über alles andere stellen kann, dann hat er eine unglaubliche Fähigkeit zu lieben. Also, um deine Frage zu beantworten, ob ich mir Sorgen mache, weil ich eine alleinerziehende Mutter bin … Nein. Ich bin alleinerziehend und ich würde mir kein Leben ohne Hadley wünschen. Ich akzeptiere und liebe meine Realität. Aber ich weiß auch, wo ich in der Gesellschaft stehe. Ein Kind auf dem Arm macht mich für die meisten Männer unsichtbar.«

»Da muss ein Mann schon blind sein, wenn er dich nicht sieht.« Er berührte wieder ihre Hand und sah sie sanft und empathisch an, als würde er großen Wert darauf legen, dass sie hörte, was er zu sagen hatte. »Deine Realität ist, dass du eine erstaunliche Frau und Mutter bist, eine ebenso großartige Freundin, und du hast eine unglaublich süße Tochter. Ihr beide verdient es, geliebt zu werden und wie die besonderen Ladys behandelt zu werden, die ihr seid.«

Wie er sie ansah, sie berührte, die netten Dinge, die er sagte – all das gab ihr das Gefühl zu schweben. Sie hatte sich noch nie so gesehen und so wertgeschätzt gefühlt. Am liebsten wäre sie direkt in seine Arme geschwebt. Sie wusste, dass sie wegen seiner Probleme mit Hadley nicht so fühlen sollte, doch wenn sie hätte schweben können, wäre sie nicht aufzuhalten gewesen. Aber sie waren *Freunde*, und das hier war kein Date, und das bedeutete, dass sie wieder einmal alles falsch verstand.

Verlegen und verwirrt fragte sie: »Bereit für den Nachtisch?« Sie stand auf und trug ihren Teller zur Spüle. Ihr Herz schlug so schnell, dass sie nicht einmal ans Essen denken konnte. Sie drehte sich um und Jock stand *direkt* vor ihr.

»Habe ich etwas Falsches gesagt?«, fragte er vorsichtig.

»Etwas Falsches? Nein! Natürlich nicht. Nichts Falsches, alles gut. Ich dachte nur, du möchtest vielleicht deinen Nachtisch haben.«

Sie versuchte, um ihn herumzugehen, doch er berührte ihre Hüfte und schob sie wieder vor sich. Er trat näher, sie spürte seine Finger. Sie war so nervös, dass sie sicher halluzinierte, denn sie hätte schwören können, dass die Luft zwischen ihnen laut knisterte.

»Rede mit mir, Daph.« Sein Blick war voller Begehren. Mit den Fingerspitzen schob er ihr die Haare aus dem Gesicht – eine vertrauliche und unerträglich sexy Berührung. Ein leises Lächeln umspielte seine Mundwinkel und er sagte: »Da sind ja deine hypnotisierenden Augen.«

»Sag nicht solche Sachen! Das ist verwirrend. Kerzen und

Wein, zusammen kochen und das Gerede über meine Muffins. Vielleicht liegt es daran, dass ich seit Ewigkeiten keine Zeit allein mit einem Mann verbracht habe, aber wenn du mich als hübsch bezeichnest und sagst, dass ich etwas Besonderes bin, und all das, dann fühle ich etwas, was ich nicht fühlen sollte. Du willst, dass wir nur Freunde sind, und das ist auch gut so.« Die Worte platzten schneller aus ihr heraus, als sie denken konnte. »Ich mag dich. Ich will diese Freundschaft. Ich will *dich*. Oh, Mann! Das wollte ich nicht sagen. Aber ich habe auch all diese anderen Gedanken, und das …« Sie schaute an seinem Körper hinunter, und was für ein umwerfender Körper das war! »Das sind keine anständigen Gedanken. Das sind keine Wir-sind-nur-Freunde-Gedanken. Das sind Gedanken, die ich gar nicht denken sollte, und ich weiß nicht wie …«

Seine Lippen prallten so unerwartet auf ihre, dass sie in diesen ersten spannungsgeladenen Sekunden gar nicht reagierte, sondern nur den Geschmack von Wein und Lust in seiner sinnlichen Forderung wahrnahm. Sein Arm legte sich um ihre Taille, zog sie an sich, nicht zu fest, aber eindeutig besitzergreifend und ungeduldig. Seine Zunge glitt über ihre, drang forschend tief und erotisch ein, und begleitete dann einen so sanften, süßen Kuss, dass sie darin aufgehen wollte. Gerade als die Beine unter ihr wegzusacken drohten, erforschte er ihren Mund wieder intensiver, und ihre Gedanken segelten von dannen. Er schob seine Hand in ihre Haare, umfasste ihren Kopf und hielt ihren Mund gekonnt unter seinen, um sie genau dort zu haben, wo er sie haben wollte. Er küsste sie nicht einfach nur. Er war besitzergreifend, fordernd, und plötzlich war sie ganz bei ihm und gab sich ihrer gemeinsamen Leidenschaft hin. Er gab gierige Laute von sich, als hätte er sein ganzes Leben auf diesen einen Moment gewartet – und was das in ihr auslöste! Er war so groß, so stark und köstlich. Sie wollte alles genießen, wie sein Mund schmeckte, wie seine Zunge sich anfühlte, wie sein Herz gegen ihres hämmerte und wie er die Hand auf ihren Hintern drückte. Sie ließ ihre Hände an seinen Armen hinauf und über seine Schultern gleiten und stöhnte, als sie seine Muskeln spürte. Als er langsamer wurde, ging sie auf Zehenspitzen und suchte verzweifelt nach mehr. Ihre Körper rieben sich aneinander, und sie schob die Hände in seinen vollen Haarschopf, packte ihn fest. Ein tiefes Stöhnen drang aus seiner Kehle, seine Hüfte drückte sich gegen sie, und sie spürte, dass sie feucht wurde. Ihr war schwindelig vor Begehren, ihr Körper pulsierte lustvoll. Noch nie hatte sie einen Mann so ungezügelt und fieberhaft geküsst. Ihre Küsse fanden kein Ende, doch als sich ihre Lippen schließlich voneinander lösten, spürte sie, dass er ebenso bebte wie sie.

»Himmel, Daphne!«, flüsterte er. »Seit ich dich letzten Sommer das erste Mal gesehen hatte, wollte ich dich küssen.«

Sein Geständnis brachte ihre ganze Gefühlswelt noch mehr ins Taumeln. Sie konnte nichts sagen, konnte sich bei all dem Verlangen, das durch ihre Adern raste, kaum bewegen. Und das war in Ordnung, denn sie wollte nicht reden. Sie zog seinen Mund wieder an ihren, und er verschlang sie mit langsamen, berauschenden Küssen.

»Mommy.«

Hadleys Rufen ließ sie auseinanderfahren. Jocks verschleierter Blick wurde klar und riss Daphne zurück in die Realität. Er trat einen Schritt zurück, als Hadley noch einmal rief.

»Ich muss …«, brachte sie atemlos hervor.

»Ja. Ich gehe.«

»Ich bin nur kurz …«

Hadley rief nun lauter.

Jock schaute zum Flur, zum Geschirr, auf den Tisch und dann schließlich zu Daphne. Die Angst in seinen Augen war offensichtlich. »Sie braucht dich. Wir hören uns morgen.«

Als er zur Tür ging, machte sie sich auf den Weg zu Hadley und versuchte, die Enttäuschung, die sich in ihr breitmachte, zu ignorieren. Sie hörte, dass die Wohnungstür ins Schloss fiel, als sie sich auf die Bettkante zu Hadley setzte und über die Wange ihrer Tochter strich. »Scht, alles ist gut, mein Schatz. Mama ist da.«

»Owly«, wimmerte Hadley.

Daphne fand die *Owly* getaufte Eule unter der Decke, und Hadley drückte sie mit einem erleichterten Seufzer fest an sich, um dann wieder die Augen zu schließen. Daphne legte sich neben sie, streichelte ihr sanft über den Rücken und starrte ins Leere. Die Angst in Jocks Gesicht blitzte vor ihr auf. Wie hatte sie so dumm sein und es sich zugestehen können, sich in einen Mann zu verlieben, von dem sie wusste, dass er die Flucht ergriff, wenn er ihre Tochter sah? Selbstverachtung brodelte in ihrer Brust.

Das hier war ihr Leben, Gutenachtgeschichten, unruhige Nächte, Trinklernbecher und Stofftiere. Ihre irren Träumereien mit Jock hatten in der Welt mit ihrer kleinen Tochter keinen Platz, und diese Welt allein war wichtig. Wenn sie heute Abend etwas gelernt hatte, dann dass sie nicht einfach nur mit Jock befreundet sein konnte, und alles andere würde ihr – und wahrscheinlich auch Hadley – nur Schmerzen zufügen. Sie musste diesem Wahnsinn ein Ende setzen. Keine spätabendlichen Plaudereien mehr und mit Sicherheit keine Funken sprühenden Küsse.

Sie verließ Hadleys Bett und ging zurück in die Küche. Die Kerzenflammen flackerten im Dunkeln. Auf der Arbeitsplatte stand die ungeöffnete Schachtel mit dem Nachtisch und auf dem Tisch das benutzte Geschirr. Ihr wurde bang ums Herz. Sie wusste, dass sie das Richtige tat, wenn sie die Sache morgen beendete. Warum aber tat es dann so schrecklich weh?

Sieben

Als Jock am Freitag die Boxhalle verließ, war er noch genauso wütend auf sich selbst, wie er es auf dem Weg hinein gewesen war. Er hatte sich mehrere Runden lang in einem Sparringskampf mit Brock verausgabt, der ihn hart rangenommen hatte. Leider nicht hart genug, um den Schmerz aus seiner Erinnerung zu löschen, den er in Daphnes Augen gesehen hatte, als er am gestrigen Abend gegangen war. Auf nicht einmal halbem Weg zu seinem Cottage war er stehengeblieben und hatte überlegt, gleich wieder zu ihrer Wohnung zurückzugehen, sich zu entschuldigen und zu versuchen – verdammt noch mal einfach zu versuchen! –, Hadleys Schreien zu überstehen, ohne in die Albträume zurückgeworfen zu werden, die ihn immer wieder heimsuchten. Aber er hatte Daphne schon genug wehgetan. Sie hatte einen Mann ohne einen von Geistern geplagten Kopf verdient.

Den Rest der Nacht hatte er mit dem Versuch verbracht, sich davon zu überzeugen, sie loszulassen. Aber ihre gemeinsamen Abende spielten sich vor seinem geistigen Auge immer wieder wie die schönsten Filme ab, und ihre Küsse ...

Himmel, diese Küsse!

Wenn er in der Vergangenheit Frauen geküsst hatte, waren

ihm nie viele Gedanken dabei gekommen, und schon gar keine über den gerade stattfindenden Kuss. Aber Daphne zu küssen, war von der ersten Sekunde an, in der ihre Lippen sich berührten, vollkommen anders gewesen. Eine Ganzkörpererfahrung. Er war sich allem an ihr absolut bewusst gewesen. Ihre Lippen waren warm und süß, aber er hatte ihr Zögern wahrgenommen, und das hatte seinen Beschützerinstinkt geweckt. Sein Nehmen hatte sich zu einem Locken gewandelt, er war behutsamer geworden, hatte ihr Raum zum Rückzug gegeben, hatte erspürt, worauf sie reagierte, denn er wollte ebenso sehr, dass sie ihm vertraute, wie er ihre Küsse wollte. Aber sie hatte sich *nicht* zurückgezogen. Sie hatte ihrem Verlangen nachgegeben, war auf die Zehenspitzen gegangen und hatte seine Haare gepackt. Das war einfach umwerfend gewesen. Sein Herz hatte schneller geschlagen, er hatte sie fester an sich gedrückt und war mit der Ungeduld einer Verführerin belohnt worden. Ihre lustvollen Laute hatten ihn mitgerissen, auch wenn darauf kleine erschreckte Atemzüge folgten, als schäme sie sich für ihre ungezügelte Lust. Doch dann hatte sie ihren köstlichen Körper an seinen gedrückt, und er hatte einen stählernen Willen aufbringen müssen, um nicht gleich all die herrlichen Kurven zu liebkosen und ihr zu zeigen, wie schön sie war.

Den ganzen Tag hatte er sich über sich selbst geärgert, weil er nicht nach ihrer Nummer gefragt hatte. Er hatte sich heute Morgen für die Art und Weise entschuldigen wollen, wie er abgehauen war, doch sie musste früh mit Hadley aufgebrochen sein, denn sie war schon fort, als er nach draußen ging. Also wartete er eine günstige Gelegenheit ab, bis sie Feierabend hatte. Er hatte versucht, sich mit Schreiben abzulenken, das kam jedoch einem schmerzhaften Zähneziehen gleich. Dann war er zu einer Joggingrunde aufgebrochen, doch auch nach fünf

Meilen plagte ihn der Schmerz in ihrem Blick noch immer. Er hatte gehofft, durchs Boxen einen klaren Kopf zu bekommen, aber auch das war ein Reinfall gewesen.

Er hatte ihr Vertrauen gewonnen und es dann durch seine Flucht gleich wieder verspielt. Und das zerriss ihn innerlich.

Als er in seinem Geländewagen vom Parkplatz fuhr, schaute er auf die Uhr. Fast Mittag. Niemals würde er den ganzen Tag überstehen, ohne den Verstand zu verlieren. Er machte kehrt und ging ins Café an der Ecke. Vielleicht hatte Daphne während ihrer Mittagspause ein paar Minuten Zeit zum Reden, selbst wenn es an ihrem Schreibtisch war.

Als er das Café verließ, stand er etwas weniger unter Strom. Zumindest hatte er einen Plan.

Er stellte das Auto vor seinem Cottage ab, ging zu Fuß zum Büro und hoffte, dass sie ein paar Minuten erübrigen konnte, während er in Gedanken an seiner Entschuldigung feilte. Als er die Stufen hinaufging, hörte er drinnen Stimmen. Er öffnete die Tür und mehrere Leute, die vor Daphnes Tresen standen, schauten sich zu ihm um. *Mist.*

»Entschuldigung.« Er ging um die Gruppe herum und merkte, dass ihn alle beobachteten und wahrscheinlich dachten, dass er sich vordrängelte. Als der Blick auf Daphne frei wurde, verschwand alles andere. Sie hatte das Telefon zwischen Ohr und Schulter geklemmt, während sie etwas in den Computer eingab. Sie schaute zu ihm auf, doch ein angestrengtes, kühles Lächeln trat auf ihre Lippen. Ihm rutschte das Herz in die Hose. Alles hätte er dafür gegeben, das Lächeln zu sehen, das er kannte. Das ihr wunderschönes Gesicht erstrahlen ließ und alles Schlechte auf der Welt verschwinden ließ.

Er stellte die Tüte mit dem Essen auf den Schreibtisch und flüsterte: »Mittagessen.«

Mit zusammengezogenen Augenbrauen deutete sie lautlos ein *Danke* an.

»Wir reden später«, sagte er in der Hoffnung, ihr ein echtes Lächeln zu entlocken, doch sie presste die Lippen aufeinander und richtete ihre Aufmerksamkeit wieder auf den Bildschirm.

Er ging zurück zu seinem Cottage und fühlte sich vollkommen unwohl in seiner Haut. Unter der Dusche verfluchte er sich, weil er ihren gemeinsamen Abend ruiniert hatte, und dann malträtierte er den Parkettboden, indem er hin und her tigerte und sich wünschte, er könnte noch immer auf etwas eindreschen. Das Problem war, dass der Einzige, den er am liebsten vermöbelt hätte, er selbst war.

Er schnappte sich seine Autoschlüssel und ging hinaus. Vielleicht bekäme er bei einer Spritztour einen klaren Kopf.

Jock war nie gut darin gewesen, etwas ohne ein bestimmtes Ziel vor Augen zu tun, und deshalb war er auch so zornig darüber, Daphne in so eine Situation gebracht zu haben. Als er für Harvey gearbeitet hatte, war er ein *Macher* gewesen, jemand, der etwas bewerkstelligt, der etwas für das Theater und für seinen Freund tut. Warum war es einfacher, eine Firma auf die Reihe zu kriegen und einem alten Mann zu helfen, als diese Fähigkeiten nach innen zu richten und sich selbst verdammt noch mal auf die Reihe zu kriegen?

Zwanzig Minuten später merkte er plötzlich, dass er auf den Waldweg abbog, der zu dem Haus führte, das ein Jahrzehnt lang sein Zuhause gewesen war. Als er das stattliche Anwesen erblickte, überkam ihn ein wohliges Gefühl, das gleich darauf von einer Woge der Traurigkeit davongeschwemmt wurde. Er fuhr auf die verlassene Auffahrt – froh darüber, dass Tegan nicht da war – und parkte vor dem Haus. Jahre der Erinnerung prasselten auf ihn ein, als er ausstieg und über den Rasen hin zum Garten lief.

Er ging an dem steinernen Amphitheater und den Stühlen vorbei, die schon für die Aufführung später am Nachmittag bereitgestellt worden waren, und Bilder von Harvey, der die Aufführungen verfolgte, tauchten vor ihm auf. Harvey hatte tagelang von solchen Momenten gezehrt. Zum Ende hin hatte er von seinem Bett aus zuschauen und durch das offene Fenster zuhören müssen. Seine Frau Adele hatte Kinder geliebt, und in deren Lachen hatte Harvey auch das Lachen von Adele gehört. Jock hatte alles in seiner Macht Stehende unternommen, um Harveys Lachen zu erhalten. In dem weißen Zelt, an dem er jetzt vorbeikam, hatte Harvey nach jeder Aufführung ein Buffet angeboten, damit die Kinder herumtoben und mit den neuen Freunden spielen konnten, die sie bei der Show kennengelernt hatten. Er war froh, dass Tegan diese Tradition fortgeführt hatte, nachdem sie das Amphitheater geerbt hatte, auch wenn sie den Namen des Theaters von *Cape Children's Amphitheater* zu *Harvey and Adele Fine Amphitheater* – HAFA – geändert hatte, um ihre Verwandten in Ehren zu halten, aber auch weil sie und Harper zusätzlich zu dem Kindertheater ebenfalls Produktionen für Erwachsene anboten.

Er betrat das Labyrinth von Beeten mit ihrer Fülle von bunten Blumen und wild wuchernden Gewächsen, um zu dem größten Rosenstrauch zu gehen, bei dem Harvey Adeles Asche verstreut hatte und unter dem Jock und Tegan später auch Harveys Asche verstreut hatten. Harvey hatte viel Zeit mit Besuchen bei Adele in den Blumenbeeten verbracht, um ihr von den Aufführungen und seinem Leben zu erzählen. Vor einigen Monaten, als Jock und Tegan Harveys Sachen durchsahen, hatten sie eine Holzschachtel mit Liebesbriefen entdeckt, die Harvey an Adele geschrieben hatte, nachdem sie gestorben war.

Diese Schachtel hatten sie neben dem Rosenstrauch vergraben und die Stelle dann mit einigen großen Steinen gekennzeichnet.

Nun stand Jock bei diesen Steinen und spürte eine Art Frieden im Herzen bei dem Wissen, dass Harvey und Adele endlich wieder vereint waren. Er vermisste den alten Kerl furchtbar. So sehr, dass er Harveys gebrechliche Stimme fast hören konnte. *Was macht dir so zu schaffen, Junge? Komm, spuck's aus.*

Jock gab einen tiefen Seufzer von sich und die Emotionen schnürten ihm die Kehle zu. »Hey, alter Mann. Du fehlst mir.«

Er stellte sich vor, wie Harvey brummte: *Ach, so toll war ich auch wieder nicht. Sieh zu, dass du dein Leben lebst.*

»Versuche ich ja, du alter Mistkerl. Zehn Jahre lang warst du mein gedanklicher Sparringspartner, mein Prankbuddy, mein Therapeut, verdammt noch mal. Als du noch da warst, war ich unerschütterlich. Jetzt guck mich an. Ich spreche mit Steinen. Das alles war Teil deines großen Streiches, oder? Ich wette, als du mich das erste Mal in diesem Krankenhaus gesehen hast, hast du dir gedacht: *Den Kerl lege ich mal so richtig rein.*«

Er stellte sich vor, wie Harvey lachte.

»Ja, lach du nur, alter Herr. Wahrscheinlich sitzt du da oben mit Adele und schüttelst den Kopf über den ganzen Mist, den ich baue. Und da kommt einiges an Mist zusammen, also muss es für dich ziemlich unterhaltsam sein.« Er ging auf und ab, und währenddessen flossen die Gedanken so leicht, als wäre sein Freund noch am Leben. »Du hast mir einmal gesagt, dass das Wichtigste, was ich für eine Frau tun kann, ist, den Dingen, die sie sagt, zu lauschen, und die Dinge zu hören, die sie nicht sagt. Du hast gesagt, ich muss die Frau so sehen, wie sie gesehen werden will, aber ich muss auch die Frau kennen, die sie sich zu offenbaren scheut. Weißt du was, Harv? Du hast dich geirrt! Dieser Ratschlag hat mich richtig in die Scheiße geritten.«

Mit geballten Fäusten trampelte er einen Pfad in den Garten. »Ja, ich weiß. Ich hab mich selbst in die Scheiße geritten. Dir gebe ich keine Schuld. Ich hätte auf Abstand bleiben sollen, aber das wäre wie ein Atemverbot. Immer wenn ich an Daphne denke, bin ich *glücklich*, und ich will … Keine Ahnung, was ich will. Ich will in ihrer Nähe sein. Und ja, sie macht mich heiß, und das ist verdammt gut! Wie lang ist es her, dass ich so etwas gefühlt habe?« Er schnaubte verächtlich. »Weißt du noch, wie oft du versucht hast, mich aus dem Haus zu treiben, damit ich mal was erlebe?« Er lachte auf. »Ich weiß nicht, was ich tun soll, Harv. Ihre kleine Tochter sieht mich an, als könnte ich ihr die Sterne vom Himmel holen, und du und ich, wir wissen beide, dass das nicht stimmt. Meinen Sohn konnte ich nicht retten, und wenn Hadley weint, höre ich ihn. Ich sehe sein kleines Gesicht …«

Die Tränen brannten in seinen Augen. »Wie soll ich das überwinden?« Er ging neben den Steinen auf die Knie und gab diesem erdrückenden Gefühl in seiner Brust nach. »Ein Jahr habe ich damit verbracht, herauszufinden, was ich mit mir anstellen soll, und am Ende bin ich doch noch genau da, wo ich angefangen habe. Aber ich *will* das, was Daphne mich fühlen lässt, und ich will es ihr und ihrer Tochter doppelt- und dreifach zurückgeben. Ich wünschte, du hättest sie kennengelernt. Sie ist so stark wie das Meer, so leicht wie die Luft und so voller Freude wie das Lachen, nach dem du dich gesehnt hast. Wenn ich sie ansehe, sehe, wie offen und hoffnungsvoll sie ist, dann will ich ihr alles erzählen. Aber meine Geschichte ist so hässlich. Sie dagegen hat ein schönes Leben und eine entzückende kleine Tochter. Ich sollte weggehen, stimmt's? Meinen Rucksack schultern und so weit wie möglich abhauen?« Eindringlich sah er hinunter auf die Steine und presste die

Zähne aufeinander. »Gib mir ein Zeichen, Harv. Gib mir verdammt noch mal einen Hinweis, denn ich will nicht gehen. Ich will die Dunkelheit in mir besiegen und für immer hinter mir lassen. Ich will Daphne zeigen, dass sie so viel mehr wert ist als das, was dieser Mistkerl von Ex ihr gegeben hat, aber wenn ihre Tochter weint … Ich halte es nicht einmal lang genug aus, um es zumindest zu versuchen. Was ist das, verflucht noch mal? Das ist nicht der Kerl, der ich mal war. Das ist nicht der Mann, der ich sein will!«

Er stand auf und tigerte wieder auf und ab. Sein Herz hämmerte geradezu. »Ich muss diesen Druck auf der Brust loswerden, damit ich wieder atmen kann. Ich will nicht der Kerl sein, dessen Nähe sie wegen ihrer Tochter fürchten muss. Hadleys eigener Vater hat sich von ihr abgewandt, verdammt noch mal. Was bin ich für ein Mann, wenn ich das nicht besser mache? Ich will ein Leben, Harv. Und vielleicht kann ich dieses Leben nicht mit Daphne haben. Vielleicht bin ich zu verkorkst, um der Mann zu sein, den sie braucht. Aber wie soll ich das herausfinden, wenn ich mich nicht mit meinem Mist auseinandersetze und es versuche?« Wütend starrte er die Steine an. »Du hättest mir keine Schreibmaschine vererben sollen. Sondern einen Ratgeber namens *Wie Du Deinen Mist hinter dir lässt*.«

Harveys Gesicht tauchte vor ihm auf, durchzogen von Falten und mit ernsten grauen Augen, die ihn fest ansahen. *Hab ich doch.*

Ein Schauer rann ihm über den Rücken.

»Jock?« Tegans Stimme war voller Sorge.

Ruckartig drehte er sich um und erblickte Tegan und Jett, die ihn besorgt anschauten, doch in Gedanken war er noch bei Harvey. Seine Stimme hatte echt geklungen. Verlor er den Verstand?

»Hey, Junge, geht's dir gut?«, fragte Jett. »Du siehst aus, als hättest du ein Gespenst gesehen.«

Er versuchte, Jetts Frage zu verarbeiten, aber er war zu sehr damit beschäftigt, im Geiste die Dinge durchzugehen, die Harvey ihm im Laufe der Jahre gegeben hatte, und die Geschichten, die er erzählt hatte, um irgendeinen Sinn in dem zu finden, was er gerade erlebt hatte. Aber Harvey hatte ihm so viel gegeben. Wie sollte er das hier jemals verstehen? *Der Lagerraum.*

Tegan berührte ihn am Arm. »Willst du kurz hereinkommen? Geht es dir gut?«

»Keine Ahnung«, antwortete er und marschierte an ihnen vorbei. »Aber das werde ich gleich herausfinden.«

Zwei Stunden später stand Jock mitten im Lagerraum und kratzte sich ratlos am Kinn. Er war umgeben von Regalen und offenen Kartons voller Bücher, Erbstücke, Kostüme, mit denen sie sich zu Halloween verkleidet hatten, wertlosem Plunder und einer Menge anderer Dinge. Aber nirgendwo in diesen schönen Erinnerungen hatte er etwas gefunden, das einem Handbuch nahekam. *Verdammt, du alter Kerl. Selbst aus dem Grab spielst du mir noch Streiche. Hast mich ordentlich reingelegt, oder?*

Er machte sich daran, die Kartons wieder zu verschließen und aufeinander zu stapeln, als er in der Ecke unter einem alten Koffer eine ungeöffnete Holzkiste entdeckte. Er bahnte sich einen Weg dorthin, räumte den Koffer beiseite und öffnete mühsam die Kiste. Wie betäubt stand er da beim Anblick der kleinen Truhe aus Rosenholz und Leder, die Harvey ihm zu Weihnachten geschenkt hatte, kurz nachdem er zu ihm auf das

Anwesen gezogen war. Sein Schmerz war damals so frisch gewesen, dass er nicht hatte feiern wollen. Am liebsten hätte er sich in einem Loch verkrochen und wäre von der Bildfläche verschwunden. Aber Harvey hatte darauf bestanden und ihm zuliebe hatte Jock mitgespielt. Für einen Außenstehenden hätte dieser Abend wie eine idyllische Feier ausgesehen. Am Fenster hatte ein weihnachtlich erleuchteter Baum gestanden und im Kamin hatte ein gemütliches Feuer geknistert. Jock hatte Harvey eine Uhr geschenkt, weil der alte Mann ihn permanent gefragt hatte, wie spät es war. Harvey hatte das blöde Teil nie getragen, weil das Armband angeblich seine Haut reizte. Erst Jahre später hatte Jock die Wahrheit darüber erfahren, warum Harvey die Uhr nicht getragen hatte. Der alte Mann hatte jede Möglichkeit der Kontaktaufnahme zu Jock erhalten wollen, um ihn aus seinen Gedanken und der Dunkelheit zu zerren, in die er sich nach dem Unfall zurückgezogen hatte.

Jock hob die Truhe aus der Holzkiste und stellte sie auf einen Karton. Er erinnerte sich nicht daran, dass sie so schwer gewesen war, auch wenn er sie nie geöffnet hatte. Er hatte sie hinten in seinen Schrank gestellt und nicht mehr daran gedacht, bis er seine Sachen in das Lager gebracht hatte. Selbst dann hatte er sie kaum eines Blickes gewürdigt, weil er mit den Gedanken bei der Planung seines Umzugs gewesen war.

Er fuhr mit den Fingern über das Leder, die Messingecken und die goldene Plakette, auf der JOCK und darunter MAN OF STEELE stand. Jock hatte zu Harvey gesagt, dass er sich nicht wie ein Mann aus Stahl, sondern eher wie aus Kryptonit und schon gar nicht wie Superman fühlte, und dass er außerdem *steel* falsch geschrieben hatte. Harvey hatte nur abgewunken und entgegnet, er würde diesen Titel mehr verdienen als irgend so ein Typ in einem Ganzkörperanzug, der sich von einem Mineral niederstrecken ließ.

Jock schob die Truhe herum und fand auf der Rückseite tatsächlich den Schlüssel, der dort mit Klebeband befestigt worden war. Er schloss die Truhe auf und steckte den Schlüssel in seine Hosentasche, bevor er den Deckel anhob. Sein Blick fiel auf einen Stapel Bücher, obenauf sein eigenes – *Dunkle Lügen*.

»Willst du mich verarschen?« Er hatte doch wirklich geglaubt, etwas Hilfreiches in der Truhe zu finden. Kopfschüttelnd nahm er das Buch in die Hand und schlug es auf. Innen entdeckte er eine handgeschriebene Notiz von Harvey.

Ein großartiger Mann hat dieses Buch geschrieben. Vergiss nie, wozu du fähig bist.

Dein Harvey »der Große« Fine

Jocks Herz zog sich zusammen, als ihm eine andere Erinnerung in den Sinn kam, und zwar von dem Abend, an dem er Harvey kennengelernt hatte. Er hatte nach dem Unfall vor dem Säuglingszimmer des Krankenhauses gestanden, als eine Pflegerin Harveys Rollstuhl neben ihn an das Beobachtungsfenster geschoben hatte. Ein Sauerstoffschlauch versorgte ihn über die Nase und von seinen Armen schlängelten sich Infusionsschläuche zu einem Ständer. Ein paar Minuten lang hatte Harvey nichts gesagt. Dann hatte er seine Pflegerin zu sich gewunken und ihr etwas zugeflüstert. Die Krankenschwester hatte zu Jock aufgesehen und gesagt: *Ich würde Sie gern mit Harvey »dem Großen« Fine bekanntmachen, Mann des Lachens, Liebhaber von Adele Fine … und unglaubliche Nervensäge.* Harveys Murren ließ darauf schließen, dass sie den letzten Teil improvisiert hatte.

Während er gegen die Emotionen ankämpfte, die ihn übermannten, legte Jock das Buch weg und schaute zu einem Stapel billiger Notizblöcke in der Truhe, die allesamt mit KRAM beschriftet waren. Harvey hatte das Wort *Kram* verabscheut. Seiner Meinung nach war es ein langweiliges, bedeutungsloses und faules Wort. Jock öffnete einen der Spiralblöcke und sah, dass jede einzelne Seite mit Harveys Handschrift gefüllt war. Die Schrift wirkte dunkel und wütend. Er schaute in ein paar der anderen Blöcke, die ebenfalls von Anfang bis Ende vollgeschrieben waren. Oben rechts auf dem Block stand eine Nummer, mit der sie von eins bis acht durchnummeriert waren.

Jock fing an, im ersten Block zu lesen.

Ich habe so viel Hass in mir, dass ich mir vorkomme wie mein Vater. Ich will nicht so ein Monster werden. Gegen die Trauer habe ich wie gegen einen Sturm angekämpft, hab die Schotten dicht gemacht und gehofft, irgendwie zu überleben. Aber sie sickert durch, sodass ich am Ende bis auf die Knochen durchnässt bin und in meinem selbst auferlegten Kerker ertrinke.

Er lehnte sich gegen die Wand und spürte den Schweiß auf der Stirn. Diese Worte hätten von ihm sein können. Dass Harvey diesen Schmerz hatte durchmachen müssen, war eine grauenhafte Vorstellung. Sie hatten sich Jahrzehnte nach Harveys Verlust von Adele kennengelernt, nachdem er ihn überwunden hatte und in der Lage war, nach vorne zu schauen. Wenn Harvey von ihr erzählt hatte, war der Schmerz, von dem Jock gerade gelesen hatte, nicht annähernd so intensiv gewesen.

In dem Notizblock entdeckte er beim Weiterblättern unterstrichene Abschnitte wie: *Ich kämpfe permanent gegen den Drang an, in die Dunkelheit zu fallen, die Hoffnung darauf zu verlieren, dass ich dich auf der anderen Seite wiedersehe. Ich muss mich ermahnen, die Schönheit dessen, was wir hatten, in Ehren zu halten, deinen Geist und unsere gemeinsame Zeit, die uns geschenkt wurde, in Erinnerung zu behalten.*

Jock sackte ungläubig zu Boden und las das weiter, was er nun als Harveys Ratgeber *Wie Du Deinen Mist hinter dir lässt* erkannte.

Acht

Jock schreckte auf, als sein Handy vibrierte. Mehrere Male musste er blinzeln, um einen klaren Blick und einen klaren Kopf zu bekommen. Er war so in Harveys Reise heraus aus der Trauer vertieft gewesen, dass er vergessen hatte, wo er war. Die vier Notizblöcke, die er bereits gelesen hatte, lagen auf dem Betonboden des Lagers neben ihm. Er schaute auf sein Handy, stellte erschrocken fest, dass es schon nach sieben Uhr war, und las Tegans Nachricht.

Geht es dir gut? Wo bist du?

Schwierige Frage. Von Harveys verheerender Trauer zu lesen und wie er mit den Emotionen gerungen hatte, mit denen auch Jock gekämpft hatte, löste unzählige Gefühle in ihm aus, von denen aber keine *gut* waren. Doch zu erfahren, welche Schritte er unternommen hatte – eine Aneinanderreihung von Versuchen, Irrtümern und Erfolgen –, um dem Gefängnis der Trauer zu entkommen, gab ihm Hoffnung. Jeder Schritt, den Harvey nach vorne gemacht hatte, zeigte Jock auf, was möglich war, und jedes Abrutschen zeigte ihm, was er vermeiden sollte. Harveys Botschaften waren laut und deutlich vernehmbar. Jock musste das Hässliche bereinigen, bevor es so viel von dem Guten in ihm vereinnahmte, dass er es vielleicht nie mehr zurückgewinnen konnte. Er musste seine Vergangenheit und seine Verluste als solche akzeptieren und durfte nicht zulassen, dass sie sich wie eine Nebelwand zwischen ihn und seine Gegenwart drängten und ihn nach Belieben auffraßen. Er musste tief in sich nach den schönen Erinnerungen suchen, egal wie kurz sie waren, und sie als Geschenk wahrnehmen, anstatt nur als das, was ihm geraubt worden war.

Er tippte eine Antwort an Tegan. *Mir geht's gut. Ich hole etwas aus dem Lager.* Er schaute auf die Notizblöcke, und da wurde ihm klar, warum Harvey sie mit einem Wort beschriftet hatte, das er verabscheute. Das Wort passte wahrscheinlich zu dem Gefühl, das er dem Monster entgegengebracht hatte, welches er auf jeder einzelnen Seite zurückgelassen hatte.

Jock stand auf und legte die Blöcke in die Truhe, die er dann aus dem Lager trug. Als er sie abstellte, um den Lagerraum abzuschließen, erhielt er eine weitere Nachricht von Tegan.

Kommst du zum Lagerfeuer?

Das hatte er eigentlich nicht vorgehabt, denn er wollte Daphne davor bewahren, mit seiner Reaktion umgehen zu müssen, wenn Hadley sich an ihn klammerte und die Tränen vorprogrammiert waren. Doch jetzt lag der Weg, den er einschlagen musste, deutlich vor ihm. Wenn er auch nur eine minimale Chance mit Daphne haben wollte, musste er ihr von seiner Vergangenheit erzählen. Das Geständnis würde ihn womöglich in die Knie zwingen, aber war das nicht besser als die schmerzvollen Tränen, die er bei Hadley auslöste?

Es war fast acht Uhr, als Jock an einem kleinen Laden anhielt, um Sandspielzeug für Hadley zu kaufen. Im Cottage tauschte er seine Sneaker gegen Flipflops ein, zog ein Sweatshirt über, schnappte sich den Netzbeutel mit dem Sandspielzeug und ging zur Hintertür hinaus. Das Geschenk hatte er aus vollkommenem Eigennutz besorgt. Er hoffte, Hadley damit lang genug abzulenken, um mit Daphne reden zu können.

Seine Flipflops ließ er oben auf der Düne liegen, bevor er den Weg hinunterging und von den Geräuschen der Bucht und dem im Wind wehenden Dünenhafer begrüßt wurde. Das Wissen, dass Harvey erfolgreich gegen seine Dämonen angekämpft hatte, verlieh Jock eine noch größere Entschlossenheit, seine eigenen zu überwinden. Doch er machte sich hinsichtlich Daphnes Verständnis für ihn keine Illusionen. Vor allem nicht nach dem gestrigen Abend und ihrer fast eisigen Reaktion, als er ihr heute etwas zum Mittagessen vorbeigebracht hatte. Er war – soweit es überhaupt möglich war – darauf vorbereitet, dass sie ihm mitteilte, er sollte sich verziehen. Doch zumindest kannte sie dann die Wahrheit.

Die Flammen des Lagerfeuers tauchten vor ihm auf und die Stimmen seiner Freunde drangen zu ihm. Durch seine Adern strömte Adrenalin, als er über den Strand ging, in die Dunkelheit spähte und nach dem winzigen, Beine umarmenden Wesen Ausschau hielt, das mit Sicherheit auf ihn zustürmen würde. Er war so nervös wie eine Robbe inmitten von Haien, vollkommen unsicher, ob er in der Lage sein würde, die Wahrheit zu erzählen, und vor allem ob er mit Hadleys Weinen zurechtkäme, falls die Spielzeuge ihre Wirkung verfehlten. Ihm kamen die Worte in den Sinn, die Harvey über die erste Zeit nach dem Verlust von Adele geschrieben hatte, als er sich auf seine Fähigkeiten als Schauspieler besonnen und eine Rolle gespielt hatte, zu der er eine gewisse Distanz aufbauen konnte, bis er der

Mensch werden konnte, der er letztendlich geworden war. Jock war kein Schauspieler, und das hatte er jedes Mal unter Beweis gestellt, wenn Hadley sich an ihn geklammert hatte. Er war ein Schriftsteller. Zumindest war er einer gewesen.

Auf dem Weg zum Lagerfeuer kam ihm eine Idee. Er fing an, sich seine Geschichte in Gedanken zu erzählen, und überlegte, wie eine Romanfigur mit dieser Situation umgehen würde. Dieses Quäntchen an Distanz linderte die Anspannung in seiner Brust so weit, dass er zumindest etwas leichter atmen konnte.

»Jock!« Tegan lief über den Strand auf ihn zu. Ihre blonden Haare wehten über ihre Schultern, als sie die Arme um ihn schlang. »Ich bin so froh, dass du es geschafft hast. Ich hab mir Sorgen um dich gemacht.«

»Danke, Teg. Mir geht's gut.« Er winkte den anderen zu, aber Daphne und Hadley waren nirgends zu sehen. »Wo ist Daphne?«

»Sie ist nicht gekommen.«

Mist. Er hoffte, dass er sie nicht so sehr aufgewühlt hatte, dass sie die anderen nicht sehen wollte.

Tegan betrachtete die Spielzeuge in seiner Hand. »Sandspielzeug?«

»Für Hadley.«

»Emery hat mir gerade erzählt, dass sie das Gefühl hat, zwischen dir und Daphne läuft etwas.« Leiser sprach sie weiter. »Hat sich bei dir und Hadley etwas verändert? Wird es besser?«

»Nein, aber ich hoffe, dass es besser wird. Ich gehe wieder.«

»Bist du sicher, dass du nicht ein bisschen hier bei uns bleiben willst?«

»Ja, ich bin sicher. Ich muss etwas erledigen.«

»Okay. Jett und ich sind das ganze Wochenende da, wenn

du ein Ohr oder Gesellschaft brauchst.«

»Danke, das ist wirklich nett. Tut mir leid, dass ich vorhin so schnell abgehauen bin.« Er umarmte sie und ging wieder zurück.

Bei seinem Cottage legte er nur kurz die Spielsachen auf seiner Veranda ab und brach direkt zu Daphnes Wohnung auf – in der Hoffnung, sie draußen zu finden. Sein Herz raste, als er um das Büro herum zu den Liegestühlen ging, wo sie sich getroffen hatten, doch sie war nicht dort. Er drängte seine Enttäuschung beiseite, stieg die paar Stufen zum Eingang hoch und flehte innerlich, dass die Tür unverschlossen war. Fast hätte er die Faust in Siegermanier emporgestreckt, als die Tür aufging. Drinnen nahm er zwei Stufen auf einmal, bis er hoffnungsvoll auf dem Treppenabsatz ihrer Wohnung ankam und klopfte.

Daphne öffnete. Sie sah wunderschön aus in ihrem Tanktop und der Jeans, aber ihr verhaltenes Lächeln passte zu ihrem sorgenvollen Blick.

»Hallo«, sagte er eilig. »Tut mir leid, dass ich jetzt erst auftauche, aber ich hab deine Nummer nicht, und ich hab dich beim Lagerfeuer gesucht, aber … Ich wollte dir sagen, dass es mir leidtut, dass ich gestern so abgehauen bin.«

Sie senkte den Blick, die Lippen aufeinandergepresst.

»Daphne, ich …« Über ihre Schulter hinweg sah er einen Mann mit Hadley auf dem Arm. Sie hatte die Ärmchen um seinen Hals geschlungen und kicherte. Jocks Magen zog sich zusammen. »Entschuldige, ich wusste nicht, dass du Besuch hast. Wir unterhalten uns ein anderes Mal.« Er ging die Treppe hinunter, verfluchte sich, seine Vergangenheit und den ganzen anderen Mist, der zwischen ihm und Daphne stand.

Daphne schloss die Tür und der Schmerz in ihrer Brust war kaum auszuhalten. Als Jock ihr das Mittagessen gebracht hatte, war sie so glücklich gewesen, ihn zu sehen, aber die Mutter in ihr hatte sie rasch daran erinnert, dass es keine Küsse mehr geben konnte, keine abendlichen Scrabble-Partien und auch keine Geheimnisse, die sie sich gegenseitig anvertrauten. Nicht, solange er so heftig auf ihre Tochter reagierte. Sie legte die Stirn an die Tür und umklammerte noch immer den Türgriff, während sie darauf wartete, dass der Schmerz nachließ.

»Hey, Dee, alles in Ordnung?«

»Mama?«, sagte Hadley mit vollem Mund.

Daphne setzte ihr bestes Glückliche-Mama-Gesicht auf. »Alles prima«, sagte sie und drehte sich um. Hadley hatte Schokolade an den Lippen und ihr Arm war bis zur Hälfte in einer riesigen Tüte Schokolinsen vergraben, die Sean in der Hand hielt. »Sean! Dein Ernst?«

So schnell sie konnte, steckte Hadley sich noch eine Handvoll der Süßigkeit in den Mund. Auf Seans kräftigem Arm sah sie so winzig aus. Manchmal erstaunte es Daphne selbst, dass sie und Sean Zwillinge waren. Er war beinahe eins neunzig und so durchtrainiert, dass er auf seinen Bauchmuskeln Münzen hüpfen lassen konnte. Die blonden Haare trug er raspelkurz, und er hatte ein kokettes Lächeln, das ihm wahrscheinlich alle möglichen Gefälligkeiten von Frauen einbrachte, von denen Daphne lieber nichts wissen wollte. Aber als sie Tim verlassen hatte und zurück nach Cape Cod gezogen war, war Sean sofort für sie und Hadley da gewesen, und dafür liebte sie ihn nur noch mehr.

Im Moment jedoch empfand Daphne nicht allzu viel Liebe.

»Sie hätte schon vor einer Stunde im Bett sein müssen und jetzt hat sie auch noch einen Zuckerschock. Da wird sie niemals einschlafen.« Sie wollte Hadley nehmen, doch ihre Tochter klammerte sich an Sean und sah Daphne finster an.

»Das war doch nur ein bisschen Süßes«, sagte Sean. »Außerdem ist es ein wunderschöner Abend. Geh mit ihr raus und lass sie sich austoben.« Er hob die Tüte an, damit Hadley noch einmal hineingreifen konnte, doch Daphne riss sie ihm aus der Hand.

»Zwilling hin oder her, ich bring dich um.« Daphne sah ihn wütend an.

»*Mäah!*« Hadley streckte die Hand nach der Tüte aus.

»Nicht mehr, meine Süße«, sagte Daphne.

Leise flüsterte Sean Hadley ins Ohr: »Nächstes Mal bringe ich mehr mit.« Sein größter Fan belohnte ihn mit einem Grinsen. Er hätte mit leeren Händen auftauchen können und dennoch würde Hadley ihn pausenlos anlächeln.

Sie wand sich aus Seans Armen und rannte in die Küche. »Owly!«

»Liegt auf dem Tisch«, rief Daphne ihr hinterher.

»Wer war der Kerl?«, wollte Sean wissen.

»Niemand«, antwortete sie, um ein Verhör zu vermeiden.

»Der hat dich aber nicht so angesehen, als wäre er niemand.« Sean legte einen Arm um ihre Schulter. »Muss ich mich bei Rick und den anderen Jungs erkundigen, um herauszufinden, wer er ist?«

»Nein! Das ist nur jemand, der in einem der Cottages wohnt und mit dem ich etwas Zeit verbracht hab.«

»Du verbringst keine Zeit mit den Gästen, Dee.«

Manchmal fand sie es grauenhaft, dass er sie so gut kannte.

»Er ist ein Freund. Ich hab ihn über Tegan kennengelernt. Er war letztes Jahr schon hier und er trifft sich manchmal mit uns allen.«

»Und ...?«

»Nichts und«, sagte sie und ließ sich auf das Sofa fallen.

Er setzte sich neben sie. »Aber du magst ihn?«

Sie zuckte mit den Schultern. »Das spielt keine Rolle.«

»Doch! Du hast seit Tim keinen Typen mehr gemocht.«

Hadley tapste über den Flur zu ihrem Zimmer und rief: »Hole Vogel!«

»Dee, was verschweigst du mir? Hat er dir wehgetan? In dem Fall knöpf ich ihn mir sofort vor.«

Sie verdrehte die Augen. »Das ist es nicht. Wir haben Zeit miteinander verbracht, haben uns besser kennengelernt. Gestern Abend haben wir zusammen gegessen, er hat das Essen mitgebracht, Wein, Blumen, Nachtisch. Wir haben gemeinsam gekocht, und ich habe es richtig genossen, aber es wird zwischen uns nicht funktionieren. Hadley vergöttert ihn, aber er hat Probleme damit, Kinder um sich herum zu haben. Das wusste ich vorher, aber dumm wie ich bin ...« *Hab ich mich ihm emotional schon viel zu sehr genähert.*

»Du bist doch hier die Kluge. Ich bin der dumme Feuerwehrmann.«

»Wohl kaum.« Sean war nicht dumm. Er war engagiert, loyal und ja, er hatte ein Geschick dafür, in Schwierigkeiten zu geraten, aber nicht, weil er dumm war. Er mochte Schwierigkeiten.

»Warum hast du mit ihm gegessen, wenn du wusstest, dass er Probleme mit Had hat?«

»Weil ich ihn mag, okay? Er ist ein guter Kerl. Vielleicht sogar ein großartiger, abgesehen von dieser Sache mit Kindern.

Wir haben Spaß zusammen. Aber ich weiß, was du denkst, und er ist *nicht* so wie Tim. Tim hat mich angelogen, was seinen Kinderwunsch betraf. Als Jock und ich anfingen, Zeit miteinander zu verbringen, hat er mir sofort offen gesagt, was Sache ist. Er hat auch gesagt, dass er versuchen will, das zu überwinden. Aber gestern Abend wurde mir klar, dass ich einfach nur blöd war. Ich kann mich nicht mit einem Mann verabreden, der nicht in der Lage ist, meine Tochter um sich zu haben. Weißt du was? Ich glaube, ich bin doch die Kluge, denn ich weiß jetzt, was ich zu tun habe.«

Hadley kam ins Wohnzimmer. Sie trug eine Jogginghose und ihre Regenstiefel. Während sie mit der einen Hand ihr Sweatshirt hinter sich herzog und die Eule und den Vogel in der anderen Hand hielt.

»Was machst du da, Had?«, fragte Daphne seufzend.

»Will spatieren.« Sie gab Sean ihren Pullover. »Onke helf mir?«

Daphne war nicht nach einem Spaziergang zumute, aber noch bevor sie etwas sagen konnte, antwortete Sean: »Gerne doch«, und half Hadley dabei, das Sweatshirt anzuziehen.

»Dann machen wir wohl einen Spaziergang. Du kannst ein Stofftier mitnehmen, Had. Eines!« Es war einfacher nachzugeben, als zu streiten. Ihre Stimmung war mies, aber vielleicht würde die frische Luft ihr guttun. Auch wenn sie das Gefühl hatte, kein Zauber der Welt könnte ihre Stimmung bessern. Wie auch, wenn sie wusste, dass sie jeden Anfang mit dem einzigen Mann, mit dem sie in den letzten drei Jahren Zeit hatte verbringen wollen, beenden musste?

Leiser sagte sie: »Warte nur, bis du Kinder hast, Sean. Die werde ich den ganzen Abend aufputschen und mich dann aus dem Staub machen.«

»Ich? Kinder?« Er lachte.

Hadley legte ihren Vogel auf den Couchtisch und sagte:
»Owly.«

Daphne schnappte sich ihren Pullover und den Schlüssel,
während Sean Hadley auf den Arm nahm, und gemeinsam
gingen sie hinunter. Als Daphne gerade die Bürotür abschloss,
ertönte der Alarm auf Seans Handy.

»Ich muss rüber zur Wache, meine Schicht fängt an«, sagte
er.

»Das war dein Plan? Einen Spaziergang vorschlagen und uns
dann sitzenlassen?«

»Nee, ich hab meine Schicht vollkommen vergessen.
Kommst du allein zurecht?«

So vergesslich war er schon sein ganzes Leben, da er immer
zu viele Dinge gleichzeitig im Kopf hatte. Nur wenn er Feuer
bekämpfte, war er vollkommen konzentriert.

»Ich komme schon seit fast drei Jahren allein zurecht. Kein
Problem.«

Sean tippte Hadley auf den Bauch. »Du bist nett zu deiner
Mommy, in Ordnung?«

Hadley nickte.

»Hab dich lieb, meine Kleine.« Er gab Hadley einen Kuss
auf die Wange, und als er sie absetzte, sagte sie: »Hab dich auch
lieb, Onke.«

Daphne nahm Hadley an die Hand und sagte: »Danke, dass
du vorbeigekommen bist. War schön, dich zu sehen.«

Sean grinste sie arrogant an. »Musste doch mal nach meiner
kleinen Schwester sehen.« Er war nicht einmal eine Minute älter
als sie.

Als er in seinen Pick-up stieg, sagte Daphne: »Denk dran,
du bekommst früher Falten als ich.«

Hadley zog Daphne Richtung Strand. »Spatieren!«

»In Ordnung, gehen wir. Aber nur ein kurzer Spaziergang, okay, Maus?« Als sie über den Rasen in Richtung Dünen gingen, dachte Daphne an Jock. Sie war so darauf konzentriert gewesen, ihn schnell fortzuschicken, bevor Hadley ihn an der Tür sehen konnte, dass ihr gar nicht bewusst gewesen war, was er gesagt hatte. Er hatte beim Lagerfeuer nach ihr gesucht? Er hatte doch gewusst, dass Hadley dann auch dort gewesen wäre. Das hatte sie ihm gegenüber neulich erwähnt.

Hadley zeigte auf Jocks Cottage. »Mein und Dock Haus.«

Eine Welle der Anspannung durchströmte Daphne. Sie und Hadley hatten in dem Cottage gewohnt, nachdem das Dach ihrer Wohnung nach einem Sturm undicht geworden war. Es hatte ihnen dort so sehr gefallen, dass Hadley es als ihres angesehen hatte. Nachdem Jock dort eingezogen war, hatte ihre Tochter ihn einfach hinzugefügt, als wenn das Cottage schon immer für sie und ihn bestimmt gewesen wäre.

»Lauf weiter, Hadley. Wir nehmen den Linksweg.«

Der Pfad rechts von Jocks Cottage führte dorthin, wo ihre Freunde am Lagerfeuer saßen, und Daphne war nicht in der Stimmung für Gesellschaft. Sie war nervös und unglücklich über das, was sie Jock mitteilen musste, und jetzt sah es so aus, als würde sie es noch einen Abend bleiben.

»Linksweg!«, sagte Hadley, als sie an Jocks Cottage vorbeigingen.

»Daphne?« Jock kam von seiner hinteren Terrasse herunter.

Hadley drehte sich ruckartig um.

Oh nein, nein, nein!

»Dock!« Hadley stürmte auf ihn zu.

Seine Kiefermuskeln zuckten und sein Gesichtsausdruck stand in krassem Gegensatz zu dem Strahlen ihrer Tochter.

Daphnes Herz zog sich vor Mitgefühl mit beiden schmerzhaft zusammen, als Hadley sich an sein Bein klammerte. Jock schaute Daphne an. Die Mischung aus Pein und Hoffnung in seinen Augen machte sie fertig.

Vorsichtig legte er die Hand auf Hadleys Kopf, so als testete er seine eigene Reaktion. »Hallo, Had.«

Wow! Daphne hatte keine Ahnung, in welche Parallelwelt sie hineinkatapultiert worden waren, doch seine Anstrengung ließ ihr Herz schmelzen. Sie wollte ihr Glück nicht herausfordern, daher sagte sie: »Had, komm, nimm Mommys Hand.« Inständig hoffte sie, dass ihre Tochter keinen Aufstand machen würde.

Hadley schaute zu Jock auf, während ihr seltenes und wunderbares Lächeln auf ihren kleinen Lippen lag. Wie einen Preis hielt sie ihr Stofftier in die Höhe und sagte: »Owly!«

Jocks Lippen zuckten, doch seine Anspannung war greifbar. »Ich sehe sie. Vielleicht solltest du Mommys Hand nehmen.«

Hadley hopste über den Rasen zurück und nahm ihre Hand, was Daphne perplex zur Kenntnis nahm.

Jocks Brust hob sich mit einem tiefen Atemzug, und die Erleichterung war ihm anzusehen, als er Daphnes Blick erwiderte und sagte: »Ich wünschte, du hättest mir erzählt, dass du in einer Beziehung bist.«

»Bezieh…? Bin ich nicht …« *Ach so!* Ihr Herz raste und ihre Nerven standen in Flammen, doch sie musste es loswerden, jetzt, auch wenn Hadley gerade neben ihr stand. Leiser sprach sie weiter: »Es spielt keine Rolle, ob ich es bin oder nicht, denn was immer da auch zwischen uns ist, kann nicht sein. Ich mag dich wirklich, Jock, aber ich war mit einem Mann zusammen, der keine Kinder haben wollte, und das kann ich nicht noch einmal durchstehen. Ich kann keine Heimlichkeiten haben und so tun, als hätte ich ein Leben, das mir gehört, denn mein Leben gehört ihr. Sie steht an erster Stelle und das wird auch immer so sein.«

»Das weiß ich und das ist auch gut so. So muss es sein«, sagte er rasch. »Ich will nicht so ein Mann sein, Daph. Ich möchte nur die Gelegenheit haben, es zu erklären.«

Hadley zog sie am Arm. »Linksweg, Mommy. Spatieren!«

»Bitte, hör mir einfach nur zu.« Flehend sah er sie an. »Mehr verlange ich nicht. Wenn du mich danach nicht mehr sehen willst, werde ich dich nicht nur in Ruhe lassen, sondern mir auch eine Bleibe außerhalb von Bayside suchen.«

»Mommy!« Hadley zerrte an ihrer Hand. »Dock spatieren? Dock?«

Hadleys Geduld schwand schnell. Das Letzte, was Daphne jetzt gebrauchen konnte, war ein Trotzanfall ihrer Tochter, während ihre eigenen Nerven zu zerreißen drohten. Sie sah Jock an. »Hältst du es aus, ein Stück mit uns beiden zu gehen?«

Die Erleichterung in seinen Augen war unübersehbar. »Ich würde es gern versuchen.«

Neun

Nervös und dankbar zugleich hob Jock das Netz mit dem Sandspielzeug auf. Er hatte keine Ahnung, wie es laufen würde, doch zumindest gab Daphne ihm eine Chance. »Soll ich eine Decke mitnehmen, falls ihr kalt wird? Ein Handtuch vielleicht?«

»Klar, ist bestimmt gut. Aber sie braucht nicht mehr Spielzeug«, sagte Daphne und schaute zu Hadley, die am Rand der Veranda mit ihrer Eule spielte.

»Ich versuche nicht, mir deine Zuneigung über Hadley zu erkaufen. In der Hoffnung, dich am Lagerfeuer zu sehen, dachte ich nur, sie würde vielleicht damit spielen und wir könnten uns unterhalten.«

Mit nun sanfterem Blick sah sie ihn an. »Für einen Mann, dem es schwerfällt, Kinder um sich herum zu haben, kannst du ziemlich fürsorglich mit ihnen umgehen, wenn du willst.«

»Ich fühle mich unwohl in Gegenwart von kleinen Kindern. Es ist nicht so, dass ich sie nicht ausstehen kann. Im Grunde liebe ich Kinder. Schon immer. Ich hab nur … Lass mich kurz eine Decke und ein Handtuch holen, dann erkläre ich es dir.«

Wenige Minuten später ließen sie ihre Flipflops und Hadleys Gummistiefel am Ende des Weges stehen und gingen hinunter an den Strand. Daphne schob Hadley in die entgegengesetzte Richtung vom Lagerfeuer, und Jock war froh, dass sie kein Publikum haben würden. Sie folgten Hadley, die am Wellensaum entlanghüpfte und immer mal wieder stehenblieb, um Muscheln aufzuheben und Steine und Löcher im Sand zu untersuchen. Jock überlegte, wie er das Gespräch anfangen sollte. Es gab so viel zu sagen, und er wusste, dass er nur diese eine Gelegenheit haben würde. »Danke, dass ich euch auf eurem Spaziergang begleiten darf.«

»Du hast Hadleys Kopf berührt und sie ermutigt, zu mir zu kommen.« Daphne schaute ihn an. »Das war sicher schwierig für dich, also dachte ich, dass ich mir zumindest anhören sollte, was du zu sagen hast. Aber ich bleibe bei dem, was ich gesagt habe, Jock. Ich will sie aus keinem Bereich meines Lebens ausschließen.«

»Das verstehe ich, und darum bitte ich dich auch nicht. Ich dachte, ich hätte mir all das schon richtig in Gedanken zurechtgelegt, doch jetzt weiß ich gar nicht, womit ich anfangen soll.«

»Wie wär's mit dem Anfang, wo immer der auch sein mag? Aber denk dran, dass es schon spät ist und Hadley vielleicht nicht so lange durchhält.«

»Der Anfang ist schwer festzumachen«, sagte er ehrlich, bevor er sich dann beherzt hineinstürzte. »Du weißt ja, dass ich während meiner Collegezeit mein Theaterstück von früher in einen Roman umgeschrieben habe. Ich habe in New York studiert, und wenige Monate vor meinem Abschluss hat Archer mich angerufen und mich gebeten, mich bei seiner besten Freundin Kayla zu melden, die wegen eines Jobs in der Modebranche in die Stadt gezogen war. Sie ist mit uns auf der Insel aufgewachsen, und ich sollte aufpassen, dass sie keine Schwierigkeiten hat, weil das Leben in der Stadt so anders ist als auf der Insel. Aber ich hatte so viel mit dem Studium und mit Freunden zu tun, dass ich nie dazu gekommen bin. Ein paar Wochen später habe ich sie zufällig in einem Club getroffen. Man könnte glauben, da Archer und ich Zwillinge sind, wären auch Kayla und ich gut befreundet gewesen, aber so war es nicht. Sie war immer eine Freundin von Archer und so habe ich sie auch immer wahrgenommen. Jedenfalls hatten wir ein paar Drinks, haben uns gut amüsiert und sind dann in der Kiste gelandet. Keiner von uns war auf der Suche nach einer Beziehung. Wir hatten einfach nur Spaß miteinander.«

»Wusste Archer davon?«

»Ja, ich hab es ihm erzählt. Er war damals so großspurig, da hab ich wahrscheinlich damit angegeben, du weißt schon, um ihn zu übertrumpfen, weil ich wusste, dass die beiden nie etwas miteinander hatten. Damals fiel mir alles zu – im Studium, beim Sport, bei den Frauen. Archer und ich standen immer in Konkurrenz, und vielleicht hab ich es zum Teil auch deswegen gemacht. Keine Ahnung. Jedenfalls mochte ich Kayla und Archer ging cool damit um. Er hat mir gesagt, er würde mich fertigmachen, wenn ich sie schlecht behandele, und das war in Ordnung. Aber sie und ich haben es locker gesehen. Wir haben Zeit miteinander verbracht, im Bett und außerhalb, und eine richtige feste Beziehung war gar kein Thema zwischen uns. Wir hatten einfach eine gute Zeit zusammen.« Er schwieg kurz. »Dann erfuhren wir, dass sie schwanger war, und das war für uns beide ein Schock. Wir waren nicht darauf vorbereitet, haben uns nicht geliebt, sind aber als Freunde gut miteinander ausgekommen. Also haben wir beschlossen, den Versuch zu wagen.«

»Den Versuch, als Paar zusammen zu sein?«, fragte Daphne.

»Ja. Wir haben es unseren Familien erzählt und sie ist bei

mir eingezogen.«

»Also bist du – oder warst du – verheiratet?«

»Nein. Was ich dir bei unserem Abendessen gesagt habe, stimmt absolut. Für mich ist das Eheversprechen eines der wenigen Dinge im Leben, das wirklich etwas bedeuten sollte. Wahrscheinlich hört es sich komisch an, doch wir hatten beide unsere eigenen Leben, und ja, wir haben versucht, ein Paar zu sein, und wir hatten die aufrichtige Absicht, unser Kind gemeinsam großzuziehen, aber wir leben ja nicht mehr in den Fünfzigerjahren. Wir hatten nicht den Druck, schnell zu heiraten, nur um es anderen recht zu machen. Wir wussten, dass wir mit unseren Familien darüber reden mussten, aber die Schwangerschaft allein war schon ein großes Ding, deshalb hatten wir beschlossen, ihnen nicht zu sagen, dass wir uns nicht liebten. Stattdessen haben wir ihnen gesagt, dass wir erst sichergehen wollen, ob wir richtig füreinander sind, bevor wir heiraten. Mittlerweile habe ich meinen Eltern die Wahrheit erzählt, aber der Rest von unseren Familien weiß es nicht.«

»Was ist denn dann passiert? Wo ist sie? Wo ist euer Sohn oder eure Tochter?«

Hadley setzte sich in den Sand und sie blieben stehen. Die Emotionen schnürten Jock die Kehle zu. Er brauchte einen Moment, um sie unter Kontrolle zu bringen. »Sollen wir ihr das Spielzeug geben?«

»Klar.«

Während Daphne Hadley die Spielzeuge brachte, breitete Jock das Handtuch aus, damit sie sich daraufsetzen konnten, und nutzte den Moment, um sich zu sammeln. Er ermahnte sich, so schnell wie nur möglich alles auszusprechen.

Daphne wischte sich den Sand von den Knien und kam zu ihm zurück.

»Sollen wir uns setzen?«, fragte er.

Als sie es sich bequem gemacht hatten, fuhr sie fort: »Wo waren wir stehengeblieben? Ach ja, ihr wart nicht verheiratet, aber ihr habt ein Baby erwartet.«

»Ja. Alles lief gut. Ich habe meinen Buchvertrag bekommen und mit einem PR-Agenten die Veröffentlichung im Herbst geplant. Kayla hat gearbeitet und sich in der Stadt mit ihren Freunden amüsiert. Im Laufe der Monate erfuhren wir, dass wir einen Sohn bekommen sollten, und haben das Kinderzimmer für ihn eingerichtet. Ich hab mich damals gefragt, ob wir uns ineinander verlieben würden, verstehst du? Wie du gesagt hast, kann ein Baby ein Paar enger zueinanderbringen. Wir haben versucht, diese Gefühle zu erzwingen, doch uns wurde bald klar, dass sie einfach nicht aufkamen.«

»Das muss schwer zu ertragen gewesen sein.«

»Nicht unbedingt, denn keiner von uns hat sich nach dem anderen auf diese Weise gesehnt. Aber es war traurig. Wir wollten unser Kind gemeinsam aufziehen, doch je mehr Zeit verging, umso klarer wurde uns, dass das bedeuten würde, wir würden nie richtige Liebe erleben. Für mich fand ich das in Ordnung, aber für sie nicht. Ich wusste, dass wir etwas verändern mussten. Sie hat mehr Zeit damit verbracht, mit Archer zu reden als mit mir, und ich habe mehrmals versucht, darüber mit ihr zu sprechen, aber sie wollte nicht. Dann kam mein Buch in die Bestsellerliste der *New York Times* und wir wollten das am Abend mit Freunden feiern. Sie war den ganzen Tag über ziemlich abwesend und zerfahren. Ich dachte, sie wäre vielleicht endlich bereit für ein Gespräch, und habe versucht, es anzusprechen, aber sie sagte, sie wollte meinem großen Abend keinen Dämpfer verpassen. So war sie, hat immer an die anderen gedacht. Jedenfalls sind wir losgezogen und ich hatte ein paar

Drinks. Drei, um genau zu sein. Nicht genug, um nicht zu merken, dass sie den ganzen Abend über Archer Nachrichten und Bilder geschickt hat – mit der Erklärung, dass er die Feier aus der Ferne miterleben sollte. Doch an dem Abend wurde mir klar, dass sie immer alles zuerst mit Archer teilte. Es war immer er gewesen, ich kam an zweiter Stelle.«

»Oh, Jock! Das muss wehgetan haben.«

»Es war ein Schlag für mein Ego, aber nicht für mein Herz. Ich weiß, das hört sich an, als würde es nicht stimmen, aber es ist die Wahrheit. Mein Bauchgefühl sagte mir, dass sie ihn liebte, und ich wollte, dass sie glücklich ist. Und Archer ist mein Zwillingsbruder, ich hätte ihn nie zurückgehalten. Auf alle Fälle haben wir uns dann unterhalten, nachdem unsere Freunde das Restaurant verlassen hatten. Sie gab zu, dass sie Archer liebte. Sie dachte, dass es wohl schon immer so gewesen war, aber dass sie darüber hinwegkommen würde. Sie hatte keine Ahnung, ob er das Gleiche fühlte, und ich wusste es auch nicht. Es war seltsam, denn Archer und ich standen immer im Wettstreit, aber an dem Abend empfand ich keinerlei Konkurrenz. Ich hoffte inständig, dass Archer sie liebte, denn sie verdiente es, geliebt zu werden.«

»Aber trotzdem, es muss doch wehgetan haben, das zu hören.«

»Ja, schon, aber wie gesagt, wir haben uns nicht geliebt, deshalb war es eine andere Art von Schmerz. Keine Ahnung, wie ich das erklären soll. Ich habe sie als eine Freundin geliebt und als Mutter meines Kindes, aber ich war nicht in sie verliebt und habe keine wahre Liebe zu ihr empfunden. Und als du mir erzählt hast, dass Tim sich von dir und Hadley abgewandt hat, da konnte ich das gar nicht …« Er schüttelte den Kopf, als die Wut ihn wieder überkam. »Das ist für mich absolut unbegreiflich. Als Kayla schwanger war und ihr Bauch immer größer wurde, da fand ich sie noch viel schöner als je zuvor. Ich bin um Mitternacht durch die Gegend gefahren, um ihren Heißhunger auf irgendwas zu stillen. Ich hab ihr den Rücken massiert, die Füße. Ich hätte alles für sie getan. Jedenfalls, zu dem Zeitpunkt war sie schon im neunten Monat, und wir beschlossen, an dem Wochenende nach Hause zu fahren, damit sie mit Archer sprechen konnte. Und wenn dann klar war, wie Archer dazu stand, wollten wir unsere Familien einweihen.«

»Du warst bereit, dein Baby für deinen Bruder aufzugeben?«

»Nein!«, entgegnete er energisch. »Ich wollte weiterhin eine Rolle im Leben des Babys spielen, aber ich wollte mich den beiden nicht in den Weg stellen, wenn sie sich liebten.«

»Mama!« Hadley tapste mit einem Eimer zu ihnen herüber und hockte sich vor sie auf den Boden. »Muschen für mein Dock.«

Sie griff in den Eimer und streckte ihre kleine Faust dann Jock entgegen. Er hielt seine Hand auf und sie öffnete ihre. Drei winzige Muscheln landeten auf seiner Hand.

Seine Brust zog sich zusammen. »Danke, Hadley.«

»Mommy Muschen.« Sie nahm noch eine Handvoll Muscheln aus dem Eimer und gab sie Daphne.

»Danke, mein Schatz. Bist du schon müde?«

Hadley schüttelte heftig den Kopf. »Ich spielen!« Sie flitzte zurück zu ihren Spielsachen.

»Das war doch gar nicht so schwer, oder?«, fragte Daphne.

»Daph, es ist nicht … Lass mich zu Ende erzählen.« Er ballte die Faust um die Muscheln, sodass sich die scharfen Kanten in seine Hand bohrten. »Kayla hatte nie die Gelegenheit, herauszufinden, was Archer fühlte, und ich auch nicht. Da ich etwas getrunken hatte, fuhr sie von dem Restaurant nach

Hause. Es regnete, es war kalt, und sie war so glücklich über unsere Entscheidung, dass sie über die laute Heizung hinweg pausenlos redete. Wir fuhren über eine Kreuzung und sie warf mir mit ihrem strahlenden Lächeln einen kurzen Blick zu. Kurz vor dem Aufprall sah ich über ihre Schulter hinweg die Scheinwerfer eines Pick-ups, der über eine rote Ampel gefahren war.« Tränen standen in seinen Augen, aber er zwang sich, weiterzureden. »Als ich wieder zu mir kam, war da so viel Blut. Blaulichter, Martinshörner … Ich griff nach ihrer Hand. Das ist alles ziemlich verschwommen. Ich wurde immer wieder ohnmächtig, und sie sagte immer wieder: ›Sag ihm, dass ich ihn liebe.‹ Das Nächste, woran ich mich erinnere, ist das Krankenhausbett, in dem ich aufgewacht bin. Dort wurde mir mitgeteilt, dass Kayla gestorben war und dass unser Sohn es nicht schaffen würde.« Er atmete tief ein und wandte den Blick von Daphne ab, als der Rest aus ihm herausbrach. »Ich habe unseren Sohn Liam auf dem Arm gehalten. Kayla hatte den Namen ausgesucht. Er war so winzig, sein Schreien so schwach. Das stärkere Schreien der anderen Babys dröhnte in meinem Kopf, und ich weiß noch, dass ich versucht habe, das auszublenden, und dass ich dachte, unser Baby ruft nach Kayla, aber ich konnte es nicht … Ich konnte nicht … Und dann hörte er auf zu atmen. Er ist gestorben.«

Er wischte sich die Tränen fort und merkte, dass Daphne auch weinte, was ihm aufs Neue das Herz brach. »Es tut mir leid«, sagte er und zog sie in seine Arme. Sie hielt ihn so fest wie er sie. »Es tut mir so leid. Es tut mir so leid.« Er konnte gar nicht aufhören, es zu sagen. So viele Jahre hatte er es in sich behalten, dass er gar nicht wusste, bei wem er sich entschuldigte – bei Daphne, Kayla, Liam, Archer … bei allen.

»Dock weint?«

Jock spürte Hadleys Hand auf seinem Arm und sofort ließ er Daphne los und wischte sich die Tränen fort.

Hadley kam näher und hockte sich hin, wobei sie aus ihren großen blauen Augen von Daphne zu Jock und wieder zurück schaute. »Mommy weint?«

»Mommy geht es gut, meine Süße«, sagte sie.

»Dock, nich weinen.« Hadley beugte sich vor und drückte ihre winzigen Lippen auf Jocks Wange, und es war der süßeste Kuss, den er je erhalten hatte. Er löste noch mehr Tränen bei Daphne aus und erfüllte ihn mit … Er hatte keine Ahnung. Es fühlte sich gut und traurig zugleich an.

»Alles in Ordnung«, brachte er nur hervor und räusperte sich.

Hadley kletterte auf Daphnes Schoß und legte den Kopf an ihre Brust. Daphne schaukelte sie hin und her. »Es tut mir so leid, Jock. Ich weiß gar nicht, was ich sagen soll.«

Schweigend saßen sie eine Weile beieinander, während der Wind aus der Bucht sanft über sie hinweg wehte. Als Hadley langsam die Augen zufielen, steckte Jock die Muscheln, die sie ihm gegeben hatte, in seine Tasche und breitete die Decke über das Mädchen aus.

»Danke«, sagte Daphne leise. »Es tut mir unglaublich leid, was du alles durchmachen musstest.«

»Danke. Außer Harvey, meinen Eltern und Kaylas Eltern habe ich niemandem erzählt, dass ich Liam in den Armen gehalten habe. Aber ich wollte, dass du es weißt.«

»Dass du mir genug vertraust, um mir das zu erzählen, weiß ich zu schätzen.« Sie gab Hadley einen Kuss auf den Kopf. »Ich kann mir gar nicht ausmalen, wie du das überstanden hast.«

»Wenn Harvey nicht gewesen wäre, hätte ich es vielleicht nicht geschafft. Nachdem Liam gestorben war, hab ich wie in einem dichten Nebel gelebt. Ein Großteil dieser Nacht ist in meiner Erinnerung vollkommen verschwommen. Unsere Familien sind ins Krankenhaus gekommen und alle waren völlig fertig. Als Archer erfuhr, was mit Kayla passiert war, hat er sich Fäuste schwingend auf mich gestürzt. Mein Vater ist dazwischengegangen und Archer hat ihm fast den Kiefer zertrümmert. Ich saß auf dem Krankenhausbett, und wenn mein Vater nicht gewesen wäre, hätte ich mich gern von Archer umbringen lassen, denn *ich* hätte an diesem Abend fahren sollen. Ich hätte sterben sollen, nicht die beiden.«

Neue Tränen stiegen Daphne in die Augen. »Ich verstehe, warum du das sagst, aber mach das nicht. Es ist unerträglich, das zu hören.«

»Das tut mir leid, doch es ist wahr. Ich weiß, ich kann nichts an dem ändern, was passiert ist, egal wie sehr ich es mir wünsche. Und glaub mir, ich würde alles geben, um es rückgängig zu machen. Wenn wir nur zehn Minuten länger in dem Restaurant geblieben wären, oder wenn wir zur gleichen Zeit aufgebrochen wären wie unsere Freunde und uns zu Hause unterhalten hätten. Mir ist klar, dass diese Gedanken sie nicht zurückbringen, und ich will nach vorne schauen. Aber du musst noch etwas wissen. In dieser Nacht im Krankenhaus hat Archer zu mir gesagt, dass ich für ihn gestorben bin, und dann ist er abgehauen.«

»Oh Gott!« Tränen liefen ihr über die Wange.

»Ich kann es ihm nicht verdenken. Sie war seine beste Freundin und ich bin schuld an ihrem Tod.«

»Also hat er sie geliebt?«

»Keine Ahnung. Wir haben nie darüber geredet. Er ist gegangen, ich musste mit gebrochenen Rippen und einer Gehirnerschütterung im Krankenhaus bleiben. Ich stand unter

Schock. Ich konnte nicht glauben, dass Kayla und Liam nicht mehr da waren, und dann Archer ... Später in der Nacht, nachdem meine Familie gegangen war, fühlte sich nichts mehr real an. Ich konnte meine Augen nicht schließen, ohne immer wieder diese Bilder zu sehen. Ich war wie taub, spürte nicht einmal meine Verletzungen. Also ging ich auf die Babystation. Liam war auf der Kinderintensivstation gestorben, aber ich hab nicht richtig nachgedacht, oder vielleicht musste ich auch nur mit eigenen Augen sehen, dass er nicht bei all den anderen Babys auf der Kinderstation lag. Ich weiß nicht, wie lange ich dort war, vielleicht ein paar Stunden, jedenfalls bin ich da Harvey begegnet. Er erholte sich gerade von einer Lungeninfektion – er war zu Besuch bei Freunden in New York gewesen, als er sich die eingefangen hatte. Er saß im Rollstuhl und eine private Pflegerin war bei ihm. Er stellte sich vor und versuchte, ein Gespräch anzufangen. Keine Ahnung, warum er sich mit mir abgab, aber immer, wenn ich wegging, folgten sie mir. Ich wurde ihn einfach nicht los. Ich weiß nicht, ob er mir ansah, dass ich Kayla und Liam verloren hatte.«

»Und Archer«, fügte Daphne leise hinzu.

Jock nickte, während die Geister seiner Vergangenheit wie Raubvögel auf seiner Schulter hockten und ihre Krallen in ihm vergruben. »Harvey erzählte mir von seiner Frau Adele, die bei ihrem siebten Date beide Beine bei einem Unfall verloren hatte. Sie hatte aufgeben wollen, und er erzählte, dass sie versucht hatte, ihn von sich zu weisen, indem sie alles Mögliche tat und sagte, aber er hatte sie geliebt und sich geweigert, das zuzulassen.« Jock sah in Daphnes mitfühlende Augen. »*Das* ist Liebe, Daph. Das ist keine Entscheidung oder etwas, das man kontrollieren kann. Es ist eine ganz eigene unaufhaltsame Kraft. Harvey blieb während ihrer Genesung und ihrer Therapie an

Adeles Seite, riss mit Lachen ihre Mauern ein, und dann haben sie geheiratet. Doch nur acht Jahre später verlor er sie an den Krebs.«

»Das ist so traurig.«

»Ich weiß. Ihre Liebesgeschichte ist tragisch. Ich habe Harvey Jahrzehnte nach Adeles Tod kennengelernt, und seine Liebe zu ihr war in allem, was er sagte und tat, zu spüren, bis zu seinem Tod. Für diese Art von Liebe sind Eheversprechen gemacht. In der Nacht, in der ich ihn kennengelernt habe, wollte ich nicht hören, was er verloren hatte, aber wie gesagt, immer wenn ich wegging, folgte er mir. Damals wusste ich es nicht, aber er hatte mir das Schlimmste noch nicht erzählt. Er hat die ganze Nacht geredet, und ich kann dir nicht einmal sagen, worüber. Doch ich fühlte mich in seiner Gegenwart sicher. Ich fühlte mich *verstanden*. Ich bin in dem Sessel in seinem Krankenzimmer aufgewacht. Erklären kann ich das alles nicht, unsere Verbindung, wie ich mich fühlte, wenn er da war, woher ich wusste, dass ich in sein Haus gehörte. Aber an dem Morgen sagte er zu mir, ich schiene in einen Brunnen fallen und nie wieder herauskommen zu wollen. Als ich dem zustimmte, sagte er, er hätte einen Brunnen und ich wäre dort willkommen.«

»Das ist irgendwie lieb und schrecklich zugleich.«

Jock lachte leise auf. »Das war es auch, aber der alte Mistkerl wusste genau, was er sagen musste. Für die Beerdigung bin ich nach Hause auf die Insel gereist. Die ganze Stadt hat um Kayla und Liam getrauert. Meine Familie wollte mich überreden, auf Silver Island zu bleiben, aber das war Archers Zuhause. Er hatte nie etwas anderes vorgehabt, als mit meinem Vater auf dem Weingut und in der Kellerei unserer Familie zu arbeiten. Er ist nie fortgegangen, um irgendwo zu studieren, sondern hat sich dort sein Leben aufgebaut. Als ich aufs College gegangen bin, hatte ich nie den Plan, irgendwann einmal endgültig zurückzukehren. Und bei der Beerdigung war ich so von Schuldgefühlen und Traurigkeit erfüllt, dass ich nur noch diesen Brunnen finden wollte, von dem Harvey gesprochen hatte, um mich kopfüber hineinzustürzen. Also habe ich die Lesereise, die Signierstunden und alles andere abgesagt, meine Wohnung gekündigt und bin zu Harvey gefahren. Nur kurz danach zog auch Kaylas Familie von der Insel fort.«

»Wahrscheinlich wegen all der Erinnerungen. Es muss grauenhaft für sie gewesen sein. Was ist mit Harvey passiert? Hat er dich einfach aufgenommen?«

»Ja. Aber mach dir keine Illusionen über das Wie! Er war ein durchtriebener Geschäftsmann. Später habe ich herausgefunden, dass er alles über mich wusste, als ich an dem Tag vor ihm stand. Er hatte seine Hausaufgaben gemacht und einen Backgroundcheck beauftragt, aber er hat Wort gehalten. Er hat mich aufgenommen und hat mich in meiner Trauer ersaufen lassen. Aber nicht lang. Nach ein paar Wochen hat er mich gebeten, ihm bei einigen Sachen zu helfen. Zuerst ging es um geschäftliche Angelegenheiten, dann sollte ich ihn gelegentlich irgendwohin fahren und ihm bei Haushaltssachen helfen. Dann hat er seine Krankenschwester gefeuert und mich sanft gedrängt, ihn zu pflegen. Später hab ich auch herausgefunden, dass er jede Pflegekraft nur nach wenigen Monaten gefeuert hatte. Er hat immer gesagt, die haben ihn wie einen sterbenden alten Mann behandelt, obwohl er noch so viel Leben in sich hatte. Ich habe darauf gewartet, dass er mich in die Wüste schickt, weil wir oft aneinandergeraten sind, aber ich glaube, er hat sich selbst in mir gesehen und er mochte unsere Streitereien. In mir haben sie auch ein Feuer entfacht, haben mich dazu gebracht, mich zu wehren. Das ist mir erst Monate später klar geworden, doch er hat genau gewusst, was er tat und wie er mich piesacken konnte. Er hat mich immer weiter gedrängt, mehr zu machen, mich genötigt, mich jeden Tag ordentlich anzuziehen, mit Anzughosen und Hemd, wichtigere Geschäftsvorgänge zu übernehmen, den Haushalt und sein Personal zu managen, und natürlich ihn zu Besprechungen zu fahren und ihn zu jeder Kinderaufführung zu begleiten.«

»Waren die Kinderaufführungen schwer für dich?«

»Alles in diesem ersten Jahr war schwer, aber ich weiß, was du meinst. Ich war für Harvey dort, nicht für die Kinder. Keines der Kinder hat zu mir aufgeschaut, sich an mich geklammert oder so. Ich hatte eine feste Mauer um mich herum aufgebaut. Viele Jahre lang war ich wohl ziemlich unnahbar. Und auch später wollten die Kinder nie etwas von mir, also machten sie mir auch nichts aus.«

Er schaute aufs Meer hinaus. »Harvey hat mich zurück ins Leben geholt und in eine Welt, die vollkommen anders war als die, die ich mir für mich vorgestellt hatte. Mit der Zeit habe ich ihn geliebt, wie ich meinen eigenen Vater liebe. Ich habe eine Krankenschwester dazugeholt, damit sie mir alles beibringen konnte, was ich über das Zusammenleben mit einem Mann in seiner Verfassung und über die Pflege, die er brauchen würde, wissen musste. Er hat meinem Leben einen Sinn gegeben, einen Grund, jeden Morgen aufzustehen und weiterzumachen. Keine Ahnung, woher er wusste, dass ich ihn brauchte, aber ich bin jeden Tag dankbar dafür. Mit jemandem wie ihm hatte ich nicht gerechnet.« Er erwiderte Daphnes warmherzigen Blick. »So wie ich nie mit jemandem wie dir gerechnet habe.«

Sie wandte den Blick etwas nervös ab und küsste Hadley wieder auf den Kopf.

»Von dem Moment an, in dem Harvey mich davon abhielt, weiter in meiner Trauer zu ertrinken, tat ich alles nur für ihn. Ich dachte, dass ich nach all diesen Jahren Heilung gefunden und alles überwunden hatte. Aber es wurde klar, dass mein Leben so von seiner Pflege in Anspruch genommen worden war, dass es in meinem Kopf keinen Platz für etwas anderes gegeben hatte. Wegen meines komplizierten Verhältnisses mit Archer habe ich meine Beziehung zu Harvey als Entschuldigung dafür benutzt, nicht mehr als ein paar Mal im Jahr für wenige Stunden nach Hause zu fahren. Jetzt rasseln die Geister meiner Vergangenheit mit den Ketten in dem Kerker, in den ich sie weggesperrt habe. Jedes Mal, wenn Hadley möchte, dass ich sie auf den Arm nehme, wollen diese Geister ausbrechen. Meine Reaktion, wenn sie mit ihren großen blauen Augen zu mir aufschaut, ist schrecklich, und es ist unerträglich, dass ich Angst habe, Ricks Baby auf den Arm zu nehmen, nur weil ich vielleicht auch auf ihn schlecht reagiere. Als wäre ich ein Gefangener in meinem eigenen Kopf. Und es war so grausam, auf Distanz zu meiner Nichte zu gehen, bis sie alt genug war, dass sie nicht mehr diese Erinnerungen ausgelöst hat.«

»Wann hat das bei ihr aufgehört?«

»Vor ein paar Jahren. Sie ist fast acht, also vielleicht als sie vier war? Ich bin mir nicht sicher. Aber Daphne, du musst verstehen, dass nicht einfach die Anwesenheit von Kindern diese Panik in mir auslöst. Mich triggert es, wenn Hadley oder irgendein anderes kleines Kind bei mir nach Fürsorge sucht. Wenn sie sich an mich klammert und möchte, dass ich sie auf den Arm nehme. Ich konnte Liam nicht retten, und ich weiß, dass Hadley nicht Liam ist, und auch Ricks Baby ist nicht Liam, aber in diesen Momenten kommen all diese Bilder wieder hoch, und ich erinnere mich daran, wie mein Sohn hilflos in meinen

Armen liegt, ich höre sein schwaches Schreien und dann ...
nichts mehr.«

»Das verstehe ich vollkommen und es tut mir so leid.«

»Ich will das überwinden, Daph. Ich will nicht erstarren,
wenn Hadley sich an mich klammert und mich ansieht, als ob
sie ...«

»Dich gern mag?«

Er nickte. »Ja, wahrscheinlich. Es tut mir leid, dass ich ein
so gebrochener Mensch bin.«

»Du hast einen niederschmetternden Verlust erlitten. Nach
dem, was du durchgemacht hast, glaube ich aber nicht, dass du
ein gebrochener Mensch bist. Jeder muss emotionale Kämpfe
ausfechten. Nachdem ich geschieden wurde, konnte ich lange
nicht an meinen Ex denken, ohne mir die Augen auszuweinen.
Und es dauerte eine gefühlte Ewigkeit, bevor ich einen Mann
anschauen und Gutes statt Schlechtes von ihm denken konnte.
Rick und die Jungs haben dabei geholfen. Sie gehen so gut mit
ihren Partnerinnen um und auch mit mir. Sie haben mein
Vertrauen in das männliche Geschlecht wiederhergestellt.« Sie
lächelte. »Ich glaube, *gebrochen* ist in deinem Fall das falsche
Wort, Jock. Vielleicht passt *verletzt* besser. Du hast einfach
einen anderen emotionalen Kampf zu bestehen als andere.«

»Das ist sehr nett formuliert.« Der Druck auf seiner Brust
nahm ab. »Kurz bevor Harvey starb, habe ich mich bei ihm
dafür bedankt, dass er mich gerettet hat, und er hat erwidert, *ich*
hätte *ihn* gerettet. Er war lungenkrank, und er hat erzählt, dass
er schon wusste, dass ihm ein Leben im Rollstuhl bevorstand,
als wir uns das erste Mal begegnet sind. Er hat selbst in diesen
Brunnen kriechen und nie wieder herauskommen wollen. Aber
dann hat er mich getroffen und gesehen, dass ich das mehr
brauchte als er. Er wollte, dass ich nach seinem Tod von dort

abhaue und mein Leben lebe.« Er betrachtete Daphne mit ihrer schlafenden Tochter auf dem Schoß. »Ich will darüber hinwegkommen, Daphne. Ich will ein volles Leben ohne jegliche Trigger. Ich will der Mann sein, der ich mal war, nur schlauer. Du musst wissen, dass ich nie mehr als ein Glas trinke, wenn ich ausgehe, und ich werde nie wieder jemanden in diese Lage bringen.«

»Mir ist schon aufgefallen, dass du nicht viel trinkst, wenn wir mit den anderen unterwegs sind.«

»Dass ich Kayla fahren ließ, war der größte Fehler in meinem Leben. Das kann ich nicht wiedergutmachen, aber ich möchte mein Verhältnis zu Archer wieder verbessern und Zeit mit dir und Hadley verbringen, um herauszufinden, ob zwischen uns etwas so Besonderes ist, wie es sich gerade anfühlt. Nur weiß ich nicht, wie ich das anstellen soll, oder ob es dir und Hadley gegenüber fair ist, nach allem, was du mit deinem Ex durchgemacht hast. Ich würde es vollkommen verstehen, wenn meine Vergangenheit dir Angst macht, oder wenn es einfach zu viel für euch ist. Denn die Wahrheit ist, dass ich alles in meiner Macht Stehende tun will, um das in den Griff zu kriegen, aber wie ich damit auch nur anfangen soll, weiß ich nicht.«

Nach allem, was Jock gesagt hatte, nachdem er Tränen vergossen und sein Innerstes preisgegeben hatte, verglich er sich mit ihrem Ex? Daphne konnte es nicht glauben. Sie dachte, er würde ihr den Rücken kehren, nachdem sie ihm gesagt hatte, sie könnte nicht mit ihm zusammen sein, doch stattdessen kämpfte er um eine Chance, *mit ihnen beiden* zusammen zu sein. Ihr

Herz schmerzte bei all dem, was er verloren hatte, und ihr Vertrauen in ihn wuchs durch seine Offenheit und Ehrlichkeit.

»Du bist ganz und gar nicht wie Tim. Wir beide kennen uns seit einem Jahr, aber wir sind uns jetzt erst nähergekommen, und doch hast du mir Dinge erzählt, die du bisher nur mit deiner Familie besprochen hast. Du bist vollkommen anders als er.«

»Gut.« Erleichtert seufzte er.

»Und du hast schon damit angefangen, etwas zu ändern. Guck nur, wie du heute Abend mit Hadley umgegangen bist.«

»Mir war klar, dass ich etwas tun musste, weil ich sonst nie diese Gelegenheit bekommen würde, dir zu erzählen, was ich durchgemacht habe. Allein zu wissen, dass du dir meiner Trigger bewusst bist, nimmt mir die Anspannung. Ich fühle mich so viel leichter, und das lässt mich hoffen, dass ich meine Reaktion auf sie verändern kann. Es fühlte sich gut an, sie lächeln zu sehen, anstatt sie zum Weinen zu bringen. Und genau das will ich, Daph! Euch beide lächeln sehen. Ich will nicht jedes Mal erstarren, wenn sie sich an mich klammert. Du löst in mir Gefühle aus, die ich bisher nicht kannte. Ich sehe dich und mein Herz rast. Du lächelst und es lässt alles um dich herum heller strahlen, mich eingeschlossen. Schon seit langer Zeit sehne ich mich nach dir.«

»Du sehnst dich nach mir? Nach mir hat sich noch nie jemand gesehnt.«

»Das glaube ich keine Sekunde.« Er schüttelte den Kopf. »Du bist diejenige, die die Signale nicht sieht, weißt du noch? Und das macht mich zum glücklichsten Menschen überhaupt, und ich will mit dir erforschen, was das mit uns ist. Aber was ich will, ist die letzte meiner Sorgen. Was willst *du*? Wenn dir nicht wohl ist bei dem Gedanken, das mit mir zu versuchen, oder wenn du mir in irgendeiner Hinsicht nicht traust, dann verschwinde ich – wie gesagt – von der Bildfläche.«

»Wenn ich dir nicht vertrauen würde, wäre ich jetzt nicht hier.« Er hatte so viel offenbart, dass er auch wissen sollte, was sie empfand. Sie nahm all ihren Mut zusammen. »Meine Tochter hat eine Schwäche für dich, und ich denke, du weißt, dass sie nicht die Einzige ist. Ich würde gern versuchen, dir zu helfen und auch herauszufinden, was zwischen uns ist, aber ich muss vorsichtig sein. Ich möchte nicht, dass Hadley verletzt wird.«

»Das will ich auch nicht.«

»Natürlich habe ich noch nie so etwas wie den Tod eines Kindes durchgemacht, oder wie den Verlust von Kayla und deiner Beziehung zu Archer. Aber nachdem Tim und ich uns getrennt hatten, musste ich herausfinden, wer ich als alleinerziehende Mutter war. Und ich weiß, dass es etwas ganz anderes ist, doch ich habe einen Ehemann verloren, von dem ich geglaubt hatte, dass er mit mir durch dick und dünn geht. Ich habe den Verlust meiner Ehe betrauert und auch den Verlust der Person, die ich war, dessen, woran ich geglaubt habe, und ich habe betrauert, dass Hadley ihren Vater nicht kennenlernen würde. Wahrscheinlich werde ich immer wieder Momente haben, in denen es mich wütend macht, wie leichtfertig er uns den Rücken kehren konnte. Und ich glaube, du wirst wahrscheinlich immer wieder Momente haben, in denen du auch an Liam und Kayla denkst. So ist eben einfach das Leben. Ich bin keine Expertin, was Trauer angeht, aber nach meiner Scheidung und als ich wieder nach Hause umzog, als ich versucht habe, mich als alleinstehende Mutter durchzuschlagen, habe ich trotz der Hilfe meiner Familie alles gleichzeitig betrauert. Es fühlte sich an, als würde ich auf hoher See treiben. Es kam vor, dass ich wochenlang dahintrieb, einen Tag nach dem anderen irgendwie überstand, und dann sagte jemand irgendetwas, oder ich sah eine junge Familie oder ein Paar, das mich an Tim und mich erinnerte, oder ich schaute Hadley an, und von einem Moment auf den anderen brachen Traurigkeit oder Wut wie eine Monsterwelle über mich herein. Ich glaube, so ist Trauer einfach. Sie schleicht sich heran und zieht dich herunter, und manchmal musst du alle Kraft aufbringen, um wieder an die Oberfläche zu kommen. Oder wie in meinem Fall musst du dir spät abends die Augen ausheulen, wenn es niemand sieht.«

»Oh, Daph, das ist schrecklich.« Er berührte ihre Hand. »Das tut mir leid.«

»Das ist schon in Ordnung. Es hat mich stärker gemacht. Nachdem ich erst einmal herausgefunden hatte, was diese Reaktionen ausgelöst hat, konnte ich in kleinen Schritten lernen, wie ich ihnen die Macht nehmen konnte, damit sie mich nicht mehr so stark beeinflussen. Ich habe ein paar Ideen, die dir vielleicht helfen könnten, wenn du wirklich versuchen willst, an deinen Triggern zu arbeiten, aber ich bin mir nicht sicher, ob sie funktionieren.«

»Ich werde alles versuchen. Ich würde Pudding an die Wand nageln, wenn es mir helfen würde.«

»Bin mir nicht so sicher, ob das helfen würde«, versuchte sie, die Stimmung aufzubessern. »Aber ich habe ein paar Überlegungen dazu. Da ich jetzt weiß, was deine Angst auslöst, kann ich behutsamer einschreiten und versuchen, Hadley davon abzuhalten, sich immer sofort an dich zu klammern. Ich kann ihr beibringen, sich mehr so zu verhalten wie heute Abend.«

Er schüttelte den Kopf. »Ich will nicht, dass sie das Gefühl hat, nicht gewollt zu sein oder etwas Falsches zu tun, denn das ist nicht der Fall.«

»Das will ich auch nicht. Aber heute Abend schien sie glücklich darüber zu sein, dass du ihr über den Kopf gestreichelt hast und mit uns spazieren gegangen bist, und ich kann darauf aufbauen. Ich glaube, sie klammert sich an dich, weil sie Angst hat, dass du wegrennst.«

»Kluges Mädchen.« Er strich Hadley über den Rücken und Daphnes Herz zog sich angesichts seiner Anstrengung zusammen. »Es ist nett, dass du bereit bist, mit Hadley arbeiten zu wollen, aber anstatt ihr Verhalten zu ändern, lass uns lieber versuchen, meines zu ändern. Das ist mein Problem, nicht ihres.«

»In Ordnung. Trotzdem habe ich eine Idee. Als Hadley noch ein Baby war, habe ich die Ferber-Methode angewandt, damit sie lernt, allein einzuschlafen. Im Grunde habe ich ihr beigebracht, sich selbst zu beruhigen, indem ich sie jedes Mal etwas länger weinen ließ, bevor ich wieder ins Zimmer gegangen bin, um sie zu beruhigen.«

»Levi hat das auch mit Joey gemacht. Er hat gesagt, es war die Hölle.«

»Oh, das ist es auch. Es war unerträglich, sie weinen zu hören. Aber ich glaube, die Idee, sich langsam zu etwas vorzuarbeiten, bei dem man sich nicht wohlfühlt, könnte bei dir auch funktionieren.«

»Immer mal eine kleine Dosis umklammertes Bein?«, fragte er mit einem Lächeln.

Ihr gefiel sein Lächeln nun – da sie seine Vergangenheit kannte – noch besser. Es war offener und verletzlicher, wodurch ihre Zuneigung zu ihm wuchs.

»So in etwa«, sagte sie. »Du hast den Abend überstanden, indem du ihr einfach nur die Hand auf den Kopf gelegt und ihre Muscheln angenommen hast. Genau das möchte sie, irgendeine Verbindung zu dir aufnehmen. Von solchen Dingen rede ich, kleine Veränderungen in deiner Reaktion. Dass du dir ein paar Sekunden nimmst, um tief durchzuatmen und daran zu denken, nicht wegzugehen, und dass du dir überlegst, wie du das leisten kannst, was sie will und was du schaffen kannst. Wenn du glaubst, dass das für dich machbar ist.«

»Ich habe heute Abend vor dir geweint«, sagte er. »Keine Ahnung, mit welchem Zauber du mich belegt hast, aber man kann wohl mit Sicherheit behaupten, dass es nichts gibt, was ich nicht für dich und Hadley versuchen werde.«

Er konnte nicht einmal erahnen, wie viel seine Worte ihr bedeuteten. Sie war unsicher, wie sie auf eine solche Erklärung reagieren sollte, also versuchte sie es mit Humor, um die Stimmung aufzulockern. »Ich hab dir gestern heimlich einen Zaubertrank ins Essen gegeben.«

»Das ist nicht alles, was du mir heimlich verabreicht hast. Ich bin ziemlich sicher, dass du Viagra auf der Zunge hattest, als wir uns geküsst haben.«

Sie spürte, wie ihre Wangen glühten. »Du darfst mir heute Abend nicht die Röte ins Gesicht treiben, weißt du noch?«

»Ich war noch nie gut darin, mich an Regeln zu halten.« Er strich mit den Fingern über ihre Hand und sie wurde von einem prickelnden Schauer erfasst.

Sie rieb Hadley über den Rücken und versuchte vergeblich, ihr Grinsen zu unterdrücken. Gern hätte sie sich noch länger unterhalten, sich voll in anzügliches Geplauder gestürzt und die Schmetterlinge genossen, die er schon den ganzen Abend in ihrem Bauch fliegen ließ. Aber es wurde spät, und sie brauchte Zeit, um über all das nachzudenken, was er ihr erzählt hatte. »Wahrscheinlich sollte ich Hadley zu Bett bringen.«

»Stimmt, natürlich. Danke, dass du mir heute Abend Gelegenheit gegeben hast, mit dir zu reden.« Er half ihr auf und sammelte ihre Sachen zusammen.

Als sie über den Strand zurück gingen, hielt er eine Hand auf ihrem Rücken. Es gefiel ihr, dass er nicht auf Distanz ging oder sich unbeholfen verhielt. Hadley schlief, aber trotzdem war es offensichtlich, dass er sich bemühte.

Als sie den Pfad erreichten, fragte er: »Also, wie stellen wir das jetzt an?«

»Gute Frage. Kleine Schritte, denke ich.« Mit kleinen Schritten kannte sie sich aus. Sie hatte während ihrer Trennungs- und Scheidungsphase etliche unternommen und wusste, wie anstrengend sie waren. Doch etwas anderes machte ihr noch zu schaffen. »Jock, du hast ein Kind verloren. Bist du sicher, dass du das hier willst? Da draußen gibt es jede Menge Frauen ohne Kinder, die alles dafür geben würden, um mit dir zusammen zu sein.«

»Meinst du das ernst? Nach allem, was ich gerade gesagt habe, glaubst du, ich möchte jemand anderen finden?«

»Ich bin nur vorsichtig und will sichergehen, dass du all deine Möglichkeiten kennst.«

»Daphne, ich hatte Jahre voller Möglichkeiten, und keine davon hat mich so verändert, wie du es tust. Keine einzige. Als ich nach Harveys Tod herumgereist bin, habe ich versucht, dich zu vergessen. Wusstest du das? Aber ich konnte dich ebenso wenig vergessen, wie ich heute Abend vor Hadley hätte wegrennen können. Ich will das hier, mehr als du dir vorstellen kannst. Ich habe dir gesagt, dass ich ein volles Leben will, und das meine ich auch so. Eines Tages will ich eine eigene Familie haben, mit drei, vier Kindern. Ich will die Babys und Kinder meiner Freunde auf dem Arm halten und der witzige Onkel Jock sein, der Typ, der auf dem Boden mit ihnen spielt, ihnen

Bälle zuwirft oder Teepartys mit ihnen veranstaltet. Ich würde jetzt nicht neben dir hergehen, wenn ich nicht all das wollte.«

Ihr Herz schlug noch schneller. »In Ordnung. Ich wollte nur sichergehen. Dann musst du wissen, dass du jederzeit mit mir über Kayla, Liam oder Archer reden kannst. Sie alle sind Teil von dir, und du sollst nicht das Gefühl haben, dass dies eine einmalige Unterhaltung war.«

»Dafür bin ich dir sehr dankbar.« Er zog sie etwas näher an sich, als sie die Düne hinaufgingen. »Also, sollen wir über die kleinen Schritte reden?«

»Ich dachte gerade … Wir gehen morgen an den Strand. Wenn du versuchen möchtest, etwas Zeit in Gegenwart von Hadley zu verbringen, darfst du gern kommen, oder du kommst nur vorbei und sagst Hallo. Einfach ungezwungen dazustoßen, wie heute Abend. Oder auch nicht. Du musst nicht. Was immer du willst.«

»Ich *will* eine Menge, wenn ich dich sehe, Daphne.«

»Hör auf!«, sagte sie und stieß ihn in die Seite.

»Ich wollte nicht erreichen, dass du rot wirst. Das war nur eine willkommene Zugabe.«

Mann, sie mochte ihn wirklich. Als sie oben auf der Düne ankamen, stellte er ihre Flipflops so hin, dass sie hineinschlüpfen konnte, und dann trug er Hadleys Stiefel. Wie die Entschuldigungsgeschenke und das Strandspielzeug, so bewiesen auch diese kleinen achtsamen Gesten, dass zutraf, was Tegan über ihn gesagt hatte. Hinter dem Schmerz und dem merkwürdigen Verhalten verbarg sich ein Mann, der es wert war, Geduld mit ihm zu haben.

Er legte das Handtuch auf seiner Terrasse ab und begleitete sie in Richtung Büro. »Trägst du morgen einen Bikini am Strand?«

»Nein! Trägst du eine enge Badehose?«

»Wenn du einen Bikini anhast, trage ich einen Tanga.«

Sie lachte. »In Gegenwart meiner Tochter wird es keine Tangas geben, vielen Dank.«

Als sie die Verandastufen hinaufgingen, sagte er: »Bitte sag, dass die Tür abgeschlossen ist.«

»Ist sie.« Sie verlagerte Hadley auf ihrem Arm, um die Schlüssel aus ihrer Hosentasche zu holen.

Er nahm ihr die Schlüssel ab und öffnete die Tür. Als er ihr durch das Büro und die Treppe hinauf folgte, wärmte seine beschützende Hand weiter ihren Rücken. »Warum wirst du keinen Bikini tragen?«

»Weil ich nicht Kendall Jenner bin.«

»Zum Glück! Du hast einen schöneren Körper, als sie jemals haben wird.«

»Das sah mein Ex anders«, sagte sie, als Jock die Wohnungstür aufmachte.

Er stellte das Strandspielzeug im Flur ab und blieb bei ihr auf dem Treppenabsatz stehen. Sie hoffte, dass sie einen verstohlenen Gutenachtkuss ergattern konnte, ohne Hadley aufzuwecken.

»Wir waren uns ja schon darüber einig, dass dein Ex ein Idiot ist.« Er legte die Hand auf ihre Hüfte und drückte gerade sanft genug zu, dass sie es am ganzen Körper wahrnahm. »Wenn du einen Bikini trägst, komme ich morgen an den Strand.«

»Jock, glaub mir, das willst du nicht sehen.«

Er schaute ihr mit einem Verlangen in die Augen, dass ihr der Atem stockte. »Baby, glaub mir, wenn ich sage, dass du umwerfend schön bist, und ich würde gern mehr von dir sehen.«

»Ich besitze noch nicht einmal einen Bikini«, gestand sie.

»Das ist zu schade und etwas, das wir unbedingt ändern müssen. Aber du im Badeanzug, das reicht völlig aus, um mich ans Ende der Welt zu locken.« Er strich Hadley über den Rücken. »Das und dass ich natürlich versuchen möchte, für diese Kleine alles richtig zu machen.«

Die Aufrichtigkeit in seiner Stimme sagte ihr alles. Keiner von ihnen sprach, als sie sich anschauten und die Luft zwischen ihnen heiß pulsierte. Daphne wurde mit jeder Sekunde nervöser und Jock schien es auch zu sein. Er zog die Augenbrauen zusammen, nahm ihre Hand und gab ihr die Schlüssel, doch er ließ sie nicht los.

»Ich möchte dich zum Abschied küssen. Ist das unange-bracht, wenn du deine schlafende Tochter auf dem Arm hast?«

»Weck sie nicht auf«, hauchte sie leise und beugte sich vor. Der lange, sinnliche Kuss ließ ihr inneres Kribbeln zu einem regelrechten Feuerwerk werden.

Als ihre Lippen sich voneinander lösten, strich er noch leicht mit seinen Lippen über ihre und sagte: »Bis morgen.« Er trat einen Schritt zurück und hielt inne. »Du musst noch die Bürotür abschließen. Du brauchst ein besseres System.«

»Mist, ja, ich mach es, nachdem ich sie zu Bett gebracht hab. Du kannst gehen.«

»Nein. Ich warte hier, während du sie ins Bett bringst. Ist das hier die einzige Tür zu deiner Wohnung? Ich hab hinten noch eine Treppe gesehen.«

»Die führt zum Balkon von meinem Schlafzimmer«, sagte sie leise. »Da ist auch eine Tür, aber die Stufen sind zu steil für Hadley. Wahrscheinlich könnte ich die aber benutzen, wenn sie schläft. Egal. Ich bring sie in ihr Zimmer und bin gleich zurück.« Sie ging rasch hinein und brachte Hadley ins Bett. Ihr Körper surrte innerlich noch immer, als sie mit Jock die Treppe hinunterging. Sie konnte an nichts anderes als an einen weiteren Kuss denken.

An der Eingangstür zog er sie in seine Arme. »Erlöse mich aus meinem Elend und sag mir, wer der Kerl vorhin in deiner Wohnung war.«

Es schienen *Tage* vergangen zu sein, seit er vor ihrer Wohnungstür aufgetaucht war. Sie liebte diesen Anflug von Eifersucht in seinem Blick. Er hatte sie gut verborgen. »Das war mein Bruder Sean.«

»Gott sei Dank! Ich weiß, dass wir kein Paar sind, und ich hab noch einiges zu meistern, bis wir vielleicht eins sein können, aber zum ersten Mal in meinem Leben war ich eifersüchtig, und das Gefühl war grauenhaft.«

Sie kicherte und dann senkte er seine Lippen auf ihre und verwandelte ihr Kichern in glühendes Begehren.

»Vielleicht brauchst du doch kein anderes System. Sich zweimal von dir zu verabschieden, hat seine Vorteile.« Er schenkte ihr noch einen zärtlichen Kuss. »Ich sollte lieber gehen, bevor noch mehr geschieht.«

Als sie die Tür hinter ihm verschloss, wusste sie, dass es schon zu spät war. Es war schon um sie geschehen.

Zehn

Die Geräusche spielender Kinder waren zu hören. Die salzige Luft von der Bay wehte mit sommerlichen Düften von Sonnencreme und Glück über sie hinweg. Strandläufer hüpften am Ufer entlang, Silbermöwen segelten herab, um zwischen den Steinen nach Nahrung zu suchen. Hadley spielte mit einer Burg, die sie im Sand gebaut hatten, und stand nun in ihrem pinken Lieblingsbadeanzug auf, auf dessen Vorderseite ein Glitzerfisch mit dem gelben Aufdruck *Süßer Fang* zu sehen war.

»Dock!«, rief Hadley und rannte los.

Daphne rannte hinter ihr her und entdeckte Jock, der über den Strand auf sie zukam. Ihre Tochter hatte eindeutig einen eingebauten Jock-Steele-Radar. Daphne hob Hadley hoch und drehte sie im Kreis, um ihre Ablenkungstaktik zu einem Spiel zu machen. »Psst, wir überraschen ihn«, flüsterte sie ihr zu.

Hadley nickte und flüsterte zurück: »Übaschung.«

Daphnes Nerven waren den ganzen Morgen schon angespannt gewesen, weil sie sich pausenlos gefragt hatte, ob Jock wohl auftauchen würde, und weil sie sich endlich dazu durchgerungen hatte, den neuen schwarzen Badeanzug zu tragen, den Tegan und Chloe ihr vor einigen Wochen aufgeschwatzt hatten. Er war gewagter, als sie es gewohnt war, aber ihre Freundinnen hatten gesagt, dass der hohe Beinausschnitt ihren Hüften schmeichelte und die Taille betonte, und außerdem offenbarte das geschnürte Oberteil gerade genug Haut, um die Blicke anzuziehen. Die Schnürung setzte an ihrem Bauchnabel an! Dazu trug sie Shorts, aber trotzdem fühlte sie sich halb nackt, und ungeachtet dessen, was Jock gesagt hatte, machte sie sich Sorgen, dass er in der Realität ihren mit Schwangerschafts- streifen und Dellen versehenen Körper in Größe 42/44 vielleicht doch nicht so schön finden würde.

Er kam auf sie zu, bekleidet nur mit schwarzen Badeshorts. Lässig hing ein Handtuch über seiner Schulter und in der Hand hielt er einen Rucksack. Daphne stockte der Atem, wie schon am Abend zuvor. Er war schön, was vielleicht eine seltsame Beschreibung für so einen großen, männlichen Kerl war, doch sie passte perfekt. Er war die ideale Mischung aus stark und elegant, und während er auf Daphne zuging, zog er die Blicke von fast jeder Frau am Strand auf sich. Doch seine Augen waren einzig auf *sie* gerichtet und das fühlte sich wunderbar an.

Ein sexy Lächeln trat auf seine Lippen. Sein Blick wanderte zu Hadley, und Daphne bemerkte ein leichtes Zucken seiner Kiefermuskeln, was sein Lächeln etwas verkrampft wirken ließ.

»Übaschung!« Hadley streckte die Arme in die Höhe und erschreckte Daphne, doch sie reagierte schnell.

»Ja! Überraschung, Jock. Wir sind auch am Strand«, sagte Daphne und hoffte, dass Jock die Situation erkannte und nicht glaubte, dass sie den Verstand verloren hatte.

»Heute ist mein Glückstag. Ich darf etwas Zeit mit dem entzückendsten Mädchen am Strand und ihrer hinreißenden Mama verbringen.« Er gab Daphne einen Kuss auf die Wange und flüsterte: »Danke, dass du sie abgefangen hast, aber ich bin bereit, es zu versuchen.«

Daphnes Herz tat einen Sprung, als sie die Entschlossenheit in seiner Stimme wahrnahm.

Er kitzelte Hadley am Bauch – *Er kitzelte Hadley!* – und wurde mit ausgelassenem Gekicher belohnt. »Und was für ein *süßer Fang* du bist.«

»Runter!« Hadley wand sich aus Daphnes Arm und griff nach Jocks Fingern, um ihn zu ihrer Decke zu ziehen. »Guck, meine Burg!«

Daphnes erster Impuls war es, ihn von diesem Griff zu erlösen, doch er wollte es versuchen, also hielt sie sich zurück und hoffte das Beste.

»Kommst du?«, fragte er, als er den Rucksack schulterte und zuließ, dass Hadley ihn an den Fingern über den Strand führte.

Anscheinend gehen wir die Sache jetzt wirklich an.

Sie holte die beiden ein und beobachtete voller Bewunderung, wie Jock mit in die Seiten gestemmten Händen zuhörte, wie Hadley plappernd ihre Burg beschrieb, einschließlich der Zimmer für ihren Vogel und ihre Eule, die nicht an den Strand durften, weil es dort zu sandig war. Daphne bemerkte, dass Jock einen kleinen Abstand zwischen ihnen ließ und mit beiden Beinen fest im Sand stand. Hadley tapste zu ihm hinüber und er verschränkte mit zuckenden Muskeln die Arme. Er schlug sich unglaublich tapfer. Wenn Daphne nicht nach Anzeichen von Unwohlsein gesucht hätte, wären sie ihr nicht aufgefallen.

»Baust du Burg?« Hadley schaute hoffnungsvoll zu ihm auf.

»Klar«, antwortete er ruhig.

Ihre furchtlose Tochter nahm einen Eimer und rannte zum Wasser. Daphne rannte hinter ihr her, doch Jock war zwei Schritte weiter. Er rannte vor Hadley, hockte sich mit nach vorne ausgestreckten Armen ins knöcheltiefe Wasser und sagte: »Bis hierhin und nicht weiter.«

Daphne wusste nicht, ob sie lachen oder vor Verzückung zergehen sollte. Er hätte genauso gut sagen können: Ich werde dich nicht anfassen, aber ich werde dich auch nicht ertrinken lassen. Er sah verletzlich und gleichzeitig beschützend aus. Dieser Beschützerinstinkt verriet ihr viel mehr als Worte es jemals konnten.

Hadley hockte sich vor Jock hin und füllte ihren Eimer mit Wasser. Unsicher schaute Jock zu Daphne. Er hob die Augenbrauen und zuckte leicht mit den Schultern, und da wusste sie, dass sie die richtige Entscheidung getroffen hatte, als sie ihn eingeladen hatte, sie am Strand zu treffen.

Sie bauten Sandburgen und Hadley verzierte sie mit Muscheln. Als Jocks Handy in seinem Rucksack klingelte, nahm er den Anruf entgegen und ging wenige Meter entfernt von ihnen auf und ab. Hadley beobachtete ihn mit Adleraugen und ernstem Gesichtsausdruck, so als wollte sie sichergehen, dass er nicht fortging. Jock sah ebenso ernst aus wie sie. Sein Blick war auf den Sand gerichtet, in dem er auf und ab tigerte. Nachdem er das Gespräch beendet hatte, setzte er sich auf den Rand der Decke und schaute aufs Wasser hinaus.

Daphne setzte sich neben ihn. »Alles in Ordnung?«

»Ja. Das war meine Schwester Jules. Meine Großmutter hat bald Geburtstag, und meine Schwester will unbedingt, dass ich zur Party komme.«

»Aber du willst nicht?«

Er schaute zu Hadley, die ein Plastikboot im Sand umherschob und Motorengeräusche von sich gab, und lächelte. Er legte die Hand auf Daphnes. »Zwischen mir und Archer sieht's nicht so gut aus.«

»Tja, vielleicht solltest du auch daran etwas ändern«, sagte sie vorsichtig.

»Vielleicht irgendwann.« Er ließ die Hand über ihren Arm gleiten. »Warum ziehst du die Shorts nicht aus?«

Tim hatte sie immer dazu angehalten, Shorts über ihren Badeanzug anzuziehen, aber das wollte sie Jock nicht sagen. »Das ist für mich okay so.«

»*Okay* ist nicht super oder bequem. Du bist wunderschön, Daph.« Er schaute zu Hadley, die noch immer in ihr Spiel vertieft war, und küsste Daphne dann auf die Schulter und hauchte verlockende Küsse auf ihren Hals, was heiße Schauer durch ihren ganzen Körper fahren ließ. »Lass mich mehr von dir sehen«, flüsterte er.

Ihre Brustwarzen wurden hart und tief in ihrem Bauch spürte sie ein Ziehen. Er musste es bemerkt haben, denn seine Augen wurden dunkel wie die Nacht. »Komm, Baby, mach einen kleinen Schritt für mich.«

Wie konnte sie da Nein sagen, wenn er sich doch mit Hadley solche Mühe gab? Sie stand auf und zog die Shorts aus. Belohnt wurde sie mit dem laszivsten Lächeln, das sie je gesehen hatte.

»Mama heiß?«, fragte Hadley.

»Und ob!«, sagte Jock grinsend.

Jetzt wurde sie hochrot. Sie griff nach der Sonnencreme, um sich abzulenken, und rieb sich damit ein. »Zufrieden?«

»Sehr«, sagte er und ließ den Blick genüsslich von ihrem Gesicht abwärts bis hin zu ihren Zehen gleiten, sodass ihr ganzer Körper kribbelte und brannte.

Die Sonne war schon heiß, aber sein Gesichtsausdruck war heißer als tausend Sonnen. Wie sollte sie es die ganze Zeit hier mit ihm aushalten?

Der Vormittag verging mit Sandburgenbauen und Muschelsammeln, mit Lachen und ein paar Tränen von Hadley, die

Jock erstarren ließen. Doch er ging gut damit um, rutschte an den Rand der Decke oder stand auf und ging ein paar Schritte, um sein Unbehagen zu überwinden. Daphne war überrascht, dass Hadley sich nicht an ihn klammerte. Ihr kleines Mädchen schien irgendwie zu merken, dass sie ihm etwas Raum geben musste.

Mittags aßen sie, was Daphne eingepackt hatte, und sie war froh, dass sie auch für Jock etwas mitgenommen hatte. Gelegentlich zwinkerte Jock ihr zu, strich ihr über die Wange und versuchte bei jeder sich bietenden Gelegenheit, Hadley zum Kichern zu bringen. Er schaffte es, Daphne verstohlene Küsse zu entlocken und ihr so viele dieser heißen Blicke zuzuwerfen, die sie derart ins Schwitzen brachten, dass sie wahrscheinlich anschließend ein paar Kilo weniger wog. Sie versuchte, in seine Bemühungen um Hadley nicht zu viel hineinzuinterpretieren, aber es war unmöglich, ihm nicht noch ein wenig mehr zugetan zu sein.

»Was hast du in deinem Rucksack?«, fragte Daphne, als sie ihre Kühltasche schloss.

»Einen Notizblock, einen Roman, mein Handy, Wasser und Sonnencreme. Das Übliche. Übrigens hätte ich gern deine Nummer. Ich hab immer wieder vergessen, dich danach zu fragen.«

Er nahm sein Handy heraus und sie speicherte ihre Nummer ab. Als er es wieder verstaute, sagte sie: »Ich hab mir heute Morgen dein Buch in der Bücherei ausgeliehen.«

»Wirklich?«

»Mhm. Hadley übernachtet heute bei meiner Mom und ich habe ein Date mit *Dunkle Lügen*. Allerdings macht es mich etwas nervös, vielleicht bekomme ich davon Albträume.«

»Du hast einen freien Abend und verbringst ihn mit Lesen?«

»Klar, warum nicht?«

»Weil du ihn mit mir verbringen könntest.«

Ihre Herzfrequenz verdoppelte sich.

»Du bist es gewohnt, Liebesromane zu lesen. Da kannst du nicht einfach von Null auf Hundert mit Horrorgeschichten loslegen. Du musst dich herantasten, mit der Hilfe eines Freundes.« Er legte die Hand auf ihre. »Du musst es langsam angehen, die Spannung der Vorfreude genießen, die stärkeren Gefühle, die Angst und die Aufregung, wenn dein Pulsschlag schneller wird, deine Haut heiß glüht, damit du auf den Adrenalinschub vorbereitet bist, der dich dann erfasst.«

»Oh ja«, sagte sie mit einem langen Atemzug.

Ein Lächeln schlich sich auf sein Gesicht.

Ihr wurde bewusst, wie sie geklungen hatte, und so fügte sie rasch hinzu: »Ich meine, das hört sich nach der richtigen Herangehensweise an.«

»Deine andere Antwort gefiel mir besser«, sagte er und ließ sie so wieder heftig erröten. »Wie wäre es, wenn ich dich zum Essen ausführe, und dann gehen wir in mein Cottage und ich zeige dir meine Sammlung mit all den Horrorfilmen.«

»Ich wäre eher für die Liebesfilme«, rutschte ihr leise heraus.

»Noch besser!«

Omeingott! »So habe ich das nicht gemeint.«

»Was gemeint, Mommy?«, fragte Hadley, die nicht weit entfernt im Sand spielte.

»Nichts. Lass uns zum Wasser gehen und noch einmal baden.« *Mommy muss sich abkühlen.*

Als sie aufstand, hielt Jock sie an der Hand fest. »Ich hol dich um sieben ab?«

»In Ordnung«, antwortete sie und ging eilig mit Hadley zum Wasser. *Ich wäre eher für die Liebesfilme? Aah!* Sie war so miserabel in so was. Jock beobachtete sie und Hadley, wie schon den ganzen Tag, und passte auf sie auf. Chloes Stimme hallte in ihr wider. *Ich habe noch nie erlebt, dass Jock irgendjemanden so ansieht wie dich ... Der Mann erkennt das richtig Gute, wenn es vor ihm steht.*

Hier lagen viele hübsche Frauen in der Sonne, aalten sich im Wasser und spazierten am Ufer entlang. Er hätte jede haben können, doch er hatte sie auserwählt, und gestern Abend, als sie gesagt hatte, dass Hadley an erster Stelle stehen musste, hatte er nicht Reißaus genommen. Und jetzt war er beinahe den ganzen Tag mit ihnen zusammen gewesen. Wusste er überhaupt, was kleine Schritte waren?

Daphne erkannte auch das richtig Gute, wenn es vor ihr stand, und gerade stand es auf und kam direkt auf sie zu.

»Dock, guck mal!« Hadley sprang in den Schaum eines Wellenkamms und spritzte Sand und Wasser in alle Richtungen.

»Und jetzt guck du mal, Had.« Er hob Daphne hoch, als wäre sie ein Federgewicht, und während sie aufkreischte, ging er mit ihr tiefer ins Wasser. »Mommy muss sich abkühlen.«

»Nicht! Mach das nicht!«, flehte Daphne.

»Mommy!« Hadley rannte in ihre Richtung.

Jock drehte sich herum und eilte zurück zu Hadley. »Da hast du Glück gehabt«, sagte er zu Daphne und setzte sie wieder ab, kurz bevor Hadley gegen seine Beine prallte.

»Mich! Mich tagen!« Sie streckte ihre Hände aus. »Hoch! Hoch!«

Jocks Kiefermuskeln zuckten. »Wie wär's, wenn ich deine Hand halte?«

»Hoch! Bitte, bitte! Hoch!«, bettelte Hadley.

Daphne streckte den Arm nach ihr aus, doch Jock hielt sie

zurück.

Er hockte sich vor Hadley hin und sah sie an. »Manchmal kann ich nur Hände halten.«

»Warum?«, wollte Hadley wissen.

»Manchmal fällt es mir einfach schwer, jemanden hochzuheben«, sagte er. »Aber vielleicht ist es irgendwann nicht mehr so schwer.«

Hadley ergriff seine Hand und fasste mit der anderen nach Daphnes Hand, als eine Welle näherkam. Jocks Blick traf auf Daphnes, als sie Hadley über die hereinrollende Welle hoben und das kleine Mädchen vergnügt kreischte. Als sie Hadley sanft wieder im Wasser absetzten, quietschte sie: »Noch mal!« Während sie in das Lachen ihrer Tochter einstimmte, versuchte Daphne gar nicht erst, die Freude zu unterdrücken, die ihr hoffnungsvolles Herz erfüllte.

Elf

»Verdammt …« Jock stand am Samstagabend verzaubert und sprachlos in Daphnes Tür. Jedes Mal, wenn er sie sah, dachte er, sie könne einfach nicht noch schöner werden. Und dann bewies sie ihm das Gegenteil.

Jedes verdammte Mal.

Sie sah atemberaubend aus in ihrer rotbraunen Bluse mit den weißen Pünktchen, die lässig in der Taille über ihrem hauchdünnen, knapp knielangen schwarzen Rock zusammengeknotet war. Ihre frisch gebräunte Haut schimmerte, die Haare fielen ihr locker über die Schultern und flehten seine Finger geradezu an, durch sie hindurchzugleiten. Mit ihrem Make-up hatte sie irgendetwas getan, das ihre blauen Augen noch faszinierender funkeln ließ.

Sie sah an sich herunter. »Ach, hör auf.«

Er legte den Arm um sie, drückte seinen Mund auf ihren und zog sie zu einem langen, genüsslichen Kuss an sich. Den ganzen Tag hatte er darauf gewartet. Es war die reinste Tortur gewesen, sich zurückzuhalten, während sie in diesem sexy schwarzen Badeanzug herumgehüpft war. Wusste sie überhaupt, wie unglaublich sie war? Was für eine wunderbare Mutter? Wie all ihre verstohlenen Blicke sein Herz in helle Aufregung versetzt hatten, wenn sie ihn angesehen hatte, als wäre er der köstlichste Nachtisch auf Erden? Und diese Küsse! *Himmel und Hölle!* Sein Körper loderte vor Begehren. Er wollte ihren warmen Mund erobern und mit seinem jeden Zentimeter von ihr erkunden. Sie war ganz bei ihm, umklammerte seinen Rücken und gab diese sündigen Laute von sich, die ein Pulsieren und schmerzhaftes Verlangen in seinem ganzen Körper auslösten. Nach dem gemeinsamen Tag fühlte er sich ihr so nah. Er hatte niemals geahnt, dass das nach so wenigen Stunden überhaupt möglich war, aber seine stetig wachsenden Gefühle hatten ihn vollkommen durchdrungen. Er küsste sie länger, tiefer, leidenschaftlicher, als er jemals eine Frau geküsst hatte, und er wollte gar nicht mehr aufhören. Doch es musste sein, so viel wusste er, und so zwang er sich, die Verbindung zu lösen. Ihre Wangen waren rot, die Lippen von der Heftigkeit ihrer Küsse dunkelrosa.

»Tut mir leid«, brachte er atemlos hervor. »Das musste ich aus dem Weg schaffen, bevor ich mich beim Essen dir gegenüber hinsetzen und die Finger von dir lassen muss.« Er schloss die Arme noch fester um sie und sehnte sich nach einem weiteren Kuss. »Ich habe heute etwas gelernt.«

»Wie man eine Frau begrüßt? Denn das gerade war ... wow!«

Er lächelte. »Ich habe gelernt, dass eine Verabredung mit dir am Strand ebenso gefährlich ist wie alles andere.« Er strich mit seinen Lippen über ihre und schmeckte ihr Verlangen geradezu. »Ich musste den ganzen Tag die Finger von dir lassen, während du in diesem sexy Badeanzug herumgerannt bist und mit deinem sorglosen Lachen heller als die Sonne gestrahlt hast.«

Sie gab einen wimmernden, bedürftigen Laut von sich, der seine Lippen wieder zu einem berauschenden Kuss auf ihre lockte. Er breitete seine Hand auf ihrem Hintern aus und drückte sie an sich, damit sie *spüren* konnte, was sie mit ihm anstellte. Ein langes, sinnliches Aufstöhnen war seine Belohnung. Am liebsten hätte er *Vergiss das Essen* gesagt, sie ins Schlafzimmer getragen und sie geliebt, bis sie sich beide zu sehr verausgabt hätten, um sich noch zu bewegen. Doch was er für sie empfand, war zu groß, und sie war zu wichtig, um sie denken zu lassen, dass er nur Sex wollte.

Er lehnte sich zurück – ebenso atemlos wie sie – und sagte: »Du weißt, dass ich dich liebend gern ins Schlafzimmer bringen möchte, oder? Aber du bist zu besonders, Daph. Ich werde keinen von uns um ein richtiges Date bringen.«

Blinzelnd und leicht benommen sah sie ihn an. Dann ließ sie die Zunge über ihre Unterlippe gleiten, die feucht und verlockend zurückblieb.

Ein hungriger Laut entwich ihm. »Wir müssen jetzt gehen, sonst schaffen wir es gar nicht mehr«, knurrte er.

Während der ersten Minuten der Fahrt schwieg Daphne und fummelte nervös an der Kante ihres Sitzes herum. Jock streckte den Arm über die Mittelkonsole aus, um ihre Hand zu nehmen, wobei er kurz die Mischung aus Unschuld und Verlangen in ihren Augen wahrnahm.

»Mir hat es heute am Strand sehr gefallen.« Er küsste ihren Handrücken.

»Uns auch«, erwiderte sie fast hauchend.

Wie Hadley am Strand auf ihn zugerannt war, hatte sein Nervenkostüm ziemlich beansprucht, aber er hatte den Entschluss gefasst, alles in seiner Macht Stehende zu tun, um seine Ängste zu überwinden. Und am Ende war es ihm nicht so schwergefallen, wie er befürchtet hatte, einige der Hürden zu nehmen und seine Angst in den Griff zu bekommen. Er hatte noch einen weiten Weg vor sich und wusste, dass es nicht leicht werden würde, aber Daphne und Hadley waren den Schmerz wert, den er vielleicht aushalten musste.

»Als ich Hadley bei meinen Eltern abgesetzt habe, konnte sie gar nicht mehr aufhören, über ihren Freund *Dock* zu reden«, sagte sie nun selbstsicherer. »Ich musste sehen, dass ich schnell wegkam, bevor sie Fragen stellen konnten.«

Als er zum Restaurant abbog, sagte er: »Dann bin ich also dein kleines schmutziges Geheimnis?«

Sie schenkte ihm ihr süßes Lächeln und dieses Kopfschütteln, das verriet, dass sie genau wusste, wann er scherzte. »Du könntest niemals in irgendeiner Weise *klein* sein.«

»Zum Glück hast du den schmutzigen Aspekt nicht in Frage gestellt.« Mann, ihr Erröten brachte ihn noch um den Verstand.

Kurz darauf saßen sie an einem Tisch auf dem Balkon in der ersten Etage des Bookstore Restaurants mit Blick auf den Hafen von Wellfleet, während die Hitze zwischen ihnen knisterte wie unter Spannung stehende Drähte. Bei Smalltalk genossen sie gefüllte Pilze als Vorspeise und zur Hauptspeise Jakobsmuscheln und Hummer, und zu beidem erlaubten sie sich heiße Blicke und flüchtige Berührungen. Nur unter größter Anstrengung konnte er sich davon abhalten, sie auf seinen Schoß zu zerren und zu verschlingen.

Daphne zog ihn damit auf, dass er wie ein Fänger beim Baseball ausgesehen habe, als Hadley Richtung Wasser gelaufen war, auch wenn die Dankbarkeit in ihrem Blick unverkennbar war. Er ließ sie erröten, als er schwärmend verriet, wie glücklich er sich gefühlt hatte, mit der verführerischsten Frau am Strand gesehen worden zu sein. Sie unterhielten sich über Musik und stellten fest, dass sie zum Teil dieselben Bands mochten, und als sie auf den Nachtisch warteten, redeten sie darüber, wie es war, als Zwilling aufzuwachsen.

»Meine Eltern haben uns nie gleich angezogen oder so etwas. Sie haben uns immer ermutigt, unsere eigene Identität zu entwickeln«, erklärte Jock. »Wir sind sowieso ziemlich unterschiedlich. Ich war immer wirklich positiv eingestellt und Archer hatte immer eine gewisse Gereiztheit an sich.«

»Auch vor dem Unfall schon?«

»Ja, aber vor dem Unfall war sie nicht gegen mich gerichtet. Wir waren immer Rivalen, aber auch beste Freunde. Du weißt ja, wie es mit einem Zwilling ist. Du hast erzählt, dass du und Sean euch nahesteht.«

»Das stimmt. Aber wir stehen auch unserer Schwester Renee nahe. Sean und ich mussten uns nicht über eine eigene Identität Sorgen machen, da wir Mädchen und Junge waren, aber er hatte Freiheiten, die unsere Eltern mir und Renee nicht zugestanden haben.«

Sie trank von ihrem Wein, und als sich ihre Blicke über das Glas hinweg trafen und ihre Wangen wieder glühten, wurde ihm klar, warum er sie so gern erröten sah. Die meisten Frauen, die er kannte, flirteten zu heftig, als würden sie es ständig tun. Es war schön, zu wissen, dass er für Daphne so besonders war wie sie für ihn.

»Ach, die berühmten zweierlei Maßstäbe. Damit hatten meine Schwestern auch zu kämpfen«, sagte er, als der Kellner gerade ihr mit Schokolade überzogenes Obst brachte.

Daphne nahm eine Erdbeere und biss ab. Genüsslich schloss sie die Augen. »Mmh.«

Sie hatte keine Ahnung, dass ihr Stöhnen und dieser Ausdruck puren Genusses auf ihrem wunderschönen Gesicht Bilder hervorriefen, auf denen sie nackt und ekstatisch unter ihm lag. Er aß auch ein Stück Obst, denn wenn er seinen Mund nicht beschäftigte, würde er sich den Kuss nehmen, nach dem er sich so sehnte.

»Jetzt mit Hadley verstehe ich, warum mein Vater so drauf war. Aber er war da richtig streng.« Sie leckte sich die Schokolade aus dem Mundwinkel. »Bis zu unserem siebzehnten Geburtstag durften wir nicht einmal Dates haben. Natürlich hat meine Schwester immer Möglichkeiten gefunden, das Verbot zu umgehen. Sie war die Rebellische. Echt, die Jungs sind ihr hinterhergerannt, seit sie dreizehn war.«

»Und du?«, fragte er und versuchte, sich die schüchterne und schöne Daphne in der Highschool vorzustellen.

»Ich war nicht so diejenige, die gegen die Regeln verstoßen hat. Aber die Jungs standen bei mir auch nicht so Schlange, wie sie es bei ihr getan haben.« Sie nahm sich ein Stück mit Schokolade überzogene Ananas und biss ab, wobei sie wieder mit geschlossenen Augen genüsslich aufstöhnte.

Wenn sie so weitermachte, würde er es nicht bis nach dem Dessert aushalten.

»Das kann ich nicht glauben. Ich wette, du warst damals schon so blind für die Signale von Jungs, wie du es heute für die von Männern bist.«

Mit dem restlichen Stück Ananas zeigte sie auf ihn. »Und ich denke, du hast einen Zuckerschock.«

Er griff nach ihrem Handgelenk und ihre Blicke versanken ineinander. Verblüfft sah sie zu, als er das Ananasstück in den Mund nahm und dann ihre Fingerspitzen küsste, während das Begehren in ihren Augen funkelte. Auf jede Berührung seiner Lippen folgte ein kleines sexy Stöhnen. Noch nie hatte er eine Frau getroffen, die so natürlich süß und unwissend verführerisch war wie sie, und das sollte sie auch wissen. »Dann leide ich unter einem Zuckerschock, seit wir uns letztes Jahr das erste

Mal begegnet sind.«

Sie schnappte sich ihr Weinglas und leerte es mit einem Mal. »Das solltest du von einem Arzt abklären lassen.«

»Ich bin nicht auf der Suche nach einem Heilmittel.« Er schwieg kurz, um seine Worte sacken zu lassen, und machte eine weniger intime Anmerkung, bevor sie ihre Wirkung entfalteten. »Aber wenn es stimmt, dass du keine Signale übersehen hast, dann hat dein Bruder die Jungs von dir ferngehalten.«

»Du bist ja verrückt.« Sie lachte.

»Beschützt er dich heutzutage?«

»Ja, aber ...«

»Dann bin ich sicher, dass er schon immer so war. Ich habe das auch gemacht, wenn die Jungs in Scharen hinter Sutton her waren, und ich hätte das Gleiche für Leni und Jules gemacht, wenn ich da gewesen wäre, aber sie sind viel jünger als ich. Levi hat normalerweise den Aufpasser für sie gespielt.«

»Und wer hat auf dich aufgepasst? Wie warst du in der Highschool? Hast du alle Mädchen auf der Insel verführt?«

Er strich mit dem Daumen über ihren Handrücken. »Ich habe mich auf die Fünfzehn- bis Fünfundzwanzigjährigen konzentriert.« Oh, er liebte es, das schockierte Staunen in ihren Augen zu sehen.

»Du hast fünfundzwanzigjährige Frauen gedatet, als du auf der Highschool warst? Du spielst in einer vollkommen anderen Liga als ich!«

Er lachte. »Das war ein Scherz und es gibt keine Ligen, Daphne. Sonst wärst du in einer ganz anderen und unerreichbaren für mich. So war ich nicht in der Highschool. Alle sagen ja, dass sich in Bayside Gerüchte schnell verbreiten, aber die haben noch nie auf Silver Island gelebt, wo Gerüchte schneller als mit

Lichtgeschwindigkeit im Umlauf sind. Echt, wenn ich nur daran dachte, ein Mädchen zu küssen, wussten das schon alle. Die engsten Freunde meiner Eltern sind die Remingtons und die Silvers. Das sind auch große Familien und die Kinder tauchten immer alle gemeinsam auf. Wir hatten unsere Geheimnisse, aber unsere Eltern hatten ihre Augen überall. Meiner Familie gehört das Weingut Top of the Island Vineyard, die Familie Silver hat das Silver House, wo Gavin und Harper geheiratet haben, und die Remingtons führen den Yachthafen Rock Harbor Marina. Das sind die Orte, an denen wir uns hauptsächlich rumgetrieben haben.«

»Das klingt nach einer Menge Spaß. Ich kenne einen Rowan Remington. Er hat eine kleine Tochter namens Joni. Glaubst du, er ist mit deinen Freunden verwandt?«

»Rowan und ich sind zusammen aufgewachsen.«

»Wirklich? Die Welt ist echt klein.« Daphne aß ein Stück Apfel. »War es schön für dich, dort aufzuwachsen?«

»Ob es schön war? Es war unsere ganz eigene Welt, praktisch ohne jegliche Kriminalität, sodass wir so ziemlich alles machen konnten. Es gab immer jemanden, dem man einen Streich spielen konnte oder so. Ich hab jeden möglichen Sport getrieben und hatte eine tolle Clique von Freunden. Wir haben uns alle umeinander gekümmert. So wie du in Bayside mit Desiree und den anderen Mädels. Und unsere Eltern waren strikt, was unsere Noten in der Schule anging, und haben Respekt eingefordert, aber sie haben uns auch unsere Kindheit genießen lassen.«

»Wie meinst du das?«

»Sie haben unsere Verrücktheiten unterstützt. Wir haben keinen Ärger wegen der Streiche bekommen, es sei denn, wir haben eine Grenze überschritten. Als Archer und ich uns zum

Beispiel einmal Fliegeranzüge gebastelt und nach einem Dach Ausschau gehalten haben, von dem wir springen konnten, hat mein Dad uns zum Fallschirmspringen mitgenommen. Wir mussten einen Tandemsprung machen, aber sie hätten uns auch einfach bestrafen und es dabei belassen können. So haben wir gelernt, Spaß an Dingen zu haben, wenn wir sie richtig machen. Sie haben uns auf unterschiedlichste Arten unterstützt. Wir haben gern nachts in den Reben gespielt und uns gegenseitig erschreckt. Ich glaube, die meisten Besitzer eines Weinguts würden ihre Kinder nicht in den Reben herumrennen lassen, aber uns wurde gesagt, wo wir spielen durften und wo nicht, und das haben wir befolgt, einfach weil wir dort sein wollten. Als wir Teenager waren, ist die Hälfte der Kinder von der Insel mit uns dort herumgerannt. Anstatt sich darüber zu ärgern, haben meine Eltern eine Halloween-Party für uns organisiert und die Regeln für alle festgelegt. So entstand das ›Feld der Schreie‹. Für einen Gruselpfad haben sie einen Teil eines Weinbergs mit einem Band eingegrenzt, haben Apfelsaft und Kekse gemacht und Apfeltauchen mit uns gespielt. Das ist jetzt zu einer Tradition auf der Insel geworden, aber es beruht alles auf unserer Begeisterung dafür, Leute zu erschrecken. Die ganze Familie verkleidet sich, und meine Geschwister und ich haben uns immer im Dunkeln versteckt, um anderen einen Schrecken einzujagen. Sie machen das noch immer, aber ich war natürlich seit dem Unfall nicht mehr dabei.«

»Deine Eltern scheinen ganz unglaubliche Menschen zu sein.«

»Ja, ich habe wirklich Glück.«

»Aber wenn du dich da so wohl gefühlt hast, warum willst du denn nicht dort leben? Du hast gesagt, nachdem du fort ans College gegangen bist, hast du nie die Absicht gehabt, wieder zurückzugehen.«

Er zuckte mit den Schultern und aß noch ein Stück Obst. »Mein Plan war, Drehbuchautor zu werden und tolle Filme zu machen. New York oder L. A. waren die Orte, von denen ich dachte, dass man dort sein muss. Dann hat mein Professor für Dramaturgie mich in die Richtung Roman geschubst, und ich glaubte, ich hätte meine Nische gefunden. Bis zu meinem Abschluss habe ich nie richtig darüber nachgedacht, wo ich schreiben wollte, und dann hat Kayla ihren Job in New York bekommen. Da machte es dann eben Sinn, dort zu bleiben. Und nach dem Unfall stand es überhaupt nicht mehr zur Diskussion, zurück nach Hause zu gehen.«

»Das ist schade, wo du es dort doch so liebst.«

»Schon, aber ich bin froh, dass ich hier gelandet bin. Sonst hätte ich dich nie kennengelernt. Wie sieht's mit dir aus? Willst du in Bayside bleiben?«

»Keine Ahnung. Das habe ich mich in letzter Zeit auch oft gefragt. Ich mag die Leute hier sehr, aber beruflich fehlt mir die Eventplanung, und das kann ich auf absehbare Zeit in Bayside nicht machen.«

»Was daran fehlt dir?«

»Alles«, sagte sie wehmütig. »Ich vermisse es, mit Bräuten und den Familien zu arbeiten, alle Einzelteile einer Veranstaltung zu einem Ganzen zusammenzufügen, das Ergebnis meiner anstrengenden Arbeit zu sehen. Es ist aufregend. Gavins und Harpers Hochzeit hat für mich so viele Erinnerungen an die Arbeit geweckt, die ich in dem Resort in North Carolina gemacht habe. Daher denke ich ernsthafter darüber nach. Und das Leben in Bayside gefällt mir sehr, aber Hadley wird älter, und ich mache mir Sorgen, dass sie hier keine Freunde in ihrem Alter hat, mit denen sie spielen kann.«

»Wenn es dir so sehr fehlt, warum suchst du dann nicht nach einem Job in dem Bereich?«

»Weil die Jungs großartig zu mir waren, und ich hab unsere Freunde hier gern, auch wenn die Mädels nicht mehr so oft da sind. Ich mache mir zwar Sorgen, weil Hadley keine Freunde hat, wo wir wohnen, aber sie fängt am Montag mit all den Kinder in der Vorschule an, mit denen sie auch in der Kita war. Umzuziehen und dann möglicherweise eine neue Schule für sie zu finden, könnte sie aus dem Konzept bringen. Was ist, wenn es in einem neuen Job am Ende nicht klappt? Was ist, wenn wir irgendwohin ziehen, wo es toll zu sein scheint, aber wir beide finden nicht die richtigen Freunde? Dann muss ich wieder von vorne anfangen, und Hadley ist diejenige, die darunter leidet.«

»Und was, wenn es doch klappt?«

»Versteh schon, das Glas ist immer halb voll und so. Es bleibt aber ein zweischneidiges Schwert. Ich will nur eben nicht das Falsche für Hadley machen.«

»Du bist eine sehr aufopferungsvolle Mutter. Hadley hat großes Glück, dich zu haben. Es muss für euch beide auch schön sein, deine Familie in der Nähe zu haben.«

»Stimmt, aber egal wo ich wohne, wir werden uns immer nah sein. Als wir in North Carolina gelebt haben, kam es mir nicht so vor, als wären wir weit voneinander entfernt. Wir haben meine Familie besucht und sie waren bei uns. Es macht Angst, wenn man als Mutter nach einem neuen Job sucht, denn es ist etwas anderes, wenn man nur für sich selbst sucht. Als ich mein Vorstellungsgespräch in Bayside hatte, wusste ich sofort, dass ich dort arbeiten wollte. Es war die richtige Gelegenheit zur richtigen Zeit im Leben von mir und Hadley. Bis ich also den perfekten Job entdecke, bei dem ich absolut sicher sein kann, dass ein Umzug mit Hadley und der Verzicht auf eine gewisse

Sicherheit das Richtige ist, bleibt die Eventplanung nur ein Wunschtraum für mich.«

»Also ich würde mich freuen, wenn dein Wunschtraum wahr werden würde.«

Sie senkte den Blick. »Danke.«

Er nahm ihre Hand. »Alles, was du sagst und tust, lässt meine Bewunderung für dich noch mehr wachsen – von deinem Umgang mit Hadley über deine Hoffnungen bis hin zu deinen sorgfältig durchdachten Handlungen.« Sie schaute zu ihm auf. »Und bis hin zu der Art, wie du mich gerade anschaust und sich die Röte über deine Wangen ausbreitet. Du weckst in mir so viele Wünsche, Daph. Nicht nur für mich, sondern auch für dich und Hadley. Wie wär's, wenn du einen meiner Wünsche wahr werden lässt und mir gestattest, dich zu küssen, damit jeder hier weiß, dass du zu mir gehörst?«

Dieses sexy Lächeln, das er so liebte, trat in ihr Gesicht und nervös schaute sie sich um.

Er beugte sich zu ihr. »Du hast etwa sieben Sekunden, um Nein zu sagen.«

»Ich brauche keine einzige.«

Sie drückte ihre Lippen auf seine und überraschte ihn. Er spürte, dass sie ebenso wie er lächelte, und er schob die Hand in ihren Nacken, um den Kuss zu vertiefen. Ihre Wangen waren weich und ihre Lippen warm. Sie küsste ihn begierig, und als sie sein Bein berührte, legte er seine Hand auf ihre, damit er sie nicht auf eine Weise anfasste, wie es sich in der Öffentlichkeit nicht gehörte. So gerne er einen ihrer sexy gestöhnten Laute gehört hätte, er wollte sie nicht in Verlegenheit bringen, also genoss er die letzten Sekunden ihres Kusses und verlangsamte ihn zu einer Reihe von zärtlichen kleinen Küssen, bevor er schließlich etwas Raum zwischen ihnen schaffte. Ihr Gesicht war gerötet. Ihr Blick von Lust erfüllt. Noch einmal drückte er seine Lippen auf ihre. »Was hältst du davon, wenn wir uns aus dem Staub machen?«

»Das würde mir gefallen.«

Er winkte den Kellner herbei und bezahlte die Rechnung. Dann verließen sie Hand in Hand das Restaurant, eilten – sich weiter küssend – über die Straße zum Parkplatz und lachten wie die Teenager. Als er heute Morgen aufgewacht war, hatte er sich geschworen, dass er sie nicht in Bezug auf Hadley oder sonst irgendwie enttäuschen würde. Sie vertraute ihm nicht nur ihre Tochter, sondern auch ihr Herz an. Er wusste, dass das – nach allem, was sie durchgemacht hatte – sehr schwer sein musste. Sein eigenes Herz schlug voller unbekannter Leidenschaft und neuer Kraft, die sogar noch stärker war als die unaufhaltsame Energie, die er vor Jahren verloren hatte.

Er zog Daphne in seine Arme, fühlte sich zuversichtlicher, klarer und glücklicher denn je und schaute ihr in die Augen. »Was machst du nur mit mir, du schöne Frau?«

Er senkte seine Lippen auf ihre, küsste sie lang und sinnlich, sodass sie mit ihm verschmolz und einen dieser lusterfüllten Laute von sich gab, der die Hitze direkt in seine Lenden schießen ließ. Er ermahnte sich, zurückhaltender zu sein, behutsam mit ihr umzugehen und ihr den Raum zu geben, eigene Entscheidungen zu treffen, ohne mit seinem Begehren Druck auf sie auszuüben. Das war kein leichtes Unterfangen, doch zögernd wich er zurück.

Sein Blick fand den ihren, und so viele Emotionen wurden darin zwischen ihnen ausgetauscht, dass ihm seine Stimme fast versagte. »Mein Cottage? Oder …?«

»Dein Cottage klingt gut.«

Auf dem Weg zurück nach Bayside schwieg Daphne. Jock

streckte den Arm zu ihr hinüber und ergriff ihre Hand. »Es tut mir leid, wenn ich zu forsch war, Daph. Ich habe keinerlei Erwartungen an den heutigen Abend. Ich möchte einfach nur mit dir zusammen sein.«

»Das warst du nicht.« Sie setzte sich etwas auf und umfasste seine Hand ganz fest. »Wenn ich dich nicht hätte küssen wollen, hätte ich es nicht getan. Ich bin nervös, mehr nicht.«

»Weil du noch nicht sicher bist, ob ich mit Hadley zurechtkomme?« Der heutige Tag ließ ihn glauben, dass er seine Vergangenheit anders betrachten und lernen könnte, mit seinen Triggern besser umzugehen, aber er stand noch am Anfang, und es wäre verständlich, wenn sie sich Sorgen machte.

»Nein, du hast das heute so gut mit Hadley gemacht, dass du mich überrascht hast. Du wusstest genau, wie du mit ihr umgehen musst, und du warst ehrlich zu ihr, als du ihr erklärt hast, dass es dir schwerfällt, sie auf den Arm zu nehmen. Das war ... Es hat mir mehr bedeutet, als du dir überhaupt vorstellen kannst. So viele Menschen behandeln Kinder, als würden sie die echte Welt nicht verstehen. Manchmal glaube ich, sie versteht sie besser als wir. Ich weiß, dass es einfacher für dich gewesen wäre, einfach zu gehen.«

»Tatsächlich wäre es schwerer gewesen, zu gehen. Sie vertraut mir, sonst würde sie nicht immer wieder auf mich zukommen, und *du* vertraust mir. Ich will dieses Vertrauens würdig sein. Mich selbst hat es auch überrascht, aber gestern Abend ist mir klar geworden, dass ich nie wirklich *versucht* habe, mich meinen Triggern zu stellen. Nachdem ich die Entscheidung getroffen hatte, mich dem für dich und für Hadley – aber auch für mich – auszusetzen, war es einfacher, als vor ihnen wegzulaufen. All die Male, die ich davor weggerannt bin, kam ich mir wie ein Versager vor. Aber ich hatte Angst vor dem, was die Erinnerungen in mir auslösen würden, wenn ich Hadley auf den Arm nehme und sie weint. Dir gestern Abend von meiner Vergangenheit zu erzählen, war befreiend. Dank dir möchte ich ein besserer Mensch werden, Daph, und mit dir fühle ich mich sicher genug, um mir die Dinge einzugestehen, an denen ich arbeiten muss. Es gibt noch vieles, an dem ich arbeiten muss. Am Strand gab es Momente, in denen Hadley geweint hat und ich mich daran erinnern musste, dass ich nicht wieder in diesem Krankenhaus war und dass sie nicht aufhören würde zu atmen.«

»Du hast das gut hinbekommen. Es ist in Ordnung, sich eine Auszeit zu nehmen, und da ich das jetzt verstehe, verletzt es mich nicht.«

»Danke. Deswegen konnte ich sie nicht auf den Arm nehmen, als sie mich am Wasser darum gebeten hat. Ich weiß nicht, ob es die Erinnerungen wachrufen wird oder nicht, und ich will es nicht riskieren.«

»Nach dem, was ich heute gesehen habe, glaube ich fest daran, dass du sie irgendwann auf den Arm nehmen kannst, wenn du es willst«, sagte sie einfühlsam. »Aber ich glaube nicht, dass du die Bedeutung von *langsam angehen* kennst. Kleine Schritte waren das heute jedenfalls nicht. Du hast dich kopfüber hineingestürzt.«

»Ich war noch nie gut darin, etwas langsam anzugehen. Ich bin eher der Typ Ganz-oder-gar-nicht.« Als er in das Resort einbog, sagte er: »Ich möchte dir und Hadley gerecht werden, und wenn du möchtest, dass wir beide es langsam angehen lassen sollen, dann werden wir das auch.«

Sie senkte den Blick. »Es ist nur so, dass es bei mir lange her ist, und ich bin es nicht gewohnt ... Du weißt schon.«

Vor seinem Cottage hielt er an und drückte ihre Hand. »Dann sind wir schon zu zweit.« Er stieg aus, ging um das Auto herum und nahm wieder ihre Hand, als er ihr beim Aussteigen half. An der Haustür fragte er: »Wie oft übernachtet Hadley bei deinen Eltern?«

»Alle paar Wochen. Sie würden sie jeden Abend nehmen, wenn ich sie lassen würde. Sie verwöhnen sie unglaublich gern und auch sie kann von ihrer Nana und ihrem Pop Pop nicht genug bekommen.«

»Nana und Pop Pop, das ist süß. Was machst du normalerweise an diesen Abenden?«

»Ich esse mit den Mädels zusammen, lese oder gehe mit unseren Freunden aus, aber normalerweise bist du ja auch dabei, und jetzt, da alle ihren Partner haben, machen wir das nicht mehr so oft.«

Er öffnete die Tür. »Nach dir.«

Er folgte ihr hinein, und obwohl sie das Resort managte und wahrscheinlich Dutzende Male in dem Cottage gewesen war, versuchte er, es mit ihren Augen zu sehen. In den Regalen standen nun seine Bücher, Bilder von Harvey und ein paar Deko-Sachen, die er auf seinen Reisen gekauft hatte. Fotos von seiner Familie hatte er nicht aufgestellt, weil sie ihn zu traurig machten. Sein Laptop und die Notizblöcke lagen auf dem Tisch und die Holztruhe mit Harveys Handbuch stand noch bei der Verandatür auf dem Boden. Es war kein richtiges Zuhause, doch er wusste auch gar nicht mehr, wie sich das anfühlte, und zumindest war es hier nicht wie in einer x-beliebigen Ferienwohnung.

»Wie gefällt es dir, hier zu wohnen?«, fragte Daphne.

»Ich mag es. Die ersten beiden Jahre habe ich mit Harvey in der Villa gewohnt, aber als er davon überzeugt war, dass ich mir nichts antun würde, zog ich in das Verwalter-Cottage hinter dem Haus. Das, in dem Tegan und Jett jetzt wohnen. Dieses

Cottage hier ist kleiner, aber es erinnert mich daran. Mir gefällt die Offenheit und die Aussicht ist unübertroffen.«

Sie ging zur Verandatür und sah hinaus auf den Mondschein, der über der Bucht schimmerte. »Hadley und ich haben in diesem Cottage gewohnt, als im Frühling ein Sturm wütete und das Dach in unserer Wohnung undicht war. Für sie ist es deshalb *unser* Haus. Na ja, jetzt nennt sie es ›mein und Docks Haus‹.« Sie lachte leise. »Eines Tages möchte ich für mich und Hadley so ein Zuhause haben, mit einem Garten, in dem sie spielen kann, in der Nähe von Freunden in ihrem Alter, mit denen sie aufwachsen und Unsinn machen kann – aber nicht zu viel Unsinn.«

Sein inneres Auge schaute nach vorne, mit Gedanken an eine Zukunft, in der er dort bei ihnen war, zusah, wie Hadley spielte, und sie in die Höhe hob und im Kreis drehte, wie Daphne es am Strand getan hatte. Er versuchte, seine Fantasie zu zügeln, als er von hinten die Arme um Daphne legte, aber wenn sie zusammen waren, fühlte es sich – trotz aller Kämpfe, die er noch ausfechten musste – so richtig an, wie sich noch nie etwas für ihn angefühlt hatte.

Er küsste ihren Hals. »Willst du damit sagen, dass wir schon im selben Bett geschlafen haben?«

Sie drehte sich in seinen Armen um und das Verlangen loderte in ihren Augen. »Falls das so ist, dann spricht das nicht unbedingt für deine Kompetenz im Schlafzimmer, denn ich erinnere mich nicht daran, dass es besonders aufregend war.«

Er lachte. »Willst du mich herausfordern?« Eine entzückende Röte auf ihren Wangen war seine Belohnung. Sanft strich er mit seinen Lippen über ihre. »Ich verspreche dir, Daphne, wenn du bereit dazu bist und wir beide zueinanderfinden, dann bebt die Erde.«

Daphne hätte tagelang in Jocks ehrliche Augen blicken können. In seiner Gegenwart fühlte sie sich feminin und schön, und sie vertraute ihm bedingungslos. Doch dieser Moment konnte alles verändern. Sie konnte endlich den Mann in die Finger bekommen, von dem sie träumte, wenn sie ihren batteriebetriebenen Freund benutzte. Ihr Herz raste allein bei dem Gedanken. Sie wollte ihn so sehr, dass sie seine salzige Haut förmlich schmecken konnte. Aber war sie wirklich bereit dazu, sich auf eine Art zu öffnen, die sie nie wieder rückgängig machen konnte? Nicht nur ihr Herz, sondern auch ihren Mom-Body zu offenbaren? Den eigenen Körper zu lieben, war eine Sache, sich aber einem Mann zu zeigen, war etwas ganz anderes. Die Schmetterlinge in ihrem Bauch raubten ihr fast den Atem. Die Sekunden vergingen wie Minuten. Sie musste eine Entscheidung treffen. Ihrer Intuition vertrauen und ihre Ängste vergessen, oder all ihr aufgestautes Begehren in den Griff bekommen und auf den Film setzen? Er zog sie noch etwas fester an sich, und seine Augen sprachen von unanständigen Versprechen, von denen sie wollte, dass er sie einlöste.

Sie war so nervös, dass sie nicht wusste, was sie sagen sollte. Doch wie sich herausstellte, wusste ihr Herz es ganz genau, denn als sie den Mund öffnete, brach es aus ihr heraus: »Ich habe noch nie erlebt, dass die Erde bebt.«

»Oh, meine süße Daphne. Du stellst mich wirklich auf die Probe, oder?«

Seine Lippen berührten ihre in einer Reihe von verlockend zärtlichen Küssen, von denen jeder einzelne nur Verlangen nach mehr auslöste. »Deine Lippen sind göttlich«, flüsterte er und fuhr mit der Zunge über ihre Unterlippe. »Köstlich.«

Seine Worte erregten sie ebenso wie seine Berührungen. Das Begehren wuchs in ihr, als er ihre Lippen reizte. Jedes Stupsen seiner Zunge, jedes sinnliche Knabbern löste ein bedürftiges Aufstöhnen aus. Mit seinem Bartschatten strich er über ihre Wange, dann küsste er sie nah dem Ohr und sagte mit rauer Stimme: »Es gibt so vieles, was ich mit dir machen möchte.« Mit einer Hand glitt er über ihre Wange, schob die Finger in ihre Haare und hielt sie fest, während er die andere Hand an ihren Rücken legte und ihre beiden Körper eng aneinander-schmiegte. Seine Erregung drückte heiß und hart an ihren Bauch. Sein Mund war ihrem ganz nah und seine Zunge strich unerträglich langsam über ihre Lippen. Die erwartungsvolle Lust war quälend und köstlich zugleich.

»Ich will dir zeigen, wie wunderbar du bist. Ich will dich umhegen, dich kosten – überall.«

Zittrig atmete sie ein und klammerte sich an ihn, als sein Mund sich zu einem tiefen Kuss auf ihren legte, der seine erotischen Worte bestätigte und sie feucht machte. Sie hatte jede Menge Bücher mit Helden gelesen, die Dirty Talk meisterhaft beherrschten, doch noch nie hatte sie einen Mann im realen Leben so reden gehört. Bei Jock klang es verrucht, und ihr war nicht klar gewesen, wie sehr sie *verrucht* mochte. Seine Finger krallten sich in ihre Haare, als er den Kuss vertiefte, und in dem Moment, in dem ihr ein Stöhnen entwich, wurde er behutsamer, langsamer, so wie schon an ihrem letzten Abend, sodass ihr Verlangen nur noch größer wurde.

»Ich will deinen schönen Mund an *mir* spüren«, brummte er und jagte einen Schauer prickelnder Nadelstiche über ihren ganzen Körper.

Wieder eroberten seine Lippen die ihren, warm und fordernd. Sie öffnete den Mund noch weiter, denn sie wollte alles, was er zu geben hatte. Seine Zunge forschte tief und sinnlich, als wollte er ihr zeigen, wie sehr er ihren Mund an sich spüren wollte. Ihr Körper schrie *Ja!*, doch ihre Nerven ließen sie zittern wie Espenlaub.

Er wich zurück und sah sie mit dunklen Augen vereinnahmend an. »Hab keine Angst, meine Süße. Nicht heute Abend. Irgendwann, wenn und falls du es willst, gehört mein Körper dir, dann kannst du ihn erforschen und genießen.«

Omeingott!

Wie sollte sie auch nur eine Minute lang *nicht* daran denken?

Er führte sie zum Sofa, und das war auch gut so, denn ihr war schwindelig vor Begehren und ihre Beine würden sie wohl nicht mehr lange tragen. Sie setzten sich, er legte den Arm um sie und spielte mit ihren Haaren, während ihre Gesichter einander ganz nah waren. Wie er sie so ansah, so ganz anders als sie je angesehen worden war – voller Emotionen, mit ebenso viel Bewunderung wie Begierde –, hatte sie das Gefühl, dass er sie wahrhaft und gänzlich sah: die verantwortungsbewusste Mutter, die fürsorgliche Freundin und die sinnliche Frau.

»Ich könnte dich die ganze Nacht lang küssen.« Er küsste ihre Lippen, ihren Kiefer und ihre Halsbeuge und jagte damit heiße Blitze bis in ihr Innerstes. Dann legte er die Hand auf ihren Oberschenkel und zog die Augenbrauen zusammen. »Du zitterst. Sollen wir aufhören?«

»Nein«, hauchte sie kaum hörbar.

Er drückte beruhigend ihren Oberschenkel. »Du brauchst nicht nervös zu sein. Ich werde nichts tun, was du nicht willst. Ich möchte dir nur gute Gefühle bescheren.«

Himmel! Gab es solche Männer wie ihn wirklich? Er war in

jeder Hinsicht großzügig.

Seine Lippen legten sich langsam – intim – auf ihre, als würde er jede einzelne Sekunde auskosten. Ihr ganzes Wesen wurde von einer Lust erfasst, die wie heiße Kohlen zwischen ihren Beinen brannte. Gierig strich seine Zunge über ihre und raubte ihr mit jeder Bewegung weitere Hirnzellen. Sie kämpfte nicht dagegen an. Sie wollte nicht denken, sondern nur *fühlen*. Seine Leidenschaft war wie eine Droge, die sie immer höher trug. Sie wollte sich in ihrem Verlangen suhlen, in der Berührung seiner Hände, die ihren Oberkörper erforschten, in dem Kratzen seiner Bartstoppeln auf ihren Wangen. Wie sie es liebte, wenn er sie küsste! Ihr Empfinden von Raum und Zeit schwand, bis es nur noch sie beide und die tobenden Gefühle gab, die sie miteinander verbanden. Er küsste sie nun langsamer, intensiver und so tief, dass sie das Stöhnen nicht unterbinden konnte, als er sie auf den Rücken legte.

Er war über ihr und seine harte Länge drückte gegen ihre Mitte. »Daphne«, stieß er rau und flehend aus.

»Berühr mich.« Sie zog seinen Mund zu ihrem, streckte sich ihm entgegen, da sie sich nach seiner Berührung ebenso sehr sehnte wie er nach ihren Küssen. Er verlagerte sein Gewicht auf einen Arm und streichelte ihre Brust, fordernd erst, dann behutsam wie etwas sehr Kostbares. Sein Daumen strich über ihren Nippel, ließ ihn hart und empfindlich werden. Dass jemand sie auf diese Weise berührt hatte, war so lange her, dass sie ihren Mund losriss und keuchte: »Ja!«

Sanft küsste er einen Pfad an ihrem Hals hinab, wurde langsamer, um hier verlockend zu saugen und dort sinnlich zu knabbern. All ihre Nerven schienen bloß zu liegen, als er die Knöpfe ihrer Bluse berührte und mit seinen bewundernd schauenden Augen wortlos ihre Zustimmung suchte. Ihr Herz stockte. Sie nickte und war sich sicher, dass sie von Kopf bis Fuß errötet war, was ihm bestimmt gefiel. Allein der Gedanke, dass ihm diese Eigenart von ihr gefiel, sorgte dafür, dass sie ihn noch mehr wollte. Er drückte seine warmen Lippen auf die Vertiefung zwischen ihren Brüsten und hauchte Küsse auf ihr Dekolleté, während er ihre Bluse aufknöpfte. Er hatte es nicht eilig und versuchte auch nicht, seine verlangenden Blicke zu verbergen, als er ihren BH öffnete und ihre Brüste freilegte. Sie hatte noch nie feste Brüste gehabt und das Stillen hatte seinen Tribut gefordert. Ihr Bauch war alles andere als straff und hatte seit der siebten Klasse keine Sonne mehr gesehen, doch als Jocks Blick in ihrem versank, sah sie pure, unverfälschte Bewunderung in seinen Augen.

»Du bist absolut atemberaubend.« Er fuhr mit den Fingern ganz leicht über ihre Brüste und ließ eine Gänsehaut zurück. »Schöner als ein Renoir.«

Sie wusste, dass Renoir ein berühmter Künstler war, aber sie hatte keine Ahnung, was er gemalt hatte. Es spielte auch keine Rolle, denn Jocks Tonfall machte deutlich, dass Renoir nicht an sie herankam, und das war überwältigend. Seine Wertschätzung verwirrte sie, gleichzeitig war sie von Gefühlen erfüllt, die größer als Glück, stärker als ein Rausch waren. Ähnlich wie an dem Tag, an dem Hadley auf die Welt gekommen war, nur vollkommen anders. Sie suchte nach den richtigen Worten, aber keine waren gut genug, um all die Dinge zu beschreiben, die er in ihr auslöste. Er senkte den Mund auf ihre Brust, liebkoste sie so perfekt, dass es ihr schwerfiel, an ihren Gedanken festzuhalten. »So süß«, flüsterte er. Und küsste und saugte. »Ich wollte dich schon so lange …« Jetzt war sie überhaupt nicht mehr in der Lage zu denken. Jedes Saugen jagte einen Blitz zwischen ihre Beine, jedes Streicheln ließ ihre Hüften nach mehr verlangen, bis sie sich vor Verlangen wand und sich die Wirklichkeit um sie herum aufzulösen drohte. Eine Flut von unverständlichen Lauten brach aus ihr heraus.

»Genau so, Baby«, ermutigte er sie mit einer Stimme voller Begehren.

Während er mit dem Mund ihre Brüste verwöhnte, glitt seine Hand auf ihren Oberschenkel, und sie öffnete die Beine, um ihm die Zustimmung zu geben, die er suchte. Er rückte weiter nach oben und schaute ihr in die Augen, als er mit dem Finger am Saum ihres Slips entlangglitt – so nah an ihrer Mitte, dass sie fast den Verstand verlor. Er sagte kein Wort, und angesichts seines feurigen Blicks und seiner angespannten Kiefermuskeln fragte sie sich, ob er es vielleicht gerade nicht mehr konnte. Er senkte seinen Mund auf ihren, grob und fordernd, während er die Finger in ihren Slip schob und über ihre feuchte Mitte strich. *Ja ...* Sie bewegte die Hüften, hob ihm ihren ganzen Körper entgegen, und er reizte sie, bis sie ein einziges stöhnendes verlangendes Etwas war. Er küsste sie, als hätte er Sex mit ihrem Mund. Seine kräftigen Finger drangen langsam in sie ein, strichen über diesen magischen Punkt, der sie wie die bedürftige Frau winseln ließ, die sie war. Sein Daumen fand ihre empfindlichsten Nervenenden und jagte Stromschläge durch ihren ganzen Körper.

»Lass dich fallen, für mich«, sagte er an ihren Lippen, bevor er sie wieder mit einer Leidenschaft eroberte, die so anders war als alles, was sie je erlebt hatte.

Sie trieb in einem Meer von Empfindungen, von denen sie nicht gewusst hatte, dass es sie überhaupt gab. Er war eine Art Streichel-Gott, er gab und nahm in einem betörenden Tempo, trug sie höher und höher, bis sich jeder Atemzug wie der letzte anfühlte. Sie klammerte sich an seinen Armen fest, stöhnte, strebte ihm entgegen, während ihr Körper vor Verlangen pulsierte, bis er sie endlich und selig in eine ungehemmte sinnliche Ekstase katapultierte. Er schluckte ihre lustvollen Schreie, als sie sich einem Höhepunkt hingab, der wie eine Flutwelle über sie hereinbrach, sie verschlang, hinunterzog und dann hoch bis zu den Sternen schleuderte. Sie krallte die Zehen in die Polster, ihre Hüfte zuckte unkontrolliert und sie gab Laute von sich, die sie noch nie gehört hatte. Es hätte beängstigend sein können, so verletzlich zu sein, demütigend, so vollkommen die Kontrolle zu verlieren, doch als sie schließlich langsam aus der Ekstase hinabschwebte, hielt er sie mit seinen starken Armen umschlungen, und mit jedem seiner zärtlichen Küsse wurde sie wieder klarer im Kopf und fühlte sich wohlig sicher. Sein Blick versank in ihrem, und in dieser dunklen Tiefe lagen so viele Emotionen, dass sie sich zum ersten Mal in ihrem Leben wahrhaft und intensiv *angebetet* fühlte.

Lächelnd berührte er ihre Lippen, dann flüsterte er: »Willkommen zurück, meine Schöne.« Noch einmal küsste er sie sanft und zärtlich. »Du bist wahrhaftig wunderbar.«

Als die Realität um sie herum zurückkehrte, folgte die Verlegenheit auf dem Fuße. Er war vollständig bekleidet und sie lag dort mit bloßen Brüsten, der Rock verknüllt um die Taille, ein Arm schlapp vom Sofa hängend und in einem Zustand himmlischer Glückseligkeit. Mehrere Gedanken strömten auf einmal auf sie ein – *Halleluja, das war unglaublich! Er sieht ebenso berauscht aus, wie ich mich fühle. O je, er wartet auf eine Gegenleistung. Ich bin so mies darin.*

»Hallo«, flüsterte sie und griff nach dem Knopf an seiner Jeans. »Ich sollte … Ich kann …«

Er hielt ihre Hand fest, flocht seine Finger in ihre und küsste sanft ihre Fingerknöchel.

»Nein, meine Süße. Ich möchte dir nur ganz nah sein.« Er legte ihre Hand auf seine Hüfte und strich ihren Rock glatt. Dann küsste er ihre Brust und schaffte es irgendwie, problemlos ihren BH wieder zu schließen, während sie immer das Gefühl hatte, Babyelefanten in Hängematten zu zwängen.

»Aber …?« Tim hatte sie nie berührt, ohne im Gegenzug dafür etwas zu erwarten. Oh nein! Sie hatte sich vollkommen gehen lassen. Was, wenn sie irgendetwas getan hatte, was ihn abgeturnt hatte und er gar nicht mehr wollte, dass sie ihn berührte? Was, wenn er einfach nur wollte, dass sie ging? Besorgt kreisten ihre Gedanken. Dann blickte sie scheu zu ihm auf, und ihr Innerstes schmolz dahin, als sie bemerkte, wie er sie ansah, als wäre sie alles, was er je begehrt hatte. Aus ihrer Sorge wurde Verlegenheit.

»Kein Aber, meine Schöne.« Er zupfte noch einmal ihren Rock zurecht und bedeckte ihren BH. »Kein Grund zur Eile.«

»Wenn das hier langsam gewesen sein soll, dann weiß ich nicht, ob ich dich in normalem Tempo ertrage.« Sie setzte sich auf und knöpfte ihre Bluse zu.

»Ich hab mich so danach gesehnt, dich zu berühren.« Er küsste sie sanft. »Und dich zum Höhepunkt zu bringen?« Er grinste sexy. »Damit habe ich meine neue Lieblingsbeschäftigung gefunden.«

»*Omeingott!*« Sie schlug die Hände vors Gesicht. »Du versetzt mich in einen permanenten Zustand der Verlegenheit.«

Er lachte und zog ihre Hände weg. »Gewöhn dich daran. Ich mag dich, Daph, so viel mehr, als ich je jemanden gemocht habe, und ich will nicht, dass dieser Abend schon zu Ende geht. Kannst du noch eine Weile bleiben? Ich hatte dir versprochen, dich behutsam in die Welt des Horrors einzuführen. Wir können einen Film schauen und dann begleite ich dich nach

Hause.«

Dass dieser Abend schon endete, wollte auch sie auf keinen Fall. »Das wäre schön. Aber ich glaube, ich brauche Wein zum Horrorfilm. Und dürfte ich bei dir mal auf die Toilette?«

»Geh nur. Ich hol den Wein.«

Sie eilte ins Badezimmer. Ihre Haare waren von seinen Händen zerzaust, ihre Lippen waren leicht geschwollen und rosa von ihren Küssen – *oh, diese Küsse!* – und ihre Haut war gerötet. Wenn er das mit einer Hand und seinem unglaublichen Mund anstellen konnte, dann hatte sie keinen Zweifel daran, dass er mit dem Rest seines Körpers die Erde zum Beben bringen konnte. Nachdem sie die Toilette benutzt hatte, wusch sie sich die Hände, kämmte sich mit den Fingern die Haare und blieb noch ein wenig im Badezimmer, um ihren Pulsschlag zu beruhigen. Doch jedes Mal, wenn sie überlegte, ob sie wieder zu ihm ging, geriet ihr ganzer Körper wieder in Aufruhr.

Schließlich gab sie es auf und ging zurück zu Jock.

Er saß auf dem Sofa und stand auf, als sie den Raum betrat. Er griff nach ihrer Hand. »Alles in Ordnung?«

Mein Körper hört einfach nicht auf, ein Loblied auf dich zu singen. »Mhm.«

»Du bist wieder nervös.« Er legte die Arme um sie und lächelte mit seinem allwissenden Blick auf sie hinab. »Ich bin auch nervös. Wie gesagt, es ist lange her, dass ich mit einer Frau zusammen war. Peinlich lang, um ehrlich zu sein. Mehr als ein Jahr. Du sollst wissen, dass ich nicht leichtfertig intim werde. Was wir gemacht haben ... Daph, allein wenn wir uns küssen ... Das ist etwas ganz Besonderes für mich.«

Nun, da sie ihn besser kannte, überraschte ihn sein Geständnis nicht, doch es linderte ihre Nervosität. »Ich weiß. Das spüre ich, wenn du mich berührst.«

Er atmete hörbar aus, als hätte er all das schon eine Weile zurückgehalten. »Also gut. Bereit für etwas Horror?«

»Nein, aber ich will es versuchen.«

Er schaltete das Licht aus. »Ich beschütze dich.«

Sie machten es sich auf dem Sofa bequem. Daphne nahm einen Schluck von ihrem Wein, während er den Film *Scream – Schrei!* aufrief.

»Ich liebe Drew Barrymore.« Sie stellte ihr Glas ab. Als der Film anfing, herrschte eine unheimliche Atmosphäre. Daphne zog die Beine an und kuschelte sich enger an Jock.

Er gab ihr einen Kuss und zog sie nah an sich. Im Film ging Drew ans Telefon und redete mit einem Unbekannten.

»Also, das ist blöd«, sagte Daphne. »Warum sollte man jemandem, den man nicht kennt, erzählen, dass man Popcorn macht? Glauben die Leute das wirklich? Das ist doch nicht beängstigend. Man erzählt doch keinem Fremden, dass man einen Fil…« Sie hielt den Atem an, als der Mann am Telefon sagte, dass er Drew beobachtete. Daphne setzte sich auf und winkte ab. »Nee, das kann ich mir nicht angucken. Tut mir leid, aber ich wohne allein mit Hadley in der Wohnung. Da bekomme ich Albträume.«

Er schaltete den Fernseher aus, schlang die Arme um sie und lachte. »Hast du überhaupt eine Ahnung, wie verrückt ich nach dir bin?«

»Oh, klar. Da hast du ja ein richtiges Glückslos gezogen«, meinte sie sarkastisch. »Ich kann nicht einmal fünf Minuten von einem Film gucken, den du magst.«

»Ist mir egal. Und ich habe einen Plan B. Mach es dir gemütlich, Zuckerpuppe.« Er suchte auf Netflix herum und startete den Film *Tatsächlich … Liebe.*

Sie schmiegte sich an ihn. »Bist du sicher, dass du das eine

Zeit lang nicht gemacht hast? Denn das ist einer der besten Liebesfilme aller Zeiten.«

»Absolut. Aber ich weiß, wie man die richtigen Filme für ein Date recherchiert.«

»Du hast also Recherchen für unser Date angestellt?« *Noch ein Pluspunkt.*

»Ich habe ein Date bekommen, und zwar mit der einzigen Frau, an die ich das letzte Jahr über gedacht habe. Das wollte ich auf keinen Fall vermasseln.«

»Jock Steele, du überraschst mich immer wieder aufs Neue. Ich sollte mir dich lieber schnell schnappen, bevor die anderen Singles im Ort von dir erfahren.«

»Baby, du bist die einzige Frau, die ich will.« Er drückte seine Lippen auf ihre und murmelte: »Und jetzt schau dir den Film an, sonst schnappe ich mir dich und trag dich rüber in mein Bett.«

Sie war gefährlich nah dran, zu sagen: *Ja, bitte …*

Zwölf

Am nächsten Morgen trug Jock eine Schachtel mit Gebäck die Hintertreppe hinauf zu Daphnes Schlafzimmerbalkon und war so aufgeregt wie ein Teenager, der gleich seinen ersten großen Schwarm sehen wird – nur um ein Tausendfaches mehr.

Er hatte es genossen, mit Daphne aneinandergekuschelt auf dem Sofa zu sitzen und einen Film zu schauen, Hände zu halten, sich verstohlen zu küssen und von ihren Träumen für die Zukunft zu hören. Und sie endlich zu berühren? Sie in den herrlichen Qualen der Leidenschaft zu erleben? Er war gestern Abend so kurz davor gewesen, sie darum zu bitten zu bleiben, doch er wollte sie nicht bedrängen. Als er sie nach Hause begleitet hatte und sie sich noch lange geküsst hatten, wusste er, dass sie ihn so sehr wollte wie er sie. Aber so wie sie ihm vertraute, einen Weg mit Hadley zu finden, so vertraute er ihr, dass sie einen Weg für sie beide finden würde. Er hatte sich versprochen, ihre Beziehung in ihrem Tempo anzugehen, auch wenn das bedeutete, dass er drei Mal am Tag eine kalte Dusche brauchte. Wenn dieser Morgen ein Vorgeschmack war, würden drei Mal vielleicht nicht ausreichen.

Als er jünger gewesen war, hatte er es nicht verstanden, wenn seine Eltern über die Liebe als etwas geredet hatten, das einfach *da war*. Als wäre sie eine greifbare Gestalt mit einem Verstand und einem eigenen Willen, und als hätten ihre Opfer keine andere Möglichkeit, als sich ihr zu ergeben. Er glaubte an ihre Existenz, weil er sie bei seinen Eltern gesehen hatte, und Harveys Liebe für Adele hatte die Kraft der Liebe sogar noch deutlicher bestätigt. Jock jedoch hatte früher Lust empfunden und Verlangen gespürt, aber was er bei Daphne fühlte, war anders. Das war Lust, Verlangen, Begierde und noch etwas viel Tieferes, begleitet von einem Drang zu beschützen, der so stark war, dass er ihn dazu antrieb, sich seinen Dämonen frontal zu stellen. Wenn all diese Gefühle geballt auftraten, waren sie überwältigend. War das Liebe? Er hatte keinerlei Maßstab für seine Gefühle, außer dass ihn irgendetwas dazu veranlasst hatte, morgens um halb sieben zur Bäckerei zu fahren und die Blaubeer-Frischkäse-Teilchen zum Frühstück zu besorgen, die Daphnes Lieblingsgebäck waren. Eine zumutbare Uhrzeit abzuwarten, um an ihre Tür zu klopfen, war die Hölle gewesen. Aber zehn vor sieben war ja fast sieben.

Zumindest hoffte er das, als er klopfte.

Er hörte schnelle Schritte und stellte sich vor, wie Daphne zur Tür gerannt kam, weil sie ihn ebenso vermisste wie er sie. Die Tür wurde aufgerissen. Daphne atmete heftig. Ihre Haare waren zerzaust, ihre Haut gerötet, die Wangen rosa, und der kurze sexy Bademantel, den sie verkehrt herum und schief trug, ließ den Blick auf einen Teil ihres Busens frei. Über ihre Schulter hinweg sah er ihr ungemachtes Bett mit zerknüllten Laken am Fußende. Wenn er es nicht besser gewusst hätte, wäre er auf den Gedanken gekommen, dass sie gerade Sex gehabt hatte.

»Jock?«, stieß sie atemlos aus. »Hallo. Ich hab gerade … Yoga gemacht.«

»Nacktyoga?«

Sie verschränkte die Arme vor der Brust und wurde noch röter. »Mhm, gerade voll in Mode.«

Von wegen Yoga. Er hörte etwas, ein Surren oder Klopfen. »Was ist das für ein Geräusch? Hast du etwas angelassen?«

Sie runzelte die Stirn. Dann riss sie die Augen auf und hielt den Atem an. Sie schaute sich um und gab einen gequälten Laut von sich, als sie um das Bett herumrannte. Nachdem sie die Schublade vom Nachttisch aufgerissen hatte, fummelte sie an etwas darin herum und flüsterte wütend vor sich hin. Das Geräusch verstummte. Als sie sich auf die Bettkante setzte und weiter verlegen irgendetwas murmelte, ging ihm ein Licht auf und entzündete das Feuerwerk, das die ganze Nacht in ihm gebrodelt hatte. Er schloss die Tür und ging zu ihr.

Sie legte die Hände vors Gesicht und wandte sich zur Seite. »Das ist jetzt gerade nicht passiert, oder?«

Sie war so verdammt sexy, dass er gleich den Verstand verlor. Er stellte die Schachtel mit dem Gebäck auf dem Nachttisch ab, kniete sich vor ihr hin und legte die Hände auf ihre Oberschenkel. »Baby.«

Sie spreizte die Finger ein wenig und spähte zwischen ihnen hindurch. »Nicht!«

»Ich soll *nicht* denken, dass du die heißeste Frau bist, die ich je kennengelernt habe? Tut mir leid, ich kann nichts dagegen tun.« Er nahm ihre Hände herunter und sah sie mitfühlend an. »Die ganze Nacht über habe ich mir gewünscht, ich hätte dich gebeten, bei mir zu bleiben. Heute Morgen hab ich schon um fünf Uhr eine Joggingrunde gedreht und danach kalt geduscht, und trotzdem hatte ich noch eine Latte, weil ich so unbedingt mit dir schlafen wollte. Ich musste selbst Hand anlegen, nur um den Morgen irgendwie zu überstehen, und jetzt sieh dir an, was dein Anblick in diesem Bademantel und das Wissen darum, was du gerade gemacht hast, mit mir anstellt.«

Ihr Blick fiel auf seine Erektion, die sich deutlich unter seiner Jogginghose abzeichnete. Es blieb nichts der Fantasie überlassen. In ihren Augen sprühten die Funken, sodass er die Zähne aufeinanderbeißen musste, damit er nicht voller Verlangen knurrte.

Sie musste schlucken. »Ich hab auch die ganze Nacht an dich gedacht und dann hatte ich diesen Traum und bin ganz erregt aufgewacht.«

»Ich bin hier, falls du mich willst.«

»*Falls* ich dich will?« Sie lachte auf. »Ich will dich mehr, als ich je etwas gewollt habe, aber du bist wahrscheinlich schon mit Dutzenden Frauen zusammen gewesen, während ich nur mit zwei Männern geschlafen habe. Zwei! Und das letzte Mal war vor Hadleys Geburt. Das ist eine *lange* Zeit. Ich habe alles vergessen, was Sex angeht, und ich wusste von vornherein schon nicht viel.« Sie redete so schnell, dass er gar nicht zu Wort kam. »Nichts und niemand hat je in mir solche Gefühle ausgelöst wie du. Also, ob ich dich will? Verdammt, und ob! Aber ich werde es vermasseln. Ich glaub, ich brauch erst mal fünf Jahre Übung und d…«

Ihre Worte wurden von dem festen Druck seiner Lippen verschluckt. Er schlang die Arme um sie, küsste sie langsam und intensiv, und versuchte, ihr die Panik zu nehmen. In seinen Armen entspannte sie sich, und er küsste sie ohne jegliche Hintergedanken. Er liebte es einfach, sie zu küssen.

Mit roten Wangen und wieder atemlos löste sie sich von ihm. Er schaute ihr in ihre wunderschönen Augen, während er mit den Fingern über ihre Oberschenkel glitt. »Lass mich dich so lieben, wie du es verdienst.«

Ein bedürftiges Seufzen entwich ihr.

Auf keinen Fall wollte er das Risiko eingehen, sie falsch zu verstehen. »Ich kann gehen oder ich kann bleiben. Sag mir, was du willst.«

»Dich«, sagte sie voller Selbstbewusstsein, aber auch mit einem Anflug von Verletzlichkeit. »Ich will dich, Jock.«

Sein Herz hämmerte laut angesichts ihres Geständnisses. Er nahm ihre Hand, stand auf und zog sie mit sich hoch. »Das von dir zu hören und dich in diesem sexy Morgenmantel zu sehen …« Er löste den Knoten und der Blick auf ihre Brüste wurde frei. »Das ist fast unerträglich.«

Sie sah sich nervös um. »Es ist zu hell hier.«

»Für mich perfekt, um deinen umwerfenden Körper zu bewundern.« Mit den Fingern schob er sanft den Morgenmantel über ihre Schultern. Der seidene Stoff glitt zu Boden. Er konnte sich nicht sattsehen an ihr, während sich die Hitze in ihm ausbreitete. Sie verschränkte die Arme vor dem Bauch, doch er führte ihre Hände an seine Hüften. »Ich will dich ganz sehen. Ich will dich ganz fühlen.«

Er schlüpfte aus den Flipflops, zog das T-Shirt aus und warf es auf den Boden. Ihr Blick ruhte auf seiner Brust, und als er die Jogginghose hinunterschob und sie beiseitestieß, sah sie weiter hinab. Er spürte ihren süßen Blick und sofort zuckte seine Länge ungeduldig. Er zog Daphne in seine Arme und genoss die erste Berührung ihrer nackten Körper. Während sie hörbar einatmete, stieß er bei dem puren Vergnügen, sie zu fühlen, ein leises Fluchen aus. Er sollte sich verbeugen und ihrer seidenen Haut huldigen, die sich mit ihren weichen Kurven so perfekt an seinen festen Körper schmiegte. Und das würde er auch, schon bald. Doch ihr Herz schlug so hektisch, und auch wenn ihre rosigen Wangen umwerfend waren, musste er ihr doch ihre

Verlegenheit nehmen und ihr zeigen, wie perfekt sie zusammen waren.

»Fühlst du das?«

Laut atmend stimmte sie ihm zu.

»Das ist dein wunderschöner Körper, der mir am ganzen Leib herrliche Gefühle beschert.« Er legte die Hand an ihre Wange und schaute in ihre Augen. »Ich werde nichts überstürzen und du wirst dich nicht verstecken.«

Er zwang sich zur Langsamkeit, auch wenn er es nicht abwarten konnte, sich tief in ihr zu vergraben, ihr so nahezukommen, wie es zwei Menschen nur konnten. Während seine Hand an ihrer Seite hinunter und über ihre Hüfte glitt, ließ der unschuldige und nervöse Blick ihrer Rehaugen ihn nicht los. »Ich bin bei dir, meine Süße, und ich werde dir ein noch besseres Gefühl bescheren als letzte Nacht.«

Fest und bestimmend küsste er sie, nahm ihre Lieblichkeit in sich auf. Er genoss, wie ihre sexy Kurven sich an ihn drängten, wie ihre Finger sich in seine Haut bohrten und Hitze durch seine Adern jagten. Seine Hände wanderten über ihre weiche Haut, speicherten die Mulde in ihrer Hüfte ab, die Kurve in ihrem unteren Rücken, und er schwelgte in dem Gefühl, ihren hinreißenden Hintern in seinen Händen zu spüren. Mit einem Stöhnen begleitete er ihre Küsse, aber sie nur zu berühren, reichte einfach nicht. Er wollte sie so gründlich liebkosen, dass sie nie wieder das Bedürfnis verspüren würde, sich zu bedecken. Als er sich von ihr löste, nahm er ihre Unterlippe mit seinen Zähnen gefangen und zog sanft daran. Sie öffnete die Augen, die von Begehren erfüllt waren. Leichte Küsse hauchte er auf ihre Wange und dann auf ihre Schulter, während er sich hinter sie stellte.

»Jock«, flüsterte sie nervös.

»Niemals werde ich dir wehtun, meine Süße. Ich will alles an dir bewundern.« Er schob ihre Haare über eine Schulter, küsste sie in die Halsbeuge und legte die Arme um ihre Taille. »Ich will dich überall berühren.« Während er an ihrem Hals saugte, wanderten seine Hände genussvoll über die warmen weichen Kurven ihrer Oberschenkel und Hüften. »Du bist perfekt, Baby.« Seine Finger strichen über ihren Bauch, und er küsste sie, flüsterte und rieb seine harte Länge an ihrem unteren Rücken. »Spüre, was dein wunderschöner Körper mit mir anstellt.« Er streichelte ihre Brüste, knetete ihre Nippel zwischen Zeigefinger und Daumen.

»Oh Gott!«, flüsterte sie.

»Gefällt dir das, Baby?«, fragte er zwischen den Küssen. Ein Stöhnen war die Antwort. Mit einer Hand auf ihrer Brust ließ er die andere zwischen ihre Beine zu ihrer feuchten Mitte gleiten und stöhnte nun selbst, während er seine Hüfte als Antwort auf ihre Erregung an sie drängte. »Du bist so unfassbar bereit für uns.«

»Dafür kannst du dich bei Bob bedanken«, sagte sie mit zittriger Stimme.

Er erstarrte. »Wer zum Teufel ist Bob?«

»Mein ›battery-operated boyfriend‹, der batteriebetriebene Freund aller Frauen«, flüsterte sie hektisch, als müsste er die Antwort kennen. Er schmunzelte und knabberte an ihrem Nacken. »Damit du es weißt: Bob ist ab sofort arbeitslos. Du hast jetzt mich.« Als er an ihrem Ohrläppchen saugte, wurde er mit einem bedürftigen Stöhnen belohnt. »Bob kann deine Schönheit nicht so wertschätzen wie ich.« Er küsste sich an ihrem Rücken hinab und liebkoste jedes Grübchen und jede rundliche Kurve. »Ich liebe diesen Hintern«, sagte er und biss sanft hinein, was sie mit einem überraschten Aufschrei quittierte. Er küsste jeden Zentimeter beider weicher Rundungen, berührte sie überall, umrundete sie und streichelte dabei ihre Hüften und ihre Taille. Als er wieder vor ihr stand, küsste er sie sanft auf den Mund. »Wenn mein Mädchen gern mit Spielzeugen spielt, spiele ich gern mit.«

Sie riss die Augen auf.

»Es gibt nichts, was ich nicht für dich tun würde, meine Schöne.« Mit endlosen Liebkosungen wanderte er an ihrem Körper hinab, küsste, saugte, kostete ihre Brüste, ihren Rippenbogen, die Wölbung ihres Bauches, und wurde mit winzigen lustvollen Seufzern belohnt. Ihre Dehnungsstreifen würdigte er mit gehauchten Küssen und sein Herz schwoll an vor Ehrfurcht vor dieser wunderschönen Mutter in seinen Armen. Er hinterließ einen Pfad von Küssen auf ihren Hüften und glitt schließlich langsam mit der Zunge über die Innenseiten ihrer Schenkel. Der Duft ihrer Erregung löste ein Pulsieren in seiner Härte aus. Mit der Zunge fuhr er über ihre feuchte Mitte und sofort breitete sich ihr Saft wie süßer Honig in seinem Mund aus. Sie packte ihn an den Schultern, er umfasste ihren Hintern und drückte ihre Beine mit den Knien weiter auseinander. Er leckte und saugte, während sie sich wand und stöhnte. Er liebte sie mit der Zunge und reizte ihre empfindlichsten Nervenenden. Sie ging auf die Zehenspitzen, wimmerte und grub die Fingernägel in seine Haut, während er sie liebkoste und sich an ihr labte. Seine Länge lechzte nach ihr.

Als sie die Finger in seinen Haarschopf krallte, stöhnte er: »Komm für mich.«

Auf Knien reizte er sie weiter mit den Händen und mit seinem Mund. Sie bebte, stöhnte, riss so hart an seinen Haaren, dass er sicher war, sie würde sie herausreißen – und es war ihm egal. Daphne zu lieben, war das Beste, was er je erlebt hatte. Er schob die Finger in ihre enge Hitze, suchte den Punkt, der sie für ihn zum Zerbersten bringen würde, während er mit dem Mund ihren anderen magischen Zünder stimulierte.

»Oh Gott … Jock!« Sie atmete hektisch. »Nicht aufhören!«

Er wurde schneller und ihre Hüften drängten vor. In seinem Streben nach ihrer Lust ließ er keinen Augenblick nach und gab ihr genau das, was sie brauchte.

Wie ein Stoßgebet kam sein Name über ihre Lippen. »Jock! Ah, ah, aah …«

Er blieb bei ihr, labte sich an ihrer Mitte, die pulsierte und zuckte, während sie sündhafte Laute von sich gab, die er sicher noch in seinen Träumen hören würde. Als das letzte Beben durch sie hindurchströmte, stand er auf und presste ungestüm seinen Mund auf ihren. Sie zog sich nicht zurück, als sie ihre eigene Erregung schmeckte. Genussvoll wie er eroberte sie seinen Mund und das jagte ihn fast selbst zum Höhepunkt. Ihre zierliche Hand wanderte an ihm hinab, und sie umfasste seine Hoden, was seinen Atem stocken ließ. Sie legte die Finger um seinen Schaft, streichelte ihn fest und herrlich perfekt, sodass sein Hirn aussetzte.

»Fuck!« Er griff nach ihrem Handgelenk.

»War das falsch?«

Die Unschuld und Sorge in ihrem Blick versetzten ihm einen Stich. »Nein. Du bist unglaublich, aber ich will dich lieben.« Doch dann wurde ihm sein Fehler bewusst – ein Riesenfehler. »Mist, Daph! Ich hab kein Kondom. Mir ist gar nicht in den Sinn gekommen, dass es hierzu kommen könnte.«

»Ich nehme die Pille, und du hast gesagt, du wärst vollkommen gesund.« Sie drückte seine Länge und er stieß einen Fluch aus. »Ist *der* hier gesund?«

»Ja«, sagte er lachend. »Sonst wäre ich jetzt nicht nackt.«

»Dann ...« Sie hob die Augenbrauen auf die süßeste, ver-
führerischste einladende Art, die er je erlebt hatte.

»Du bist so verdammt entzückend im Umgang mit Worten.« Er presste seinen Mund auf ihren und brauchte so viel
mehr von ihr. Zwar hatte er ihr versprochen, es langsam
anzugehen, doch er konnte sich nicht mehr zurückhalten. Sie
küssten sich, während sie zum Bett stolperten, und er legte sie
auf den Rücken, um sie dann mit einem ausgiebigen, lustvollen
Blick zu bedenken, als er sich auf sie legte. »Du bist umwerfend,
Daph. Das musst du wissen, meine Süße, denn es ist wahr.«

»Du gibst mir das Gefühl, schön zu sein.«

»Dann muss ich mich mehr anstrengen, denn du bist absolut göttlich.«

Er senkte seinen Mund auf ihren, und als ihre Körper sich
fanden, brachen Wogen unfassbarer Lust über ihn herein. Seine
Emotionen tobten und machten ihn sprachlos. Mit seinen
Lippen auf ihren gerieten ihre Körper außer Kontrolle, sie
drängten sich aneinander, rieben und berührten sich überall,
krallten sich ineinander. Ihre Küsse waren tief und herrlich
qualvoll, so sehr verlangten sie beide nach mehr. Ihre Haut
wurde feucht, die Laute ihres Liebesspiels erfüllten den Raum.
Jock schob eine Hand unter sie und umfasste ihren Hintern,
sodass er tiefer in sie eindrang. Sie stöhnte in seinen Mund und
dieses Vibrieren setzte sein Herz in Brand. Ruckartig hob er den
Kopf, denn er musste ihr Gesicht sehen. Sie öffnete die Augen,
seine Stöße wurden langsamer, während er ihre enge Hitze
bewusst wahrnahm und sie ihn mit den Händen festhielt, als
wollte sie ihn nie wieder gehen lassen.

»So lange habe ich gewartet«, flüsterte er. »Du bist so ...« Er
suchte nach den richtigen Worten, doch sie sah ihn an, als wäre
er der einzige Mann, den sie je gewollte hatte, und daran hielt er

sich fest, denn er wollte dieser Mann sein, weil er für sie genau dasselbe empfand. »Du bist alles, Daph. Alles.« Ihre Münder fanden sich wieder, ihre Körper fanden einen neuen Rhythmus, einen langsameren, intensiveren. Doch *langsam* hatte keinen Bestand, als ihre Leidenschaft wuchs und zwischen ihnen zu einem heißen Feuer wurde. Ihre Oberschenkel fingen an zu zittern, sie grub die Fingernägel in seine Haut und ließ den Kopf in den Nacken fallen.

»Jock«, stieß sie aus, als der Orgasmus über sie hereinbrach.

Ihre Hüften schnellten in die Höhe und sie wurde so eng um ihn, dass die Hitze seinen Rücken hinabjagte und ihn in seine eigene explosive Erlösung trieb. Er vergrub das Gesicht in ihrer Halsbeuge und zischte ihren Namen, als sie gemeinsam die Wogen der Ekstase genossen. Ihre Höhepunkte nahmen kein Ende, bis sie dann schließlich doch eng ineinander verschlungen dalagen und zu erschöpft waren, um sich zu regen. Er küsste sie sanft, und ihre Herzen schlugen wie eins, während er mit den Fingern durch ihre Haare glitt, über ihre Schultern und die Wölbung ihres Rückens hinab.

Im Halbschlaf lag sie in seinen Armen und war in den Sonnenstrahlen, die ihren erotischen Körper beleuchteten, so viel mehr als schön. Viel später öffnete sie träge die Augen und ein Lächeln trat in ihr Gesicht. »Ich möchte einfach nur den ganzen Tag in deinen Armen liegen.«

»Mehr könnte ich mir nicht erträumen.« Er küsste sie sanft, doch das reichte ihnen beiden nicht und so vertieften sie den Kuss. Gierig gingen ihre Hände wieder auf Wanderschaft, Daphnes weiche Finger drückten in seine Haut. Ihre Berührung war wie ein Geschenk, von dem er nicht genug bekommen konnte. Ein Gefühl, als triebe er einen endlosen Fluss wundervoller Lustgefühle entlang, hatte von ihm Besitz ergriffen, und er wollte nicht, dass es jemals endete. Doch er spürte, dass dieser Tag nicht ganz ihnen gehörte. »Wann musst du Hadley abholen?«, flüsterte er an ihren Lippen.

Sie lächelte noch mehr und fuhr mit den Fingern leicht seinen Rücken hinauf, sodass er noch härter wurde. »Es ist schön, dass du dir um sie Gedanken machst.«

»Sie ist ein Teil von dir, da ist es doch selbstverständlich.«

»Ich hole sie in ein paar Stunden.« Sie kuschelte sich enger an ihn, drückte gegen seine Erektion. Voller Vertrauen blickte sie ihm in die Augen. »Nachdem wir das hier noch einmal gemacht haben«, flüsterte sie.

»Oh, Baby!« Er schob sich über sie und zum ersten Mal seit Jahren fühlte er sich frei und vollkommen. Als sie flüsterte »Liebe mich, Jock«, hatte er das Gefühl, dass er bereits auf dem besten Wege dazu war.

Dreizehn

Daphne schien nach ihrem Morgen mit Jock noch immer zu schweben, als sie am späten Sonntagvormittag in die Auffahrt zum Haus ihrer Eltern einbog, um Hadley abzuholen. Sie parkte und schrieb schnell noch eine Nachricht an Chloe. *SOS. Brauche ein Gespräch unter Mädels.* Dazu noch eine Aubergine und einen Pfirsich als Emoji. Sie wusste, dass Chloe auf ihrer wöchentlichen Motorradausfahrt mit Justin und anderen Dark Knights unterwegs war, doch sie musste unbedingt mit ihr reden. Seit Jock vor ihr gekniet hatte – und das war der peinlichste Moment in ihrem ganzen Leben gewesen –, musste sie immerzu lächeln. Noch immer konnte sie nicht glauben, dass das passiert war, und schon gar nicht, wie natürlich es in seinen Augen offenbar war, mit einem Vibrator erwischt zu werden.

Woher hatte er so genau gewusst, was er sagen und tun musste, damit sie sich nicht nur wohl, sondern auch schön und sexy fühlte? Sie wollte es tief in ihrem Gedächtnis aufbewahren, was er gemacht und geäußert hatte, wie er sie berührt und angesehen hatte, um sich all das später in Erinnerung zu rufen und sicherzugehen, dass sie es nicht geträumt hatte. Nachdem sie sich ein zweites Mal geliebt hatten, waren sie noch lange im

Bett geblieben, hatten die leckeren Teilchen gegessen, die er mitgebracht hatte, und sich über belanglose Dinge unterhalten. So hatten sie herausgefunden, was ihre liebsten Jahreszeiten waren – beide mochten wegen der Farben und des kühleren Wetters den Herbst und den Winter – und ihre Lieblingsfarben – ihre war Rotbraun, weil es einzigartig und hübsch war, und seine war Blau, einfach weil es schon immer Blau gewesen war. Sie hatte es witzig gefunden, dass er keinen Grund dafür gehabt hatte. Er war neugierig gewesen, was ihre Pläne für den Tag angingen, und sie hatte ihm erzählt, dass sie hoffte, mit Hadley spielen zu können, ein paar Fragen im Forum für den Buchclub zu beantworten und sich ein wenig um die Wäsche zu kümmern. Auch wenn sie es nicht eilig hatte, ihre Bettlaken zu waschen. Sie liebte es, darin noch seinen Duft zu riechen. Er hatte gesagt, dass er sich inspiriert fühlte und hoffte, schreiben zu können. Daphne versuchte, ihn davon zu überzeugen, es mal mit einem Liebesroman zu versuchen, da er sich in diesen Dingen so gut auskannte, aber dafür war er nicht zu begeistern gewesen. Lachend hatten sie ein paar Geschichten voller Romantik erfunden, die er dann mit Mord und Totschlag versetzt hatte, nur um sie zu ärgern. Schließlich hatte er noch vorgeschlagen, abends mit Hadley ein Eis zu essen, und sie freute sich über seine Bemühungen.

»Mom?« Sie betrat die Küche ihres Elternhauses, ein bescheidenes Fachwerkhaus im Cape-Cod-Stil mit vier Schlafzimmern und einem Wintergarten, den Daphne schon immer geliebt hatte. Die Räume waren eher klein, und die Möbel waren immer dieselben geblieben, seit sie denken konnte. Diese Beständigkeit vermittelte Geborgenheit.

»Im Spielzimmer!«, rief ihre Mutter.

Daphne ging durch das Wohnzimmer und über den Flur

zum Spielzimmer, was sie den Hobbyraum genannt hatten, als Daphne jünger gewesen war. Damals hatten sie und ihre Geschwister viel Zeit miteinander in dem Raum mit einem riesigen Flachbildfernseher, einem Computertisch und zwei bequemen Sofas verbracht. Jetzt standen die Sofas an der Wand und die Regale und Körbe waren mit Hadleys Spielsachen gefüllt. Hier herrschte ein fröhliches Chaos von Puppen, Malbüchern, Plastikfahrzeugen und Dutzenden Stofftieren.

Mitten auf dem Boden des hellen, sonnendurchfluteten Zimmers zelebrierten Daphnes Schwester Renee und ihre Mutter eine Teegesellschaft mit Hadley und einigen ihrer plüschigen Freunde.

»Mommy!« Hadley sprang auf und rannte auf sie zu.

Daphne nahm sie in die Arme. »Hallo, meine Kleine. Habt ihr Spaß miteinander?«

Hadley nickte. »Tante Nee ist auch da!«

»Das sehe ich.« Daphne schaute zu ihrer Schwester, die sie neugierig ansah.

Renee war groß, schlank und hatte wie ihre Mutter eine Stupsnase. Für jeden Fitnesstrend, den es gab – von Pilates über Kickboxen bis hin zu Hot Yoga und Klettern –, war sie zu haben. Als pummelige Dreizehnjährige mit BHs in Cup-Größe D war Daphne neidisch auf ihre hübsche und beliebte fünfzehnjährige Schwester gewesen. Bis sie eines Nachmittags mitangehört hatte, wie Renee sich bei einer Freundin ausweinte, weil sie zu dünn war, und wie sie sich beschwerte, dass ihre jüngere Schwester einen besseren Körper hatte als sie. Das hatte Daphne so sehr berührt, dass sie all ihren Mut zusammengenommen und später am Abend mit Renee darüber geredet hatte. Die ältere Schwester hatte ihr erklärt, dass alle Mädchen ihren Körper verabscheuten und dass sie alles dafür geben würde, ihren lieben zu können. Dieses Gespräch war der Auslöser dafür gewesen, dass Daphne aufgehört hatte, sich mit anderen zu vergleichen, und begann, ihren fülligeren Körper zu akzeptieren. Gelegentlich geriet sie ins Straucheln und wünschte sich, sie hätte weniger Dellen oder Cellulite, aber meistens war sie froh, dass sie sich in ihrer eigenen Haut wohlfühlen konnte.

Bis sie sich einem Mann nackt zeigte.

Zumindest war das vor Jock der Fall gewesen. So peinlich es auch war, aber sie konnte es nicht abwarten, wieder vor ihm die Hüllen fallen zu lassen. Sie versuchte, diese Gedanken beiseitezuschieben, als sie Hadley absetzte. »Wo ist Dad?«

»Er und Sean hatten wegen des Jahrmarkts ein Treffen auf der Feuerwache«, erklärte ihre Mutter. Bis zum Jahrmarkt war es noch einige Wochen hin. Die Feuerwehr organisierte jedes Jahr einen »Dunk Tank«, der immer von Singlefrauen belagert war.

»Schade, dass ich ihn verpasst habe«, sagte Daphne. »Renee, ich wusste gar nicht, dass du hier bist.«

»Ich habe doch diese neue Kollektion für die Boutique, von der ich dir erzählt hab. Da habe ich ein paar Sachen für Mom mitgebracht. Ich wusste, dass du dir selbst etwas aussuchen willst, wenn du das nächste Mal vorbeikommst.« In Capri-Leggings und weißem Tanktop stand Renee auf, warf ihre langen kastanienbraunen Haare – die sie voller Überzeugung als aschblond bezeichnete – über die Schulter zurück und sah Daphne dabei weiterhin forschend an. »Ich bin froh, dass ich gekommen bin, denn Hadley hat uns alles über ihren neuen Freund *Doc* erzählt. Sie scheint ihn wirklich zu mögen.«

»Ich liebe meinen Dock«, sagte Hadley ganz sachlich, um sich dann auf den Hintern plumpsen zu lassen und mit ihrer Plüscheule zu spielen.

Daphnes Wangen glühten, und rasch schaute sie in eine andere Richtung, denn Renee hatte schon immer mit einem einzigen Blick gewusst, wann Daphne ihren ersten Kuss gehabt hatte, wann sie zum ersten Mal befummelt worden war und wann sie das erste Mal Sex gehabt hatte.

»Ist er Arzt?« Ihre Mutter stand ebenfalls auf und umarmte Daphne. Sie war ständig in Bewegung, doch sie wirkte nie gestresst. Mit ihren feinen Gesichtszügen, den glänzenden hellbraunen und schulterlangen Haaren und dem zarten Pony hätte sie gut in einen kitschigen Liebesfilm gepasst. »Schatz, benutzt du eine neue Feuchtigkeitscreme? Du hast so einen strahlenden Teint. Du musst mir unbedingt sagen, was du nimmst, denn meine Haut ist in diesem Sommer schrecklich trocken.«

Hinter dem Rücken ihrer Mutter musste Renee ein Lachen unterdrücken, während sie auf Daphne zeigte und die Hüften anzüglich vor- und zurückbewegte.

Daphne wandte sich ab, um ihre Verlegenheit zu verbergen. »Nein, Mom, ich habe keine neue Feuchtigkeitscreme.«

»Wirklich nicht?« Ihre Mutter drehte Daphnes Gesicht zu sich und nahm es genauer unter die Lupe. »Vielleicht hast du etwas Sonne getankt.«

»Du strahlst tatsächlich, Dee. Ist Doc auch ein neuer Freund von dir?« Renee zuckte vielsagend mit den Augenbrauen. »Hadley hat erzählt, dass er ihr die Eule geschenkt hat und dass er sehr lieb ist. Zu dir ist er bestimmt auch lieb, oder? Ganz besonders lieb?«

Omeingott! Daphne würde Hadley den Mund zukleben und Renee umbringen. »Er ist ein Freund von uns beiden«, sagte sie und ignorierte die letzte Bemerkung ihrer Schwester, während sie nervös ein paar Spielsachen wegräumte. »Er wohnt in

Bayside, und ja, er hat ihr Owly geschenkt, aber er ist kein Arzt.«

»Warum wird er dann Doc genannt?«, fragte ihre Mutter.

Renee grinste. »Vielleicht mag er Doktorspiele?«

Daphne warf ihr einen bösen Blick zu.

»Renee!«, schimpfte ihre Mutter. Sie schaute zwischen ihren Töchtern hin und her. »Was ist los mit euch beiden?« Dann stockte ihr der Atem und plötzlich strahlte sie. »Daphne? Hast du einen neuen Liebhaber?«

»Äh …« Daphne hatte das Gefühl, fast zu platzen, doch sie wusste nicht, was sie antworten sollte. Ein erstickter Laut entwich ihr, bevor sie sagte: »Vielleicht? Irgendwie? Ich glaube, aber so sicher bin ich mir nicht.«

»Oh, meine Kleine!« Die Umarmung ihrer Mutter fiel so fest aus, dass sie kaum Luft bekam. »Ich will alles hören!«

»Vielleicht besser nicht alles«, flüsterte Renee.

Flehend sah Daphne sie an.

Renee nahm ihre Hand und zog sie zum Sofa. »Okay, meine liebe Daphne, raus mit der Sprache.«

Zwischen ihrer Mutter und ihrer Schwester sitzend erzählte Daphne. »Zunächst einmal: Er heißt Jack Steele. Jock ist nur ein Spitzname, den er von dem Mann bekommen hat, um den er sich mehrere Jahre gekümmert hat, und weil Hadley kein *J* aussprechen kann, nennt sie ihn *Dock*. Er ist Schriftsteller, hat aber vor etwa zehn Jahren aufgehört zu schreiben …« Es tat ihr in der Seele weh, doch sie erzählte ihnen alles – von ihrer ersten Begegnung mit Jock und seiner Reaktion auf Hadley, von seinen erlittenen Verlusten, seinen Jahren mit Harvey, dem Hadern mit seiner schriftstellerischen Tätigkeit und seiner Suche nach sich selbst. Nur so konnten sie wirklich verstehen, wer er war und was er für sie und Hadley bereit war zu tun.

»Angesichts der Tatsache, wie er zuerst auf Hadley reagiert hat, kann ich gar nicht erklären, warum, aber er ist seit Tim der erste Mann, um den meine Gedanken ständig so kreisen. Und ihm scheint es ebenso zu gehen, seit wir uns letztes Jahr kennengelernt haben.« Sie berichtete von ihren gemeinsamen Abenden – wobei sie die unanständigen Details ausließ –, von seinen Entschuldigungsgesten, den Blumen, den Abendessen und davon, wie er versuchte, seine Ängste zu überwinden.

»Ach, mein Schatz«, sagte ihre Mutter. »Das klingt nach einem ganz besonderen Mann, der mehr durchgemacht hat, als irgendjemand jemals durchmachen sollte. Wenn er nach all dem willens ist, herauszufinden, wie er in die Zukunft gehen kann, dann sieht er wohl, wie wunderbar du und Hadley seid. Das scheint mir ein sehr kluger Mann zu sein.«

»Danke, Mom. Das ist er.«

»Wie fühlst du dich in seiner Gegenwart?«, fragte ihre Mutter.

»Er gibt mir das Gefühl …« Sie schaute zur Decke und wusste genau, dass ihre erröteten Wangen und ihr albernes Grinsen alles verrieten. Die Wahrheit platzte wie Konfetti und Luftschlangen aus ihr heraus. »Eine begehrenswerte *Frau* zu sein. Nicht nur eine Mutter, obwohl ihm auch meine Mom-Stellen gefallen.«

»Ich wette, ihm gefällt die Stelle, wo dein Baby herauskam«, flüsterte Renee so, dass nur Daphne es hören konnte.

Daphne warf ihr einen warnenden Blick zu.

»Tut mir leid, aber du weißt, dass ich es nicht so mit gefühlsduseligen Gesprächen hab.« Renee sah sie nun entschuldigend an. »Kein Wunder, dass ihr beide euch verbunden fühlt. Du bist der fürsorglichste Mensch, den ich kenne, und es klingt so, als sei er dir sehr ähnlich. Ich freue mich für dich.«

»Er ist fürsorglich und vorsichtig.« Sie hätte ihnen gern erzählt, dass er auch ihre Grenzen vorsichtig ausgetestet hatte, aber das war zu persönlich, als dass sie es hätte preisgeben können. »Ich war noch nie mit so einem Mann zusammen. Er sieht mich an, so wie Dad dich ansieht, Mom, und es fühlt sich so anders an, als es mit Tim war. Jock bemerkt Dinge an mir – Dinge, die ich vor allen zu verbergen versuche. Es ist etwas beängstigend, wenn mich jemand so deutlich sieht, aber es ist schön beängstigend. Und trotz all dem Mist, der ihm zu schaffen macht, denkt er an mich und Hadley, an das, was wir brauchen, an unser Glück. Er ist ihr gegenüber aufmerksam und beschützend, obwohl er diese Probleme hat. Ihm ist wichtig, dass sie auf keinen Fall das Gefühl hat, sie wäre für seine Reaktion verantwortlich.« Sie schaute zu Hadley, die mit ihrer Eule spielte, und erinnerte sich daran, wie ehrlich er zu ihr gewesen war und wie spontan er reagiert hatte, als ihre kleine Tochter ins Wasser gerannt war. »Ich weiß, dass ich noch nicht zu viel hineininterpretieren sollte, aber ich mag ihn sehr.«

»Ich freue mich so für dich, mein Schatz«, sagte ihre Mutter.

»Ich freue mich auch für dich«, sagte Renee. »Und ich hab ein Auge auf einen neuen Typen in meinem Fitnessstudio geworfen.«

»Wirklich? Wie ist er so?«, wollte Daphne wissen.

»Keine Ahnung. Bisher hab ich ihn nur ein paar Mal gesehen, miteinander geredet haben wir noch gar nicht. Aber wer weiß. Vielleicht finden wir beide ja unser Glück.«

»Ich sag es euch ja immer wieder«, warf ihre Mutter ein. »Beziehungen sind wie Golf. Wenn man beim ersten Mal nicht auf Anhieb einlocht, dann darf man nicht aufgeben. Manchmal muss man viele verschiedene Schläger, Winkel und Stellungen ausprobieren, es lockerer angehen lassen oder mit mehr Wucht, und vor allem muss man dranbleiben, bis man endlich das Loch findet. Und dann üben, üben, üben! Glaubt mir, wenn man den perfekten Schläger in die Finger bekommt, weiß man es sofort.«

Daphne unterdrückte ihr Lachen, aber Renee musste so sehr lachen, dass sie sich verschluckte.

»Mom!«, brachte Renee inmitten ihres Hustenanfalls heraus. »Du solltest nie wieder über Löcher reden.«

»Oje! Das hörte sich jetzt etwas seltsam an, oder?« Ihre Mutter schlug die Hand vor den Mund und hatte die Augen weit aufgerissen, während sie ebenso schnell errötete wie Daphne.

»Schon gut, Mom«, sagte Daphne, die allein bei dem Gedanken an eine Golfrunde mit Jock ganz nervös wurde. »Bei deinen Gedankengängen komme ich noch mit.«

»Wenn man deinen strahlenden Teint so betrachtet, scheinst du ziemlich oft zu kommen«, ärgerte Renee sie und brachte damit alle zum Lachen.

Als ihre Mutter ihnen beiden einen Arm um die Schultern legte, tapste Hadley zu ihnen herüber, kletterte auf Daphnes Schoß und rückte somit ihre Realität wieder in den Vordergrund. Diese Sache zwischen ihr und Jock war viel gefährlicher als eine Golfpartie. Nicht nur zwei Herzen waren betroffen, sondern drei, und ihnen allen war schon einmal wehgetan worden, auch wenn es dem kleinsten von ihnen nicht bewusst war.

Jock ging mit Daphne und Hadley – allesamt mit einer Eiswaffel in der Hand – über den Wellfleet Pier und fühlte sich unfassbar wohl. Nachdem er einen wunderbaren Morgen mit Daphne verbracht hatte, gefolgt von seinem ersten produktiven Schreibtag seit Ewigkeiten, kam er sich wie neugeboren vor. Als er sich an seinen Laptop gesetzt hatte und die Worte endlich geflossen waren, hatte es ihn vollkommen überrascht. Nicht nur, dass er zwei Kapitel geschrieben hatte, es waren sogar gute Kapitel, auch wenn er noch nicht so richtig die Story verstanden hatte, für die sie die Grundlage bildeten. Das war das Seltsame am Schreiben. Eine Idee konnte zehn weitere mit sich bringen, und die Richtung der Handlung konnte sich mit jeder ändern, bis schließlich die perfekte Idee zu mehr wurde. Jock war überglücklich gewesen, dass er überhaupt geschrieben hatte, und er wusste, wenn die Worte erst einmal strömten, war es das Beste, sie nicht aufzuhalten und sich später damit zu beschäftigen, wie sie einen Sinn ergaben.

Der Pier war bevölkert mit Familien, die den ungewöhnlich warmen Abend genossen. Teenager sausten auf Skateboards umher und Paare schlenderten den Kai entlang auf dem Weg zu Mac's Seafood, dem Pearl Restaurant, der Frying Pan Gallery und anderen kleinen Läden. Daphne hielt Hadley an der Hand, während sie in die entgegengesetzte Richtung der Menschenmenge hin zu der Bühne am Ende des Kais gingen. Die untergehende Sonne tauchte die Bay in einen romantischen Schimmer und ihre gemeinsame Zeit wurde dadurch zu etwas ganz Besonderem. Umgeben von den Booten, dem Duft des Meeres und dem vertrauten Klimpern des Metalls an den hohen Masten musste Jock an sein Zuhause denken. Es war lange her, dass er seine Gedanken in diese Richtung hatte schweifen lassen, ohne dass böse Geister sie abwehrten. Doch Daphnes Bemerkung, dass er auch kleine Schritte auf Archer zu machen sollte, hatte ihm zu denken gegeben, und er fragte sich, ob sie womöglich recht hatte. In den letzten Tagen hatten auch Levi und Joey ihn angerufen, ebenso wie Sutton, allesamt sicherlich von Jules angestachelt. Jules unternahm noch immer alles, um ihn dazu zu bringen, zur Geburtstagsparty ihrer Großmutter zu erscheinen. Das Gespräch mit Joey hatte ihn fast so weit gebracht. Die Kleine hatte ihn um den Finger gewickelt, so wie Hadley es auch gerade tat.

»Du scheinst weit weg mit deinen Gedanken zu sein.« Daphne wischte etwas Eis von Hadleys Wange. »Denkst du an das, was du heute geschrieben hast?«

»Nein, ich versuche, darüber nicht allzu sehr nachzudenken. Ich will es nicht kaputtdenken.«

»Gute Idee. Dass du heute schreiben konntest, freut mich wirklich.«

»Mich auch. Jetzt habe ich übrigens gerade an zu Hause gedacht.« Er lehnte sich an die Bühne und schaute hinaus auf die Boote, während er sein Eis aß. »Als ich jünger war, hab ich viel Zeit am Yachthafen verbracht. Wenn ich hier bin, kommen Erinnerungen auf.«

»Das hast du neulich Abend beim Essen erwähnt. Sind es schöne Erinnerungen?«, fragte Daphne.

»Ja, ich hatte eine tolle Kindheit. Wie auch nicht, mit so vielen Brüdern und Schwestern? Sie bestand aus lauter Abenteuern und wir haben unsere Eltern ständig in den Wahnsinn getrieben.«

Hadley lehnte sich neben ihn an die Bühne und ahmte seine Haltung nach, während sie an ihrem Eis leckte. Die Vorderseite ihres pinken Hoodies war mit Erdbeereis bekleckert und Owly steckte in der Bauchtasche. Jock strich ihr über den Kopf. Im Gegensatz zu gestern war es nicht mit einem Anflug von Unbehagen verbunden.

Sie schaute zu ihm auf. »Eis tausen?«

Daphne lachte. »Tut mir leid, Jock. Das machen wir manchmal. Schatz, ich glaube nicht, dass Jock dein halb gegessenes Eis haben möchte. Lass uns beide doch das Eis tauschen.«

»Ich will *günes* Eis«, sagte sie mit einem unglaublich entzückenden Gesichtsausdruck.

Überrascht stellte Jock fest, dass er bei dem Anblick ihres Schmollmundes nicht wie üblich in Panik geriet, sondern den Wunsch verspürte, sie glücklich zu machen.

»Das ist schon okay. Ich mag halb gegessenes Erdbeereis«, sagte er und tauschte mit Hadley die Waffeln. Noch nie hatte er ein so riesiges Lächeln bei so einem winzigen Wesen gesehen und es rührte ihn zutiefst.

»Danke.« Mit beiden Händen umklammerte Hadley die Waffel mit den beiden Eiskugeln und ihre Augen leuchteten. »Guck mal, Mommy!«

Und wie Mommy guckte! Sie schaute Jock an, als hätte er ihr die Sterne vom Himmel geholt. Und das war ein herrliches Gefühl. Er warf ihr eine Kusshand zu und aß das kleine Eis mit drei Bissen auf.

Kaum hatte er die Hände frei, streckte Hadley die Arme in die Höhe und schleuderte fast die Eiskugeln von der Waffel. »Hoch!«

Schnell schnappte Daphne sich das Eis ihrer Tochter und sah Jock zögernd an. Sie stand bereit, um ihn zu retten, doch nach dem gestrigen Abend und diesem Morgen war es an der Zeit, dass er anfing, sich selbst zu retten.

Er wollte Hadley auf den Arm nehmen, ihre klebrigen Wangen küssen und der Mann sein, der sie auf seinen Schultern trug. Er war absolut zuversichtlich, dass er es schaffen würde, aber der Abend war zu schön, als dass er etwas riskieren wollte, also sagte er: »Wie wär's, wenn wir uns nebeneinandersetzen?« Er hob sie hoch und setzte sie auf den Rand der Bühne, schwang sich neben sie und legte den Arm um sie, damit sie nicht herunterfallen konnte.

»Das ist doch toll«, bestärkte Daphne, als sie Hadley ihre Eiswaffel zurückgab und Jock liebevoll zulächelte, sodass er sich augenblicklich wie ein König fühlte.

Hadley leckte an ihrem Eis und strahlte ihn an. Dann legte sie eine Hand auf sein Knie, sagte: »Mein Dock«, und ließ die Hand, wo sie war, während sie ihr Eis aß.

Versonnen beobachtete Daphne die beiden. Er zwinkerte ihr zu und zog Hadley an seine Seite. Er hielt – im wahrsten Sinne des Wortes – Daphnes Herz in Händen und hatte keine Ahnung, wie er sich von den beiden hatte fernhalten können.

»Vielleicht kannst du Jock ja mit Mommy teilen«, sagte Daphne, und ihre Versonnenheit wandelte sich zu einer verführerischen Geste, als sie mit einem lockenden Funkeln in den Augen um ihre Eiskugel leckte.

Oh ja! Seine süße unschuldige Daphne hatte eine wilde Seite, und er konnte es kaum erwarten, sie weiter zu erforschen. Sie hatte den schlafenden Riesen geweckt, den Mann, der bisher nur gewusst hatte, wie man Ziele verfolgt und erobert. Jetzt wollte er sich keinen Tag ohne sie und Hadley in seinem Leben mehr vorstellen. Um sie zu verdienen – das wusste er –, musste er alle Dämonen besiegen, die der Verlust von Liam und Kayla hinterlassen hatte. Nicht nur seine Trigger besiegen, sondern auch endlich seine Beziehung zu Archer wieder zum Leben erwecken. Doch so sehr er alles mit seinem Zwillingsbruder bereinigen wollte, er wusste noch nicht genau, wie.

Als sie ihr Eis aufgegessen hatten, spazierten sie zurück zum

Resort. Hadley plapperte munter weiter über ihr leckeres Eis und darüber, dass sie beim nächsten Mal so ein *günes* Eis haben wollte wie Dock.

Während Daphne Hadley badete und sie bettfertig machte, machte Jock es sich in ihrem Wohnzimmer bequem. Er war gern dort und genoss es, ihrer abendlichen Routine zu lauschen. Hadley hatte viel zu erzählen, und Daphne schenkte ihrer Tochter ihre volle Aufmerksamkeit, indem sie jede Frage ohne Eile beantwortete. Sie lachte viel, was Jock an seine eigene Mutter erinnerte. Seine Mutter war nie nur einfach im selben Raum gewesen – sie war geistig präsent gewesen und hatte alles, was ihre Kinder sagten, aufmerksam verfolgt, auch wenn sie glaubten, dass sie gar nicht zuhörte. Jock erinnerte sich an Momente, in denen er und Archer sich leise gestritten und sich beschimpft hatten und ihre Mutter sie mit einem dieser Blicke bedacht hatte, mit denen sie ihre halbstarken Söhne augenblicklich zum Schweigen brachte. Seine Mutter wusste auch, wenn er Abstand brauchte. Wie in den letzten zehn Jahren. Doch plötzlich hatte er das Gefühl, dass die zweistündigen Telefonate, die sie alle paar Wochen führten, nicht mehr genügten.

Die Ketten seines Kerkers rasselten wieder, doch dieses Mal waren es nicht die Dämonen, die zu entkommen versuchten. Es war Jock, der einen Weg zurück zu all den Menschen suchte, die er ausgeschlossen hatte, zurück zu dem Leben, das er hinter sich gelassen hatte. Sicher, ein paar kurze Besuche stattete er seiner Familie jedes Jahr ab. Doch nachdem er Zeit mit Daphne und Hadley verbracht hatte, nahm er die Distanz stärker wahr. Und wenn er es jetzt spürte, nachdem sich der Nebel in seinem Kopf etwas gelichtet hatte, wie stark hatte seine Familie es dann die ganze Zeit über empfunden? Sie wussten nichts von Archers verletzender Erklärung, die zwischen Jock und der Insel stand.

Sie sahen nur den Sohn oder den Bruder, der sich von seiner Familie entfernt hatte.

Hadley tapste in einem gelben Pyjama über den Flur und sprang auf seinen Schoß. Sein Brustkorb zog sich zusammen und die Kehle schnürte sich ihm zu, als sie die Arme um seinen Hals schlang und ihm einen kleinen feuchten Kuss auf die Wange gab.

»Gutnacht, Dock. Hab dich lieb.«

Noch bevor er irgendwie reagieren konnte, war sie schon von seinem Schoß heruntergeklettert und zu ihrer Mutter gerannt. Mit offenem Mund starrte Daphne Jock an, der sich über den winzigen nassen Fleck auf seiner Wange rieb. »Gute Nacht, Hadley. Träum was Schönes.«

Daphnes Augen glänzten feucht.

»Nahacht!«, rief Hadley, als sie über den Flur lief. »Geschichte, Mama!«

Als Daphne Hadley in ihr Zimmer trug, sackte Jock – erfüllt von neuartigen Emotionen – ins Sofakissen zurück. Sein Herz raste, doch es war ein schönes Gefühl, eines, dem er entgegenrennen und nicht vor dem er davonrennen wollte.

Während Daphne Hadley vorlas, war ihr bereits klar, dass sie niemals diesen Moment vergessen würde, in dem ihre kleine Tochter auf den großen, kräftigen Jock geklettert war und ihm einen Gutenachtkuss gegeben hatte, als wäre es das Natürlichste auf der Welt. Innerhalb von wenigen Sekunden hatte sich auf Jocks zuerst leichenblasses Gesicht dieser Ausdruck voller herzlicher Wärme gelegt, den Erwachsene unweigerlich in der

Gegenwart von Kindern bekamen, die ihnen wichtig waren. Bis dahin hatte sie gedacht, dass Jocks Geste, sein Eis mit Hadleys zermanschter Eiswaffel zu tauschen, durch nichts übertroffen werden konnte. Doch seinen Wandel und die aufrichtige Zuneigung in seinen Augen zu sehen, ließ ihr Herz zerbersten.

Daphne las zu Ende und klappte das Buch zu. Als sie es auf den Nachttisch legte, bemerkte sie Jock, der im Türrahmen lehnte und sie mit dem gleichen warmherzigen Gesichtsausdruck beobachtete. Sie fragte sich, wie lange er wohl schon dort gestanden hatte.

»Ich bin gleich so weit«, flüsterte sie. »Ich singe ihr normalerweise noch etwas vor.«

»Keine Eile. Ist es okay, wenn ich bleibe?«

»Dock bleiben«, murmelte Hadley schläfrig und streckte die Hand aus.

Ein Schauer erfasste Daphne, als er in das Zimmer kam, um sich neben dem Bett auf den Boden zu setzen und mit dem Rücken an den Nachttisch zu lehnen.

Er nahm Hadleys Hand und drückte ihr einen Kuss darauf. »Mach die Augen zu, Prinzessin.«

Prinzessin.

Daphne hatte keine Ahnung, wie sie es schaffte, nicht zu zerfließen. Das Lächeln, mit dem ihre Tochter sich tiefer in ihre Decke kuschelte, rührte sie zutiefst. Mit einem Kloß im Hals sang sie Hadley ganz leise etwas vor. Lang brauchte die Kleine nicht, um einzuschlummern. Behutsam legte Jock ihre Hand aufs Bett, und noch während Daphne sang, sah er ihr tief in die Augen. Sie hatte das Gefühl, als würde er sie und Hadley schützend umhüllen, dabei berührte er sie nicht einmal. Doch im nächsten Atemzug richtete er sich plötzlich auf und sein Gesichtsausdruck wurde ernst. Er zog sein Handy aus der

Tasche und machte sich daran, etwas zu tippen. Sie fragte sich, was sich gerade geändert hatte. Zweifelte er an dem, was er für sie beide empfand? War ihm alles zu viel? Brauchte er einen Ausweg?

Ihre Nerven spielten verrückt.

Er tippte noch immer auf dem Handy herum, als sie das Lied zu Ende gesungen hatte, und schaute nicht auf, als sie sich vom Bett erhob. Sie berührte seine Schulter und schreckte ihn anscheinend auf. Als er zu Hadley schaute, kehrte ein abwesendes Lächeln in sein Gesicht zurück, dann nahm er Daphnes Hand und stand auf.

»Sie ist wirklich etwas ganz Besonderes.« Auf dem Weg ins Wohnzimmer hielt er sein Telefon noch immer fest umklammert in der Hand. »Du gehst wundervoll mit ihr um.«

»Danke. Aber ist alles in Ordnung? Es tut mir leid, dass sie mir entwischt ist und so auf dich zugerannt ist«, sagte sie.

»Wieso tut dir das leid?« Er wirkte verwirrt.

»Du tippst so energisch in dein Handy, als wäre etwas nicht in Ordnung.«

»Machst du Witze? Wie sie da eben zu mir gekommen und auf meinen Schoß gesprungen ist, war der zweitschönste Moment in meinem Leben.« Er steckte sein Handy weg und legte die Arme um sie. »Daph, ihr beide verändert die ganze Welt für mich. Ihr habt irgendeine Art von Wirbel in mir ausgelöst. Ich habe etwas in mein Handy getippt, weil ich eine Idee für mein Buch hatte, als ich dort saß. Das wird alles verändern, was ich bereits geschrieben habe, aber ich glaube, es ist gut. Vielleicht sogar fantastisch! Ich wollte einfach nichts davon vergessen.«

Erleichterung und Begeisterung erfassten sie. »Was stehst du dann noch hier herum? Geh und schreib, solange es noch frisch im Gedächtnis ist.«

»Wirklich?« Er zog die Augenbrauen zusammen. »Ich möchte nicht, dass du gekränkt bist.«

»Jock, seit einem Jahr wartest du auf genau das. Wie soll ich mich nach diesem gemeinsamen Morgen und deinem gefühlvollen Umgang mit Hadley gekränkt fühlen? Ich gehe nirgendwohin. Aber diese Worte in deinem Kopf vielleicht schon. Viel Ahnung habe ich nicht vom Schreiben, doch ich kann mir vorstellen, dass es so ist wie bei mir, wenn ich früher Events geplant habe. Wenn die Inspiration plötzlich kam, geriet ich immer in so einen besonderen Zustand, hab tausend Sachen gleichzeitig geschafft und konnte manchmal trotzdem nicht schnell genug arbeiten, um jede Idee festzuhalten, bevor sie mir wieder entglitt.« Sie gab ihm einen Kuss, freute sich für ihn und für sie beide. »Los, schreib eine Stunde oder auch fünf. Schreib die ganze Nacht, wenn die Inspiration anhält. Was immer auch nötig ist, saug all die Ideen auf und mach sie zu etwas Magischem.«

»Himmel, ich …« Er schwieg und die Muskeln in seinem Kiefer zuckten heftig, doch die Intensität der Emotionen in seinen Augen war so unausweichlich wie ein warmer Sommerwind. Er küsste sie energisch. »Ich bin so ein Glückspilz, weil ich dich habe.«

Sein nächster Kuss war so sinnlich, dass sie gar nicht anders konnte, als die Hände unter seinem T-Shirt auf seinen Rücken zu legen, damit sie mehr von ihm fühlte.

Er gab einen begehrenden Laut von sich und seine Muskeln spannten sich unter ihren Händen an. »Vergiss das Schreiben. Ich will jetzt nicht weg von dir.«

Ihr Herz tat einen freudigen Sprung, doch ihr Verstand meldete sich zu Wort. »Musst du aber.« Sie nahm all ihren Mut zusammen. »Außerdem weißt du ja, wo die Treppe zu meinem Schlafzimmer ist, falls dir nach dem Schreiben zum Feiern zumute ist.«

Ein Feuer loderte in seinen Augen auf, doch in der nächsten Sekunde drängte sich Sorge in den Vordergrund. »Was ist mit Hadley?«

Da war sie wieder, seine wunderbare Art, immer auch an sie zu denken »Wir müssen einfach nur leise sein.«

»Hm ...« Er hob eine Augenbraue. »Noch eine Herausforderung.«

Vierzehn

Hadley kam am Donnerstagmorgen in die Küche geflitzt, als Daphne gerade ans Fenster trat – in der Hoffnung, Jock nicht verpasst zu haben, der um diese Zeit zu seiner Joggingrunde aufbrach. Diese Woche waren sie und Hadley jeden Tag ein paar Minuten zu früh fertig gewesen, was erfrischend neu war. Eine schöne Nebenwirkung von Daphnes und Jocks Beziehung. Auch für ihn brachte das Dasein als Paar positive Veränderungen mit sich. Die Muse hatte Jock heftig geküsst. Sonntagnacht hatte er bis fast zwei Uhr morgens geschrieben, bevor er an Daphnes Schlafzimmertür aufgetaucht war, um zu feiern – und was für eine grandiose Feier es wurde! Seitdem hatte er unermüdlich geschrieben, auch wenn er sie noch nichts lesen ließ. Am Montag- und am Dienstagabend war er nach dem Abendessen herübergekommen und hatte ihr geholfen, Hadley ins Bett zu bringen. Und gestern Abend waren sie nach dem Essen noch gemeinsam zum Strand spaziert. Hadley hatte es toll gefunden und Daphne erging es nicht anders. Es war wunderbar, ein richtiges Paar zu sein, Hand in Hand zu gehen und miteinander Spaß zu haben. Jeden Abend, sobald sie sicher waren, dass Hadley tief schlief, waren sie einander in die Arme gefallen. Jedes Mal war es besser als beim letzten Mal gewesen.

Nicht nur, weil der Sex unglaublich war, sondern weil es sie noch enger zusammenbrachte. Redend lagen sie beieinander, hielten sich in den Armen und erzählten einander Geschichten und Geheimnisse. Daphne hätte eigentlich erschöpft sein müssen, doch sie fühlte sich lebendiger denn je. Und auch verführerischer und verwegener. Er weckte in ihr den Wunsch, ihre Sexualität mit ihm zu erkunden, und er machte es ihr leicht, indem er ihr Sicherheit vermittelte und ihr nicht nur das Gefühl gab, begehrenswert, sondern auch wertgeschätzt zu sein. Mittlerweile fragte sie sich, wie sie je den Eindruck hatte haben können, von Tim geliebt zu werden. Jock war so viel liebevoller und aufmerksamer und er interessierte sich tatsächlich für jeden Aspekt ihres Lebens und ihrer Gefühle.

Draußen entdeckte sie jetzt Rick, der auf Jocks Cottage zuging, und rief nach Hadley: »Wir gehen, Had!«

Hadley kam mit einem Apfel in der Hand aus der Küche. »Fühstück für Dock.«

Daphne brachte es nicht übers Herz, ihr zu sagen, dass er ihn beim Joggen kaum essen konnte. Sie machte sich ein wenig Sorgen, dass Hadley ihn zu lieb gewinnen würde, falls es am Ende nicht zwischen ihnen funktionieren würde. Doch Hadley hatte in den letzten Tagen mehr gelächelt und nicht nur in seiner Gegenwart. Der Übergang von der Kita zur Vorschule war reibungslos vonstattengegangen, wie Daphne es gehofft hatte. Vielleicht lag es an der Vorschule oder es war nur Zufall, dass sie und Jock so gut miteinander auskamen. Doch Daphne hatte bemerkt, dass sie und Hadley auch ein neues Strahlen in Jocks Augen gezaubert hatten. Wie sich herausstellte, wusste Jock ziemlich genau, wie man kleine Schritte machte. Den großen Sprung, Hadley auf den Arm zu nehmen, hatte er noch nicht gemacht, aber mit jedem Tag kamen er und Hadley sich ein wenig näher.

»Nimm Owly mit und lass uns zum Frühstück zu den Mädels gehen.«

»Erst Dock Fühstück«, erwiderte Hadley beharrlich und nahm die Plüscheule vom Sofatisch.

»Natürlich.« Daphne warf sich Hadleys Rucksack und ihre eigene Tasche über die Schulter und gemeinsam gingen sie hinaus.

»Snell, Mommy!«, drängte Hadley, als Daphne die Tür abschloss.

»Sehr gern, meine Dame«, scherzte Daphne. »Auf geht's.«

Hadley rutschte auf dem Popo die Treppe hinunter und trällerte dabei ihr übliches *Rabummrabummrabumm* vor sich hin. Kaum war die Eingangstür offen, eilte Hadley auch schon die letzten paar Stufen hinunter und rannte zu Jock, Rick, Jett und Dean, die sich vor Jocks Cottage unterhielten. »Dock!«

Daphne verstaute ihre Sachen im Auto und folgte ihrer Tochter zu dem Mann, der ihre Welt zum Beben brachte – sowohl im Schlafzimmer als auch außerhalb. Jock hockte sich mit einem aufrichtigen Lächeln auf den Rasen, als Hadley in ihn hineinstürmte, ihn ungestüm umarmte und ihm den Apfel präsentierte. In Daphne stieg Bewunderung auf und dazu noch etwas viel Größeres, das sie nicht einmal zu benennen versuchte.

Jett sah Daphne fragend an. »Das ist neu.«

Rick schien ebenso verwirrt zu sein, doch Dean grinste nur. Daphne fragte sich, was dieses Grinsen zu bedeuten hatte. Sie hatte Chloe von ihrer und Jocks Beziehung erzählt, aber sie hatte ihr das Versprechen abgenommen, nichts zu verraten, bis sie und Jock so weit waren, es selbst allen zu erzählen. Doch sie waren so miteinander beschäftigt gewesen, dass sie noch keinen Gedanken daran verschwendet hatten, wann sie es ihren

Freunden sagen wollten. Und nun hätte sie schwören können, dass die Sonne wie ein Scheinwerferlicht auf sie gerichtet war.

Auf ihrer Augenbraue bildete sich ein Schweißtropfen, als Jock aufstand und beschützend die Hand auf Hadleys Schulter legte. Er hielt Jetts Blick stand. »Ja, wir arbeiten daran.«

»Gibt es sonst noch etwas, an dem du arbeitest?«, fragte Rick, der Jock aufmerksam beobachtete.

Dean stellte sich neben Rick. »Das geht dich nichts an.«

Der Blick, den Jock und Dean austauschten, ließ in Daphne die Frage aufkommen, ob er Dean schon von ihnen erzählt hatte. Doch Jock schaute sie an, suchte ihre Zustimmung mit diesem Ausdruck, den sie schon so gut kannte. Sie nickte und war gerührt, dass er ihr die Gelegenheit gegeben hatte, noch abzuwarten.

»Um ehrlich zu sein, lautet die Antwort darauf Ja«, sagte Jock. »Das tun wir.«

Jett und Rick sahen Daphne an, und sie spürte, dass ihre Wangen glühten. Würde sie jemals aufhören, rot zu werden, oder war sie dazu bestimmt, wie ihre Mutter ständig zu erröten?

»Verdammt, Mann!« Jett schlug Jock auf den Rücken. »Großartige ...«

»Dock nich slagen!«, empörte sich Hadley und sah Jett finster an. Alle lachten.

Jett hob die Hände. »Tut mir leid, Had. Das war lieb gemeint. Ich mag Jock.«

Hadley schlang die Arme um Jocks Bein. »Mein Dock.«

Kurz sorgte Daphne sich, weil Hadley sich an sein Bein klammerte, doch Jock sah mit etwas auf sie hinunter, das aussah wie Stolz. Jede Sorge war wie weggeblasen. Sie konnte nur staunen, wie weit er es bereits gebracht hatte.

»Wie es aussieht, wurde Onkel Jetty ersetzt«, scherzte Rick.

Während die Männer sich gegenseitig auf den Arm nahmen, gab Jock Daphne einen Kuss. »Hallo, meine Schöne. Damit haben wir uns wohl geoutet. Sollen wir zusammen Mittag essen?«

Sie nickte. »Das wäre schön.«

»Ich komme gegen zwölf mit Sandwiches vorbei«, bot er an.

»Hab Hunga, Mommy.« Hadley zog Daphne an der Hand weiter und rief: »Tüss, Dock!«

Sie gingen hinüber zum Summer House, wo Emery, Desiree, Chloe, Tegan und Harper bei Waffeln und Beeren in ein Gespräch vertieft waren. Cosmos sprang unter dem Tisch hervor und Hadley tapste direkt auf den Stubenwagen von Aaron zu.

»Aaron slafen, Dese?«, flüsterte Hadley, während Cosmos an ihren Beinen schnüffelte.

»Ja, er ist heute sehr müde«, antwortete Desiree. »Er war in der letzten Nacht oft wach.«

»Vosichtig küssen?«, fragte Hadley.

»Vielleicht wartest du damit lieber, bis er wach ist«, schlug Daphne vor. »Willst du etwas essen oder erst mit Cosmos spielen?«

»Spielen!« Hadley rannte mit Cosmos im Gefolge über den Rasen.

Harper schob ihre rote Sonnenbrille hoch. »Ich will fünf kleine Mädchen haben, die genau so sind wie sie.« Sie stand auf und umarmte Daphne, wobei sie in ihren kurzen Jeansshorts und dem knallbunten Batikshirt unglaublich süß aussah. Auf der linken Seite hatte sie einen dünnen Zopf in ihre langen blonden Haare geflochten. »Du strahlst richtig, Daphne. Was auch immer du anders machst, bleib dabei.«

»Danke.« Ich bin auf der Jede-Nacht-heißer-Sex-Diät.

Daphne setzte sich und alle Blicke waren auf sie gerichtet. Mit zusammengezogenen Augenbrauen schaute sie zu Chloe. »Du hast versprochen, dass du nichts erzählst.«

»Du brauchst mich gar nicht so anzugucken«, sagte Chloe. »Ich bin nicht diejenige, die Jock gerade auf offener Straße geküsst hat.«

»Das habt ihr gesehen?«, fragte Daphne.

Alle nickten und plapperten freudig lächelnd durcheinander.

»Scheint, als hätte ich zu viele Frühstückstreffen verpasst«, sagte Harper. »Seit wann läuft da was zwischen dir und Jock? Warum hat mir das niemand erzählt?«

»Wir wussten es nicht«, sagte Tegan. »Aber das erklärt, warum er plötzlich seine Muse gefunden hat.«

»Wie lange treibt ihr es schon miteinander?« Damit brachte Emery Daphnes Wangen gleich wieder zum Glühen. »Dean hat gestern Abend gesehen, wie Jock gegen elf die Hintertreppe zu deinem Schlafzimmer hochgegangen ist. Ich wusste doch, dass da was läuft!«

»Dean hat ihn gesehen?«, fragte Daphne bestürzt. »Jetzt ergibt sein vielsagendes Grinsen auch einen Sinn.«

Emery lachte. »Keine Sorge. Er freut sich für euch. Laut ihm bist du total verträumt im Büro herumgeschwebt, seit wir euch beide beim Scrabble überrascht haben. Was ich übrigens immer noch für eine verdeckte heiße Rummach-Session halte.«

»Das war es aber nicht!«, protestierte Daphne kichernd.

»Nichts verraten zu dürfen, hat mich fast umgebracht«, erklärte Chloe verzweifelt.

»Du wusstest Bescheid?«, fragte Desiree.

Chloe steckte sich eine Blaubeere in den Mund. »Daph hat mir am Sonntag einen Hilferuf mit einem Auberginen- und einem Pfirsich-Emoji geschickt.«

Emery und Tegan sahen sie entgeistert an.

»Nein!« Tegan schlug sich die Hand vor den Mund. »Ich hatte keine Ahnung, dass Jock so unanständig sein kann.«

»Vielen Dank, Chloe«, sagte Daphne sarkastisch. »Und ich hatte keine Ahnung, dass ein Pfirsich *Hintern* bedeutet.« Leiser sprach sie weiter: »Ich dachte, es heißt so was wie samtweich oder so.«

Alle lachten lauthals – außer Daphne und Desiree.

»Ihr hättet mich mal sehen sollen, als ich die Nachricht bekommen hab«, sagte Chloe, die vor Lachen kaum Luft bekam. »Ich war so: *Was? Das hast du gleich schon mit ihm angestellt? Du bist ja richtig unanständig drauf.*«

Daphne schlug die Hände vors Gesicht.

»Jetzt bin ich echt verwirrt«, sagte Desiree. »Pfirsich bedeutet Hintern? Das versteh ich n…« Sie riss die Augen auf, dann den Mund und ihre Wangen wurden rot. »Du meine Güte! Oh nein! Leute, ich hab neulich Violet eine Nachricht geschrieben, dass Rick meinen Pfirsichkuchen gemocht hat, und ich hab das Pfirsich-Emoji benutzt! Kein Wunder, dass sie mit dem erstaunten Emoji und den Flammen geantwortet hat.«

Wieder prusteten alle los.

»Das ist ja noch schlimmer als bei mir.« Daphne füllte Teller für sich und Hadley.

»Aber Daphne hat Chloe die Aubergine geschickt, und wir wissen alle, was das bedeutet«, sagte Harper. »Unsere süße Daphne kommt in den Genuss von ein klein wenig Matratzensport.«

»Hör auf!«, flüsterte Daphne, konnte es sich jedoch nicht verkneifen und fügte hinzu: »Bei dem Matratzensport ist absolut nichts Kleines dabei.« Wieder brachen alle in schallendes

Gelächter aus.

»Ich will alles wissen«, sagte Tegan. »Ich hab dir ja gesagt, dass er es wert ist, Geduld zu haben.«

Daphne behielt Hadley im Auge, die mit Cosmos auf dem Rasen spielte, während sie ihre Freundinnen auf den aktuellen Stand brachte, was Jock betraf. Zur großen Enttäuschung der Freundinnen gab sie keine Details aus ihrem unglaublich heißen Liebesleben preis, aber sie erzählte ihnen von ihren Ausflügen und den romantischen Dingen, die er gesagt und getan hatte. »So glücklich war ich noch nie. Ich weiß, es ist Jahre her, dass ich einen Mann auch nur geküsst habe. Aber Jock zu küssen, ist himmlisch. Besser sogar noch als die erotischen, sinnlichen Küsse in unseren Liebesromanen. Ich könnte ihn tagelang küssen.«

»Es gibt doch nichts Schöneres als einen Mann, der mit seinem Mund umzugehen weiß«, meinte Emery augenzwinkernd.

»Ich weiß, dass das alles schnell geht, und er hat mit Hadley noch einen langen Weg vor sich, aber es fühlt sich einfach so richtig an.«

Chloe winkte ab. »Schnell? Du und Jock habt euch schon vor einem Jahr ineinander verguckt, und ich wette, wenn er nicht diese Probleme mit Kindern hätte, wärt ihr damals schon zusammengekommen.«

»Das sehe ich genauso«, stimmte Tegan zu.

Daphne dachte an Gavins Geburtstagsparty zurück, und tief in ihrem Herzen wusste sie, dass sie recht hatten. Allmählich glaubte sie tatsächlich, dass sie füreinander bestimmt waren.

»Wisst ihr noch, wie er auf meiner Hochzeit immer wieder zu Daphne geschaut hat?«, fragte Harper. »Ich war mir sicher, er würde dich zum Tanzen auffordern.«

»Keine Ahnung, aber ich erinnere mich noch, dass ich an dem Abend ständig zu ihm rübergeschaut habe. Er sieht immer heiß aus, aber in diesem Anzug? Puh ...« Daphne wedelte mit der Hand vor ihrem Gesicht herum. »Bei dem Mann prickelt es mir am ganzen Körper. Und nicht nur das! Er hat mir auch geholfen, Hadley ins Bett zu bringen, was angesichts seiner Probleme mit Kindern schon ein Riesending ist.« Leiser sprach sie weiter. »Aber mir war nie bewusst, dass das ein Aphrodisiakum sein kann. Wenn ich mitansehe, wie seine Gefühle für meine Tochter wachsen, verliebe ich mich nur noch mehr in ihn. Ich bin gestern sogar losgezogen und hab mir sexy Unterwäsche gekauft, bevor ich Hadley abgeholt habe.«

»Alle Achtung, Mädel!«, sagte Chloe. »Von der Unterwäsche hast du mir gar nichts erzählt.«

»Das war eine spontane Entscheidung. Ich empfinde für ihn so viel mehr, als ich je für Tim empfunden hab. Was sagt das über mich? Etwas Schlechtes?«

»Es bedeutet, dass du einen guten Geschmack hast«, sagte Emery.

»Du warst ein Teenager, als du Tim kennengelernt hast, oder? Da warst du zu jung, um den Unterschied zwischen Schwärmerei und etwas Tieferem zu erkennen«, versicherte Desiree ihr. »Und jetzt bist du Mutter. Wir wissen beide, dass das Mutterdasein alles verändert.«

»Ich sehe eindeutig einiges heute anders«, stimmte Daphne zu.

»Wir sollten auch nicht vergessen, dass Tim ein Arschloch war«, warf Chloe ein. »Außerdem war er auch Anfang zwanzig. Er war – im Gegensatz zu Jock – kein Mann.«

»Und Jock hatte kein leichtes Leben«, fügte Tegan hinzu. »Kein Vergleich zu den meisten Männern in seinem Alter.«

»Das stimmt wahrscheinlich«, sagte Daphne. »Es gibt so viel zu bedenken, und wenn wir zusammen sind, will ich eigentlich gar nicht denken. Aber wir versuchen, Hadley gerecht zu werden, und deshalb geht Jock auch jeden Morgen, bevor Hadley aufsteht. Das ist allerdings schrecklich. Letzte Nacht haben wir den Wecker auf vier Uhr gestellt, damit wir zumindest einen Teil der Nacht in den Armen des anderen schlafen konnten. Es war wunderbar, gemeinsam einschlafen zu können, nachdem wir … ihr wisst schon … und keine Eile zu verspüren. Ich sage ja nicht, dass ich ihn bis zum Morgen bleiben lassen würde. Das wäre für Hadley noch zu früh, doch ich wünsche es mir so sehr. Ich war schon so lange nicht mehr in einer Beziehung, dass ich nicht mehr sicher bin, was normal ist und was nicht. Ist es seltsam, dass ich mir wünsche, er könnte die ganze Nacht bleiben, auch wenn ich weiß, dass es nicht geht?«

Die Frauen sahen sich wissend an und sagten einstimmig: »Nein.«

»Das war nur eines von den Dingen, an denen ich erkannt habe, dass Dean der Mann für mich war. Ich wollte die ganze Zeit mit ihm zusammen sein«, sagte Emery.

»So wie bei mir und Justin«, bestätigte Chloe.

Tegan hob die Hand. »Und bei mir und Jett.«

»Ihr wisst, dass es bei mir und Gavin ebenso war«, erklärte auch Harper. »Ich verpasse noch immer ständig unser Frühstück, weil wir nicht aus dem Bett raus wollen.«

»Das war auch bei mir und Rick so«, sagte Desiree. »Aber als Mutter verstehe ich deine Sorge, Daphne.«

Daphne stand auf, um Hadley auf ihrem Weg zum Tisch abzufangen. »Ich bin mir ziemlich sicher, dass er das Gleiche empfindet.« Sie dachte daran, wie sie fast zwanzig Minuten gebraucht hatten, um sich in den frühen Morgenstunden endlich voneinander zu verabschieden, und wie Jock mit einem tiefen Blick in ihre Augen gesagt hatte: *Wie kommt es, dass ich dich schon vermisse, obwohl ich noch nicht einmal gegangen bin?* Sie nahm ihre kichernde Tochter auf den Arm. »Eigentlich weiß ich, dass er das Gleiche empfindet, aber wie gesagt, ich habe eine kleine freche Maus, an die ich denken muss.«

»Ich bin freche Maus«, sagte Hadley.

»Ganz genau.« *Und ich würde es gar nicht anders wollen.*

Nach seiner Joggingrunde verbrachte Jock den Vormittag damit, über einen literarischen Pfad zu wandeln, den er noch immer zu verstehen versuchte. Die Geschichte, die er am Wochenende begonnen hatte, handelte von einem Serienmörder, der Frauen in einem kleinen Südstaaten-Ort nachstellte. Der Bösewicht quälte seine Opfer wochenlang im Keller eines alten Anwesens, wo er die vollkommen verzweifelten Frauen gefangen hielt. Doch im Laufe der nächsten Tage, in denen Jock sich darauf konzentriert hatte, die Persönlichkeiten und Hintergrundgeschichten seiner Figuren auszuarbeiten, hatte er gegenüber der Heldin einen immer größer werdenden Beschützerinstinkt verspürt. Immer, wenn er versuchte, dem Bösewicht eine Möglichkeit zu verschaffen, sein Opfer zu erwischen, ertappte er sich dabei, wie er Mittel und Wege fand, dank derer die Heldin der Gefangennahme entging. Die Entwicklung der Handlung wurde so jedoch nahezu unmöglich. Aber die Worte strömten und strömten, und auch wenn sie ihn nicht in die Richtung führten, die er vorgesehen hatte, baute er eine Welt mit komplexen Figuren auf, die sich mit realen Problemen auseinanderzusetzen hatten, und es war wunderbar. In ihm hatte sich eindeutig etwas verändert. Er bemerkte, dass er dem Ermittler, der den Bösewicht jagte, viel mehr Tiefe und Handlung gab als dem Bösewicht selbst. Sein Ermittler war scharfsinnig, bekam mehr Möglichkeiten und entwickelte unerwartete Emotionen. Er hatte versucht, mehr düstere Atmosphäre in den Text zu zwängen, doch es war, als kämpfe er gegen eine heftige Strömung an.

Zunächst hatte er gedacht, dass er einfach nur so vernarrt in Daphne war, dass sie all seine Gedanken eingenommen hatte. Auch wenn das zutraf, beeinträchtigte das jedoch nicht sein Schreiben. Im Gegenteil, sie hatte den Schriftsteller in ihm aus der Dunkelheit herausgelockt, indem sie dafür gesorgt hatte, dass er wieder fühlte, und diese Gefühle machten seinen Text stärker, die Geschichte tiefsinniger und bedeutungsvoller. Sie und Hadley brachten das Schöne in sein Leben, und nachdem er genug Grauen und Schmerz für drei Leben durchgemacht hatte, wollte er niemandem mehr Qualen auferlegen, nicht einmal seinen fiktionalen Figuren. Er wollte auch gar keine finsteren Gedanken denken. Nicht, wenn er mit einer Frau sein Leben teilen konnte, die so voller Sonnenschein und Optimismus war.

Mittags besorgte er Sandwiches und freute sich darauf, Daphne zu sehen, doch als er auf das Resort-Gelände einbog, entdeckte er entsetzt, dass der knallgelbe Jeep seiner Schwester vor dem Büro stand. Das Emblem des Geschenkeladens *Happy End* prangte auf der Seite des Wagens. Der Name ihres Ladens gefiel ihm nicht, denn die dämlich anzüglichen Witze, zu denen sich manche Männer hinreißen ließen, waren ihm ein Dorn im Auge. Doch Jules war nicht nur eine der quirligsten Frauen, die er kannte, sondern auch eine der dickköpfigsten. Und ihrer

Ansicht nach war der Name absolut passend, weil sich ihr Laden am Ende der Main Street befand und die Leute glücklich machte.

Jock schnappte sich die Tüte mit dem Mittagessen und machte sich auf den Weg zum Büro. Was um Himmels willen hatte sie überhaupt hier zu suchen? Schon auf den Stufen zur Veranda hörte er Jules' Stimme.

»Ich verstehe, dass Sie *normalerweise* die Nummer von den Cottages der Gäste nicht herausgeben, aber ich bin seine Schwester! Können Sie nicht nur dieses eine Mal eine Ausnahme machen?«

»Ich wünschte, das könnte ich«, sagte Daphne höflich. »Aber sie wären überrascht, wenn ich Ihnen erzählen würde, wie viele Leute es mit der Schwester- oder Brudermasche versuchen. Können Sie ihn nicht einfach anrufen? Ihn wissen lassen, dass Sie hier sind?«

»Wenn Sie meinen Bruder kennen würden, würden Sie das nicht fragen. Er ist so was von einem Einsiedler, er würde einfach nur behaupten, dass er keine Zeit hätte. Obwohl ...« Mit einem lockeren Tonfall fuhr sie fort: »Er sieht gut aus und ist Single. Ich wette, Sie könnten ihn aus seiner Höhle locken ...«

Jock öffnete die Fliegengittertür, bevor Jules ihn weiter anpreisen konnte wie ein Stück Fleisch, und beide Frauen schauten zu ihm herüber. Daphne schien sich zu amüsieren und zeigte ihr strahlendes Lächeln, während Jules in ihren Shorts und dem bestickten Top so aussah, als käme sie geradewegs von einem College-Campus. Die Haare fielen ihr offen in goldbraunen Locken über den Rücken, wobei sie die Deckhaare auf dem Kopf zusammengefasst hatte. Diese *Springbrunnen-Frisur* war schon als Kind ihr Markenzeichen gewesen und statt ihrer fünfundzwanzig wirkte sie dadurch eher wie ein neunzehn Jahre altes Mädchen.

»Jack!« Jules warf sich mit ihrer zierlichen, energiegeladenen Gestalt in seine Arme.

»Hallo, Jules.« Er zwinkerte Daphne zu, als er seine Schwester umarmte. »Was machst du denn hier?«

»Ich hab bei einem Künstler hier aus der Gegend ein paar Sachen für meinen Laden abgeholt, und da dachte ich, ich komm mal vorbei, schau mir deine neue Bude an und führe dich zum Essen aus.« Jules zeigte auf Daphne. »Aber diese entzückende Dame, *die vielleicht zufällig auch Single ist*, führt ein strenges Regiment.« Die Single-Bemerkung hatte sie geflüstert.

»Sie heißt Daphne«, sagte er und nahm ihr den Grund für den Besuch keine Sekunde ab.

»Tja, also, Daphne wollte mir die Nummer deines Cottages nicht verraten.«

»Tut mir leid«, sagte Daphne. »Das ist unsere Firmenpolitik. Jock und ich sind befreundet. Ich würde keinesfalls versuchen, dich von ihm fernzuhalten.«

Mit neugierig funkelnden Augen sah Jules zwischen den beiden hin und her. »Wie gut seid ihr *befreundet?* Denn ich könnte wirklich etwas Unterstützung dabei gebrauchen, ihn davon zu überzeugen, dass er übernächstes Wochenende zum Geburtstag unserer Großmutter kommt.«

»Jules!«, warnte Jock sie. »Ich wusste doch, dass es einen Grund für deinen Besuch gibt.«

Jules hob die Hände. »Natürlich gibt es einen Grund. Wenn du nicht so dickköpfig wärst, könnte ich dich einfach mal so aus Spaß besuchen. Aber um dich nach Hause zu locken, muss ja erst ein Wunder geschehen, dabei hat Grandma vielleicht nicht mehr viele Geburtstage zu feiern.« Sie schniefte, und Tränen traten ihr in die Augen – als würde er ihr abkaufen, dass sie gleich losweinen würde. »Hast du eine Ahnung, wie unerträglich es für uns alle ist, dich nicht zu sehen? Du fehlst mir, Jackie!«

Daphnes Blick wurde mitfühlend und flehend sah sie ihn an.

»Kauf ihr diese Vorstellung nicht ab, Daph.« Er stellte die Papiertüte mit dem Mittagessen auf Daphnes Schreibtisch. »Jules wurde auf der Highschool zur besten Schauspielerin gekürt.«

Jules hüpfte auf und ab. »Das stimmt! Ich war ziemlich glaubwürdig, oder, Daphne?«

»Und wie«, bestätigte sie. »Ich hab deine Tränen für echt gehalten.«

Jock schüttelte den Kopf. »Wir haben schon genug von Daphnes Zeit in Anspruch genommen.«

»Augenblick noch. Daphne, bist du Single?« Jules packte Jock am Arm. »Denn unter der Dickköpfigkeit meines Bruders steckt ein großartiger Kerl und er ist total Single.«

»Ich bin kein Single, Jules.« Jock löste sich aus ihrem Griff und nahm Daphnes Hand, woraufhin sie leicht errötete.

»Ihr beide seid ein Paar? Yippieh!« Jules klatschte begeistert. »Kein Wunder, dass du gestern Abend meinen Anruf nicht angenommen hast. Bring sie mit zur Geburtstagsparty! Das wird dir gefallen, Daphne. Wir packen alle mit an, um auf dem Weingut alles vorzubereiten, und dann spielen wir Football, natürlich nur die sanftere Variante Touch Football, da darf man sich nur berühren, nicht umwerfen. Das ist Tradition in der Steele-Familie. Alle putzen sich für die Party richtig heraus, und unsere engsten Freunde sowie die *BH-Brigade* meiner Großmutter kommen, um schick zu essen und zu tanzen.«

»Das klingt wunderbar, aber was ist eine *BH-Brigade?*«, fragte Daphne.

»Du würdest es mir nicht glauben, wenn ich es dir erzählen würde. Sagen wir einfach, meine Großmutter und ihre Freundinnen haben eine wildere Seite als ich«, sagte Jules kichernd. »Ich hoffe, dass du kommst. Das Fest dauert den ganzen Tag …«

Während seine Schwester weiter erklärte, was am Nachmittag und auf der Party am Abend stattfinden würde, flüsterte Jock Daphne ins Ohr: »Ich hab dir dein Lieblingssandwich vom Sundial Café mitgebracht.«

»Wolltet ihr beide zusammen mittagessen?«, fragte Jules. Er hatte vergessen, dass sie ein übermenschliches Gehör hatte. »Tut mir leid. Ich wollte euch nicht euer Date vermasseln.«

»Schon gut«, sagte Daphne. »Ihr beide solltet miteinander etwas essen gehen und quatschen. Ich hab sowieso noch jede Menge Arbeit für meinen Buchclub auf dem Zettel.«

»Du bist in einem Buchclub? Das ist ja toll! Ich würde gern mehr darüber erfahren.« Flüsternd ergänzte sie: »Auf der Party.«

»Daph, ist es in Ordnung, wenn ich sie von hier fortschaffe und dich heute Abend für unser verpasstes Mittagessen entschädige?«

»Natürlich«, sagte Daphne.

»Ihr beide seid so süß zusammen.« Jules eilte zu Daphne. »Ich umarme immer alle«, sagte sie und schlang die Arme um Daphne.

Jock gab Daphne einen Kuss, bevor er Jules am Arm nahm. »Komm, lass uns gehen, du Neugiernase.«

»War schön, dich kennenzulernen«, sagte Daphne, als Jock Jules schon Richtung Tür zog.

Jules schaute über die Schulter zurück. »Bitte, überzeug du ihn! Du würdest unsere Familie lieben und ich will alles über deinen Buchclub erfahren.«

Jock ging mit ihr die Stufen hinunter zu seinem Wagen, und als er die Beifahrertür öffnete, sagte er: »Du glaubst doch nicht im Ernst, dass ein Aufeinandertreffen von mir und Archer ein überzeugendes Argument für sie sein könnte, oder?«

»Ich mag sie. Warum hast du mir nicht erzählt, dass du eine Freundin hast?«

»Musst du das wirklich fragen?« Er ging auf die Fahrerseite, und nachdem sie beide Platz genommen hatten, sagte er: »Und erzähl zu Hause bloß nichts von mir und Daphne, okay? Ich fange gerade erst wieder an zu schreiben, und das Letzte, was ich gebrauchen kann, sind dauernde Anrufe zu meinem Privatleben.«

»Du schreibst wieder?«, fragte sie, als sie vom Parkplatz fuhren. »Das sind ja mal Neuigkeiten! Du kommst im Schlafzimmer *und* am Computer in Fahrt.«

Er sah aus dem Augenwinkel zu ihr hinüber. »Und das muss ich mir von meiner kleinen Schwester anhören.«

»Ich freue mich für dich, Jack. Dass du dich all die Jahre abgeschottet hast und dann sonst wohin reist, hat mir Sorgen gemacht. Du hättest nach Hause kommen können, oder?«

»Ich bin nach Hause gekommen, und nur der Vollständigkeit halber: Ich habe dich mehrmals angerufen, während ich gereist bin.« Er versuchte immer, mit ihr in Kontakt zu bleiben. Sie hatte eine Krebserkrankung überstanden, aber Krebs war ein hinterhältiger Schurke, und er würde sich immer Sorgen machen, dass die Krankheit zurückkam.

Er fuhr durch Wellfleet bis zum Flying Fish Café, in dem Jules' Lieblingspizzen und -sandwiches serviert wurden. Es lag in einer Seitenstraße, wo sie draußen sitzen und sich ungestört unterhalten konnten.

»Nach einer Hochzeit für zwanzig Minuten bei Mom und Dad vorbeizuschauen, kann man wohl kaum als *nach Hause kommen* bezeichnen«, sagte sie. »Ich will alles über Daphne erfahren. Sie ist wirklich hübsch, und als du sie geküsst hast, ist sie rot geworden! Seit der Highschool habe ich kein Mädchen mehr gesehen, das rot geworden ist. Sie scheint richtig nett zu sein.«

Er parkte vor dem Café. »Das ist sie auch, und sie muss nicht mit dem Albtraum von mir und Archer belastet werden, in Ordnung?«

Jules verdrehte die Augen und stieg gleichzeitig mit ihm aus. »Weiß sie davon?«

»Ja.« Auf der Terrasse bestellte er schon mal zwei Eistees, mit denen sie sich anschließend an einen Tisch unter einem Baum setzten.

»Wirklich? Von dem Unfall und allem?«

Er nickte und schaute auf die Speisekarte.

»Du magst sie wirklich, oder?«

»Ja, sehr.«

Jules legte ihre Speisekarte weg und trommelte mit den Fingern auf den Tisch. »Dann erzähl mir von ihr.«

»Jules, können wir das Thema wechseln? Ich hab keine Lust darauf, das Gesprächsthema der Insel zu werden.«

»Ich bin doch keine Klatschtante.« Sie lehnte sich zurück und verschränkte die Arme mit finsterem Blick.

Er grinste sie schief an. »Wenn ich mich recht erinnere, hast du mich und Archer einige Male in Schwierigkeiten gebracht.«

»Da war ich noch ein Kind«, entgegnete sie.

Er legte seine Speisekarte ab. »Ich habe einen Anruf von

Levi und Joey bekommen und letztes Wochenende einen von Sutton. Sagt dir das irgendetwas?«

»Das war etwas anderes! Ich kann nicht die ganze Schwerstarbeit für die Familie allein leisten.« Sie rührte mit dem Strohhalm in ihrem Eistee herum. »Jetzt komm schon, Jackie! Bitte! Ich verspreche auch, niemandem etwas zu erzählen.« Sie hob die Hand wie zu einem Schwur.

Jules am Telefon zu widerstehen, war die eine Sache, aber er hatte es noch nie geschafft, ihr etwas abzuschlagen, wenn sie beieinander waren, denn er würde in ihr immer die kleine Schwester in einem Krankenhausbett sehen. »Also gut. Lass mich nur erst unsere Bestellung aufgeben«, gab er nach. »A und S?« Pizza mit Ananas und Salami war schon immer ihr Lieblingsessen gewesen.

Sie strahlte. »Und ob!«

Er ging ans Bestellfenster und verschaffte sich so ein paar Minuten, um zu überlegen, wie viel er von Daphnes und seiner Beziehung preisgeben sollte. Allein der Gedanke an Daphne löste in ihm den Wunsch aus, Jules alles über sie zu erzählen. Aber er wusste, dass sie unzählige Fragen haben würde, wenn sie von Hadley erfuhr, und damit wollte er sich im Moment nicht herumschlagen. Er beschloss, Hadley nicht zu erwähnen. Seine Entscheidung war mit einer guten Portion schlechtem Gewissen verbunden, doch im Moment hörte er lieber auf seine Stimme der Vernunft.

»Wie lange seid ihr schon zusammen?«, fragte Jules, als er sich wieder setzte.

»Wir haben uns letztes Jahr auf einem Fest kennengelernt. Es kommt mir so vor, als seien wir schon seit Monaten zusammen, aber in Wahrheit ist es noch gar nicht lange.« Er nahm einen Schluck von seinem Eistee und dachte daran, wie viel sich verändert hatte, seit sie zusammen waren.

Jules klopfte mit den Fingernägeln auf den Tisch. »Sie hat dir wirklich so richtig den Kopf verdreht, oder?«

»Kann man wohl sagen. Aber wahrscheinlich ist es zutreffender, dass sie ihn mir wieder geradegerückt hat. Sie hat mich vollkommen überrascht. Ich habe mich noch nie zu jemandem so hingezogen gefühlt wie zu ihr.«

»Mein Bruder, der Meister der One-Night-Stands, wird also gezähmt?«

Jock schüttelte den Kopf. »Du kennst mich doch besser.«

»Niemand kennt dich noch so richtig, Jack. Ich erinnere mich an dich als einen großspurigen Kerl, den alle Frauen angehimmelt haben, als du noch zu Hause gewohnt hast, aber ich habe keine Ahnung, ob du jetzt ein Meister der One-Night-Stands oder sonst was bist. Ich weiß nur das, was du mir erzählst, und das kann ich im Schlaf aufsagen: *Dir geht es gut, du versuchst zu schreiben, du kommst nicht nach Hause.* Also bitte erzähl mir, wer du bist, denn ich will es wissen.«

Bei dem flehenden Tonfall in ihrer Stimme ballten sich alle möglichen Emotionen in ihm zusammen. Hatte er sich wirklich so abgeschottet? »Ich bin kein Arschloch, Jules. Früher war ich großspurig, da hast du recht. Aber ich war nie der Typ für One-Night-Stands, und nachdem ich Kayla und Liam verloren hatte, waren Frauen das Letzte, wonach mir der Sinn stand. Kurz nach dem Tod von Harvey habe ich Daphne kennengelernt und über ein Jahr lang ist sie mir nicht aus dem Kopf gegangen.«

»Warum bist du dann weggegangen und herumgereist? Warum bist du nicht auf Cape Cod geblieben und hast sie gedatet?«

»Weil ich psychisch vollkommen am Ende war. Und das bin ich noch immer, Jules. Dieser Mist zwischen mir und Archer ist zum Kotzen, und außerdem machen mir noch ein paar andere Dinge zu schaffen. Ich bin herumgereist, um einen klaren Kopf zu bekommen. Ich dachte, ich würde unterwegs herausfinden, wie ich wieder ein gutes Verhältnis zu Archer aufbauen und Daphne vergessen kann, denn ich war der Ansicht, dass sie einen Typen wie mich in ihrem Leben nicht gebrauchen kann. Doch es war unmöglich, sie zu vergessen. Sie ist einer der Gründe dafür, dass ich hier bin.«

»Also, als Allererstes musst du wissen, dass du ein großartiger Mensch bist, Jack. Von allen Menschen, denen ich in meinem Leben begegnet bin, hast du das größte Herz. Du bist kreativ, witzig, und du bist einfach *gut*, was heutzutage bei Männern schwer zu finden ist. Aber ich dachte, du wärst zurück nach Cape Cod gekommen, um Tegan zu helfen.«

»Das bin ich auch. Aber Tegan braucht meine Hilfe nicht mehr. Ich bin geblieben und hab mir in Bayside ein Cottage gemietet, weil Daphne dort ist. Jemanden wie sie habe ich noch nie kennengelernt. Ganz offensichtlich sieht sie umwerfend aus, aber sie ist auch liebenswert, stark und klug. Sie bringt mich zum Lachen, und sie löst in mir Gefühle aus, die ich seit Langem nicht gespürt habe. Sie ist unglaublich einfühlsam, und sie interessiert sich für mich als Menschen. Noch nie war ich mit einer Frau zusammen, die sich auf so eine Art für mich interessiert hat. Ich war so jung, als ich mit Kayla zusammen war, alles war anders. Wir haben zusammengewohnt, aber wir standen in unserem Leben an vollkommen unterschiedlichen Punkten. Wir hatten Spaß miteinander, bei mir lief alles bestens.« Auch wenn Jock keinem seiner Geschwister gegenüber je zugegeben hatte, dass er Kayla nicht geliebt hatte, wollte er doch, dass Jules jetzt die Wahrheit kannte – zumindest damit sie den Unterschied zu seinen Gefühlen für Daphne sah. »Du warst noch so jung, als Kayla und ich ein Paar waren, dass du dir sicher nie Gedanken um meine Gefühle für sie gemacht hast. Was ich dir jetzt sagen werde, könnte ein Schock für dich sein. Vielleicht willst du es gar nicht hören, und ich bin mir ziemlich sicher, dass du es nicht verstehen wirst, aber ich habe Kayla nicht geliebt. Für sie habe ich nie das empfunden, was ich jetzt schon für Daphne empfinde.«

Einen Moment lang betrachtete sie sein Gesicht mit zusammengezogenen Augenbrauen. »Das wusste ich nicht, aber warum sollte ich es nicht verstehen?«

»Weil sie schwanger war und wir zusammengelebt haben.«

»Ein Baby ist nicht gleichbedeutend mit Liebe, Jack. Aber du hast immer das getan, was richtig ist, also überrascht es mich nicht, dass du bei ihr geblieben bist. Weiß Archer das? Ist er deshalb noch immer so wütend auf dich?«

»Nein, das habe ich ihm nie erzählt. Er ist wütend, weil sie nicht mehr da ist und sie seine beste Freundin war.«

»Hat sie dich geliebt?«, fragte Jules.

»Nein. Du musst das alles hier für dich behalten.«

»Das hast du bereits gesagt.«

Er hob die Augenbrauen.

»Ja, okay, versteh schon. Aber von all dem hier würde ich nie etwas erzählen. Dich davon zu überzeugen, mal nach Hause zu kommen, ist eine Sache, doch das, was du mit Kayla durchgemacht hast, ist etwas ganz anderes. Danke, dass du mir vertraust.«

»Das mit mir und Kayla war anders. Wir waren Freunde, die zusammen ein Baby bekommen haben und die alles versuchen wollten, damit es funktioniert. Ich wollte sie lieben, dem Baby zuliebe, aber mir war nie wirklich bewusst, was fehlte. Jetzt verstehe ich es allmählich. Ich bin erst seit Kurzem mit

Daphne zusammen, doch mir ist alles wichtig, was sie macht, was sie durchgemacht hat, wovon sie träumt. Als sie mir von ihrer Vergangenheit erzählt hat und wie sehr sie verletzt wurde, hat es *mir* wehgetan. Kayla und ich hatten eine solche Beziehung nie. Wir haben nie über irgendwelche tiefgründigen Themen gesprochen, nicht über mein Schreiben, nicht über ihre Arbeit oder unser Leben außerhalb unserer Wohnung. Daphne und ich erzählen uns alles – das Gute, das Schlechte und das Langweilige.« Er lachte leise. »Sie unterstützt mich unglaublich. Sie hat versucht, Horrorgeschichten mit mir zu spinnen, obwohl ihr allein bei dem Gedanken daran schon graut. Schon jetzt empfinden wir so viel füreinander. Ich habe so langsam das Gefühl, als wären Daphne und ich dazu bestimmt, uns zu begegnen.«

»Oh, Jack!« Jules legte ihre Hand auf seine. »Ich freue mich so für dich.«

»Danke. Das geht mir genauso, und irgendwie kann ich es gar nicht glauben, dass ich ausgerechnet dir das gerade erzählt habe.«

Mit Zeigefinger und Daumen schloss sie den imaginären Reißverschluss ihres Mundes. »Du solltest sie mit nach Hause bringen und allen die Möglichkeit geben, sich für dich zu freuen. Das hast du verdient.«

Die Frau am Bestellfenster rief Jock auf und er erhob sich. »Ich hole das Essen, und du vergisst alles, was du gerade gehört hast.«

Als er mit der Pizza zurückkehrte, gab er ihr ein Stück und nahm sich ebenfalls eins. »Und jetzt wechseln wir das Thema, in Ordnung?«

»Ja, und ich verspreche, dass ich zu niemandem ein Wort darüber verliere. Aber bitte behalte eins im Kopf: Du hast immer gesagt, dass du fortbleibst, weil die Insel Archers Zuhause ist. Aber, Jack, es ist auch mein Zuhause, das von Mom und Dad und von vielen deiner Freunde.« Sie biss in ihr Pizzastück. »Du gehörst ebenso dahin wie Archer.«

Daran hatte er in letzter Zeit viel öfter gedacht. »Ich werde das im Kopf behalten. Und jetzt bring mich auf den neuesten Stand. Wie geht es Mom und Dad?«

»Die benehmen sich so lächerlich wie eh und je. Ehrlich, immer wenn ich zu ihnen komme, begrapscht Dad gerade Moms Hintern oder sie machen in der Küche rum.«

Jock lachte. »Freut mich für sie. Wir haben Glück, finde ich. Guck dir die Silvers an. Die können nicht einmal in ein und demselben Haus leben.« Die Eltern ihrer Freunde, Alexander und Margot Silver, führten das Silver House. Sie waren beste Freunde und sie waren verheiratet, aber solange Jock zurückdenken konnte, hatten sie immer in getrennten Häusern gewohnt. Sie verhielten sich eher wie in einer Freundschaft Plus als wie in einer richtigen Ehe.

»Stimmt«, sagte sie. »Hat Levi dir von Archers letztem Prank erzählt?«

»Nein. Was hat er gemacht?«

Schmunzelnd erzählte Jules: »Er hat auf dem Weingut eine Frau kennengelernt, die gerade ein Haus in Harborside gekauft hatte und einen Handwerker suchte. Sie beklagte sich darüber, wie schwer es sei, neben der Arbeit und allem, was sie sonst noch so macht, bindungswillige Männer kennenzulernen. Ich glaube, sie hat Archer angebaggert, aber er hat ihr erzählt, dass Husbands for Hire ein erstklassiger Escort-Service sei und dass sie nach Levi fragen sollte.« Levi war einer der Eigentümer von Husbands for Hire, was allerdings kein Escort-Service war, sondern Handwerker für Reparaturen, Renovierungen und andere kleine Jobs vermittelte.

»Echt jetzt? Das ist der Hammer.«

»Absolut! Und Levi hat später erzählt, dass sie ein Nein nicht akzeptieren wollte. Denn Archer hatte sie vorgewarnt, dass Levi vorgeben würde, solche Dienste nicht anzubieten, für den Fall, dass sie eine verdeckte Ermittlerin wäre.« Sie lachte. »Ihr beiden denkt euch wirklich immer die besten Pranks aus.«

Während sie ihr Mittagessen genossen, lachten sie noch viel miteinander. Sie erzählte ihm Neuigkeiten von allen Geschwistern, und als sie schließlich ins Resort zurückkehrten, zeigte Jock ihr sein Cottage. Es gefiel ihr, nur eine Sache würde fehlen, sagte sie und zog ein eingerahmtes Familienfoto aus ihrer Tasche, das sie in ein Regal stellte. Ganz genau so, wie sie es schon getan hatte, als er bei Harvey gewohnt hatte.

Er legte einen Arm um ihre Schulter und begleitete sie zu ihrem Auto, das noch vor dem Büro stand. »Ich bin wirklich froh, dass du gekommen bist, Schwesterherz.«

»Ich weiß«, entgegnete sie frech. »Ohne mich hältst du es nicht allzu lange aus, sonst bekommst du Entzugserscheinungen. Ach, fast hätte ich es vergessen! Grant ist zurück und der könnte dich wirklich gebrauchen.«

Grant Silver war in Jocks Jugend einer seiner engsten Freunde gewesen. Als Jock ans College gegangen war, war Grant der Army beigetreten. Später hatte er für Darkbird gearbeitet, ein ziviles Unternehmen, das geheime Missionen fürs Militär durchführte. Vor fast einem Jahr hatte Grant auf einer solchen Mission ein Bein verloren und war seitdem nicht auf die Insel zurückgekehrt. Bis jetzt offenbar.

»Ich freue mich, dass er zurück ist. Nach allem, was er durchgemacht hat, ist es sicher gut für ihn, in der Nähe seiner Familie zu sein. Aber warum braucht er mich? Ich habe ihn kaum gesehen, seit ich weggezogen bin.«

»Weil du einer seiner engsten Freunde warst. Belly hat das Gefühl, den Bruder verloren zu haben, den sie all die Jahre gekannt hat. Archers Trübsinn ist nichts gegen seinen.« Grants jüngere Schwester Bellamy, die von Jules Belly genannt wurde, arbeitete in ihrem Geschenkeladen.

»Klingt so, als bräuchte Bellamy dich mehr, als Grant mich braucht. Ich bin immer noch mit meinem eigenen Mist beschäftigt. Jules, Grant hat die Hölle durchgemacht, habt Geduld mit ihm. Ich bin mir sicher, der kommt schon wieder auf die Reihe.«

»Das sagen auch alle über dich.« Sie lehnte den Kopf an seine Schulter. »Versprichst du mir, dass du darüber nach-denkst, zur Party zu kommen? Du weißt besser als jeder andere, dass es keine Garantie für ein Morgen gibt. Grandma wird alt.«

Jock presste die Zähne aufeinander. »Das war mies.«

»Zumindest hab ich nicht die Krebs-Karte gezogen«, scherz-te sie.

In seinem ersten Jahr mit Harvey hatte sie das des Öfteren versucht und fast Erfolg damit gehabt, aber Archers Verbitte-rung hatte ihr Flehen ausgestochen.

»Versprochen«, sagte er.

»Jippieh!« Sie umarmte ihn und stieg die Stufen zum Büro hinauf. »Ich möchte mich noch von Daphne verabschieden.«

»Sie arbeitet!«, erinnerte er sie, folgte ihr aber dennoch.

»Ich mach ganz schnell.« Jules eilte hinein und umarmte Daphne. Sie sagte, dass sie hoffte, sie auf dem Fest zu sehen, und dann flüsterte sie etwas, das Jock nicht verstehen konnte. Was immer sie auch gesagt hatte, es brachte Daphne zum Lachen.

Vom College hatte Jock nie ein Mädchen mit nach Hause

gebracht, und Kayla hatte seine Familie bereits gekannt. Es war seltsam – und schön –, zu beobachten, wie Daphne und Jules sich schon jetzt anfreundeten.

Er umarmte seine kleine Schwester, dankte ihr noch einmal dafür, dass sie gekommen war, und hielt ihr die Tür auf. Winkend fuhr sie davon. Froh darüber, dass Daphne allein im Büro war, ging Jock rasch zu ihr.

»Sie ist wirklich nett«, sagte sie, als er sie in seine Arme zog.

»Ja, sie ist toll. Sehen wir uns heute Abend? Soll ich etwas mitbringen?«

»Nur dich selbst. Danke fürs Mittagessen. Dein Sandwich hab ich in den Kühlschrank gelegt, meins war köstlich.«

Er küsste sie und ließ seine Hände hinab zu ihrem Hintern gleiten, den er sanft kniff, und sofort funkelte es heiß in ihren Augen. »Du kannst dich später richtig bei mir bedanken.«

Ihre Wangen erröteten und sie flüsterte: »Ich hab neue Unterwäsche gekauft. Ich hoffe, du magst schwarze Spitze.«

Er legte die Stirn an ihre und zog sie noch fester an sich. In den letzten Tagen hatte sie ihr Schneckenhaus verlassen und ihn ungenierter berührt. Es war schön, zu sehen, wie ihr Selbstbewusstsein aufblühte. »Wie soll ich mit diesem Bild im Kopf den Rest des Tages schreiben?«

Sie rieb sich an seiner Erektion. »Ich glaube, im Moment hast du größere Probleme, die dir Sorgen bereiten sollten.«

Noch einmal küsste er sie, und dann trat er zurück, um sein T-Shirt nach unten zu ziehen. »Du bist eine gefährliche Frau, Daphne Zablonski.« *Gefährlich für meinen Körper und mein Herz.*

Fünfzehn

»Nicht essen!« Mit einem finsteren Blick streckte Hadley ihre mit Erbsen gefüllte Hand Jock entgegen.

Jock schaute verhohlen lächelnd zu Daphne, und sie schmolz zum hundertsten Mal, seit er gekommen war, einfach nur dahin. Als sich Hadley beim Abendessen geweigert hatte, ihre Erbsen zu essen, war Jock spielerisch darauf eingegangen.

Er tat so, als wolle er in Hadleys Hand beißen, und rief: »Meine Erbsen!«

Sie kreischte auf und stopfte sich die Erbsen schnell in den Mund, um sie dann kichernd herunterzuschlucken und in das Lachen der anderen einzustimmen.

Daphne konnte sich nicht daran erinnern, jemals während des Essens so viel Spaß gehabt zu haben. Wie am Pier, als Jock sein Eis mit Hadley getauscht hatte, stellte Daphne sich vor, dass der Umgang mit Kindern für ihn vielleicht immer so unbeschwert gewesen wäre, wenn er nicht Liam verloren hätte. Es stimmte sie traurig, dass er nicht die Chance gehabt hatte, seinen Sohn aufwachsen zu sehen, und dass es ihn so geprägt hatte. Doch Jock erwies sich als einer der stärksten Männer, denen sie je begegnet war.

»Du bis dan«, sagte Hadley.

Pflichtbewusst nahm Jock ein paar Erbsen in die Hand.

»Meine!«, rief Hadley und beugte sich vor.

Rasch steckte nun auch er sich die Erbsen in den Mund, wobei er grummelnde und kauende Geräusche hinter der Hand machte. Hadley lachte laut los, und sie spielten weiter, bis Hadley all ihre Erbsen aufgegessen hatte und nach mehr verlangte. Noch nie hatte Daphne ihre Tochter so lachen gehört und es erfüllte sie mit purer Freude. Sie liebte diese Momente zu dritt, in denen sie sich darüber unterhielten, wie sie ihre Tage verbracht hatten, und gemeinsam lachten. Sie und Jock hatten über seine schriftstellerische Arbeit gesprochen, und sie mochte es sehr, mehr über seinen Schreibprozess zu erfahren. Zwar verriet er nach wie vor keine Einzelheiten zur Handlung, aber seine Begeisterung war allem, was er sagte und tat, anzumerken. Außer – so war ihr aufgefallen – in Bezug auf sein Mittagessen mit Jules, über das er nicht viele Worte verloren hatte.

Während Daphne noch mehr Erbsen auf Hadleys Teller füllte, sagte sie: »Ich fand Jules wirklich sehr nett.«

»Jules ist echt in Ordnung.«

»Ihr scheint viel daran zu liegen, dass du zum Fest eurer Großmutter kommst.«

»Das weiß ich. Die Situation ist kompliziert.«

»Das ganze Leben ist kompliziert«, sagte Daphne. »Guck nur, was passieren musste, damit Hadley Erbsen isst.«

Er schenkte ihr dieses begehrende Lächeln, das ihr immer eine Gänsehaut bescherte, und spielte dann noch eine Runde des Erbsenspiels mit Hadley.

Daphne wusste, dass es ein heikles Thema war, doch nachdem sie nun Jules kennengelernt hatte, kam ihr seine Familie nicht mehr wie gesichtslose Fremde vor, wie es manchmal bei Menschen war, die sie noch nicht persönlich kennengelernt hatte. Zu sehen, wie Jules bei seinem Anblick gestrahlt hatte, und zu hören, wie sie ihn angefleht hatte, zur Party zu kommen, ließ sie über ihre Beziehung zu ihren eigenen Geschwistern nachdenken. Die Nähe zu ihnen war für sie etwas Selbstverständliches, und nun wurde ihr bewusst, welches Glück sie hatte. So viele Fragen gingen ihr durch den Kopf. Wie waren die anderen in seiner Familie? Hatten sie Partei für ihn oder Archer ergriffen? Akzeptierten sie alle die Distanz, die Jock zwischen ihnen geschaffen hatte, oder versuchten einige von ihnen ebenfalls aktiv, ihn dazu zu bewegen, zum Geburtstag seiner Großmutter zu kommen?

Sorgsam wählte sie ihre Worte. »Ich kann mir gar nicht vorstellen, wie es für mich gewesen wäre, wenn mein Bruder mich nicht besucht hätte, als ich in North Carolina gelebt habe. Selbst wenn ich gewusst hätte, dass er nicht wegen mir fernbleibt, wäre ich doch traurig gewesen. Todunglücklich, um genau zu sein.«

Jocks Gesichtsausdruck wurde ernst. »So etwas in der Art hat sie heute auch zu mir gesagt.«

»Ich weiß, dass es mich nichts angeht, und ich sage es auch nicht, weil Jules mich gebeten hat, ihr dabei zu helfen, dich auf die Insel zu kriegen, aber ich finde, du solltest es in Betracht ziehen, hinzugehen.«

»Du und Hadley seid Teil meines Lebens, Baby. Somit geht es dich etwas an.« Er lehnte sich zurück. »Ich ziehe es in Betracht. Vielleicht fahre ich für ein oder zwei Stunden hin. Tauche da mal auf und verschwinde wieder.«

»Runta«, sagte Hadley, als sie aus ihrem Stuhl kletterte.

»Zeit zum Baden für dich und deine klebrigen Patschehändchen.« Daphne nahm Hadley auf den Arm und Jock trug die Teller zur Spüle. »Lass die einfach stehen. Ich kümmere mich darum, nachdem ich sie zu Bett gebracht hab.«

»Du hast gekocht. Abwaschen ist das Mindeste, was ich tun kann.« Er warf einen Blick auf die Erbsen, die um Hadleys Stuhl herum auf dem Boden lagen. »Ich glaube, ihr braucht einen Hund.«

»Ich mag Hunde«, stimmte Hadley zu.

Daphne tippte Hadley auf die Nase. »Mit dir habe ich schon genug zu tun.« Sie wandte sich zu Jock um, der das übrige Geschirr abräumte, als wüsste er ganz genau, wie man Mütter in Wallung brachte. »Im Ernst, Jock, Nudeln und Gemüse kann man wohl kaum als Kochen bezeichnen. Du musst nicht abwaschen. Mach's dir einfach gemütlich. Ich brauche nicht lange.«

»Alles klar«, sagte er und warf ihr eine Kusshand zu.

Sie badete Hadley und machte sie bettfertig.

»Eins. Zwei. Drei. Abflug!« Hadleys Arme schossen durch die Ärmel ihres Pyjamas und dann rannte sie auch schon aus dem Schlafzimmer. Daphne eilte hinter ihr her und sah gerade noch, wie Hadley sich an Jocks Beine klammerte, als er gerade einen Topf abtrocknete. Mittlerweile überkam sie keine Panik mehr, wenn Hadley auf ihn zustürmte. Das Zurückweichen und Davonlaufen hatte er hinter sich gebracht. Die Küche war tadellos sauber, keine einzige Erbse mehr in Sicht, und das Polster von Hadleys Stuhl lag abgewischt neben der Spüle. Er hatte ihr erzählt, dass er zu einem Gentleman erzogen worden war, und das stellte er jeden Tag aufs Neue unter Beweis. Falls sie je seine Eltern kennenlernen sollte, würde sie sich bei ihnen bedanken müssen.

Hadley schaute zu ihm auf. »Schichte lesen?«

Noch hatte Jock ihr keine Gutenachtgeschichte vorgelesen, auch wenn er jeden Abend in Hadleys Zimmer gesessen hatte, während Daphne ihr vorgelesen und etwas für sie gesungen hatte. Er legte das Geschirrtuch beiseite und schaute zu Daphne, um ihre Zustimmung zu erhalten, bevor er Hadleys Bitte nachkam. Sie nickte und freute sich, dass er ihr weiterhin die Entscheidungen überließ, wenn es um Hadley ging.

»Ich würde dir gern etwas vorlesen.« Er nahm Hadleys Hand. »Komm, zeig mir mal dein Bücherregal, Prinzessin.«

Daphne folgte ihnen über den Flur und schmolz innerlich dahin.

Jock hockte sich neben Hadley, als sie ein Buch aussuchten, und dann setzte er sich auf dem Bett zu ihr. »Mach mal etwas Platz für Mama«, sagte er, rutschte etwas zur Seite und zog Hadley an sich.

Daphne setzte sich auf Hadleys andere Seite, und obwohl Jock den Arm um Hadleys Taille gelegt hatte, gelang es ihm noch, den Zeigefinger um Daphnes Daumen zu schlingen. Wie konnte sich eine so kleine Geste nur so groß anfühlen? Während er Hadley vorlas, war es unglaublich einfach, sich vorzustellen, dass sie jeden Abend so verbrachten und alle gemeinsam zum Lunch oder Abendessen ausgingen, wenn Jules zu einem Besuch auftauchte. Jules war so locker, dass Daphne sich fragte, wie der Rest seiner Familie wohl war. Sie fragte sich auch, wie Jock vor dem Unfall gewesen war. War er auch so entspannt gewesen?

Sie hätte Jock stundenlang beim Lesen zuhören können. Er hatte eine tiefe, beruhigende Stimme, und zu sehen, wie ihre kleine Tochter sich an ihn kuschelte, hatte eine seltsame Wirkung auf sie. Das hier war noch viel bedeutender, als sich gemeinsame Abende vorzustellen. Sie war froh, dass die Suche nach einem Mann nie eine Priorität für sie gewesen war. Es war nicht notwendig gewesen, viele falsche Männer auszuprobieren, um ihren Mr. Right zu finden.

Nachdem er die Geschichte zu Ende gelesen hatte, sang Daphne noch ihr Gutenachtlied und dann war Hadley auch schon eingeschlafen. Leise verließen sie das Zimmer und Jock zog Daphne in seine Arme. Er senkte die Lippen auf ihre und küsste sie innig. Sein harter Körper drängte sich köstlich an ihren und drückte sie an die Wand, während seine Zunge ihren Mund besitzergreifend erforschte. Er schmeckte nach Lust, Hoffnung und nach all diesen sündigen Liebesfreuden, an die sie den ganzen Tag gedacht hatte. Sie hatte keine Ahnung, warum sie einen so wunderbaren Kuss verdient hatte, doch sie legte die Hände auf seinen Rücken und hoffte, dass er nie enden würde. Eine absolute Harmonie verband sie beide, wie anscheinend immer, und ihre Küsse dauerten an, bis ihre Knie ganz weich wurden und ihr Körper einem Glutofen des Begehrens glich. Als sich ihre Lippen irgendwann voneinander lösten, hielt er sie mit einem Arm noch fest an sich gedrückt, während er sich mit der anderen Hand an der Wand abstützte, als hätte auch er weiche Knie bekommen.

»Daphne«, flüsterte er an ihrem Hals. Er hob den Kopf, die Augenbrauen waren zusammengezogen und seine Augen dunkel und magnetisch. »Du und Hadley bedeutet mir so verdammt viel.«

Sie konnte kaum atmen, während seine Worte sich tief in ihr einnisteten und ihre eigenen freisetzten: »Du bedeutest uns auch sehr viel.«

Erleichtert atmete er hörbar aus und ein Lächeln trat auf seine Lippen. »Wirklich?«

»Himmel, ja!«, sagte sie und zog seinen Mund zu einem weiteren Erdbeben auslösenden Kuss an ihren, sodass sie sich an ihn klammern musste, um nicht ins Taumeln zu geraten. Er hatte ihren Körper jede Nacht voller Ehrerbietung verwöhnt, und die letzten beiden Tage hatte sie damit verbracht, all ihren Mut zusammenzunehmen, um *ihn* zu verführen. Für Tim war das Vorspiel nie eine seiner Lieblingsbeschäftigungen gewesen und mit ihm auch nicht für sie. Sie hatte nie etwas so zurückgeben wollen, wie sie es nun bei Jock wollte. Ihr war nicht klar gewesen, was ihr gefehlt hatte, bis Jock ihr die Kraft ihres eigenen Körpers gezeigt hatte, die unglaublichen Empfindungen, zu denen sie fähig war. Sie hoffte, ihm die gleichen überwältigenden Lustgefühle schenken zu können.

Ihre Begierde war bei Jock so intensiv, dass sie die unverfrorene, selbstbewusste Frau, die seine Hand nahm und ihn in ihr Schlafzimmer führte, gar nicht wiedererkannte. Das Begehren, das sie in seinen Augen sah, ermutigte sie, als sie die Tür abschloss und das Babyfon anstellte.

Jock streckte die Arme nach ihr aus, doch sie wollte die Führung übernehmen, und als die verwegene Vorfreude auf die Realität traf, fing sie am ganzen Körper an zu zittern. »Jetzt bin ich an der Reihe, dir zu zeigen, wie sehr ich dich will.«

Flammen loderten in seinen Augen auf und sie wurde noch selbstbewusster. Sie hob sein T-Shirt an, das er sich über den Kopf zog und auf den Boden fallen ließ. Wie magnetisch wurden ihre Hände von seiner Brust angezogen, die zu glühen schien. So oft war sie das hier in Gedanken durchgegangen, und sie versuchte, sich daran zu erinnern, was sie sich vorgenommen hatte. Doch sie war bereits zu sehr in ihm verloren, um noch einen klaren Gedanken fassen zu können. Er legte die Hand auf ihre Hüfte, zog sie wieder näher an sich und nun erinnerte sie sich wieder an ihren Plan.

Sie trat einen Schritt zurück und sah ihm tief in die Augen, während sie ihre Bluse aufknöpfte und auf den Boden fallen ließ, sodass ihr neuer schwarzer Spitzen-BH zum Vorschein kam.

»Umwerfend«, brachte er nur mit rauer Stimme hervor, bevor er die Arme nach ihr ausstreckte.

Sie schüttelte den Kopf und zog ihre Shorts aus, sodass sie nur mit ihrem neuen schwarzen Seidenslip mit der Spitzenbordüre und dem passenden BH vor ihm stand. Seine Brust hob sich mit einem tiefen Atemzug, als er sie an sich zog und ungestüm küsste. Sie musste ihre ganze Willenskraft aufbringen, um die Hand auf seine Brust zu legen und ihre Verbindung zu unterbrechen.

»Ich hatte einen Plan«, keuchte sie. »Lass es mich einfach versuchen.«

»Versuchen?«, fragte er ungläubig und berührte ihre Hand. »Liebes, du haust mich um, wenn du nur lächelst. Du musst nichts versuchen.«

Und wieder bekam sie weiche Knie …

Doch seine Worte lösten auch einen unerwarteten Schub an Selbstbewusstsein aus. Sie warf die Haare zurück und sah ihm tief in die Augen, wie sie es vor dem Spiegel geübt hatte – sie konnte es selbst kaum fassen, dass sie das tatsächlich getan hatte! Sie hoffte, dass sie verführerisch wirkte und nicht so nervös, wie sie sich fühlte. »Vielleicht will ich dich nicht nur umhauen, sondern auch flachlegen.«

Ein leiser Fluch entwich ihm.

Spontan so schlagfertig und sexy zu reagieren, erschreckte sie und machte sie gleichzeitig stolz, während seine Antwort prickelnde Pfeile durch sie hindurchjagte. Er biss die Zähne zusammen, als sie mit dem Knopf und dem Reißverschluss seiner Jeans kämpfte, die sie dann herunterriss und so seiner Erektion Freiheit verschaffte. Er trat aus seiner Hose heraus und schien Daphne aufs Bett werfen und regelrecht verschlingen zu wollen. Noch einmal streckte er die Arme nach ihr aus, doch sie wich seinen Händen aus, legte ihre auf seine Brust und drückte ihre Lippen auf seine warme Haut. Genüsslich küsste sie seine Brustmuskeln. Aus ihren erotischen Liebesromanen hatte sie sich ein paar Ideen geklaut, und so leckte sie über seine Nippel, wobei jede Berührung ihrer Zunge mit tiefen Atemzügen quittiert wurde. Sie erforschte weiter seine Haut, genoss die harten Muskeln, jede Furche und Kurve seiner Brust und seiner Bauchmuskeln, bis sie das Objekt ihrer Begierde vor Augen hatte.

Sie ging auf die Knie und legte die Hand um seine Länge. Ihr Herz schlug so schnell, dass sie zitterte. Er streichelte ihr über die Wange, sodass sie ihm in die Augen schaute, während ihre Zunge um seine Spitze kreiste. Sein hungriger Blick lag glühend auf ihr und löste ein irrsinniges Begehren aus. Sie schloss die Augen, versuchte, sich auf irgendetwas anderes als die pulsierende Hitze zwischen ihren Beinen zu konzentrieren, und leckte ihn über den ganzen Schaft hin zur Spitze. Er stöhnte, vergrub die Finger in ihren Haaren und hielt sie ganz fest, als sie ihn ganz in den Mund nahm.

»Himmel, Daphne!«, stieß er aus.

Die Lust in seiner Stimme ließ sie noch kühner werden. Während sie sich innerlich anfeuerte, konzentrierte sie sich auf das Gefühl, seine Härte zwischen ihren Lippen zu spüren, seine salzige Haut zu schmecken und die wohligen Laute zu vernehmen, die er von sich gab. Sie saugte stärker, drückte fester und genoss es, wie seine Hüfte vorstieß, wenn sie mit der Zunge über die Spitze glitt, um sie beide zu zügeln.

»Aah, dein Mund!«, stöhnte er rau und atemlos. »So verdammt magisch.«

Sie schaute zu ihm auf. Noch nie hatte sie einen so lüsternen Blick bei ihm gesehen – und das gefiel ihr verdammt gut! Als sie das Tempo anzog, wurde sie mit einem langen, qualvollen Stöhnen belohnt.

»Fester«, sagte er.

Sie schloss die Hand enger um seine Härte, und er hielt ihren Kopf mit beiden Händen, während er ihren Mund liebte, sie jedoch den Rhythmus vorgeben ließ.

»Genau so«, keuchte er. »Verdammt, Baby. Das ist so gut!«

Sie wollte seine Erregung schmecken, spüren, wie er die Kontrolle verlor, doch sie war noch nicht damit fertig, dieses intensive Gefühl zu erforschen. Als sie in ihren Bewegungen langsamer wurde, gab er noch ein langes, qualvolles Stöhnen von sich. Sie fuhr mit der Zunge über den Rand seiner Spitze. Mit einem Zischen ließ er das Kinn auf die Brust sinken, während sie sich an ihm hinaufküsste und ihn nach hinten schob, bis er neben dem Bett stand. Dann drückte sie ihn hinunter auf den Rücken und er lachte.

»Du bist eine Göttin, Baby«, sagte er, als sie ihren Slip auszog. »Komm her, du Schöne.«

Sie küsste seine Oberschenkel, und seine Muskeln spannten sich unter ihren Lippen an, während sie sich genüsslich an seinem Körper nach oben küsste und leckte. Mit jeder Berührung ihrer Lippen zuckte seine Härte. Noch nie zuvor hatte sie auf einem Mann gelegen. Sie war immer zu verlegen gewesen, um jemanden sie in dieser Stellung sehen zu lassen, aber mit Jock war alles anders. Bei ihm fühlte sie sich weiblich und begehrt, und als sie sich rittlings auf ihn setzte, genoss sie das sichere Gefühl mit ihm.

Er umfasste ihre Taille und verschlang sie mit den Augen, während sie ihren BH auszog. »Du bist absolut umwerfend.«

Die Bewunderung in seinem Blick bestätigte seine Worte. »Reite auf mir, Baby. Nimm mich.«

Ihn zu nehmen, klang bei ihm nach tiefen, instinktiven Gefühlen, und genau die empfand sie, als sie sich hinabsinken ließ und ihn vollends in sich aufnahm. Stromschläge jagten durch sie hindurch, als sie anfingen, sich zu bewegen. Seine Finger bohrten sich in ihre Hüften, seine Kiefermuskeln spannten sich an und seine Augen verschlangen sie. Sie streckte die Arme nach hinten aus und stützte sich auf seinen Oberschenkeln ab, während sie ihn schneller, heftiger ritt und den Winkel suchte, bis er mit jedem Stoß diesen magischen Punkt traf.

»Fass mich an«, keuchte sie und führte seine Hand zwischen ihre Beine. »Jaaa!« Lust breitete sich wie ein Lauffeuer in ihr aus, sodass sie langsamer wurde.

»Nicht langsamer werden, Baby. Ich will dich wild und atemlos sehen.«

Allein das zu hören, ließ sie wild und atemlos sein. Sie wurde schneller, verlor sich in seinem Stöhnen und dem Gefühl, dass seine Härte sie so vollkommen ausfüllte. Irgendetwas machte er mit seinen Fingern, das die Funken unter ihrer Haut sprühen ließ. Sie biss die Zähne zusammen, um nicht aufzuschreien, und er setzte sich auf, legte den Mund auf ihre Brust und saugte so fest, dass sie ihn überall spürte und diese Funken zu einer Spirale der Ekstase wurden. Ihr Körper zog sich um ihn zusammen, sein ganzer Körper spannte sich an und bebte dann in seiner Erlösung. Er klammerte sich an sie und stieß ihren Namen wie ein Gebet aus.

Der Mondschein fiel durch die Balkontüren herein und schien auf die nackten Körper von Jock und Daphne, die sich eng umschlungen in den Armen lagen. Daphne vergrub ihr Gesicht an seiner Brust, vielleicht ein bisschen verlegen, nachdem sie so die Kontrolle übernommen hatte. Jock gab ihr einen Kuss auf die Stirn. »Hey, lass mich deine Engelsaugen sehen.«

Sie wandte ihm ihr Gesicht zu, und sein Herz zog sich zusammen, als er ihre geröteten Wangen sah.

»Alles in Ordnung?«

Sie nickte und versteckte ihr Gesicht wieder.

»Wo ist das Selbstvertrauen geblieben, das mich gerade überwältigt hat?«

Mit einem schüchternen Lächeln sah sie wieder zu ihm auf.

»Daphne, du bist alles, was ich mir je von einer Frau wünschen könnte – und noch so viel mehr. Dein Erröten fasziniert mich ebenso wie dein Begehren. Ich möchte nicht, dass irgendetwas, was wir machen, dich jemals in Verlegenheit bringt.«

»Du hast leicht reden. Wahrscheinlich hattest du schon immer das Selbstbewusstsein eines Löwen. Für mich ist das neu. Du hast aus mir eine Frau gemacht, die ich nicht wiedererkenne. Aber versteh mich nicht falsch! Es ist herrlich!« Sie küsste ihn auf die Brust und sprach leiser weiter: »Aber im Nachhinein ist es mir peinlich, wenn dieses Selbstbewusstsein fort ist und nur noch das Wissen da ist, dass du mich gerade auf den Knien gesehen hast. Da bin ich vollkommen unsicher, ob ich dich überhaupt richtig angefasst hab, und wie ich auf dir gesessen hab in meiner ganzen blass-weißen Nacktheit und von dir verlangt hab, dass du mich an bestimmten Stellen berührst … So war ich noch mit niemandem zusammen.«

»Baby, wenn du mich berührst, stehe ich in Flammen. Dabei gibt es kein Falsch, denn was wir füreinander fühlen, macht es phänomenal. Sex ohne Gefühle ist lediglich ein Geschlechtsakt. Ein Spiel, eine Affäre. Das sind wir beide nicht! Und dein Körper ist der einzige Körper, der in meinen Fantasien Platz hat, seit unserer ersten Begegnung. Und ich meine unanständige, schmutzige Fantasien.« Er drückte seine lächelnden Lippen auf ihre. »Bitte sei niemals verlegen, wenn ich dich nackt sehe. Du könntest gar nicht unattraktiv sein, egal wie sehr du es versuchst.« Noch einmal küsste er sie. »Wenn ich dich sehe, ob nackt, angezogen oder in meinen Fantasien, bist du mein Engel. Du bist unendlich hinreißend. Du weißt, dass ich es liebe, wenn du rot wirst, aber auf keinen Fall darfst du auch nur eine Sekunde lang glauben, dass du nicht das schönste Geschöpf auf Erden bist.«

Wieder vergrub sie ihr Gesicht an seiner Brust. »Wer bist du?«

Er berührte ihr Kinn, hob ihr Gesicht sanft an und küsste sie. »Ich bin der Mann an deiner Seite, und wenn wir intim miteinander sind, denke ich einzig und allein daran, wie sehr ich dich will, wie wichtig du mir bist und was für ein Glück ich habe, dass du dich entschieden hast, dein wunderschönes Ich mit mir zu teilen. In Ordnung?«

Sie nickte und flüsterte: »In Ordnung.«

»Gut. Und jetzt lass mich mal das andere richtigstellen, was du gerade gesagt hast. Mir war schon oft etwas sehr peinlich.«

Sie lachte ungläubig auf. »Ja, klar.«

Er stützte sich auf einem Ellbogen ab. »Willst du Beispiele hören? Also gut: In der zehnten Klasse hat mir Archer mal nach dem Sportunterricht alle Klamotten und jedes Handtuch in der Umkleidekabine geklaut. Ich musste mit dem Boxhandschuh vor meinem besten Stück und einem Basketball, mit dem ich meinen Allerwertesten bedeckt hab, über den Flur laufen.«

Sie lachte.

»Ach, das gefällt dir? Dann habe ich noch ein klassisches Beispiel für ein peinliches Erlebnis. Als ich das erste Mal Sex hatte, hab ich zwei Kondome bei dem Versuch zerrissen, sie überzustreifen, und das dritte hab ich mir gegen den Schwanz geflitscht.«

Sie prustete los und schlug die Hand vors Gesicht.

»Und dann war da noch der Abend, an dem Archer, Levi und ich uns aus dem Haus geschlichen haben, um nackt im Pool am Silver House zu baden. Wir fanden uns so cool. Aber erinnerst du dich, dass ich gesagt habe, auf der Insel wissen alle alles? Wir haben uns komplett ausgezogen und dann gingen die Scheinwerfer an! Meine Großmutter und all ihre Freunde waren unser Publikum.«

Tränen liefen Daphne übers Gesicht, weil sie so sehr lachen musste. »Wer hat die Scheinwerfer eingeschaltet?«

»Meine Großmutter!«

Unbeschwert ließ sie sich auf den Rücken fallen. »Ich hab sie jetzt schon ins Herz geschlossen!«

Jock lachte, beugte sich über sie und war froh, dass sie nicht mehr verlegen war. »Siehst du? Mir war schon oft im Leben etwas peinlich.« Seine Gedanken wanderten zu Vorfällen, die mehr in der Gegenwart lagen. »Aber Daph, das alles ist nichts im Verhältnis zu dem, wie unangenehm es mir jedes Mal war, wenn ich so armselig auf Hadley reagiert habe, und das ist die absolut ehrliche Wahrheit.«

Ihr Lachen verebbte. »Ich weiß.«

»Und diese ganze Sache mit Archer ist mir auch unangenehm.«

Sie strich ihm über die Wange. »Das tut mir leid.«

»Ich möchte das Verhältnis zu ihm wieder auf die Reihe kriegen, aber ich weiß nicht wie.«

»Hast du es jemals wirklich versucht?« Sie rutschte unter ihm zur Seite, setzte sich auf und bedeckte sich mit dem Laken.

Auch er setzte sich auf. »Wie gesagt, es ist kompliziert.«

»Dann ist es vielleicht an der Zeit, die Komplikation herauszunehmen.« Sie sagte das, als wäre es das Einfachste auf der Welt. »Jules würde dich offensichtlich unterstützen. Deine anderen Brüder und Schwestern auch?«

»So leicht ist das nicht.«

»Natürlich nicht. Wenn es leicht wäre, dann wärst du wohl nicht zu Harvey gezogen. Oder vielleicht schon, angesichts dessen, was du durchgemacht hattest. Aber zumindest hättest du wahrscheinlich schon den Versuch unternommen, dich mit Archer zu versöhnen.«

»Ich gebe mir die Schuld«, gestand er. »Ich weiß, dass du das nicht hören willst, aber wenn Archer mich ansieht, dann sieht er den Typen, der den Tod seiner besten Freundin verursacht hat. Und so sehe ich das auch.«

»Das weiß ich, und vielleicht wirst du dieses Gefühl immer haben, auch wenn ich das nicht hoffe.« Das Laken noch um ihre Taille geschlungen, nahm sie seine Hand. »Jock, ich werde dir keine Vorwürfe machen, egal, wie deine Antwort lautet, aber willst du dich wirklich mit Archer versöhnen?«

Die Emotionen brodelten in ihm. »Ja, er fehlt mir. Sie alle fehlen mir. Aber ich glaube, er wird nicht einmal mit mir reden. Er tut alles, um mir aus dem Weg zu gehen, wenn ich dort bin.«

»Dann komme ich mit dir«, bot sie an. »Ich werde meine Mutter bitten, Hadley zu nehmen, und wir fahren zusammen. Ich bin eine tolle moralische Stütze.«

»Auf keinen Fall. Das Letzte, was du gebrauchen kannst, ist

Stress wegen meinem Mist.«

»Du hast gerade gesagt, dass du der Mann an meiner Seite bist, oder?«

»Ja, aber das hat nichts damit zu tun. Das hier betrifft nur mich.«

Sie hob die Augenbrauen und ahmte ihn mit tiefer Stimme nach: »»Du und Hadley seid Teil meines Lebens, Baby. Somit geht es dich etwas an.‹«

Er lachte leise. »Klugscheißerin.«

»Du bist Schriftsteller, Jock. Du erfindest Hintergrundgeschichten und verflechtest aus dem Nichts verschiedene Leben. Du weißt, wie jede Kleinigkeit, die deine Figuren erleben, sich auf andere Aspekte ihres Daseins auswirkt.«

»Ich will nicht, dass du das alles siehst. Es ist hässlich.«

»Aber genau darum geht es ja. Ich sehe es bereits. Ich sehe es in deinen Augen, wenn du von der Insel sprichst, und ich höre es in deiner Stimme, wenn du von deiner Familie erzählst.« Sie rutschte etwas näher an ihn heran. »Guck doch nur mal, wie weit du es in so kurzer Zeit mit Hadley gebracht hast. Dir war vorher nicht klar, dass du so schnell so viel überwinden könntest, bis du diese Tür geöffnet und es versucht hast. Dass du dieses Risiko eingegangen bist, hat dich wieder zum Schreiben befähigt. Du kannst nicht wissen, ob diese Kluft zwischen dir und Archer deine Beziehung zu mir, Hadley oder sonst jemanden beeinträchtigt. Woher willst du wissen, ob sie nicht auch deine Kreativität blockiert und dich am Schreiben hindert? Wir beide haben gesehen, wie sehr es Jules zu schaffen macht. Du hast über zehn Jahre mit deiner Familie verloren. Reicht das nicht?«

»Doch, das reicht«, entgegnete er etwas heftig. »Aber ich will nicht, dass meine Familie in den Konflikt zwischen mir und meinem Bruder hineingezogen wird. Die Insel ist Archers Zuhause.«

»Sie alle stecken schon mittendrin, Jock. Wie sollte es auch anders sein? Und war die Insel nicht auch *dein* Zuhause?«, fragte sie leise.

Er wusste, dass sie recht hatte, auch wenn er sich oft genug sagte, dass es nicht so war.

»So, wie ich es sehe«, sagte sie und legte dabei den Kopf auf die Seite, »hat Archer seine beste Freundin verloren, und du hast die Frau, die dir sehr viel bedeutet hat, und dein Baby verloren. Außerdem habt ihr beide einander verloren. Das alles ist schrecklich. Aber dabei geht es nicht nur um euch beide. Du hast dort deine Familie, und jeder Tag, den du nicht bei ihnen bist, ist unwiederbringlich verloren.« Sie richtete sich ein wenig auf, als müsste sie ihren Mut zusammennehmen, um das zu sagen, was sie sagen wollte. »Ich würde gern glauben, dass aus uns beiden wirklich etwas werden könnte, und mir ist klar, dass ich sehr weit vorpresche, aber mit Hadley muss ich vorausden- ken. Sagen wir, wir bleiben zusammen. Wie würdest du ihr die Situation erklären, wenn sie älter ist und mehr über deine Familie erfahren will?«

»Ich würde mir etwas überlegen.«

»Da bin ich mir sicher. Aber der Gedanke, dass du diese Last die ganze Zeit mit dir herumträgst, macht mich traurig. Was ist, wenn wir zusammenbleiben und noch mehr Kinder bekommen? Ich will dir keine Angst einjagen, dich nicht bedrängen oder etwas voraussetzen, aber das sind Sachen, über die sich eine alleinerziehende Mutter Gedanken macht. Du willst Hadley bestimmt nicht erzählen, dass du nicht mehr mit deinem Bruder sprichst, oder? Was für ein Vorbild wärst du dann? Ich kenne dich! Ich habe beobachtet, wie du das

kleckernde Eis meiner Tochter gegessen hast. Ich habe miter-
lebt, wie du von dem Kerl, der beim ersten Anflug von Angst
die Flucht ergriffen hat, zu dem Mann geworden bist, der
meiner kleinen Tochter diese Angst auf eine Art erklärt hat, die
euch beiden geholfen hat. Du hast ein riesengroßes Herz, Jock.
Keine Sekunde lang glaube ich, dass du willst, dass sie und
unsere Kinder – wenn wir gemeinsame bekommen – das für in
Ordnung halten.«

Allein der Gedanke daran war mehr, als er ertragen konnte.
Die Emotionen schnürten ihm die Kehle zu.

Sie drückte seine Hand. »Jules heute zu sehen, hat mir wirklich gezeigt, was dir entgeht. Denk an deine Eltern. Weißt du
noch, als wir uns über Musik unterhalten haben, und ich dir
erzählt hab, dass Blue Foster einer meiner Lieblingskünstler ist?«

»Ich erinnere mich daran.«

»Er hat dieses Lied ›Dog East West‹, in dem er davon singt,
dass wir es unseren Eltern schuldig sind, ihnen zu erzählen,
welchen Träumen wir nachjagen und wie lange wir fort sein
werden. Denk darüber nach, Jock. Du jagst keinem Traum
hinterher, aber im Grunde ist es das Gleiche. Unsere Eltern
haben sich Tag für Tag um uns gekümmert. Als Mutter weiß
ich, dass es nichts Schlimmeres gibt, als wenn dein Kind
Schmerzen hat, und ich weiß auch, dass es egal sein wird, ob
Hadley zwei, zehn oder dreißig Jahre alt ist. Es wird mir immer
wehtun, wenn ihr etwas wehtut. Sind wir unseren Eltern nicht
diesen inneren Frieden schuldig? Wahrscheinlich trauern deine
Eltern noch immer um die gebrochenen Herzen ihrer Söhne
und eure zerbrochene Beziehung. Ich glaube nicht, dass sie
wirklich darüber hinwegkommen, wenn ihr – du und Archer –
nicht mit euch im Reinen seid.«

Er musste schlucken, denn ihre Worte trafen wie Pfeile in

seine Brust.

»Die Familie ist so wichtig, Jock. Ich weiß, dass Harvey deine Familie geworden ist. Aber er ist nicht mehr da und du hast da draußen noch eine Familie. Alle Familien machen schwere Zeiten durch. Aber was ist – möge es niemals geschehen –, wenn jemand in deiner Familie krank wird und im Krankenhaus liegt? Würdest du kurz vorbeischauen, weil du Angst hast, wie schwierig es mit Archer sein würde, oder würdest du am Bett ausharren wollen?«

Er dachte an Jules und wusste, dass sie recht hatte.

»Was ist, wenn deine Brüder oder deine Schwestern heiraten? Gehst du hin?«, fragte sie mit gequältem Gesichtsausdruck. Sie hielt inne, richtete sich wieder etwas auf und zog das Laken vor ihre Brust. »Es tut mir leid. Ich bin wahrscheinlich zu aufdringlich und mische mich viel zu sehr ein.«

Sie war weitaus entschlossener als sonst. Ihm wurde bewusst, dass sie ebenso entschlossen war wie in dem Moment, in dem sie gesagt hatte, dass sie nicht mit einem Mann zusammen sein konnte, der die Gegenwart ihrer Tochter nicht ertrug.

»Es war ein Fehler von mir, zu glauben, dass die Situation mit Archer dich nicht betrifft. Das hier ist dir wichtig, oder?«, fragte er.

»Ja, weil du mir wichtig bist. Du bist *uns* wichtig.«

Ein schlechtes Gewissen überkam ihn, und er wusste, was er zu tun hatte. »Ich muss dir etwas erzählen. Als ich Jules beim Mittagessen von uns erzählt habe, habe ich ihr nichts von Hadley gesagt. Ich wollte nicht die Vergangenheit mit ihr breittreten. Aber nicht, weil ich nichts für Hadley empfinde! Ich empfinde für sie ebenso viel wie für dich. Es ist nur, dass …«

»Du musst mir nichts erklären. Ich weiß, welche Gefühle du uns beiden entgegenbringst. Dass du Hadley nicht erwähnt hast, verstehe ich, und nur weil ich das alles jetzt anspreche, bedeutet es nicht, dass ich mir ein Urteil über dich erlaube oder etwas anderes für dich empfinde, wenn du entscheiden solltest, nur kurz oder auch gar nicht auf das Fest zu gehen. Du unternimmst so viel, um für mich und Hadley gut zu sein. Ich möchte nur sicher sein, dass du ebenso viel tust, um gut zu dir selbst zu sein. Und du sollst wissen, dass ich dich gern begleite, dass ich es gemeinsam mit dir tun würde. Wir sind ein Team und ich würde dich absolut unterstützen. Vielleicht werde ich schnell verlegen, aber meine Löwenmamakrallen fahren immer aus, um die Menschen zu beschützen, die mir wichtig sind.«

»Diese Krallen habe ich schon gesehen.« Er drückte die Lippen auf ihre. »Danke, Baby. Lass mich darüber nachdenken.«

»In Ordnung, du denkst darüber nach. Ich verschwinde kurz im Bad. Bin gleich zurück.«

Splitterfasernackt ging sie zum Badezimmer und er fand es herrlich. Er hatte keine Ahnung, wie eine Frau, die rot wurde, weil sie sexy war, ihm derart den Kopf waschen konnte, aber …

Beschwingt kam sie wieder aus dem Bad heraus und schnappte sich auf dem Weg zum Bett sein T-Shirt. »Es ist noch früh. Wie wär's mit einer Partie Scrabble, die du mit Sicherheit verlierst?«, fragte sie, während sie sich sein T-Shirt überzog und einen frischen Slip aus der Schublade nahm.

»Worum spielen wir?«, fragte er und ging auf sie zu, als sie den Slip anzog. »Und sag jetzt nicht, wenn ich verliere, müssen wir zur Party meiner Großmutter gehen, denn ich habe mich schon entschieden.«

»Ach ja?«

Die Hoffnung in ihrem Blick verriet ihm, dass er die richtige Entscheidung gefällt hatte. »Ja. Wir gehen hin. Es ist an der

Zeit, dass ich diesen Mist auf die Reihe kriege. Bist du dir sicher, dass deine Eltern nichts dagegen haben, auf Hadley aufzupassen? Ich weiß nicht, wie Archer reagieren wird, deshalb ist es wahrscheinlich einfacher, wenn sie nicht dabei ist. Keine Sorge, ich habe nicht vor, sie zu verschweigen. Ich werde meiner Familie von ihr erzählen, während wir dort sind. Ich möchte, dass du bei mir bist, und ich bin mir sicher, wenn ich ohne dich auftauche und Archer mich nicht umbringt, dann wird Jules es tun. Aber bist du dir wirklich sicher, dass du mitkommen willst? Ich möchte nicht, dass du das Gefühl hast, zwischen die Fronten zu geraten oder mitkommen zu müssen.«

»Ich bin so stolz auf dich!« Sie schlang die Arme um ihn. »Meinen Eltern macht es ganz sicher nichts aus, Hadley zu nehmen, und ich will unbedingt mit. Ich unterstütze dich zu hundert Prozent. Du kannst auf mich zählen! Ich nehme noch Nachhilfe in bösen Blicken bei Hadley, damit ich jeden, der dir blöd kommt, mit meinem Blick in die Schranken weisen kann.«

Er legte die Arme um sie. »Ihr Zablonski-Mädels habt mich vollkommen verzaubert. Seit Jahren bombardiert mich meine Familie mit der Bitte, mich mit Archer zu versöhnen, und du schaffst es an einem einzigen Abend, mich zu einem Versuch zu überreden.«

»Ach, komm«, sagte sie scherzhaft, »wir wissen doch beide, dass du dich nur dazu entschlossen hast, weil du es nicht abwarten kannst, mich irgendwo auf Silver Island zu verführen. Guck dir doch an, welche Frau du schon in mir zum Vorschein bringst, wenn Hadley im Zimmer direkt nebenan ist.« Sie ging auf die Zehenspitzen und küsste ihn. »Ich hoffe, dass es schallgedämpfte Wände gibt, wo wir schlafen werden, denn ich habe keine Ahnung, was noch so in mir zum Vorschein kommt, wenn wir eine ganze Nacht für uns allein haben.«

Sechzehn

»Ich finde, sie sollte ganz auf sexy setzen und das volle Programm fahren.« Chloe hielt ein glitzerndes silbernes Kleid in die Höhe. »Soll sein Bruder ruhig sehen, was für ein Glück Jock hat.«

Daphne hatte eine richtige Mittagspause eingeplant, um sich mit Tegan und Chloe ein Kleid in Renees Boutique auszusuchen. Es war kaum zu glauben, dass zwei Wochen vergangen waren, seit Jock den Entschluss gefasst hatte, zur Geburtstagsfeier seiner Großmutter zu gehen. Seine Meinung hatte er nicht geändert, auch wenn Daphne in gewissen Augenblicken Zweifel in seinen Augen gesehen hatte. Bei allem, was ihm bevorstand, war das jedoch nur zu verständlich.

»Das ist entzückend«, sagte Daphne. »Aber ich mache mir weniger Sorgen darum, seinen Bruder zu beeindrucken, als darum, an diesem Wochenende für Jock da zu sein. Gibt es das in meiner Größe?«

»Du weißt doch, dass ich immer versuche, deine Größe dazuhaben, Dee«, sagte Renee und sah Daphne verdutzt an. »Chloe, guck doch mal auf der anderen Seite des Ständers.«

»Du musst nachsichtig mit ihr sein, Renee«, erklärte Tegan. »Sie und Jock befinden sich in diesem Stadium, in dem sie das

Mama-Papa-Kind-Leben ausprobieren. Da darf sie schon mal auf ihrer Wolke sieben schweben.«

Es war wirklich so. Ihre Leben vereinten sich harmonisch, ohne dass sie irgendwelche Berge erklimmen oder Täler durchschreiten mussten. Es hatte einige Stolpersteine gegeben, die sie gemeinsam beiseitegeräumt hatten. Jock vermied immer noch, Hadley auf den Arm zu nehmen, aber die beiden waren so vertraut miteinander, dass Daphne sich kaum noch an die Zeit erinnern konnte, in der es ihm nicht möglich gewesen war, ihre Gegenwart zu ertragen. Daphne schwebte jeden Tag in glückseligen Höhen, auch wenn sie sich nicht liebten. Allein das Zusammensein machte sowohl ihres als auch Hadleys Leben besser, und das wollte sie auch nicht leugnen. Dies war ihr erster Ausflug auf die Wolke sieben und sie wollte sie nie wieder verlassen.

»Meine Schwester spielt mit niemandem Mama-Papa-Kind, bevor Sean und ich ihn noch nicht in die Mangel genommen haben«, widersprach Renee.

»Zu spät«, wandte Chloe scherzend ein.

»Du hast ihn noch nicht kennengelernt?«, fragte Tegan.

»Noch nicht. Ich hab so viel um die Ohren«, sagte Renee. »Aber nächstes Wochenende, wenn sie von der Insel zurückkommen, hat Hadley Geburtstag, und dann bin ich bereit für das Verhör.«

»Danke für die Vorwarnung«, sagte Daphne. »Ich enthalte ihn euch nicht absichtlich vor. Wir hatten alle ziemlich viel zu tun. Ich hab endlich das Buch für den Buchclub zu Ende gelesen und die Fragen für unser Treffen nächste Woche vorbereitet, und Jock schreibt jeden Tag, manchmal bis in den Abend hinein.«

»Das ist toll«, sagte Tegan.

»Und wie. Er hat seine Muse gefunden!«, rief Daphne begeistert aus. »Worüber er schreibt, verrät er nicht, aber ihr solltet ihn mal sehen, wenn er in seine Welt abgetaucht ist. Zwei Mal bin ich mitten in der Nacht aufgewacht und hab gesehen, wie er im Dunkeln auf dem Stuhl sitzt und schreibt. Dann ist er so vertieft, als hätte er Scheuklappen an.«

»Ich weiß ja, dass ihr es treibt wie die Karnickel, weil du diesen strahlenden Neue-Feuchtigkeitscreme-Teint hast«, scherzte Renee, »aber schafft ihr es abgesehen von eurem Matratzensport sonst noch Zeit miteinander zu verbringen?«

»Natürlich. Wir essen meistens mittags zusammen.« Daphne liebte diese Momente allein mit Jock. Auch wenn es schwer war, sich nach der Mittagspause voneinander zu verabschieden – ebenso wie es nicht leicht war, in den frühen Morgenstunden auseinanderzugehen, nachdem sie sich in den Armen gelegen hatten. »Und wir sehen uns an den Abenden, zusammen mit Hadley, und auch das ganze Wochenende. Das letzte Wochenende war das beste überhaupt, dabei haben wir gar nicht so viel gemacht. Wir sind mit Hadley am Strand spazieren gegangen, haben Muscheln gesammelt und einen Nachmittag am Leuchtturm von Eastham verbracht. Kaum zu fassen, dass ich mit ihr noch nie bei einem Leuchtturm war. Hadley hat den Wärter ausgefragt und ist die alte, enge Treppe im Inneren bestimmt zehnmal hochgelaufen. Später haben wir im Gras ein Picknick gemacht und dann einfach nur mit Hadley gespielt. Zu Hause haben wir gegrillt und mit Hadley *Eiskönigin* geschaut. Euch kommt unser einfaches Leben sicher langweilig vor. Aber diese Spaziergänge am Strand, stressfreie Mittag- und Abendessen und gemeinsame Nächte in seinen Armen, das ist einfach …« Sie zuckte mit den Schultern. »Perfekt. Ich kann mir nicht vorstellen, glücklicher zu sein.«

»Ich finde, das klingt großartig«, sagte Tegan. »Jett und ich gehen auch nicht oft aus und es fehlt mir kein bisschen.«

»Wenn alles stimmt, braucht man eben auch nur einander«, sagte Chloe. »Aber du kannst nicht nackt auf das Fest gehen. Also, wie wäre es mit diesem Kleid?« Noch einmal hielt sie das Glitzerkleid in die Höhe. »Ja oder nein?«

»Findet ihr es zu auffällig?« Daphne konnte ja auch etwas anziehen, das sie bereits in ihrem Kleiderschrank hatte. Sie hatte einige ihre Kleider anprobiert, und Jock hatte geschwärmt, wie toll sie in jedem einzelnen aussah. Vor allem in dem letzten, das sie ihn hatte ausziehen lassen, bevor er sie letzte Nacht Richtung Bett geführt hatte. Aber für ihn und seine Familie wollte sie ganz besonders aussehen. »Jock und Jules haben beide gesagt, dass das Abendessen ziemlich schick wird, aber ich will es auch nicht übertreiben. Tegan, du kennst doch seine Familie. Was meinst du?«

»Ach ja, stimmt! Hast du Archer auch kennengelernt?« Renee sprach den Namen aus, als wäre er ein Schimpfwort.

»Nein, aber alle anderen«, erklärte Tegan. »Als ich noch in Peaceful Harbor gewohnt habe, war ich jeden Sommer bei Onkel Harvey zu Besuch. So habe ich mich mit Jock angefreundet. Seine Familie habe ich getroffen, wenn sie ihn besucht haben, aber Archer war nie dabei. Was die Klamotten angeht, kannst du wohl nicht viel falsch machen. Seine Schwestern sind ziemlich modebewusst. Sutton war sogar Redakteurin bei einem Modemagazin, bevor sie Reporterin geworden ist, also kannst du dir sicher sein, dass sie etwas Modisches tragen wird. Jules gleicht einer sprudeligen Sektflasche. Sie wird sich wahrscheinlich jugendlich und sexy anziehen, und ihr traue ich auch glatt Pailletten zu. Und das könnte sie auch tragen, und du auch, Daph. Leni ist dagegen eher wie ein Chardonnay, sie ist unkompliziert, nicht so auffällig wie Jules, und total süß.«

»Das macht Daph dann wohl zu einer Weinschorle«, scherzte Chloe. »Sie ist süß, spritzig und unwiderstehlich.«

Alle lachten.

»Auch wenn ich dieser Einschätzung voll zustimme und allen zu gern meine hinreißende Schwester zeigen möchte, bin ich mir doch nicht sicher, ob die supersexy Variante angebracht ist, wenn man zum ersten Mal auf die Eltern seines Typen trifft.« Renee hielt ein kurzes hellgrünes Kleid hoch, das aus einem überkreuzten Oberteil mit Herzausschnitt und einem Chiffonrock zusammengesetzt war. »Wie wäre es mit so etwas? Etwas zurückhaltender, dabei aber raffiniert und elegant. Dazu könntest du goldfarbene Highheels und hängende Ohrringe tragen. Ich hab hinten die perfekten Schuhe dafür. Teg, könntest du die mal holen?«

»Klar!« Tegan eilte davon.

Daphne strich über den Stoff. »Das ist wunderschön.«

»Bist du schon nervös?«, wollte Renee wissen.

»Wäre komisch, wenn ich es nicht wäre, oder? Ich lerne seine Familie kennen und will einen guten Eindruck machen, und dann ist da auch noch die ganze Sache mit Archer. Wir haben keine Ahnung, was wir von ihm zu erwarten haben. Leute, ich bin so stolz auf Jock, dass er diesen Schritt geht. Ich möchte so sehr, dass sie wieder ein gutes Verhältnis aufbauen können. Die Kluft zwischen ihnen belastet Jock unfassbar. Aber ich stehe hinter ihm, langfristig, egal wie das hier ausgeht.«

»Hört, hört«, scherzte Renee.

»Ich weiß, das klingt alles so schmalzig. Es ist kaum zu beschreiben, wie sehr ich ihn mag. Mir läuft ein Schauer über den Rücken, wenn ich nur daran denke, wie glücklich wir sind. Hadley ist ganz vernarrt in ihn. Sie lächelt jetzt viel mehr, und ich weiß, dass es an ihm liegt und auch daran, dass ich viel glücklicher bin. Er gibt uns immer das Gefühl, etwas Besonderes zu sein, und er soll wissen, dass er auch für uns etwas ganz Besonderes ist. Ich will ihm zeigen, dass ich über die Probleme mit ihm und Archer hinaussehe. Ich sehe den wunderbaren Mann.« Sie sah die solidarischen Blicke ihrer Schwester und ihrer Freundinnen. »Und ich quassele mal wieder ohne Ende.«

»Deine Quasselei ist sehr informativ. Jock hat ein Riesenglück«, meinte Renee augenzwinkernd.

»Danke.« Das Lob ihrer Schwester tat Daphne gut. »Was das Kleid angeht … da möchte ich etwas haben, das sexy ist, ja, aber es darf nicht übertrieben wirken. Ich will Jocks Fels in der Brandung sein, sein sicherer Hafen, eine Frau, auf die er zählen und auf die er stolz sein kann. Ganz ehrlich? Ich will das sein, was immer er an diesem Wochenende braucht.«

»Schätzchen, du bist eindeutig das, was Jock braucht, unabhängig davon, was du anziehst. Er ist in letzter Zeit ein ganz anderer Mann«, sagte Tegan, die in der einen Hand die hübschen goldfarbenen Highheels hielt und in der anderen ein entzückendes cremefarbenes Cocktailkleid mit goldenen Sprenkeln auf der Corsage. »Gestern Vormittag kam er auf dem Weg vom Fitnessstudio nach Hause kurz vorbei und hat nur von dir und Hadley erzählt. Ich hab gefragt, wie es mit dem Schreiben läuft, und dann hat er die nächste Viertelstunde davon geschwärmt, wie du den Weg zu seiner Kreativität freigelegt hast. Also was immer du auch mit ihm anstellst, mach weiter damit und zeig Stehvermögen.«

»Ich glaube nicht, dass sie Probleme damit hat, für sein Stehvermögen zu sorgen«, meinte Chloe kichernd. »Und für den Fall, dass ich es noch nicht oft genug gesagt habe, Daph, aber du hast es verdient, mit einem Mann zusammen zu sein, der sieht, wie fabelhaft du und Hadley seid.«

»Bin ganz deiner Meinung«, stimmte Renee zu. »Es wurde auch Zeit, dass ein guter Mann meine krasse Schwester anerkennt.«

Daphne lachte. »Krass? Ich bin in etwa so weit entfernt von *krass*, wie eine Frau es nur sein kann. Du bist hier die Krasse.«

Renee sah sie ernst an. »Daph, ich würde alles dafür geben, so zu sein wie du. Ich bin tough, aber glaub mir, das macht es nicht immer leicht. Du bist das Komplettpaket. Du kriegst immer alles auf die Reihe, du bist eine tolle Mutter und du bist unfassbar hübsch.« Sie umarmte Daphne. »Wisch dir diesen rührseligen Gesichtsausdruck aus der Visage und komm in die Gänge, bevor du zurück zur Arbeit musst. Diese Kleider probieren sich nicht von allein an.«

Die Frauen schoben sie mit ihrer Kleiderauswahl in eine Umkleidekabine und Renee fragte: »Was brauchst du sonst noch für Outfits? Wir können dir noch etwas raussuchen, während du das anprobierst.«

»Ich brauche sonst nichts. Am Samstagmorgen nehmen wir die Fähre zur Insel, und wenn alles gut läuft, dann übernachten wir im Haus seiner Eltern und kommen Sonntag zurück. Wenn es nicht so gut läuft, kommen wir Samstagabend wieder.«

»Zum ersten Mal seit drei Jahren gehst du allein mit einem Mann auf Reisen, Mama«, mahnte Chloe. »Wenn es je einen Zeitpunkt für neue Klamotten gegeben hat, dann jetzt. Du brauchst etwas für die Überfahrt ...«

»Nein, brauche ich nicht!« Daphne schüttelte den Kopf. »Außerdem glaube ich, dass der restliche Samstag eher zwanglos wird. Vor dem Fest spielt seine Familie noch Touch Football, und alle helfen dabei, auf dem Weingut das Fest vorzubereiten, worauf ich mich wirklich freue.«

»Diese Steeles sollten sich in Acht nehmen«, sagte Tegan. »Wissen die, dass du Entzugserscheinungen hast, was die Eventplanung angeht?«

»Es ist ja nicht so, als würde ich alles an mich reißen oder so.« Obwohl sie allein bei dem Gedanken, die Vorbereitungen für die Party zu unterstützen, ganz aus dem Häuschen geriet.

»Nein, dafür bist du viel zu anständig.« Renee zog den Vorhang der Umkleidekabine zu. »Wir wollen jedes einzelne Kleid an dir sehen. Kommt, Mädels, lasst uns mal nach einem süßen Outfit für Touch Football Ausschau halten.«

Vierzig Minuten später hatte Daphne viel mehr neue Kleidungsstücke, als sie in einer Woche, geschweige denn an einem Wochenende tragen konnte. Renee gab ihr die letzte Einkauftüte und sagte: »Guckt euch mal meine kleine Schwester an, so erwachsen und bereit, es mit der ganzen Welt aufzunehmen, um ihren Kerl auf den richtigen Weg zu bringen.«

Daphne umarmte sie. »Vielen Dank für alles.«

»Kein Grund, nervös zu sein. Nach dem, was du erzählt hast, passt ihr beide wirklich gut zusammen. Es gibt nichts, was du nicht schaffen kannst.« Renee hob einen mahnenden Zeigefinger. »Aber wenn ihr zurückkommt, schleppst du ihn gefälligst mal her, damit ich ihn kennenlernen kann.«

»Versprochen«, sagte Daphne. »Wir haben nur einfach immer so viel zu tun.«

»Anders ausgedrückt: Sie sind nicht gewillt, auch nur eine Sekunde von ihrer gemeinsamen Zeit für jemanden außerhalb ihrer kleinen Familie zu opfern«, sagte Chloe.

Als sie den Laden verließen, sagte Tegan: »Du und Jock habt so viel durchgemacht. Es scheint, ihr wärt füreinander gemacht.«

»*Er* hat so viel durchgemacht.« Daphne hoffte, dass dieses

Wochenende für ihn nicht zu einer einzigen Überforderung werden würde.

»Aber er ist stark«, sagte Tegan.

»Manchmal führen uns die härtesten Dinge im Leben zu den besten Dingen«, fügte Chloe hinzu.

»Und die besten Dinge sind manchmal die härtesten«, sagte Daphne.

Chloe und Tegan lachten.

Daphne wurde bewusst, wie sie ihre Worte aufgefasst hatten. »Oh mein Gott, Leute!«, rief sie aus. »*So* hab ich das doch nicht gemeint!«

Chloe und Tegan sahen sich an. »Pfirsich!«, platzte es gleichzeitig aus ihnen heraus, bevor sie in schallendes Gelächter ausbrachen.

Siebzehn

Jock lag am Samstagmorgen in Daphnes Bett und beobachtete durch einen Spalt in den Vorhängen den Sonnenaufgang. Hadley hatte die Nacht bereits im Haus von Daphnes Eltern geschlafen und er und Daphne hatten sich mit ihren Freunden bei einem Lagerfeuer am Strand getroffen. Daphne hatte nicht übertrieben, als sie gesagt hatte, sie wüsste nicht, was für eine wilde Seite von ihr zum Vorschein kommen könnte, wenn Hadley nicht im Nebenzimmer schlief. Nach dem Lagerfeuer hatten sie es kaum durch die Eingangstür geschafft, als sie sich schon die Kleider vom Leib gerissen und den Flur, das Sofa und die Küchentheke eingeweiht hatten, bevor sie schließlich zu erschöpft auf das Bett gefallen waren, um sich überhaupt noch zu regen. Er hatte unruhig geschlafen, weil er einerseits voller Nervosität auf das schaute, was der Tag wohl bringen würde, sich aber andererseits auch darauf freute, Daphne seiner Familie vorzustellen und ihr die Insel zu zeigen. Seine Mutter war begeistert gewesen, als er sie angerufen und ihr erzählt hatte, dass er Daphne nach Hause mitbringen würde. *Nach Hause.* Seit Langem hatte sich die Insel nicht mehr wie sein Zuhause angefühlt, aber Daphne, seine hoffnungsvolle Realistin, wollte einfach nicht zulassen, dass er die Insel nur als Archers Zuhause ansah. Es war auch einmal seines gewesen.

Wenn in der Vergangenheit Harvey oder jemand aus Jocks Familie ihn dazu ermuntert hatte, sich mit Archer auszusprechen, hatten sie ihr sanftes Drängen zwar gut gemeint, aber nicht viel darüber gesprochen, dass es auch schlecht laufen könnte. Daphne beschönigte nicht, wie schwierig es vielleicht sein würde. Sie sah seine Befürchtungen als berechtigt an, und in den letzten zweieinhalb Wochen, seit er beschlossen hatte, zu dem Fest zu gehen, hatte sie sogar gesagt, dass es schlimmer werden könnte, als er es sich ausmalte. Doch sie hatte ihn gedrängt, trotzdem zu gehen.

Er betrachtete sie, wie sie nackt auf dem Bauch neben ihm lag, mit einer Locke auf der Wange und einem Arm unter dem Kissen, während der andere aus dem Bett hing. Einer ihrer Füße steckte unter der Decke am Fußende. Er würde alles für sie tun. Sie war sein schönes hoffnungsvolles Mädchen, und sie glaubte, dass sich zwischen ihm und Archer alles wieder einrenken würde, weil sie an die Kraft der Familie glaubte und weil sie an *ihn* glaubte. Sie hatte ihm dabei geholfen, den Mann wiederzufinden, der er einst gewesen war, und dank ihr wurde er sogar zu einem besseren Mann. Auf den er stolz sein konnte. Den sie und Hadley verdient hatten. Ihr fester Glaube und ihre ansteckende Hoffnung sorgten dafür, dass er endlich etwas unternahm, um aus seinem selbst auferlegten Exil herauszukommen und wieder seine Familie zu genießen. Deshalb wusste er, dass er es überstehen würde, egal wie schwer es werden würde.

Er war bereit, sich den Dämonen seiner Vergangenheit zu stellen.

Nachdem er sich bei seinem kostbaren Engel dafür bedankt hatte, dass sie ihm zur Seite stand. Denn das war sie für ihn geworden, sein Engel, und er war sich ziemlich sicher, dass der Himmel sie geschickt hatte – genauer gesagt Harvey, der immer zu wissen schien, was er wirklich brauchte.

Jock rutschte ans Bettende und küsste sich an ihren Beinen hinauf. Sie gab schläfrige, wohlige Laute von sich, während er ihren Körper liebkoste und Küsse auf die Rückseite ihres Oberschenkels hauchte, über die Wölbung ihres köstlichen Hinterns und ihre Wirbelsäule hinauf. Er war so froh, dass sie sich nicht mehr ständig bedecken wollte und dass sie ihn alles an ihr genießen ließ. Er stützte sich ab und schob ihr die Haare aus dem Gesicht, während seine Hüfte an ihrem Gesäß ruhte.

Er küsste ihren Hals. »Guten Morgen, mein Engel.«

»Kennst du nicht die Regel Nummer eins aller alleinerziehenden Mütter? Wecke sie niemals auf, wenn im Nebenzimmer niemand ist, der unter einem Meter groß ist.«

Sie drehte sich unter ihm um, und er stellte überrascht fest, dass ein grimmiger Blick in ihrem schönen Gesicht lag.

»Oh, Mist! Tut mir leid, Daph.«

Er wollte gerade von ihr wegrücken, als sie ihn am Arm packte und ihr finsterer Ausdruck einem Kichern wich.

»Ich habe an meinem wütenden Hadley-Blick gearbeitet, für den Fall, dass ich ihn heute brauche. Hat anscheinend funktioniert.«

»Und ich dachte ernsthaft, ich hätte Mist gebaut.« Er kitzelte sie, sie kreischte und versuchte, ihm zu entkommen, doch er hielt sie fest und erfreute sich an ihrem unbeschwerten Lachen. »Du bist so grausam, Miss Zablonski.«

»Ich wollte nur sicher sein, dass mein böser Blick stark genug ist, um dir den Rücken zu stärken«, sagte sie kichernd.

Ihre schier endlose Unterstützung ließ sein Herz Purzelbäume schlagen. »Ich will dich an meiner Seite haben, Baby, nicht hinter meinem Rücken.«

»Und was ist, wenn ich dich *in* mir haben will?« Sie hob die Hüfte an, ließ die Beine auseinanderfallen und strich über seine harte Länge. »Ich verspreche dir auch, dass ich dich nicht böse anschauen werde«, flüsterte sie.

»Himmel, Daph! Du hast mich wahrhaft verzaubert.«

Er senkte seine Lippen auf ihre, als ihre Körper zueinanderfanden, und er genoss das Gefühl ihrer engen Hitze und ihres warmen, wohligen Mundes. Sie fühlte sich zu gut an, um es langsam anzugehen. Er vertiefte den Kuss, seine Stöße wurden schneller. In perfektem Einklang nahmen und gaben sie beide gleichermaßen. Er hatte gedacht, Daphne zu küssen, war schon überwältigend, doch sie zu lieben, trug ihn in ganz neuartige Höhen. Sie ließ den Kopf mit einem Stöhnen in den Nacken fallen, ihre Fingernägel gruben sich in seine Haut. Das war ihre Sprache, die ihm verriet, dass sie kurz davor war, die Kontrolle zu verlieren. Er hob ihr Bein neben seiner Hüfte an und nahm sie noch tiefer.

»Jock!«, flehte sie.

Er spürte, wie ihre Oberschenkel sich anspannten. Ihre Hände glitten hinunter, drückten an seine Hüften und er wurde schneller. Die Hitze schoss seinen Rücken hinab, als er fester stieß, tiefer in sie eindrang und krampfhaft versuchte, seinen eigenen Höhepunkt zurückzuhalten. Sie schrie seinen Namen, ihre inneren Muskeln zogen sich wunderbar um seine Länge zusammen und das ganze Universum geriet ins Trudeln. Gemeinsam schossen sie inmitten von begehrendem Stöhnen und drängenden Stößen in unendliche Höhen. Er umklammerte ihre Schultern und zischte mit jedem einzelnen überwältigenden Pulsieren immer wieder ihren Namen. Als das letzte Beben durch seinen Körper dröhnte, ließ er den Kopf neben ihren sinken und versuchte, sich daran zu erinnern, wie er atmen musste.

»Ich könnte für immer genau hier bleiben«, gab er an ihrem Hals keuchend von sich.

»Klingt wunderbar.«

Selig seufzte sie auf – und wie er diesen Laut liebte!

Dann klingelte ihr Handy auf dem Nachttisch. Er stützte sich auf die Ellbogen und schaute in ihre lächelnden Augen. »So viel zu *für immer*.« Er drückte seine Lippen auf ihre, reichte ihr das Handy und legte sich dann neben sie.

»Hallo, Mom«, sagte sie und setzte sich auf. »Oh nein! Natürlich. Nein, das ist schon in Ordnung. Ich spring nur schnell unter die Dusche und bin dann gleich da.«

»Alles in Ordnung mit Hadley?«, fragte er, als sie das Handy wieder auf den Nachttisch legte.

»Ja, aber meine Mom ist krank. Sie hat Fieber und Schüttelfrost und mein Vater wurde zur Arbeit einbestellt. Das war's dann wohl mit unserem Liebeswochenende.« Sie ließ sich mit einem so enttäuschten Seufzer auf den Rücken fallen, dass es ihm einen Stich versetzte. »Ich wollte unbedingt für dich da sein. Es tut mir leid. Kommst du zurecht, wenn du allein fährst?«

Er beugte sich über sie und ihr trauriger Blick haute ihn um. »Daph, es ging nie um ein Liebeswochenende. Davon werden wir noch unzählige haben, versprochen!« Er gab ihr einen Kuss. »Komm, wir packen Hadleys Tasche und nehmen sie mit.«

»Bist du sicher, dass das nicht zu stressig wird?«

»Seit fast drei Wochen sind wir drei fast täglich zusammen. Ich kann mir einen Tag ohne euch beide gar nicht mehr vorstellen. Ihr seid meine Mädels und ich will euch beide bei mir haben. Die Zeiten sind vorbei, in denen ich zugelassen habe, dass die Vergangenheit mich davon abhält, das Leben zu führen, das ich mit dir und Hadley führen will.« Als er die Freude in ihren Augen sah, musste er sie gleich noch einmal küssen. »Ich hab das alles unter Kontrolle, Daph. Versprochen. Ich würde niemals zulassen, dass euch etwas zustößt.«

»Das weiß ich. Das wusste ich schon in dem Moment, in dem du bei unserem ersten gemeinsamen Ausflug an den Strand zum Wasser gelaufen bist und dich in deiner Catcher-Pose vor sie gehockt hast.« Sie setzte sich auf. »Macht es dir wirklich nichts aus, wenn sie mitkommt? Es wird kein einfaches Wochenende für dich. Ich will es nicht noch komplizierter machen.«

Er stand auf und zog sie zu sich hoch in seine Arme. »Du und Hadley, ihr seid mein Ruhepol. Ihr macht alles besser. Ihr müsst nicht mitkommen, wenn du dich unwohl dabei fühlst, aber ich wäre glücklicher, wenn ihr beide bei mir seid.«

»Wir wären auch glücklicher bei dir.«

»Gut, dann habe ich zwei Expertinnen für böse Blicke an meiner Seite.« Er nahm ihre Hand, führte sie ins Badezimmer und stellte die Dusche an.

»Kaperst du meine Dusche?«

»Ich dachte, wir könnten Zeit sparen und gemeinsam duschen.«

Sie stellten sich unter die Dusche und er zog ihren nassen Körper an sich. Ein verführerischer Seufzer entwich ihr. »Ich habe das Gefühl, es könnte doppelt so lang dauern.«

»Schön, dass dir das aufgefallen ist.« Als er seine Lippen auf ihre senkte, sagte er: »Ich versuche, schnell zu sein.«

Daphne fügte gemeinsames Duschen zu ihrer langen Liste mit all den Dingen hinzu, die sie öfter mit Jock tun wollte. Sie hatte nicht erwartet, dass es so anregend und witzig sein würde. Aber sie bräuchten *viel* mehr Zeit am Morgen, sollten sie das noch einmal machen. Sie kamen gerade noch rechtzeitig am Haus ihrer Eltern an, um Hadley abzuholen und die Fähre zu erwischen – wenn sie sich beeilte.

»Hier bist du aufgewachsen?«, fragte er.

»Ja.« Rasch stiegen sie aus seinem Geländewagen. »Du solltest lieber draußen bleiben. Meine Mom ist wirklich empfindlich, wenn andere sie krank sehen.«

»In Ordnung. Ich rufe Levi an, um sicherzugehen, dass er uns an der Fähre abholt.«

Sie rannte ins Haus, stolperte fast über Hadleys Rucksack und fand ihre Mutter und Hadley in der Küche. Hadley saß malend am Tisch und ihre Mutter machte sich in ihrem flauschigen Bademantel und den Fellpantoffeln gerade einen Tee. Ihre Haare waren strubbelig, die Wangen fieberrot und unter den Augen hatte sie dunkle Ringe.

»Hallo, mein Schatz.« Daphne gab Hadley einen Kuss auf den Kopf. »Mom, du siehst schrecklich aus. Warum hast du mich nicht schon gestern Abend angerufen? Ich hätte Hadley abholen können.«

»Sie hat schon geschlafen, als ich gemerkt hab, dass ich nicht nur müde, sondern krank bin. Außerdem hast du nie Zeit allein mit deinem Verehrer.« Ihre Mutter klang vollkommen erschöpft. »Keine Sorge, wir sind auf Abstand geblieben, stimmt's, kleine Maus?«

Hadley kniete auf dem Stuhl und schaute zum Fenster hinaus – und war viel zu abgelenkt, um zu antworten. »Dock! Dock is da!«

Als sie vom Stuhl kletterte, erinnerte Daphne sie: »Nimm Owly mit, bitte.«

Daphnes Mutter trat ans Küchenfenster und schaute hinaus. »Meine Güte, Schatz! Dieser Jock ist ein richtig gut aussehender junger Mann.«

»Soll ich euch kurz einander vorstellen?«

»Oh mein Gott, nein! Nicht, wenn ich so aussehe. Aber ich glaube, deine Kleine will ihn unbedingt sehen.« Sie zeigte auf Hadley, die mit der Eule in der Hand die Haustür aufzog.

»Ich zu Dock!« Hadley rannte hinaus.

»Dann fahren wir wohl. Hab dich lieb, Mom. Gute Besserung.« Daphne schnappte sich den Rucksack und eilte hinter Hadley her, gerade noch rechtzeitig, um mitanzusehen, wie ihre Tochter um Jock herum rannte, der mit dem Rücken zum Haus stand, und sich an seine Beine klammerte.

Jock hob Hadley über seinen Kopf in die Höhe und Daphne blieb verdutzt stehen. Hadley strahlte ihn an. Tränen rannen Daphne über die Wangen, als er sich mit ihrer Tochter auf dem Arm zu ihr umdrehte. Hadley legte die Händchen auf seine Wangen und gab ihm einen Schmatzer direkt auf den Mund. Dann schlang sie die Arme um seinen Hals und drückte ihn ganz fest.

Jock hob die Augenbrauen und sah Daphne lächelnd in die Augen. »Ich hab doch gesagt, ich hab alles unter Kontrolle.« Er legte eine Hand auf Hadleys Rücken. »Wir sorgen lieber mal dafür, dass deine Mommy sich ins Auto setzt, bevor sie ganz dahinschmilzt.«

»Mommys smilzen nich«, sagte Hadley.

Jock zwinkerte Daphne zu und riss sie aus ihrer Schockstarre. »Kommst du, mein Engel?«, fragte er, als hätte er nicht gerade Daphnes ganzes Universum in einen Glückstaumel versetzt.

Achtzehn

Jock stand an der Reling der Fähre, die kühle salzige Luft streichelte seine Haut. Sie näherten sich Silver Island und seine Nerven waren gespannt wie Drahtseile. Bunte Cottages und Häuser mit Zedernschindeln zierten die üppige Landschaft. Das Silver Monument wachte über die Insel und direkt nördlich davon wehten die Flaggen des Weinguts seiner Eltern in der morgendlichen Brise. Manche bevorzugten die Nachbarinseln Nantucket oder Martha's Vineyard, doch Jock hatte schon immer die Vielfalt von Silver Island mit seinen unterschiedlichen Orten geliebt: das noble Silver Haven, das künstlerische Chaffee und die für New England typischen traditionellen Fischerorte Rock Harbor und Seaport. Schon als Kind hatte ihn die Schönheit der Insel gefangen genommen, wenn er von Boston oder Cape Cod auf der Fähre nach Hause gekommen war. Jetzt hingen düstere Erinnerungen wie Unwetterwolken über seiner schönen Insel. Er hoffte, dass er keinen Fehler machte, indem er Daphne und Hadley mitnahm.

Er spürte ein winziges Ärmchen, das sich um seinen Oberschenkel legte, als Hadley und Daphne sich zu ihm stellten. Bei einem Blick auf ihre Taschen und den Autositz, den sie mitgenommen hatten, wurde ihm klar, dass er in der Eile auf dem Weg zum Hafen Levi gegenüber nicht erwähnt hatte, dass Hadley mitkam. Er strich der Kleinen über den Kopf und dachte daran, wie richtig es sich angefühlt hatte, sie auf den Arm zu nehmen. Er war sich vorgekommen wie Superman, der endlich das Kryptonit besiegt hatte, und Hadley hatte sich angefühlt, als gehörte sie in seine Arme, wo sie beschützt und geliebt wurde. Er hatte sich gefragt, ob seine kleine Prinzessin das schon lange gewusst hatte, da sie ihn von Anfang an ausgesucht und dann wie eine Klette an ihm geklebt hatte.

Die erste halbe Stunde hatte sie begeistert die Fahrt auf der Fähre genossen, dann hatte sie sich in ihr Spiel mit der Eule vertieft. In ihrem kleinen rosa T-Shirt und den weißen Shorts war sie unfassbar süß, und Daphne raubte ihm den Atem in einer weißen gerippten Bluse und blauen Shorts mit aufgedruckten weißen Blüten. Die Brise wehte ihr die Haare über die Schultern, und ihr zufriedenes Lächeln verriet ihm, dass er eindeutig die richtige Entscheidung getroffen hatte, sie beide mitzunehmen. Er hätte sonst ihre Abwesenheit wie eine fehlende Gliedmaße empfunden. Sie musste seinen Blick gespürt haben, denn sie wandte sich ihm mit ihrem mörderischen Lächeln zu.

»Hallo, mein Engel.«

»Geht es dir gut?«

»Ja. Etwas nervös, weil ich mich frage, wie es mit Archer wohl laufen wird, aber sonst bin ich in Ordnung. Ich bin froh, dass ihr beide hier seid. Mir ist gerade eingefallen, dass ich Levi nicht gesagt habe, dass wir diese kleine Prinzessin dabeihaben.« Er hob Hadley hoch. »Meine Familie wird euch beide liebhaben.«

»Wir sie sicher auch«, sagte Daphne.

»Fahnen, Mama!« Hadley zeigte auf die bunten Flaggen, die

über das Hafenbecken gespannt waren, dem sie sich nun näherten. »Hübs.«

»Die sind wirklich hübsch. Ist das ein Restaurant auf der anderen Seite des Hafens?«, fragte Daphne.

»Ja, das ist das Rock Bottom, ein Grillrestaurant mit Bar. Es gehört Wells Silver, ein Typ, mit dem ich aufgewachsen bin. Bei einem meiner letzten Aufenthalte hier war ich kurz da, um Hallo zu sagen. Ist wirklich nett da. Vor ein paar Jahren hat Wells die Terrasse angebaut, damit man auch draußen sitzen kann, und hat zusätzliches Personal eingestellt, das direkt am Steg serviert, sodass die Leute vom Boot aus bestellen können und nicht an Land kommen brauchen.«

»Das ist ja cool. Hier sieht es anders aus als damals, als wir die Fähre zu Gavins und Harpers Hochzeit genommen haben. Wo ist das Silver House Resort?«, fragte Daphne.

»Auf der anderen Seite der Insel. Es gibt zwei Yachthäfen, den bei Silver Harbor und den hier, Rock Harbor Marina. Rowans Vater Roddy Remington ist der Hafenmeister.«

»Wirklich schön hier.« Daphne lächelte in den Wind. »Ich kann mir nicht vorstellen, dass man von hier wegwollen kann. Ich bin ein richtiges Kleinstadtmädchen. Für mich sieht es aus wie das Paradies. Es ist noch besser als Cape Cod, weil es eine Insel ist.«

Er hoffte, dass Archer die rosarote Blase seines Engels nicht zum Platzen bringen würde.

»Ich geh noch mal schnell mit ihr aufs Klo.« Sie nahm Hadley an die Hand.

Die Fähre legte gerade an, als die beiden zurückkehrten. Hadley zupfte an Jocks Hosenbein, er nahm sie auf den Arm und gab ihr einen Kuss auf die Wange.

»Siehst du die Fahne da ganz oben auf der Insel, Had?« Er

deutete hinauf zum Weingut. »Dort fahren wir hin. Dort wohnen meine Mommy und mein Daddy.«

Daphne legte eine Hand auf seinen Arm und schaute misstrauisch zu den anderen Menschen auf der Fähre. »Jock? Ist es sicher auf der Insel? Hier ist ein Verbrecher mit uns auf der Fähre.« Sie zeigte zum Dock. »Guck mal, da.«

Jock folgte ihrem Blick – hin zu Levi, der ein riesiges Schild über den Kopf hielt:

Willkommen zu Hause, Bruderherz!

Glückwunsch zu deiner Bewährung!

Denk dran, du darfst dich dem Streichelzoo nur bis auf 30 Meter nähern.

Darunter befand sich das Bild einer Ziege, die rot durchgestrichen war. Neben Levi stand Roddy Remington, eine jüngere Version von Jeff Bridges, mit seinen vollen grau-braunen Haaren, die bis auf den Kragen seines knallbunten, drei Knöpfe weit geöffneten Hemdes fielen.

»Das ist Levi und ich bringe ihn um!«, sagte Jock.

»Levi?« Sie riss die Augen auf. »Du bist auf Bewährung draußen?«

»Nein, ich bin *nicht* auf Bewährung draußen! Hast du den Rest auf dem Schild gelesen?«

Während sie wieder zu Levi schaute, sagte er: »Meinst du nicht, dass ich es dir gesagt hätte, wenn ich im Gefängnis gewesen wäre? Das ist einer seiner Pranks! So ein Arsch!«

»*Ars*«, plapperte Hadley ihm nach.

Daphne musste lachen. »Hoppla.«

»Tschuldigung.« Jock setzte eine ernste Miene auf und sprach in sanfterem Tonfall weiter. »Prinzessin, das Wort sollten wir lieber nicht benutzen, in Ordnung? Das ist nicht nett.«

Hadley nickte und legte den Kopf auf seine Schulter.

»Da hast du wohl nicht übertrieben, als du von euren Pranks gesprochen hast«, sagte Daphne. »Sieh dir mal die anderen Passagiere an, die nehmen sich alle argwöhnisch unter die Lupe und suchen nach dem Ex-Knacki.«

»Na super«, murmelte Jock.

Mit Hadley auf einem Arm warf Jock sich den Rucksack über die Schulter und nahm den Autositz in die freie Hand. Daphne zog ihren Koffer hinter sich her. Levi und Roddy schauten neugierig zu Jock und Hadley, während die anderen Passagiere argwöhnisch Jock im Auge behielten, der auf den fies grinsenden Typen mit dem Schild zuging. Genau das brauchte er jetzt.

Wie Jock und Archer war auch Levi groß, hatte breite Schultern, kurze braune Haare und dunkle Augen. Ein Arm war von Tattoos bedeckt und unter seinem T-Shirt versteckten sich noch mehr. Levi und zwei ihrer Cousins, die auch in Harborside wohnten, gehörten dem Motorradclub Dark Knights an.

»Da ist ja unser geliebter Ex-Knacki«, rief Roddy ihm entgegen.

»Ihr seid ja gute Vorbilder«, scherzte Jock, als er den Kindersitz abstellte, Roddy mit einem Arm zur Begrüßung an sich zog und dabei Levis neugierigem Blick über Roddys Schulter hinweg begegnete. Levi nickte ihm fast unmerklich zu, als wollte er ihm sagen, dass er sich keine Sorgen zu machen brauchte und er kein Problem mit Hadley haben würde.

»Das Leben wäre viel zu langweilig, wenn wir hier nicht mal ein bisschen Spaß haben würden«, sagte Roddy.

Jock sah Levi eindringlich an. »Wenn da nicht die kleinen Lauscher wären …«

»Freue mich auch, dich zu sehen, Bruderherz.« Levi zog ihn zu einer kumpelhaften Umarmung an sich und flüsterte: »Weiß sie von dir und Archer? Und von Liam?«

»Ja«, antwortete Jock, als sie sich voneinander lösten. Er legte die Hand auf Daphnes Rücken. »Daphne Zablonski, das hier sind Roddy Remington und mein kleiner Bruder Levi. Jungs, das ist meine Freundin Daphne und ihre Tochter Hadley.« Wie er es genoss, *meine Freundin* zu sagen! Und gemessen an den Blicken der anderen gefiel es ihnen wohl auch.

»Hallo, freut mich wirklich«, sagte Daphne. »Mr. Remington, ich kenne übrigens auch Ihren Sohn Rowan und seine Tochter Joni.«

»Ach ja? Dann kannst du ihn vielleicht mal dazu bringen, seinen Hippie-Hintern ab und zu mal hierher zu bewegen.« Roddy breitete die Arme aus. »Und jetzt komm her und lass mich dich anständig auf der Insel willkommen heißen.« Als sie seine Umarmung erwiderte, sagte er: »Alle Freunde von Jack sind auch meine Freunde.«

»Und das gilt auch für mich«, stimmte Levi ein. »Aber eine Frage habe ich doch. Was macht so eine hinreißende Frau wie du mit so einem Trottel?«

»Wie ich sehe, bist du ebenso charmant wie dein Bruder«, sagte sie, als Levi sie umarmte.

Levi kitzelte Hadley am Kinn, doch zu einem Lächeln ließ sie sich nicht hinreißen. Er hob eine Augenbraue. »Wie es aussieht, bin ich schon jetzt in Ungnade gefallen.«

»Nimm es nicht persönlich«, sagte Daphne. »Sie zeigt ihr Lächeln nicht vielen Leuten. Auch wenn sie für Jock schon eine Schwäche hatte, als sie ihn das erste Mal gesehen hat, ganz wie ihre Mama.«

Jock legte den Arm um sie und küsste sie auf die Schläfe,

wobei er höchstwahrscheinlich wie ein Angeber strahlte.

»Du nennst dich also noch immer Jock, wie?«, fragte Roddy.

Er nickte. »Ganz genau. In Gedenken an Harvey.«

»Also gut.« Roddy klopfte Levi auf die Schulter. »Ich sehe euch heute Abend auf Lenores Geburtstagsparty. Daphne, vergiss nicht, Rowan mal nach Hause zu schicken, damit ich meine Enkelin drücken kann. Ich werde es dir sogar noch schmackhafter machen. Wenn du meinen Jungen überzeugst, mal hier vorbeizuschauen, dann überlasse ich dir und Jack – Jock – meine Yacht für eine Spritztour.«

Levi schmunzelte.

»Das ist nicht nötig«, sagte Daphne. »Wenn ich ihn das nächste Mal sehe, sage ich es ihm.«

»Du nennst dieses Fischerboot immer noch Yacht?«, fragte Jock.

Roddy zwinkerte. »Was für den einen ein Fischerboot ist ...« Er winkte und ging über den Steg davon.

»So, machen wir uns auch vom Acker?«, fragte Levi, nahm den Autositz und schnappte sich den Koffer.

Sie verstauten alles in Levis Wagen, und als Daphne Hadley in ihrem Autositz anschnallte, sagte Levi: »Mann, ich erinnere mich noch an diese Fummelei. So nervig!«

»Jock hat mir von deiner Tochter Joey erzählt.« Daphne setzte sich auf ihren Platz. »Du musst ein ziemlich junger Vater gewesen sein.«

Levi fuhr vom Parkplatz. »Ich war zwanzig, als sie geboren wurde, und hab mich mühsam durch alle Bereiche des Vaterdaseins gekämpft.«

Jock drehte sich auf dem Beifahrersitz herum. »Glaub ihm kein Wort. Er war von Tag eins an ein Naturtalent. Er hat Joey sogar ihren eigenen Stubenwagen gebaut.«

»Ah, das ist ja süß«, sagte Daphne.

»Junge, du warst doch kaum da. Woher willst du das wissen?«, fragte Levi.

Das schlechte Gewissen nagte an Jock. »Mom hat es mir erzählt. Sie hat gesagt, du hast dich nie beschwert, wenn du nachts hundertmal aufstehen oder sie wickeln musstest. Sie und Dad waren wirklich stolz auf dich.«

Levi schaute ihn an. »Sie waren auf uns alle stolz.«

Das hatten sie Jock auch gesagt, aber wenn er an die Zwistigkeiten zwischen ihm und Archer dachte, fragte er sich, wie sie das überhaupt sein konnten.

Levi bog auf die Ocean View Road ein und fuhr Richtung Ortszentrum. Ocean View war eine Wohnstraße gesäumt mit reizenden kleinen Häusern, weißen Lattenzäunen und farbenfrohen Gärten.

»Es ist so hübsch hier«, sagte Daphne.

Jock freute sich darauf, ihr am nächsten Tag vor ihrer Rückkehr nach Cape Cod die Insel zeigen zu können. »Warte nur, bis du das Haus unserer Eltern gesehen hast. An einem Tag wie heute kann man über die gesamte Insel schauen und nachts ist der Leuchtturm einfach atemberaubend.«

»Es klingt fast so, als würdest du es vermissen«, sagte Levi. »Lass uns doch mit Daphne auf dem Weg nach Hause eine kleine Rundtour machen.«

»Vogel! Ballong!« Hadley zeigte zum Fenster hinaus auf Vögel, die im Park an der Kreuzung der Main Street und der Ocean View Road an einer Vogeltränke hockten. Etwas weiter weg tanzten Ballons, die an Kinderwagen und am Geländer des Pavillons befestigt waren, munter in der Luft. Kinder amüsierten sich auf Schaukeln und Klettergerüsten unter den aufmerksamen Blicken ihrer Eltern.

Levi hielt an, damit Hadley sich alles genau ansehen konnte. »Das Leben auf der Insel ist nicht so hektisch wie woanders. Sogar die Vögel nehmen sich die Zeit, um den sonnigen Nachmittag zu genießen. Wir haben bei uns zu Hause in Harborside mehrere Vogeltränken. Joey findet sie toll.«

»Da im Park findet wohl eine Geburtstagsfeier oder so statt«, mutmaßte Daphne.

»Wahrscheinlich, aber am Wochenende sind solche Zusammenkünfte die Regel«, sagte Levi. »Da treffen sich dann immer die fröhlichen Frustschwestern.«

»Die was?«, fragte Daphne nach.

»So nenne ich die Gruppen von Müttern, die sich am Wochenende treffen, um Dampf abzulassen und füreinander da zu sein. Im ersten Jahr nach Joeys Geburt waren sie meine Rettung«, sagte Levi. »Joey und ich treffen uns immer noch mit einigen von ihnen und ihren Kindern, wenn wir zurück in die Stadt kommen.«

»Klingt nach einem Ort, an dem es sich wunderbar leben lässt. Warum seid ihr weggezogen?«, erkundigte Daphne sich.

»Mehr Arbeitsmöglichkeiten, bessere Bezahlung«, erklärte Levi. »Ich arbeite in der Baubranche und damals passierte in der Richtung hier nicht viel. Aber Metty Barrington, eine Kindheitsfreundin unserer Großmutter, lebte in Harborside. In der Gegend fanden größere Sanierungsarbeiten statt, und sie hat mir und Joey angeboten, bei ihr zu wohnen, bis wir auf eigenen Beinen stehen konnten. Metty ist großartig. Sie hat uns wirklich geholfen.« Er schaute zu Hadley. »Sollen wir mal gucken, was wir sonst noch so finden, Hadley?«

»Ja!«, rief sie begeistert.

Wenn Jock zu Besuch war, nahm er immer den schnellsten Weg zu seinen Eltern oder zu Jules, um dann auf demselben

Weg auch wieder zurück zur Fähre zu fahren. Er fuhr nie einfach so in der Gegend herum und nahm sich auch nicht die Zeit, gedanklich in der Vergangenheit zu verweilen. Doch als Levi auf die Hauptstraße fuhr – eine zweispurige Straße, gesäumt von hübschen, kleinen Läden mit bunten Markisen und üppig bepflanzten Blumenkästen und gefüllt mit genügend Erinnerungen, um Jocks Herz einen Stich zu versetzen –, da funkelte die Begeisterung in Daphnes und Hadleys Augen so sehr, dass er sehr gern etwas verweilen wollte. Er wollte ihnen von den schönen Erinnerungen erzählen und neue schaffen, um diejenigen zu übertünchen, die er am liebsten vergessen würde.

»Das ist der Geschenkeladen von Jules.« Jock zeigte auf das Geschäft Happy End mit den Panoramafenstern und ihren roten Rahmen und den Ballons, die an den Hälsen der eisernen Giraffen vor dem Laden befestigt waren.

»Der ist ja süß!«, rief Daphne. »Arbeitet sie heute?«

»Nein, Bellamy Silver ist heute da. Sie arbeitet schon seit ein paar Jahren für Jules. Du wirst sie heute Abend auf der Party kennenlernen.« Levi deutete auf den Süßigkeitenladen zwei Häuser weiter. »Siehst du den B-O-N-B-O-N-Laden da? Dahin haben Jock und Archer mich mitgenommen, als ich acht Jahre alt war, und sie haben mir gesagt, die Schokoriegel wären an dem Tag umsonst. Während ich mir die Taschen vollgestopft habe, sind die beiden Spaßvögel abgehauen und ich wurde beim Ladendiebstahl erwischt.«

»Oh, Mann!« Jock lachte. »Das war saukomisch.«

Levi schnaubte verächtlich. »Nicht so komisch wie damals, als du und Archer euch diese Fliegeranzüge gebastelt habt und vom Kirchendach gesprungen seid.«

»Du hast mir gar nicht erzählt, dass du mal von einem Dach gesprungen bist!«, staunte Daphne.

Jock lachte. »Das sind wir tatsächlich, aber nur weil Fitz und Wells mit uns gewettet haben.«

Levi deutete mit dem Daumen auf Jock. »Der da hat sich den Knöchel verstaucht und Archer hat sich das Schlüsselbein gebrochen.«

»Ihr wart ja damals ganz schön wild«, sagte Daphne. »Das hat mit Sicherheit Spaß gemacht, aber eure Eltern tun mir leid. Sie haben sich bestimmt ständig Sorgen gemacht.«

Levi gab weiter Kindheitserinnerungen preis, an die Jock schon seit langer Zeit nicht mehr gedacht hatte. Jetzt diese Anekdoten wieder zu hören, löste zwiespältige Gefühle in ihm aus, und als sie weiter die hügeligen Straßen hinauffuhren und auf den Weg abbogen, der zum Haus ihrer Eltern führte, wurde die Anspannung noch größer. Sie erreichten das Weingut Top of the Island Vineyard und schließlich auch die Auffahrt. Das Gut erstreckte sich über fünfundzwanzig Hektar, die westlich vom Haus seiner Eltern lagen. Die aus Zedernholz und Ziegelsteinen erbaute Kellerei mit ihren Nebengebäuden – *Archers Zuständigkeitsbereich* – ließ ungute Gefühle aufkommen, wie eine bange Vorahnung. Das Haus und das Weingut hatten die Ururgroßeltern ihrer Mutter erbaut. Wenn seine Eltern sich irgendwann zurückzogen, so vermutete Jock, würde Archer wohl das Haus und das Weingut erben, um das Familienerbe fortzuführen.

Levi parkte vor dem Haus, einem großen, zweistöckigen Gebäude mit einer verwitterten Zedernfassade, einer Mischung aus Mansarden- und Spitzdächern und einem rechts der Veranda angebauten Pavillon. Ihre Großmutter lebte in dem Kutschenhaus hinter dem Haupthaus. Das Auto ihrer Mutter und Jules' Jeep waren die einzigen Fahrzeuge auf der Auffahrt. Jock fragte sich, wo die anderen waren.

»Wow, ist das schön! Kaum zu glauben, dass du hier aufgewachsen bist«, sagte Daphne.

Jock deutete auf die linke Seite des Hauses. »Mein Zimmer war hinter dem Baum dort im oberen Stock.«

»Er hat sich immer hinausgeschlichen und ist dabei zum Fenster hinausgekrabbelt, das Dach hinuntergerutscht, auf den Baum gesprungen und dann hinuntergeklettert.« Levi öffnete seine Tür. »Ich wette, du hast nicht gewusst, dass dein Freund Parkoursportler war.«

»Ich hatte keine Ahnung. Das ist verrückt. Das ist so hoch«, sagte Daphne.

»Deshalb war Jack mein Held, als ich klein war«, tönte Levi. »Nichts konnte ihm Angst einjagen.«

Jock schüttelte den Kopf und war sich sicher, dass Levi ihn nur aufbauen wollte. »Wo sind denn alle?«

»Joey ist mit Tara unterwegs, um Sutton, Leni und Lenis Freundin Indi vom Flughafen abzuholen. Danach wollten sie noch ein paar Sachen für das Fest besorgen. Dad und Archer wollten in die Kellerei, um dort mit den Vorbereitungen anzufangen, als ich losgefahren bin, um euch abzuholen.«

Zumindest verschaffte das Jock noch etwas Zeit, bevor er auf Archer treffen würde.

Daphne schnallte Hadley ab. »Bist du bereit, Jocks Familie kennenzulernen?«

Hadley nickte, und Jock stieg aus, um die Tür auf ihrer Seite zu öffnen. Sie streckte ihm die Arme entgegen, wobei sie Owly fest in einer Hand hielt, und sagte: »Tragen!«

»Klar doch, Prinzessin.« Er nahm sie auf den Arm und legte eine Hand auf Daphnes Arm. »Bereit?«

Sie strahlte ihn an. »Ich kann es kaum abwarten, deine Familie kennenzulernen. Mach dir um uns keine Sorgen. Deine

Mädels mit dem bösen Blick kommen schon zurecht.«

Schmunzelnd ging er mit Hadley auf dem Arm um den Wagen herum, um Daphne herauszuhelfen. Levi hielt ihn an der Heckklappe an. »Bevor der ganze Zirkus losgeht, wollte ich dir noch sagen, dass ich voll und ganz hinter dir stehe. Daphne scheint ein Schatz zu sein.«

»Danke, das ist sie wirklich. Deine Unterstützung bedeutet mir viel.«

»Ich kümmere mich um eure Taschen. Du wirst beide Hände brauchen.« Er deutete mit einer Kopfbewegung zur Haustür, die gerade schwungvoll aufgerissen wurde. »Mom wird vor Freude ausrasten, wenn sie die beiden sieht.«

»Das würde ich ihr auch raten«, sagte Jock.

Jock half Daphne aus dem Auto, da rannte Jules auch schon die Stufen von der Veranda herunter und rief: »Ich freue mich wahnsinnig, dass ihr hier seid!«

Jock drehte sich mit Hadley auf dem Arm gerade herum, als seine Mutter zur Tür herauskam. Shelley Steele war eine rundliche, schöne Frau mit einer ungeheuren Lebensfreude und einem Herz aus Gold. Sie war ein paar Jahre jünger als sein Vater und hatte mit ihren langen kastanienbraunen Haaren, dem Pony und einem permanenten Lächeln schon immer so ausgesehen wie jetzt. Sie schaute zu Jock und ein überraschtes *Oh* war von ihren Lippen abzulesen, als sie ihnen entgegenkam.

Beim Anblick von Hadley staunte auch Jules und grinste dann von einem Ohr zum anderen. »Wer ist denn diese Kleine?« Sie kitzelte Hadley am Bauch. »Du bist aber eine ganz Entzückende!«

Hadley versteckte ihr Gesicht an Jocks Hals.

»Das ist Hadley, Daphnes Tochter«, sagte Jock und strich Hadley über den Rücken.

»Du steckst ja voller Überraschungen!« Jules umarmte Daphne. »Ich bin so froh, dass du mitgekommen bist! Ich kann es kaum abwarten, dass du alle kennenlernst.«

»Geht mir auch so. Ich freue mich sehr«, sagte Daphne.

»Jackie.« Seine Mutter hörte sich an, als wäre sie den Tränen nahe.

»Hallo, Mom.« Er umarmte sie mit der freien Hand, doch sie schlang die Arme ganz fest um ihn, sodass er ihre Liebe aufsaugen konnte. »Mom, das hier ist meine Freundin Daphne und ihre Tochter Hadley.«

»Hallo, Daphne. Ich bin Shelley. Ich freue mich so sehr, euch kennenzulernen.« Sie zog Daphne in eine herzliche Umarmung.

»Was für Geheimnisse hast du sonst noch?«, flüsterte Jules.

»Das wüsstest du wohl gern, wie?«, neckte Jock sie.

»Ich habe schon so viel über Jocks Familie gehört«, sagte Daphne. »Danke, dass wir dabei sein dürfen. Ich hoffe, es macht nichts aus, dass ich Hadley mitgebracht habe. Eigentlich wollten meine Eltern auf sie aufpassen, aber meine Mom ist krank geworden. Ich verspreche, dass ich ein Auge auf sie habe, damit sie das Fest nicht stört.«

»Es tut mir leid, dass es deiner Mutter nicht gut geht, aber, Schätzchen, dass du Hadley mitgebracht hast, freut mich wahnsinnig. Je mehr Gäste, umso besser«, sagte seine Mutter. »Und mach dir absolut keine Sorgen darüber, dass sie auf der Party stören könnte. Ich habe sechs Kinder großgezogen. Da komme ich doch zurecht mit einer … Dreijährigen?«

»Fast«, sagte Daphne. »Nächstes Wochenende wird sie drei.«

»Dann hab ich ja doch noch ein Gespür dafür«, scherzte Shelley und warf Jules einen Blick zu. Irgendeine geheime Botschaft wurde zwischen ihnen ausgetauscht.

Jock und Daphne wollten nach ihrer Rückkehr von der Insel Geburtstagsgeschenke für Hadley kaufen. Er freute sich darauf, seine Kleine zu verwöhnen.

»Wo ist Grandma? Sektfrühstück mit der BH-Brigade?«, fragte Jock.

»Natürlich, und dazu ihr ganz besonderes Bingo-Spiel.« Shelleys Augen funkelten amüsiert. »Meine Mutter glaubt, dass ich nichts von ihren geheimen Ausflügen mit ihren Freundinnen ins Pythons weiß. Als würde ich nicht merken, dass sie jedes Mal die Taschen voller Ein-Dollar-Scheine hat, wenn sie losfährt.«

»Das Pythons? Ist das nicht der Club auf dem Cape, in dem Tänzer auftreten?«, fragte Daphne.

»Ganz genau«, sagte Jules, die daraufhin mit ernsten Blicken von Levi und Jock bedacht wurde. Sie verdrehte die Augen. »Also, zumindest hab ich das mal *gehört*.«

»Zu meiner Zeit nannten wir die noch Stripper«, sagte Shelley. »Ich wette mit euch, wenn Grandma zurückkommt, um sich für das Fest fertigzumachen, kann man bei ihr und all ihren Freundinnen aus der BH-Brigade noch die Tinte vom Eintrittsstempel auf dem Handrücken erkennen, obwohl sie sicherlich versuchen, ihn abzuschrubben.«

»Klingt, als wäre deine Mutter für jeden Spaß zu haben. Nicht, dass ich in Striplokale gehen würde ...« Daphne wurde rot.

»Ihre Eskapaden wird meine Mutter sicher nie aufgeben«, sagte Shelley. »Sie hat die BH-Brigade gegründet. So nennen meine Mutter und ihre Freundinnen sich, weil sie gern in ihren BHs in der Sonne liegen. Das machen sie seit ihrer Teenagerzeit und bis heute kommen sie noch jeden Sommer zusammen, suchen sich ihr Plätzchen aus und machen ihr Ding.«

»Ich bin mal zufällig oben auf den Klippen beim Fortune's Landing auf sie getroffen. Der Schock sitzt mir noch immer in den Knochen.« Jock legte den Arm um Daphne. »Meine Großmutter wird versuchen, dich für die Brigade zu rekrutieren.«

»Ja, das wird sie, aber Daphne, du wirst jeden Moment genießen«, sagte Shelley. »Lasst uns doch hineingehen, damit ihr euch einrichten könnt. Ich hab dein altes Zimmer vorbereitet, Jackie. Und Hadley kann in Archers altes Zimmer, weil eure beiden Zimmer ja das gemeinsame Bad haben.«

Shelley und Jules nahmen Daphne in die Mitte, unterhielten sich angeregt und führten sie ins Haus.

»Jetzt bist du in der Unterzahl, Junge«, scherzte Levi.

Jock gab Hadley einen Kuss auf die Stirn. »Ich war schon vorher in der Unterzahl und ich genieße es total.«

Neunzehn

Jock betrat den Eingangsbereich seines Elternhauses, das von einem köstlichen Duft nach Gebäck und glücklichen Erinnerungen an vergangene Tage erfüllt war. Noch immer hatte er die Geräusche im Ohr, die er und seine Geschwister gemacht hatten, wenn sie die Treppe hinaufpolterten, über den Flur stürmten, zur Terrassentür rannten und dabei lachten und sich gegenseitig anstachelten. Genauso hatte er den Geruch des würzigen Aftershaves seines Vaters in der Nase, der sich sofort ausbreitete, wenn er einen Raum betrat, und er konnte den Haufen Kinderschuhe an der Tür förmlich sehen. Selbst die Anspannung vor der Begegnung mit Archer später konnte ihm nicht dieses überwältigend friedvolle Gefühl nehmen, das ihn innerhalb dieser von Liebe durchdrungenen Wände überkam.

Levi stellte den Koffer und den Rucksack an die Treppe.

»Ich fahre die Golfcarts schon mal nach hinten.«

»Danke, mein Junge«, sagte Shelley.

»Golfcarts?«, fragte Daphne.

»Die benutzen wir, um zwischen der Kellerei und dem Wohnhaus hin und her zu fahren«, erklärte Shelley. »Wie wäre es, wenn Jules und ich mit Hadley in der Küche einen Keks essen und ihr beide könnt eure Sachen nach oben bringen?«

»Das ist schon in Ordnung. Wir können Hadley mitnehmen«, bot Daphne an.

»Will Keks.« Hadley wand sich aus Jocks Armen, tapste hinüber zu Shelley und nahm ihre Hand.

Jock hatte das Gefühl, sein Herz würde bersten, und Daphnes Gesichtsausdruck nach zu urteilen, erging es ihr wohl nicht anders.

»Willst du damit sagen, wenn ich ihr einen Keks angeboten hätte, dann hätte sie sich nicht an Jacks Hals geklammert?« Jules grinste. »Den Fehler mache ich kein zweites Mal.«

»Ist das in Ordnung für die Mama?«, fragte Shelley Daphne.

»Natürlich. Danke.«

Als Shelley und Hadley in die Küche gingen, gab Jock Daphne einen Kuss auf die Lippen. »Alles in Ordnung?«

»Sie sind alle so lieb. Hast du gesehen, wie Hadley einfach zu ihr gegangen ist und ihre Hand genommen hat? Oh, meine Güte, das macht sie sonst nie. Deine Mom ist *so* nett, und sie ist auch genauso schön, wie du gesagt hast. Du hast ihr Lächeln und ihre Augen. Levi ist toll und offensichtlich hält er große Stücke auf dich. Dass ich Jules absolut gern mag, weißt du ja. Aber ich möchte nur nicht, dass Hadley irgendjemandem Unannehmlichkeiten bereitet.«

»Alle, die heute Abend kommen, wissen, dass Kinder quengelig werden, wenn sie müde sind, und dass sie zuerst schüchtern sind, wenn sie neue Leute um sich haben. Das wird wunderbar laufen und ich bleibe immer in eurer Nähe, mach dir keine Sorgen.«

Sie gingen hinauf in sein Zimmer und er stellte ihre Sachen ab. Seine Eltern hatten alle Kinderzimmer so gelassen wie bei ihrem Auszug, auch wenn nun andere Bettwäsche auf den Betten lag. Jocks alter Schreibtisch stand unter dem Fenster und die Regale waren gefüllt mit Horrorromanen und Sporttrophäen. Seine alten Boxhandschuhe hingen an einem Haken an der Wand neben einem Foto von ihm und Archer, auf dem sie beide schlaksig und verschwitzt in die Kamera lächelten, nachdem er bei einem Boxturnier den ersten und Archer den zweiten Platz gemacht hatten. Er schaute durch die offene Badezimmertür zu Archers Zimmer und ein mulmiges Gefühl breitete sich in ihm aus.

»Hier hat also der nächtliche Herumtreiber Schrägstrich Unruhestifter geschlafen.« Daphne fuhr mit der Hand über sein Bett und schaute dann zum Fenster hinaus. »Und da hast du dich hinausgeschlichen.«

Sie drehte sich herum, ging mit einem Lächeln auf ihn zu und verwandelte das Unwohlsein in seiner Magengrube in Entschlossenheit.

»Und, *Jackie*, hast du in diesem Bett so einige Mädchen entjungfert?«, fragte sie ihn im Spaß.

Er schmunzelte. »Keine einzige, aber ich werde in diesem Bett hoffentlich eine sehr besondere Frau glücklich machen.« Er senkte seine Lippen zu einem zärtlichen Kuss auf ihre. »Danke, dass du hier bist.«

»Sehr gern. Ich bin froh, dass ich hier bin, und ich freue mich darauf, dass du meine Familie nächstes Wochenende bei Hadleys Geburtstagsparty kennenlernst.«

»Ich mich auch.«

»Ich hab es schon im Auto gesagt, bevor wir losgefahren sind, aber ich kann es immer noch nicht fassen, dass du kein Problem mehr damit hast, Hadley auf den Arm zu nehmen. Sie ist so glücklich, wenn du das machst«, sagte sie. »Was hat sich geändert?«

Er nahm sie in den Arm. »Alles! Ich komme voran. Du und

Hadley gebt mir Halt, und zwar in der Gegenwart, genau dort, wo ich sein will. Ich will sie tragen und der Mann sein, bei dem ihr beide euch sicher fühlt. Ich werde versuchen, mit Archer alles zu klären, und ich weiß, er wird mich zurück in den Albtraum unserer Vergangenheit zerren. Aber eines verspreche ich dir: Ich werde nicht zulassen, dass es unsere Zeit hier ruiniert oder dass es die Veränderungen, die ich gemeistert habe, wieder rückgängig macht.«

»Du bist wunderbar. Ich möchte, dass du das weißt.«

Er drückte seine Lippen auf ihre. »Nein, mein Engel. Du bist hier die Wunderbare.«

»Das bedeutet dann wohl, dass wir ein wunderbares Paar sind.« Sie schlang die Arme um seinen Hals. »Hast du gesehen, wie begeistert deine Mom war, als sie dich gesehen hat? *Ich* hätte fast geheult. Es macht mich so glücklich, dass du hier bist und dass du bereit bist, alles zum Besseren zu wenden. Levi hat gesagt, dass du sein Held warst. Du bist auch unser Held, Jock. Wir glauben an dich.«

Dankbarkeit erfüllte ihn. Er strich mit den Lippen über ihre. »Das liegt nur an dir, mein Engel, an dir und deiner kleinen Prinzessin.« Sinnlich und zärtlich küsste er sie, so wie er sie schon den ganzen Morgen hatte küssen wollen.

»Hoppla«, sagte seine Mutter. »Entschuldige, mein Schatz.«

Kichernd lösten sie sich voneinander und sahen seine Mutter an, die den Raum gerade wieder verlassen wollte.

»Schon gut, Mom.«

»Alles in Ordnung mit Hadley?«, fragte Daphne, die trotz der geröteten Wangen sofort wieder im Mommy-Modus war.

»Ihr geht es gut, Liebes. Sie und Jules unterhalten sich über Dock. Sie ist ja so süß. Ich bin total vernarrt in diese kleinen Bäckchen.«

»Danke«, sagte Daphne. »Ich geh am besten mal nach unten und lasse euch beide allein.«

Jock sah ihr hinterher und seine Mutter beobachtete ihn. Ihre Augen wurden glasig, als sie sein Gesicht berührte. »Ich kann es immer noch nicht glauben, dass du bis morgen zu Hause sein wirst.«

»Es ist lange her, dass ich in diesem Zimmer war.« Er legte die Arme um sie und hielt sie lange fest, um sie dann einfach noch länger zu umarmen, weil er sie so sehr vermisst hatte.

Als er sie schließlich losließ, sagte sie: »Vieles ist lang her, Jackie. Seit Harvey gestorben ist, habe ich mir solche Sorgen um dich gemacht. Dieses letzte Jahr ohne ihn war für uns alle sehr schwer.«

»Wie meinst du das? Warum hat Harveys Tod dich und Dad so sehr belastet?«

»Ach, Schatz.« Sie sah ihn nachdenklich an. »Harvey hat dich so sehr geliebt. Er hätte alles für dich getan und das hat er auch. Er wusste, dass du auf Abstand zu deinem Zuhause gehen wolltest, und er hat dir den Raum gegeben, den du gebraucht hast. Aber für uns war es eine Qual, dir diesen Raum zuzugestehen, und das wusste Harvey. Er hat Kontakt zu mir und deinem Vater gehalten und uns erzählt, wie es dir ging. Harvey war der Grund dafür, dass ich nicht jede Woche bei dir vor der Tür stand. Er hat nicht nur dir geholfen, mit deiner Trauer fertig zu werden, er hat auch uns geholfen, unsere zu überstehen.«

Jock spürte einen Kloß in der Kehle. »Das hat er getan?«

»Ja. Er hat dich wie einen Sohn geliebt, und er wollte, dass du den Schmerz überwinden und irgendwann nach vorne schauen kannst, um ein erfülltes, glückliches Leben zu führen. Wie gesagt, er hätte alles für dich getan. Ich weiß, dass er genau in diesem Moment auf dich herunterlächelt. Das spüre ich. Es würde ihm große Freude bereiten, dass du jetzt anscheinend so glücklich bist.«

»Ich bin glücklich, Mom. Nie hätte ich gedacht, dass es möglich ist, so viel für jemanden zu empfinden. Für sie beide. Ich habe nie verstanden, was du und Dad füreinander empfunden habt – bis jetzt.«

»Mein kleiner Junge lernt die Liebe kennen«, sagte sie und bekam wieder wässrige Augen.

»Mom!« Er zog sie wieder in seine Arme, um ihnen beiden die Gelegenheit zu geben, sich von all den Emotionen im Raum zu erholen, und gab ihr einen Kuss auf den Kopf.

Sie wischte sich über die Augen und wedelte sich vor dem Gesicht herum. »Tut mir leid, Jack. Eine Mutter will einfach nur, dass ihre Kinder glücklich sind, und ich wusste nicht, ob du es dir je wieder zugestehen würdest, eine Frau so nah an dich heranzulassen, geschweige denn eine Frau mit Kind.«

»Das wusste ich auch nicht«, sagte er aufrichtig. Daphnes Stimme hallte flüsternd in ihm wider. *Sind wir unseren Eltern nicht diesen inneren Frieden schuldig? Wahrscheinlich trauern deine Eltern noch immer um die gebrochenen Herzen ihrer Söhne und um eure zerbrochene Beziehung.* Und wie er es ihnen schuldig war! »Mom, ich laufe nicht mehr vor der Vergangenheit davon. Ich habe keine Ahnung, was zwischen mir und Archer passieren wird, aber es ist an der Zeit, es herauszufinden.«

Sie atmete hörbar aus und wischte sich eine Träne fort, die ihr über die Wange lief. »Am besten sagst du jetzt alles, was du zu sagen hast, damit ich nicht auf Grandmas Fest die ganze Zeit herumheule.«

»Ach, Mom, ich hab dich lieb.«

»Jetzt machst du es nur noch schlimmer«, sagte sie und

wischte sich über die Augen.

Er lachte. »Tut mir leid. Aber über eine Sache muss ich noch mit dir reden.«

Sie stemmte eine Hand in die Hüfte. »Wenn du mir erzählen willst, dass Hadley deine Tochter ist und du sie und Daphne drei Jahre lang vor uns versteckt hast, werde ich nicht begeistert davon sein, dass du ein Geheimnis aus diesem entzückenden kleinen Mädchen und ihrer Mama gemacht hast. Auch eine Mutter hat ihre Grenzen.«

Ich wünschte, sie wäre meine Tochter. »So ist es nicht«, erwiderte er schmunzelnd. »Es geht um meinen Namen. Ich weiß, dass ich für euch hier zu Hause *Jack* bin, aber die letzten zehn Jahre war ich Jock. Wenn es dir nichts ausmacht, würde ich Harvey gern ehren, indem ich den Spitznamen benutze, den er mir gegeben hat.«

»Ach Schatz, mir wäre es egal, wenn ich dich Snoopy nennen müsste, solange ich dich nur sehen und umarmen kann und weiß, dass es dir gut geht.«

»Und Dad? Meinst du, es würde ihm etwas ausmachen?«, fragte Jock.

Ihr Blick wurde noch sanfter. »Nein. Ich sag es ihm. Harvey ist in dein Leben getreten, als wir dir nicht geben konnten, was du gebraucht hast. Dad und ich werden ihm dafür immer dankbar sein.«

»Danke. Ich bin froh, dass es für euch in Ordnung ist. Allen anderen sage ich es heute Abend auf dem Fest. Wahrscheinlich sollte ich mal nachschauen, ob es Daphne gut geht.«

»Ich habe das Gefühl, sie ist eine starke Frau.«

»Sie ist eine unglaubliche Frau.«

»Also gut, Jackie …« Sie schüttelte den Kopf. »Jockey. Oh nein, jetzt hört sich das so an, als bräuchtest du ein Pferd.«

Beide lachten.

»Bring du doch schon mal mit den anderen alles zur Kellerei und fangt mit den Vorbereitungen an, während ich Archers Zimmer für Hadley zurechtmache.«

»Brauchst du Hilfe?«

»Nein danke, mein Junge. Ich hab schon lange kein Zimmer mehr für ein kleines Mädchen hergerichtet. Ich warte noch immer darauf, dass Joey aus ihrer Wildfangphase herauswächst, aber das hat keine Eile. Ich habe meinen Spaß damit.«

»Mach dir nicht zu viele Umstände. Hadley wird es egal sein, wenn du Fußball-Bettwäsche aufziehst.«

»Du hast noch eine Menge zu lernen, junger Mann«, sagte sie und ging in Archers Zimmer hinüber. »Vielleicht kann Levi dir mehr erzählen. Joey war nicht immer so ein jungenhaftes Mädchen.«

Er eilte hinunter in die Küche und traf auf Jules, Daphne und Hadley, die auf einer Seite der Kücheninsel auf Hockern saßen und Levi auf der anderen Seite beobachteten, der Grimassen schnitt und wie ein Affe herumhüpfte. Hadley knabberte an einem Keks und war vollkommen unbeeindruckt von Levis Gebaren.

»Das erklärt, warum du keine Freundin hast«, scherzte Jules. »Hey, Jack. Er versucht, Hadley zum Lächeln zu bringen.«

»Dachte ich mir schon.« Jock legte eine Hand auf Daphnes Schulter, die andere auf Hadleys. »Siehst ziemlich cool aus, Levi.«

»Mann, sie ist echt schwer zu knacken. Normalerweise komme ich richtig gut bei Kindern an. Wie hast du das geschafft? Hast du sie bestochen?« Er schaute Hadley an. »Komm schon, Hadley. Nur ein kleines Lächeln für Onkel Levi?«

Hadley sah ihn ausdruckslos an und biss von ihrem Keks ab. Dann schaute sie zu Jock auf und ein breites Lächeln voller Krümel erhellte ihr Gesicht, woraufhin die Frauen lachten und Levi nur leise etwas in sich hinein brummelte.

»Braves Mädchen.« Jock küsste sie auf den Kopf. »Gib's auf, Levi.«

Levi schüttelte den Kopf. »Auf keinen Fall. Ich werde diesem kleinen süßen Gesicht ein Lächeln entlocken, noch bevor der Tag zu Ende geht.«

»Wie du meinst«, sagte Jock. »Mom möchte, dass wir schon mal zur Kellerei fahren und anfangen.«

»Ich hab schon alles auf den Anhänger geladen. Wir können los«, sagte Levi. »Kommt Mom mit?«

»Nein, sie macht Archers Zimmer für Hadley fertig.«

»Sie braucht sich keine Umstände zu machen«, sagte Daphne. »Hadley kann bei uns schlafen.«

Levi hob eine Augenbraue.

Jock strich Hadley über den Rücken. »Sie schläft in ihrem eigenen Bett bestimmt besser.«

»Soll ich hier bleiben und deiner Mom helfen?«, fragte Daphne.

»Ich hab ihr Hilfe angeboten, aber sie kommt zurecht.«

Jules stand von ihrem Hocker auf. »Bis wir zurückkommen, wird sie das Zimmer in ein Kleinkindparadies verwandelt haben.«

»Bevor wir gehen, sollte ich mit Hadley noch einmal auf die Toilette«, sagte Daphne. »Und ich würde auch die Spieltasche für sie mitnehmen.«

»Levi, du und Jules könnt ja schon losfahren und wir kommen nach«, schlug Jock vor und nahm Owly vom Küchentresen, damit sie das Plüschtier nicht vergaßen. Vor einigen Tagen waren sie abends ohne die Eule auf einen Spaziergang an den Strand gegangen. Letztlich hatte er zurück zu Daphnes Wohnung laufen müssen, um sie zu holen.

Levi nahm die Schlüssel vom Golfcart vom Tresen, doch Jules protestierte: »Hey, ich will fahren.«

»Und ich will heil dort ankommen«, sagte Levi auf dem Weg hinaus.

»Kommt, ich zeige euch, wo die Toilette ist.« Als sie über den Flur gingen, sagte Jock: »Ich habe das Gefühl, alle werden versuchen, Hadley zum Lächeln zu bringen.«

»Das ist schon in Ordnung«, sagte Daphne.

»Sie meinen es sicher gut, aber ich mache mir Sorgen um Hadley. Sie ist noch so klein, und wir wollen doch nicht, dass sie sich unter Druck gesetzt fühlt, oder? Ich meine, wir haben keine Ahnung, was sie denkt. Vielleicht ist es gut, dass sie zurückhaltend ist.« Er schaltete das Licht im WC an und merkte, dass Daphne ihn seltsam ansah. »Habe ich was Falsches gesagt?«

»Du hast *wir* gesagt.«

»Tut mir leid. Ich hab nicht gemerkt, dass ...«

Sie brachte ihn mit einem zärtlichen Kuss auf die Lippen zum Schweigen. »Es gefällt mir. Danke, dass du sie an erste Stelle stellst. Ich verstehe, was du meinst, aber da deine Familie uns das erste Mal sieht und Hadley anscheinend gut mit ihnen auskommt, sollten wir es vielleicht einfach so laufen lassen.«

»Gut, du kennst sie am besten.«

Nachdem Hadley auf der Toilette gewesen war, holten sie die Spieltasche und fuhren mit einem der Golfcarts zur Kellerei.

»Das macht richtig Spaß!«, sagte Daphne. »Du hast Glück, eine Familie zu haben, in der sich alle nahestehen. Levi hat mir alles über Harborside erzählt. Wusstest du, dass er und zwei deiner Cousins, Jesse und Brent, im gleichen Motorradclub sind wie Chloes Verlobter Justin? Justin ist Mitglied des Bayside-Chapters der Dark Knights.«

»Ja, ich weiß.«

»Levi meinte, seine Dark-Knights-Brüder sind wie Onkel für Joey, die anscheinend ganz unglaublich ist. Levi und Jules haben so von ihr geschwärmt, dass ich es gar nicht abwarten kann, sie kennenzulernen. Jules hat das Gleiche wie du über die Kindheit auf der Insel erzählt und gesagt, dass alle auch ein Auge auf die Kinder der anderen gehabt haben. Was für ein Glück ihr hattet! Es klingt wie in einem Märchen. Ich kann mir gar nicht ausmalen, wie es wäre, wenn Hadley mit so vielen Menschen aufwachsen würde, die alle auf sie aufpassen. Ein tolles Leben!«

»Hadley hat auch großes Glück. Sie hat dich, deine Familie, deine Freunde in Bayside und sie hat mich.«

»Das stimmt. Wir beide haben Glück.«

Jock parkte hinter der Kellerei neben dem anderen Golfcart. Das U-förmige Gebäude hatte einen hübschen Innenhof und davor einen weitläufigen Rasen, auf dem ein überdachter Pavillon stand. Auf dem Hof gab es eine Außenbar und eine Feuerstelle. Der sattgrüne Rasen war durch eine Steinmauer von den Weinbergen getrennt. Die vielen Reihen von Weinstöcken, zwischen denen Jock und seine Geschwister herumgerannt waren, waren ein herrlich tröstlicher Anblick. Doch heute hatte er bedeutendere Dinge im Kopf als Kindheitsspiele. Er schaute sich nach Archer um, doch alles war ruhig. Sein Blick glitt von den Stapeln zusammengeklappter Holzstühle im Hof hin zu der offenen Flügeltür der Kellerei und sofort spannten sich seine Nerven wieder an.

»Du hattest recht, was die Aussicht betrifft. Von hier hat

man einen unheimlich weiten Blick. Die Lichter auf der Insel sehen nachts bestimmt wunderschön aus.« Daphne stieg mit Hadley aus und er folgte ihr. »Ich fasse es nicht, dass ihr direkt neben dem Weingut lebt. Das ist so cool. Hast du je bereut, nicht in das Familiengeschäft eingestiegen zu sein?«

»Runter«, sagte Hadley und wand sich ungeduldig. Daphne setzte sie ab und die Kleine rannte mit ihrer Eule in der Hand zu Jock. »Hoch!«

Jock nahm sie auf den Arm. »Nein, ich wollte hinaus in die Welt und ein großer Drehbuchautor werden.«

»Stattdessen bist du ein großartiger Romanschriftsteller geworden.«

»Mit einer großartigen Freundin«, sagte er und lehnte sich zu einem Kuss zu ihr hinüber. »Die eine ebenso großartige kleine Prinzessin hat.« Er gab Hadley einen Kuss auf die Wange und wurde mit ihrem ganz besonderen Lächeln belohnt.

»Du auch goßartich!«, sagte Hadley.

Mit Hadley auf dem Arm und Daphne, die ihn ansah, als wäre er etwas verdammt Besonderes, fühlte er sich wahrlich großartig.

»Da seid ihr ja«, sagte Jules, die mit einem Berg von Lichterketten aus der Kellerei kam.

Levi und ihr Vater folgten ihr jeweils mit einem langen Holztisch. Steve Steele hatte eine breite Brust, kurze schwarzgraue Haare und einen akkurat getrimmten Bart. Er war Jocks ruhiger Fels in der Brandung, der an harte Arbeit und an die Familie glaubte, und daran, dass man sich um die Menschen, die einen umgaben, kümmern musste. Deshalb hatten sie auf dem Weingut auch kaum wechselnde Mitarbeiter.

»Das muss dein Vater sein. Und ich dachte, du ähnelst deiner Mutter! Aber du siehst genauso aus wie er, nur ohne das graumelierte Haar«, sagte Daphne.

»Genau, das ist mein alter Herr«, sagte er stolz, auch wenn Archer ihm mehr ähnelte als Jock. »Komm, ich stell dich ihm vor.«

Sein Vater stellte den Tisch auf der Terrasse ab und betrachtete Jock mit einem verschmitzten Lächeln. »Wenn ich gewusst hätte, dass eine hübsche Frau und ein entzückendes kleines Mädchen ausgereicht hätten, um dich hierherzulocken, dann wäre ich schon vor Jahren auf die Suche gegangen.« Er schlang die Arme um Jock und Hadley und umarmte sie herzlich. »Du hast mir gefehlt, mein Junge. Du hast mir sehr gefehlt.«

»Du mir auch, Dad.« Jock atmete tief durch, um die Emotionen, die sich in ihm zusammenbrauten, unter Kontrolle zu bringen. »Dad, das sind meine Freundin Daphne und ihre Tochter Hadley. Daph, das ist mein Dad Steve.«

»Hallo, meine Liebe.« Er umarmte sie und gab ihr einen Kuss auf die Wange. »Danke, dass du meinen Jungen nach Hause gebracht hast.«

»Ich habe nichts getan«, sagte sie.

»Das wissen wir wohl beide besser.« Sein Vater stemmte die Hände in die Hüften, und sein Gesichtsausdruck wurde ganz ernst, als er Hadley ansah, die seinen Blick stoisch erwiderte. »Du bist also Hadley?«

Hadley zuckte nicht einmal mit der Wimper.

Er schlug Jock auf die Schulter. »Du passt gut auf meinen Sohn auf, meine Süße, hörst du?«

Hadley schlang die Arme um Jocks Hals. »Mein Dock!«

Sein Vater lachte. »Du meine Güte, mein Junge. Deine Mutter wird ganz vernarrt in die Kleine sein.«

»Das ist sie schon.« Jock legte einen Arm um Daphne. »Hadley und ihre Mama haben diese Wirkung auf andere.«

Er gab Daphne gerade einen Kuss auf die Schläfe, als Archer mit finsterem Blick und anscheinend voller Tatendrang um die Ecke des Gebäudes kam. Jock legte den Arm etwas fester um Daphne, und seine Nerven waren zum Zerreißen gespannt, als sein Bruder abrupt stehen blieb und ihn eiskalt ansah. Archer trug die dunklen Haare und den Bart raspelkurz, was ihn etwas bedrohlich wirken ließ. Er war muskulöser als Jock, hatte einen kräftigeren Hals, eine breite Brust, pralle Oberarme, und er trug kiloweise Hass mit sich herum, der ihm direkt entgegenschlug.

Jock hob das Kinn und straffte die Schultern. »Archer.«

Archer schnaubte verächtlich und stapfte in die gleiche Richtung wieder fort, aus der er gekommen war.

Verdammt noch mal. Jock gab Hadley an Daphne ab und sagte so ruhig, wie es ihm in dem Moment möglich war: »Bin gleich wieder zurück, mein Engel« Er schaute zu Levi. »Kümmerst du dich um sie?«

»Ich kümmere mich um *dich*«, sagte Levi und sah ihn eindringlich an. »Jules ...«

»Wir kommen zurecht. Ich kümmere mich um sie«, sagte Jules munter und stellte sich zu Daphne.

»Jackson!« Sein Vater sah ihn warnend an.

»Ich hab alles unter Kontrolle, Dad. Das ist schon lange fällig.« Als er und Levi Archer um die Ecke folgten, hoffte Jock inständig, dass er recht hatte. »Lass uns ein bisschen Raum, in Ordnung?«, sagte er zu Levi.

Levi hob die Hände und stellte sich breitbeinig hin. »Geht klar.«

Als Jock zu Archer aufschloss, fühlte sich seine Haut zu angespannt an und seine Adern schienen sich zusammenzuziehen. »Archer«, stieß er hervor.

Archer wurde langsamer und blieb stehen, um dann die

Schultern hochzuziehen und sich umzudrehen. »Was willst du, verdammt?«

Jock blieb keinen halben Meter von ihm entfernt stehen, während Schmerz und Wut wie ein Tsunami durch ihn hindurchrauschten und nur von der ungeheuren Kraft der Traurigkeit zurückgehalten wurden. »Meinst du nicht, es wäre an der Zeit, dass wir miteinander reden?«

Archer presste die Kiefer aufeinander, ballte die Fäuste und sah ihn wütend an.

»Ich weiß, dass ich Mist gebaut habe, Archer, und ich habe nicht angestrengt genug versucht, alles zwischen uns ins Reine zu bringen, aber jetzt komm schon, Mann! Ich stehe hier und sehe meinen ehemals besten Freund vor mir. Ich will die Sache klären und wieder dahin zurückkehren.«

»Das siehst du also vor dir?« Archers Brustkorb hob sich. Er trat einen Schritt vor und nur wenige Zentimeter trennten sein Gesicht von Jocks. »Ich sehe den Kerl vor mir, der meine beste Freundin *umgebracht* hat.«

Er drehte sich um, wollte gehen, doch Jock hielt ihn am Arm fest. Mit vor Wut lodernden Augen riss er sich los. Jock ließ nicht locker. »Mich musst du nicht mögen«, zischte er, »aber du wirst Daphne und Hadley mit Respekt begegnen.«

»Ach ja?«, höhnte Archer. »Ich soll deinen verdammten *Ersatz* respektieren?«

Wie ein Messer bohrten sich die Worte in seine Brust, und Jock musste all seine Beherrschung aufbringen, um seine Energie in richtige Bahnen zu lenken und nicht auf Archer einzuprügeln. »Kayla und Liam sind nicht zu ersetzen«, stieß er aus. »Ich habe sie auch verloren, Archer. Und dann habe ich dich verloren. Ich habe dir den Raum gegeben, den du gebraucht hast. Damit du mich nicht sehen musst, bin ich fortgeblieben, aber damit ist jetzt Schluss. Ich bin wegen Grandma hier, wegen Jules und Mom und Dad. Ich bin auch wegen mir hier und damit wirst du dich einfach abfinden müssen.«

Archers Nasenflügel bebten. Er hob das Kinn, sein Blick stechend. Wie ein tollwütiger Hund bleckte er die Zähne. »Halt dich verdammt noch mal von mir fern und ich halt mich von dir fern.«

Archer marschierte davon und ließ Jock voller Wut, Enttäuschung und allem Möglichen dazwischen zurück. Das Gespräch war noch nicht zu Ende.

Bei Weitem nicht.

Daphne hatte das Gefühl, das Herz würde ihr aus der Brust springen, um zu Jock zu gelangen, der mit geballten Fäusten hinter Archer her starrte. Sie *musste* zu ihm.

Sein Vater berührte ihren Arm, um sie aufzuhalten. »Es ist besser, wenn er eine Minute für sich hat.«

»Er hat recht«, sagte Jules. »Lass ihn sich erst einmal beruhigen.«

Daphnes Herz raste, und sie wusste nicht, ob sie einen gigantischen Fehler machte, den seine Familie vielleicht nie verstehen oder ihr verzeihen würde, aber eines wusste sie mit Sicherheit. Jock brauchte sie.

Sie legte die Hand auf Hadleys Rücken und sprach so ruhig wie möglich: »Ich verstehe, was ihr sagen wollt, aber ich habe Jock versprochen, dass er das hier nicht allein durchstehen muss, und das habe ich auch so gemeint. Entschuldigt mich bitte.«

Rasch eilte sie zu Jock und hoffte, dass er sie nicht wegschicken würde. Er stand mit dem Rücken zu ihnen und hatte den Kopf gesenkt. Als sie näherkam, drehte er sich um, und die Traurigkeit in seinen Augen ließ ihre Zuversicht schwinden.

»Jock.« Sie streckte den Arm nach ihm aus.

Er zuckte mit den Schultern, schüttelte den Kopf und schlang dann seine starken Arme um sie und Hadley. Lange hielt er sie fest, ohne ein Wort zu sagen. Daphne spürte sein schnell schlagendes Herz. Er zog sie noch enger an sich und sie fühlte seinen Schmerz.

»Es tut mir leid«, sagte sie.

Er wich ein wenig zurück und sah ihr entschlossen in die Augen. »Ich höre nicht auf, es weiter zu versuchen.«

»Dock traurig?« Hadley streckte die Hände nach ihm aus.

Seine Mundwinkel hoben sich leicht, als er Hadley auf den Arm nahm. »Ein bisschen, Prinzessin, aber mach dir keine Sorgen. Ich bin jetzt nur noch entschlossener, alles dafür zu tun, dass alles wieder gut wird und ich glücklich bin.«

Ein leichtes Lächeln ließ Hadleys Wangen zucken. Sie hielt ihm Owly entgegen. »Du glücklich.«

Tränen traten Daphne in die Augen.

Jock gab Hadley einen Kuss auf die Wange und legte den Arm um Daphne. »Ich habe alles, was ich brauche, Had. Behalte du nur deine Eule.«

Hadley drückte das Plüschtier an sich.

Daphne fand es gut, dass er sich für Hadley stark gab, aber so dankbar sie ihm auch dafür war, er sollte doch wissen, dass sie in den guten und den schlechten Momenten für ihn da war. »Geht es dir gut, Jock? Sollen wir irgendwohin gehen und reden?«

»Ich muss erst verarbeiten, was da gerade passiert ist.« Er

küsste sie auf die Schläfe. »Er ist noch immer voller Hass, aber ich gebe nicht auf. Vielleicht lässt sich das nicht an diesem Wochenende klären und vielleicht auch nicht, wenn ich das nächste Mal komme, aber mir wurde etwas bewusst, als ich mit ihm geredet habe. Mir fehlt die Freundschaft, die mich mit ihm verbunden hat, mehr, als ich mir eingestanden habe, und ich werde mit allem, was mir zur Verfügung steht, darum kämpfen, sie wiederzubekommen, auch wenn es Jahre dauert. Doch wie gesagt, ich werde nicht zulassen, dass es uns unsere Zeit hier vermiest.«

»Ich bin froh, dass du es hinbiegen willst, aber wenn du Zeit allein brauchst, um traurig zu sein oder es zu verarbeiten, dann ist das in Ordnung. Hadley und ich kommen zurecht.«

»Ich bin so lang allein gewesen. Das will ich nie wieder.«

Zwanzig

Jock versicherte Daphne, dass es ihm gut ging, und nachdem er auch seinen Vater, Levi und Jules beruhigt hatte, setzte eine umtriebige Stimmung ein. Hadley beschäftigte sich auf dem Rasen mit ihren Spielsachen, während Jock und Levi weitere lange Holztische heraustrugen, die Jules und Daphne mit Tischläufern schmückten. Irgendwann tauchte Archer auf und begann, mit Steve zusammen Lichterketten in die Bäume, die den Hof umgaben, zu hängen. Zwischen Jock und Archer herrschte eine Spannung, der niemand entkommen konnte. Wie ein Käfig, der mit rostigen Nägeln gespickt und mit Stacheldraht gesichert war. Daphne hatte keine Ahnung, wie Jock überhaupt weitermachen konnte, aber er schien mit Levi Spaß zu haben. Archer sprach nicht viel.

»Komisch, oder? Zu sehen, wie meine Brüder sich so ignorieren?«, fragte Jules mit einem weiteren Tischläufer in den Händen.

»Es tut mir einfach nur für beide leid. Man sieht ihnen den Schmerz an.«

»Stimmt«, sagte Jules. »Wir sollten sie einfach in einen Raum sperren und es untereinander ausfechten lassen. Früher haben sie das immer so gemacht. Wenn sie wütend aufeinander waren, haben sie auf dem Rasen miteinander gerungen. Mein Vater hat sie dann getrennt und ihre Hintern in die Garage gezerrt, damit sie es im Boxring austragen.«

»Ihr hattet einen Boxring in der Garage?«

»Ja, mein Vater hat in seiner Collegezeit geboxt und es meinen Brüdern und auch ihren Freunden beigebracht. Einige von denen wirst du heute Abend kennenlernen – Brant Remington und die Silver-Brüder Grant, Fitz und Wells. Brant und Grant wurden von allen immer die *Bee Gees* genannt, um sie zu ärgern. Das war irrsinnig witzig. Meine Freundinnen wirst du auch kennenlernen. Du hast bestimmt viel Spaß.«

Das Hupen von zwei Golfcarts, die über den Rasen fuhren, weckte ihre Aufmerksamkeit. Shelley saß auf dem Fahrersitz des vorausfahrenden Carts und hatte ein süßes kleines Mädchen mit zimtbraunen Haaren auf dem Schoß. Das Mädchen lenkte den Wagen und die hübsche blonde Frau auf dem Beifahrersitz winkte Levi zu. Das andere Golfcart war noch etwas weiter entfernt, doch Daphne sah eine Blondine und eine Frau mit kastanienbraunen Haaren auf den vorderen Sitzen und eine weitere blonde Frau dahinter.

»Die Truppe ist eingetroffen!«, rief Jules. »Komm, ich stell euch allen vor.«

»Ist das Joey da mit deiner Mom?«, fragte Daphne.

»Ja, und die Blondine bei ihnen ist Tara Osten. Sie ist Joeys Tante und eine meiner engsten Freundinnen. Besonders wenn Levi und Joey hier sind, verbringt sie eine Menge Zeit mit uns.«

»Wird Joeys Mom heute Abend dabei sein?«

»Nein, sie ist Reiseschriftstellerin und immer superbeschäftigt.«

»Ich hol nur noch schnell Hadley.« Daphne ging los, doch Jock war ihr einen Schritt voraus und kam mit Hadley auf dem

Arm auf sie zu. »Ich wollte sie gerade holen.«

Jock zeigte ihr sein unwiderstehliches Lächeln. »Da musst du schon schneller sein.«

Der Golfcart hielt, und während Tara zu Levi trat, rannte Joey zu Jock. »Onkel Jack ist da!«

»Gib mir Had, damit du sie begrüßen kannst.« Daphne streckte die Arme nach ihrer Tochter aus und Joey sprang Jock in die Arme, um ihn fest zu umarmen.

»Mein Dock! Mein Dock!«, schrie Hadley und lehnte sich zu Jock hinüber.

»Nein, mein Schatz. Jock möchte seine Nichte begrüßen. Er kann dich gleich wieder nehmen«, sagte Daphne und rieb Hadley über den Rücken.

»Dock! Mich tagen!«, bettelte Hadley.

»Wer ist das?«, fragte Joey mit einem Arm um Jocks Hals gelegt.

»Joey, das ist Hadley, die Tochter meiner Freundin.« Er nahm Hadley auf seinen anderen Arm. »Und dies ist meine Freundin Daphne.«

»Hallo, Joey. Tut mir leid wegen Hadley.« Daphne sah Jock an. »Bist du sicher, dass du beide im Griff hast? Ich kann mit Hadley woanders hingehen.«

Er sah sie an, als wäre es das Letzte, was er wollte, während Hadley beide Arme um seinen Hals schlang und Joey finster ansah.

»Hallo, Hadley! Ich bin Joey.«

Hadley versteckte ihr Gesicht an Jocks Hals und klammerte sich noch fester an ihn.

»Hadley, sei lieb«, ermahnte Daphne sie sanft. »Tut mir leid, Joey, sie lächelt nicht sehr oft.«

Shelley kam zu ihnen und sagte: »Das ist ein Anblick, den

ich gar nicht oft genug sehen kann.« Sie breitete die Arme aus. »Wer kommt zu Grandma Shelley?«

»Ich!«, rief Joey. Steve fing sie ab. »Grandpa!«, beschwerte sie sich.

»Grandma Shelley ist meine Frau. Ich bekomme den ersten Kuss.« Während er Joey auf einer Hüfte trug, legte Steve einen Arm um Shelley und küsste sie direkt auf den Mund. »Hab dich vermisst, meine Schöne.«

Shelley strahlte ihn voller Liebe an. Aus dem anderen Golfwagen, der gerade anhielt, rief die Frau mit den kastanienbraunen Haaren herüber: »Nehmt euch doch ein Zimmer!«

Jock lehnte sich zu Daphne hinüber. »Das ist Leni, Levis Zwilling.«

Die drei Frauen stiegen aus und Jules erklärte: »Die große Blondine ist unsere Schwester Sutton und die zierliche Blonde ist Lenis Freundin Indi.«

Daphne fiel auf, dass alle drei Schwestern von Jock feine Gesichtszüge hatten. Leni und Sutton hatten eine Porzellanhaut, während Jules eher einen leicht goldbraunen Teint hatte.

Sutton sah in ihren blauen Caprihosen und mit dem weißen fließenden Tanktop sehr schick aus. Fragend sah sie Jock an. »Zuerst bist du Pfleger, jetzt bist du Kindermädchen? Augenblick mal! Als Joey klein war, haben dich keine zehn Pferde in ihre Nähe gebracht. Wie ist das denn jetzt gekommen?«

Noch bevor Jock antworten konnte, sagte Indi: »Wie es scheint, gibt es also doch Vorteile, wenn man Kinder hat.«

»Halt dich zurück, Indi!«, warnte Jules. »Das ist mein Bruder Jack, und er hat Hadley auf dem Arm, die Tochter seiner Freundin.«

»Hallo.« Daphne hob die Hand und wackelte mit den Fingern.

Indi riss die Augen auf. »Entschuldige! Ich bin wirklich nicht so eine, die anderen den Mann ausspannt. Das war nur ein Scherz.«

»Da mache ich mir keine Sorgen«, sagte Daphne.

»Hallo, Daphne. Ich bin Leni, Jacks Schwester. Tut mir leid wegen Indi, die kann man nirgendwohin mitnehmen.« Leni breitete die Arme aus, um Daphne zu begrüßen. »Wirklich schön, dich kennenzulernen.«

»Freut mich auch, euch alle kennenzulernen«, sagte Daphne, als sie sie umarmte. »Aber ich glaube, ihr müsst Namensschilder tragen.«

»Also ich trage gern ein Namensschild, wenn du mir verrätst, wie du meinen Bruder in die Nähe deiner entzückenden Tochter gebracht hast.« Sutton streckte die Hand aus, um Hadley zu kitzeln.

Hadley drängte sich näher an Jock und sagte: »Dock ...?«

Gerührt gaben die Frauen gleichzeitig ein *Aaah* von sich.

»Schon gut, Had, ich bin ja da«, sagte Jock und strich Hadley über den Rücken. »Das sind meine Schwestern und ihre Freundin Indi. Das sind liebe Menschen.« Er stellte Hadley jede Frau einzeln mit Namen vor und gab ihr auch Tipps, wie sie sie sich merken konnte. »Sutton ist ganz groß und hat blonde Haare wie Mommy. Und Leni hat rötliche Haare. Indi ist Lenis Freundin und sie ist ...«

»Klein mit gelbe Haare«, sagte Hadley und brachte alle zum Lachen.

Es rührte Daphne, dass er sich Zeit nahm, damit Hadley genau verstand, wer sie alle waren.

Jock war sich der neugierigen Blicke seiner Schwestern bewusst und legte den Arm um Daphne. »Um eure Frage danach zu beantworten, wie ich es schaffe, Hadley auf den Arm zu nehmen: Diese beiden wunderschönen Mädels sind in mein Leben getreten, und ich wusste, dass ich meine Vergangenheit in den Griff bekommen musste, wenn ich sie nicht wieder verlieren wollte.«

Überwältigt von seiner Ehrlichkeit lächelte Daphne zu ihm auf und er drückte seine Lippen auf ihre.

»Warum finde ich nicht so einen Typen wie ihn?«, beschwerte sich Indi.

»Archer und Levi sind Singles«, sagte Jock schmunzelnd.

Indi winkte ab. »Archer? Der ist ja wohl der mürrischste Kerl, den ich kenne.«

»Nur weil du Grant Silver noch nicht kennengelernt hast«, sagte Jules.

»Mädels, seid nett, ja?«, sagte Shelley gerade, als Tara kreischend an ihnen vorbeilief, weil Levi hinter ihr herjagte.

»Daddy!« Joey wand sich aus Steves Arm und rannte hinter den beiden her.

Levi hob Tara hoch und warf sie sich über die Schulter, wobei er aussah wie die Grinsekatze.

»Nimm mich, Daddy! Nimm mich!«, rief Joey.

»Ich wette, genau das denkt Tara auch gerade«, sagte Leni leise und brachte damit ihre Schwestern zum Lachen.

»Jules! Shelley! Hilfe!«, quietschte Tara und gab Levi einen Klaps auf den Hintern.

»Ruhe da hinten.« Levi zwinkerte den Frauen zu. Er drehte ihnen den Rücken zu, über dem Tara kopfüber hing, und sagte: »Daphne, darf ich vorstellen: Tara.«

»Hallo«, begrüßte Daphne sie.

Tara drehte sich, sodass sie zu ihr aufsehen konnte, und lächelte. »Hallo, ich bin Tara. Ein paar von diesen Verrückten nennen mich noch immer Mouse. Ich höre auf beides.«

»Verabschiedet euch, Ladys«, forderte Levi sie auf.

Daphne und Tara sagten gleichzeitig »Tschüss«, und Levi schlenderte davon, als würde er Tara jeden Tag so herumtragen.

»Solche Kerle gibt es in New York nicht!«, maulte Indi.

»Stimmt«, bestätigten Leni und Sutton wie aus einem Mund.

»Lebt ihr alle drei in New York?«, fragte Daphne.

»Nein, nur Indi und ich«, sagte Leni. »Ich arbeite für die PR-Firma meiner Cousine Shea und Indi ist Haar- und Make-up-Stylistin. Sutton ist Moderatorin der Sendung Discovery Hour, die zum Unternehmen Ladies Who Write Enterprises gehört. Sie lebt in Port Hudson, New York, in der Nähe des Firmensitzes. Aber sie ist nur eine Stunde entfernt. Du und Jack solltet uns mal besuchen kommen. Wir machen uns ein schönes Wochenende und zeigen euch die Stadt.«

Der Gedanke, dass New York traurige Erinnerungen in Jock wachrufen könnte, kam ihr, und so sagte sie: »Ich bin eher ein Kleinstadtkind, aber danke.«

»Eine Frau ganz nach meinem Geschmack«, sagte Shelley. »Und ein Rat für euch einsame Großstadtmädchen: Wenn ihr wirklich auf der Suche nach der großen Liebe seid, dann müsst ihr nur auf dem Weingut arbeiten.« Sie schmiegte sich an Steve. »So habe ich meinen Steve kennengelernt und so hat auch meine Mutter meinen Vater getroffen.«

»Nein danke«, erwiderten Sutton und Leni.

»Wenn ihr für Weinproben mal jemanden fürs Make-up und die Haare braucht, dann sagt Bescheid«, meldete Indi sich fröhlich. »Ich liebe die Stadt, aber diese Insel hat mein Herz erobert, schon als Leni mich das erste Mal mitgenommen hat.«

»Du wirst heute Abend mit diesen Damen hier alle Hände

voll zu tun haben, Indi«, sagte Steve.

»Das hab ich ja fast vergessen«, rief Jules aus. »Daphne, wir treffen uns alle vor der Party und Indi macht unsere Haare und das Make-up. Du musst auch kommen!«

»Indi ist echt ein Profi«, sagte Leni.

»Danke, aber ich habe Hadley dabei. Ich will euch nicht den Spaß verderben«, sagte Daphne.

»Sei nicht albern«, sagte Shelley. »Sie muss sich auch fertigmachen. Joey wird schon mit uns für die Geburtstagsparty von Grandma gestylt, seit sie ein kleines Baby war. So machen wir das hier, Liebes. Ich hoffe, ihr beide seid dabei.«

Freude erfasste Daphne. »In Ordnung, danke.«

Steve klatschte in die Hände. »Nachdem wir uns nun alle bekanntgemacht haben, können wir bitte an die Arbeit gehen, damit wir dann zu Mittag essen und anschließend Touch-Football spielen können?«

Jocks Familie stimmte johlend zu und Shelley rief: »Okay, Ladys, ihr wisst, was zu tun ist. Lasst uns anfangen. Daph, du und Hadley kommt mit mir.«

»Du hast gehört, was die Chefin gesagt hat, Had. Ich muss arbeiten.« Jock gab Hadley einen Kuss auf die Wange und stellte sie auf den Boden.

Hadley schaute zu ihm auf. »Ich dir helfen?«

»Nein, mein Schatz. Du kannst Mommy helfen«, sagte Daphne.

»Dock helfen!«, bettelte sie. »Bitte! Bin brav!«

Daphne hoffte, dass Hadley jetzt kein Theater machen würde. »Jock muss ...«

»Sie kann bei mir bleiben, wenn es für dich in Ordnung ist«, flüsterte Jock Daphne zu.

Dankbarkeit überkam sie, doch noch bevor sie antworten

konnte, kam Joey mit einem Rucksack herbeigerannt. »Darf ich mit Hadley spielen? Ich hab Spielsachen dabei.« Sie öffnete den Reißverschluss des Rucksacks und zeigte Hadley all das bunte Spielzeug.

»Had, möchtest du mit Joey spielen?«, fragte Daphne.

Hadley nickte.

»In Ordnung, Joey. Ich bin bei Shelley, wenn du mich brauchst, okay?«

»Mhm, aber bestimmt brauch ich dich nicht. Ich spiele ständig mit kleinen Kindern.« Joey hielt Hadley die Hand hin, die Hadley bereitwillig nahm, und dann führte Joey sie hinüber zum Rasen und erzählte ihr von ihren Spielsachen.

»Wow, das war ja unkompliziert.« Daphne schaute zu Jock auf. »Danke, dass du angeboten hast, sie zu nehmen. Du kannst dir gar nicht vorstellen, was mir das bedeutet.«

»Ich denke, das kann ich«, sagte er und senkte seine Lippen auf ihre.

»Auf geht's, Turteltäubchen!« Leni und Sutton stellten sich neben Daphne. »Wir müssen unbedingt mehr über diese Frau mit den Zauberkräften erfahren, die das Herz unseres Bruders erobert hat.«

Sie nahmen Daphne in ihre Mitte und führten sie weg, wobei sie zahllose Fragen über sie und Jock stellten. Über Lautsprecher ließ Archer Musik laufen, und in den nächsten Stunden erhielt Daphne eine Führung durch die Kellerei, die mit einer Mischung aus satten Holztönen und Stein von einer warmen und einladenden Atmosphäre erfüllt war, und sie lernte Jocks Geschwister kennen, während sie Tische und Stühle aufstellten, Lichterketten über den Hof spannten, Laternen in die Bäume hängten und hübsche violette Schleifen – die Lieblingsfarbe von Grandma Lenore – an jedem Stuhl befestigten. Immer, wenn Jock in Daphnes Nähe kam, gab er ihr einen kleinen Kuss, zwinkerte ihr zu oder berührte ihre Hand oder Schulter, wobei er ständig ein Auge auf Hadley und Joey hatte. Noch nie hatte Daphne sich so umsorgt und geliebt gefühlt.

Während sie und Shelley Schleifen an den Stühlen festbanden, dachte Daphne an ihre Unterhaltung mit Shelley und den Frauen zuvor. Sie hatte ihnen von ihrer Scheidung erzählt, von ihrer Arbeit im Resort und wie sie und Jock sich kennengelernt hatten. Auch von ihrer Familie hatte sie ihnen erzählt, und sie hatten begeistert reagiert, als sie hörten, dass Daphne auch ein Zwilling war. Und natürlich hatten sie darüber gescherzt, dass sie und Jock heiraten und jede Menge Zwillingsbabys haben würden. Diesen verlockenden Gedanken hatte Daphne schnell in ihrem übereifrigen Herzen verstaut.

»Ich liebe es, wenn meine Kinder alle hier sind«, sagte Shelley, die sich eine weitere Schleife nahm. »Weißt du, dass Jock heute das erste Mal über Nacht bleibt, seit er die Insel verlassen hat?«

»Ja, das hat er mir erzählt. Er vermisst es, hier zu sein.«

Shelley schaute über den Hof zu Jock. »Wir vermissen ihn auch. Du fragst dich sicher, warum Steve und ich nicht versucht haben, zwischen ihm und Archer zu vermitteln.«

»Nicht unbedingt. Ich weiß, dass es für jeden von euch schwierig ist, und außerdem sind die beiden erwachsen.«

Nun schaute Shelley zu Archer. »Als der Unfall geschah, waren sie gerade mal erwachsen.« Sie stellte sich zu Daphne. »Wahrscheinlich hätten wir damals mehr tun sollen, aber sie waren so verletzt und wütend. Unsere Bemühungen haben es nur schlimmer gemacht. Was ihre Beziehung angeht, so hatten sie immer diese Blase um sich herum, durch die niemand sonst gelangte. Ich dachte früher, sie würden solche Zwillinge werden, die ihre eigene Sprache entwickeln, aber das haben sie nie. Sie hatten einfach nur ihre Geheimnisse.« Sie lächelte. »Aber eines Tages wird es besser werden. Jock scheint davon überzeugt zu sein, dass eine gewisse Person und ihre kleine Tochter nun sein Herz wieder geöffnet haben.«

Shelley wandte ihre Aufmerksamkeit wieder den Schleifen zu. Daphne dachte daran, was Archer im Krankenhaus zu Jock gesagt hatte, und sie fragte sich, ob es vielleicht gar kein Geheimnis war.

Als sie mit den Stühlen fertig waren, nahmen sie aus einiger Entfernung alles in Augenschein. Auf jedem Tisch lagen weiße und lavendelfarbene seidene Tischläufer, ergänzt durch die violetten Schleifen an den Stühlen. Die jungen Frauen stellten Porzellangedecke, kristallene Kerzenständer und elegante Weingläser auf die Tische. Daphne versuchte, sich dazu noch die Blumengestecke und die hübsch gefalteten Servietten vorzustellen.

Shelley stemmte die Hände in die Hüfte. »Jock hat erzählt, dass du vorher als Eventplanerin gearbeitet hast. Wie lautet dein professionelles Urteil?«

»Ein Profi bin ich nicht unbedingt, aber ich liebe es, Veranstaltungen zu organisieren, und diese Arbeit fehlt mir. Am nächsten komme ich der Tätigkeit noch mit der Planung der monatlichen Treffen meines Buchclubs, von dem ich dir und den anderen vorhin kurz erzählt habe. Danke, dass ich bei all dem hier dabei sein kann. Es ist wunderschön. Das Porzellangeschirr und die Kristallgläser verleihen den Holztischen diesen eleganten Landhaus-Vibe, der gerade voll im Trend ist. Die Blumengestecke werden das verbindende Element sein und dem Ganzen noch mehr Leben einhauchen. Und wenn dann noch die Laternen und die Lichterketten dazukommen ...« Wie aufs

Stichwort leuchteten alle Lampen auf und Daphne stockte der Atem. »Oh, Shelley, das ist zauberhaft!«

»Hoffen wir, dass es so bleibt. Vor zwei Jahren ging die Hälfte der Lichter während der Party einfach so aus.«

»Das ist zwar nicht der schlimmste Albtraum von Eventplanern, aber mit Sicherheit ein großer. Ihr benutzt einfache Weihnachtslichterketten, wie ich gesehen habe. Es gibt robustere industrielle Leuchten. Habt ihr die schon mal probiert?«

»Ich wusste gar nicht, dass es so etwas gibt. Unsere Lichterketten sind so alt, da grenzt es an ein Wunder, dass sie überhaupt noch funktionieren. Wir benutzen seit Ewigkeiten dieselben. Mein Vater hat die Geburtstagspartys ganz genau so immer für meine Mom gestaltet. Vor etwa fünfzehn Jahren ist er gestorben, danach haben Steve und ich es übernommen. Wir hielten es für das Beste, einfach alles so zu lassen, wie es immer gewesen war.«

»Es tut mir leid, dass ihr diesen Verlust durchmachen musstet.«

»Danke. Das ist schon lange her. Erzähl mir von diesen anderen Lichterketten.«

»Die sind großartig! Es gibt sie im Fachhandel und sie sind für den Außenbereich gedacht, daher braucht man sie zwischen den Veranstaltungen gar nicht abzuhängen. Man verwendet dafür größere Leuchten, die nicht so empfindlich sind wie einfache Lichterketten, und wenn eine Leuchte kaputt ist, muss man nicht gleich die ganze Kette wegwerfen.« Sie schaute zu der Steinmauer und ihr kreativer Kopf kam in Gang. »Ich dachte gerade an die Mauer, die ist so einzigartig. Habt ihr mal darüber nachgedacht, sie mit blauen Lichtern zu schmücken? Das würde das Party-Gelände für größere Veranstaltungen erweitern, und ihr hättet einen umwerfenden Hintergrund für Fotos auf Hochzeiten oder Geburtstagsfesten.«

»Solche Veranstaltungen machen wir hier nicht«, sagte Shelley. »Es finden natürlich Weinproben statt, und dann feiern wir hier den Geburtstag meiner Mutter und das Halloween-Fest mit dem Feld der Schreie.«

»Davon hat Jock mir erzählt. Das klingt fantastisch.«

»Es ist ein tolles Zusammentreffen von Freunden. Schon witzig, wie viel man für seine Kinder macht. Aber abgesehen davon fallen Veranstaltungen eher in den Verantwortungsbereich meiner Freundin Margot. Sie und ihr Mann leiten das Silver House Resort gemeinsam mit ihrem Sohn Fitz. Silver House ist die bedeutendste Event-Location hier auf der Insel.«

»Unsere Freunde haben im Frühling dort geheiratet. Es ist wunderschön.«

»Du warst mit Jack ... Jock auf der Hochzeit?«

»Nicht als Paar, aber ja, Hadley und ich und unsere ganzen Freunde waren dort. Aber solche Destination Weddings, bei denen die ganze Hochzeitsgesellschaft zu einer bestimmten Location reist, sind gerade voll im Trend. Die Nachfrage für solche Events reicht mit Sicherheit für das Silver House *und* euer Weingut. Als ich in dem Resort in North Carolina gearbeitet hab, waren die Leute immer auf der Suche nach einzigartigen Veranstaltungsorten. Wir waren das ganze Jahr ausgebucht und ich musste Kunden an andere Resorts verweisen.« Sie ließ den Blick über die Weinberge schweifen. »Dieser Ausblick ist atemraubend. Es ist zu schade, das alles nicht so zu präsentieren, wie das Weingut es verdient hätte. Habt ihr darüber nachgedacht, mit Margot zusammenzuarbeiten? Ihr könntet mit Sicherheit Brautpartys, Hochzeiten, Geburtstage und so ziemlich alles ausrichten und ihr könntet das Silver

House als Unterbringung empfehlen oder sie das Catering für das Event übernehmen lassen. Damit hätten eure Freunde auch neue Umsätze. Oder ihr könntet die Probe-Dinner veranstalten und sie richten die Hochzeit aus, oder umgekehrt.«

»Das sind großartige Ideen, aber neben den Weinproben und Führungen habe ich keine Zeit, um über irgendetwas anderes nachzudenken.«

»Vielleicht könntest du jemanden einstellen, der dir hilft«, schlug Daphne vor.

»Ja, wenn wir ein derartiges Unternehmen wären. Aber wir sind immer hauptsächlich ein familiengeführtes Unternehmen gewesen. Wir haben ein paar Mitarbeiter, klar, aber die gehören zu Familien, die wir seit Ewigkeiten kennen. Und leider will keines meiner Kinder – außer Archer, der jedoch selbst bis über beide Ohren in Arbeit steckt – etwas mit den Weinbergen oder der Kellerei zu tun haben.«

»Das verstehe ich«, sagte sie, doch die Ideen blühten in ihr auf wie Frühlingsblumen. »Wenn die Silvers jemanden hätten, der die Veranstaltungen plant, könntet ihr mit ihnen zusammenarbeiten und die Location hier für Hochzeiten vermieten. Dann bräuchtest du nur punktuell jemanden, der das mit ihnen koordiniert.«

»Das sind kreative Gedankengänge! Wenn ich dich doch nur aus Bayside weglocken könnte«, meinte Shelley augenzwinkernd.

»Wenn das Wörtchen wenn nicht wäre …«, sagte Daphne locker, doch die Saat der Sehnsucht war gesät. »Du hast mit diesem ganzen Arrangement jedenfalls großartige Arbeit geleistet. Ich kann es gar nicht abwarten, wie sich heute Abend alles zusammenfügen wird. Deine Kekse vorhin waren schon so gut, da kann ich mir vorstellen, wie lecker die Torten und

Kuchen sein werden, die du für den Nachtisch gemacht hast. Hast du für das Essen ein Catering beauftragt?«

»Das musste ich. Ich kann nicht für vierzig Leute kochen und dann noch Zeit für unser traditionelles Touch-Football-Spiel finden. Meine Freundin Ava de Messiéres liefert uns das Essen. Sie hat ein kleines Bistro am Strand.«

»Ein Bistro? Das klingt schick.«

Shelley schüttelte den Kopf. »Früher war es ziemlich nett, aber Ava ist dem Alkohol etwas zu sehr zugeneigt, wenn du weißt, was ich meine. Sie hat zwei wunderschöne Töchter in Lenis und Suttons Alter, Abigail und Deirdra. Die armen Mädchen haben alles für sie getan, was in ihrer Macht stand, doch sie mussten ihr eigenes Leben in Angriff nehmen und sind von der Insel fortgezogen. Sie kommen gut zurecht, aber Avas Bistro hat seit einiger Zeit zu kämpfen. Als unsere Kinder jünger waren, haben sie dort ausgeholfen, gekellnert und Tische abgeräumt, und wann immer wir konnten, haben wir versucht, ihr Aufträge zu verschaffen.«

Die Lichter in einigen Bäumen gingen aus und Archer fluchte.

Shelley stöhnte verhalten auf. »Oje ... Ich glaube, vor Grandmas nächster Geburtstagsparty sollte ich mich über diese anderen Lampen informieren. Ach ja, du wurdest Archer noch gar nicht richtig vorgestellt, oder?«

Daphne versuchte, ihre Nervosität hinter einem Lächeln zu verstecken. »Nein, noch nicht.«

»Fühlst du dich stark?«, fragte Shelley mit einem amüsierten Funkeln in den Augen.

»Stark genug«, antwortete sie und hoffte, dass es zutraf.

Shelley drückte ermutigend Daphnes Hand. »Gut, dann will ich dich mal meinem wunderbaren missmutigen Sohn vorstellen.«

Als sie über die Terrasse gingen, schaute Daphne sich nach Jock um, doch er war wohl ins Gebäude gegangen. Archer stand auf einer Leiter und fummelte an einer Lichterkette herum.

»Archer, mein Schatz?«, sagte Shelley.

»Ja?«, fragte er barsch und schaute zu ihr herunter.

Der Blick seiner dunklen Augen fiel auf Daphne, er zog die Augenbrauen hoch und sah so Jock noch ähnlicher. Doch während in Jocks Augen ein Schleier aus Schmerz und Wut gelegen hatte, als er Daphne von dem Unfall und der Auseinandersetzung mit Archer erzählt hatte, lag in Archers Blick nur unbändiger Zorn. Er hatte den markanten Kiefer seines Vaters, war ein Mann wie ein Baum, wirkte stahlhart, war muskelbepackt und hatte kräftige Beine. Daphne hoffte, dass sein Herz nicht ebenso eisern geworden war.

»Ich glaube, du hast Jocks entzückende Freundin Daphne noch nicht kennengelernt«, stellte Shelley sie vor.

»Freut mich«, sagte er kurz angebunden, um sich dann wieder der Lichterkette zuzuwenden.

Daphne nahm all ihren Mut zusammen. »Hallo. Ich weiß, dass es zwischen dir und Jock ein paar Probleme gibt, aber ich hoffe, dass Hadley und ich dich eines Tages besser kennenlernen können.«

Finster schaute er auf sie herab. »Ein paar Probleme?« Er schnaubte verächtlich.

Daphne zitterte ein wenig, doch sie wollte Jock zuliebe stark sein, und so versuchte sie weiterhin, an Archers Mauer zu kratzen. »Es tut mir leid, dass du einen solchen Verlust erlitten hast, Archer. Jock hat erzählt, dass Kayla dir viel bedeutet hat, und ich kann mir nicht vorstellen, wie schwer es war, sie zu verlieren.«

»Stimmt, kannst du nicht«, murrte er. »Ich muss diese Lichterkette reparieren.«

Shelley verzog den Mund. »Archer Steele, ich hab dich zu einem freundlicheren Menschen erzogen.«

»Ja, hast du«, gab er mürrisch von sich. »Aber manchmal prügelt das Leben einem die Freundlichkeit aus dem Leib.«

»Vom Leben schlecht behandelt zu werden, damit habe ich auch so meine Erfahrungen«, sagte Daphne vorsichtig. »Und auch damit, einen Weg zu finden, nicht zu hassen, auch wenn man das Gefühl hat, lauter zerbrochenes Glas in sich zu tragen. Du musst weder mich noch meine Tochter mögen, Archer, aber das bedeutet nicht, dass ich dich ablehnen werde.«

Archer zog die Augenbrauen zusammen, sagte aber kein Wort.

Shelley sah Daphne einen Moment lang mitfühlend und dankbar an. »Tja, dann …«, sagte sie und durchbrach die Spannung. »Eine Sache noch, Archer. Daphne hat Erfahrung in Eventplanung und ein paar sehr interessante Ideen. Sie hat mir von Lichterketten aus dem Fachhandel erzählt, die wir benutzen könnten, um uns so einen Ärger wie jetzt gerade zu ersparen.«

»Die hier sind gut genug«, entgegnete er heftig.

»Für jetzt ja, aber vielleicht sollten wir uns das für nächstes Jahr mal überlegen«, sagte Shelley.

Daphne hatte all ihren Mut aufgebraucht und hoffte nun, eine Fortsetzung des Gesprächs mit Archer vermeiden zu können. »Shelley, gib mir doch am besten mal deine Nummer und ich schick dir einen Link zu diesen Lichterketten.«

»Gute Idee. Archer, Schatz, was hältst du davon, hier Events zu veranstalten? Vielleicht in Zusammenarbeit mit den Silvers? Darüber sollte man eventuell mal nachdenken.«

Ohne sie anzusehen, sagte er: »Ich denke, das ist eine Entscheidung der Familie und keine, die an Grandmas Geburtstag getroffen werden sollte.«

»Zu schade, Schatz«, erwiderte Shelley leicht sarkastisch – gerade in dem Moment, als Jock aus der Kellerei herauskam. »Ich hatte gehofft, deine Meinung zu hören, bevor ich mit deinem Vater rede und ihn überzeuge, sich auf meine Seite zu stellen.«

Jock zog die Augenbrauen zusammen und biss sichtbar die Zähne zusammen. Er kam auf sie zumarschiert und mit jedem entschlossenen Schritt raste Daphnes Herz schneller. Das Letzte, was sie auslösen wollte, war eine Auseinandersetzung. Rasch sagte sie: »War nett, dich kennenzulernen, Archer. Die Lichter sehen wunderschön aus. Und danke, dass du uns miteinander bekannt gemacht hast, Shelley.« Sie eilte hinüber zu Jock, den sie ein paar Meter von Archer entfernt zu fassen bekam, um ihn dann am Arm mit sich fortzuziehen.

»Was zum Teufel war da gerade los? Was hat er zu dir gesagt?«, zischte Jock.

»Deine Mom hat mich ihm nur vorgestellt. Alles in Ordnung, jetzt haben wir uns kennengelernt, somit ist das erledigt.«

Er sah zu Archer hinüber, der von der Leiter herunterstieg. Ihre Blicke trafen sich und bei beiden zuckten die Kiefermuskeln.

Daphne berührte Jocks Wange und zog seinen Blick auf sich. Sie wollte ihm unbedingt die Anspannung nehmen, die er mit dem ganzen Körper ausstrahlte. Sie ging auf die Zehenspitzen und drückte ihre Lippen auf seine. »All diese unschönen Gefühle zwischen euch beiden haben die Macht, den Tag für alle zu ruinieren oder auch nicht. Ich weiß, dass du dir um mich Sorgen machst, aber mir geht es gut. Und ich weiß, dass du die Sache bereinigen willst, aber er ist ganz offensichtlich noch nicht so weit. Warum konzentrieren wir uns also nicht auf das Gute, verbringen die Zeit mit deiner Familie und genießen diesen wunderbaren Tag?«

Er ließ die Schultern kreisen, als wollte er die schmerzhafte Verspannung lösen. »Ja, in Ordnung.«

»Jock!« Sein Vater winkte ihn herbei, während Archer in der Kellerei verschwand.

»Alles in Ordnung mit *dir*, Baby?«, fragte Jock.

»Ja, mir geht es gut. Ich bin froh, dass deine Mom uns miteinander bekannt gemacht hat. Jetzt sind Hadley und ich Menschen in seinem Kopf und keine Bösewichte.«

»Hat er das gesagt?«, entfuhr es Jock wütend.

»Nein! Ich wollte damit nur sagen, dass es vielleicht hilfreich war, mich kennenzulernen. Mir geht es gut, Jock. Jetzt geh und hilf deinem Dad.« Sie schob ihn in Steves Richtung und merkte, dass sie seine beschützende Art ebenso sehr liebte wie alles andere an ihm.

Mit Beendigung aller Vorbereitungen waren Joey und Hadley zu besten Freundinnen geworden und Hadley nannte Shelley und Steve *Gama* und *Gampa*. Daphne kam es so vor, als würde sie Jocks Familie schon seit Ewigkeiten kennen – außer Archer, der sich bewusst auf Abstand zu ihr und Jock gehalten hatte. Wie versprochen ließ Jock sich den Tag nicht von Archer vermiesen. Nachdem er einige Minuten innerlich gewütet hatte, war er dazu übergegangen, Witze zu reißen und sich an seiner Familie zu erfreuen.

Als sich alle in die Golfcarts drängten, um zum Haus zu fahren und Touch Football zu spielen, legte Jock den Arm um Daphne, und gemeinsam beobachteten sie, wie Hadley auf Shelleys Schoß Platz nahm und Joey daneben zu Steve kletterte.

»Was meinst du, mein Engel? Wirst du meine Familie ertragen können?«

»Ertragen? Ich liebe sie, und es ist offensichtlich, wie sehr sie es genießen, dich zu Hause zu haben. Es ist unglaublich, wie toll alle zusammengearbeitet haben, um alles für die Party herzurichten. Ich hatte ja keine Ahnung, dass deine Familie hier keine Events veranstaltet. Das sollten sie. Was für eine unfassbar schöne Location. Deine Mom und ich haben darüber geredet, aber ich habe nicht das Gefühl, dass Archer so begeistert von der Idee ist.«

»Du hast mit ihm darüber gesprochen?«

»Deine Mom hat es ihm gegenüber erwähnt. Es war nur ein kurzes Gespräch, nichts Richtiges. Ich hoffe, ihr kommt bald wieder gut miteinander aus. Es wäre schön, in Zukunft mehr Zeit mit deiner Familie zu verbringen.«

Er zog sie an sich und grinste. »Vorhin habe ich *wir* gesagt, und jetzt redest du von der *Zukunft* ... Da entsteht eine Art Muster, würde ich sagen.«

Als er seine Lippen auf ihre drückte, rief Leni: »Besorgt euch ein Zimmer!«

In Jocks Augen flackerte eine Glut auf. »Das ist doch mal eine großartige Idee.«

Das Mittagessen ging – wie immer im Hause Steele – laut und chaotisch vonstatten. Jocks Mutter hatte ihre berühmten Hühnchen-Parmesan-Häppchen gemacht und außerdem Käse-Makkaroni, Kartoffelsalat und Obstsalat. Alle halfen beim Tischdecken, und während sie aßen, erzählten ihre Eltern Geschichten aus der Kindheit von Jock und seinen Geschwistern. Daphne lachte Tränen und sogar Archer und Hadley konnten sich ein kleines Lächeln nicht verkneifen. Jock war froh, dass seine Eltern alle gleichermaßen in Verlegenheit brachten, denn Levi und seine Schwestern gaben ihr Bestes, um peinliche Anekdoten über ihn zu erzählen. Joey behandelte Hadley wie eine geliebte kleine Schwester, was manche dazu veranlasste, Levi aufzufordern, Joey doch ein Geschwisterkind zu schenken. Levi schüttelte nur den Kopf und sagte, es wäre jemand anderes dran, sich mit schlaflosen Nächten und vollen Windeln herumzuschlagen. Er sagte es, als wäre es etwas Schlimmes, aber für einen Mann, der in seiner Zukunft keine Familie gesehen hatte, klang es paradiesisch.

Als sie nach draußen gingen, um Touch Football zu spielen, trugen Joey und Hadley ihre Spielsachen in den Schatten unter einen Baum. Die Frauen bildeten eine Gruppe, lachten und unterhielten sich – und Daphne war mittendrin. Archer und Levi holten Fahnen, um das Feld abzustecken, und Jock nahm sich endlich einen Augenblick, um durchzuatmen. Die Spannungen zwischen ihm und Archer waren unerträglich, aber Daphnes permanenter Zuspruch verstärkte seinen Wunsch, einen Weg zu finden, um das Verhältnis zu seinem Bruder zu klären. Allmählich gelangte er zu der Auffassung, dass er wohl einen Vorschlaghammer brauchte, um Archers Mauern einzureißen.

Sein Vater stellte sich zu ihm. »Verspürst du schon das Bedürfnis, Reißaus zu nehmen?«

»Dieses Mal nicht«, sagte Jock und schaute zu den Frauen. »Ich hatte immer das Gefühl, dass es nicht richtig wäre, es Archer schwer zu machen, indem ich hier bin. Aber dann ist Daphne in mein Leben getreten, und ich möchte, dass sie und Hadley euch kennenlernen. Durch sie habe ich eine ganz andere

Sichtweise auf alles, und dazu gehört auch, dass ich merke, was ich alles vermisst habe. Und das muss ich dir sagen, Dad: Das hier fehlt mir sehr.«

»Uns hat es auch gefehlt. So glücklich habe ich deine Mutter seit Jahren nicht gesehen.« Noch ernster sprach er weiter: »Was für einen Plan hast du in Bezug auf Archer?«

»Keine Ahnung. Einen richtigen Plan habe ich eigentlich nicht, abgesehen von dem, dass ich mit ihm reden will. Hast du einen Rat für mich?«

»Ja, sei vorsichtig. Er gleicht einem Vulkan kurz vor dem Ausbruch. Er hält es ziemlich gut unter Verschluss, bis er hört, dass du vorbeikommst, doch dann kann er seine Feindseligkeit nicht mehr verbergen.«

Das wusste Jock, doch es tat weh, seinen Vater es so leichthin aussprechen zu hören. »Es tut mir leid, dich und Mom dem allen schon so lange auszusetzen. Ich bin mir nicht sicher, ob er je darüber hinwegkommt, und das ist meine Schuld. Ich hätte mich vor Ewigkeiten mehr bemühen sollen.«

»Es ist nicht deine Schuld. Ihr beide wart nach dem, was passiert ist, am Boden zerstört. Wie wir alle. Ich werde dir jetzt etwas erzählen, was ich dir vor Jahren schon sagen wollte, was du aber damals nicht hören wolltest.«

»Bist du sicher, dass ich es jetzt hören will?«, fragte Jock nur zum Teil im Scherz.

»Nein, aber du musst es hören. Als ihr klein wart, seid ihr immer quengelig und streitsüchtig von der Schule nach Hause gekommen. Ich war das erste Mal Vater und dachte, ich muss die Situation unter Kontrolle bekommen. Was mir natürlich nicht gelang. Müde Kinder verfügen über Kräfte, die niemand sonst auf dieser Welt hat, weil ihnen die Herzen ihrer Eltern gehören, und deshalb können Eltern kaum etwas anderes tun, als zumindest zu *versuchen*, zu trösten und die Kinder wieder glücklich zu machen. Jedenfalls habe ich zu eurer Mutter gesagt, dass ich das Gefühl hatte, euch nicht gerecht zu werden, weil ich euch beiden nicht beibringen konnte, wie man sich zusammenreißt. Aber sie hat mir klargemacht, dass wir euch immer ermahnt haben, dass man sich in der Schule oder bei Freunden zu benehmen hat, und dass euer Zuhause der einzige Ort war, an dem ihr müde und quengelig sein konntet. Wir waren euer sicherer Hafen, und ihr wusstet, dass wir euch immer – ganz gleich, was passierte – lieben würden. Aber du und Archer habt immer alles an euch ausgelassen, und das war ein weiterer harter Brocken für mich, denn es war eine Sache, das als Eltern zu akzeptieren, aber zuzusehen, wie ihr euch gegenseitig wehtut, war unglaublich schwer. Ihr wurdet älter, und uns wurde klar, dass wir für dich und Archer – und später auch für Levi und Leni – eben nicht immer euer sicherer Hafen waren. Zwillinge teilen sich den Mutterleib und es gibt keine stärkere Verbindung. Mit dir und Archer haben wir einen Lernprozess durchgemacht, und ich weiß nicht, ob wir alles richtig oder falsch gemacht haben, aber wir haben unser Bestes gegeben.«

»Ihr hättet uns Versuch und Irrtum nennen sollen.« Jock beobachtete, wie Archer und Levi das Feld absteckten, und er erinnerte sich an einige ausgiebige Prügeleien und Streitereien mit Archer, von denen er dachte, dass sie sich nie davon erholen würden. Doch nichts war mit dem schmerzhaften Schweigen zu vergleichen, das nun zwischen ihnen lag.

»Wahrscheinlich. Als ihr älter wurdet, haben wir allmählich verstanden, dass ihr gegenseitig euer sicherer Hafen gewesen seid. Ihr habt euch gefetzt und diese Bindung zwischen euch heftig auf die Probe gestellt, aber ihr wart auch immer die

Ersten, die füreinander eingestanden sind.«

»Nicht dieses Mal, Dad. Als Archer mich aus seinem Leben verbannt hat, meinte er es ernst, denke ich.«

»Das denke ich leider auch.«

Der Schmerz erfasste Jock aufs Neue.

Sein Vater sah ihn an. »Ich glaube, *damals* meinte er es ernst. Wir alle sagen Dinge, die wir nicht meinen, und du weißt, dass Archer leidenschaftlich in allem ist. Er liebt ebenso intensiv, wie er hasst. Aber ich kenne meinen Sohn und er hasst dich nicht. Er hat sich verrannt, Jock. Verrannt in Jahren der Wut und des Schmerzes und er findet den Weg heraus nicht mehr. Er sieht dich, und das führt ihm vor Augen, wozu er nicht in der Lage ist.«

»Ach, komm, Dad! Das glaubst du doch nicht wirklich.«

»Doch, das glaube ich. Ihr findet den Weg heraus aus diesem Sturm nur, wenn ihr euch aufeinander stützt. Er braucht dich mehr denn je, und ich weiß, dass das ein gewaltiger Druck für dich ist, also mach daraus, was du für richtig hältst. Ich würde es wieder hinbiegen, wenn ich es euch abnehmen könnte.«

»Wollt ihr Waschweiber da noch ewig tratschen?«, rief Levi zu ihnen herüber. »Oder wollt ihr spielen?«

Sein Vater legte eine Hand auf Jocks Rücken. »Bereit, beim Football zu verlieren?«

Jock schnaubte belustigt, dachte aber noch über das nach, was sein Vater gesagt hatte. »Nie im Leben, alter Herr.«

»Beeilt euch!« Jules winkte sie zu den anderen herüber. »Wir teilen die Teams ein.«

Sie gingen zu den anderen und Levi sagte: »Ich, Jock, Daphne, Jules, Joey und Indi spielen gegen Dad, Archer, Tara, Leni, Mom und Sutton.« Er lehnte sich zu Jock hinüber. »*Ich* blocke Archer.«

Shelley hatte Hadley an der Hand. »Diese kleine Dame hier spielt für beide Teams, also passt alle auf eure Beine auf.«

»Ich muss nicht mitspielen. Ich guck mit Hadley zu«, bot Daphne an.

»Nein, Baby. So läuft das bei uns.« Jock nahm ihre Hand. »Alle spielen mit, Groß und Klein. Joey hat schon mitgespielt, als sie noch kleiner war als Hadley.«

»Bist du sicher?«, fragte Daphne besorgt. »Hadley könnte im Weg stehen oder sich wehtun. Wir haben das noch nie gespielt. Leni hat vorhin die Regeln erklärt, aber Hadley …«

»Wir passen alle auf sie auf, versprochen. Mach dir keine Sorgen.« Jock drückte seine Lippen auf ihre.

»Spielen wir jetzt endlich, oder was?«, schnauzte Archer.

Jock warf ihm einen finsteren Blick zu. »Reg dich ab. Es ist nur ein Spiel.«

Archer murmelte etwas vor sich hin, während alle ihre Positionen einnahmen.

Daphne nahm Hadley an die Hand, stellte sich auf die Höhe von Jock und sagte: »Wir spielen alle zusammen Fangen. Bleib in Mommys Nähe.«

Sutton machte sich bereit, den Ball zu Archer zu passen, der Jock einen drohenden Blick zuwarf.

»Auf die Plätze, fertig«, rief Archer. »Los!«

Sutton passte den Ball nach hinten, und Archer schaute sich um, während Levi auf ihn zurannte. Jock stellte sich seinem Vater in den Weg, und alle anderen liefen ebenfalls los, um ihre Gegenspieler zu decken. Die Frauen lachten und johlten, und Hadley war mittendrin, rannte jedem hinterher und kicherte wie verrückt, als Archer den Ball an Leni passte. Indi ging dazwischen und löste einen Tumult aus, als sie auf die Ziellinie zurannte und dabei Shelley und Tara auswich. Archer stürmte an allen vorbei und gab Indi einen Klaps auf den Hintern, worauf sie sich kreischend umdrehte und ihn finster ansah. Er lachte.

Indi hob das Kinn. »So viel Frau hast du wahrscheinlich seit Jahren nicht in die Finger gekriegt.« Sie marschierte zurück und klatschte alle Frauen ab, während Archer giftige Blicke abschoss.

Auf dem Rückweg auf seine Seite des Feldes rempelte er Jock im Vorbeigehen mit der Schulter an.

»Immer mit der Ruhe, Bruderherz«, rief Levi ihm zu.

Auch bei den nächsten Spielzügen lag Archers wütender Blick weiter unbeirrt auf Jock. Als Shelley einen Punkt machte, überschüttete ihr Mann sie mit Küssen. Tara rannte mit dem Ball vorwärts, und Levi hob sie wie am Vormittag schon hoch und raste mit ihr über seiner Schulter zur gegnerischen Touchdown-Zone, was von allen angefeuert und bejubelt wurde. Als Jock einen Pass abfing, nahm er Hadley auf den Arm und ließ sie den Ball über die Ziellinie tragen, wo er sie über den Kopf hob und sie zusammen mit allen anderen bejubelte. Noch nie hatte er Hadley oder Daphne so unbeschwert lächeln sehen – und noch nie war Archers Blick so finster gewesen.

Im Laufe des Nachmittages gab Archer immer mal wieder bissige Bemerkungen von sich, die Jock jedoch von sich abprallen ließ. Es war nicht nötig, sich in die Dunkelheit seines Bruders hinabzerren zu lassen. Nicht, wenn alle anderen so viel Spaß hatten. Ihr Vater nahm Joey auf den Arm, um einen Pass abzufangen, obwohl sie im gegnerischen Team war, und gemeinsam rannten sie unter dem Jubel der anderen in die Endzone. Joey drückte den Ball wie ein Profi hinter der Linie auf den Boden, und dann gingen sie und Steve auf die Zehenspitzen, um ihren verrückten Touchdown-Tanz mit wackelnden

Knien und in den Himmel gereckten Fäusten zu vollführen. Mitten auf dem Feld versuchte Hadley, den Tanz nachzumachen, was alle – außer Archer – herzlich lachen ließ.

Jock wünschte sich, Archer würde etwas von der Unbeschwertheit annehmen, doch all die Witze und das Lachen schienen seine Wut und schlechte Laune nur noch zu verstärken. Im nächsten Spiel übernahm Jock die Deckung ihrer Mutter. Er sprang nach rechts, nach links, hielt die Hände hoch und war bereit, einen Pass abzufangen, während sie versuchte, ihn abzulenken, indem sie ihn von hinten kitzelte. Er drehte sich um, um sie zu kitzeln, da donnerte der Ball mit voller Wucht gegen seinen Rücken. Jock blieb die Luft weg.

»Archer!«, schrien Jules und ihre Mutter gleichzeitig.

Jock schaute sich um und sah Archers triumphierendes Grinsen, während Daphne zu ihm gerannt kam. Jock biss die Zähne zusammen und ballte die Fäuste. »Mann, echt jetzt?«

Archer hob die Hände. »Tschuldigung, ist mir aus der Hand gerutscht.«

»Von wegen«, sagte sein Vater. »Nimm dich in Acht, Archer.«

»Alles in Ordnung?«, fragte Daphne.

»Alles ok, aber das hier hat jetzt ein Ende.« Er marschierte auf Archer zu, doch aus dem Augenwinkel bemerkte er, dass Hadley seinen Zwillingsbruder böse ansah, was ihn innehalten ließ. Er wollte nicht, dass sie Archer verabscheute, und er wollte nicht, dass sie Zeuge der hässlichen Gefühle wurde, die in ihm brodelten.

Daphne berührte seinen Arm. »Was hast du vor?«

»Nichts. Zumindest nicht hier.«

Einundzwanzig

Nach dem Spiel schienen alle etwas zu tun zu haben oder irgendwohin zu müssen. Archer fuhr zu seinem Boot, das im Yachthafen Rock Bottom Marina lag und auf dem er – wie Daphne erfuhr – bis zum Wintereinbruch lebte. Tara ging nach Hause, und Shelley fuhr mit Sutton und Joey los, um die Blumengestecke für die Party zu holen. Leni zog sich in ihr altes Kinderzimmer zurück, um ein wenig zu arbeiten, und Jules musste nach ihrem Laden schauen. Hadley war erschöpft, und so trug Daphne sie nach oben, damit die Kleine etwas schlafen konnte, während Jock mit Levi und seinem Vater redete. Sie konnte sich nicht daran erinnern, wann sie und Hadley das letzte Mal so viel Spaß gehabt hatten. Jocks Familie übte eine große Wirkung auf sie beide aus. Daphne wünschte sich, der Tag würde ewig andauern, auch weil ihre Tochter ebenso viel lächelte wie mit ihrer eigenen Familie. Obwohl Daphne bemerkt hatte, dass Hadley Archer einige Male böse angeblickt hatte. Sie konnte es ihr nicht verdenken. Jock derart mit dem Ball abzuwerfen, war schäbig gewesen, und es hatte sie über-rascht, dass Jock ihn nicht verprügelt hatte. Aber sie war auch stolz auf Jock, dass er eine solche Zurückhaltung an den Tag gelegt hatte, seit sie angekommen waren.

Sie trug Hadley in Archers Zimmer und war überrascht, wie mädchenhaft das Jungszimmer nun wirkte. Eine rosa Tagesdecke mit Rüschen und Prinzessinnenkissen lagen auf dem Bett und eine rosa Lampe mit baumelnden Sternen stand auf dem Nachttisch. Die blauen Vorhänge waren durch rosa und weiße ersetzt worden und auf dem Boden lag sogar ein hübscher rosa Teppich. Sie konnte es nicht fassen, dass Shelley so viel Mühe für Hadley auf sich genommen hatte, obwohl sie sie gerade erst kennengelernt hatte.

»Meine Mutter macht keine halben Sachen«, sagte Jock, als er ins Zimmer kam und den Arm um sie legte.

Sie genoss es, dass er sie immer berührte, in den Arm nahm und auf sie und Hadley aufpasste. Ihr war aufgefallen, dass seine Eltern sich immer küssten oder berührten, wenn sie beieinander waren, und es war ein schönes Gefühl, zu wissen, dass Jock in so einem liebevollen Haushalt aufgewachsen war.

»Woher hat sie all diese Sachen?«, fragte Daphne flüsternd, um Hadley nicht aufzuwecken.

»Meine Mom hat Levis altes Zimmer zu einem Kinderzimmer umgestaltet, nachdem Joey auf die Welt gekommen war, und es wurde zu ihrem Zimmer, wenn sie und Levi zu Besuch kamen. Bevor Joey in ihre jungenhafte Phase kam, hatte sie nur Prinzessinnenkram im Kopf. Das hier waren ihre Sachen.«

»Es ist wunderbar von deiner Mutter, dass sie all das hier für nur eine Nacht hergerichtet hat.«

Jock zog die Tagesdecke zurück und Daphne legte Hadley zusammen mit ihrer Owly auf die Prinzessin-Bettwäsche. Sie gab Hadley einen Kuss auf die Stirn und dann gingen sie und Jock leise durch das angrenzende Bad hinüber in sein Zimmer. Daphne brachte noch schnell das Babyfon zu Hadley und schloss dann die Tür.

»Glaubst du, dass sie lange schläft?«, fragte Jock.

»Wahrscheinlich. Sie war total erschöpft. Ich hoffe, dass ich Zeit zum Duschen habe, bevor sie wieder aufwacht.« Sie hob sein T-Shirt an. »Zeig mir mal deinen Rücken.«

»Der ist schon in Ordnung.«

»Der Ball hat dich ordentlich getroffen. Das konnten wir alle hören.« Sie schob sein T-Shirt noch einmal nach oben, woraufhin er es sich über den Kopf zog und auf die Kommode warf. »Jock, da ist ein großer violett-roter Abdruck. Das wird wahrscheinlich ein blauer Fleck. Warum hast du nichts zu Archer gesagt?«

Er zog sie in seine Arme. »Weil ich nicht wollte, dass Hadley sieht, wie ich mit ihm streite.«

»Oh, Jock!« Sie spürte, wie sie von der Liebe zu ihm erfüllt wurde. »Du denkst immer an sie.«

»Ihr seid doch meine Mädchen.« Er küsste sie sanft. »Es tut mir leid, wie Archer sich verhalten hat.«

»Ihr beide tut mir leid. Er ist so wütend. Wirst du noch einmal versuchen, mit ihm zu reden?«

»Irgendwann. Ich will nicht allen das Wochenende vermiesen, indem ich den Streit mit ihm jetzt austrage. Aber ich gebe nicht auf. Wenn wir uns nicht bei diesem Besuch aussprechen, dann beim nächsten Mal oder irgendwann später, denn du hattest recht. Dies ist auch mein Zuhause, und ich will hier sein, Zeit mit meiner Familie verbringen. Ich will dir und Hadley den Ort zeigen, bevor wir morgen nach Hause fahren, und mit dem Wissen abreisen, dass meine Schuldgefühle uns nicht davon abhalten, wiederzukommen.«

»Hältst du das für möglich? Dass deine Schuldgefühle weniger werden, auch wenn du und Archer nicht miteinander ins Reine kommt?«

»Dass sie weniger werden? Nein«, sagte er. »Ich werde mich bis ans Lebensende schuldig fühlen, aber ich bin nicht mehr bereit, mein Leben davon bestimmen zu lassen. Du weißt ja, ich bin wieder dieser Kerl, der seine Ziele verfolgt und erobert.« Er drückte seine Lippen zu einem herrlich sinnlichen Kuss auf ihre und erregte ihre Leidenschaft. »Und im Moment möchte ich meine sexy Freundin verfolgen und erobern.« Er stieß die Tür zum Flur zu und schloss sie ab.

»Jock«, flüsterte sie. »Was ist mit Levi und deinem Vater?«

Er nahm den Saum ihres T-Shirts, und als er es über ihren Kopf zog, sagte er: »Ich hab's nicht so mit Vierern.«

»Ich meine es ernst!«, flüsterte sie, während er ihre Shorts aufknöpfte.

»Sie sind in der Kellerei.« Er schob ihre Hose und den Slip hinunter.

»Leni ist in ihrem Zimmer«, wandte sie noch ein, während ihr ganzer Körper schon vor Begehren zitterte.

»Wir sind ganz leise. Ich hab nach ihr gesehen. Sie muss noch stundenlang telefonieren.«

»Aber deine Mom und Schwestern kommen vielleicht zurück und ich bin noch ganz dreckig vom Football.«

»Wir beeilen uns und außerdem mache ich dich gleich noch schmutziger.«

Er entledigte sich all seiner Kleidung, während sie ihren BH auszog, und beim Anblick seiner Erregung entflammte alles in ihr. Dann zog er sie an sich, sodass seine harte Länge sich ungeduldig und verlockend an ihren Bauch schmiegte. Sie presste ihre Oberschenkel aneinander, so sehr brodelte die Hitze zwischen ihnen.

»Den ganzen Tag habe ich darauf gewartet, dich zu lieben, während ich dich beobachtet habe, wie du in diesen sexy Shorts herumhüpfst und dein schönes Lächeln zeigst«, flüsterte er an ihren Lippen. »Ich muss in dir sein.«

Ein Hitzeschauer erfasste sie. Er legte sie aufs Bett, kam über sie und drang mit einem festen Stoß in sie ein. Ein Stromschlag fuhr durch sie hindurch und raubte ihr den Atem. Sie hob sich ihm entgegen, genoss es, sein Gewicht auf sich zu spüren und so vollkommen von ihm erfüllt zu sein. »Ich spüre dich überall«, stöhnte sie.

Hungrig senkte er seinen Mund auf ihren, rau und sanft zugleich. Er schob die Hände unter sie, umfasste ihren Hintern und hob ihre Hüften so an, dass er noch tiefer in ihr versinken konnte. Der Winkel ermöglichte es ihm, mit jedem Stoß über diesen besonderen verborgenen Punkt zu streichen, während ihre Körper immer wieder zusammenstießen. Er verschlang sie mit köstlichen Küssen und mit jedem Eindringen jagten Blitze durch ihr Innerstes. Sie klammerte sich an ihm fest, geborgen in seinem männlichen Duft, und genoss seine Stärke und Liebe. Sie spürte einen nahenden Orgasmus prickelnd in ihren Gliedern, riss ihren Mund von seinem los und flüsterte drängend: »Komm mit mir.«

»Fuck!«, brummte er mit einem Lodern in seinen Augen. »Ich liebe es, wenn du mir sagst, was du willst.«

Unbeherrscht drückte er seinen Mund auf ihren, stieß noch tiefer in sie, hielt sie noch fester und liebte sie so unfassbar herrlich, dass sie jegliche Kontrolle verlor. Sie stöhnte in seine Küsse, sein Körper erstarrte und explodierte dann mit stürmischen Stößen und lusterfüllten Lauten, während sie gemeinsam in die höchsten Sphären schossen. Ihre Körper zuckten und bebten, als sie auf den Wogen der Leidenschaft trieben, sich aneinanderklammerten und die Nachbeben in kurzen, heftigen Schauern durch sie hindurchfuhren. Schließlich lösten sich ihre

Lippen voneinander, doch sie waren beide atemlos und nicht bereit, zum Ende zu kommen, und so tauschten sie weiter sinnliche Küsse aus.

Der Nebel der Lust lichtete sich, die Realität drängte sich auf und erinnerte sie daran, dass sie nicht wussten, wie viel Zeit sie noch hatten. »Jock, wir müssen uns beeilen, bevor jemand kommt oder Hadley aufwacht.«

Er küsste sie auf die Wange und seine Bartstoppeln kitzelten auf ihrer Haut. »Wenn wir nach Bayside zurückkehren, werde ich dich die ganze Nacht lang lieben. Keine Eile, kein Telefon, nur du, ich und eine schlafende Prinzessin im Zimmer nebenan.«

»Das klingt perfekt. Und für den Fall, dass ich es nicht genug sage: Du machst mein Herz glücklich.«

Er gab ihr einen züchtigen Kuss. »Mein Engel, du machst jeden Teil von mir glücklich.« Nachdem er aus dem Bett gestiegen war, half er ihr auf und ging mit ihr ins Badezimmer. »Ich werde es genießen, dich sauber zu machen.« Er stellte die Dusche an, nahm sie in die Arme und verteilte Küsse auf ihrem Hals. »Und dann werde ich es genießen, dich wieder schmutzig zu machen.«

Er nahm ihre Hand und ging mit ihr unter die Dusche. Er war schnell, aber doch so herrlich gründlich und gierig, als er sie *überall* wusch. Sie fühlte sich verwöhnt und sexy und wollte so verzweifelt noch mehr. Doch als er die Hände auf ihren Hintern legte, um sie hochzuheben, hielt sie seine Arme fest und zischte: »Wag das bloß nicht! Du lässt mich sonst noch fallen, weckst meine Kleine auf und deine Familie findet uns dann nackt in einer sehr heiklen Position.«

Er lachte, doch sie legte die Hand auf seinen Mund. »Psst!«

Nachdem er ihre Handfläche geküsst hatte, nahm er ihre

Hand herunter und flüsterte lachend: »Oh, Daphne, wie ich dich doch liebe.«

Sie hielt inne, ihr Herz schlug ohrenbetäubend. So meinte er das doch nicht, oder? War es möglich, dass er das Gleiche fühlte wie sie?

Er legte seine Stirn an ihre. »Wirklich, Daph. Ich liebe dich und Hadley mehr als ich es je für möglich gehalten hätte.«

Ihr stockte der Atem.

Tränen brannten in ihren Augen.

»Ich weiß, es geht schnell«, sagte er. »Und wahrscheinlich ist das hier nicht der romantischste Ort, um es zu sagen, aber ich kann es nicht länger zurückhalten. Ich liebe dich, und ich liebe das, was du aus mir machst. Ich liebe es, *Dock* zu sein, und ich liebe wirklich unser *Wir*.«

Er gab ihr keine Zeit für eine Antwort, denn sein Mund bedeckte ihren mit einem süßen, leidenschaftlichen Kuss. Er war hart und sie war feucht – und er *liebte* sie! Gott im Himmel, sie brachte kein Wort heraus, konnte vor lauter Glück und Begehren kaum denken. Sie musste ihn wieder in sich spüren. Sie öffnete die Beine und er beugte ein wenig die Knie. Als ihre Körper sich vereinten, lösten sich ihre Lippen voneinander, er nahm ihr Gesicht in die Hände und flüsterte an ihrer Wange: »Ich liebe dich, Baby. Ich liebe dich so sehr.«

Von Emotionen erfüllt, konnte sie kaum atmen, doch als sie sich liebevoll in die Augen schauten, sog sie die Luft tief ein und ließ ihr Herz sprechen: »Ich liebe dich auch.«

Zweiundzwanzig

Daphne schwebte nach ihrem und Jocks Geständnis noch immer auf Wolke sieben, als es Zeit wurde, sich mit den anderen Frauen für die Party zurechtzumachen. Allgemeine Aufregung und Vorfreude lag in der Luft, während Indi im Kinderzimmer von Jules und Leni allen die Haare und das Make-up machte. Am liebsten hätte Daphne herausgeschrien: *Ich liebe Jock! Ich liebe ihn so, wie er ist, und so, wie er sich entwickelt. Ich liebe ihn für die Art, wie er mich und Hadley liebt und wie er jeden einzelnen von euch liebt. Ich liebe ihn, weil er versucht, mit Archer ins Reine zu kommen, und weil er so aufmerksam ist und einen wunderbaren Sinn für Humor hat. Ich liebe ihn wahrhaftig und unendlich aus tiefstem Herzen.* Doch sie behielt diese Gedanken für sich, genoss das unglaubliche Gefühl, so vollkommen zu lieben und geliebt zu werden, und ließ ihre Seele darin aufgehen, während sie sich der Freude darüber hingab, in die vergnügten Partyvorbereitungen der Mädels einbezogen zu werden.

Ihre Sorge, dass Hadley im Weg sein könnte, war innerhalb von Minuten verschwunden. Joey, die in einem pfirsichfarbenen Sommerkleid, einer Jeansweste und mit süßen weißen Sneakern entzückend aussah, hatte ungeduldig auf Hadley gewartet. In einer Ecke des Zimmers hatte sie auf einem Tisch alles zurecht-gelegt, um Geburtstagskarten für Lenore zu basteln.

»Wann kommt Grandma eigentlich?«, fragte Jules, als Indi anfing, sich an ihre Frisur zu machen. Jules trug ein funkelndes champagnerfarbenes Neckholderkleid mit tiefem Ausschnitt und sah umwerfend aus. Dazu hatte sie große Glitzerohrringe und eine Chokerkette angelegt, von der eine Reihe Diamanten in der Mitte ihres Dekolletés herunterhing.

»Vor einer halben Stunde habe ich ihr Auto kommen se-hen«, sagte Sutton, die sich im Ganzkörperspiegel betrachtete. Ihr hautenges, schwarzes ärmelloses Kleid schmiegte sich an ihre schlanke Gestalt bis zum mit Fransen besetzten Saum, der dem Ganzen einen koketten Hauch verlieh. Die beeindruckend hohen Absätze ließen ihre Beine endlos wirken. Indi hatte Suttons lange blonde Haare offen gelassen und den Enden mit ein paar Locken Schwung verliehen.

»Daphne, meine Liebe, guck dir das an.« Shelley zeigte auf Hadley, die auf Joeys Schoß saß und sich von dem größeren Mädchen vorlesen ließ. Indi hatte eine unglaublich süße Schleife in Hadleys Haare gebunden, doch Hadley hatte sie augenblicklich wieder herausgerissen. Flüsternd sprach Shelley weiter: »Ich glaube, die Mädchen werden einander vermissen, wenn ihr abgereist seid.«

»Ja, das glaube ich auch. Hadley hat so viel Spaß hier. Mei-ne Freunde haben gerade erst Kinder bekommen, also hat sie dort, wo wir wohnen, keine Spielgefährten in ihrem Alter.«

»Wenn du hier wohnen würdest, hätte sie jede Menge Freunde«, sagte Shelley. »So viele Kinder unserer Freunde sind hier auf der Insel geblieben und haben hier ihre Familien gegründet.«

»Stimmt«, sagte Jules, deren Haare unter Indis kundigen

Händen zu einer süßen Hochsteckfrisur wurden. »Viele von den Mädchen, mit denen Leni und Sutton zur Schule gegangen sind, haben jetzt Kinder in Hadleys Alter und treffen sich in Mama-Gruppen.«

»Die Frustschwestern«, erklärte Leni.

»Levi hat mir von ihnen erzählt«, sagte Daphne.

»Manchmal kommt es mir so vor, als wären Tara, Bellamy und ich die letzten Single-Frauen auf der Insel«, sagte Jules. »Nein, nur Spaß. Du wirst unsere anderen Freundinnen, die noch Single sind, heute Abend auf der Party kennenlernen.«

»Ich arbeite daran, ihren Single-Status zu ändern«, sagte Shelley.

Jules verdrehte die Augen. »Wir sind an deiner Kuppelei nicht interessiert, Mom. Fang bitte mit Leni oder Sutton an.«

»Nein danke«, sagte Leni.

Sutton schüttelte ebenfalls den Kopf. »Ich bin da raus. Ich hab keine Zeit für einen Insel-Boy. Daphne, wie gefällt dir das Leben im Resort? Ist es komisch, an einem so kurzlebigen Ort zu wohnen? Wirst du ständig von den Männern angemacht?«

»Eigentlich nicht. Allerdings denkt dein Bruder, dass ich es gar nicht merke, wenn mich Männer anmachen.«

»Er muss es wissen. Er lässt dich nie aus den Augen«, sagte Jules, und die anderen Frauen stimmten ihr zu, was Daphne ein unglaublich wohliges Gefühl bescherte.

»Mag sein, aber Jock ist der einzige Mann, der mich interessiert. Du hast gefragt, ob ich gern dort lebe. Ja! Wir haben viele Gäste, die regelmäßig wiederkommen und die ich mittlerweile ziemlich gut kenne. Die Jungs, für die ich arbeite, sind großartig, auch wenn die Arbeit an sich mich ein wenig einschränkt. Irgendwann hätte ich gern mein eigenes Haus und Kinder in Hadleys Alter in der Nähe. Vor allem, nachdem ich gesehen habe, wie viel Spaß sie und Joey miteinander haben. Ich verbringe gern Zeit mit meiner Tochter, aber Freunde machen alles besser.«

»Hast du denn Freunde, die auch im Resort leben?«, fragte Jules.

Sie erzählte ihnen von ihren Freundinnen und deren neuen Beziehungen und prall gefüllten Terminkalendern. »Sie alle leben ihren Traum. Jock hat dir sicher erzählt, dass Tegans und Harpers Produktionsfirma gerade regelrecht durch die Decke geht.«

»Es ist so schön, wenn das Leben allmählich die Formen annimmt, auf die du hingearbeitet und gehofft hast«, sagte Shelley.

»Ich arbeite jetzt endlich in meinen Traumjob«, sagte Sutton. »Meine Hauptfächer am College waren Journalismus und Englisch, aber nach meinem Abschluss habe ich keine Arbeit als Journalistin bekommen, also habe ich einen Job als Moderedakteurin bei meinen Verbindungsschwestern von LWW angenommen. Es hat sehr viel Spaß gemacht, aber als bei einem ihrer Streaming-Programme eine Stelle als Moderatorin frei wurde, haben mir alle zugeredet, dass ich das machen sollte, auch wenn ich keine richtige Erfahrung hatte. Ich bin so froh darüber. Manchmal habe ich keine Ahnung, was ich da tue, aber du weißt ja, was man sagt: *Fake it until you make it.* Auch wenn mein Chef nicht davon überzeugt ist.«

Leni grinste. »Bei deinem sexy Chef bräuchte man nicht so tun. Flynn Braden ist zum Anbeißen.«

»Ja, da hast du recht«, stimmte Jules zu.

Sutton verdrehte die Augen. »Lasst uns über etwas anderes reden. Daphne, du hast gesagt, dass deine Arbeit dich einschränkt. Was wäre denn dein Traumjob?«

»Du willst also lieber das Thema wechseln?«, stichelte Jules.

Sutton nickte. »Ja, will ich. Jetzt lass mich in Ruhe und hör lieber zu, was Daphne zu sagen hat.«

»Eventplanung. Aber meine Chefs haben im Moment nicht viel für die Idee übrig, und ich habe das Gefühl, so wie es in deren Leben gerade aussieht, werden sie in ein, zwei Jahren mit ihren Familien nur noch mehr um die Ohren haben und die Events geraten noch weiter aus dem Blickfeld.«

»Dann solltest du dich nach dem richtigen Job für dich umsehen«, sagte Indi, als sie mit den letzten Handgriffen Jules' Frisur fertigstellte. In dem kurzen hellblauen Kleid mit den Cut-outs in der Taille sah sie ziemlich heiß aus. »Nichts ist schlimmer, als zusehen zu müssen, wie alle anderen beruflich durchstarten, und man selbst wird durch eine gläserne Decke oder ein zu kleines Unternehmen ausgebremst.«

»Sie hat recht«, sagte Jules.

»Ich weiß, aber es macht mir Angst«, gestand Daphne.

»Ja, und?«, erwiderte Sutton. »Alles ist angsteinflößend. Du bist mit einem Mann zusammen, der keine Kinder in seiner Nähe aushalten konnte, und trotzdem hast du ihn genommen.«

»Das ist etwas anderes. Als er mir von dem Unfall erzählt hat, ergab alles einen Sinn. Wenn ihr gesehen hättet, wie sehr er sich angestrengt hat, um …« Sie schaute zu Hadley. »Ich wusste, dass er das Herz am rechten Fleck hat. Aber ein Job? Umziehen? Das macht mir mehr Angst.«

»Glaubst du an dich selbst?«, fragte Sutton.

»Ja, absolut. Ich bin eine hervorragende Eventplanerin«, sagte Daphne selbstbewusst.

»Dann ist es eigentlich nichts anderes, oder?«, bemerkte Sutton.

»Guter Punkt«, stimmte Shelley zu.

»Du solltest es tun. Das Leben ist zu kurz, um nicht absolut und vollkommen glücklich zu sein«, sagte Jules.

»Damit hast du wahrscheinlich nicht unrecht. Ihr meint also alle, ich sollte meine Bedenken über Bord werfen und es einfach machen?« Daphne spürte die Begeisterung in sich wachsen. In ihrem Privatleben ging es voran. Vielleicht war es auch an der Zeit, die berufliche Laufbahn, die sie einschlagen wollte, zu verfolgen, ihren Platz zu finden und ein erfüllteres Leben für Hadley aufzubauen.

»Ja!«, ertönte es einstimmig von den anderen.

Ihre Energie war ansteckend. »Jock und meine Familie haben mich auch ermutigt, meine Träume zu verfolgen.« Ihr Herz schlug schneller. »Ich glaube, ich werde den Sprung wagen und nach meiner Rückkehr anfangen, mich nach einer neuen Stelle umzusehen. Was du heute kannst besorgen ...«

»Yippieh!«, jubelte Jules und die anderen stimmten mit ein, was Daphne zusätzlich bestärkte.

»Ich hab als Erste Anspruch auf deine Dienste, wenn du wirklich nach einer neuen Arbeit Ausschau hältst«, sagte Shelley.

Leni verdrehte die Augen. »Mom, wir veranstalten ja nicht einmal Events auf dem Weingut. Daphne, ich habe Kunden, die von dem Ocean Edge Resort auf Cape Cod schwärmen. Du solltest dich da mal umhören.«

»Da hab ich tatsächlich früher gearbeitet. Die Events dort zu organisieren hat mir Riesenspaß gemacht, aber das Resort ist unglaublich groß und mir gefallen kleinere Strukturen mehr. Meine Mom hat immer gesagt, dass ich ein Kleinstadtherz habe. Ich mag es, wenn ich alle mit Namen kenne. Oh, jetzt bin ich richtig nervös und aufgeregt. Vielen Dank für euren Zuspruch. Aber genug von mir, lasst uns mal über euch reden. Ich will mehr von euch erfahren. Es war sicher großartig, in so einer großen Familie aufzuwachsen.«

Die Frauen sahen sich wissend an und lachten.

»Mit der Bemerkung hast du voll ins Wespennest gestochen«, sagte Shelley.

»Das hatte so seine Vor- und Nachteile«, überlegte Leni.

»Brüder, überall immer die Brüder«, beschwerte sich Sutton.

»Andererseits …«, fügte Jules mit vielsagend hochgezogenen Augenbrauen hinzu, »sind da auch überall die Freunde der Brüder gewesen. Alles nette Hingucker.«

Leni verdrehte die Augen. »Ach, komm! Levi hat dich immer mit Adleraugen im Blick gehabt, als du jünger warst.«

»Ich sagte ja auch Hingucker, also nett anzusehen. Ich hab nichts davon gesagt, dass sie gut im Bett waren«, sagte Jules.

Shelley sah über Suttons Schulter hinweg in den Spiegel und frisierte sich die Haare. »Wollen wir etwa so tun, als hätte keines meiner entzückenden Mädchen ihre Erfahrung mit einem der Silver-Jungs gemacht?«

»Mom!«, riefen die jungen Frauen einhellig aus. Leni und Sutton schauten zu Jules.

»Mich braucht ihr gar nicht so anzusehen«, sagte Jules. »Sutton *ging* in der siebten Klasse mit Fitz, und Leni, du hast Wells in der Highschool gedatet.«

»Ich wette auf Leni«, sagte Indi.

Leni verdrehte die Augen und sah Sutton erwartungsvoll an.

»Hey, ich hab Fitz nur bis zur zweiten Base vorgelassen«, wandte Sutton ein.

»Du hast Fitz in der siebten Klasse deine Brüste anfassen lassen?«, fragte Jules ungläubig.

Shelley klopfte Jules sanft auf die Schulter. »Vorsicht! Wer im Glashaus sitzt, sollte nicht mit Steinen werfen.«

Leni schnappte nach Luft. »Ich wusste doch, dass du nicht

so unschuldig warst, wie du getan hast.«

»Egal«, wehrte Jules ab. »Ich glaube, Indi hat recht, und es waren du und Wells. Ihr seid immer zum *Schwimmen* an den Strand gegangen, was wahrscheinlich euer Geheimcode für Sex war.«

»Hat er nicht auch Abby gedatet?« Sutton schaute zu Daphne. »Abby de Messiéres ist seit Kindertagen Lenis beste Freundin.«

»Ja, bis Abby und ich herausgefunden haben, dass er bei uns zweigleisig fuhr«, sagte Leni.

Jules stupste Indi an. »Ich frage mich, ob er auch mit ihr *schwimmen* war.«

»Ihr wisst eben nicht, wie man es stilvoll macht«, scherzte Shelley.

»Mom!«, beschwerten sich alle drei.

Hadley kam zu Shelley herübergelaufen und zupfte an ihrem hübschen Blumenkleid, während sie die anderen finster ansah und damit zum Lachen brachte. Shelley hob sie hoch. »Eines Tages wirst du auch über Jungs reden.«

»Ich Mächen«, sagte Hadley.

Shelley umarmte sie. »Und was für ein schönes Mädchen du bist!«

»Also, Jules, ich hätte es ja nicht für möglich gehalten. Aber jetzt siehst du noch umwerfender aus.« Nachdem alle Jules mit Komplimenten für ihre Frisur überschüttet hatten, fragte Indi: »Und wer ist mein nächstes Opfer?«

Jules sprang auf. »Nimm Daphne als Nächste dran!«

»Kommt, wir bringen ihre sexy Seite für Jack noch mehr zum Vorschein«, sagte Sutton und führte Daphne an den Schultern zum Stuhl.

Indi fuhr mit den Fingern durch Daphnes Haar. »Ich wette,

Jack streicht gern durch diese seidigen Locken.«

Daphne wurde rot.

»Was machst du normalerweise mit deinen Haaren und deinem Make-up?«, wollte Indi wissen.

»Nicht viel. Ich kann von Glück sagen, wenn ich es schaffe, mir die Haare zu föhnen und etwas Eyeliner aufzutragen«, antwortete Daphne. »Morgens geht es bei uns meist ziemlich hektisch zu.«

»Das scheint ein weit verbreitetes Thema unter Müttern zu sein. Sehen wir das heute mal als *deinen* Abend an. Was soll ich machen? Deine Augen betonen? Lippenstift? Deine Locken etwas herausarbeiten?«

»Keine Ahnung.« Daphne zuckte mit den Schultern. »Ich möchte einfach nur hübsch für Jock aussehen.«

»Mädel, mein Bruder findet dich umwerfend schön«, sagte Leni. »Wir konnten alle sehen, wie er dich heute Nachmittag angehimmelt hat, und wenn er dich in dem Kleid sieht, verliert er vollends den Verstand.«

Das hoffte Daphne wirklich. Sie hatte sich für das hellgrüne Kleid entschieden. Das überkreuzte Oberteil mit dem Herzausschnitt betonte ihre Vorzüge und der A-Linien-Chiffonrock schmeichelte ihrer Taille.

»Ihr hättet mal hören sollen, wie Jack von ihr geschwärmt hat, als ich ihn auf dem Cape besucht habe.« Jules Gesichtsausdruck wurde nachdenklich, als sie hinzufügte: »Danke, dass du den Bruder zurückgebracht hast, den ich so vermisst habe.«

»Ich habe nichts getan«, sagte Daphne, während Indi ihre Haare bürstete.

»Das glaube ich keine Sekunde lang«, sagte Jules. »Er ist ein ganz anderer Mensch als noch vor ein paar Monaten.«

»Du hast gesagt, du hast ihn letztes Jahr kennengelernt?«,

fragte Sutton. »Warum habt ihr beide so lange gebraucht, um zusammenzukommen?«

»Das ist kompliziert«, sagte Daphne. »Du weißt ja, dass er Probleme damit hatte, kleine Kinder um sich herum zu haben.«

»Das ist noch milde ausgedrückt.« Leni lehnte sich in ihrem hübschen olivgrünen Wickelkleid an die Fensterbank und wartete geduldig, bis sie an der Reihe war, auf Indis Stuhl Platz zu nehmen.

»Aus gutem Grund«, sagte Jules und sah Leni eindrücklich an.

Shelley setzte Hadley wieder auf den Boden und die Kleine flitzte zum Spielen zurück zu Joey.

»Tut mir leid, dass ich so spät dran bin!« Eine ältere Frau mit einem blonden Pixie Cut kam winkend in das Zimmer gerauscht. Die Glockenärmel ihrer schwarz-goldenen Bluse wehten und ihre Armreifen klimperten. »Wir wurden beim Bingo aufgehalten. Ihr wisst ja, wie sehr Millie das Spiel liebt. Aber jetzt bin ich ja hier.«

»Grandma!«, riefen die jungen Frauen alle gleichzeitig und eilten zu ihr, um sie zu umarmen. »Herzlichen Glückwunsch!« Joey gesellte sich zu der Gruppenumarmung und Hadley tapste hinter ihr her: »Gückwusch!«

Shelley wartete ab, bis die Mädels ihre Großmutter losgelassen hatten, und umarmte sie dann auch. »Herzlichen Glückwünsch, Mom.«

»Danke, danke, danke! Aber jetzt erzählt mal, wer hat denn hier ein Baby bekommen, während ich nicht aufgepasst habe?« Lenore strich Hadley über den Kopf. »Das war nur Spaß!« Sie klatschte in die Hände und ihr Blick huschte von Hadley hin zu Daphne. »Diese hübsche kleine Dame in dem rosa Kleid ist sicher Hadley.«

»Ich Hadley!«, bestätigte sie.

»Hallo, Hadley. Ich bin Grandma Lenore. Freut mich, dich kennenzulernen.«

»Tüüss!« Hadley rannte zurück zu den Spielsachen.

Lenore sah Daphne amüsiert an. »Du bist sicher Daphne. Jack hat mir alles über seine liebenswerten Ladys erzählt. Ich bin Lenore, aber du kannst mich Grandma nennen. Das machen alle.«

»Hallo. Es freut mich wirklich sehr«, sagte Daphne, während sie bemerkte, dass die anderen den roten Abdruck auf Lenores linker Hand betrachteten.

»Nicht annähernd so sehr, wie es mich freut, die Frau kennenzulernen, die im Alleingang aus unserem grübelnden Jungen einen redseligen und von Liebe erfüllten Mann gemacht hat.« Lenore drückte Daphnes Hand. »Ich habe dich zum Erröten gebracht. Was bist du entzückend!«

»Dieser Fluch liegt auf der Familie. Meine Mutter wird auch immer rot«, sagte Daphne.

»Erröten ist eine Gabe, Liebes«, sagte Lenore. »Du kannst dein Herz nicht verbergen.«

»Grandma, Daphne wollte uns gerade mehr über sie und Jack erzählen«, sagte Jules.

»Also, dann such ich mir mal ein schönes Plätzchen. Rutsch mal ein bisschen rüber, meine kleine Namensvetterin.« Lenore lehnte sich neben Leni an die Fensterbank.

Alle sahen Daphne erwartungsvoll an.

»Leg los, wir wollen alle Details über meinen Enkel hören«, drängte Lenore.

»Mom!«, ermahnte Shelley sie. »Gib ihr etwas Zeit. Das ist ein ziemlicher Druck für sie. Daphne, Liebes, du musst nichts erzählen, wenn du nicht willst.«

»Nein, nein, das macht mir nichts aus.« Da Lenore am Vormittag nicht dabei gewesen war, versuchte sie, ihr ein möglichst vollständiges Bild zu verschaffen, ohne die anderen zu langweilen. »Jock – ich kenne ihn als Jock, nicht Jack – ist ein wunderbarer Mann. Ich habe ihn, wie gesagt, letztes Jahr kennengelernt, und Hadley hat sich an ihn geklammert, als würde er ihr ganz allein gehören.«

Alle gaben ein *Ooh* von sich.

»Das war ziemlich unangenehm, denn ihr wisst ja, dass er es damals in ihrer Gegenwart nicht ausgehalten hat. Vor ein paar Wochen hat sie es wieder getan, und er ist quasi geflüchtet, womit er sie zum Weinen gebracht hat. Ich bin mir nicht ganz sicher, was sich geändert hat, aber als ich an dem Abend draußen saß, kam er zu mir, um sich dafür zu entschuldigen, dass er jedes Mal abgehauen ist, wenn sie versucht hat, in seine Nähe zu kommen.«

»Er ist so ein netter junger Mann«, sagte Lenore. »Er liebt Kinder, Schätzchen. Wirklich!«

»Das weiß ich jetzt. Außerdem ist er sehr aufmerksam. Noch nie zuvor habe ich Entschuldigungsgeschenke bekommen, aber Jock hat mir und Hadley an jenem Abend welche gebracht. Diese Eule, ohne die sie nirgendwo mehr auftaucht, war ein Geschenk von ihm. Jedenfalls haben wir uns dann an den folgenden Abenden noch besser kennengelernt.«

»Ja, klar. Wir wissen, was *das* bedeutet«, neckte Sutton sie.

»Nicht *so*«, widersprach Daphne lachend. »Wir haben Spiele gespielt und stundenlang geredet. Es gab von Anfang an diese Verbindung zwischen uns, und nach ein paar Tagen wurde mir bewusst, wie sehr ich ihn mag.« Sie sprach leise, um nicht Hadleys Aufmerksamkeit auf sich zu ziehen. »Ich fing an, mich in ihn zu verlieben, dabei wusste ich, dass das keine gute Idee war, weil Hadley an erster Stelle stehen muss. Zu dem Zeitpunkt wusste ich noch nichts über Jocks Vergangenheit und all das, was er durchgemacht hatte. Aber wie ich vorhin schon erwähnt habe, hatte mein Exmann nichts von Kindern wissen wollen, und ich hatte mir geschworen, Hadley nie wieder in eine solche Situation zu bringen. Also habe ich zu Jock gesagt, wenn er Hadleys Nähe nicht erträgt, dann könnte ich ihm auch nicht nahe sein.«

»Gut gemacht«, sagte Lenore. »Viele Frauen würden beim Anblick eines gut aussehenden reichen Mannes wie Jack ihre Wünsche über die ihrer Kinder stellen.«

»Ich nicht. Niemals. Nicht einmal für Jock.«

»Es muss schwierig für dich gewesen sein, ihm das zu sagen«, überlegte Shelley.

»War es auch. Aber daraufhin hat er mir erzählt, was er durchgemacht hat. Es tat mir in der Seele weh, für ihn, für Archer, eure Familie und für jeden, der Kayla kannte. Seine Emotionen waren so pur und intensiv, und er war so aufrichtig, dass ich ihm glaubte, als er sagte, er wollte versuchen, seine Trigger zu überwinden. Er hat für uns gekämpft, hat all diese Jahre der Trauer und Schuld beiseitegeschoben. Ich bin noch immer voller Bewunderung darüber, wie weit er es schon gebracht hat. Während er an sich gearbeitet hat, wurde für jeden von uns dreien die Welt ein bisschen besser. Wir zusammen, das fühlt sich einfach richtig an. Das lässt sich nur schwierig in Worte fassen, ohne in Schwärmerei zu verfallen. Für keinen von uns war es einfach, unsere Herzen aufs Spiel zu setzen, nach allem, was wir durchgemacht haben, aber ich glaube, genau deswegen haben wir uns so schnell so sehr verliebt. Wir verstehen einander, und wir wissen, wie es sich anfühlt, verletzt zu werden. Dieses Bewusstsein bringt ein ganz neues Level an Klarheit in eine Beziehung und den Willen, sich anzustrengen. Er ermutigt mich, meine Träume nicht aufzugeben, und er schreibt wieder ...«

»Er schreibt?«, riefen alle außer Jules.

»Das ist toll! Wann hat er wieder angefangen zu schreiben?«, fragte Leni.

»Mist«, sagte Jules zerknirscht. »Ich dachte, ich hätte es euch erzählt, nachdem ich mit ihm zu Mittag gegessen habe.«

»Nein. Du hast nur davon geschwärmt, wie glücklich er ist, und gesagt, dass er dir verboten hat, über sein Leben zu reden«, sagte Leni.

»Oh, ja«, sagte Jules. »Das hat er. Tut mir leid.«

»Wie hat er es geschafft, wieder zu schreiben?«, wollte Sutton wissen. »Er hat es seit Harveys Tod versucht, dabei aber wohl immer nur auf weiße Seiten gestarrt.«

Shelley hatte feuchte Augen. »Welche Rolle spielt das Wie und Wann? Er schreibt! Euer Bruder schreibt.« Sie wischte sich eine Träne fort. »Unser Jackie ist zurück.«

Lenore zog für Shelley ein Taschentuch aus ihrer Hosentasche. »Ich glaube, wir haben den Grund dafür, dass er wieder schreiben kann, direkt vor uns.«

Die Liebe im Raum legte sich um Daphne wie eine Umarmung. »Ich glaube, der Grund dafür, dass er vorher nicht schreiben konnte, lag darin, dass er das meiste, was er mir erzählt hat, so lang mit sich herumgetragen hat, dass es seine Kreativität blockierte. Es kam nicht alles auf einmal, und er hat mir auch noch nicht gezeigt, was er geschrieben hat. Laut ihm ist es anders, als alles, was er zuvor geschrieben hat, aber er schreibt jeden Tag.«

»Natürlich ist es anders«, sagte Sutton nachdenklich. »Er ist nicht derselbe Mensch wie der, der er war, als er das erste Buch geschrieben hat.«

»Er ist nicht derselbe wie vor einem Jahr, nicht einmal wie vor wenigen Wochen«, sagte Daphne. »Ich könnte den ganzen Abend über Jock reden. Er ist liebevoll und stark. Er ist fest entschlossen, gut für uns zu sein und für sich selbst, die Sache mit Archer ins Reine zu bringen und all die verlorene Zeit mit euch allen aufzuholen. Er stellt sich *all* seinen Dämonen und keiner davon ist leicht zu bewältigen. Ihr solltet wirklich stolz auf ihn sein. Hadley und ich können von Glück sagen, ihn in unserem Leben zu haben.«

Jules wischte sich über die Augen und atmete hörbar aus. »Na super, jetzt weine ich.«

»Du weinst doch immer«, scherzte Leni. Sie legte ihrer kleinen Schwester einen Arm um die Schultern.

»Ich kann nichts dafür«, sagte Jules. »Ich mag solche schönen Geschichten und außerdem reden wir hier über Jack!«

»Es klingt, als wärt du und Jack füreinander bestimmt«, sagte Indi, während sie eine Strähne von Daphnes Haar um einen Lockenstab wickelte.

»Ich weiß nur, dass ich mit meinem Ex einige Jahre zusammen war und nie so etwas empfunden habe wie jetzt für Jock. Ich möchte, dass er so glücklich ist, wie Hadley und ich es sind. Hoffentlich können er und Archer alles bereinigen und hinter sich lassen.«

»Also, ihr Mädchen wisst ja, dass ich all meine Enkel liebhabe. Archer ist ein guter, hart arbeitender junger Mann. Er und Jack werden sich bald vertragen.« Lenore hob vielsagend die Augenbrauen. »Aber es würde nicht schaden, eine alleinstehende Lady zu finden, die ihn mit einem sexy Zauber belegt und seine wütenden Gehirnzellen zum Schweigen bringt.«

»Grandma!«, empörte Sutton sich lachend.

»Schätzchen, ich war Jahrzehnte lang verheiratet«, sagte Lenore. »Ich weiß, dass eine heiße Lady jede Menge ausrichten kann, um einen Mann von seinem hohen Ross runterzuholen.«

Indi winkte ab. »Viel Glück dabei. Der Mann ist ein Prachtexemplar, aber der braucht eindeutig eine Domina, die ihn in seine Schranken peitscht.«

Lenore stellte sich neben Indi. »Meine Liebe, ich habe schon bemerkt, dass du hart im Nehmen bist und sehr gut mit diesem Lockenstab umgehen kannst. Wie gut kannst du mit einer Peitsche umgehen?«

Alle lachten und machten weitere Scherze, während Indi Daphne sanfte Wellen in die Haare zauberte, ihr Smokey Eyes schminkte, mit etwas Rouge die Wangenknochen betonte und einen hellrosa Lippenstift auftrug. Daphne fühlte sich in Indis talentierten Händen wie eine Prinzessin, zumal die anderen Frauen ihr immer wieder sagten, wie schön sie war.

Als Indi gerade die letzten Handgriffe an Lenis Frisur anlegte, die als Letzte an der Reihe gewesen war, betrat Steve das Zimmer. Er sah ziemlich gut aus in seiner dunklen Anzughose und einem grauen Oberhemd.

»Was hab ich doch für hinreißende Ladys hier versammelt!«, sagte Steve.

Alle standen auf und drehten sich im Kreis, während er pfiff und Shelley an sich zog, um ihr einen Kuss auf die Lippen und einen Klaps auf den Hintern zu geben.

»Gampa!« Hadley tapste mit Owly im Arm zu ihm hinüber und sagte: »Guck mal mein hübses Kleid.«

Er nahm Hadley auf den Arm und sie zeigte ihm ein breites Grinsen. »Du und Joey werdet die Ballköniginnen sein.« Er schaute die anderen an. »Alle werden sich nach euch umdrehen. Bereit?«

Ein einstimmiges »Ja!« ertönte.

»Wartet! Ich will Jacks Gesicht fotografieren, wenn er Daphne sieht.« Jules eilte aus dem Zimmer.

»Du meine Güte!«, sagte Daphne und drehte sich zu den anderen um. »Es ist Lenores Abend, nicht meiner.«

Lenore legte einen Arm um Daphne. »Liebes, ich hatte schon achtundsiebzig von diesen Abenden, und der Mann, der mich angesehen hat, als wäre ich ein himmlisches Wesen, schaut nun von ebendiesem Himmel auf mich herunter. Saug diesen Moment voll und ganz auf. Genieß diese Schmetterlinge im Bauch, denn dies sind die besten Tage deines Lebens, nur übertroffen von denen, die noch kommen.«

Steve hatte Hadley auf dem Arm, und Joey hielt Shelleys Hand, als sie über den Flur gingen und alle nacheinander die Treppe hinunterschritten. Jock und Levi warteten unten und geleiteten sie die letzte Stufe hinab.

Als Shelley und Joey unten ankamen, pfiff Levi anerkennend. »Ich werde der glücklichste Mann auf der Party sein.« Er nahm Joeys Hand und gab ihr einen Handkuss. Dann bot er ihr den Arm an. »Meine Dame?«

Joey kicherte und nahm den Arm ihres Vaters, als sie beiseitetraten.

»Nur zu, meine Liebe«, sagte Steve zu Daphne.

Daphne hielt sich am Geländer fest, als sie die Treppe hinunterging, und spürte voller Nervosität, wie Jocks Blick auf ihr lag. Er betrachtete sie von Kopf bis Fuß. Seine dunklen Augen waren von Feuer und Liebe erfüllt. Noch nie hatte sie sich schöner oder geliebter gefühlt als in diesem Moment. Die Stille, die sich über sie legte, war sogar noch gewaltiger als der Lobgesang von Joeys stolzem Vater. Wie durch einen Schleier nahm Daphne wahr, dass Jules Fotos machte und die anderen zusahen, wie Jock sie in seine Arme zog und sagte: »Mein liebster Engel, du raubst mir den Atem.«

Als er seine Lippen auf ihre drückte, sagte Hadley: »Mein Dock!« Alle lachten. Steve trug Hadley hinunter und sie schlang die Arme um Jocks Hals. Mit einem Arm um Daphne gelegt und ihrer kleinen Tochter an ihn geklammert wie ein Affe an einen Baum, schaute Jock zu Jules: »Sieh zu, dass du ein schönes Foto von mir und meinen Ladys machst. Es wird auf dem Kaminsims stehen.«

Die salzige Luft war erfüllt von Musik, Lachen und dem unbeschwerten Geplauder guter Freunde. Lichter funkelten unter dem klaren Nachthimmel und in der Ferne strahlte der Leuchtturm hell über das Meer. Lenores Freunde waren zahlreich erschienen, saßen in Grüppchen beisammen und unterhielten sich angeregt. Tara mischte sich unter sie und machte von allen Fotos. Jock hatte sie gebeten, besonders viele von Daphne und Hadley zu machen. Er wollte jede Minute von ihrem ersten Abend auf der Insel in Erinnerung behalten. Stolz hatte er Daphne allen vorgestellt und ihnen Hadley gezeigt, die begeistert mit anderen Kindern spielte. Er hatte eine Reihe überraschter und gleichzeitig anerkennender Blicke registriert, und einige stutzten, wenn Daphne von Jock anstatt von Jack sprach. Aber wie erwartet hatten seine Freunde sie mit offenen Armen aufgenommen. Alle erkundigten sich nach seiner schriftstellerischen Tätigkeit, und auch wenn er ihnen nicht erzählte, was genau er schrieb, war es doch ein fantastisches Gefühl, endlich an einem aufregenden – wenn auch andersartigen – Projekt zu sitzen. Er hatte vergessen, wie wunderbar es war, von fürsorglichen Freunden und Familienmitgliedern umgeben und Teil einer Gemeinschaft zu sein, die ihn seit Kindertagen kannte.

Er stand an der Theke und nahm einen Schluck von seinem Drink, während er Daphne beobachtete, die in ihrem eleganten grünen Kleid umwerfend aussah. Er hatte nicht einmal die Gelegenheit gehabt, mit ihr zu tanzen, bevor die anderen Frauen sie weggezerrt hatten, um sie ihren Freundinnen vorzustellen. Das Licht des Mondes spiegelte sich in ihren Augen, während sie sich mit Leni, Indi, Sutton sowie Tessa und Randi Remington unterhielt. Tessa war Privatpilotin, und Randi war Meeresarchäologin, die zurzeit mit dem berühmten Schatzsucher Zev Braden an einer Schiffswrackexpedition vor der Küste der Insel arbeitete.

Als würde Daphne spüren, dass er sie beobachtete, schaute sie zu ihm herüber und löste ein unfassbares Gefühl aus. Wie war es möglich, sie zu vermissen, wo sie doch am anderen Ende des Hofes stand? Daphne winkte und er zwinkerte ihr zu. Randi zeigte Jock den gehobenen Daumen, berührte dann Daphnes Arm und lenkte ihre Aufmerksamkeit wieder von ihm weg. Kurz darauf gesellten sich seine Mutter und Margot Silver zu den Frauen und unterhielten sich angeregt mit ihnen. Genau das wollte er. Dieses Leben mit Daphne und Hadley, umgeben von Familie und Freunden. Archer trat in sein Blickfeld und lenkte seine hoffnungsvollen Gedanken wieder zurück in die Realität. Jock hatte ein paar höhnische Blicke von Archer registriert, aber sie waren beide auf Abstand geblieben, was wahrscheinlich für den Moment das Beste war, um ihrer Großmutter nicht die Party zu ruinieren.

Grant Silver kam leicht hinkend zu Jock herüber, was vermutlich auf seine Beinprothese zurückzuführen war. Seine braunen Haare waren lang, der Bart zottelig und der Schatten in seinen Augen verriet, dass sie zu viel gesehen hatten. Jock kannte diesen Blick nur allzu gut.

»Wie geht's, Jack?« Es tat gut, Grants vertraute Baritonstimme zu hören.

»Nicht schlecht«, sagte Jock und umarmte ihn. »Gerade gekommen?«

»Ja. Bellamy und Keira haben mir geschrieben und mir die Hölle heiß gemacht, weil ich zu Hause geblieben bin.« Er nahm einen Schluck. »Denen kann man nichts abschlagen.«

»Kleine Schwestern kann man einfach nur liebhaben.«

Grant schüttelte den Kopf. »Absolut. Wusstest du, dass Jules ständig bei mir vorbeikommt und versucht, ihre gute Laune zu verbreiten, als wäre sie eine Zauberfee oder so? Tu mir den Gefallen und halt mir den Rücken frei, wenn sie herüberkommt. Ich hatte noch nicht genügend Alkohol für ihre Art von Glücklichsein.«

»Sie meint es nur gut. Glück zu verbreiten, ist ihr Ding, das weißt du doch.«

»Ja, das weiß ich. Und, stimmen die Gerüchte? Du bist mit deiner Freundin und ihrem Kind hier?«

»Ja, Daphne. Sie ist die blonde Frau da drüben, die sich gerade mit deiner Mom unterhält.« Er deutete auf Daphne und dann auf Hadley, die mit Joey und zwei Enkeln von Lenores Freundin gerade auf Steve zulief. »Das ist Hadley, Daphnes Tochter.«

»Freut mich für dich, Mann. Hast die Kurve also endlich gekriegt, wie?«

»Größtenteils. Bin noch dabei.«

»Wie hast du das geschafft? Du warst ziemlich durch den

Wind.«

»Stimmt. Ich habe Daphne kennengelernt. Und eines kann ich dir sagen: Wenn du auf die Richtige triffst, dann weißt du es, und dann machst du alles, um der Mann zu sein, den sie verdient hat.«

»Wenn du das sagst …« Grant nahm noch einen Schluck. »Du kannst die *Richtige*, die *Falsche* und sonst alle gern haben. Ich habe keinen Bedarf an Frauen, die mir sagen, was ich zu tun habe.«

»So ist das nicht, Grant. Aber ich verstehe dich. Es tut mir leid, was du alles durchmachen musstest. Dein Bein zu verlieren, das muss hart gewesen sein. Ich bin froh, dass wir dich nicht verloren haben.« Jock machte sich Sorgen um seinen alten Freund. Sie hatten sich gelegentlich für ein paar Minuten gesehen, wenn sie zu Feiertagen zu Besuch gewesen waren. Doch im letzten Jahr hatten sie den Kontakt verloren, und Jock hoffte, auch das wieder auf die Reihe zu bekommen. »Ich weiß, dass wir nicht die gleiche Art von Verlust erlitten haben, aber Trauer bleibt Trauer, und ich weiß, dass sie einen Menschen kaputt machen kann. Ich bin da, wenn du mal reden willst. Du hast meine Nummer. Ruf an.«

Grant schwenkte den Drink in seinem Glas. »Danke.«

»Darf ich dir einen Rat geben?«, fragte Jock.

»Warum nicht? Alle anderen halten sich auch nicht zurück.«

»Rede mit jemandem. Krieg diesen Mist aus deinem Kopf, und weise die Menschen, die du liebst, nicht zurück. Ich habe ein Jahrzehnt verloren, das ich nie zurückbekommen werde.«

»Ich werde das in Erwägung ziehen.« Grant schaute über den Rasen hinweg zu seinen jüngeren Brüdern, die mit Levi auf sie zukamen. Fitz und Wells waren so adrett gestylt, wie Grant vernachlässigt aussah. Angespannt presste Grant die Lippen aufeinander.

»Was ist los bei euch dreien?«, fragte Jock.

Grant zuckte mit den Schultern. »Ich hab einfach keine Geduld mehr für irgendwelchen Bullshit.«

Auch das verstand Jock. Die harte Realität rückte alles in den Fokus, auch Unsinn. Doch er wusste, dass Grants Brüder ihn liebten und sich Sorgen um ihn machten.

»Schau an, wer es doch noch geschafft hat.« Wells legte einen Arm um Grant. »Schön, dein Lächeln hier zu sehen, Bruderherz.«

Grant schüttelte ihn ab. »Was habt ihr beide vor?«

»Die Ladys abchecken.« Fitz fuhr sich durch den rotblonden Schopf. »Sutton und Leni sehen ziemlich nett aus.«

Levi blickte ihn finster an. »Die lassen euch mit Sicherheit links liegen.«

»Muss ja nicht gleich im Liegen sein.« Fitz schmunzelte.

Archer schritt durch die Menge, mit entschlossenem Gesichtsausdruck, die Schultern gestrafft und den Blick starr auf Jock gerichtet. Er blieb vor der Gruppe stehen. »Der verlorene Sohn kehrt heim und ist der Mittelpunkt der Party, oder wie?«

»Lass gut sein, Archer.« Jock hielt seinem Blick stand. »Den Mist will niemand hören.«

Archer schnaubte verächtlich. »Was ist denn los, Goldjunge? Ist dir die Aufmerksamkeit nicht mehr recht?«

Levi, der ewige Friedensstifter, gab Archer einen Klaps auf die Schulter. »Hast du gesehen, wie Indi dich abcheckt?«

»Das ist die kleine sexy Blondine, oder?«, fragte Wells. »Mann, die ist so verdammt heiß. Wenn du sie nicht willst … Mich juckt's an bestimmten Stellen.«

Archer warf ihm einen warnenden Blick zu. »Ey, sie ist Lenis Freundin. Halt dich zurück.«

»Sie ist ne erwachsene Frau. Ich wette, sie hätte gern ein Stück hiervon.« Wells breitete die Arme aus und sah an sich hinunter.

»Dazu müsste sie es erst einmal finden.« Archer schmunzelte.

»Die Mädels sind alle erwachsen geworden, während ich weg war. Habt ihr Mouse in dem Kleid gesehen?« Grant pfiff anerkennend. »Verdammt heiß!«

Levi gab ihm einen Klaps auf den Hinterkopf.

Grant grinste. »Sorry, Biker-Boy. Wusste nicht, dass du auf die stehst.«

»Tu ich nicht!« Levi sah ihn an. »Bring ihr nur etwas mehr Respekt entgegen, klar?«

»Woher willst du wissen, dass wir nicht alle auf sie stehen?«, provozierte Archer.

Levi warf ihm einen wütenden Blick zu. »Weil du nicht lebensmüde bist.«

Archer wusste, dass er sich lieber nicht mit Levi anlegen sollte. Archer war größer, doch Levi war stark wie ein Grizzly. Er wirkte vielleicht so, als wäre er ein entspannter Typ, der das Leben genoss, aber wenn jemand den Menschen zu Leibe rückte, die ihm etwas bedeuteten, brauchte er nur einen einzigen gut platzierten Haken, um dem ein Ende zu setzen. Es gab nur einen Grund, warum Archer sich mit ihm anlegen wollte.

Er war auf eine Prügelei aus.

Nicht heute Abend, Kumpel.

»Entschuldigt mich, aber es sieht so aus, als würde meine wunderschöne Freundin vielleicht das Tanzbein schwingen wollen.« Jock trank aus und stellte sein Glas auf die Theke.

Als er wegging, sagte Archer: »Zum Glück fährst du heute

nicht mit dem Auto.«

Jock hielt inne. Feuer schoss durch seine Adern. Er drehte sich um, packte Archer am Arm und zischte ihm ins Gesicht: »Hast du mir etwas zu sagen, Archer? Dann sag es!«

Archer zuckte nicht zurück. »Ich sagte, dass du heute zum Glück nicht mit dem Auto fährst. So schafft diese Freundin es zumindest lebendig nach Hause.«

Jock sah rot. Er machte sich bereit, doch Levi stieß ihn zurück und stellte sich mit ausgestreckten Armen zwischen die beiden. »Ihr habt Publikum. Hört mit dem Mist auf.«

Jock schaute sich um, alle Blicke lagen auf ihm. *Verdammt.* Wütend sah er Archer an. »Das hier ist noch nicht vorbei.« Er marschierte davon und fühlte sich, als stünde er kurz vor der Detonation, versuchte aber, seine Wut zu zügeln, bevor er Daphne erreichte. Jock ging an seinem Vater vorbei, der Hadley auf dem Arm hatte, und gab ein lautloses *Entschuldige* von sich. Er versuchte, ein beruhigendes Lächeln zustande zu bringen, doch es gelang ihm nicht.

»Dock!«, rief Hadley hinter ihm her.

Jock blieb stehen und bemühte sich, seinen Zorn unter Kontrolle zu bringen. Er sah Hadley an, die mit dem einen Arm ihre Eule umklammerte und den anderen nach ihm ausstreckte, wobei sie ihre kleine Hand immer wieder öffnete und schloss, als könne sie ihn durch reine Willenskraft herbeiholen. Die Wut, die ihn innerlich zu zerfressen drohte, hielt ihrem vertrauensvollen Blick nicht stand. Er spürte, wie sie in ihm zerbröselte und von ihm abfiel. Er atmete einige Male tief durch, um sicher zu sein, dass er die Beherrschung über sich wiedererlangt hatte, und trat auf sie zu.

»Ich nehme sie, Dad«, sagte er und streckte die Arme nach Hadley aus.

»Bist du sicher?«, fragte sein Vater.

»Ja. Tut mir leid wegen dem gerade. Kommt nicht wieder vor.«

Sein Vater schüttelte den Kopf, während er ihm Hadley übergab. »Mach dir nichts vor. Ich sollte euch beide in den Ring stecken.«

»Bitte nicht!«, sagte Daphne, die gerade neben Jock auftauchte.

»Mach ich auch nicht, Liebes. Keine Sorge«, versicherte Steve ihr.

»Geht es dir gut?«, fragte sie Jock. »Das sah gerade so aus, als hättet ihr euch fast geprügelt.«

»Tut mir leid, Daphne. Er hat etwas gesagt und ich hab beinahe die Beherrschung verloren.«

»Was hat er gesagt?«, wollte sie wissen.

»Was er gesagt?«, plapperte Hadley ihr nach.

Er zwinkerte Daphne zu, um ihr zu verstehen zu geben, dass sie später darüber reden konnten. »Weißt du was, Prinzessin? Ich kann mich nicht daran erinnern. Aber das Essen wird gleich serviert, also setzen wir uns lieber mal, in Ordnung?«

»Eigentlich«, sagte sein Vater, »hatten deine Mutter und ich uns überlegt, dass du heute Abend vielleicht das Essen ankündigen könntest.«

Jock hatte Dutzende schöne Erinnerungen daran, wie seine Eltern witzige und rührende Anekdoten über ihre Großmutter erzählten, wenn sie ihr Geburtstagdinner angekündigt hatten. Es war eine Ehre, darum gebeten zu werden, aber er war sich nicht sicher, ob er sie verdient hatte. »Wirklich? Trotz dieser Szene gerade?«

»Das nennst du eine Szene?« Sein Vater grinste. »Du bist viel zu lange nicht mehr auf der Insel gewesen.«

Jock schmunzelte.

»Komm, gib mir Hadley.« Daphne nahm ihre Tochter.

»Baby, geht es dir gut?«, fragte Jock.

Sie streichelte seinen Arm. »Wenn es dir gut geht, dann geht es mir auch gut.«

»Danke.« Er gab ihr einen Kuss und strich Hadley über den Rücken. »Wie wär's mit einem Viel-Glück-Kuss, Prinzessin?«

Hadley lächelte, spitzte den Mund und drückte ihm einen Kuss auf die Wange. »Gück.«

»Und ich bin heute von drei wunderschönen Damen umgeben«, sagte Steve und führte Daphne zum Tisch.

Jock stellte sich vor die versammelten Gäste und sagte laut: »Ich möchte alle bitten, zum Abendessen Platz zu nehmen.« Er wartete, bis alle saßen.

Lenore saß in der Mitte an einem der Tische, und überrascht verfolgte Jock, wie sein Vater Hadley zwischen ihr und Daphne platzierte. Lenore nahm Owly und wackelte damit herum, als würde sie vor Hadley tanzen. Hadley lächelte und neben ihr schaute Daphne mit freudigem Gesichtsausdruck zu. Ein Schuldgefühl überkam Jock, als er an Kayla und Liam dachte und an das, was hätte sein können. Er ging davon aus, dass sein Bruder Kayla geliebt hatte und sich deshalb von ihm abgewandt hatte. Wenn sie und Liam am Leben geblieben wären, würden sie dann heute Abend bei Archer sitzen? Würden er und Archer sich noch nahestehen? Hätten sie Jocks und Kaylas Kind gemeinsam erziehen können?

Zum ersten Mal hinterließen diese Erinnerungen und Fragen keine Spur der Angst. Dank Daphne fühlten sie sich nicht mehr an wie qualvolle Geheimnisse, die in einem Kerker weggesperrt waren. Sie waren nicht minder schmerzhaft, aber sie hatten jetzt ihren Platz, einen zugänglichen Platz, an dem er an sie denken oder über sie reden konnte, ohne den Verstand zu verlieren.

Wenn er doch nur einen Weg finden könnte, Archer dabei zu helfen, es ebenso zu machen.

Er sah seine Freunde und seine Familie an und versuchte, seine Gedanken zu sortieren. »Ich danke euch allen, dass ihr gekommen seid, um den achtundsiebzigsten Geburtstag unserer Großmutter Lenore Dawson zu feiern.«

Jubel brandete kurz auf.

»Ich glaube, die meisten von euch nennen sie Grandma, wie wir, daher werde ich dabei bleiben. Ich habe viele schöne Erinnerungen an meine beiden Großeltern – an Familienessen, Fahrten mit Grandpa auf dem Traktor, wie wir Grandma und ihre BH-Brigade überrascht haben.« Lachen ertönte um ihn herum. »Noch immer versuche ich, mich davon zu erholen. Nicht, dass ihr Ladys nicht schön seid, aber es gibt manche Dinge, die sollten kleine Jungs nicht sehen. Ich glaube, ich bin Grandma Osten nach dieser Offenbarung ganze zwei Jahre aus dem Weg gegangen.« Wieder wurde gelacht. »Ich habe viele glasklare Erinnerungen, aber auch einige, die nicht ganz so deutlich sind, was sicherlich daran liegt, dass Grandma und Grandpa, wenn sie auf uns aufgepasst haben, Archers und meinen Apfelsaft in unseren Trinklernbechern durch Wein ersetzt haben.«

Erneut war lautes Lachen zu hören.

»Ganz genau. Weißt du noch, Archer?« Er schaute zu seinem Bruder und hoffte, das Eis zu brechen, doch Archer schaute weg. »Wir sind dann gleich nach Einbruch der Dunkelheit eingepennt und erst am Morgen wieder aufgewacht, ohne uns an irgendetwas vom Abend zuvor zu erinnern. Wenn wir dann morgens Zeichentrickfilme gucken wollten, war witzigerweise immer der Erwachsenensender eingestellt.«

Alle brachen in Gelächter aus, auch seine Großmutter. Ein Lächeln deutete sich auf Archers Lippen an, doch schnell brachte er seinen Gesichtsausdruck wieder unter Kontrolle.

»Man muss Grandma einfach lieben«, sagte Jock nickend. »Sie hat nie an Bestrafung im herkömmlichen Sinne geglaubt, wie viele von euch vielleicht noch wissen, wenn ihr euch an unseren Versuch erinnert, im Pool des Resorts nackt zu baden.«

»Der Vollmond hat uns in jener Nacht geblendet!«, rief seine Großmutter, was mit Gelächter und Applaus belohnt wurde.

»Übrigens, Grandma, du wirst nicht auf Hadley aufpassen«, sagte er und wieder lachten alle. »Daph, schau lieber mal nach, was in ihrem Becher ist, ja?«

Lenore zwinkerte Daphne zu. »Wage es ja nicht. Omas dürfen ihre Geheimnisse haben.«

»Aber mal im Ernst, ich hätte mir keine bessere Großmutter wünschen können. Ein Hoch auf die Königin der BH-Brigade. Wenn wir sie doch nur davon überzeugen könnten, Warnschilder aufzustellen, bevor sie ihre T-Shirts ausziehen.« Alle lachten und Jock fuhr fort. »Ich danke euch allen fürs Kommen. Ich hab dich lieb, Grandma. Herzlichen Glückwunsch.«

Wieder wurde gejubelt und applaudiert.

Jock wartete einen Augenblick lang, um seiner Großmutter die Ehre zukommen zu lassen, und hob dann die Hände. Als es wieder ruhiger wurde, fuhr er fort: »Nur noch eine Kleinigkeit, die nichts mit Grandma oder ihrem Geburtstag zu tun hat. Ich glaube, ihr wisst alle, dass ich im letzten Jahr einen sehr guten Freund verloren habe: Harvey Fine. Er hat mir das Leben gerettet. Er war wie Familie für mich und ein verdammter Spaßvogel. Die meisten von euch haben gehört, dass Daphne mich *Jock* nennt, und viele haben dazu Fragen gestellt. Manche haben sie auch angeschaut, als wüsste sie nicht, wie ich heiße. Ich kann euch versichern: Sie weiß es.«

Schmunzelnd lauschten ihm alle.

»Harvey hat den Spitznamen Jock aus Spaß ins Spiel gebracht, doch der Name blieb hängen. Im Laufe der vielen Jahre, die ich für ihn gearbeitet habe, konnte ich meinen Schmerz überwinden und als Mensch wachsen. Ich wurde zu Jock, und ehrlich gesagt fühlte es sich gut an, den anderen Kerl, der einige große Fehler begangen hat, hinter sich zu lassen.« Der Knoten in seinem Hals drohte ihm die Stimme zu rauben, als er zu Archer sah. Archer blinzelte einige Male, und seine Kiefermuskeln waren angespannt, als machten ihn Jocks Worte ebenso betroffen wie Jock selbst. Sein Blick ruhte auf Jock, als der fortfuhr: »Ich weiß, dass ich Jack oder die Fehler, die er begangen hat, nicht hinter mir lassen kann. Ich kann die Vergangenheit nicht verändern, aber ich kann und werde in Zukunft bessere Entscheidungen treffen. Ich würde gern dem Mann, der mir das Leben gerettet hat, Ehre erweisen, indem ich den Namen benutze, den er mir gegeben hat. Ich weiß, dass es Zeit braucht, sich daran zu gewöhnen, aber ich hoffe, ihr werdet Harvey Fine gemeinsam mit mir Ehre erweisen, indem ihr die Veränderung akzeptiert und mich *Jock* nennt.«

Applaus ertönte. Jock spürte intensiv, dass Archer ihn noch immer beobachtete, als er sagte: »Ich danke euch, das war alles, was ich sagen wollte. Genießt euer Essen.«

Als er hinüber zu Daphne ging, rief Archer: »Jockstrap!« Brüllendes Gelächter war die Folge.

»Jockey!«, schrie Wells.

Und so folgten noch eine Reihe von Spitznamen, die – wie Jock hoffte – nicht hängenbleiben würden, und ein Riss in der Mauer seines Bruders, der sie hoffentlich beide in die Freiheit entlassen würde.

Dreiundzwanzig

Das Essen war köstlich und die Gesellschaft hätte nicht besser sein können. Die kühle Meeresbrise wehte über die Hügel herauf, die festlichen Lichter funkelten und Jocks Familie sowie seine Freunde erzählten witzige Geschichten über zurückliegende Zeiten und empfahlen Daphne Sehenswürdigkeiten, die sie sich unbedingt noch anschauen sollte, bevor sie am nächsten Tag abreisten. Der Abend hätte nicht perfekter sein können. Sogar Archer hatte seine Laune unter Kontrolle gehabt.

Als der Tisch abgeräumt wurde, legte Jock den Arm um sie. »Falls ich es dir in letzter Zeit nicht gesagt habe: Ich liebe dich, meine Schöne.«

»Das kann ich nicht oft genug hören.«

Während des Essens hatte er ihr immer wieder reizende, verführerische Dinge zugeflüstert und ihre Hand gehalten, und als Hadley quengelig geworden war, hatte er sie auf seinen Schoß genommen, noch bevor Daphne sich um sie hatte kümmern können. Hadleys Kopf lag an seiner Brust und ein leichtes Lächeln war zu erkennen. Es war für sie ein großer Tag gewesen und sie hatte sich meisterlich geschlagen. Auch für Jock war es ein großer, fordernder Tag gewesen und auch er hatte sich meisterlich geschlagen.

»Sehr gut, denn nachdem ich jetzt damit angefangen habe, ist meine Liebe zu dir nicht mehr aufzuhalten.« Er küsste Hadley auf den Kopf. »Meine Liebe zu euch beiden.«

Daphne hatte sich geirrt. Der Abend war gerade noch perfekter geworden.

Lenore fing an, eine Geschichte über Archer zu erzählen, und alle hörten zu. »Das war bei dem Festumzug zu Ostern, und Archer hatte seine Eltern angefleht, als Osterhase verkleidet auf dem Festwagen des Weinguts mitfahren zu dürfen.« Lenore sah Archer an. »Wir wissen ja, dass unser Archer immer zu allem bereit ist, und schon als kleiner Junge war er uns immer einen Schritt voraus. Er hat seine Mutter gebeten, einen Hosenschlitz in das Kostüm zu nähen, für den Fall, dass er mal musste. Natürlich kam Shelley seiner Bitte gern nach. Sie hatte ja keine Ahnung, dass Archer – während alle anderen der Menge zugewinkt haben – hinten vom Wagen vor den Augen der ganzen Stadt heruntergepinkelt und dabei wie ein König seinem Volk zugewinkt hat.«

Alle lachten herzlich.

»Da war ich fünf Jahre alt«, rief Archer.

»Du warst sechs«, korrigierte Lenore ihn. »Das weiß ich noch, weil es dasselbe Jahr war, in dem du von der Schule nach Hause gekommen bist und verkündet hast, dass Grant Silver dir erzählt hat, woher die Babys kommen.«

»Irgendjemand musste das ja tun«, grölte Grant vom anderen Tisch herüber.

Lenore zeigte mit dem Finger auf Grant. »Ich hoffe, dass du mittlerweile die richtige Art und Weise, wie man Babys macht, gelernt hast, Mr. Silver. Jede Frau, die damals auf dieser Insel schwanger war, erinnert sich sicher daran, dass Archer auf sie gezeigt und gerufen hat: ›Sie hat auch eine Rückenmassage bekommen!«»

Daphne stimmte in das allgemeine Gelächter ein. Sie hätte den ganzen Abend ihren Geschichten lauschen können.

Shelley stand auf. »Also, Kinder, holen wir den Nachtisch.«

Als all seine Geschwister aufstanden, um zu helfen, wollte Jock Hadley an Daphne übergeben, doch Hadley schüttelte den Kopf und klammerte sich an ihn.

»Schon gut, ich gehe mit und helfe.« Daphne stand auf.

»Bleib sitzen, Liebe.« Lenore nahm sie an der Hand und zog sie zurück auf ihren Stuhl. »Du bist zu Gast. Du darfst dich entspannen.«

»Es macht mir nichts aus, ein wenig zu helfen«, sagte Daphne.

»Und dafür sind wir dir sehr dankbar, aber als Mutter kann ich mich noch gut daran erinnern, wie es war, nie eine einzige Minute gehabt zu haben, ohne etwas tun oder sich um jemanden kümmern zu müssen.« Lenore schaute zu Jock. »Was hat dein Großvater immer gesagt?«

Jock lächelte. »Genieß jeden einzelnen Tag. Das kann niemand anderes für dich tun.«

»Dein Großvater wäre sehr stolz auf dich und das, was aus dir geworden ist, mein Schatz. Ich möchte, dass du das weißt.«

»Weil ich noch weiß, was er gesagt hat?«, scherzte Jock.

»Schlauberger. Du weißt, was ich meine.« Lenore schaute zu Daphne. »Weißt du, was meine große Liebe noch gesagt hat?«

»Nein, was?«, fragte Daphne.

Lenore schaute zu Jock und gleichzeitig sagten sie: »Warum drum herumschleichen, wenn man sich kopfüber hineinstürzen kann?« Sie brachen in schallendes Gelächter aus.

»Ich möchte, dass ihr beiden mir versprecht, Grandpas Worte von nun an immer zu beherzigen«, sagte Lenore mit einem ernsten Ton in der Stimme.

Jock sah Daphne an, und sie wusste, dass er das Gleiche dachte, als sie sagte: »Das ist einfach. Das haben wir schon so gemacht, es war uns nur nicht bewusst.«

»Ich liebe dich, Baby«, sagte Jock laut genug, dass auch andere es hören konnten. Als seine Lippen Daphnes berührten, sagte Hadley: »Liebe dich, Mama.«

»Ich liebe dich auch. Euch beide«, sagte Daphne.

Als Jocks Geschwister mit dem Nachtisch aus der Kellerei kamen und ihn auf den Tisch neben der Theke stellten, ergriff Shelley Steves Hand. »Heute Abend haben wir die Ehre, Happy Birthday für zwei ganz besondere Ladys zu singen. Meine Mutter und unsere neue kleine Freundin Hadley.«

Daphnes Herzschlag setzte aus. Sie sah Jock an, der nur verschmitzt grinste, und fragte: »Hast du …?«

Jock schüttelte den Kopf. »Meine Mom und Jules.«

»Hadley kann doch nicht Lenores Geburtstagsparty vereinnahmen«, sagte Daphne.

»Oh, doch, das kann sie«, sagte Lenore. »Du bist mit meinem Enkel zusammen, damit gehört ihr zur Familie, und wir feiern die Familie.«

Daphne war so tief berührt, dass sie gar nicht mehr als zuhören konnte, als Shelley fortfuhr: »Hadley wird nächste Woche drei Jahre alt, und wir freuen uns, diesen besonderen Moment mit ihr zu teilen. Sollen wir?«

Shelley und Steve fingen an, Happy Birthday zu singen, und alle stimmten ein, während sie zwei Torten – eine große und eine kleine – zu Lenore und Hadley trugen. Levi zündete drei Kerzen für Hadley an und viele für Lenore. Steve stellte die größere Torte vor Lenore ab und Shelley brachte die kleinere zu Hadley, noch bevor sie das Lied zu Ende gesungen hatten.

Hadley setzte sich mit aufgerissenen Augen auf. »Meine?«

Alle lachten herzlich und Shelley sagte: »Das Mädchen gefällt mir.«

»Ja, das ist deine, Prinzessin«, sagte Jock. »Willst du die Kerzen zusammen mit Grandma Lenore auspusten?«

Hadley nickte.

Alle zählten. »Eins. Zwei. Drei!«

Hadley und Lenore bliesen ihre Kerzen aus und alle klatschten. Sobald Jock die Kerzen aus Hadleys Torte gezogen hatte, tauchte Hadley ihre Finger hinein, nahm eine Handvoll heraus und hielt sie vor Jocks Mund. »Für Dock.«

Es wurde gelacht und gejubelt, und Jock stahl noch ein wenig mehr von Daphnes Herz, als er sich von ihrer kleinen Tochter mit der Torte füttern ließ.

Daphne hielt den Atem an und hatte das Gefühl, gleich losweinen zu müssen, so glücklich war sie. Sie stand auf und eilte zu Shelley, um sie fest zu umarmen. »Danke, dass ihr Hadley einbezogen habt. Du weißt, dass das nicht nötig gewesen wäre.«

Shelley ließ sie nicht los. Sie drückte sie fest an sich und sagte: »Ich danke *dir*, Daphne. Wir werden hoffentlich noch viele Geburtstage zusammen feiern.« Als sie ihre Umarmung beendeten, standen Shelley wieder die Tränen in den Augen. Sie zog Daphne noch einmal an sich und sagte: »Tut mir leid. Lass es einfach über dich ergehen.«

Nach dem langen mit viel Spaß erfüllten Tag und viel zu viel Torte schlief Hadley an Jocks Schulter ein, während er und

Daphne sich hin und wieder kleine Küsse schenkten und sich unter seine Familie und Freunde mischten. Daphne war alles andere als bereit, schon hineinzugehen und den Tag zu beenden. Sie genoss es, diese unbeschwerte Seite von Jock in Gesellschaft der Menschen zu sehen, mit denen er aufgewachsen war. Ihr kam es so vor, als ob er genau hierhergehörte. Trotz der Spannungen zwischen ihm und Archer war Jock im Laufe des Tages richtig aufgeblüht. Er schien sich wohler zu fühlen, und gleichzeitig war seine Körperhaltung aufrechter, seine Augen funkelten heller, als hätte das Beisammensein mit all den anderen ihm neues Leben eingehaucht. Er und Archer gingen sich weiterhin aus dem Weg, doch auch wenn dieses Wochenende nicht reichte, um ihre Wunden zu heilen, so war es doch eindeutig ein Schritt in die richtige Richtung.

Jock nahm Daphnes Hand. »Komm mit, meine Geliebte.«

Meine Geliebte. Das klang so schön! »Wohin gehen wir?«

»Meine Mom bitten, dass sie Hadley nimmt, damit wir tanzen können.«

Er führte sie zu Shelley, die mit Margot Silver und Gail Remington zusammensaß. Hinter vorgehaltenen Händen flüsterten sie sich etwas zu. Sie wirkten, als gehörten sie auf eine Postkarte über Freundschaft. Shelley mit ihrem zwanglosen blumigen Outfit und den üppigen Kurven strahlte Wärme und Freude aus, und Margot, groß und schlank und mit perfekt gestylten kinnlangen Haaren, wirkte in der ausgestellten schwarzen Hose und der teuren Seidenbluse überaus elegant. Gail war in Erdtönen gekleidet und hätte mit ihrer spitzen Nase, dem scharf geschnittenen Kinn und den freundlichen Augen als Glenn-Close-Doppelgängerin durchgehen können. Ihr Patchwork-Rock reichte bis zu den Birkenstock-Sandalen, und ihre Batikbluse hätte bei jeder anderen Frau vielleicht leger gewirkt, doch sie trug sie, als wäre es ein eigens für sie angefertigtes Designerstück. Daphne hatte sich lange mit Shelleys engsten Freundinnen unterhalten und dabei festgestellt, dass Margot alles andere als überheblich war und dass Gail über ein scharfsinniges, neugieriges und gleichzeitig entspanntes Naturell verfügte.

»Entschuldigt die Störung, meine Damen«, sagte Jock.

»Gut, dass ihr kommt«, sagte Shelley. »Ich muss mit Daphne reden. Margot hat mir gerade erzählt, dass sie eine Brautparty ablehnen muss, weil das Resort ausgebucht ist, also habe ich ihr gesagt, dass ich das übernehmen würde!«

»Wirklich? Das ist großartig!« Daphne wippte aufgeregt auf den Zehenspitzen. »Ich wette, du wirst mit Anfragen nur so überhäuft werden, wenn du erst einmal angefangen hast.«

»Wenn ich gewusst hätte, dass Shelley überhaupt mit dem Gedanken spielt, Events zu veranstalten, hätte ich ihr schon vor Ewigkeiten Veranstaltungen vermittelt«, sagte Margot.

»Augenblick mal! Du willst jetzt Events veranstalten, Mom?«, fragte Jock. »Ich dachte, Archer wäre nicht damit einverstanden.«

»Um Archer kümmere ich mich schon, und es ist ja auch nur eine Veranstaltung. Ich will nur mal sehen, wie es läuft.« Shelley schaute zu Daphne. »Die Party soll im Herbst stattfinden, und das heißt, wir haben nicht viel Zeit für die Vorbereitung. Ich dachte, wir könnten vielleicht morgen beim Frühstück darüber reden.«

»Mit Archer?«, fragte Jock skeptisch. »Viel Glück dabei.«

Shelley schüttelte den Kopf. »Nicht mit Archer, mit Daphne. Ich brauche ihre Hilfe.«

»Ich helfe gern«, sagte Daphne, fragte sich aber auch, ob sie allein durch ein Gespräch beim Frühstück ausreichend helfen konnte.

»Mom, wir fahren morgen Nachmittag ab, und ich hatte gehofft, Daphne die Insel zeigen zu können, bevor wir die Fähre nehmen«, sagte Jock.

»Natürlich! Wie sonst sollte sie das Inselfieber bekommen?«, scherzte Gail und tauschte verschwörerische Blicke mit Shelley und Margot.

»Wir können uns gern beim Frühstück unterhalten«, sagte Daphne. »Ich hätte einige Ideen. Und wenn ich wieder auf Cape Cod bin, können wir E-Mails und Textnachrichten austauschen oder miteinander telefonieren.«

Shelley atmete erleichtert auf. »Perfekt.«

»Ich freue mich darauf«, sagte Daphne.

Jock legte eine Hand auf Daphnes Rücken. »Mom, ich möchte nicht, dass Daphne mit Archer irgendwie zwischen die Fronten gerät.«

»Mach dir keine Sorgen, mein Schatz. Ich habe mit deinem Vater über das Ganze gesprochen und er ist absolut dafür. Wir werden morgen mit Archer reden und sicherstellen, dass es keine Schwierigkeiten gibt.«

»Ich mache mir Sorgen, aber ich vertraue darauf, dass du das regelst.« Er gab Hadley einen Kuss auf die Stirn. »Würde es dir etwas ausmachen, Hadley zu nehmen, während ich mit meinem wunderschönen Date tanze?«

»Sehr gern. Gib mir die Kleine«, sagte Shelley und nahm das schlafende Mädchen auf den Arm.

»Ihr beide seid entzückend zusammen«, sagte Margot und schaute sie voller zärtlicher Zuneigung an.

»Danke.« Jock legte den Arm um Daphne. »Daph würde jeden gut aussehen lassen.«

»Du bist auch nicht allzu unansehnlich, Jack – *Jock*. Daran gewöhne ich mich schon noch, versprochen«, sagte Margot. »Vielleicht könntet ihr meinen Kindern gegenüber mal andeuten, wie wunderbar es ist, Hadley zu haben. Ich schwöre, die jungen Leute heutzutage haben eine Aversion gegenüber der Ehe. Ich habe fünf Kinder und noch kein einziges Enkelkind. Habe ich euch schon erzählt, dass Keira entschieden hat, nie wieder jemanden zu daten?« Sie schaute Daphne an. »Keira ist meine wunderschöne Tochter, die leider mehr Energie in ihre Bäckerei steckt als in ihr Privatleben.«

»Das hat Jules erwähnt«, sagte Shelley. »Keira meinte wohl zu ihr, dass Cupcakes süßer sind als Männer.«

Jock verzog das Gesicht. »Das scheint mir doch etwas zu überzogen zu sein.«

Gail sah ihn scharfsinnig an. »Ich liebe meinen Roddy, aber es gibt eindeutig Momente, in denen ich einen Cupcake ihm vorziehe.« Sie lehnte sich auf ihrem Stuhl vor. »Vielleicht könnten wir einen meiner Jungs mit Keira verkuppeln und ihre Meinung ändern.«

»Das glaube ich eher nicht«, sagte Margot. »Sie hat doch Jamison gedatet, als sie auf der Highschool waren, weißt du nicht mehr? Das hatte kein gutes Ende.«

»Wie konnte ich das vergessen?« Gail lehnte sich auf ihrem Stuhl zurück und schlug die Beine übereinander. »Die Zukunft meines Jamies liegt wohl ausschließlich in den Sternen – im wahrsten Sinne des Wortes.«

»Jamie ist Astrophysiker«, erklärte Jock.

»Wow! Einen Astrophysiker habe ich noch nie kennengelernt. Er war heute Abend nicht hier, oder?«

»Nein, er ist auf Reisen. Er kann sich unendlich über Planeten und Galaxien auslassen«, sagte Gail abwinkend. »Aber wenn es um Frauen geht, hat er keinen Schimmer. Und mein Rowan?

Der wird eines Tages einen guten Ehemann abgeben.«

»Rowan und Joni kenne ich«, sagte Daphne. »Sie sind wirklich nett.«

»Daphne, hast du schon Fitz kennengelernt?«, fragte Margot.

»Ja, Jock hat uns bekanntgemacht. Er war reizend.«

»Apropos, ich werde mein Mädchen wohl lieber mal von hier weg und auf die Tanzfläche schaffen, bevor ihr sie noch auf dem Heiratsmarkt anpreist. Danke, dass du auf Hadley aufpasst, Mom. Wir sind nicht lange weg.«

»Lasst euch Zeit.« Shelley strich Hadley über den Rücken. »Ich liebe die Kuscheleinheiten mit kleinen Mädchen.«

Als Jock Daphne auf die Tanzfläche führte, sagte er: »Ich bezweifle, dass irgendjemand Fitz Silver schon mal als *reizend* betitelt hat.«

»Was hätte ich denn sagen sollen? Dass er mir wie ein Typ vorkam, der weiß, was man sagen muss, um einen guten Eindruck zu machen, bei dem ich mir aber sicher bin, dass er keine Hemmungen kennt, wenn er erst mal loslegt?«

»Das wäre zumindest zutreffend.«

Jocks Schwestern und ihre Freundinnen tanzten ausgelassen und verführerisch, während die Silver-Brüder ihnen fast sabbernd zuschauten. »Echt jetzt, Jungs?«, fragte er im Vorbeigehen.

»Die Insel ist klein«, entgegnete Fitz.

Jock warf ihnen einen unwirschen Blick zu und führte Daphne von ihnen fort. Er zog sie eng an sich und bewegte sich sinnlich mit ihr zu dem schnellen Lied. Es fühlte sich so gut an, in seinen Armen zu liegen, dass sie nicht über Fitz oder sonst jemanden nachdenken wollte, doch sie war so begeistert von der Vorstellung, seiner Mutter helfen zu können, dass sie es nicht für sich behalten konnte.

»Ich kann es gar nicht glauben, dass deine Mutter ein Event in Angriff nehmen will. Es ist so toll, dass ich ihr helfen darf.«

Er zog Daphne noch etwas enger an sich. »Ja, das war unerwartet.«

»Es ist wunderschön hier und bietet sich einfach an, sowohl für formelle Veranstaltungen als auch für ungezwungene Partys.«

Er hauchte ihr mehrere Küsse auf die Wange und heizte ihr mit jeder Berührung seiner Lippen mehr ein. »Mhm.« Ein Kuss landete neben ihrem Ohr, dann knabberte er an ihrem Ohrläppchen und jagte lustvolle Blitze durch sie hindurch. »Wie wär's, wenn wir unsere eigene private Party veranstalten?«

Sie legte ihm die Arme um den Hals und genoss den verführerischen Blick in seinen Augen. »Wenn du so weitermachst, werden alle wissen, was du mit mir anstellst.«

Ein langsameres Lied wurde nun gespielt, und sie beobachteten amüsiert, wie Levi Tara aus den Klauen von Fitz befreite, um mit ihr zu tanzen, während Wells Leni für sich beanspruchte, die versuchte – und dabei scheiterte –, sich aus seinen Armen zu befreien. Steve kam mit Joey auf die Tanzfläche und Lenore schnappte sich Margots Ehemann. Jules versuchte, Grant zu einem Tanz zu überreden, doch der machte sich auf den Weg zur Theke, und so schnappte sie sich Archer. Ihre Stimme hallte durch die abendliche Stimmung: »Schaff deinen Hintern hierher oder ich rede nie wieder mit dir!« Archer kam ihrer Aufforderung nach, und sie gesellten sich zu Brant und Sutton, nur wenige Meter von Daphne und Jock entfernt. Als Fitz und Indi dazustießen, rief Jules: »Tauschen!« Schon drängte sie sich zu Fitz durch und überließ Indi einem Tanz mit Archer.

»Das ist ein richtig schönes Ringelpiez mit Anfassen«, sagte

Daphne.

»Solange nur ich dich anfassen darf, ist mir egal, was die machen. Seit der Hochzeit von Gavin und Harper warte ich darauf, mit dir tanzen zu können, was eigentlich seltsam ist, denn ich war nie ein richtiger Tänzer. Aber an jenem Abend hatte ich schon das dringende Bedürfnis, dich in meine Arme zu nehmen.«

Ihr war es damals ebenso ergangen. »Wirklich?«

»Und ob! Ich wollte wissen, wie du dich an mir anfühlst, wie unsere Körper wohl zusammenpassen.« Er strich mit seinen Lippen über ihre. »Perfekt!« Er küsste sie sanft. »Es war die Hölle, mich von dir fernzuhalten. Du hast so umwerfend in diesem blauen Kleid ausgesehen und die Kerle haben dich alle angestarrt. Aber ich wollte dein Leben nicht verkomplizieren.« Er schaute ihr tief in die Augen, sodass die Schmetterlinge in ihrem Bauch nur so tobten. »Ich wünschte, ich hätte nicht so viel Zeit verschwendet.«

Hatte er überhaupt eine Ahnung, wie romantisch er war? »Ich muss einfach glauben, dass alles im Leben aus einem bestimmten Grund passiert. Ich wünschte, ich hätte Tim nie geheiratet, aber dann hätte ich Hadley nicht bekommen. Wenn Hadley nicht wäre, hätte ich dir nie helfen können, deine Trigger zu überwinden. Und wenn wir das nicht durchgemacht hätten, würde ich jetzt nicht in einer der herrlichsten Nächte meines ganzen Lebens hier mit dir auf dieser schönen Insel unter dem Sternenhimmel tanzen.«

»Mein Engel, wie konnte ich nur so ein Glück haben und dich finden?« Er senkte seine Lippen auf ihre und eroberte sie mit einem Kuss, der ihre Knie ganz weich werden ließ und wie eine Symphonie ihren ganzen Körper durchdrang.

»Nehmt euch ein Zimmer!«, riefen drei Frauen gleichzeitig.

Lachend lösten sie sich voneinander. Sie sahen sich um und schauten in die drei grinsenden Gesichter von Jules, Indi und Leni.

Der Blick Jocks dunkler Augen war auf Daphne gerichtet. »Zimmer ... klingt gut.«

Dem konnte sie nur zustimmen, doch die meisten Gäste waren noch da. »Wir können noch nicht gehen. Alle werden sich denken können, *warum* wir gehen.« Flüsternd sprach sie weiter: »Aber wir können tanzen und uns weiter küssen.«

»Du bringst mich um den Verstand, Baby.«

Sie tanzten weiter, küssten sich und flüsterten sich ihre lustvollen Wünsche zu. Als wieder ein langsameres Lied gespielt wurde, wollte Steve mit Daphne tanzen, und Joey freute sich darüber, mit Onkel Jock tanzen zu dürfen.

»Würde es dir etwas ausmachen, mein Junge, mir einmal diese schöne junge Frau zu überlassen?«

»Ja.« Jock lachte und gab Daphne noch einen Kuss, bevor er sie dennoch an seinen Vater übergab und Joey in seine Arme zog.

»Na? Du bist ja noch gar nicht über alle Berge«, sagte Steve.

»Warum sollte ich, wenn ich auf dem Berg mit den liebsten Menschen und dem schönsten Ausblick stehe?«

»Klingt, als bekäme da jemand das Inselfieber«, sagte er warmherzig. »Das kommt schon mal vor. Die Meeresluft, die Ausblicke, die romantischen Nächte. Shelley und ich haben uns an genau so einem Abend ineinander verliebt.«

»An einem einzigen Abend?«

»Ich habe mich in Shelley in der ersten Sekunde verliebt, in der ich sie gesehen habe. Sie war das spektakulärste Mädchen, das ich je kennengelernt hatte. Sie war absolut selbstbewusst und in diesem ersten Sommer hat sie mich wirklich auf die

Probe gestellt. Hast du die Geschichte schon gehört?«

»Nein, aber würde ich gern.«

»Ich bin in Trusty, Colorado, aufgewachsen, und als ich ans College ging, habe ich Alexander Silver und Roddy Remington kennengelernt. Wir haben alles zusammen gemacht. Richtige Rowdys waren wir, aber wir haben auch viel gelernt – du weißt schon, das richtige College-Leben. Im Sommer nach unserem ersten Jahr sind Alexander und Roddy nach Hause gefahren, um bei ihren Familien zu arbeiten, und sie haben mich eingeladen, mitzukommen. Ich bekam einen Job bei Shelleys Vater hier auf dem Weingut. Ich hatte absolut keine Ahnung von Reben oder Wein, aber ich wollte bei meinen Kumpels sein. Shelley war damals sechzehn Jahre alt. Eines Tages, als ich gerade mit ihrem Vater geredet habe, kam sie ins Büro marschiert und hat gesagt: ›Entschuldige, College-Boy, aber ich muss mit meinem Vater unter vier Augen reden.‹« Er schmunzelte. »Manchmal nennt sie mich noch immer so. Jedenfalls gefiel ihrem Vater die Unterbrechung nicht besonders und das hat er ihr auch gesagt. Sie hat nur geantwortet, dass sie nicht glaubte, ich solle mitanhören, dass sie gerade seinen neuen Reben-Typen niedergeschlagen hat, weil er ihren Hintern begrapscht hat, und dass ihr Vater ihn feuern muss. Der ›Reben-Typ‹ war ein siebzehnjähriger Junge, den ihr Vater gerade unter seine Fittiche genommen hatte, um seinem Kumpel zu helfen.«

»Ich kann mir nicht vorstellen, dass Shelley irgendjemanden schlagen könnte, aber das hat sie gut gemacht.«

»Meine Frau ist in allem, was sie tut, leidenschaftlich und dickköpfig, und gleichzeitig ist sie die glücklichste, warmherzigste Frau, die ich je kennengelernt habe. Was glaubst du denn, woher Archer seine Dickköpfigkeit hat?« Er schaute zu seinem Sohn, der in ein Gespräch mit Grant vertieft war. »Es ist zu schade, dass du nur diese Seite von ihm gesehen hast. Er ist ein absolut wunderbarer Mann, ein begnadeter Winzer, und ja, ich bin voreingenommen, aber all diese Menschen hier sind auch seine Freunde. Das sollte dir einiges sagen.«

»Ich halte Archer nicht für einen schlechten Menschen. Viele teilen aus, wenn sie verletzt sind. Wenn er und Jock sich egal wären, würden sie nicht miteinander streiten.«

»Du bist eine kluge Frau. Kein Wunder, dass Jock sein Leben in neue Bahnen lenkt.«

»Ich denke, er versucht schon seit einiger Zeit, seinen Weg hierher zurück zu finden. Von mir hat er nur ein wenig Unterstützung bekommen.«

»Du hast ihm mehr als das gegeben. Ich wette, du hast nicht gewusst, dass er die Gabe seiner Mutter zum Glücklichsein geerbt hat. Jock war ein großspuriger Junge, aber auch ein glücklicher Junge. Vor dem Unfall verfügte er über eine Energie, mit der er alle Menschen in seinen Bann gezogen hat. Er war einer, dem sich nichts und niemand in den Weg stellen konnte. Dieses Licht hat er verloren, und auch diesen Glauben an sich selbst, und zwar für eine sehr lange Zeit. Es ist schön, mitanzusehen, dass es zurückkehrt. Und in meiner Frau hast du mit deiner Idee, hier Events zu veranstalten, auch ein kleines Feuer entfacht. Du bist ein Wirbelwind, Daphne. Du und Hadley verändert Leben und Perspektiven, und ich sehe es als ein Glück an, dass unsere Familie deinen Weg gekreuzt hat.«

»Wir haben auch Glück. Aber du solltest wissen, dass Jock, selbst bevor er diese verborgenen Seiten von sich wiedergefunden hat, Menschen in seinen Bann gezogen hat. Hadley hat etwas Besonderes in ihm gesehen, und sie hat nicht lockergelassen, bis sie es in Händen gehalten hat. Er hat auch mich in seinen Bann gezogen, und ich bin so froh darüber, denn Hadley hat das liebevollste Herz gesehen, dem sie und ich je begegnet sind.«

Als Jock Daphne endlich wieder in seine Arme ziehen konnte, ließ er sie nicht mehr los. Sie tanzten, küssten sich und schauten sich in die Augen wie Liebende, die seit Monaten zusammen waren und nicht erst seit Wochen, und genau das Gefühl hatte er auch. Als die ersten Gäste gingen, verabschiedeten sie sich von Freunden, denen sie versprachen, sie in naher Zukunft zu besuchen, und von seiner Großmutter, die sie am Morgen beim Frühstück wiedersehen würden. Seine Eltern boten an, Hadley zu Bett zu bringen und das Babyfon bei sich zu behalten, damit Jock und Daphne etwas Erwachsenenzeit bekamen, und dagegen hatte er nichts einzuwenden.

Nachdem sie seinen Geschwistern beim Aufräumen geholfen hatten, zog Jock Daphne in seine Arme. »Ist es verrückt, dass mir sogar das Aufräumen gefehlt hat?«

»Ja«, sagte Leni, die gerade mit Sutton und Jules vorbeiging. Sie ließen sich auf Stühle fallen, zogen ihre Pumps aus, legten die Füße auf den Stühlen der anderen ab und plapperten drauflos.

Jock wollte Zeit mit seiner Familie verbringen, aber er wollte auch einen Spaziergang mit Daphne machen. Er drückte seine Lippen auf ihre und sagte dann: »Ist es in Ordnung, wenn wir noch kurz bei ihnen bleiben?«

»Natürlich! Das hier ist der einzige Abend mit deiner Familie. Genieß ihn.«

Als sie sich zu den anderen setzten, kam Levi aus der Kellerei. Jock hielt den Blick weiter auf die Tür gerichtet und wartete auf Archer.

»Wo ist Indi?«, erkundigte sich Daphne.

»Sie ist auf einen Drink mit Wells losgezogen.« Leni verdrehte die Augen. »Ich hab ihr davon abgeraten, aber die Frau ist so stur wie ein Esel.«

»Eifersüchtig?«, fragte Jules neckend.

Leni schnaubte. »Wohl kaum. Aber ich glaube, Archer war es. Er hat Wells quasi gedroht. Aber Indi kann selbst auf sich aufpassen.«

Levi ließ sich auf einem Stuhl neben Jock nieder. »Mann, was für ein Abend! Schön, dass du dabei bist, Jock. Alle haben davon geredet, wie froh sie sind, dich zu sehen und Daphne und Hadley kennenzulernen.«

»Mom und Grandma sind regelrecht verliebt in euch beide«, sagte Sutton zu Daphne.

»Dann sind wir ja schon zu dritt.« Selbst im Mondschein konnte Jock sehen, dass Daphne errötete. Er zog sie noch enger an sich und küsste sie.

»Hab ich dir doch gesagt!« Jules sprang auf und umarmte die beiden. Sie zog Levi von seinem Stuhl hoch. »Ich hab dich auch lieb, aber bitte tausch den Platz mit mir.« Während Levi zu ihrem Platz ging, setzte sie sich und kuschelte sich an Jock, indem sie seinen Arm hob und ihn um sich legte. »Das war der beste Besuch aller Zeiten. Ihr beide liebt euch und du bist hier – und bleibst sogar über Nacht!«

»Und wir sind Luft für dich, oder wie?«, scherzte Levi.

»Nein, aber ihr kommt ja ständig zu Besuch. Habt ihr gesehen, wie glücklich Mom, Dad und Grandma heute Abend waren?«, fragte Jules.

»Wir hatten auch viel Spaß, und ich bin froh, dass wir gekommen sind«, sagte Jock. »Aber wo ist Archer?«

»Er hat sich vom Acker gemacht.« Levi zuckte mit den Schultern.

Jock lehnte sich zurück. »So ein Mist.«

»Ich dachte, du würdest dich darüber freuen«, sagte Levi.

»Nein, Mann, darüber freue ich mich ganz und gar nicht. Ich will die Sache zwischen uns regeln. Ich finde es beschissen, dass ich jetzt hier mit euch sitze und er abgehauen ist. Die ganze Zeit bin ich der Insel ferngeblieben, damit niemand sich für eine Seite entscheiden muss, und jetzt guckt euch diesen Mist an.«

»Daran sind wir gewöhnt«, beruhigte Levi ihn.

Jock presste die Zähne aufeinander. »Das ist ein weiteres Problem.«

Daphne legte die Hand auf seine. »Vielleicht ist es einfach zu viel für ihn, und du solltest versuchen, mal allein nach Hause zu kommen, damit er nicht das Gefühl hat, in der Unterzahl zu sein.«

»Vielleicht«, überlegte Jock. »Aber vielleicht sollte ich auch zu seinem Boot gehen und ihn zwingen, mit mir zu reden.«

Jules schüttelte den Kopf. »Das würde ich nicht machen. Er hat gesagt, er geht nach Hause, aber ich wette, er ist im Rock Bottom und trinkt mit Grant und den Jungs etwas.«

»Oder er hält Wells auf Abstand zu Indi«, sagte Leni. »Hab ich nur das Gefühl oder gehen die Männer in New York weniger offen mit ihrem Rumgevögel um?«

Alle schmunzelten.

»Ich bin gern mit allen hier zu Hause, versteht mich nicht falsch«, sagte Leni. »Aber ich freue mich, wenn ich morgen wieder auf dem Festland bin. Wann reist ihr ab?«

»Ich fahre mit dir zusammen gleich nach dem Frühstück«,

antwortete Sutton.

»Wir brechen auch nach dem Frühstück auf«, sagte Levi. »Joey hat sich noch zum Spielen verabredet und ich treffe mich mit ein paar Kumpels auf eine Motorradtour.«

»Jock?«, Leni schaute Jock und Daphne an.

»Irgendwann nachmittags. Ich zeige Daphne noch die Insel.«

Jules, Leni und Sutton riefen gleichzeitig: »Inselfieber!«

Daphne kicherte. »Wenn es so etwas wie ein Inselfieber gibt, warum lebt ihr beide dann in New York?«

»Weil sie hier schon alle in Frage kommenden Junggesellen abgegrast haben«, witzelte Jules.

»Haha«, erwiderte Leni. »Ich bin ständig auf Reisen. Es ist leichter, von New York aus zu den Kunden zu gelangen als von hier.«

»Und du, Sutton?«, fragte Daphne.

»Das Einzige, was auf der Insel herausgegeben wird, ist die Lokalzeitung, und die ist seit hundert Jahren im Besitz ein und derselben Familie.« Sutton schaute zu Jock. »Übrigens, warum mussten wir von Dritten erfahren, dass du wieder schreibst, Jock? Das ist eine Schlagzeile für die Titelseite.«

»Es ist auch Gruppenchat-würdig, aber er hat mir verboten, es zu erzählen«, sagte Jules.

Jock zuckte mit den Schultern. »Ich war ziemlich damit beschäftigt, zu versuchen, wieder zu schreiben, und gleichzeitig wieder anzufangen, mein Leben zu leben.«

Er gab Daphne einen Kuss, und Levi sagte: »Egal, ich bin einfach nur froh, dass du hier bist und wieder aktiv am Familienleben teilnimmst.«

»*Ich lieb die Fa-mi-lie*«, sang Jules zu der Melodie von »We are Family.«

»Oje, jetzt legt sie los«, sagte Sutton lachend.

Jules stand auf und fing an, zu derselben Melodie zu tanzen und zu singen. »Ich lieb die Fa-mi-lie. Ich hab Levi, Leni, Sutton, Jock und Daph-e-nee. Sie sind Fa-mi-lie. Steht auf und singt mit!«

Leni lachte und winkte ab. »Nein danke.«

Jules wackelte mit den Schultern, als sie noch einmal den Refrain sang, und Levi stand auf, um mit ihr zu tanzen und zu singen: »Schaut uns an zusammen.«

»Wie wir hier tanzen!«, sang Jules und nahm Jocks Hand. »Jetzt steh schon auf!«

Jock zog Daphne mit sich hoch und sang: »Und wir streiten wie Brüder und Schwestern. So-o sind wir!« Er wirbelte Daphne herum, und sie lachten und küssten sich, während Leni und Sutton mit einstimmten und ihre eigenen Texte fabrizierten. Jock legte den Arm um Daphne und sie bewegten sich zu ihrem ganz eigenen Rhythmus.

Levi hielt sein Gesicht neben sie und sang: »Willkomm' in der Fa-mi-lie!«

Jules kam auf die andere Seite: »Hey, du!«, und dann stimmte Daphne mit ihrem Text ein: »Du hast alle Geschwister da! Ich lieb die Fa-mi-lie!«

Während Levi und Jules herumwirbelten und sich die Seele aus dem Leib sangen, tanzte Jock verwegen mit Daphne und sang: »Unser Leben fängt grad erst an.«

»Es fängt immer erst an«, sang Jules zu der Melodie von »It's Only Just Begun.«

»Nein!«, riefen Leni und Sutton lachend.

Levi warf sich Jules über die Schulter, während seine Schwestern ihn anfeuerten, und Jock zog Daphne wieder in seine Arme. »Verdammt, Baby. Von solchen Abenden könnte ich noch viel mehr gebrauchen, mit dir und Hadley, meiner Familie …«

Sie strahlte ihn an. »Ich bin dabei, Jock, und bereit, jeden einzelnen Tag zu genießen, so wie wir es deiner Großmutter versprochen haben.«

»Ich auch, mein Engel, mit Haut und Haaren.« Und an ihrem perfekten Abend, während seine Geschwister tobten und sein Herz ein Liebeslied anstimmte, besiegelte er ihre Versprechen, indem er sie über seinen Arm auf den Rücken legte und um den Verstand küsste.

Vierundzwanzig

Shelley und Steve waren Frühaufsteher. Als alle zum Frühstück herunterkamen, gab es schon frisch gebackene Banane-Nuss- und Apfelstreusel-Muffins – *Danke, du weltbester Mann meiner Träume, dass du deinen Eltern meine Lieblingsorte verraten hast.* In der Küche roch es himmlisch, und das neckende Geplauder sowie das Lachen der Geschwister erfüllte den Raum, während alle mithalfen, den Rest des Frühstücks vorzubereiten. Archer war noch nicht aufgetaucht. Jock hatte gemeint, dass es ihn nicht überraschen würde, wenn er an diesem Morgen gar nicht auftauchen würde, aber Daphne hoffte doch, dass er käme. Es wäre zu schade, wenn er so eine schöne Familienzusammenkunft verpassen würde.

»Also gut, was müssen wir sonst noch wissen?«, fragte Shelley und riss Daphne damit aus ihren Gedanken. Lenore war ebenfalls zum Frühstück erschienen, und die drei hatten ein Ende des langen Holztisches in Beschlag genommen, um mit der Planung für die Brautparty zu beginnen, während Sutton und Indi weiter deckten.

»Ihr müsst mit der zukünftigen Braut sprechen und heraus-finden, wie viele Gäste sie erwartet und welche Atmosphäre sie sich wünscht – festlich, elegant, ungezwungen, jung oder was auch immer. Die Tageszeit ist ausschlaggebend für das Essen, also Brunch, Mittagessen, Abendessen oder einfach Häppchen.«

»Entschuldigt, meine Damen«, sagte Indi, als sie bei ihnen die Teller und das Besteck auslegte. »Denkt dran, bei Events bin ich eure Spezialistin für Haare und Make-up. Ich liebe diese Insel und würde stehenden Fußes zurückkommen und bei allem helfen, was ihr braucht.«

»Großartige Idee!«, sagte Daphne begeistert. »Eine Fachfrau direkt vor Ort zu haben, wäre ein fantastisches Verkaufsargument für Hochzeiten und größere Veranstaltungen.«

»Ein paar Häuser von meinem Laden entfernt steht ein Geschäft leer«, sagte Jules, die gerade eine Schale mit geschnittenem Obst auf den Tisch stellte. »Du könntest deinen eigenen Salon aufmachen.«

»Und du könntest deine Peitsche mitbringen«, sagte Lenore zwinkernd. »Damit wären zwei Probleme auf einmal gelöst.«

»Mutter!«, sagte Shelley kopfschüttelnd. »Darüber sollten wir nachdenken – Frisur und Make-up vor Ort anzubieten, *nicht* die Peitsche. Wenn wir uns entscheiden, es groß aufzuziehen und mehr Veranstaltungen zu übernehmen, und wenn du hierherziehen würdest, könntest du Leni ja vielleicht auch dazu bewegen.«

Indi schaute zu Leni, die im Wohnzimmer mit ihrer Cousine Shea telefonierte. »Ich würde es lieben, auf der Insel zu wohnen, aber die Frau da ist absolut verstädtert. Die bekommst du vielleicht nie wieder ganz hierher zurück.«

»Aber träum nur weiter, Mom.« Sutton stellte das letzte Glas ab und gab ihrer Mutter einen Kuss auf die Wange.

Indi und Sutton verschwanden mit Jules in der Küche und Shelley sagte: »Okay, was gibt es sonst noch zu bedenken?«

Daphne schaute auf Shelleys Liste, um herauszufinden, wo

sie stehengeblieben waren. »Fragt sie, ob sie ein bestimmtes Essen im Kopf hat, und wenn nicht, müssen wir uns verschiedene Cateringfirmen ansehen. Das Essen vom Bistro war fantastisch, und es wäre toll, deine Freundin einzubeziehen. Aber hast du andere Restaurants im Sinn, für den Fall, dass sie etwas anderes möchte?«

»Jede Menge«, sagte Lenore. »Wir sind hier auf der Insel gut vernetzt, Schätzchen.«

»Das ist so schön.« Schnell bemerkte Daphne, dass sie etwas verträumt klang, also gab sie sich Mühe, etwas professioneller zu klingen: »Wir müssen auch wissen, was für eine Art von Torte die Braut sich vorstellt, ob sie ein bestimmtes Motto im Sinn hat, und andernfalls kannst du ihr vielleicht einige Vorschläge machen. Die Deko und vielleicht auch die Musik gehören auch dazu. Danach solltest du sie fragen. Mit dem Gelände kann man fast alles machen und der Pavillon bietet hervorragend Schutz gegen Sonne oder Regen. Eure Räumlichkeiten für die Weinproben sind perfekt für kleinere Zusammenkünfte geeignet, und der größere Raum neben der Eingangshalle, den du mir gezeigt hast, ist ideal für größere Events. Wenn du das vorhast, müssen wir auch über das Marketing nachdenken.«

»Ich habe eine Enkelin, die sehr viel Erfahrung in Sachen Marketing und Öffentlichkeitsarbeit hat.« Lenore deutete auf Leni im anderen Zimmer.

»Ich bin mir sicher, Leni könnte uns in ihrem Terminkalender unterbringen. Aber ich werde Daphnes Hilfe bei den Themen und Dekorationen brauchen«, sagte Shelley. »Eigentlich bei so ziemlich allem. Weinproben sind im Vergleich so einfach. Außerdem mache ich die schon seit Ewigkeiten, die sind mir bereits in Fleisch und Blut übergegangen. Das hier ist alles neu für mich und so aufregend. Letzte Nacht konnte ich gar nicht schlafen, so aufgewühlt war ich bei dem Gedanken, größere Veranstaltungen anzubieten, vor allem da Margot auch begeistert davon ist.«

»Ich freue mich auch darüber. Jock und ich überlegen, am Wochenende nach Hadleys Geburtstag wiederzukommen, damit wir weiter Pläne schmieden und alles in die richtigen Bahnen lenken können. Natürlich nur, wenn das in deinen Zeitplan passt.«

»Ihr kommt wieder?«, fragte Shelley leise und bekam glasige Augen. Voller Liebe schaute sie zu Jock, der am Herd stand und mit Hadley Pfannkuchen in Tierformen machte.

»Gößere Ohren«, sagte Hadley. Sie stand auf einem Stuhl neben Jock. »Marshall hat goße Ohren!«

»Die großen Ohren kommen sofort, Prinzessin.« Jock goss mehr Teig in die Pfanne. »Ich werde wohl anfangen müssen, *Paw Patrol* zu schauen.«

»Ich besorge dir eine Sporttasche mit Paw-Patrol-Aufdruck.« Levi schmunzelte und schlug weitere Eier für das Rührei auf, das er und Joey zubereiteten. Er trug eine schwarze Lederweste mit dem Dark-Knights-Emblem auf dem Rücken, wie Justin sie auch hatte. Damit wirkte er noch tougher.

»Meine Küche ist wieder voll.« Shelley legte eine Hand auf Daphnes und die andere auf Lenores, doch sagte nichts weiter, während sie zusah, wie ihre Kinder gemeinsam arbeiteten.

Daphne dachte an den vergangenen Abend. Nachdem alle anderen hineingegangen waren, hatten sie und Jock noch einen Spaziergang durch die Reben gemacht. Sie hatten darüber geredet, wie schön es wäre, mehr Zeit auf der Insel zu verbringen, dass der Aufenthalt dort eine Sehnsucht nach den verlorenen Jahren in Jock ausgelöst hatte und dass die Zeit mit seiner Familie ihm noch mehr Inspiration für sein Buch gegeben hatte. Beide wünschten sie sich, länger bleiben zu können, damit er mehr Zeit hätte, um zu Archer durchzudringen und um sich mit seinen Eltern und Jules ohne den Trubel der Party auszutauschen. Als sie Jock so sah, wie er den Arm um Hadley gelegt hatte und sie und Joey mit seinen Bemerkungen zum Lachen brachte, überwältigte sie der Wunsch, mehr davon zu erleben – für ihn, für sie als Paar mit Hadley und für seine Familie.

Levi schaute über die Schulter. »Speck und Würstchen sind fertig.«

»Ich hole sie.« Sutton ging in ihrem süßen Sommerkleid um die Arbeitsfläche herum und nahm ihm den Teller ab. »Aber zuerst muss ich probieren, ob der Speck auch gut ist.« Sie nahm ein Stück von dem Teller und biss hinein. »Verdammt gut!«

Steve stibitzte sich ebenfalls ein Stück, als Sutton an ihm vorbeiging, und folgte ihr dann zum Tisch. Er hatte den ganzen Morgen schon gelächelt, sich mit allen unterhalten und eine Hand auf die Schultern seiner Söhne gelegt oder einen Arm um seine Töchter geschlungen. Er hatte Hadley einen Guten-Morgen-Kuss gegeben, woraufhin sie ihre kleinen Arme um seinen Hals gelegt und »Morgen, Gampa« gesagt hatte. Steve hatte sie auf den Arm genommen und ihr noch einen Kuss auf die Wange gedrückt, was mit einem wunderbaren Lächeln belohnt worden war und Daphnes Herz noch mehr hatte aufgehen lassen.

»Du solltest dich lieber beeilen, Leni«, rief Sutton ins Wohnzimmer hinüber. »Dad wird den ganzen Speck aufessen.«

»Hebt etwas für meine Mädels auf«, sagte Jock über die Schulter.

Shelley drückte Daphnes Hand.

Indi lugte an Hadley vorbei zur Pfanne. »Diese Pfannkuchen sehen toll aus. Ihr solltet eine Schlange für Archer machen. So eine falsche Schlange wie ihn habe ich noch nie getroffen.«

»Slange machen, Dock«, sagte Hadley.

Jock schaute mit hochgezogenen Brauen zu Levi, der ihm etwas aus einem Schrank reichte und sagte: »Mach nur.«

Die Küchentür ging auf und Archer kam herein. Shelley drückte erneut Daphnes Hand, dieses Mal jedoch etwas fester.

Archers Haare waren feucht, das T-Shirt spannte sich über seinen Armmuskeln und der breiten Brust. Aus dunklen Augen schaute er sich in der Küche um, bis sein Blick zunächst bei Jock, der sich zu einem Lächeln und kurzen Nicken durchrang, und dann bei Indi, die die Arme verschränkte und trotzig das Kinn hob, hängen blieb. Daphne fragte sich, ob sie gestern irgendwie aneinandergeraten waren, auch wenn Jock vielmehr gemutmaßt hatte, dass Indi am Ende irgendwie im Bett von Archer oder Wells gelandet war, denn sie war ebenso spät wie Jock und Daphne zurückgekommen.

»Hallo, Onkel Archer!« Joey rannte zu ihm und schlang die Arme um seine Hüfte. »Du riechst gut!«

»Na endlich«, sagte Sutton. »Du bist ja wie ein Teenager, der bis zum Mittag ausschläft.«

»Oder wie ein Kerl in den Dreißigern mit einem Privatleben«, entgegnete Archer tonlos.

»Guten Morgen, mein Junge«, sagte Steve. »Spät geworden gestern?«

»Ein wenig.« Archer ging hinüber zu Shelley und Daphne, während Jock ihn im Auge behielt. Archer wirkte sogar noch größer, wie er so hinter ihnen stand und auf ihre Notizen blickte. »Was ist das alles?«

»Wir veranstalten in ein paar Wochen eine Brautparty auf dem Weingut. Daphne hilft mir bei den Planungen. Dein Vater und ich können das später mit dir besprechen.«

Daphne hielt den Atem an und hoffte, dass er keinen Streit anfangen würde.

Er sah Daphne an und sie brachte ein nervöses Lächeln zustande. Noch einmal schaute er auf die Notizen und sagte dann: »Macht, was ihr wollt, aber ruiniert mir nicht meine Reben.«

»Wirklich?«, sagte Jules und sah Sutton ungläubig an, als Leni gerade in die Küche kam. »Archer, du musst ja eine tolle Nacht hinter dir haben, dass du keinen Streit vom Zaun brichst.«

Archer grinste und sein Blick fiel auf Indi. »Da läuft so einiges, kann mich nicht beschweren.«

»Echt jetzt?« Leni starrte ärgerlich zu Indi.

»Mich brauchst du gar nicht anzugucken! Das ist dein Bruder.« Indi sah Archer, der nur schmunzelte, wütend an. »Und du guckst mich gefälligst nicht so an. ›Da läuft so einiges, kann mich nicht beschweren.‹ Wie alt bist du? Sechzehn?«

Archer zog die Augenbrauen zusammen. »Baby, ich halte doppelt so lange durch wie ein Sechzehnjähriger und kann drei Mal so oft.«

»Archer!«, ging Shelley dazwischen. »Es reicht!«

Archer schnaubte. »Das sind nur Tatsachen, Mom.«

»Hat er von seinem Großvater«, sagte Lenore leise.

Steve legte eine Hand auf Archers Schulter. »Wie wäre es, wenn wir jetzt mal das Frühstück auf den Tisch bringen?«

Während Shelley und Daphne ihre Zettel forträumten, brachten die anderen Essen und Getränke zum Tisch.

Hadley drehte sich auf ihrem Stuhl beim Herd herum und hielt einen Teller in die Höhe. »Atcha, dein Pfannkuchen ist fertig!«

Jock legte den Arm um Hadley und beobachtete – ebenso schmunzelnd wie Levi und Indi –, wie Archer den Teller nahm und den Schlangen-Pfannkuchen mit zuckenden Kiefermuskeln betrachtete.

»Gefällt dir?«, fragte Hadley.

»Ja«, brummte Archer.

»Indi, er mag die falsche Slange!«, verkündete Hadley, während sie vom Stuhl kletterte und zum Tisch flitzte.

Archer, der sich anscheinend stark zusammenriss, trug den Teller zu seinem Platz.

»Es ist so schön, alle unter einem Dach versammelt zu haben«, sagte Shelley, als auch die jungen Frauen an den Tisch kamen.

Jock und Levi tuschelten miteinander, als sie die Pfannen in die Spüle stellten, und konnten ihr verschmitztes Grinsen nicht verbergen. Daphne fragte sich, was sie wohl ausheckten.

Archer nahm den Schlangen-Pfannkuchen in die Hand und aß ihn mit einem Bissen zur Hälfte auf. Tränen stiegen ihm in die Augen, sein Gesicht wurde puterrot und dann hustete und keuchte er. Er sprang auf, schnappte sich den Milchkrug und trank direkt daraus.

»Hast du dich verschluckt?« Shelley stand auf und fing an, ihm auf den Rücken zu klopfen, doch er wandte sich ab und nahm zwischen den Hustenanfällen immer wieder große Schlucke.

»Was ist denn los?«, fragte Jules hektisch.

»Was habt ihr beiden gemacht?« Leni schaute wütend zu Jock und Levi, die sich in der Küche vor Lachen kaum halten konnten.

»Das war nur ein bisschen Chili-Extrakt«, brachte Levi zwischen seinen Lachanfällen heraus.

Steve blickte sie zornig an. »Musste das jetzt sein?«

Als Archer schließlich den Milchkrug abstellte und schwer atmend mit geballten Fäusten Jock und Levi ansah, die noch immer lachten, stieß er aus: »Ihr seid Geschichte.«

»Erzähl mir was Neues«, sagte Jock, und schon rannten Levi und er zur Hintertür hinaus, durch die Archer ihnen hinterher-stürmte.

Panik erfasste Daphne.

Hadley schrie: »Dock!«, und kletterte hastig von ihrem Stuhl. Gleichzeitig schrie Joey »Daddy!« und Jules rannte zur Tür. Daphne nahm die weinende Hadley auf den Arm und Steve hielt Jules fest, bevor er alle anwies, im Haus zu bleiben. Während Steve den Männern hinterherging, tröstete Shelley Joey, und mit einem Kloß im Hals sagte Daphne zu Hadley: »Alles gut, mein Schatz. Die spielen nur Fangen.« Sie wünschte sich nur, sie könnte das selbst glauben.

Jock hörte die donnernden Schritte seiner Brüder hinter sich. Sie stürmten durch den Garten, Levis Lachen vermischte sich mit seinem eigenen. Er hoffte, der Streich würde das Eis brechen, und er konnte gar nicht anders, als idiotisch zu grinsen, als Archer hinter ihm herbrüllte. Lachend drehte er sich um. Archers Faust traf seinen Kiefer vollkommen unerwartet und ließ ihn zu Boden stürzen. Mit einer Hand stützte er sich ab. Ihm war schwindelig. *Verdammt! Dann ist es jetzt also so weit.*

Jock spuckte Blut und stand wieder auf. »Mehr hast du nicht zu bieten? Komm schon. Lass es raus.«

Archer versetzte ihm wieder einen Schlag, doch dieses Mal war Jock vorbereitet. Er geriet ins Stolpern, blieb aber stehen. Levi packte Archer von hinten.

»Dich kriege ich auch noch dran, Levi!«, zischte Archer und versuchte, sich zu befreien.

»Lass ihn los«, verlangte Jock, hob die Hände und winkte ihn zu sich. »Komm schon, Archer. Zeig mir, was du kannst.« Es war an der Zeit, diesen Mist zu beenden.

Archer preschte vor und rammte seine Schulter in Jocks Brustbein, woraufhin sie beide zu Boden gingen. Doch Jock war schnell wieder auf den Beinen.

»Mach nur weiter«, keuchte er. »Aber das bringt sie nicht zurück.«

»Du hast sie umgebracht, verdammt!«, brüllte Archer und die Fäuste flogen.

Jock wich dem Schlag aus und Levi trat näher, doch Jock bedeutete ihm, sich herauszuhalten. Währenddessen ließ er Archer keine Sekunde aus den Augen. »Ich hätte fahren sollen. Das wissen wir beide.«

Wieder schlug Archer zu, und Jock blockte ihn ab, doch er boxte nicht zurück. Er wollte nicht. »Mach weiter. Zumindest siehst du mich jetzt.«

»Ich hasse dich!«, stieß Archer aus. Mit gesenktem Kopf stürzte er sich auf ihn und auch Jock stürmte vorwärts. Sie prallten ineinander wie Linebacker beim Football und beide blieben wie unverrückbare Berge stehen.

»Mann, ich habe sie auch verloren«, stieß Jock hervor. »Und dafür verachte ich mich.«

»Du hast versprochen, auf sie aufzupassen!« Archer verpasste ihm einen Hieb in die Rippen. Jock taumelte zur Seite und Archer schlug noch einmal zu. »Du hattest nicht mal genug

Respekt vor ihr, um sie zu heiraten!«

Jock stolperte rückwärts und rief: »Weil sie *dich* geliebt hat, Mann! Sie wollte mich nicht.«

»Schwachsinn.« Archer kam wieder näher, die Fäuste flogen.

Jock blockte einen Treffer und musste zurückschlagen, wobei er Archers Kinn traf und seinen Bruder nach hinten taumeln ließ. Jock setzte nach und brüllte: »Sie hat *dich* geliebt!«

Archer brüllte zurück: »Lügner!«

Er rannte auf Jock zu, der rief: »Denk doch mal nach, Archer! *Dir* hat sie morgens, mittags und abends geschrieben.« Wieder rammte Archer ihn mit der Schulter und raubte ihm den Atem. Doch Jock würde nicht nachgeben. Er atmete tief ein. »Mit *dir* hat sie am Yachthafen die Zeit verbracht, wenn wir zu Besuch gekommen sind. Du warst immer derjenige, welcher! *Dich* hat sie geliebt!«

Archer erstarrte, seine Nasenflügel bebten, die Hände waren noch immer zu Fäusten geballt.

»Es ist wahr, Mann. Wir wollten am nächsten Tag nach Hause kommen und es dir erzählen. Ich wollte mich zurückziehen, euch beide meinen Sohn großziehen lassen, falls du sie auch geliebt hättest.« Die Tränen brannten in Jocks Augen, die Erinnerungen trafen ihn hart.

Archer wandte den Blick ab und schüttelte den Kopf. »Nein! Sie hat dich geliebt.«

»Sie hat das Baby geliebt. Das haben wir beide. Denk doch mal nach. Wir hatten einfach Spaß miteinander, als sie schwanger wurde«, sagte Jock und stellte sich in Archers Blickfeld. Mit den Armen stützte er sich auf seinen Oberschenkeln ab, um wieder zu Atem zu kommen. »Hast du sie geliebt?«

Archer schloss die Augen und biss die Zähne zusammen.

»Archer, sieh zu, dass du diesen Mist aus deinem Kopf herausbekommst. Wir beide haben sie verloren. Mann, ich habe mein Baby verloren. Ich weiß, wie weh es tut. Ich weiß, wie der Hass einen bei lebendigem Leib zerfrisst und man alles um sich herum hassen will. Ein Jahr lang konnte ich meinen Anblick im Spiegel nicht ertragen, und noch viele Jahre danach hab ich den Menschen gehasst, den ich in diesem Spiegel sah. Aber wir haben schon ein Jahrzehnt verloren. Es wird Zeit, dass wir alles aussprechen.« Er ließ nicht zu, dass sein Bruder den verwirrten und wütenden Blick von ihm abwandte. »Hast du sie geliebt?«

Archer schaute zu Boden und schüttelte den Kopf. »Wie eine Freundin. Eine verdammte beste Freundin. Nicht als … Nein!« Traurig sah er Jock an. »Ich wusste es nicht.«

»Das ist meine Schuld. Ich hätte es dir früher sagen müssen, aber du hast mich nicht einmal angesehen.« Jock hatte das Gefühl, das Herz würde ihm aufs Neue herausgerissen, aber sie mussten es in Worte fassen, also zwang er sich dazu, auch wenn die Worte schnitten wie Glasscherben. »Als du gesagt hast, dass ich für dich gestorben war, habe ich es dir nicht übelgenommen. Ich selbst habe mir gewünscht, dass ich am Steuer gesessen hätte.«

Archer blickte ihn schwer atmend an. »Ich habe dich gehasst, aber mich selbst habe ich noch mehr gehasst.« Er machte ein paar Schritte, ballte immer wieder die Fäuste. »Sie hat mir so verdammt gefehlt. Ihr Lachen, ihre dämlichen Nachrichten morgens um drei, wenn sie nicht schlafen konnte. Sie war immer da, seit unserer Kindheit, und dann plötzlich war sie fort. Ich habe mich dafür gehasst, dass ich wollte, sie wäre am Leben, denn das hätte bedeutet, dich zu verlieren. Aber das wollte ich auch nicht. Ich wollte, dass ihr beide niemals in dieses verdammte Auto gestiegen wärt.«

»Ich weiß«, sagte Jock.

»Ach ja?«, schäumte Archer. »Woher willst du verdammt noch mal wissen, wie schuldig ich mich all diese Jahre gefühlt habe? Du bist mein Bruder, mein Blut. Mein verdammter Zwilling! Ich kann nicht …« Er wandte sich ab.

»Genau deshalb weiß ich es. Weil du mein Zwilling bist. Bis gestern hab ich es nicht verstanden. Dad hat etwas gesagt, das mir bewusst gemacht hat, dass du dir vielleicht nicht wirklich meinen Tod gewünscht hast. Aber kehr das alles nicht nach innen, Archer«, forderte Jock ihn auf. »Schlag mich. Lass es heraus, bevor es dich ganz zerfrisst.«

Archer fuchtelte mit der Faust vor seinem Gesicht herum. »Du hättest sie einfach heiraten sollen.«

»Ich *konnte* sie nicht heiraten und sie konnte mich nicht heiraten.«

»Aber ich habe sie nicht auf diese Art geliebt«, rief Archer wütend und flehend zugleich, bevor er niedergeschlagen die Schultern sacken ließ. »Wenn sie es mir erzählt hätte, dann hättet ihr beiden vielleicht …«

»Nein, Archer. Die Gefühle waren nicht da. Wir haben es versucht. Wir dachten, es würde sich schon etwas entwickeln zwischen uns, aber das ist nicht passiert. Und dann, im Restaurant an jenem letzten Abend, da hat sie mir erzählt, dass sie dich liebt, und dass sie das Gefühl hatte, es sei schon immer so gewesen.«

»Ach, verdammt!« Mit verzerrtem Gesicht wütete er weiter. »Was war denn euer Plan? Dass sie herkommt, es mir erzählt, und ich bin dann das Arschloch, das ihre Liebe nicht erwidert? Was hätte sie dann am Ende davon gehabt?«

In sanfterem Ton antwortete Jock: »Zwei Männer, die für sie da gewesen wären und sie wie eine Familie geliebt hätten. Wir hätten Liam zusammen großgezogen, nicht als Mann und

Frau, aber wie zwei Menschen, die ein kleines Wesen geschaffen haben. Ich hatte einen Riesenrespekt vor ihr, Archer. Sie hätte abtreiben können und ich hätte nie davon erfahren. Aber das hat sie nicht, weil auch sie mich respektiert hat.«

Tränen liefen Archer über die Wangen. »Warum musste sie ausgerechnet mich lieben? Ich bin ein Arsch. Ich hab es nicht einmal geschafft, für dich da zu sein, als du dein Baby verloren hast. Dafür hasse ich mich auch, verdammt.«

»Lass es, Archer! Du hast um die Frau getrauert, die du kanntest. Da gab es keinen Raum, um den Neffen zu betrauern, den du nie kennengelernt hast. Du bist kein Arsch. Du bist wütend. Und du warst auch kein Arsch, bevor sie gestorben ist. Du warst ein zweiundzwanzig Jahre alter Typ, der das Leben genossen hat, genauso wie ich, und sie war auch so. Wir waren alle jung. Wir wussten nicht einmal, was Liebe ist.«

»Aber sie wusste es!«, erwiderte er entschieden. »Sie hat mich geliebt. Und was hat sie dafür bekommen?«

»Ich verstehe dich, Archer. Doch du darfst nicht zulassen, dass ihre Gefühle für dich den Rest deines Lebens bestimmen. Ich weiß, dass es schwer zu akzeptieren ist, aber du kannst nichts daran ändern, was du für sie empfunden hast, ebenso wenig wie ich. Und auch sie hätte nichts daran ändern können, was sie für uns empfunden hat.«

Archer starrte ihn an, während die Gefühle sichtlich in ihm tobten. »Ich kann einfach nicht …« Er schüttelte den Kopf und marschierte davon in Richtung Kellerei.

Jock stieß einen leisen Fluch aus und rief ihm dann hinterher: »Ich werde nicht mehr zulassen, dass du mich hasst, Archer. Ich liebe dich verdammt noch mal zu sehr, um noch mehr Zeit mit dir zu verlieren.«

Archer lief weiter, hob die rechte Hand und zeigte ihm den

Mittelfinger.

»Das würde ich mal als gutes Zeichen werten«, sagte Levi, der zusammen mit ihrem Vater näherkam.

Jock lachte leise auf. Er hatte vergessen, dass Levi da war, und er wusste nicht, dass sein Vater sie beobachtet hatte. »Wie lange stehst du schon da, Dad?«

»Lang genug, um zu sagen, dass ich stolz auf euch beide bin.« Er zog Jock zu einer Umarmung an sich und Jock stöhnte auf. »Lass uns da mal Eis drauflegen, Rocky.«

»Nee, mir geht's gut.«

»Ach ja?«, fragte Levi.

»Ja, Mann. Wir brauchten das.« Er schaute zum Haus. »Bitte sagt mir, dass die Mädels nicht gesehen haben, wie wir aufeinander losgegangen sind.«

»Jules hat eine Nachricht in die Gruppe geschrieben«, sagte Levi. »Die Frauen sind alle mit den Kindern im Freizeitraum. Joey und Hadley spielen. Daphne ist wahrscheinlich durch den Wind, obwohl Jules sagt, dass Mom sie mit der Eventplanung ablenkt.«

Plötzlich vibrierten all ihre Handys gleichzeitig.

»Wahrscheinlich wieder Jules«, sagte Levi, als sie ihre Telefone herausholten und sich verwirrt ansahen, als Archers Name aufpoppte.

Sie öffneten die App und lachten über Archers Nachricht: *Hör auf, über mich zu reden, Jockstrap. Du bist trotzdem noch ein Arschloch.*

Fünfundzwanzig

Daphne betrat auf der Suche nach Jock das Schlafzimmer. Er war ihr etwas zu sehr *in Ordnung* vorgekommen, als er allen erzählt hatte, was zwischen ihm und Archer vorgefallen war. Sie kannte Jock gut genug, um zu merken, dass deutlich mehr dahintersteckte als nur *Wir haben das Eis gebrochen.* Im Badezimmer wusch er sich gerade das Gesicht, und so lehnte sie sich gegen den Türrahmen und spürte praktisch den Schmerz angesichts der heftigen blauen Flecken, die sich bereits auf seinem Brustkorb abzeichneten und der ähnlichen Farbgebung, die unter seinen Bartstoppeln am Kiefer durchschimmerte.

Er hob den Kopf und lächelte. »Hallo, mein Engel.« Er griff nach einem Handtuch und tupfte sich das Gesicht trocken.

»Hallo.« Erleichtert stellte sie fest, dass ein Teil der Schatten, die auf ihm gelegen hatten, verschwunden waren. Sie versuchte, die Gedanken in seinem schönen, komplexen Kopf zu lesen, trat zu ihm, berührte seine Taille, denn sie musste ihm einfach näher sein. »Geht es dir gut? Willst du reden?«

Er legte die Arme um sie und drückte seine Lippen auf ihre. »Ich will dir und Hadley die Insel zeigen, so wie wir es geplant haben, mehr nicht.«

»Jock, ich weiß, was du unten gesagt hast, aber jetzt sind wir beide allein. Was bedeutet *das Eis gebrochen* wirklich? Hast du ihm auch ins Gesicht und den Oberkörper geboxt? Heißt das, es wird weitere Kämpfe geben? Habt ihr geredet? Wird sich überhaupt etwas ändern?«

»Es ist ein Anfang, Baby. Es ist genau so, wie du gesagt hast, als meine Mom dich Archer vorgestellt hat. Er *sieht* mich jetzt. Vorher hat er nur den Hass gesehen, den Hass auf mich und auf sich selbst. Wir haben über alles geredet, oder es zumindest angesprochen. Wir haben Türen geöffnet, von denen ich befürchtet hatte, dass wir sie nie wieder öffnen würden, und ich bin mir sicher, dass wir uns noch eine lange Zeit da hindurchzwängen müssen. Er trägt viele Schuldgefühle mit sich herum, weil er mir diese Dinge an den Kopf geworfen hat, und das hat den Hass auf sich selbst befeuert. Damit zu leben, ist nicht einfach, und wenn jemand versteht, wie sich das anfühlt, dann ich. Dass Kayla ihn geliebt hat, verstärkt seine Schuldgefühle nun auch noch. Er hat sie nicht geliebt und er wollte es zunächst auch gar nicht glauben. Es ist ziemlich viel, was er jetzt zu verdauen hat. Aber er weiß es jetzt und glaubt es auch. Die Fesseln, die die Jahre des Schmerzes, der Wut und der Schuld geschnürt haben, lösen sich langsam, und wir haben beide sehr viel zu verarbeiten.«

»Dir scheint es besser zu gehen, aber du sollst wissen, dass du mit mir reden kannst, und wenn du lieber zu Hause bleiben und bei Archer sein willst oder einfach heute Morgen nur Zeit mit deiner Familie verbringen willst, dann ist das vollkommen in Ordnung.«

Leni, Sutton, Indi, Levi und Joey waren in Richtung Fähre aufgebrochen, nachdem Jock mit ihnen gesprochen hatte. Seine Großmutter und seine Mutter waren unten bei Hadley. Sein Vater war in die Kellerei gegangen, um nachzuschauen, ob

Archer dort war, und Jules war zur Arbeit gegangen. Sie hatte Jock das Versprechen abgenommen, bei ihr im Laden vorbeizukommen, bevor sie um fünf Uhr die Fähre nahmen.

Jock zog Daphne enger an sich und küsste sie zärtlich. »Das Reden mit dir hat all dies möglich gemacht. Ich fühle mich freier, und ich glaube, Archer geht es genauso. Ich würde sagen, er und ich werden kleine Schritte hin zu einem besseren Verhältnis machen, aber du weißt ja, dass ich nicht besonders gut darin bin, es langsam anzugehen, und Archer ist mein Zwilling, daher …«

»Heißt das, wir müssen uns auf noch mehr blaue Flecken freuen, und zwar schnell und heftig?«

Er lächelte. »Keine Ahnung. Ich weiß nur, dass etwas Gutes in ihnen liegt. Jetzt lass uns von hier abhauen, bevor ich dir diese sexy Shorts und das Tanktop vom Leib reiße und dir zeige, was wirklich hinter diesem Inselfieber steckt.«

Eine halbe Stunde später lieh Jock sich das Auto seiner Eltern aus und fuhr mit Daphne und Hadley zum Silver Monument, das in der Mitte der Insel lag und unglaubliche Ausblicke in alle Richtungen bot. Das stattliche Bauwerk ähnelte dem Eckturm einer Burg und war umgeben von einem gepflasterten Hof mit schmiedeeisernen Bänken und wunderschönen Bäumen. Eine Reihe von Menschen stand an, um das beeindruckende Monument zu betreten und bis nach oben zu steigen.

Jock hielt Hadley an der Hand und deutete auf einen Park hinter dem Turm. »Der Weihnachtsbaum der Insel steht immer im Majestic Park, gleich dort hinten, und jedes Jahr findet dort ein paar Wochen vor Weihnachten ein Fest statt. Wenn die Beleuchtung des Weihnachtsbaums das erste Mal angemacht wird, kommen alle zusammen, es wird gesungen und Schmuck in den Baum gehängt. Wenn das Wetter mitspielt, können die Kinder Schlittenfahren, alle trinken heißen Kakao und essen geröstete Kastanien oder andere leckere Sachen. Das ist wirklich schön. Und jedes Wochenende vor Weihnachten ist irgendetwas los. In den Yachthäfen gibt es die Weihnachtsparade, für die die Yachtbesitzer und Fischer ihre Boote schmücken, an der Küste entlangfahren und darum wetteifern, wer am schönsten dekoriert hat. In der Main Street fahren Pferdeschlitten und im Silver House werden Weihnachtslieder gesungen und es findet ein großer Tanzabend statt.«

»Das klingt wunderbar!« Daphne bekam allein bei dem Gedanken eine Gänsehaut, all diese Dinge mit Jock, Hadley, seiner Familie und seinen Freunden erleben zu dürfen. Vielleicht konnten sie dieses Jahr sogar mit ihren beiden Familien ein Weihnachtsessen veranstalten. Die Vorstellung ließ ihr Herz aufgeregt schneller schlagen. Sie dachte schon viel zu weit voraus, doch sie sah alles so deutlich vor sich, es fühlte sich real an, und sie wollte es mehr als alles andere – abgesehen von der Annäherung, die sie sich für Jock und Archer wünschte.

»Es ist wirklich etwas Besonderes. Bevor ich ans College gegangen bin, war ich das letzte Mal dabei.« Er nahm Hadley auf einen Arm und legte den anderen um Daphne, um sie fest an seine Seite zu ziehen. »Wir sollten dieses Jahr kommen. Was meinst du?«

»Das fände ich sehr schön.« Daphne schaute zu ihm auf.

»Ich möchte das hier mit dir und Hadley, Daph. Ich will zu den Paraden kommen und Hadley als kleines Häschen verkleidet auf dem Boot des Weinguts sehen.« Er gab Hadley einen Kuss auf die Wange. »Würde dir das gefallen, Prinzessin? Bei einer schicken Bootsparade mitmachen?«

Hadley nickte.

»Das will ich auch«, sagte Daphne, und dieses Mal versuchte sie gar nicht erst, ihre Fantasie zu zügeln, als sie vor ihrem geistigen Auge Hadley auf diesem Paradeboot mit *Gama* und *Gampa* sah. Und sie gestattete sich sogar noch größere Träume. *Eine Hochzeit auf dem Weingut. Eine Schwester oder einen Bruder für Hadley ...*

»Möchtest du sehen, wo ich zur Schule gegangen bin?«, fragte Jock und führte sie um das Monument herum. »Wir haben drei Schulen hier auf der Insel, von der Vorschule bis zur achten Klasse, und danach gehen alle auf die Silver Island High.« Er deutete auf eine Straße. »Die Highschool liegt fünf Minuten von hier entfernt. Das ist ein Grund dafür, warum die Kinder sich hier alle so gut kennenlernen. Es spielt keine Rolle, ob du aus einer reichen Familie stammst oder aus einer Familie, die gerade so über die Runden kommt. Alle kommen auf dieselbe Highschool.« Er nahm Daphnes Hand. »Komm, ich zeig sie euch.«

Sie stiegen wieder ins Auto und Jock fuhr an seiner Highschool vorbei, um ihnen zu zeigen, wo er Sport getrieben hatte, und ihnen von seinen Streichen und den Dingen, die er mit seinen Freunden erlebt hatte, zu erzählen. In ihm brannte ein neues Feuer, wie an dem Abend zuvor auf der Party. Doch dieses Mal war es noch heller, als hätte ihm der Riss in dem Eis, das sein Verhältnis zu Archer hatte erstarren lassen, einen Teil der Last von den Schultern genommen.

Wenig später stellten sie das Auto in der Ortsmitte ab und spazierten die Main Street entlang, die von bunten Läden gesäumt und mit Touristen gefüllt war. *Geöffnet* stand auf den

Fahnen, die neben den Ladentüren im Meereswind wehten, und angestrichene Holzbänke luden zum Sitzen in der Sonne ein. Blumenkästen waren üppig mit Sommerblumen bepflanzt, und in den Schaufenstern lockten die Auslagen, sodass sie von einem süßen Geschäft ins nächste schlenderten. Daphne sammelte Visitenkarten und Kontaktdaten von den Ladenbesitzern, damit sie Shelley noch besser bei der Planung der Brautparty helfen konnte. Auf den Gehwegen spazierte Hadley zwischen ihnen, doch in den Geschäften wollte sie von Jock getragen werden. Daphne sorgte sich um seine geprellten Rippen, doch er versicherte ihr, dass ihm *seine* kleine Prinzessin nie zu viel werden würde.

»Ich möchte hier auch gern eine Visitenkarte mitnehmen«, sagte Daphne, als sie den Blumenladen betrat.

»Dir ist schon klar, dass meine Mutter hier aufgewachsen ist und jeden kennt, oder?«, scherzte Jock.

Daphne nahm sich eine Karte. Als sie das Geschäft verließen, sagte sie: »Ja, aber ich nicht. Ich möchte deine Mom überraschen und eine hilfreiche Liste mit Läden hier vor Ort zusammenstellen, für den Fall, dass sie sich entscheidet, das alles doch größer aufzuziehen und mehr Events zu veranstalten. Wenn sie eine Location für Hochzeiten anbietet, dann muss sie diese Sachen für ihren Eventplaner parat haben und ihren Kunden mitgeben können. Alle denken, dass eine Location nur aus vier Wänden oder dem Grundstück besteht, aber es gehört viel mehr dazu. Man wird sich bei allem auf sie verlassen, und auch wenn sie die Insel in- und auswendig kennt, hat deine Mom doch mit der Leitung der Kellerei alle Hände voll zu tun. Eine Liste kann sie immer herausgeben, um eine Menge Fragen von vornherein zu beantworten.«

Er legte einen Arm um sie, während sie den Gehweg entlangspazierten, und küsste sie auf die Schläfe. »Du bist wirklich eine Nummer. Das weißt du schon, oder?«

»Ich bin deine Nummer eins, soviel weiß ich.« Sie schaute auf ihre kleine Tochter hinab, die seine Hand hielt, und eine Woge des Glücks überkam sie. »Wir beide.«

»Da hast du verdammt recht.« Er beugte sich zu einem Kuss hinüber und dann schlenderten sie weiter an den Schaufenstern entlang.

»Mein Haus!« Hadley rannte zum Fenster einer Immobilienfirma und zeigte auf das Bild eines entzückenden zweistöckigen Hauses mit Zedernfassade, einem weißen Holzzaun davor und einer breiten Veranda vor dem Eingang. Üppig bepflanzte Töpfe mit leuchtend pinken Blumen hingen zwischen den Pfosten von der Decke der Veranda herunter.

»Das ist hübsch, stimmt's?« fragte Daphne.

»Meins«, sagte Hadley, als wäre es eine Tatsache, während sie unschuldig zu ihnen hinaufschaute.

»Das gehört uns nicht, mein Schatz. Wir leben auf Cape Cod, nicht auf Silver Island.« Eine schmerzhafte Sehnsucht erfasste Daphne, die sie schnell wieder abschüttelte. »Vielleicht finden wir eines Tages etwas, das genauso entzückend ist.«

»Meins«, wiederholte Hadley mit Nachdruck. Sie legte ihre winzige Hand auf das Fenster und nahm Jocks Hand, die sie ebenfalls auf das Fenster legte. »Meins, Dock.«

»Ich glaube, sie weiß, wer von uns beiden leichter nachgibt«, sagte Daphne.

Jock lachte.

»Ihre Tochter hat einen guten Geschmack«, sagte eine große braunhaarige Frau, die gerade den Gehweg entlangkam. »Das Haus liegt drüben in The Bluffs, bei den Steilklippen. Dort gibt es ein relativ neu erschlossenes und sehr beliebtes Wohngebiet.

Viele junge Familien leben da, der Blick aufs Wasser ist einmalig und es gibt auch einen kleinen Park. Möchten Sie vielleicht hereinkommen und mehr darüber erfahren?«

»Nein danke«, sagte Daphne. »Wir sind nur zu Besuch.«

»Nur aus Neugier: In welchem Ort liegt es?«, fragte Jock.

»Gleich hier, es ist nur fünf Minuten entfernt«, sagte sie fröhlich. »Ich bin Charmaine Luxe. Ich arbeite hier.« Sie griff in ihre Handtasche und gab ihm eine Visitenkarte.

»Jock Steele. Meine Freundin Daphne.« Er legte die Hand auf Hadleys Schulter. »Und das ist Hadley.«

»Verwandt mit den Top-of-the-Island-Steeles?«, fragte Charmaine.

»Ja, das sind meine Eltern.«

»Freut mich, Sie kennenzulernen. Ich bin noch nicht so lange auf der Insel, aber ich kenne Ihre Eltern und natürlich auch Jules und Archer.« Charmaine zog die Tür auf. »Wenn Sie Ihre Meinung ändern sollten, rufen Sie mich an. Ich zeige Ihnen gern einige Häuser.«

Als sich die Tür hinter Charmaine schloss, sagte Daphne: »Sie war wirklich nett. Komm, Had, wir gehen weiter.«

Hadley schüttelte den Kopf. »Mein Haus!«

»Ich hab eine Idee.« Jock ging hinein und kam mit einem Flyer wieder heraus, auf dem das Haus zum Verkauf angeboten wurde. Er nahm Hadley auf den Arm und gab ihr den Zettel.

Sie strahlte ihn an. »Mein Haus is hübs.«

»Du verwöhnst sie, das ist dir schon klar, oder?«, sagte Daphne.

»Es ist nur ein Bild. Ich habe ihr nicht das Haus gekauft. Dann würde ich sie wirklich verwöhnen.« Er gab Daphne einen Kuss und sie setzten ihren Schaufensterbummel fort.

Sie schauten sich in einem Buchladen um und kamen an

einem Restaurant vorbei. Als sie zu einem Juweliergeschäft kamen, bewunderten sie die Stücke im Schaufenster. Hadley ließ Owly fallen und Jock hob das Stofftier auf. »Soll ich sie eine Zeit lang halten?«

»Okay«, sagte Hadley und legte den Kopf an seine Schulter.

»Ich möchte mir hier auch gern eine Visitenkarte mitnehmen«, sagte Daphne und öffnete die Tür. Während Jock die Frau hinter der Theke begrüßte, nahm Daphne sich eine Karte und bestaunte in Ruhe die funkelnden Schmuckstücke in den Auslagen.

Anschließend wechselten sie die Straßenseite, um vor dem Mittagessen Jules in ihrem Geschäft zu besuchen. Von jedem Regal und jeder Fläche in dem fröhlichen Geschenkeladen prasselten bunte Farben auf sie ein. Es gab so viel anzusehen – Kerzen, Becher, Plüschtiere, Spielzeuge, Grußkarten, Schmuck sowie Schilder und Kissen mit süßen Sprüchen über Liebe und Sonnenschein. Traumfänger hingen von der Decke hinab und coole Schals hingen über den Auslagen mit T-Shirts und Taschen.

»Ihr seid gekommen!«, rief Jules und lief ihnen entgegen. Ihr auf dem Kopf zusammengebundener Schopf fiel wie das Wasser eines Springbrunnens über den Rest ihrer langen Haare. Sie umarmte die beiden und kitzelte Hadley am Bauch. »Super Timing. Tara ist gerade auf dem Weg hierher und hat Bilder von gestern Abend dabei. Wie gefällt dir unsere Insel?«

»Ich hab mich so in diese Insel verliebt, das ist schon albern«, sagte Daphne. »Ich kann es kaum abwarten, wiederzukommen.«

»Mein Haus!« Hadley streckte Jules den Flyer entgegen.

»Das ist dein Haus?« Jules sah Daphne und Jock fragend an.

»Nicht wirklich. Sie hat es im Fenster der Immobilienagentur gesehen und der Verwöhner hier hat ihr das Bild besorgt.« Daphne berührte Jocks Arm. »Ich muss ihm noch die Vorteile des gelegentlichen Neinsagens vermitteln.«

Jock sah sie vielsagend lächelnd an. »Aber, mein Engel, du sagst doch immer gern ja.«

»Ich glaube, das will ich über euch beide nicht wissen«, flüsterte Jules.

Hadley wand sich und wollte auf den Boden gesetzt werden, doch Jock sagte: »Hier drinnen sind viele Sachen, die kaputtgehen können, Prinzessin. Wahrscheinlich sollte ich dich lieber auf dem Arm behalten.«

»Das ist in Ordnung. Lass sie ruhig runter«, sagte Jules. »Wir haben ständig Kinder hier.« Sie deutete auf die andere Seite des Ladens, wo zwei junge Familien vor den Regalen voller Stofftiere und Kissen standen.

Jock setzte Hadley ab. »Soll ich dein Bild halten?«

Hadley gab ihm den Flyer. »Nich verliern.«

»Das würde ich nicht wagen«, versprach er.

»Bleib bei mir, Had«, sagte Daphne.

Jock fasste sich an die Hosentaschen und zog die Augenbrauen zusammen. »Mist! Ich glaube, ich habe O-W-L-Y im Juweliergeschäft vergessen. Ich renn schnell rüber und hol sie, während ihr euch umschaut.« Er gab Daphne einen Kuss auf die Wange und strich Hadley liebevoll über den Kopf. »Bin gleich wieder da, Prinzessin.«

Seufzend sah Daphne ihm hinterher, als er zur Tür ging.

»Ach, Mädchen, du bist ja *so* in meinen Bruder verliebt«, neckte Jules sie.

»Ja, stimmt«, gab Daphne zu, woraufhin Jules sie noch einmal kreischend umarmte.

Die Ladentür ging auf und Tara kam mit einer großen

Tasche hereingerauscht. »Ich bin ja so froh, dass ihr noch hier seid«, sagte Tara. »Ich kann euch die Fotos zeigen, die ich gemacht habe. Da sind ein paar richtig gute dabei.«

»Mommy, guck!« Hadley ging hinüber zu einer Auslage von bunten Feenstäben mit plüschigen Sternen an den Enden.

»Nicht anfassen!«, sagte Daphne. »Ich gehe ihr lieber mal nach.«

Jules und Tara folgten ihr. Tara nahm eine Mappe aus ihrer Tasche. »Jules, sieh dir mal dieses Bild von deinen Eltern an.« Sie gab ihr ein Foto von Steve und Shelley, die sich gerade umarmten. Steves Hand lag auf dem Rücken seiner Frau, die Finger weit auseinandergespreizt, als wollte er so viel von ihr festhalten wie nur irgendwie möglich. Seine Augen waren geschlossen, doch sein Gesichtsausdruck verriet, dass er alles, was er sich je gewünscht hatte, in seinen Armen hielt.

»Das ist so typisch für sie. Eines Tages will ich auch so glücklich sein«, sagte Jules.

Tara verdrehte die Augen. »Wenn du noch glücklicher wärst, würdest du explodieren.«

Jules musste lachen. »Ich meine, mit einem Typen. Ich will so geliebt werden, wie meine Mom geliebt wird, mit allem, was ein Mann hat. Ich will so angesehen werden, wie Jock Daphne ansieht, und mich so fühlen, wie Daphne sich gefühlt hat, als er gerade den Laden verlassen hat.«

»Ich kann euch nur wärmstens empfehlen, den Menschen zu finden, der euch all das empfinden lässt«, sagte Daphne. »Kann ich euch ein Geheimnis anvertrauen?«

»Das brauchst du gar nicht erst zu fragen. Auf der Insel gilt der Girl Code immer«, sagte Tara, während sie Hadley zu einer Auslage mit fluffigen Kinderdecken folgten.

Aufgeregt flüsterte Daphne ihnen zu: »Es ist schon fast

beängstigend, so glücklich zu sein und zu sehen, dass auch meine Tochter so verliebt in Jock ist. Auf schöne Art beängstigend. Manchmal, wenn nur wir drei zusammen sind, dann gibt es diese Augenblicke, in denen ich alles so intensiv spüre und sich unsere Liebe so groß anfühlt – wenn er Hadley auf dem Arm hat, wenn wir einfach beisammensitzen, sie ins Bett bringen oder wenn nur er und ich da sind und er mich auf diese Art ansieht. Manchmal halte ich den Atem an, weil ich Angst habe, dass ich aufwachen und feststellen könnte, dass es alles nur ein Traum war.«

»Genau das will ich«, sagte Jules verträumt.

»Das wollen wir alle«, sagte Tara. »Ich habe eine gute Nachricht für dich, Daphne. Du wirst dir nie wieder darüber Sorgen machen müssen, dass es vielleicht nur ein Traum ist, denn ich habe eure Realität auf zwei perfekten Fotos festgehalten. Ich habe unzählige Bilder, die dir gefallen werden.« Sie blätterte durch die Mappe. »Aber diese beiden sind magisch.«

Sie gab Daphne ein Foto von Hadley, die auf Jocks Schoß saß und ihm ein Stück Torte in den Mund stopfte. Die beiden lächelten so unbeschwert, dass es Daphne die Tränen in die Augen trieb.

»Wenn du glaubst, das ist gut, dann sieh dir erst einmal dieses an.« Tara reichte ihr ein weiteres Foto, auf dem Daphne sich beim Tanzen an Jock schmiegte. Er hatte die Arme so beschützend um sie gelegt, als würde er sein Leben für sie geben und sie nie wieder loslassen wollen. Ihre Gesichter waren einander ganz nah und sie schauten sich tief in die Augen.

Alles, was sie fühlte, war da – die Intensität, die Liebe, die Hoffnung!

Jules legte den Arm um Daphne. »Ich glaube, Tara hat recht. Du brauchst den Atem nicht mehr anzuhalten.«

Tara zeigte ihnen noch mehr Bilder von den anderen. Sie hatte sogar Archer erwischt, wie er während Jocks Rede lächelte, und Jock, der ihn dabei beobachtete. Daphne bat um Abzüge von vielen der Fotos, einschließlich diesem. »Wir sind in zwei Wochen wieder hier. Reicht das, um die machen zu lassen?«

»Absolut. Ich hab sie bis dahin fertig«, versprach Tara.

»Und bis dahin plane ich auch unseren Mädelstag!«, sagte Jules. »Wir drei, und ich frage Belly, ob sie mitkommen möchte. Für den Fall werde ich Noelle bitten, einzuspringen. Sie arbeitet bei Bedarf für mich. Vielleicht möchten Mom und Grandma auch mitkommen. Wir könnten einen auf BH-Brigade machen! Ich frage mich, ob Leni und Sutton es einrichten könnten. Wir nehmen das Boot meiner Eltern und fahren nach Bellamy Island. Beziehungsweise, wie Belly sie nennt, zu *ihrer* Insel, da sie nach der Insel benannt wurde.« Jules zog ihr Handy aus der Tasche und tippte drauflos.

Tara stupste Daphne an. »Siehst du, wie sie das gemacht hat? Gewöhn dich dran. Sie schmiedet einfach die Pläne und wir lassen uns alle darauf ein.«

»Das finde ich toll, aber sollte ich nicht Jock fragen, ob es für ihn in Ordnung ist?«, fragte Daphne.

Jules zog die Augenbrauen zusammen, als würde sie darüber nachdenken, doch dann winkte sie ab. »Nee. Er wird sich darüber freuen, dass wir Zeit miteinander verbringen. Augenblick mal! Ich hab eine bessere Idee. Lasst uns einen halben Mädelstag machen und am Nachmittag gehen wir dann aufs Boot und nehmen Jock und Dad mit. Vielleicht ist bis dahin sogar Archer einverstanden, mitzukommen.«

»Kann ich Levi und Joey auch fragen?«, wollte Tara wissen. »Joey liebt die Mädelstage.«

»Schon erledigt. Hab in die Gruppe geschrieben«, sagte

Jules, während ihre Finger weiter über den Handybildschirm flogen.

Hadley tapste an ihnen vorbei und zog eine rosa Prinzessinnen-Decke hinter sich her. »Hadley«, rief Daphne ihr nach. »Die Decke müssen wir zurücklegen, Liebes, damit sie nicht dreckig wird.«

Hadley drückte die Decke an sich und schüttelte den Kopf. »Pinzessin.«

»Die muss anscheinend mit nach Hause.« Tara lachte.

»Das kann mein Geburtstagsgeschenk für sie sein«, sagte Jules aufgeregt. Sie hockte sich vor Hadley hin. »Gefällt dir diese Decke?«

»Ich lieb sie.« Hadley drückte die Decke mit aller Kraft an sich. »Ich bin Docks Pinzessin.«

»Ja, das bist du.« Jules nahm das andere Ende der Decke in die Hand. »Ich erzähle dir mal etwas ganz Tolles über diese Decke.« Sie legte Hadleys freie Hand über die zusammengeknüllte Decke. »Sie hat Zauberkräfte. Sie kann dich zum Lächeln bringen und dafür sorgen, dass du dich besser fühlst, wenn du traurig bist. Sie kann sogar dabei helfen, all deine Träume wahr werden zu lassen. Aber du musst richtig gut auf sie aufpassen. Meinst du, das kannst du?«

Hadley sah sie mit großen Augen an und nickte.

»Gut, dann ist sie dein Geburtstagsgeschenk von Tante Jules.«

»Danke!« Hadley rannte zu Daphne. »Sie gehört mir. Das ist eine Zauberdecke!«

Daphne bestaunte die Decke. »Ich glaube, Tante Jules wird eines Tages eine wunderbare Mommy werden.« Sie schaute Jules an. »Danke.«

Jock kam mit einer Tüte zur Tür herein und Hadley rief:

»Dock!« Sie rannte zu ihm und zeigte ihm ihre neue Decke.

»Woher hast du denn diese tolle Decke?«, fragte er und zwinkerte Daphne zu.

»Tante Jules. Hast du mein Haus?«

»Natürlich.« Er gab ihr den Flyer und schaute wieder zu Daphne. »Sie ist so schlau. Sie vergisst nichts.«

»Owly?«, fragte Hadley.

Er holte das Stofftier hervor. Hadley drückte die Eule an ihre Wange und Jock sagte: »Wie geht's, Tara?«

»Großartig! Ich bin froh, dass ich euch noch sehe, bevor ihr abfahrt«, sagte Tara.

»Du musst dir unbedingt die Fotos ansehen, die Tara gestern Abend gemacht hat«, sagte Daphne.

Als Tara ihm die Bilder zeigte, betrachtete er das von ihnen und von Archer sehr lang. »Behalte sie ruhig«, sagte Tara. »Das sind nur Probeabzüge. Wenn ihr wiederkommt, gebe ich dir bessere Fotos.«

»Danke«, sagte er. »Das ist wirklich nett.«

»Was ist in der Tüte?«, fragte Daphne.

»Ich war kurz im Café und habe Sandwiches zum Mittagessen geholt. Ich dachte, wir gehen mit Hadley in den Park gleich um die Ecke und essen dort.«

»Du warst bei Trista's und hast mir nichts mitgebracht?«, scherzte Jules.

Jock machte die große Tüte auf und holte eine kleinere daraus hervor. »Glaubst du wirklich, ich würde zu deinem Lieblingscafé gehen und dir nichts mitbringen? Du kannst es dir mit Tara teilen.«

»Ich wusste doch, dass ich dich liebhabe.« Jules umarmte ihn. »Danke!«

»Gehört alles dir, Jules«, sagte Tara. »Ich muss los zum Fortune's Landing. Da mache ich ein Fotoshooting mit einem Paar von Cape Cod, das gerade seine Verlobung feiert.«

»Tara, kann ich deine Nummer haben?«, fragte Daphne. »Und deine auch, Jules? Ich stelle eine Liste mit Kontakten für Shelleys potenzielle Event-Kunden zusammen. Es wäre großartig, wenn da auch eine Fotografin aufgeführt wird, die hier tätig ist, und wir können Jules' Geschäft als perfekten Laden für einzigartige Brautjungferngeschenke vorstellen.«

»Jaa! Ich füge dich sofort zu unserem Gruppenchat hinzu!«, rief Jules und dann tauschten die Frauen ihre Nummern aus.

Jock lachte. »Und schon geht's los …«

Nach vielen Umarmungen zum Abschied und Versprechungen bezüglich des anstehenden Mädelstages, an dem zu Jocks Freude auch Daphne und Hadley eingeladen waren, verließen sie Jules' Laden und gingen zum Mittagessen in den Park. Hadley rannte zu der Schaukel, und als Jock sie anstieß, rief Hadley: »Höher!« Er fragte sich besorgt, ob er sie wirklich noch stärker anschubsen sollte, und auch wenn Daphne sagte, dass Hadley damit keine Probleme hätte, entkam er doch diesem neuartigen Gefühl der Sorge nicht, das ihm die Brust zuschnürte. Dabei wollte er ihm auch gar nicht entkommen. Er liebte dieses kleine Mädchen, als wäre es seine eigene Tochter.

Als sie sich schließlich im Schatten einer riesigen Eiche zum Essen niederließen, bereitete Hadley ihrer Eule mit der neuen Decke ein Bett, legte das Foto ihres Hauses daneben und setzte sich auf Jocks Schoß, um dort ihr Erdnussbutter-Marmeladen-Sandwich zu essen.

»Du hast eine neue beste Freundin«, scherzte Daphne und deutete auf Hadley.

Jock gab der Kleinen einen Kuss auf den Kopf. »Das ist schön. Es sei denn, es stört dich?«

»Gar nicht. Ich habe mir für sie immer nur gewünscht, dass sie geliebt wird.« Sie biss in ihr Sandwich. »Das ist köstlich. In dem Hühnchensalat sind auch Cranberrys und Nüsse. Lecker! Wir müssen bei dem Café noch einmal vorbeigehen und eine Speisekarte für Shelley mitnehmen.«

Jock zog eine Speisekarte aus seiner Gesäßtasche.

»Du bist der Beste!« Daphne lehnte sich vor und küsste ihn. Dann gab sie Hadley einen Kuss auf den Kopf. »Ich liebe es hier. Die Insel ist überhaupt nicht weit weg von zu Hause, und doch kommt es mir vor, als wären wir Welten entfernt. Schwer zu glauben, dass so ein toller Tag mit einem Kampf angefangen hat. Wie geht es deinem Kiefer und den Rippen?«

Er hatte schon vergessen, dass er einiges eingesteckt hatte. Irgendetwas passierte mit ihm, wenn er mit Daphne und Hadley zusammen war – nichts anderes war präsent oder wichtig. »Denen geht's gut.«

Daphne wollte gerade von ihrem Sandwich abbeißen, als sie innehielt und die Hand sinken ließ. »Warum siehst du mich so an?«

»Wie sehe ich dich denn an?«, fragte er, obwohl er die Antwort kannte. Seine Gefühle konnte er nicht verbergen.

Ihre Wangen erröteten, und dieses süße, sexy Lächeln, das er so liebte, trat in ihr Gesicht. Sie senkte den Blick. »Egal.«

»Als wärst du die schönste Frau, die ich je gesehen habe?«, fragte er und sie schaute zu ihm auf. »Die unglaublichste Freundin, die ich je hatte? Die perfekte Mutter?«

»Jock …«, flüsterte sie.

»Als würde ich für den Rest meines Lebens jeden Tag neben dir aufwachen wollen?«

Zittrig atmete sie tief ein.

Er küsste Hadley auf den Kopf. »Als würde ich für Hadley da sein wollen, wenn sie in die Schule kommt? Wenn sie ihren ersten Freund hat? Wenn sie das College abschließt?«

Tränen traten in Daphnes Augen.

»Denn genau das fühle ich, wenn ich dich ansehe. Ich muss dir ein Geständnis machen. Dass ich Du-weißt-schon-wen im Juwelierladen vergessen hatte, war kein Versehen. Ich wünschte, ich wäre da gewesen, als Hadley geboren wurde, damit du das hier die ganze Zeit gehabt hättest.« Er griff in die Lunch-Tüte und holte einen kleinen Samtbeutel von dem Juwelier heraus. Aus dem Beutel zauberte er das goldene Armband hervor, das er gekauft hatte, und als er es ihr umlegte, sagte er: »Der Anhänger mit dem kleinen Mädchen steht für Hadley.«

»Für mich?« Hadley beugte sich vor, um sich den Anhänger genauer anzusehen.

»Genau, Prinzessin. Der kleine Mädchen-Anhänger, das bist du.«

»Hübs«, sagte sie und biss von ihrem Sandwich ab.

Sein Blick versank in Daphnes. Er berührte den Buch-Anhänger. »Und der hier ist für meine Muse, meinen Engel. Wenn du nicht wärst, könnte ich nicht schreiben. Und dieses Muffin-Ding ... na ja, damit fing alles an, oder? Du weißt ja, wie sehr ich deine Dinger liebe.«

Sie hob das Handgelenk, um sich die Anhänger anzuschauen, und eine Träne lief ihr über die Wange.

Er zog sie mit einem Arm an sich und legte den anderen Arm um Hadley. »Ich liebe dich und dies ist erst der Anfang.«

»Ich liebe dich auch so sehr. Das Armband ist wunderschön.

Danke.«

»Mommy weint?« Hadley legte ihre Hand auf Daphnes Arm.

»Das sind Freudentränen, mein Schatz«, sagte sie und wischte sich über die Augen.

»Für dich habe ich auch etwas, Prinzessin.« Jock holte Hadleys Armband mit dem winzigen Kronen-Anhänger aus der Tüte und Daphne musste noch mehr weinen. Er nahm Hadley das Sandwich ab und legte ihr das Kettchen ums Handgelenk. »Das ist deine, denn jede Prinzessin braucht eine Krone.«

»Guck, Mommy, eine Kone!« Sie hob ihre kleine Hand Daphne entgegen.

»Sie ist wunderschön, mein Schatz.« Daphne schniefte und wischte sich erneut über die Augen. »Was sagst du zu Jock?«

Hadley schlang die Arme um Jocks Hals. »Hab dich lieb, Dock!«

Jock umarmte sie ganz fest. »Das ist noch viel besser als ein Danke.«

Sechsundzwanzig

Daphne hatte ihr Armband immer wieder angeschaut, seit Jock es ihr gegeben hatte. Er war so kurz davor gewesen, ihr einen Antrag zu machen. Der Drang hatte in ihm gepocht wie ein zweites Herz, doch er befürchtete, dass es für Daphne zu früh sein könnte, also hatte er sich zurückgehalten. Sie saßen auf den gegenüberliegenden Enden des Sofas im Wohnzimmer und füßelten miteinander. Jocks Eltern waren mit seiner Großmutter draußen, und Jock sollte eigentlich schreiben, während Hadley ihren Mittagsschlaf machte, doch stattdessen beobachtete er, wie Daphne auf dem Laptop seiner Mutter vor sich hin tippte und Listen anfertigte, von denen sie schon den ganzen Tag gesprochen hatte.

Sie fuhr mit den Zehen über sein Fußgewölbe und schaute zu ihm herüber. »Ich höre nichts von dem Zauber, der dort drüben geschehen sollte.«

»Ich zeige dir, wie ich zaubern kann.« Er stellte den Laptop auf den Boden und rutschte nach vorne, wobei er ihre Beine anhob, sodass sie sie um seine Taille legen konnte, als er näher kam. Nun stellte auch sie den Laptop auf den Boden. Er legte die Arme um sie und zog sie zu einem Kuss an sich. »Mhm. Also, das verstehe ich unter zaubern.«

»Findest du? Ich bin mir da noch nicht so sicher.« Ihre Finger strichen sanft an seinem Nacken entlang. »Vielleicht sollten wir das noch mal versuchen.«

»Himmel, ich liebe dich!« Gierig senkte sich sein Mund auf ihren – trotz des Schmerzes, der ihm durch den Kiefer zuckte. Oh ja, das mit ihnen war zauberhaft.

Über das Babyfon war ein Wimmern von Hadley zu hören und ihre Lippen lösten sich voneinander. »Tut mir leid«, flüsterte Daphne.

»Muss es nicht.« Er küsste sie rasch noch einmal. »Ich hole sie.«

»Lass uns zusammen gehen. Ich wette, sie freut sich schon wieder auf die Fahrt mit der Fähre.«

Auf der Treppe fasste Jock ihr an den Hintern und oben angekommen holte er sich noch einen Kuss ab. Sie hielten sich an den Händen, als sie Hadleys Zimmer betraten. Hadley wirkte blass, doch ihre Wangen waren rosa. *Zu* rosa. Jocks Nackenhaare sträubten sich.

»Mama«, sagte Hadley schwach. »Mein Dock.«

»Wir sind da, mein Schatz.« Daphne nahm sie hoch und Hadley jammerte. Nachdem sie ihre Wange berührt hatte, legte Daphne die Hand auf Hadleys Stirn. »Sie ist heiß. Weißt du, ob deine Mutter ein Thermometer und ein fiebersenkendes Mittel für Kinder hat? Ich hab nichts dabei.«

»Keine Ahnung«, sagte er. »Ich schau mal nach. Wenn nicht, fahre ich schnell zur Apotheke.«

Als er gehen wollte, rief Hadley: »Dock!« Tränen liefen ihr über die Wangen, und eine kleine Hand hatte sie nach ihm ausgestreckt, während die andere Owly fest umklammerte. »Will mein Dock!«

»Würde es dir etwas ausmachen, bei ihr zu bleiben? Dann

frag ich deine Mom«, sagte Daphne.

»Natürlich nicht. Ich hab dich, Prinzessin.« Er nahm Hadley auf den Arm und sie fiel schlapp an seine Brust. Ihre Haut war nicht nur heiß. Sie glühte. Panik kam in ihm auf. »Daphne, sie ist zu heiß.« Er nahm das Handy aus seiner Tasche.

»Wen rufst du an?«

»Den Arzt.«

»Jock, so schlimm ist es nicht. Sie hat nur Fieber. Deine Mom ist draußen. Ich schau schnell, ob sie hat, was wir brauchen. Wenn nicht, kann ich deine Mom bitten, mit mir etwas zu holen. Ich sollte auch noch eine Elektrolytlösung kaufen, etwas Sirup und ein paar andere Dinge. Wahrscheinlich sollten wir nicht mit ihr auf die Fähre. Glaubst du, es wäre für deine Eltern in Ordnung, wenn wir noch eine Nacht bleiben?«

»Natürlich.« Er ging auf und ab und streichelte Hadley über den Rücken. »Ich möchte, dass der Arzt sie sich ansieht.«

»Lass mich einfach mal ihre Temperatur messen. Kleine Kinder bekommen schon mal hohes Fieber.«

»Daphne, bitte!«

Sie zog die Augenbrauen zusammen und dann leuchtete Verständnis in ihren Augen auf. »Oh, Jock! Das macht dir Angst, oder?«

Mehr, als dir bewusst ist. »Dir war wahrscheinlich nicht klar, dass es zwei Mädels gibt, die mich in die Knie zwingen können, oder?«

»Oh, doch!« Sie ging auf Zehenspitzen und gab ihm einen Kuss. »Danke, dass du sie so liebst. Sie kommt schon wieder in Ordnung, versprochen. Sie hat sich bestimmt nur bei meiner Mom angesteckt. Meine Mom hat mir vorhin geschrieben, dass es ihr schon besser geht. Aber du kannst den Arzt anrufen, wenn es dich beruhigt. Ich schau mal nach dem Thermometer und der Medizin. Und dann rufe ich Rick an und sage ihm, dass ich morgen nicht da bin.«

Er gab Hadley einen Kuss auf die Wange. »Ich rufe den Arzt an, aber was kann ich sonst noch für sie tun?«

»Du kannst versuchen, ob du sie mit einem kalten Waschlappen kühlen kannst. Wahrscheinlich lässt sie dich nicht, aber wenn doch, dann würde es helfen, bis wir ihr die Medizin verabreichen können.«

»Ich versuch's.«

Als Daphne nach unten ging, rief Jock den Arzt an. Dr. Fletcher war auf dem Weg zurück von Cape Code und hatte gerade die Fähre bestiegen. Er bestätigte, dass Daphne recht hatte: Versuch es mit dem kalten Waschlappen, sorg dafür, dass sie viel Flüssigkeit zu sich nimmt, gib ihr ein fiebersenkendes Mittel, und er würde so schnell wie möglich kommen. Jock füllte gerade Hadleys Trinklerntasse mit Wasser auf, als Daphne und seine Mutter ins Zimmer kamen. Seine Mutter redete liebevoll auf Hadley ein und versicherte Jock, dass die Kleine schon bald wieder gesund werden würde.

»Dein Vater ist in die Kellerei gegangen und Lenore ist bei einer Freundin. Ich werde mit Daphne ein paar Sachen einkaufen, aber wir sind nicht lange weg.« Seine Mutter strich Hadley über den Rücken und sah ihren Sohn an: »Alles in Ordnung, Schatz?«

»Ja«, log er, doch er wollte die beiden nicht mit seinen Sorgen belasten.

»Soll ich bei ihr bleiben?«, fragte Daphne.

Hadley klammerte sich an ihn. »Nein, wir kommen zurecht. Ich kümmere mich um sie.«

»In Ordnung, wir beeilen uns.«

Nachdem sie gegangen waren, setzte Jock sich auf die Bettkante, doch Hadley jammerte und so stand er auf und ging weiter auf und ab. »Sollen wir es mal mit dem Waschlappen versuchen?« Er trug sie ins Badezimmer und hielt die Hand unter das Wasser, bis es warm war. Dann überlegte er besorgt, dass es vielleicht kühler sein sollte. Aber wie kühl war zu kalt? Er nahm sein Handy heraus. »Siri, welche Temperatur sollte ein kalter Waschlappen haben, um fiebersenkend zu wirken?«

Siri sagte: »Das habe ich gefunden.« Eine Liste mit Websites poppte auf seinem Display auf. Er ging auf die erste und überflog die Informationen, doch die Erwähnung von Fieberkrämpfen schnürte ihm die Kehle zu. Er klickte die nächste Website an und fand wieder eine Warnung vor Krampfanfällen. Dann folgte er dem Link für die Krampfanfälle. *Hohes Fieber kann bei kleinen Kindern auch ohne vorherige neurologische Symptome Konvulsionen auslösen? Verdammte Scheiße.* Er steckte sein Handy zurück in die Hosentasche, ging wieder auf und ab und verfluchte Siri innerlich dafür, dass sie überhaupt keine Hilfe war.

»Wir müssen das machen, Prinzessin. Wir wollen doch nicht, dass du einen Krampfanfall bekommst.« Er drückte den Waschlappen aus, hoffte, dass er die richtige Temperatur hatte und kam sich wie ein Bösewicht vor, als er sagte: »Tut mir leid, dass ich das jetzt mache, aber ich muss versuchen, dein Fieber runterzubekommen.«

Er strich mit dem Waschlappen über ihren Arm. Sie weinte und zog die Knie hoch an ihre Brust und gegen seinen Körper, als wollte sie sich in ihm verkriechen.

»Sorry, sorry!« *Mist!* »Wir müssen deine Temperatur runterkriegen, Kleines.«

Sie schüttelte jammernd den Kopf.

»Trinkst du einen Schluck für mich? Bitte?« Er legte den

Waschlappen auf das Waschbecken und gab ihr den Becher.

Sie vergrub ihr Gesicht an seinem Hals und weinte. »Nein!«

»Guck mal, Had. Ich trinke auch etwas.« Er tat so, als würde er einen Schluck nehmen, doch sie schüttelte erneut den Kopf, während ihre Unterlippe zitterte. »In Ordnung«, sagte er rasch und stellte den Becher ab. Er wanderte hin und her, schaukelte sie dabei ein wenig und war durch ihre glühende Haut zusehends beunruhigt. Wenige Minuten später sagte er: »Können wir es mit dem Waschlappen noch einmal versuchen?«

»Mh-mh!« Ein eindeutiges Nein.

Wieder versuchte er, sie zu einem Schluck Wasser zu überreden, sich hinzulegen, zuzulassen, dass er sie mit dem Waschlappen abkühlte, doch sie wollte nichts anderes, als auf seinem Arm zu bleiben, während er auf und ab ging.

»›Eyes on You‹«, sagte sie mit hauchdünner Stimme.

Ihre schwache Stimme versetzte ihm einen Stich. Zum Glück hatte er ihre Version des Liedes oft genug mit Daphne gesungen und kannte sie auswendig. Er fing an zu singen und tigerte weiter auf und ab, wobei er ihr sanft über den Rücken strich. »Wir waren in North Carolina, haben den weiten blauen Himmel gesehen. Sind die Küste entlanggefahren, nach Brewster, Eastham und Wellfl…«

»Was ist das denn für ein bescheuertes Lied, verdammt?«

Archers Stimme ließ Jock innehalten. Sein Bruder stand in der Tür, Augenbrauen skeptisch zusammengezogen. Durch seinen Bart schimmerte ein blauer Fleck.

»Das ist ihr Lied, sie ist krank«, erwiderte Jock mit scharfem Tonfall. »Wusstest du, dass Kinder durch hohes Fieber Krampfanfälle bekommen können? Sie darf auf keinen Fall einen Krampf bekommen. Doc Fletcher ist auf dem Weg zurück vom Cape und Daphne holt Medikamente. Ich soll

Hadley damit abkühlen.« Er wedelte mit dem Waschlappen. »Aber sie lässt mich nicht. Sie will auch nicht trinken.«

Archer sah ihn an, als hätte er den Verstand verloren. »Meine Güte! Gib her.« Er riss Jock den Waschlappen aus der Hand und verschwand damit im Badezimmer. Als er zurückkkam, sagte er: »Leg dich auf dem Rücken auf das verdammte Bett.«

»Warum?«

Archer sah ihn missmutig an. »Für die Kleine! Nimm sie neben dich.«

»Sie will sich nicht hinlegen.« Jock streifte die Schuhe ab, ließ sich auf den Rücken sinken und setzte Hadley neben sich aufs Bett. Hadley quengelte und kauerte sich an ihn. Er umarmte sie und sagte: »Siehst du?«

Archer fluchte, schnürte seine Arbeitsstiefel auf und kam zu ihnen ins Bett, sodass sie Hadley in der Mitte hatten. Einen nassen Waschlappen platzierte er auf Jocks Stirn, einen zweiten auf seine eigene.

»Ich auch«, sagte Hadley und kuschelte sich zwischen die beiden.

»Echt jetzt?«, sagte Jock. Da lagen sie alle drei auf dem Rücken und starrten mit den Waschlappen auf der Stirn an die Decke. »Woher wusstest du, wie man das macht?«

»Keine Ahnung. Wahrscheinlich bei Levi gesehen oder so. Wenn du Kinder hast, kannst du dich nicht wie ein Weichei aufführen. Du musst wissen, wie du diesen Scheiß hinkriegst.«

»Red nicht so, wenn sie dabei ist.«

»Was darf ich denn sagen, verdammt?«, fragte Archer.

»Keine Ahnung. Nichts … *Kaka.*«

»*Kaka* sage ich auf keinen Fall.«

»*Scheiße* sagst du aber auch nicht.« Jock stöhnte auf. »Tut mir leid, Hadley.«

»Was ist mit dir los?«

»Ich liebe die Kleine, Mann. Wenn es ihr schlecht geht, geht es mir schlecht. Ist das so schwer zu verstehen?«

»Du bist der Erwachsene. Du musst mit diesem Sch… dieser Kaka zurechtkommen. Sie zählt auf dich.«

»Sch… Kaka-Schlaumeier«, fuhr Jock ihn an und zog Hadley näher an sich. »Es macht mir nun mal Angst, okay?«

»Warum?«

»Darum.«

»Warum? Sie ist ein Kind. Sie hat Fieber. Sie wird wieder gesund.«

»Weil dabei Erinnerungen hochkommen, Mann!«, schnauzte Jock ihn an.

»Was für Erinnerungen?«

»An Liam, du Idiot. Ich weiß, dass sie nicht er ist, aber ich …« Der Kloß in seinem Hals wurde größer. Egal, verdammt. Er musste es herauslassen. »Ich hatte ihn am Ende auf dem Arm und die Erinnerungen daran sind ziemlich heftig.«

Archer sah Jock an. »Oh, Mann, das tut mir leid. War er …?«

Er kämpfte gegen die Trauer an, die seine Brust umklammerte, und erwiderte Archers Blick. »Ich hatte ihn auf dem Arm, als er … ging.«

»Ah, fuck!« Archer klang ebenso schmerzerfüllt, wie Jock sich fühlte. Sein Blick huschte zu Hadley. »Scheiße … Ach, Mist!«

Jock biss die Zähne zusammen, doch Hadley lag entspannt an ihm. »Sie schläft. Sei einfach leiser«, flüsterte er. »Ich *kann* nicht zulassen, dass ihr etwas passiert. Das würde ich nicht überleben. Daph würde es nicht überleben.«

»Sie wird nicht sterben, Alter. Sie ist nicht Liam. Sie hat

einfach nur Fieber. Sie kommt wieder in Ordnung. Aber es tut mir *wirklich* leid, Jock. Ich hatte keine Ahnung, dass du Liam auf dem Arm gehalten hast, als er starb.«

»Ja, ich weiß.«

Archer schluckte. »Ich hätte diesen Mist da im Krankenhaus nie zu dir sagen dürfen. Tut mir leid.«

»Das ist Vergangenheit. Mach das einfach nie wieder, sonst trete ich dir in den Arsch.«

»Hintern«, sagte Archer und beide mussten schmunzeln.

Jock gab Hadley einen Kuss auf den Kopf. »Danke für das hier. Sie ist ein ganz besonderes kleines Mädchen. Ich bin mir ziemlich sicher, dass da irgendein Zauber in ihr schlummert.« Er schaute zu Archer. »Oder eine zukünftige Therapeutin.«

»Seid ihr beiden auch krank?« Daphne schreckte die beiden Männer auf, als sie mit ihrer Mutter das Zimmer betrat.

»Nein. Had hat mich nicht mit dem Waschlappen an sie herangelassen, aber Archer hat sie dazu gebracht«, erklärte Jock.

»Ach, guck dir das an, Daphne«, sagte ihre Mutter. »Deine Kleine liegt da mit meinen beiden Babys und meine Jungs bringen sich nicht gegenseitig um.«

»Ich bin weg.« Archer schwang die Beine aus dem Bett.

Jock hielt ihn am Handgelenk fest, bis sein Bruder ihn ansah, und sagte: »Danke, Archer. Das meine ich ernst.«

Archer nickte kurz. Dann sah er zu Hadley und betrachtete sie einen Augenblick lang, bevor er aufstand und zur Tür ging. Als er an Daphne vorbeikam, hielt er inne. »Er ist richtig gut mit ihr. Er hat ihr vorgesungen, als ich hereinkam.«

»Wirklich?«, fragte sie versonnen.

»Ja, aber wenn das mit dem Schreiben nichts wird, sollte das Singen nicht als Alternative in Betracht gezogen werden.« Mit einem Lächeln fuhr er fort: »Tut mir leid, dass ich so ein

Arschloch war.« Er blickte noch einmal zu Hadley. »Ich meine Kakaloch.«

»Schon gut«, sagte sie sanft. »Danke, dass du mit Hadley geholfen hast.«

Noch einmal nickte er, schaute sie ernst an und ging dann Richtung Tür.

»Oh, nein, so schnell kommst du hier nicht weg«, sagte ihre Mutter, als sie ihn an der Hand packte, in eine Umarmung zog und fest drückte. »Ich hab dich lieb und bin so stolz auf dich, du miesepetriger Kakakerl.«

Als Archer sich aus ihrer Umarmung löste, nahm sie seine Hand und wollte ihn noch immer nicht entkommen lassen. Ihr liebevoller Blick glitt von einem zum anderen. »Es braucht ein Dorf, um ein Kind großzuziehen, doch es braucht ein noch stärkeres, um Frieden zu schaffen. Ich bin so froh, dass wir alle demselben Dorf angehören.«

»Ja, ja«, sagte Archer. »Mein Job hier ist erledigt. Aber denkt bloß nicht, dass ich zum Babysitten einspringe.« Damit ging er.

Shelley fragte: »Alles in Ordnung hier?«

»Es wird«, sagte Jock und war von ganzem Herzen davon überzeugt, dass es wahr war.

Siebenundzwanzig

Daphne putzte sich die Zähne zu Ende und betrachtete sich dann im Spiegel. Ihre Haare waren von der Dusche noch feucht, ihre Wangen hatten etwas Farbe von der Nachmittagssonne bekommen und in ihren Augen lag das unverwechselbare Leuchten einer verliebten Frau. Sie hatte diesen Ausdruck in den Gesichtern all ihrer Freundinnen gesehen, bei ihrer Mutter und auch bei Shelley. Einen ähnlichen Blick hatte sie bei sich selbst nach der Geburt von Hadley gesehen, und sie erinnerte sich noch gut an den Schock, als sie dieses tiefe Gefühl zum allerersten Mal im Spiegel entdeckt hatte. Sie hatte das Baby in sich getragen, mit jedem Strampeln war die Liebe zu ihrer Tochter gewachsen, mit jedem Gedanken an das, was kommen würde, und doch war sie überwältigt gewesen, als sie Hadleys ersten Schrei vernommen hatte. Sie schaute auf ihr Armband hinab und genoss das Kribbeln, das die Liebe in ihr auslöste. Wie war es möglich, dass ihr ein solches Glück vergönnt war, einen Mann zu finden, der Hadley so liebte, als wäre sie sein eigenes Kind? Einen Mann, der mit allem, was ihm zur Verfügung stand, darum kämpfte, zu ihrem Leben zu gehören? Einen aufrichtigen Mann, der die Familie wertschätzte und der so selbstlos war, dass er das Glück seines Zwillingsbruders über sein eigenes stellte?

Sie presste ihr Handgelenk mit dem Armband an ihre Brust und schickte ein lautloses Danke ans Universum, bevor sie die Badezimmertür zu Hadleys Schlafzimmer wieder öffnete. Erneut tat ihr Herz einen Sprung. Jock saß ans Kopfteil des Bettes gelehnt und Hadley lag auf seiner Brust. Seine Augen waren geschlossen und eine Hand hatte er auf ihren Rücken gelegt. Neben ihm stand der aufgeklappte Laptop. Vorhin hatte er den Arzt belagert, jede Menge Fragen zu Dehydrierung und Krampfanfällen gestellt und war ebenso nervös gewesen wie Daphne damals, als Hadley die ersten Male krank gewesen war. Sie hatten das Fieber unter Kontrolle bekommen, und der Arzt hatte Jock versichert, dass die Kleine wahrscheinlich nur eine 24-Stunden-Grippe hatte. Jock war den ganzen Tag bei Hadley geblieben und hatte dafür gesorgt, dass sie viel Flüssigkeit zu sich nahm und ihre Medizin zu den richtigen Zeiten einnahm. Als sie sich geweigert hatte, die Medizin zu nehmen, hatte er den besten Elterntrick aller Zeiten angewandt. Er hatte eine Seite eines Trinkpäckchens aufgeschnitten, die Medizin hineingegeben und Hadley dazu gebracht, mit dem Strohhalm zu trinken. Gab es irgendetwas, das er nicht hinbekam?

Ihr Blick fiel auf die Eltern- und Kinderzeitschriften auf dem Nachttisch neben Hadleys Flyer von ihrem Wunschhaus. Archer hatte die Zeitschriften vor ein paar Stunden nach oben gebracht und gesagt, er wolle nur kurz nach Hadley sehen, doch Daphne hatte den Eindruck gehabt, dass er eigentlich nach Jock hatte sehen wollen.

Jock öffnete die Augen, als sie das Zimmer betrat. »Hallo, mein Engel.«

»Du wirst meine Kleine vollkommen verwöhnen. Sie wird nie wieder alleine einschlafen«, scherzte sie. Sie setzte sich auf die Bettkante und stellte beruhigt fest, dass Hadleys Rücken sich noch immer kühl anfühlte.

»Sie hat unruhig geschlafen. Ich wollte sie nur beruhigen.« Er gab Hadley einen Kuss auf den Kopf.

Daphne musste lächeln. Ihre kleine Tochter hatte einen Vater gehabt, der sie nicht gewollt hatte, und nun wurde sie von einem Mann geliebt, der gar nicht anders konnte, als sie zu lieben.

Er klopfte auf den Platz neben sich. »Komm, setz dich zu uns.«

»Wir sollten sie ins Bett legen und schlafen lassen.«

»Das machen wir gleich, versprochen. Aber ich brauche noch etwas Zeit.«

»Ihr seid beide verwöhnt.« Sie beugte sich zu einem Kuss zu ihm hinunter. Dann räumte sie seinen Laptop beiseite und machte es sich neben den beiden gemütlich. Er hatte den ganzen Tag über immer mal wieder geschrieben, wenn Hadley geschlafen hatte. »Wirst du Sutton lesen lassen, was du geschrieben hast? Sie hat mich gebeten, dich davon zu überzeugen, sie dein Manuskript lesen zu lassen.«

»Irgendwann. Es ist noch nicht fertig, und ich möchte, dass du es als Erste liest.«

»Wirklich?«

»Du bist der Grund dafür, dass ich wieder schreibe. Deine Liebe zu Hadley hat mich zu der Geschichte inspiriert.«

»Ach ja?« Sie dachte an den Augenblick, als er das erste Mal in Hadleys Schlafzimmer gekommen war und sie Hadley gerade zu Bett gebracht hatte. In dieser Nacht hatte er bis in die Morgenstunden geschrieben. Bei dem Gedanken an ihre anschließende private Feier wurde ihr ganz heiß.

»Möchtest du es lesen?«, fragte er.

»Natürlich. Jetzt?«

»Warum nicht?«

Sie griff nach seinem Laptop. »Ist es unheimlich und beängstigend?«

»Nicht horrormäßig beängstigend. Ich würde dich vorwarnen, wenn ich es für notwendig halten würde. Es ist intensiv, aber nichts, womit du nicht zurechtkommst.«

Sie wurde auf eine positive Weise nervös. »Bist du sicher? Ich habe das Gefühl, als würde ich in deine Privatsphäre eindringen.«

»Das tust du auch, aber ich möchte es so.«

Sie schaute auf den Bildschirm und las den Titel: *Eyes on You*, von Jock Steele. »Du benutzt unser Gute-Nacht-Lied? Und Jock statt Jack?«

»Ich würde gern euer Lied benutzen, wenn es dir recht ist. Aber ich kann den Titel auch in *Was er sieht* abändern, wenn es dir lieber wäre.«

»Nein, das ist vollkommen in Ordnung, sofern die Heldin nicht umgebracht wird.«

»Das wird sie nicht, und ja, ich will den Namen Jock benutzen.«

»Wird dein Verlag nicht wollen, dass du denselben Namen nimmst wie früher?«

Seine Mundwinkel zuckten. »Dein Gehirn macht auch keine Pause, oder? Normalerweise ja, aber ich habe dem Lektor, der mein letztes Buch eingekauft hat, eine Zusammenfassung von diesem geschickt, und er meinte, dass es gar nicht verkehrt wäre, für ein anderes Genre einen leicht abgeänderten Namen zu nehmen, um die Leser nicht zu verwirren. Aber wer weiß, ob es überhaupt veröffentlicht wird. Und jetzt hör auf, es weiter aufzuschieben und fang an zu lesen.«

»Was sind wir heute so ungeduldig?«

»Nur aufgeregt.«

Es freute sie, dass er auch aufgeregt war, und so stürzte sie sich in die Geschichte. Schon nach den ersten Sätzen war sie in die Welt vertieft, die er geschaffen hatte, die Geschichte einer alleinerziehenden Mutter, die von einem geistesgestörten Killer verfolgt wurde. Ihr Herz schlug schneller, als sich mehrere Beinahe-Entführungen wie ein Film vor ihrem geistigen Auge abspielten. Ihr Puls raste dann aus ganz anderem Grund, als sie sich in den Kriminalbeamten verknallte, der Jahre zuvor seine Familie verloren hatte und sich nun in das Opfer des Killers verliebte. Jocks Schreibstil war flüssig und faszinierend, und es wurden nur gerade so viel romantische Töne eingeflochten, dass sie die Intensität des zentralen Plots nicht überlagerten. Daphne hielt die Luft an, als der Killer so nah kam, dass sie seinen Herzschlag aus den Seiten herausspringen hörte. Sie weinte, als die überwältigte Heldin in Tränen ausbrach und auf den Boden ihrer Küche sank, während ihre kleine Tochter im Nebenzimmer Fernsehen schaute, und einige Kapitel später stockte ihr wieder der Atem, als der Kriminalbeamte die Heldin in den Arm nahm und sie hielt, während sie weinte.

Als sie schließlich vom Laptop aufsah, schlief Hadley tief und fest in ihrem Bett und Jock wickelte sich nach einer Dusche ein Handtuch um die Hüfte. Dass er aufgestanden war, hatte sie nicht einmal bemerkt. Sie erhob sich, wischte sich die Tränen fort und war so von der Geschichte eingenommen, dass sie das Kribbeln in ihrem Bauch bewusst ignorierte. »Was passiert jetzt? Ich muss es wissen.«

»Wir beide«, flüsterte er und griff nach dem Laptop.

Sie ließ ihn nicht los. »Was soll das heißen? Ich muss es lesen«, sagte sie leise. »Du kannst mich jetzt nicht so im

Unklaren lassen.«

Er stellte das Babyfon an. »Das ist keine Absicht. Mehr habe ich noch nicht geschrieben.«

»Was?«, flüsterte sie. »Wie kannst du nachts schlafen?«

Er nahm ihre Hand und führte sie durch das Badezimmer in sein Schlafzimmer, wo er die Tür hinter ihnen schloss.

»Wie kannst du es unfertig lassen und trotzdem noch funktionieren?«, fragte sie, als er den Laptop auf den Stuhl legte und das Babyfon einschaltete. »Ich würde rund um die Uhr schreiben.«

Er verschloss nun die Tür zum Flur und sah sie mit einem verführerischen Blick voller sündiger Versprechen an. Dann knipste er das Licht aus, sodass der Mondschein durch die Vorhänge schien und ihm den Weg hin zu ihr erleuchtete. Er strahlte ein Begehren aus, das sich wie ein Lasso um sie legte und sie zu ihm hinzog. Sein Blick fiel auf ihren Mund und verharrte dort so lang, dass ihr Verstand zerfiel. Er zog sie in seine Arme, drückte sie an seinen feuchten, heißen und köstlich festen Körper. Ihre Finger glitten an seinem Rücken hinauf, dann wieder hinab zum Rand des Handtuchs, während er mit den Hüften gegen ihre drängte. Die Lust, die in ihr kitzelte und brodelte, bahnte sich ihren Weg bis hin zum äußersten Rand ihres ganzen Wesens.

Mit den Händen umschloss er ihr Gesicht, als er ihr tief in die Augen schaute. »Warum ich nicht rund um die Uhr schreibe?«

Seine Stimme war so tief und rau, dass sie einen Moment brauchte, um den Sinn des Gesagten zu begreifen. Ihre Frage hatte sie bereits vergessen.

Er kam ihr mit seinen Lippen so nah, dass sein Atem zu ihrem wurde, als er sagte: »Weil ich Menschen in meinem

Leben habe, mit denen ich Zeit verbringen will, und manchmal ...« Er küsste sich an ihrem Hals entlang, und sie musste aufpassen, dass ihr nicht die Beine wegsackten. »Manchmal inspiriert mich meine sexy Muse auch auf andere Weise.«

Er biss sanft in ihren Hals, saugte einmal ausgiebig und jagte lustvolle Schauer durch ihren ganzen Körper. Ein Stöhnen entwich ihr, bevor sie es verhindern konnte, und dann war auch schon sein Mund auf ihrem, um ihre Laute zu schlucken. Seine Finger tauchten in ihre Haare ein, während er die Küsse fordernd und liebevoll zugleich vertiefte. Sie zerrte an seinem Handtuch und spürte, wie er an ihren Lippen lächelte, als es zu Boden fiel. Er zog ihr das Nachthemd über den Kopf und sie entledigte sich ihres Slips. Er gab einen brummenden Laut von sich und zog sie an sich, mit einer Hand auf ihrem Hintern und der anderen an ihrem Kinn, während er sie voller Begehren küsste. Sie liebte es, wenn er die Kontrolle übernahm. Sie fühlte sich sexy, feminin und manchmal fühlte sie sich auch verwegen. Sie klammerte sich an dieses Selbstvertrauen, wollte ebenso nehmen wie geben, und so schob sie eine Hand zwischen sie beide und umfasste seine Härte.

Er riss seinen Mund von ihr los. »Fuck!«, entwich ihm.

Der gierige Laut spornte sie an. Sie streichelte ihn weiter, während sie rückwärts zum Bett stolperte und sich auf die Kante setzte, um dann seine Härte in den Mund zu nehmen.

»Ah, Baby!«, stieß er aus, als sie ihn tief nahm.

Er vergrub die Hände in ihren Haaren, während sie ihn mit ihren Händen und ihrem Mund verwöhnte. Sie liebte es, ihm Lust zu bereiten, seine Selbstbeherrschung zu spüren, die erregten Laute zu hören, die er nicht zurückhalten konnte. *»So gut ... oh, ja ... genau so ...«* Mit jedem Wort wurde sie heißer, *bedürftiger*. Sie wollte alles, was er zu geben hatte, und legte die

Arme um ihn, umklammerte seinen Hintern, während er schnell und tief und dann wieder langsam in sie stieß, um ihren Mund zu lieben, so wie sie wusste, dass er auch bald ihren Körper lieben würde. Er spannte seine Oberschenkel an, und sie spürte, dass er sich zurückzog, doch sie hielt ihn bei sich, drängte ihn, weiterzumachen.

»Baby, ich komme gleich. Du fühlst dich einfach zu gut an.«

Sie nahm ihn tiefer, und er fluchte, hielt sich aber nicht zurück. Mit jedem Stoß wurde sie feuchter, heißer. Seine Finger krallten sich noch stärker in ihre Haare. Da sie wusste, dass er kurz davor war, die Kontrolle zu verlieren, wurde sie schneller und saugte noch fester. Als der Höhepunkt ihn erfasste, wurden seine Stöße zu kraftvollen Zuckungen. Immer wieder stieß er ihren Namen wie ein Gebet hervor, und sie blieb bei ihm, genoss jedes Schaudern, jedes Stöhnen, während die Ekstase in ihm tobte und er schließlich keuchend vor ihr auf die Knie ging.

Er legte seine Stirn an ihre und fuhr mit den Fingern durch ihre Haare. »Oh, mein Engel. Du machst mich fertig.«

Er küsste ihre Lippen, ihre Wange und dann fand sein Mund den ihren in einem zärtlichen Kuss wieder. So zärtlich …

»Ich bin dran«, flüsterte er und liebkoste sich dann mit einer Reihe von gehauchten Küssen an ihrem Körper hinab, saugte aufreizend und ließ seine Zunge spielen. »Ich liebe deine Kurven.« Er küsste ihren Bauch und wanderte weiter hinab, um sie zwischen den Beinen zu liebkosen. Als er die Hände flach auf die Innenseiten ihrer Schenkel legte, um ihre Beine zu spreizen, ließ sie sich auf den Rücken sinken und lieferte sich ihm aus. Gekonnt brachte er sie mit seinem Mund um den Verstand. Sie krallte sich in die Decke, hob ihm die Hüften entgegen und dann drang er mit den Fingern in sie ein, stellte mit seiner Zunge Unglaubliches an und ließ einen Orgasmus über sie hereinbrechen. Sie presste die Lippen aufeinander, um nicht aufzuschreien, als sie in unendlich viele Teile zerbarst.

Irgendwann nahm sie die Welt um sich herum wieder wahr und spürte, wie er sich an ihrem Körper entlang nach oben küsste und jede Berührung seiner Lippen ihr Begehren wieder entfachte.

»Bist du noch bei mir, mein Engel?«

»Immer.«

Er legte sich neben sie und glitt mit den Fingern über ihre Mitte, während er mit der Zunge ihren Nippel umspielte. Sie stöhnte und die Lust strahlte aus ihrem tiefsten Inneren heraus. Mit dem Mund auf ihrer Brust legte er die Hand um seine Härte und ließ sie mehrmals fest darübergleiten. Das war heiß! Sie konnte den Blick nicht von seiner Hand abwenden, die über seine Länge strich. Gierig zog sich ihre Mitte zusammen. Er hob das Gesicht, sah, wohin sie schaute, und sie spürte ihre glühenden Wangen.

Er drückte seine lächelnden Lippen auf ihre. »Es wird mir so viel Spaß machen, herauszufinden, was du magst.«

»Ja, bitte«, flüsterte sie.

»Himmel, du bist unglaublich.« Er küsste sie langsam und sinnlich, während er sich auf sie legte. Leicht strich er mit den Lippen über ihren Mund, schaute ihr in die Augen und sagte dann: »Ich werde nie genug von dir bekommen.«

Die unverhohlene Leidenschaft in seiner Stimme überwältigte sie. Als ihre Körper zueinanderfanden, schloss sie die Augen und genoss es, ihn zu spüren und auch diesen Teil von sich, von dem sie gar nicht geahnt hatte, dass er ihr gefehlt hatte.

Er hielt sie unter sich geborgen in den Armen, so nah, dass sie sich eins fühlten, und flüsterte ihr ins Ohr: »Eines Tages werden wir Hadley Brüder und Schwestern schenken, und ich werde dir zeigen, wie wunderschön du bist – in jeder Phase deines Mutterseins.«

Als er das erste Mal so überzeugt von Liebe gesprochen hatte, hatte es wie ein Märchen geklungen, doch er war ebenso real wie das Bett, auf dem sie lagen. Sie blinzelte die aufsteigenden Tränen fort und suchte nach Worten, die das ausdrücken konnten, was sie fühlte. Doch als sie sein wunderschönes Gesicht wieder deutlich vor sich sah, spiegelten die Emotionen in seinem Blick die tiefempfundene Liebe in ihrem Herzen viel besser wider, als Worte es je vermocht hätten.

Achtundzwanzig

Am Montagmorgen stand Jock in der Küche seiner Eltern und unterhielt sich mit seinem Vater, während Daphne sich fertig machte und seine Mutter mit Hadley Snacks für die Fahrt auf der Fähre einpackte. Hadleys Fieber war mitten in der Nacht verschwunden und bis zum Morgen hatte sie ihre übliche Energie wiedergefunden. Einen schöneren Anblick als seine kleine Prinzessin, die auf einem Stuhl an der Arbeitsplatte stand und munter mit seiner Mutter plauderte, konnte er sich im Moment nicht vorstellen.

Sein Vater nahm einen Schluck Kaffee und sagte dann: »Deine Mutter hat mich die halbe Nacht mit der Idee beschwatzt, dass wir in die Event-Branche einsteigen sollten.«

»Und was denkst du darüber?«

»Wann habe ich deiner Mutter jemals einen Wunsch abschlagen können?« Steve grinste. »Außerdem komme ich bei all dieser neuen freudigen Aufregung in den Genuss der Auswirkungen.«

»Dad, das will ich nicht hören.«

Sein Vater lachte, ging um die Arbeitsplatte herum und gab seiner Frau einen Klaps auf den Hintern. Mit einem großen Strahlen drehte sie sich um und küsste ihn. Sein Vater legte den

Arm um Hadley. »Du kleine Maus wirst mir fehlen.«

»Du auch, Gampa. Willst du Baubeere?« Hadley hielt eine Blaubeere in die Höhe, und als sein Vater den Mund öffnete, warf sie sie hinein.

Jocks Herz schlug gleich ein wenig schneller.

Die Küchentür ging auf und Archer kam herein. Die Anspannung, die ihn auf Schritt und Tritt begleitet hatte, war verschwunden. Er begrüßte Jock mit einer leichten Kopfbewegung. »Hallo, Jockstrap.«

»Wie geht's, Poloch?«

»Ich freue mich, dass hier wieder eine Normalität einkehrt, aber seid ihr beiden aufs Grundschulniveau zurückgefallen?«, scherzte sein Vater.

Archer stieß seinen Vater mit dem Ellbogen an und nickte in Richtung Hadley. »Keine Schimpfwörter.«

»Ach, stimmt«, sagte sein Vater.

Jock hätte schwören können, dass seine Eltern zehn Jahre jünger aussahen als noch bei seiner Ankunft.

»Bin froh, dass es dem Zwerg schon wieder besser geht«, sagte Archer und stibitzte sich eine Blaubeere.

»Mäa?« Hadley hielt ihm eine Handvoll Blaubeeren entgegen.

Archer hielt die Hand auf und Hadley kippte alle hinein. »Danke, Zwerg.«

Im Obergeschoss schrie Daphne laut auf und in Jock zog sich alles zusammen. Er stürmte aus der Küche heraus, nahm zwei Stufen auf einmal und rannte ins Schlafzimmer. Sie saß auf dem Boden, eine Hand auf die Brust gelegt, Tränen liefen ihr über die Wangen – und sie *lachte*.

Er ließ sich neben ihr auf die Knie fallen. »Was ist passiert?«

Sie hob eine lange Gummischlange auf. »Das hier ist passiert.«

Dann hörte er von unten Archers Lachen heraufdringen. »Den bringe ich um«, sagte er mit einem verhaltenen Lachen und stand auf.

»Nein, das wirst du nicht.« Daphne erhob sich ebenfalls. In einem ärmellosen weißen Top und den Jeans sah sie unverschämt sexy aus. Sie schlang die Arme um ihn und lächelte ihn süß an. »Das ist quasi ein Aufnahmeritual. Und es bedeutet, dass er mich nicht hasst.«

»Dich könnte niemals jemand hassen.« Er küsste sie sanft. »Komm, wir müssen los, wenn wir die Fähre nicht verpassen wollen. Meine Mom und Hadley haben Snacks für zwölf Tage eingepackt.«

»Ich liebe deine Mom. Sie weiß, dass Hadley die verpasste Mahlzeit gestern Abend aufholen wird, indem sie heute alles isst, was sie in die Finger bekommt.« Sie schaute die Schlange an. »Du weißt schon, dass wir uns jetzt für unseren nächsten Besuch einen noch besseren Prank einfallen lassen müssen, oder?«

»Worauf du dich verlassen kannst! Er muss das vorbereitet haben, als er gestern Abend diese Zeitschriften gebracht hat.« Er nahm ihre Taschen und gemeinsam gingen sie nach unten. »Hast du an Hadleys Flyer von dem Haus und an Owly gedacht?«

»Natürlich«, sagte Daphne, als sie die Küche betraten. »Die sind in der Außentasche ihres Spielzeugbeutels.«

Mit einem frechen Grinsen lehnte Archer an der Kücheninsel. »Was war das da oben für ein Aufruhr?«

»Ich sollte dich in Stücke reißen«, sagte Jock, als er die Taschen abstellte.

Daphne legte die Schlange auf die Arbeitsfläche. »Das zahle

ich dir heim, Kumpel. Wart nur ab.«

»Archer, das hast du jetzt nicht gemacht, oder?«, fragte Shelley ungläubig.

»Du solltest dich in Acht nehmen«, warnte Steve. »Daphne hat es sicher auch faustdick hinter den Ohren.«

»Darauf zähle ich. Das bringt ein bisschen Leben in die Bude hier.« Archer nahm einen Schluck Kaffee und sah zu, wie Jock einen Muffin für Daphne auf einen Teller legte und Hadley vom Stuhl herunterhalf.

»Deine Sandalen sind bei der Tür, Prinzessin«, sagte Jock. »Zieh sie doch schon mal an.«

»Du bist ja ein richtig guter Betreuer«, sagte Archer.

»Ich betreue hier niemanden. Ich bin einfach nur nett.« Jock hoffte, dass sein Bruder nicht anfangen würde zu nerven.

»Du bist schon immer nett gewesen. Das hier ist anders.« Archer nahm noch einen Schluck Kaffee. »Was immer auch mit dir los ist, es steht dir gut.«

»Das nennt man einen aufmerksamen Freund.« Daphne lehnte sich zu Archer hinüber. »Pass nur auf! Deine Großmutter versucht, eine Frau für dich zu finden.«

Archer winkte ab. »Ich hab jede Menge Frauen. Wo ist Grandma überhaupt? Ich hätte gedacht, dass sie alles dafür geben würde, sich von dem Musterjungen zu verabschieden.«

Jock sah ihn missbilligend an. »Sie hat sich gestern Abend verabschiedet.«

»Grandma wollte sich mit ihrer BH-Brigade den Sonnenaufgang ansehen und danach in Chaffee shoppen gehen.« Shelley gab Daphne die Tüte mit den Snacks. »Hadley und ich haben Saft, Obst, Sandwiches, Müsliriegel und ein paar andere Kleinigkeiten eingepackt, nur für alle Fälle.«

»Danke, Shelley.« Daphne umarmte sie. »Es war so schön

hier. Vielen Dank, dass ihr Hadley in die Geburtstagsfeier einbezogen habt, wir hier übernachten konnten und dass du dich so um uns gekümmert hast.«

»Ach, Liebes, ich würde meinen linken Arm dafür geben, dass ihr einfach direkt oben einzieht«, sagte Shelley. »Du hast dafür gesorgt, dass meine Gedanken ständig um diese Events kreisen, die wir veranstalten könnten. Steve und ich haben gestern Abend lange darüber gesprochen. Wir müssten Zeit und Geld investieren, aber wir glauben, dass es sich auszahlen würde und sogar gut für die Wirtschaft auf der Insel wäre. Aber wir können erst weitere Entscheidungen treffen, wenn wir sehen, wie dieses erste Event läuft. Bist du sicher, dass du neben deinem Job Zeit dafür erübrigen kannst, meine Fragen zu beantworten, und mir behilflich sein kannst?«

»Ja, ich freue mich schon darauf. Gestern Abend habe ich eine Liste mit Geschäften und Restaurants hier vor Ort erstellt und sie in Essen, Geschenke, Deko und ein paar andere Kategorien aufgeteilt. Du findest sie auf deinem Laptop in einem Ordner namens Weingut-Events. Es gibt zwei Listen. Die eine ist für dich, das ist die *Masterliste*, und die andere kannst du den Kunden geben. Bei der Liste für die Kunden habe ich auch jeweils eine kurze Beschreibung hinzugefügt, also was für Essen, welche Geschenke oder welche Art von Kleidung. Du verstehst schon. Ich habe ein Branchenverzeichnis für jeden Ort auf der Insel gefunden und mir auch daraus Geschäfte notiert. Aber bitte schau sie dir noch einmal genau an. Ich würde nur ungern etwas anbieten, das nicht seriös ist. In den Beschreibungen habe ich versucht, sehr detaillierte Angaben zu machen, damit du nicht unzählige Anfragen von Kunden beantworten musst. Wenn die Listen dir gefallen und du sie für nützlich hältst, kann ich dir dabei helfen, alles zusammenzustellen, was du sonst noch gebrauchen könntest. Und wenn du sie nicht benutzen willst, ist das auch vollkommen in Ordnung. Es ist nicht so, dass du dann meine Gefühle verletzen würdest oder so.«

»Dich schickt der Himmel.« Shelley umarmte sie noch einmal. »Ich bin mir sicher, dass es genau das ist, was wir brauchen.« Sie unterhielten sich weiter, während Daphne ihr Frühstück beendete.

»Dad, wenn du uns zur Fähre fahren willst, sollten wir lieber los«, sagte Jock.

»Ich kann euch fahren«, bot Archer an. »Ich muss sowieso nach Seaport.«

In Jock tobten so viele Gefühle, dass er Mühe hatte, sie im Zaum zu halten. »Großartig. Ich hole Hadleys Autositz aus Moms Wagen.«

Er brachte den Sitz und ihre Taschen zu Archers Pick-up, und dann verabschiedeten sie sich von seinen Eltern, die sie immer wieder umarmten, ihnen überschwänglich dankten und Hadley knuddelten, als wäre sie ihr Enkelkind. Zum ersten Mal seit dem Unfall wollte Jock nicht abreisen. Er war so glücklich, dass es sich schon surreal anfühlte. Vor einem Monat noch war er damit beschäftigt gewesen, einen Tag nach dem anderen zu überstehen. Jetzt plante er eine Zukunft, mit der er nie gerechnet hätte, baute sein Verhältnis zu seinem Bruder wieder auf und hatte die beiden schönsten Frauen auf der Welt an seiner Seite.

Als sie das Haus hinter sich ließen, drückte Hadley Owly ganz fest an sich, winkte und rief zum Fenster hinaus: »Hab euch lieb! Tüüss! Bis bald!«

Er ergriff Daphnes Hand. Sie lächelte, doch es war ein bittersüßes Lächeln, nicht ihr strahlendes positives Lächeln, das er so gut kannte. »Ich weiß«, sagte er leise.

»Einen Scheiß weißt du«, sagte Archer. »*Nix!* Sorry, *nix* weißt du.«

Daphne reagierte mit einem unbeschwerten Lächeln und sagte: »Du irrst dich, Archer. Jock weiß es mit Sicherheit.«

Auf dem Weg zur Fähre scherzten sie weiter. Auf dem Parkplatz war nicht so viel los wie an den Wochenenden, doch eine Menge Leute schlenderten am Hafen herum. Daphne hielt Hadley an der Hand, während Jock ihr Gepäck auslud.

Archer hockte sich vor Hadley hin. »Machst du mir Pfannkuchen, wenn du zurückkommst?«

Sie nickte. »Eine Slange.«

Archer sah Jock schief an. »Ja, eine Schlange kommt hin. Bekommt Onkel Archer eine Umarmung?«

Sie schlang die Arme um ihn und gab ihm einen Kuss auf die Wange. »Hab dich lieb, Onkel Atcha.«

Daphne lehnte sich an Jock an. »Warum muss ich weinen, wenn ich das sehe?«

»Weil dir die Menschen wichtig sind.« Er legte den Arm um sie.

»Ich will nicht abreisen. Du und Archer redet endlich wieder miteinander und wir hatten so viel Spaß.« Sie seufzte. »Hattest du jemals das Gefühl, dass alles, was du dir je erträumt hast, direkt vor dir liegt und du dir wünschst, du hättest den Mut, alle Bedenken über Bord zu werfen und einfach zuzugreifen?«

Ja, im Park, aber ich dachte, du brauchtest noch mehr Zeit.

Bevor er sich entschließen konnte, ob er diesen Gedanken preisgeben sollte, nahm sie schon Hadleys Hand und Archer sagte: »Tja, tut mir leid wegen der Gummischlange, Daphne. Du hast es sportlich genommen.« Er umarmte sie. »Pass gut auf

Jockstrap für mich auf.«

»Mache ich«, sagte sie und sah Jock liebevoll an.

»Wir sehen uns in zwei Wochen«, sagte Jock und umarmte Archer. Er schloss die Augen und saugte das Gefühl, seinen Bruder zu spüren – das er erst wieder erlernen musste –, tief in sich auf.

»Hündchen!«, rief Hadley.

»Hadley!«, schrie Daphne.

Jock riss sich von Archer los und sah, wie Daphne über den Parkplatz hinter Hadley herrannte, während ein Auto direkt auf Hadley zufuhr. Er sprintete an Daphne vorbei und riss Hadley in seine Arme. Hinter ihm quietschten Reifen. Daphnes Schrei ließ das Blut in seinen Adern gefrieren, und sein Herz explodierte, als er sich mit Hadley auf dem Arm umdrehte und Daphne auf dem Boden liegen sah. Hadley weinte, er rannte zu Daphne und fiel auf die Knie. Ihre Haare waren blutig und sie regte sich nicht. »Oh, Baby! Nein, nein, nein!« *Gott, bitte nicht! Nimm sie uns nicht!*

Archer riss ihm die schreiende Hadley aus den Armen und redete irgendetwas von einem Krankenwagen.

»Daphne, wach auf«, flehte Jock. Tränen liefen ihm über die Wangen, während er sich über sie beugte, um zu sehen, ob sie atmete. Er selbst bekam keine Luft mehr. *Atme, bitte atme!* Dann vernahm er Daphnes flachen Atem und erleichtert holte auch er wieder Luft. *Gott sei Dank!* Er umklammerte ihre Schultern, wollte sie am liebsten in den Arm nehmen, doch er wusste, dass er sie nicht bewegen durfte, also verharrte er so, über sie gebeugt, ihrem Atem lauschend und auf eine Antwort wartend. »Ich bin hier, Baby. Bitte, wach auf! Komm schon, Baby. Wir brauchen dich. Verlass uns nicht. Atme weiter, mein Engel. Komm zurück, Baby. Wach auf!« Hadleys Schreien

»Mommy! Dock!« schnitt durch das Gemurmel der Leute, die sich um sie herumgeschart hatten. »Archer!«, brüllte er, ohne aufzuschauen. »Bring Hadley von hier weg!«

»Ich lass dich nicht allein«, schnauzte Archer zurück.

»Halt durch, Daphne. Hilfe ist unterwegs.« Durch einen Tränenschleier schaute Jock zu Archer und flehte: »Sie darf nicht sehen, wie …« Schluchzer raubten ihm die Stimme und dann hörte er ein Martinshorn. *Gott sei Dank!* Er beugte sich über Daphne und stieß hervor: »Ich liebe dich, Baby. Ich brauche dich. Du bist meine Frau. Mein Herz. Verlass uns nicht!« Und alles andere um ihn herum verschwand – bis auf seinen wunderschönen Engel, der regungslos vor ihm lag.

Neunundzwanzig

Von Angst zerfressen lief Jock im Wartezimmer des Krankenhauses auf und ab, schloss insgeheim Pakte mit dem Universum, um Daphnes Gesundheit auszuhandeln, während er gleichzeitig darum rang, dass ihn seine grauenhafte Vergangenheit nicht einholte und erneut zu Boden warf. Er starrte die Schwingtüren an, die ihn von Daphne trennten, als wären sie die Bösewichte. Wenn er doch nur mit ihr tauschen und diesen verdammten Albtraum umkehren könnte. Kurz nur hatte sie die Augen orientierungslos im Krankenwagen geöffnet. Die Sanitäter hatten von möglichen Hirnverletzungen und inneren Blutungen geredet. Er wünschte, sie hätten ihre Befürchtungen für sich behalten. Seine Gedanken kreisten. Im Krankenhaus angekommen, war sie gleich fortgebracht worden. Das war mehr als eine Stunde her. Das Warten verhieß nichts Gutes. Er bekam kaum Luft, während die Erinnerungen an die Zeit nach Kaylas und seinem Unfall auf ihn einprasselten – der Blick des Arztes, als er ihm mitteilte, dass sie gestorben war und Liam es nicht schaffen würde. Das übermächtige Grauen der Worte, die langsam in ihn eingedrungen waren und ihm alles Leben entrissen hatten. War er verflucht? Wie konnte dies schon wieder passieren? Nicht seiner Daphne, seiner Liebe. Nicht Hadleys Mommy. Er legte die Hand auf Hadleys Rücken und spürte jeden Atemzug, als wäre es der seine. Sie schlief tief und fest an seiner Schulter, und doch musste er sich immer wieder sagen, dass sie in Sicherheit war. Für Hadley war es noch wichtiger, dass ihre Mommy gesund wurde, als für ihn. Archer hatte erzählt, dass Hadley sich die Lunge aus dem Leib geschrien hatte, als Jock mit Daphne in dem Krankenwagen verschwunden war, und sie hatte erst aufgehört zu weinen, als sie ihn im Krankenhaus gefunden hatten und sie wieder sicher in seinen Armen war.

»Hey, Mann, was kann ich tun?«, fragte Archer, als er und sein Vater sich zu ihm stellten. »Soll ich versuchen, Hadley zu nehmen?«

Archer hatte in Daphnes Tasche ihr Handy gefunden und ihre Eltern angerufen. Er hatte organisiert, dass Tessa Remington nach Cape Cod flog, um sie zur Insel zur bringen, und Jules würde sie am Flughafen abholen. Er war auch derjenige gewesen, der seine Eltern und Jules angerufen hatte, die dann die restliche Familie informiert hatte. Auch die Nachrichten im Gruppenchat hatte Archer für Jock beantwortet. Jock wusste nicht, was er ohne ihn getan hätte.

»Nein. Du hast schon mehr als genug getan. Danke. Ich kann … Ich darf sie nur einfach nicht verlieren und ich kann verdammt noch mal nichts tun.« Er strich über Hadleys Rücken, während ihm die Tränen in die Augen stiegen. »Wir können sie nicht verlieren. Ich wünschte, sie würden mir etwas sagen. Irgendetwas!«

Er hatte die Frau am Empfang angefleht, ihm zu sagen, was es Neues gab, doch man wollte ihm rein gar nichts erzählen, weil er kein Angehöriger war. Er hatte keine Ahnung, wie er ihrer Familie gegenübertreten sollte. Er kannte sie ja nicht einmal. Wie sollte er ihnen mitteilen, dass er keine Ahnung hatte, ob Daphne leben oder sterben würde? Seine Brust zog sich allein bei dem Gedanken daran schmerzhaft zusammen.

»Du wirst sie *nicht* verlieren«, sagte sein Vater.

Barsch flüsternd erwiderte er: »Die Sanitäter haben von Hirnverletzungen und inneren Blutungen geredet. Wir wissen nicht, was bei den Untersuchungen herauskommt.« Er kämpfte gegen die Tränen an. »Gestern im Park wollte ich ihr einen Antrag machen, hab mich dann aber zurückgehalten. Ich wollte sie nicht bedrängen. Ich hätte mich nicht zurückhalten sollen. Wenn sie es nicht schafft, wird sie nie erfahren, wie sehr ich eine Familie mit ihr und Hadley haben wollte. Sie muss es wissen. Sie hat es verdient, es zu erfahren.«

»Mann, du wirst sie nicht verlieren!«, wiederholte Archer mit Nachdruck. »Sie ist stark! Die Frau da drinnen hat mir in die Augen geschaut – mir, dem größten Arschloch des letzten Jahrzehnts – und hat gesagt, dass ich weder sie noch ihre Tochter mögen muss, aber dass das nicht bedeuten würde, dass sie mich ablehnen würde. Sie ist echt tough. Sie hat mehr Mumm als wir alle.«

Steve legte den Arm um Jock. »Archer hat recht. Sie ist stark, mein Junge. Sei zuversichtlich. Auch wenn ich weiß, dass es jetzt gerade sehr schwer ist.«

»Ich habe ihr versprochen, dass ich nie zulassen werde, dass ihr etwas zustößt, und jetzt … Das ist wie irgendeine verdammte Strafe«, zischte Jock. »Hadley und Daphne haben es nicht verdient, den Preis für meine Fehler bezahlen zu müssen.«

Archer stellte sich ganz dicht vor ihn. »Das hier ist keine Strafe! Was Kayla und Liam zugestoßen ist, war nicht deine Schuld. Du bist nicht über die rote Ampel gefahren und du hast das hier nicht verursacht. Und wenn du glaubst, dass Daphne nicht weiß, wie sehr du sie liebst, dann bist du blind. Sie sieht dich an, als wärst du Gott höchstpersönlich.«

Jocks Kiefermuskeln zuckten. »Wenn ich doch nur ein Gott wäre, dann könnte ich diesen Mist aus der Welt schaffen.«

Shelley kam mit einem verzweifelten Gesichtsausdruck aus der Damentoilette. Sie legte die Hand auf Jocks Arm. »Schatz, warum setzt du dich nicht mal?«

Jock schüttelte den Kopf. »Kann ich nicht. Ich muss wissen, dass es ihr gut geht, Mom. Sie ist mein Ein und Alles.«

Tränen stiegen ihr in die Augen. »Ich weiß. Ach, Mensch, jetzt fange ich wieder an zu weinen.«

»Komm her, Shell.« Steve zog sie an sich.

Jules kam ins Wartezimmer geeilt, gefolgt von einem Paar, das aussah, als hätte es das Allerschlimmste durchgemacht – Daphnes Eltern –, ihrem Bruder, den Jock kurz in Daphnes Wohnung gesehen hatte, und … der Frau im Fitnessstudio, mit der Cree ihn hatte verkuppeln wollen? Was sollte das denn?

»Jock!« Jules umarmte ihn, passte dabei aber auf, dass sie Hadley nicht weckte. »Dies sind Daphnes Eltern, Ken und Diane, ihr Bruder Sean und ihre Schwester Renee.«

»Hallo.« Jock gab ihrem Vater die Hand. »Es tut mir so leid.«

Diane sah Hadley nur einmal an und brach in Tränen aus. Ken zog sie in seine Arme und tröstete sie. Sie taten Jock so leid. Sie alle taten ihm leid, Hadley, Daphne und auch er selbst. Er hätte alles dafür gegeben, Daphne in den Armen halten und sie trösten zu können.

»Wir wissen noch gar nichts«, erklärte Jock. »Sie sagen mir nichts, weil ich kein Angehöriger bin. Im Krankenwagen war Daphne kurz bei Bewusstsein. Sie war desorientiert und jetzt machen sie verschiedene Untersuchungen. Mehr weiß ich nicht.« Er versuchte, den Kloß in der Kehle zu ignorieren.

»Hadley ist auf den Parkplatz gerannt und wir sind hinterher, aber ...«

»Schon gut, Jock«, sagte Ken. Er war ein robust wirkender Mann, mit ernsten blauen Augen und welligen braungraumelierten Haaren. Die breiten Schultern verrieten seine zeitlose Stärke und sein tröstender Tonfall zeugte von der Erfahrung, die er im Umgang mit ernsten Begebenheiten hatte. »Archer hat uns erzählt, wie es passiert ist, als er angerufen hat.«

»Archer ... stimmt. Entschuldigt.« Jock stellte den Zablonskis Archer und seine Eltern vor.

Als sie sich begrüßten, umarmte seine Mutter Diane. »Es tut mir so leid«, sagte sie, was bei beiden die Tränen wieder fließen ließ.

»Hadley?«, fragte Diane. »Hat sie gesehen ...?«

»Zuerst schon«, sagte Jock voller Bedauern. »Aber Archer hat sich um sie gekümmert. Hoffentlich erinnert sie sich nicht daran.«

Ken sah Jock eindringlich an. »Ich bin froh, dass du da warst. Daphne hat meiner Frau erzählt, was du durchgemacht hast, und das hier ist mit Sicherheit nicht einfach für dich. Wir sind dir für alles, was du getan hast, sehr dankbar. Meine Familie sagt, dass unsere Kleine verrückt nach dir ist.« Sein Blick fiel auf Hadley. »Daphne hat zwei gute Gründe, sich mit allem, was ihr zur Verfügung steht, durchzukämpfen, und sie ist eine Kämpferin. Als Feuerwehrchef habe ich schon Hunderte Unfälle gesehen. Für gewöhnlich sieht es schlimmer aus, als es wirklich ist, und dafür beten wir. Ich schau mal, was ich herausfinden kann.«

»Ich komme mit«, bot Jocks Vater an.

»Wir können uns ja mal setzen«, schlug Shelley vor.

»Das kann ich nicht«, sagte Jock.

Archer verschränkte die Arme. »Ich weiche ihm nicht von der Seite.«

»Ich stehe auch lieber, Mom, danke«, sagte Jules.

»Sean? Renee?«, fragte Diane.

Sean und Renee sahen sich an und Sean sagte: »Uns geht's hier gut, Mom.«

Ihre Mütter setzten sich und Sean wandte sich an Jock: »Sie ist mein Zwilling. Sie kommt in Ordnung, das spüre ich.«

»Danke.«

»Mein Dad hatte recht, als er gesagt hat, Daphne sei verrückt nach dir«, fuhr Sean fort. »Sie hat dich vor einem Tritt in den Arsch bewahrt, als du an dem Abend letztens zu ihrer Wohnung gekommen bist.«

Archer schnaubte verächtlich und trat einen Schritt vor. »Da kann ich ja wohl nur lachen.«

Sean straffte die Schultern und Archer tat es ihm gleich.

»Hört ihr beide mal bitte auf?« Jules trat zwischen sie und schob sie auseinander.

»Daphne ist da drinnen und kämpft um ihr Leben, und nach allem, was Jock durchgemacht hat, kann er euer streitsüchtiges Gehabe ja wohl kaum gebrauchen«, fügte Renee hinzu. »Wir halten hier zusammen, also packt euer Ego weg und unterstützt euch gegenseitig.«

Archer sah Renee mit hochgezogener Augenbraue an und ließ den Blick an ihr hinuntergleiten. Jules stieß ihn an.

»Hör zu, Sean. Ich habe eine miese Vergangenheit, aber ich würde Daphne niemals wehtun«, versicherte Jock ihm. »An dem Abend, als du in ihrer Wohnung warst, habe ich ihr alles erzählt, was ich erlebt habe. Ich liebe sie, und ich würde mein Leben dafür geben, an ihrer Stelle jetzt dort drinnen zu liegen.«

»Ich weiß. Sie hat mich gestern angerufen und gesagt, dass

sie über beide Ohren in dich verliebt ist«, sagte Sean.

»Sie hat *dich* angerufen?«, fragte Renee. »Warum hat sie mich nicht angerufen?«

»Du hast nicht den Mutterleib mit ihr geteilt«, antwortete Sean arrogant.

»Ich bin ganz bei dir, Renee«, sagte Jules. »Ich habe zwei Zwillingspaare als Geschwister.«

Jock sah Renee an. »Wir trainieren im selben Boxclub, stimmt's?«

»Ja. Ich hatte Cree nach dir ausgefragt.« Renee zuckte mit den Schultern. »Man kann es einer Frau ja nicht vorwerfen, wenn sie es zumindest mal versucht.«

»Tut mir leid, dass ich dich hab abblitzen lassen, aber ...«

»Versteh ich vollkommen«, unterbrach Renee ihn. »Du hattest schon ein Auge auf meine umwerfende Schwester geworfen. Du warst ihr weißer Ritter mit den Entschuldigungsgeschenken und der liebevollen Art, die sie verdient. Du hast die richtige Wahl getroffen. Sie ist der beste Mensch, den ich kenne. Ich hätte dir nur das Herz gebrochen.«

Archer schmunzelte und richtete dann einen glühenden Blick auf Renee, der die Luft zum Schwirren brachte. Sean sah ihn wütend an und Renee verdrehte die Augen angesichts des Gebarens ihres Bruders.

Jock wandte sich ab. Er wollte weder Archers Flirtversuche sehen noch einen Bruder, der seine Schwester beschützte. Er wollte durch diese Schwingtüren stürzen, Daphne in die Arme schließen und sie nie wieder loslassen.

Nach einer Zeit, die sich wie eine Ewigkeit angefühlt hatte –
Daphnes und Jocks Väter waren längst ohne Neuigkeiten
zurück –, kam der Arzt schließlich durch die Schwingtüren zu
ihnen. Jock stand mit Hadley auf dem Arm auf. Die Kleine
hatte nach Daphne gefragt, als sie aufgewacht war, und Jock
hatte ihr erzählt, dass der Arzt sich gerade um ihr Aua kümmer-
te – und dann flehte er gen Himmel, wie er es den ganzen
verdammten Tag lang schon getan hatte.

Während alle anderen auch aufstanden und einen Halbkreis
um den Arzt bildeten, betrachtete Jock eingehend das Gesicht
des Arztes, doch es verriet rein gar nichts.

»Mr. Zablonski?«, fragte der Arzt.

Ken trat, den Arm um Diane gelegt, einen Schritt vor. »Das
bin ich. Wir sind Daphnes Eltern. Geht es ihr gut?«

»Sollen wir uns lieber allein unterhalten?«, fragte er.

Ken schaute die anderen an und dann ruhte sein Blick auf
Jock. »Nein, wir sind alle Familienmitglieder. Wie geht es ihr?«

»Sie ist stabil und sie hatte großes Glück.«

Die Luft rauschte aus Jocks Lunge und die Tränen brannten
in seinen Augen, während um sie herum dankbares Raunen
erklang. Er gab Hadley einen Kuss auf die Wange und konnte
endlich wieder etwas leichter atmen. Archer legte eine Hand auf
seine Schulter.

»Sie ist mit dem Kopf auf das Pflaster aufgeschlagen, aber es
liegen keine Hinweise auf Hirnverletzungen vor, also keine
Schwellungen oder Blutungen«, erklärte der Arzt. »Sie hat
allerdings eine Gehirnerschütterung, die wir überwachen
müssen. Sie hat Frakturen im Knie und Fußgelenk erlitten, die
wir stabilisiert haben, und sie hat einige Schürfwunden und
Prellungen. Eine gewisse Zeit wird sie noch überall Schmerzen
haben.«

Erleichterung überkam Jock. Er drückte Hadley noch fester an sich und flüsterte Archer zu: »Du musst mir einen Gefallen tun ...«

Während Archer in Richtung Aufzug ging, erklärte der Arzt weiter: »Wir werden sie die nächsten vier oder fünf Tage zur Beobachtung hierbehalten, aber sie sollte wieder vollkommen gesund werden.«

»Können wir zu ihr?«, fragten Jock und ihre Eltern gleichzeitig.

»Ja. Wir haben ihr etwas gegen die Schmerzen gegeben, und es ist normal, dass sie etwas erschöpft ist, also lassen Sie sich nicht davon beunruhigen. Ich würde vorschlagen, dass Sie sie nicht überfordern. Also vielleicht nur drei oder vier von Ihnen auf einmal? Vermeiden Sie allzu große Aufregung.«

Während ihre Eltern sich bei dem Arzt bedankten, umarmte Jock Hadley noch einmal fest und sagte: »Mommy geht es gut, Prinzessin. Ihr geht es gut.« Er gab ihr einen Kuss auf die Wange und bedankte sich wieder und wieder beim Universum.

»Mommys Aua wieder heile?«, fragte Hadley.

»Ja. Sie hat noch eine Weile einen Verband um das Knie und das Fußgelenk, aber es geht ihr gut.« Er war sich sicher, dass sie keine Ahnung hatte, wovon er sprach, aber sie zeigte ihm ein so breites Lächeln, dass es keine Rolle spielte. Sie würde es gleich selbst sehen, denn Ken und Diane hatten ihn gebeten, sie zusammen mit Hadley in Daphnes Zimmer zu begleiten.

Sein Herz hämmerte in der Brust, als sie durch die Schwingtüren traten und die Frau hinter dem Tresen ihnen sagte, wo sie Daphnes Zimmer finden konnten. »Wir müssen leise sein, falls Mommy schläft«, sagte er zu Hadley.

»Ich leise sein«, sagte sie.

Er wollte drauflosstürzen, doch aus Respekt vor Daphnes

Eltern ließ er ihren Vater ins Zimmer vorangehen. Sie lag mit geschlossenen Augen – zerbrechlich und wunderschön – unter der sterilen Decke. Ihr Bein war bis zum Oberschenkel eingegipst und hochgelagert und zu einem Arm schlängelte sich eine Infusion. Sie öffnete die Augen nur ein wenig und drehte den Kopf leicht in ihre Richtung. Auf ihrem Gesicht erschien ein unfassbar süßes Lächeln, das Jock und ihren Eltern Tränen in die Augen trieb und Hadley aufgeregt flüstern ließ.

»Mommy! Dein Aua ist besser.«

»Fast«, sagte Daphne schwach.

Es brachte Jock fast um, ihre Eltern zuerst an ihr Bett treten und ihre Hand halten zu lassen, doch während er neben ihrem Vater stand und ihre Eltern mit ihr redeten, wusste er, dass es richtig so war. Wenn dies Hadley passiert wäre – obwohl er nicht Hadleys Vater war –, hätte er auch das Bedürfnis, ihre Hand in seiner zu spüren, mit ihr zu reden, zu wissen, dass es ihr gut ging, so wie sie es bei Daphne hatten.

Ken schaute Jock an, und er musste dieses Bedürfnis in seinen Augen gesehen haben, denn er sagte: »Komm her, mein Junge.«

»Danke«, sagte er, als sie die Plätze tauschten.

»Gib mir doch kurz Hadley«, schlug Ken vor.

Ken streckte die Arme nach Hadley aus, doch sie klammerte sich noch fester an Jock und jammerte: »Mein Dock, Pop Pop.«

»Schon gut. Ich hätte das Gefühl, ein Teil von mir würde ohne sie fehlen.« Jock nahm Daphnes Hand. »Hallo, mein Engel.«

Tränen standen ihr in den Augen und brachten ihn ebenfalls fast zum Weinen.

»Mommy!« Hadley lehnte sich zu Daphne hinunter.

Jock hielt sie etwas zurück. »Hadley, Schatz, wir müssen im

Moment ganz vorsichtig mit Mommy sein, in Ordnung?«

»Vosichtich«, sagte sie, als Jock sich vorbeugte, damit sie Daphnes Gesicht berühren konnte. Daphne küsste ihre kleine Hand und hielt sie einen Moment lang an ihre Wange, was allen noch mehr Tränen in die Augen trieb.

»Hab dich lieb, kleine Maus«, sagte Daphne.

»Hab dich auch lieb, Mommy«, sagte Hadley.

Daphnes feuchte Augen sahen in Jocks und sie schluchzte kurz auf. Dann sah sie zu Hadley und versuchte, die Schluchzer zurückzuhalten. »Ich hab mein Armband verloren.«

»Nein, Baby, hast du nicht. Sie haben es dir im Krankenwagen abgenommen.« Er holte es aus seiner Tasche hervor und gab es ihrem Vater. »Könntest du …?«

Tränen liefen Daphne über die Wange, als ihr Vater ihr das Armband um das Handgelenk legte.

»Danke.« Der Kloß in Jocks Hals wurde noch größer, als er sich mit Hadley auf dem Schoß auf die Bettkante setzte und Daphnes Hand nahm. »Ich bin so froh, dass du wieder gesund wirst, mein Engel. Allein der Gedanke, dass dir etwas passieren könnte …«

Er drückte Hadley fest an sich und beugte sich hinunter, sodass seine Stirn ihre berührte, dann schloss er die Augen und atmete sie einfach nur ein. Sie legte einen Arm um ihn, und keiner von ihnen sagte etwas, während sie um das weinten, was sie fast verloren hätten.

»Ich liebe dich«, brachte er schließlich hervor.

»Ich hatte solch eine Angst«, sagte sie, noch immer an seine Halsbeuge geschmiegt. »Ich wusste nicht, ob Hadley angefahren worden war.«

»Als ich sie erreicht hab, wich das Auto uns aus. Es tut mir so leid, Baby.«

»Nein, es ist nicht deine Schuld. Du hast unsere Kleine gerettet.«

Unsere. Sie spürte es auch …

Er richtete sich auf, strich Hadley über den Rücken und gab ihr einen Kuss auf die Wange. Hadley legte den Kopf an seine Schulter, während er Daphne anschaute. »Daph, alles, was ich möchte, habe ich hier vor Augen. Das wurde mir klar, als ich das erste Mal zugesehen habe, wie du Hadley zu Bett gebracht hast. Im Park wollte ich etwas sagen, aber ich dachte, du brauchst vielleicht noch etwas Zeit, und vielleicht ist das auch so, aber ich möchte nicht warten, also: Ich will keinen einzigen Tag mehr ohne dich und Hadley verbringen. Lass uns alle Bedenken über Bord werfen, mein Engel. Lass mich dein Ehemann sein, nicht dein Freund, und Daddy statt Dock. Wir können auf die Insel ziehen und du kannst die Events mit meiner Mom planen, oder wir bleiben auf Cape Cod. Mir ist es egal, wo wir leben, solange wir zusammen sind. Du bist meine andere Hälfte, Baby. Heirate mich, Daphne, und ich verspreche dir, all deine und Hadleys Träume wahr werden zu lassen.«

»Oh, Jock«, stieß sie mit einem Schluchzer aus. »Ja! Du bist auch alles, was wir wollen.«

Sein Herzschlag setzte kurz aus. »Wirklich?«

»Ja! Von ganzem Herzen: Ja!«

»Sie hat Ja gesagt!«, rief er und brachte damit ihre weinenden Eltern zum Lachen. Als er sich hinunterbeugte und seine Lippen auf Daphnes legte, schrie Hadley: »Ja!«

Jock umarmte sie und hielt sie dann über Daphne, damit sie ihrer Mommy einen Kuss auf die Wange geben konnte.

»Möchtest du, dass Jock dein Daddy wird?«, fragte Daphne. Hadley nickte. »Daddy Dock?«

Alle lachten und Jock sagte: »Daddy Dock klingt perfekt.«

»Ist mir egal, was der Arzt gesagt hat. Ich gehe jetzt in dieses Zimmer.« Archers wütende Stimme drang über den Flur und schon stürmte er zur Tür herein. Er sah ihre verweinten Augen. »Nach allem, was ich gerade durchgemacht habe, hoffe ich, dass das Freudentränen sind.« Er schob Jock die kleine schwarze Schachtel zu. »Wie geht's dir, Daphne?«

»Ich werde heiraten«, sagte Daphne laut und brachte wieder alle zum Lachen.

Archer klopfte Jock auf den Rücken. »Glückwunsch, Bruderherz.«

»Danke. Hadley, kannst du bitte kurz mal zu Pop Pop auf den Arm?«, fragte Jock.

»Onke Atcha.« Sie streckte ihre kleinen Händchen nach Archer aus.

»Alle Frauen wollen Archer«, sagte er mit einem Augenzwinkern und nahm Jock die Kleine ab.

Jock öffnete die Schachtel, und zum Vorschein kam der tropfenförmige Halo-Verlobungsring, den er gekauft hatte, als sie in der Stadt gewesen waren. Mehrere kleine Marquise-Diamanten reihten sich kronenförmig um das abgerundete Ende des großen Diamanten in der Mitte.

Daphne und ihrer Mutter stockte hörbar der Atem.

»Jock!«, hauchte Daphne. »Woher hast du den denn?«

»Von der Verlobungsfee.« Himmel, wie er sie liebte! »Ich möchte das hier richtig machen, Baby, weil du nur das Beste von allem verdienst, und ich habe vor, dir die Bedeutung des Eheversprechens jeden Tag für den Rest unseres Lebens vor Augen zu führen.« Jock ging neben dem Bett auf die Knie und nahm Daphnes Hand, während ihre Eltern ihnen mit Tränen in den Augen zusahen. »Meine liebste Daphne, du bist als ein unfassbar schönes und unerwartetes Geschenk in mein Leben getreten, hast Licht in meine Dunkelheit gebracht, und innerhalb von nur wenigen Wochen hast du mir gezeigt, wie ich an mich selbst glauben und anderen vertrauen kann. Du hast dafür gesorgt, dass ich intensiver lachen, lieben und fühlen kann, als ich es jemals für möglich gehalten habe. Du und Hadley habt mir einen Grund dafür gegeben, meine Vergangenheit zu besiegen und an eine Zukunft zu glauben, die ich niemals kommen sah. Und irgendwie hat deine brillante kleine Tochter von Anfang an gewusst, dass wir zusammengehören. Du bist zu der Achse geworden, um die sich meine ganze Welt dreht. Ich liebe dich, Daphne Zablonski, mit jeder Faser meines Wesens. Ich liebe den Klang deiner Stimme, wie du errötest, wie du küsst, wie du mein Gesicht berührst und wie du deine kleine Tochter umsorgst. Ich liebe dein großes, wunderschönes Herz, und ich hoffe, dass wir eines Tages weitere Kinder haben, die deine Fähigkeit erben, unter die Oberfläche zu schauen und das Herz der anderen zu erkennen.«

Er schwieg kurz, um das Strahlen in ihren Augen, ihre geröteten Wangen und die Hoffnung in ihrem Herzen, das er schlagen fühlte, in sich aufzunehmen, bevor er weitersprach: »Daphne, erweist du mir die Ehre, meine Frau zu werden, und gestattest du mir, Hadleys Vater zu sein? Euch beide zu lieben und zu ehren? Jungs zu verjagen, wenn Hadley älter wird und deine *Muffins* zu lieben, auch wenn wir zu alt werden, um sie zu essen? Daphne, mein Engel, meine Liebe, willst du mich heiraten?«

»Absolut und unbedingt: Ja!«

Jock streifte ihr den Ring über den Finger, stand auf und während ihre Mutter weinte und sowohl ihr Vater als auch Archer zustimmend grinsten, besiegelte er ihre Versprechen mit einem langen, sinnlichen Kuss. »Ich liebe dich«, sagte er an ihren Lippen, und küsste sie dann weiter, denn er wusste, dass er niemals genug bekommen würde.

»Besorgt euch ein Zimmer!«, ertönte Jules' Stimme, und als sie aufschauten, entdeckten sie den Rest ihrer Familien auf der Türschwelle – begleitet von einer achselzuckenden Krankenschwester, die Archer zuzwinkerte.

Jock lachte. »Willkommen in unserem Leben.«

»Ich nehme es.« Sie zog ihn zu einem weiteren Kuss an sich und alle jubelten ihnen zu.

»Dein Ernst, Kumpel?«, scherzte Archer. »Was hast du vor? Mann des Jahres werden?«

Lachend unterbrach Jock ihren Kuss und sah seiner wunderschönen Verlobten tief in die Augen. »Bei Weitem nicht. Mein Mädchen hat den Mann des *Jahrhunderts* verdient.«

Dreißig

Daphne saß mit Renee und Jocks Schwestern im Garten ihrer Eltern in einem Liegestuhl und schaute Hadley und Joey dabei zu, wie sie den Seifenblasen hinterherjagten, die Levi und Jock für sie in die Luft pusteten. Wenn die Blasen zu hoch stiegen, hoben Archer und Sean die Mädchen in die Höhe, damit sie sie fangen konnten. Sie hatten Hadleys Geburtstagsfeier eine Woche aufgeschoben. Ganz aufgedreht hatte Hadley all ihre Geschenke aufgerissen, und sobald sie damit fertig gewesen war, hatte sie sich das Geschenk von Sutton geschnappt – drei Flaschen mit Seifenlauge und unterschiedlich großen Stäben – und war zum Spielen in den Garten gelaufen.

Zwölf Tage waren seit dem Unfall vergangen, acht Tage, seit Daphne aus dem Krankenhaus entlassen worden war und sie mit Hadley zu Jock in das Cottage in Bayside gezogen war. Daphne konnte gar nicht fassen, wie sich alle für sie ins Zeug gelegt hatten. Nicht nur Rick, Jett, Dean und Drake waren zur Stelle gewesen, um Jock beim Umzug zu helfen, sondern auch Archer und Levi. Sie hatten Hadleys Zimmer genau so eingerichtet, wie es in ihrer Wohnung gewesen war – und dazu noch ein gerahmtes Foto von dem Haus, in das sie sich auf der Insel verliebt hatte. Hadley war begeistert, dass *Mein und Docks*

Haus – das Bayside-Cottage – wirklich zu ihrem geworden war, zumindest vorübergehend. Während Daphnes Krankenhausaufenthalt hatte Jock sich rührend sowohl um Daphne als auch um Hadley gekümmert. Die meisten Tage hatte er damit verbracht, Daphne zu unterhalten, mit ihr zu reden oder einfach neben ihr im Krankenhausbett zu liegen, und ihre kurzen Schläfchen hatte er genutzt, um zu schreiben. Jeden Abend war er pünktlich zum Haus seiner Eltern zurückgekehrt, um Hadley zu Bett zu bringen.

Daphne schaute sich um und nahm ihr Glück bewusst wahr. Sie konnte sich nicht vorstellen, dass ihr Leben noch besser werden konnte. Ihr Vater und Steve unterhielten sich im Schatten eines großen Baums und sahen zu, wie die Männer mit den Kindern spielten, während die Stimme ihrer Mutter von drinnen durch die offene Terrassentür drang, wo sie und Shelley mit Lenore das Mittagessen wegräumten. Sie hatten sich angefreundet, als Daphne im Krankenhaus gelegen hatte. Auch wenn ihr Vater am nächsten Tag hatte zurückkehren müssen, um zu arbeiten, so war doch ihre Mutter im Haus von Jocks Eltern bei Hadley und Jock geblieben und war sogar Mitglied der berühmten BH-Brigade geworden. Daphne versuchte, sich nicht vorzustellen, wie ihre Mutter im BH herumspazierte, doch Lenore hatte sie bereits gewarnt, dass sie sie – wenn sie ihren Gips erst einmal los war – ebenfalls in die Brigade einweisen würden.

»Rutsch mal rüber und hör auf, unseren Bruder so anzuschmachten. Wir müssen reden«, sagte Leni, als sie sich neben Daphnes Gipsbein setzte.

Ihr Gips war nun voller bunter Genesungswünsche von ihrer und Jocks Familie und all ihren Bayside-Freunden. Daphnes Lieblingsbotschaften waren die von Hadley – ein chaotisches pinkes Gekritzel – und die von Jock, der in schwarzen Buchstaben seinen Anspruch geltend gemacht hatte: *Die heißeste Verlobte der Welt. Finger weg, Jungs! Sie ist vergeben.* Immer, wenn sie ihren Ring betrachtete, und gut hundert weitere Male am Tag verliebte sie sich noch mehr in ihn.

Jules winkte ab. »Mach nur und schmachte weiter. Ich finde es schön, euch beide so glücklich zu sehen.«

»Ihn kann man nur anschmachten.« Daphne konnte gar nicht anders, als Renee zu necken. »Fragt meine Schwester.«

Renee lachte. »Stimmt. Ich werde für immer die Schwester sein, die ihren zukünftigen Schwager anbaggern wollte. Aber nur fürs Protokoll: Das war, bevor ich wusste, dass er hinter Daphne her war. Hätte ich das gewusst, hätte ich es niemals versucht.« Sie deutete auf Daphne. »Seht sie euch doch an. Würdet ihr mit so einem *Gesamtpaket* konkurrieren wollen?«

Daphne wurde rot, als die Mädchen davon schwärmten, wie süß, hübsch und sexy sie war. Sie war sich nicht sicher, ob sie glauben sollte, dass sie das Gesamtpaket hatte, aber sie hegte keinen Zweifel daran, dass der Mann, der gerade eine kichernde Hadley auf den Schultern durch den Garten trug, all das und noch viel mehr in ihr sah.

»Daph, habt ihr beiden schon über ein Datum für eure Hochzeit geredet?«, fragte Sutton. »Ich möchte mir unbedingt rechtzeitig freinehmen.«

»Ich kenne die perfekte Location dafür«, sagte Shelley, die gerade mit Lenore und Daphnes Mutter nach draußen kam.

»Sie ist kostenlos und befindet sich auf einer schönen Insel«, sagte Lenore, die sich mit Shelley zu den jungen Frauen an den Tisch setzte.

Daphnes Mutter gab ihr einen Kuss auf den Kopf und setzte sich ebenfalls dazu. »Ich kann es nicht abwarten, mit dir ein

Hochzeitskleid auszusuchen.«

»Auf der Insel gibt es einen umwerfenden Laden für Kleider«, sagte Sutton. »Vielleicht können wir ein Mädelswochenende daraus machen und alle zusammen einkaufen gehen.«

Die Emotionen, die sich in Daphne zusammenbrauten, waren überwältigend. »Das wäre wunderbar.«

»Du wirst eine so schöne Braut werden. Also habt ihr jetzt schon ein Datum?«, drängte Jules.

»In gewisser Weise. Ich würde ihn schon morgen heiraten, wenn mein Knie und mein Fußgelenk in Ordnung wären. Dies wird meine letzte Hochzeit, und ich möchte zum Altar und zu Jock gehen und nicht humpeln«, sagte Daphne ein wenig verträumt, während sie sich vorstellte, wie sie sich in dem Moment wohl fühlen würde und wie sie die Liebe in seinen Augen sehen würde. »Wir haben eine eher kleine Winterhochzeit im Sinn, nur mit der Familie und engen Freunden. Shelley, ich freue mich über dein Angebot, denn wir würden gern auf dem Weingut heiraten.«

Shelley streckte die Hände gen Himmel und rief aus: »Ja!« Alle lachten.

»Danke. Und, Renee, ich weiß, dass du irrsinnig viel zu tun hast und so, aber würdest du meine Trauzeugin sein?«

»Wirklich, Dee? Nicht Sean oder Chloe? Du hast Sean vor mir erzählt, dass du Jock liebst, und ich weiß, wie eng du mit Chloe befreundet bist. Sie hat alles für dich organisiert, damit du deinen Buchclub im Krankenhaus machen konntest. Ich würde es verstehen, wenn du lieber einen von ihnen möchtest.«

Chloe hatte alle Frauen aus der Umgebung zum Inselkrankenhaus gebracht, um dort das Clubtreffen abzuhalten, und Jules war mit Tara und Bellamy gekommen. Sie hatten unglaublich viel Spaß gehabt.

»Ich liebe Sean und Chloe, aber ich möchte dich an meiner Seite haben. Du bist beinahe immer die Erste gewesen, der ich mich anvertraut habe. Du warst immer da, hast dich um mich gekümmert und mich ermutigt. Du bist diejenige, die mich gelehrt hat, mich so zu lieben, wie ich bin. Ich möchte dich an meinem großen Tag an meiner Seite haben.«

»Du bringst mich noch zum Weinen und ich weine nie.« Renee stand auf und umarmte sie. »Es wäre mir eine Ehre. Danke!« Sie wischte sich über die Augen und trat dann an den Rand der Terrasse. »Hey, Sean! Ich werde Daphnes Trauzeugin!«

»Oje, jetzt geht's los«, sagte ihre Mutter.

»Dein Ernst?« Sean hob die Hände. »Ich bin dein Zwilling, Dee!«

»Bin ich froh, dass nicht nur meine Kinder so sind«, sagte Shelley.

»Junge, du würdest grauenhaft in einem Kleid aussehen.« Archer beäugte Renee. »Aber deine Schwester? Puh, die wird eine tolle Trauzeugin abgeben.«

Renee stemmte die Hand in die Hüfte. »Und ob ich das werde.«

Sean marschierte zu Archer und zerrte ihn von den Frauen weg, wobei seine wütende Stimme aus der Entfernung kaum noch zu hören war.

Renee lachte. »Ich liebe Männer, die wissen, was sie wollen.«

»Hast du eine Peitsche?«, fragte Lenore und alle Frauen lachten herzlich.

Jock sah Daphne tief in die Augen und warf ihr einen Luftkuss zu.

Sie schaute ihn an, wie er da so gut aussehend und glücklich stand, voller Dankbarkeit für die zweite Chance. Beide hatten sie so große Ängste ausgestanden, nachdem sie von dem Auto angefahren worden war, dass sie das Leben im Hier und Jetzt viel mehr wertschätzten. Sie hatten beschlossen, nicht auf irgendeinen legendären *richtigen Zeitpunkt* zu warten, um ihre Träume zu verwirklichen. Mit Jocks Zuspruch hatte Daphne bereits die Räder in Gang gesetzt, um eines ihrer Ziele zu erreichen. Als sie vor einigen Tagen Hadleys Geburtstag mit ihren Freunden in Bayside gefeiert hatten, hatte sie ihren Chefs mitgeteilt, dass dies wahrscheinlich ihre letzte Saison sein würde, in der sie im Resort tätig war. Morgen würde sie ihre Arbeit dort wieder aufnehmen, aber sobald ihr Bein vollständig kuriert war, würde sie nach einer Anstellung in der Eventplanung Ausschau halten. Überrascht waren sie nicht gewesen, und sie hatten betont, dass sie an erster Stelle ihre Freunde waren und immer gewusst hatten, dass sie von Glück sagen konnten, dass sie überhaupt so lange geblieben war.

»Kann ich dir etwas bringen, mein Engel?«, rief Jock zu ihr herüber. Seit sie aus dem Krankenhaus entlassen worden war, hatte er sie von vorne bis hinten bedient.

Daphne ließ den Blick über die freundlichen Gesichter der Frauen schweifen, die wie eine Familie für sie geworden waren, und sie lauschte dem fröhlichen Gerede der Männer und Kinder im Garten. »Mehr kann man sich doch gar nicht wünschen, oder?«

Jock zwinkerte ihr zu. »Ich hätte da schon noch ein paar Ideen, aber die sind für die Geburtstagsfeier unserer Kleinen nicht ganz angebracht.«

Während die Frauen lachten, spürte Daphne ihre Wangen erröten, und sie fand es herrlich! Sie hoffte, dass Jock nie aufhören würde, sie zum Erröten zu bringen.

Finster sah Sean Jock an. »Mann, du redest hier von meiner Schwester.«

»Hallo, Mama!« Hadley saß auf Jocks Schultern und winkte zu ihr herunter. Sie beugte sich vor, umarmte seinen Kopf und legte die Wange auf seine Haare. »Hab Daddy Dock!«

Daphne schmolz dahin, wenn Hadley so etwas tat. Ihre Kleine war immer glücklich gewesen, doch nun lächelte sie fast dauernd.

»Das sehe ich. Du hast großes Glück«, sagte Daphne. »Wir beide haben Glück.«

Sean nahm Joey nun auch auf seine Schultern, und Levi und Archer jagten ihm und Jock und Hadley im Garten hinterher.

»Ein Blick auf all die sexy Steeles-Geschwister, und man erkennt, dass ihr großartige Gene habt«, sagte Renee. »Da stellt sich mir die Frage: Liegt die Fähigkeit, ein so guter Freund zu sein, auch in der Familie?«

»Klar, das behaupten wir gern«, sagte Leni lachend, als die Männer und ihre Väter zum Tisch kamen.

Levi und Archer rannten zur anderen Seite des Hauses und Leni rief: »Wohin flüchtet ihr denn?«

»Sind gleich zurück«, riefen sie und verschwanden um die Ecke.

»Da möchte jemand sein letztes Geschenk haben«, sagte Jock, als er Hadley von seinen Schultern hob und sie neben Daphnes Stuhl auf dem Boden absetzte.

Daphne sah ihn mit einem fragenden Blick an und er zuckte mit den Achseln. Sie berührte Hadleys Hand und sagte: »Aber du hast schon all deine Geschenke aufgemacht, Süße.«

»Hab noch eins.« Hadley schaute zu Dock auf. »Stimms?«

»Das stimmt.« Jock strich ihr über den Kopf.

»Wo ist das Geburtstagskind?«, brüllte Archer, als er und Levi mit einer Kopie des Hauses, das Hadley auf der Insel so gefallen hatte, in Puppenhausgröße um die Ecke kamen.

Hadley riss die Augen auf, als Levi und Archer das Haus vor ihr abstellten. »Mein Haus! Mama, guck, mein Haus!«

Während ihre Tochter in das Haus spähte und alle anderen es ebenfalls bewunderten, griff Daphne nach Jocks Hand und fragte: »Von wem ist das?«

Er setzte sich auf die Kante ihres Liegestuhls. »Von mir.«

»Woher hast du das? Es sieht ja genauso aus wie das Haus auf der Insel.«

»Als du im Krankenhaus warst, hab ich es abends zusammen mit meinem Vater und Archer gebaut, nachdem Hadley eingeschlafen war.«

Ihr Herz drohte zu explodieren. »Du hast es gebaut? Ich wusste nicht einmal, dass du so was kannst.«

Er legte eine Hand in ihren Nacken. »Es gibt nichts, was ich nicht für dich oder Hadley tun kann.« Er beugte sich vor und küsste sie. »Heute ist auch ein besonderer Tag für dich, denn du bist die Mommy, die unser wunderschönes Mädchen zur Welt gebracht hat.«

Tränen standen ihr in den Augen.

Sein Vater gab ihm einen Stapel Papiere, und Jock blickte Daphne liebevoll an, als er ihr diese Papiere weiterreichte. Sie überflog sie, bis ihr bewusst wurde, dass es ein Kaufvertrag für ein Haus war und ihrer beider Namen als Käufer eingetragen waren. Jetzt rollten die Tränen über ihre Wangen. »Jock ...«

»Du hast gesagt, dass du ein Haus für Hadley kaufen wolltest, mit einem Garten, in dem sie spielen kann, und mit Freunden in ihrem Alter in der Nähe. Die Siedlung The Bluffs bietet all das, auf der Insel, die wir alle lieben, und das Haus hat vier Schlafzimmer. Also genügend Platz für weitere Kinder. Du hast den Jungs in Bayside schon gesagt, dass dies deine letzte Saison ist. Du musst jetzt nur noch auf der gestrichelten Linie unterschreiben, dann gehört es uns und wir können nächsten Monat einziehen.«

»Das war ein Traum.«

»Das ist der Sinn der Sache, Baby. Ich habe dir gesagt, dass ich all deine und Hadleys Träume wahr werden lassen will, und das war ernst gemeint.«

Ihr Herz schlug so schnell, dass die Worte aus ihr herausplatzten. »Aber ich habe dort keine Arbeit. Wie soll ich dir dabei helfen, es abzubezahlen?«

»Meine Güte, Mädchen«, ging Archer dazwischen. »Weißt du denn nicht, dass du Mr. Schwerreich heiratest? Du brauchst keinen einzigen Tag in deinem Leben mehr zu arbeiten.«

»Archer!«, entgegnete Shelley heftig. »Daphne ist es gewohnt, selbst für sich und Hadley zu sorgen.« Sie wandte sich mit ihrem lebhaften Lächeln an Daphne. »Und da wir gern Familienmitglieder einstellen, hoffen wir, dass unsere zukünftige Schwiegertochter unserem Familienunternehmen als Eventplanerin beitreten möchte.«

Ein Schluchzer kam Daphne über die Lippen und sie schlug sich die Hand vor den Mund. »Aber du hast doch gesagt, du wüsstest noch nicht, ob ihr es machen wollt.«

»Da wusste ich noch nichts von Jocks Plänen, mein Schatz«, sagte Shelley.

»Mit dir am Ruder können wir nichts falsch machen, Daphne«, fügte Steve hinzu.

Shelley griff nach der Hand von Daphnes Mutter und die beiden lächelten sich an, als Shelley sagte: »Und wenn du auf Silver Island bist, werden hoffentlich auch unsere neuen

Freunde öfter zu Besuch kommen.«

Daphne schaute ihre Eltern an, die beide zustimmend nickten.

»Vielleicht können mein dickköpfiger Bruder und ich dann auch ab und zu wieder für ein paar Runden in den Ring steigen.« Archer grinste überheblich. »Dem versohle ich den Arsch, aber – *Scheiße* ... äh, *Mist. Hintern*, wollte ich sagen.« Er fuhr sich mit der Hand übers Gesicht, während alle lachten. »Aber das wird nicht einfach, wenn der Zwerg ständig in der Nähe ist.«

Daphne schaute den Mann an, der ihre Hand hielt – den Mann, der das Herz ihrer Tochter und ihr eigenes erobert hatte –, und weitere Tränen liefen ihr über die Wangen, als sie sagte: »Ein Leben mit dir in unserem schönen Haus auf der Insel ist mehr, als wir uns je wünschen könnten, aber nur damit du es weißt: Deine ewige Liebe ist alles, was Hadley und ich je brauchen werden.«

Als sie die Arme um ihn schlang und die Lippen auf seine drückte, kletterte Hadley auf den Liegestuhl und legte unter den gerührten Blicken aller anderen ihre kleinen Arme auch um sie beide.

Ihre Umarmung wurde vom Lärm eines Löschfahrzeugs unterbrochen. Hadley kletterte vom Schoß ihrer Mutter und rannte mit hochgestreckten Armen zu Daphnes Vater. »Feuerwehr, Pop Pop! Gampa! Komm!«

Den ganzen Tag hatte Hadley auf diesen Moment gewartet. Als Daphne ihr erzählt hatte, dass sie mit ihr im Feuerwehrauto mitfahren würde, hatte ihre clevere dreijährige, neuerdings stets lächelnde Tochter ihr mitgeteilt, dass sie jetzt ein *goßes Mächen* wäre und mit ihren beiden *Gampas* fahren würde.

»Ich hol mir lieber mal meine Krücken«, sagte Daphne.

Nachdem ihr Vater Hadley hochgehoben hatte, nahm Jock Daphne in den Arm und küsste sie, was von ihren Geschwistern johlend und mit *Besorgt-euch-ein-Zimmer*-Rufen quittiert wurde.

»Er ist wie einer deiner Helden aus den Liebesromanen!«, sagte Renee.

Daphne schlang die Arme um seinen Hals und sagte: »Er ist sogar noch viel besser, weil er nur mir gehört.«

Einunddreißig

Langsam breitete sich der Herbst auf Silver Island aus, brachte eine farbenfrohe Blätterpracht mit sich ebenso wie frische, kühle Nächte, die sich perfekt dazu eigneten, sich vor einem warmen Kaminfeuer in Daphnes und Jocks neuem Zuhause aneinander-zukuscheln. Vor zwei Wochen waren sie mit der Hilfe von ihren Familien und Freunden in ihr gemütliches Haus eingezogen. Sie genossen ihre neue Nachbarschaft und liebten ihr neues gemeinsames Leben. Mit Daphne in seinen Armen aufzuwachen und Hadleys liebliche Stimme vor sich hin plappern zu hören, war unvergleichlich. Sie hatten Spaß daran, ihr Haus gemein-sam einzurichten, sich Dinge auszusuchen, die ihnen als Familie gefielen und ihr Haus zu einem Zuhause zu machen.

Es war kein Tag vergangen, an dem Jock sich nicht dankbar bewusst gemacht hatte, was für ein Glück er hatte. Daphnes Unfallverletzungen waren auskuriert, und sie hatte sich voll in die Planungen für ihre Hochzeit gestürzt, die in der Woche nach Weihnachten stattfinden sollte. Gleichzeitig arbeitete sie bereits mit seiner Mutter zusammen daran, Events auf dem Weingut zu koordinieren, die nach Neujahr starten würden. Heute dekorierten sie ihren Vorgarten für Halloween, das schon vor der Tür stand. Für ihre ersten Feiertage in ihrem neuen

Zuhause hatten sie sich ins Zeug gelegt. Jock stand auf einer Leiter und positionierte eine Zombiepuppe so, dass es aussah, als würde sie zum Fenster hinausklettern. Aus zerrissenen Laken und Bändern hatten sie mit Hadley am Morgen Gespenster gebastelt, die nun an Ästen baumelten und aus dornigen Büschen herauslugten. Joey, Levi und Hadley richteten auf dem Rasen einen Friedhof aus Grabsteinen her, mit Skeletten, die aus den Gräbern krochen, während Grant Spinnweben und riesige Spinnen auf der Veranda aufhängte.

Jock schaute zu Hadley hinüber, als er von der Leiter stieg. Sie trug eine Plastikhand mit falschem Blut umher und ließ sich munter plappernd darüber aus, wie *guselich* ihr *Fiedhof* sein würde. Sie hatte vor nichts Angst, was sie laut Daphne von ihrem Daddy Dock hatte. Er würde sich nie daran satthören, dass seine kleine Prinzessin ihn so nannte, so wie er nie genug von ihrer wunderschönen Mommy bekommen würde, die gerade einen ausgestopften Zombie aus dem Haus trug und ihren Zukünftigen ansah, als wäre er das Leckerste, was sie je gesehen hatte. Als wäre sie *sehr* hungrig.

»Guck ma, Mama!« Hadley winkte ihr mit der unechten Hand zu.

»Was hast du damit vor?«, fragte Daphne.

»Ritchie erschecken«, sagte Hadley. Ritchie war der vier Jahre alte Junge, der mit seinem Onkel nebenan wohnte. Sie waren diesen Nachmittag nicht zu Hause, doch Jock wusste, dass Hadley sofort zu ihrem neuen besten Freund rennen würde, sobald sie zurückkamen. Sie hatte in der Nachbarschaft bereits mehrere Freunde gefunden und sich in ihrem neuen Kindergarten problemlos eingefügt.

Noch mehr, wofür er dankbar sein konnte.

»Sie war ganz einfach dazu bestimmt, deine Tochter zu

werden«, sagte Grant, als er Spinnweben zwischen die Geländerpfosten hängte. »Sie hat ein Talent für Streiche.«

Jules hatte recht damit gehabt, dass Grant ihn nun mehr denn je brauchte. Er hatte eindeutig mit sich zu kämpfen und schottete sich angestrengt von allen ab. Doch das würde Jock nicht zulassen. Heute hatte er Grant aus seinem Haus gezerrt, damit er ihnen half, und darüber war er froh. Jock machte sich all das zunutze, was er gelernt hatte, und versuchte, Grant dabei zu helfen, nicht dieselben Fehler zu machen.

»Du wirst ihren Nachnamen in Steele abändern müssen«, sagte Levi, als Jock die Leiter ans nächste Fenster stellte.

»Machen wir, keine Sorge.« Sie hatten bereits mit einem Anwalt darüber gesprochen, dass Jock Hadley nach der Hochzeit adoptieren wollte. Jock nahm Daphnes Hand. »Stimmt's, mein Engel?«

»Anders würden wir es nicht wollen«, sagte sie. »Hadley Steele klingt doch schön.«

»Ebenso wie Daphne Steele.« Er nutzte die Gelegenheit für einen weiteren Kuss, nahm ihr den Zombie ab und kletterte die Leiter hinauf.

Als er hinunterschaute, bewunderte Daphne gerade ihr gemeinsames Werk – die Zombies, die hauchdünnen Spinnweben und die riesigen Spinnen, die vorne am Haus herunterhingen. »Es passt wirklich alles wunderbar zusammen. Jules hat angerufen und gesagt, dass sie und Archer bald hier sind.«

Nachdem Jock endlich Harveys Handbuch zu Ende gelesen hatte, hatte er es Archer gegeben. Zuerst hatte Archer sich dem verweigert, doch als Jock letzte Woche bei ihm gewesen war, hatte er Notizblock Nummer vier offen in der Kajüte von Archers Boot liegen sehen. Ihre Beziehung war ein fortwährender Prozess, aber mit jedem Tag wurde sie stärker.

»Bist du sicher, dass du mit all diesem gruseligen Kram zurechtkommst?«, scherzte Jock, als er den Fuß des Zombies unter der Fensterbank festtackerte. Daphne hatte ein weiteres Mal versucht, einen Horrorfilm mit ihm anzuschauen, aber bereits nach sieben Minuten hatte sie ihn ausgeschaltet und gesagt, sie würde es in ein paar Monaten wieder probieren. Ihm war es egal, ob sie sich je einen anschauen würde, aber sie war entschlossen, es eines Tages zu schaffen.

»Wenn meine Tochter damit zurechtkommt, dann kann ich das auch«, behauptete sie trotzig. »Ich lerne es seitenweise, mit Horror umzugehen – dank eines sehr talentierten Schriftstellers.«

Sie warf ihm einen Luftkuss zu und half Joey mit einem Skelett, während Jock an seinem Zombie weiterarbeitete.

»Ach, hast du eigentlich schon ein Angebot für dein neues Buch erhalten?«, fragte Grant.

»Noch nicht. Nächste Woche bieten wir es den Verlagen an.« Sein Agent war von dem fertigen Manuskript begeistert gewesen. Dank Daphnes Einfluss war es zu einem packenden romantischen Thriller geworden und die Heldin hatte in dem Kriminalbeamten ihre *Für-immer-Liebe* – wie Daphne es nannte – gefunden. Für-immer-Liebe war auch der richtige Ausdruck für ihn und Daphne. Sie beide hatten das Glück kennengelernt, und sie hatten Trauer erlebt, aber miteinander hatten sie eine Liebe gefunden, die stärker und schöner war, als sie beide es sich je hätten vorstellen können. Sie hatten schon angefangen, sich für sein nächstes Buch Figuren und Handlungsstränge auszudenken. Für gewöhnlich endete es damit, dass sie herummachten oder Tränen lachten. Er hätte nie gedacht, dass er jemanden bräuchte, mit dem er Ideen wälzte, doch jetzt konnte er sich nicht mehr vorstellen, einen Roman anzufangen, ohne sich vorher mit ihr auszutauschen.

Grant schirmte die Augen mit der Hand vor der Sonne ab. »Was wirst du mit deinem Erbe von Harvey anstellen, wenn dein Buch veröffentlicht wird?«

Jock tackerte den Arm des Zombies neben dem Fenster fest. »Wir legen Geld für Hadleys Studium beiseite und werden uns am Weingut beteiligen. Außerdem richten wir an meiner ehemaligen Uni ein Kunststipendium in Harveys Namen ein und spenden den Rest an die Krebsforschung.«

»Echt jetzt? Du verzichtest auf diese ganze finanzielle Sicherheit?« Grant schaute zu Daphne. »Und das macht ihr nichts aus?«

»Auf keinen Fall. Wir haben uns und Hadley. Das macht uns zu den reichsten Leuten weit und breit. Stimmt's, Baby?«, rief er Daphne zu, als er den letzten Nagel in den Zombie tackerte.

Sie hatten lange über das Zwei-Millionen-Dollar-Erbe geredet. Die Familie bedeutete ihnen alles und Daphne investierte ihr Herzblut in das Weingut. Sie wollte, dass ihre Familie – sie drei – auf Generationen ein Bestandteil des Unternehmens seiner Familie wurde, und sie wollte seinen Eltern und Archer zeigen, dass sie nicht nur hier wohnen würden, sondern dass sie ebenso bestrebt war, das Eventbusiness erfolgreich zu betreiben, mit dem sie hier beide ihren Lebensunterhalt verdienen wollten. Die Investition in das Weingut nahm seinen Eltern auch die Last des Risikos mit diesem neuen Unterfangen, was Jock ein gutes Gefühl gab, da er ihnen in der Vergangenheit so viele Sorgen bereitet hatte. Auch wenn das Vermögen aus dem Erbe ihnen eine finanzielle Freiheit verschaffen würde, waren sie doch beide darin übereingekommen, dass es Menschen gab, die es weitaus mehr benötigten als sie.

Daphnes Wangen erröteten, als er die Leiter herunterkletterte, und sie sagte: »Ich brauche Hilfe, um meine Leiter hinten im Garten aufzustellen. Gibt es hier irgendwelche starken, gut aussehenden Freiwilligen?«

»Damit kannst du nur mich meinen.« Jock zog sie zu einem Kuss an sich und gab ihr einen Klaps auf den Hintern, was mit einem überraschten Aufschrei belohnt wurde – noch ein Laut, dessen er nie überdrüssig werden würde.

Im Garten hinter dem Haus drückte er sie neben der Leiter, die schon dort stand, an die Wand und küsste sie. Sie schmeckte nach lieblichem Glück und sündigen Absichten. Seine Hände glitten über ihre Kurven. Er umfasste ihre Brüste und wurde mit einem sehnsuchtsvollen Stöhnen belohnt.

»Du bist ganz schön hinterhältig«, keuchte er zwischen ihren Küssen.

»Was erwartest du denn?«, erwiderte sie erregt, als sie die Hände unter sein T-Shirt gleiten ließ. »Hadley kam in unser Zimmer gerannt, als wir uns gerade …« Ihre Wangen glühten.

Er presste seine Hüften gegen sie und konnte nicht widerstehen, sie ein bisschen herauszufordern. »Als wir uns gerade was …?«

»Lieben wollten«, flüsterte sie rasch, als verlangte er von ihr, ein unanständiges Wort auszusprechen.

»Das hatten wir vor?« Küsse, und noch mehr Küsse. »Denn soweit ich mich erinnere …« Er umfasste ihren Hintern mit beiden Händen und hob sie an, um seine Härte an ihrer Mitte zu reiben. »… hatte ich deine Hände auf die Matratze gedrückt und dir gerade versprochen, dich um den Verstand zu vögeln.«

»Oh, ja!«

Ihre Münder prallten aufeinander, und sie küssten sich

leidenschaftlich, während sie sich aneinander krallten, sich berührten und aneinander rieben.

»Onke Atcha!«

Hadleys Stimme durchbrach seine Trance, er riss sich los, und während sie beide um Luft rangen, stieß er aus: »Fuck!«

»Ich denke, damit müssen wir noch warten«, flüsterte sie und streichelte ihn durch seine Jeans.

»Daphne …«, zischte er.

Sie gab sich überrascht. »Hoppla … tut mir leid.«

»Nein, tut es dir nicht«, sagte er und zog sie erneut zu einem gierigen Kuss an sich.

»Wo ist Daph?« Jules' Stimme ließ sie auseinanderfahren.

Er legte seine Stirn an ihre und sagte: »Warum hielten wir es noch mal für eine gute Idee, in die Nähe meiner Familie zu ziehen?«

Sie kicherte. »Weil du sie lieb hast.« Sie gab ihm einen züchtigen Kuss. »So, und wenn es dir nichts ausmacht, würde ich jetzt gern meinen Slip wechseln.«

Er schob die Hand zwischen ihre Beine und rieb sie, während sie sich wand. »Lass ihn an, und ich verspreche dir, dass ich eine Möglichkeit finden werde, dich an irgendeinen abgelegenen Ort zu entführen, um diesen Slip noch feuchter werden zu lassen.«

Daphne verlor bei ihrem sündhaft aufreizenden Zukünftigen noch den Verstand, doch dieser Wahnsinn war plötzlich ziemlich verlockend. »Dieses Versprechen solltest du lieber einhalten, denn Rache kann verheerend sein.«

Er berührte sanft ihr Kinn, als er einen Schritt zurücktrat. »Wann habe ich dich je enttäuscht?« Er zog das T-Shirt hinunter, um seine Erektion zu verbergen, und nahm ihre Hand. Auf dem Weg zurück in den Vorgarten flüsterte er ihr zu: »Du solltest vielleicht diesen Blick ablegen, sonst wissen gleich alle, was wir gerade vorhatten.«

»Kann ich nicht«, scherzte sie. »Der ist jetzt, glaube ich, für immer da.« Sie wusste, dass sie einen verträumten Blick hatte, doch es war ihr egal, wer es bemerkte. Sie hatte diese Liebe in ihren Augen jeden Morgen im Spiegel gesehen, seit sie zusammen waren. Und jetzt lebten sie in ihrem eigenen Haus – sie konnte es noch immer nicht fassen, dass sie jetzt ein richtiges Zuhause hatten, wo Hadley Freunde in der Nähe und einen Garten zum Spielen hatte. In wenigen Wochen, wenn das Laub von den Bäumen fiel, hätten sie sogar einen Ausblick aufs Meer. Jock hatte im Haus ein Arbeitszimmer, in dem er in seine fiktionalen Welten abtauchte, und sie hatten eines der Schlafzimmer als Büro für Daphne eingerichtet, in dem sie von zu Hause aus arbeiten konnte, wenn Hadley nicht im Kindergarten war. Jock ging morgens noch immer laufen, doch jetzt war er mit Archer und einem seiner Freunde unterwegs. Einmal in der Woche kamen sie und ihre Freunde von Bayside bei einem Videochat zum Frühstück zusammen, worauf sie und Hadley sich immer sehr freuten. Sie hatten vereinbart, dass sie sich einmal im Monat – komme, was wolle – zu einem Pärchenabend treffen würden, wobei sie sich abwechselnd auf der Insel und in Bayside sehen wollten. Mit ihrer neuen Arbeit, die sie sehr liebte, ihren neuen Freunden auf der Insel und ihrem unglaublichen Verlobten hatte sie nicht das Gefühl, irgendetwas zu verpassen.

Jules schwirrte in einem süßen Minikleid im Vorgarten

herum, flatterte von einer Deko zur anderen, berührte sie alle und stellte fest, wie wunderbar alles aussah. Hadley und Joey hielten jeweils eine von Archers Händen und erzählten ihm alles über ihren Friedhof, und Grant stand mit verschränkten Armen da, einen finsteren Blick auf Jules gerichtet, während er sich mit Levi unterhielt.

»Mann, du hast mir nicht erzählt, dass Jules kommt«, sagte Grant, als sie zu ihm kamen.

»Ist das ein Problem?«, fragte Daphne.

Grant schüttelte den Kopf. »Nee, ich muss sowieso bald los.«

Daphne hatte keine Ahnung, worum es da ging, aber sie ließ Jock mit ihm und Levi allein, um Jules zu begrüßen. »Dein Kleid sieht toll aus.«

»Danke.« Jules drehte sich im Kreis. »Das hab ich doch letzte Woche bei Renee gekauft, weißt du noch?«

»Ach ja, du warst ja noch bei ihr, als du für deinen Laden eingekauft hast.« Sie fand es wunderbar, wie nahe sich ihre und Jocks Familien mittlerweile standen. Am Wochenende vor ihrem Einzug in ihr neues Haus waren sie alle zusammen Angeln gegangen, und ihre Eltern sprachen davon, ihren nächsten Urlaub auf der Insel zu verbringen.

Archer stellte sich zu den anderen Männern, und es war schön zu sehen, wie Jock mit seinen Brüdern und Grant lachte. Obwohl Grant nicht einmal lächelte. Er starrte Jules an, als würde er sofort Reißaus nehmen, wenn sie nur in seine Richtung käme.

»Ist da irgendetwas zwischen dir und Grant?«, fragte Daphne. »Scheint, als versucht er, dir aus dem Weg zu gehen.«

»Er versucht, allen aus dem Weg zu gehen, aber ich lasse ihn nicht«, sagte sie stolz. »Dieser große miesepetrige Ochse. Er war mal anders. Wenn er früher auf Heimaturlaub war, hat er überall für Partystimmung gesorgt, und es macht Bellamy fertig, dass er sich so sehr verändert hat.«

»Nur Bellamy, oder dich auch?«, fragte Daphne.

»Belly ist eine meiner engsten Freundinnen. Ich will einfach nicht, dass sie so viel Zeit mit ihm verliert wie ich mit Jock.« Jules schaute zu Grant, der sie beobachtete, und winkte ihm zu. Er verzog keine Miene, schaute aber auch nicht weg. »Schau ihn dir an, vollkommen abweisend und unglücklich. Er sieht mich an, als wäre ich eine Herausforderung, und ich sag's dir: Ich werde gewinnen. Dieser Mann wird wieder glücklich werden. Er weiß es nur noch nicht.«

»Tante Jules! Tante Daphne!« Joey winkte ihnen vom anderen Ende des Gartens aus zu und sie machten sich auf den Weg.

Jock hielt Daphne auf und zog sie in seine Arme. »Ich klettere wieder auf meine Leiter und hänge noch einen Zombie auf. Kannst du deine Sachen allein machen?«

»Ich kann es kaum abwarten, meine *Sachen* zu machen, aber ich hoffe, dass ich sie nicht allein machen muss«, scherzte sie anzüglich. Er brachte sie vielleicht noch zum Erröten, aber das hielt sie nicht davon ab, all die unanständigen Sachen zu erkunden, die sie beide erkunden wollten. Das einzige Problem bestand darin, dass sie ihn nur noch mehr wollte, je mehr sie erkundeten.

Er gab ihr einen züchtigen Kuss, bevor er sich umdrehte und rief: »Hey, Jungs, wollt ihr da noch den ganzen Tag Zeit verplempern oder helft ihr mal beim Dekorieren?«

»Du kannst von Glück sagen, dass ich überhaupt hier bin, um die Deko vom Haus mal auf das nächste Level zu heben«, gab Archer arrogant an.

Jock und Archer lieferten sich weiter einen Schlagabtausch,

bis Daphne sagte: »Ich gehe hinters Haus und hänge da die Lampen auf.« Kaum war sie um die Ecke, hörte sie Jock sagen: »Archer, kannst du mir den Gefallen tun und die Leiter für Daph halten?«

Rasch öffnete sie die Hintertür, sprintete ins obere Stockwerk, öffnete das Fenster und hielt nach Archer Ausschau. Als er ums Haus kam, ließ sie die Schaufensterpuppe, die sie so kostümiert hatten, dass sie ihr ähnlich sah, von der Leiter hinunterfallen und schrie, während sie sich hinter den Vorhängen versteckte und hinauslugte.

»Oh, verdammt! Jock!« Archers Gesicht war verzerrt vor Entsetzen, als er losstürmte, um die Puppe aufzufangen. »Ich fange dich auf!«

Jock kam um die Ecke gerannt, gerade als die Puppe in Archers Armen landete, sodass er nach hinten stolperte und mit der Schaufensterpuppe auf dem Rasen landete. Panisch tastete er die Puppe ab, als ergäbe all das, was gerade passiert war, überhaupt keinen Sinn. »Was zum …?«

Daphne steckte den Kopf zum Fenster hinaus. »Hab dich!«, rief sie, als alle anderen ums Haus gerannt kamen.

Jock, Levi und Grant brachen in schallendes Gelächter aus, während Archer die Schaufensterpuppe wegschleuderte und wutentbrannt aufstand.

»Tut mir leid, Archer!«, rief Daphne zu ihm hinunter.

Wütend sah er zu ihr hoch. »Dein Ernst? Ich musste zusehen, wie du vom Auto angefahren wirst, und dann tust du so, als würdest du von der Leiter fallen?«

Sie lachte. »Das ist eine Art Aufnahmeritual in den engeren Kreis der *neuen* Steele-Familie.«

»Oh, Mann, du bist echt grausam.« Aber jetzt lachte auch Archer. Er zeigte auf Jock. »Du hast jetzt ein Riesenproblem.«

Jock hob die Hände. »Das war ganz allein die Idee meiner wunderschönen Verlobten.«

Hadley lief zu Archer. »Magst du Mommys Puppe, Onke Atcha?«, fragte sie, woraufhin noch mehr Gelächter ertönte.

Lachend sah Jock Daphne an und ihr Herz schlug sofort schneller.

»Hey, schöner Mann«, rief sie zu ihm hinunter. »Vielleicht können die anderen ein paar Minuten auf Hadley aufpassen, während du mir hier bei den *Sachen* hilfst, von denen wir geredet haben.«

Ein Feuer entflammte in Jocks Augen, und sogar vom Fenster des oberen Geschosses aus spürte Daphne, wie die Luft zwischen ihnen heiß zu surren begann. Jock sagte etwas zu Jules und ging dann ins Haus. Sie hörte, dass er zwei Stufen auf einmal nahm, und ihr Herz hämmerte bei jedem seiner Schritte. Er stürmte durch die Schlafzimmertür und riss sie in seine Arme zu einem langen, sinnlichen Kuss voller Liebe und Lachen – und mit dem Versprechen auf ein glückliches Miteinander bis ans Ende ihrer Tage.

Ich hoffe, die Geschichte von Jock, Daphne und ihren Freunden und Familien hat Ihnen gefallen. Hier kommt der nächste Steeles-Liebesroman, und für mehr über Daphnes Bayside-Freunde blättern Sie einfach weiter, denn sie haben bereits alle ihre eigene Liebesgeschichte!

Verlieb dich mit Grant Silver und Jules Steele in
Meine wahre Liebe

Selbst Kriegshelden brauchen mitunter etwas Hilfe ...
Können ein Mann, der sowohl ein Bein als auch seinen Lebenszweck in einem Militäreinsatz verloren hat und nun mit seinem Schicksal hadert, und eine Frau, die eine Krebserkrankung überstanden hat und ihre Lebenszeit damit verbringt, auch für Kleinigkeiten dankbar zu sein, miteinander die wahre Liebe finden – oder sind die Unterschiede zwischen ihnen unüberwindbar?

Bestellen Sie *Meine wahre Liebe* direkt bei Ihrem Online-Buchhändler.

Neugierig auf Daphnes Bayside-Freunde?

Alle ihre Liebesgeschichten sind in der Serie *Bayside Summers* versammelt, beginnend mit *Sommernächte in Bayside*. Die Geschichte von Brock und Cree wird in *Sternenhimmel über Seaside* erzählt, einem Kurzroman aus der Serie *Seaside Summers*.

Desiree Cleary ist unfreiwillig für den ganzen Sommer am Cape festgenagelt, mit einer draufgängerischen Halbschwester und einem ungezogenen Hund – was kann da schon schiefgehen? Oh, und die funkensprühenden Begegnungen mit dem heißen, leicht aufdringlichen Nachbarn Rick Savage? Na, das kann ja was werden ...

Bestellen Sie *Sommernächte in Bayside* direkt bei Ihrem Online-Buchhändler.

Neu bei »Love in Bloom – Herzen im Aufbruch«?

Ich hoffe, Sie hatten genauso viel Spaß mit den Steeles wie ich! Falls dieser Band Ihr erstes Buch aus der Reihe »Love in Bloom – Herzen im Aufbruch« ist, warten noch jede Menge Geschichten über unsere sexy, selbstbewussten und loyalen Heldinnen und Helden auf Sie.

Die Steeles auf Silver Island ist nur eine der Serien aus meiner großen Sammlung von Liebesromanen mit Tiefgang, Humor und Happy-End-Garantie. In allen Büchern finden Sie eine abgeschlossene Geschichte, die auch für sich allein gelesen werden kann. Figuren aus den einzelnen Serien und Büchern der weitverzweigten »Love in Bloom – Herzen im Aufbruch«-Familien tauchen immer wieder auch in den anderen Bänden auf. So verpassen Sie nie eine Verlobung, eine Hochzeit oder eine Geburt. Wenn Sie mögen, lernen Sie doch auch die anderen Serien der Reihe kennen! Eine vollständige Liste aller auf Deutsch erschienenen und geplanten Bücher gibt es am Ende des Buches und unter dem folgenden Link finden Sie weitere Informationen:

www.MelissaFoster.com/Herzen-im-Aufbruch

Danksagung

Jocks und Daphnes Geschichte zu schreiben und all die Figuren von Silver Island, über die ich seit Jahren nachgedacht habe, näher kennenzulernen, war einfach wunderbar. Ich hoffe, Ihnen hat es auch Freude gemacht, sie kennenzulernen. Alle Mitglieder von Jocks Familie und ebenso ihre Freunde werden ihre eigene Liebesgeschichte bekommen. Wenn Sie mehr über Silver Island lesen wollen, dann greifen Sie zu *Der Liebe auf der Spur*, einem Roman aus der Serie *Die Bradens & Montgomerys* über den Schatzsucher Zev Braden. Ein Teil von Zevs Geschichte spielt auf der Insel und um sie herum, und Roddy und Randi Remington sowie andere Bewohner von Silver Island spielen darin eine Rolle.

Wenn dies Ihr erster Einblick in meine Bücher war, dann warten noch viele weitere Happy Ends auf Sie. Ganz am Anfang der Reihe »Love in Bloom – Herzen im Aufbruch« stehen *Die Snow-Schwestern*. Wer lieber bei den Cape-Cod-Serien bleibt, hält nach *Seaside Summers* oder *Bayside Summers* Ausschau. Mein Rat wäre, mit *Träume in Seaside* einzusteigen. Die Serie führt hin zu den *Bayside Summers*-Romanen. Ebenso auf Cape Cod ist Chloe Mallerys und Justin Wickeds Liebesgeschichte *A Little Bit Wicked* angesiedelt, das erste Buch in der Reihe *Die Wickeds – Dark Knights von Bayside*. Ich hoffe, Sie werden sie alle lieben.

Ich habe das Glück, die Unterstützung von vielen Freunden und Familienmitgliedern zu haben, und auch wenn ich sie nicht alle aufzählen kann, so möchte ich mich ganz besonders bei Sharon Martin und Lisa Posillico-Filipe bedanken, meine rechte und meine linke Hand, die es mir ermöglichen, meine Zeit damit zu verbringen, unsere wunderbaren fiktionalen Welten zu erschaffen. Vielen Dank an Missy und Shelby DeHaven, die in meiner Heimatstadt dafür sorgen, dass ich nicht durchdrehe, und während der Pandemie mit Gartenbesuchen unter Einhaltung der Abstandsregeln damit nicht aufgehört haben. Besonderer Dank geht auch an meinen Sohn Jake, den Indie-Pop-Musiker Blue Foster, dessen Songtexte ich in dieser Geschichte verwenden durfte.

Nichts bereitet mir mehr Vergnügen, als von meinen Fans zu hören und zu wissen, dass sie meine Geschichten ebenso gern lesen, wie ich sie schreibe. Danke an alle, die Kontakt aufnehmen. Wer meinem Fanclub noch nicht beigetreten ist, findet ihn auf Facebook. Wir haben jede Menge Spaß miteinander, unterhalten uns über Bücher und die Mitglieder bekommen Einblicke in anstehende Veröffentlichungen. www.Facebook.com/groups/MelissaFosterFans

Unendlich dankbar bin ich meinem aufmerksamen und talentierten Lektoratsteam. Danke Kristen Weber, Penina Lopez, Elaini Caruso, Juliette Hill, Lynn Mullan, Justinn Harrison sowie auf deutscher Seite Janet König, Stephanie Schottenhamel und Judith Zimmer für alles, was ihr für mich und unsere Leserinnen tut. Und natürlich gibt es kein ausreichend großes Dankeschön für meine Jungs, die es mir erlauben, in meine fiktionalen Welten abzutauchen, und mich mit ihren gutmütigen Hänseleien wieder zurück in die Realität bringen.

DIE VOLLSTÄNDIGE REIHE

Love in Bloom – Herzen im Aufbruch

Für noch mehr Vergnügen lesen Sie die Bücher der Reihe nach.
Sie werden in jedem Band bekannte Figuren wiederfinden!

Die Snow-Schwestern

Schwestern im Aufbruch
Schwestern im Glück
Schwestern in Weiß

Die Bradens (Weston, Colorado)

Im Herzen eins – neu erzählt
Für die Liebe bestimmt
Freundschaft in Flammen
Wogen der Liebe
Liebe voller Abenteuer
Verspielte Herzen
Ein Fest für die Liebe (Hochzeits-Geschichte)
Nachwuchs für die Liebe (Savannahs & Jacks Baby)
Happy End für die Liebe (Hochzeits-Geschichte)
Weihnachten mit den Bradens (Kurzgeschichte)
Liebe ungebremst (Kurzroman)

Die Bradens (Trusty, Colorado)

Bei Heimkehr Liebe
Bei Ankunft Liebe
Im Zweifel Liebe
Bei Rückkehr Liebe
Trotz allem Liebe
Bei Aufprall Liebe

Die Bradens (Peaceful Harbor)

Geheilte Herzen
Voller Einsatz für die Liebe
Liebe gegen den Strom
Vereinte Herzen
Melodie der Liebe
Sieg für die Liebe
Endlich Liebe – ein Braden-Flirt

Die Bradens & Montgomerys (Pleasant Hill – Oak Falls)

Von der Liebe umarmt
Alles für die Liebe
Pfade der Liebe
Wilde Herzen
Schenk mir dein Herz
Der Liebe auf der Spur
Verrückt nach Liebe
Liebe süß und sündig
Und dann kam die Liebe
Eine unerwartete Liebe
Verliebt in Mr. Bad

Die Remingtons

Spiel der Herzen
Im Dschungel der Liebe
Herzen in Flammen
Herzen im Schnee
Liebe zwischen den Zeilen
Von der Liebe berührt

Die Ryders

Von der Liebe bestimmt
Von der Liebe erobert
Von der Liebe verführt
Von der Liebe gerettet
Von der Liebe gefunden

Seaside Summers

Träume in Seaside
Herzen in Seaside
Hoffnung in Seaside
Geheimnisse in Seaside
Nächte in Seaside
Herzklopfen in Seaside
Sehnsucht in Seaside
Geflüster in Seaside
Sternenhimmel über Seaside

Bayside Summers

Sommernächte in Bayside
Verführung in Bayside
Sommerhitze in Bayside
Neuanfang in Bayside
Mondschein in Bayside
Versuchung in Bayside

Die Steeles auf Silver Island

Herzen in Versuchung
Meine wahre Liebe

…

Die Whiskeys: Dark Knights aus Peaceful Harbor

Tru Blue – Im Herzen stark
Truly, Madly, Whiskey – Für immer und ganz
Driving Whiskey Wild – Herz über Kopf
Wicked Whiskey Love – Ganz und gar Liebe
Mad About Moon – Verrückt nach dir
Taming My Whiskey – Im Herzen wild
The Gritty Truth – Kein Blick zurück
In For A Penny – Süßes Glück
Running on Diesel – Harte Zeiten für die Liebe

Die Whiskeys: Dark Knights von der Redemption Ranch

Immer Ärger mit Whiskey

Sullys Befreiung

Um Whiskeys willen

Der Geschmack von Whiskey

Liebe, Lügen und Whiskey

…

Entdecken Sie Melissa Fosters Bücher auch auf:

www.MelissaFoster.com/Herzen-im-Aufbruch